Née en Grande-Bretagne, Barbara Wood a fait ses études en Californie où elle est devenue infirmière. À l'âge de seize ans, elle écrit son premier roman, et, voyageuse infatigable, elle sillonne l'Alaska, l'Égypte, l'Afrique orientale et l'Union soviétique. Traduits en plus de trente langues différentes, ses romans publiés aux Presses de la Cité – dont *L'étoile de Babylone* (2005), *La dernière chamane* (2007), *La femme aux mille secrets* (2009), et *Les battements du cœur* (2010) – sont tous des best-sellers.

**Retrouvez l'actualité de l'auteur sur
www.barbarawood.com**

# LA FEMME
# AUX MILLE SECRETS

## DU MÊME AUTEUR
*CHEZ POCKET*

LES VIERGES DU PARADIS
LA TERRE SACRÉE
LA PIERRE SACRÉE
L'ÉTOILE DE BABYLONE
LA DERNIÈRE CHAMANE
LA FEMME AUX MILLE SECRETS

# BARBARA WOOD

# LA FEMME AUX MILLE SECRETS

*Traduit de l'anglais (États-Unis)
par Florence Dolisi*

PRESSES DE LA CITÉ

Titre original :
*WOMAN OF A THOUSAND SECRETS*

Le papier de cet ouvrage est composé de fibres naturelles, renouvelables, recyclables et fabriquées à partir de bois provenant de forêts plantées et cultivées durablement pour la fabrication du papier.

Le Code de la propriété intellectuelle n'autorisant, aux termes de l'article L. 122-5, 2° et 3° a, d'une part, que les « copies ou reproductions strictement réservées à l'usage privé du copiste et non destinées à une utilisation collective » et, d'autre part, que les analyses et les courtes citations dans un but d'exemple et d'illustration, « toute représentation ou reproduction intégrale ou partielle faite sans le consentement de l'auteur ou de ses ayants droit ou ayants cause est illicite » (art. L. 122-4).
Cette représentation ou reproduction, par quelque procédé que ce soit, constituerait donc une contrefaçon, sanctionnée par les articles L. 335-2 et suivants du Code de la propriété intellectuelle.

© Barbara Wood, 2008

© Presses de Cité, un département de place des éditeurs, 2009
pour la traduction française.
ISBN : 978-2-266-20280-0

*Ce livre est dédié à mon mari,
George, avec tout mon amour*

# 1

La vengeance au cœur, Macu recherchait la fille qui avait humilié son frère.

Au village, sous prétexte de s'intéresser à Tonina comme à une éventuelle fiancée, il posa des questions à son sujet. On lui répondit que la jeune femme se trouvait sur la plage du lagon occidental, où les pêcheuses de perles remontaient leurs prises d'huîtres de la journée.

Le frère de Macu, resté de l'autre côté de l'île avec leur canoë, avait supplié le jeune homme de ne pas se rendre sur cette plage. Qu'une fille l'ait surpassé dans un concours de natation était déjà bien assez affligeant. Les projets de vengeance de Macu ne feraient qu'empirer les choses. « C'est vraiment elle qui nage le mieux. Tu ne peux pas la battre, mon frère », avait insisté Awak. Mais Macu, vingt-deux ans, originaire de l'île voisine de la Demi-Lune, était orgueilleux et vaniteux, et il méprisait les filles qui se croyaient meilleures que les hommes.

L'île aux Perles, petit point verdoyant sur une mer émeraude, à l'extrémité occidentale d'une masse de terre qui prendrait un jour le nom de Cuba, ne présentait que deux endroits accessibles par la mer : à l'ouest, ce lagon, et à la pointe nord, une anse où Macu et ses amis avaient fait entrer leur canoë en pagayant entre des hauts-fonds rocailleux pour débarquer sur une plage minuscule. Une piste sinuait dans un fouillis d'arbres et de broussailles jusqu'à un village grouillant d'animation : les enfants jouaient, les femmes remuaient le contenu de marmites et les hommes s'échinaient dans les séchoirs à tabac.

Accompagné par une escorte excitée, Macu traversa le petit village d'un pas décidé et descendit sur la plage du lagon, les poings serrés, en faisant mine de ne pas entendre les commentaires. Il s'était juré de prendre une revanche légitime. Il franchit à grandes enjambées l'étendue de sable blanc et chaud. Des aigrettes et des pélicans s'envolèrent devant lui, des hommes surpris levèrent les yeux des canoës et des filets de pêche qu'ils étaient en train de réparer. Les enfants nus qui creusaient le sable pour y dénicher des palourdes dans le ressac tranquille de ce paisible lagon lancèrent des regards curieux à l'étranger qui passait à côté d'eux.

Macu était trapu, musclé. Presque nu, il avait la peau brun foncé, couverte de scarifications et de tatouages représentant une multitude de symboles et de décorations. Ses cheveux noirs étaient longs, comme ceux de tout célibataire, et en plus de son pagne en fibres de palmier tissées, il portait plusieurs colliers et amulettes protectrices. Sur son front, le tatouage clanique révélait son statut d'étranger. Un groupe le suivait sans se presser sur la large bande de sable comprise entre la lagune vert citron et la jungle luxuriante de l'intérieur des terres : les jeunes gens qui l'avaient accompagné depuis l'île de la Demi-Lune et quelques villageois ayant abandonné leurs tâches, attirés par la perspective d'une distraction cet après-midi-là.

Car, sous le soleil tropical, un homme montrait de l'intérêt pour cette pauvre Tonina !

Les pêcheuses de perles étaient rassemblées au bout de la plage, où une falaise rocailleuse se dressait dans la mer. La peau brune de ces filles âgées de douze à vingt-trois ans luisait d'eau de mer, et elles riaient et plaisantaient en déchargeant des canoës leurs filets remplis d'huîtres, entassant les coquillages sur le sable frais à l'ombre des cocotiers. Macu n'avait jamais rencontré celle qu'il était venu défier, mais il la repéra sur-le-champ. « Elle n'est pas belle, lui avait expliqué son frère. Elle ne présente aucun attrait. » Il lui avait donné d'autres précisions, si bien que le regard de Macu se posa sans hésiter sur la fille à la jupe d'herbes nommée Tonina.

Son frère avait raison. La longue chevelure dénouée de Tonina avait beau être décorée de coquillages en grand nombre, son visage et ses bras présenter une myriade de symboles et de motifs peints en blanc, Macu ne la trouvait aucunement séduisante. Qu'elle n'ait toujours pas de mari n'avait rien d'étonnant. Tout en elle était déplaisant : sa peau trop claire, ses hanches trop étroites, sa taille trop fine, et, par tous les dieux, Awak avait dit vrai : cette fille était trop grande. Si Macu n'avait pas aperçu le renflement de ses seins dorés encore humides après la plongée, il l'aurait prise pour un homme.

Macu leva une main en un salut amical et lança :
— Bonjour !

Les pêcheuses se retournèrent et, à la vue de cet étranger séduisant, adoptèrent immédiatement des postures enjôleuses.

Tout d'abord, Tonina ne lui accorda aucune attention – les jeunes gens ne la regardaient jamais –, puis elle se rendit compte, abasourdie, que ce charmant sourire lui était destiné. Elle se demanda pour quelle raison, ignorant qu'il s'agissait du frère d'un jeune homme qu'elle avait distancé à la nage quelques jours auparavant.

Tout en détaillant des pieds à la tête cette grande fille sans charme, Macu réfléchissait à son plan. Il voulait se venger d'elle pour ce qu'elle avait osé faire à Awak, et son plan faisait intervenir le fantôme d'un antique monstre marin.

Toutes les îles voisines connaissaient la légende de la bête endormie dans une zone interdite du lagon de l'île aux Perles, près de la trouée du récif corallien, où les eaux calmes affrontaient la mer agitée. On racontait que le squelette d'un énorme monstre marin gisait sur le fond et que son fantôme hantait ces eaux.

Personne n'y nageait jamais.

Parce que Macu n'avait pas grandi ici, on ne lui avait pas appris à redouter l'esprit de ce monstre. En revanche, Tonina en entendait parler depuis toujours et elle serait terrifiée à l'idée de nager dans ces parages. Les vents tropicaux chuchotaient dans les cocotiers qui se balançaient, les mouettes tournoyaient dans le ciel, et sous le soleil brûlant de l'après-midi Macu joua son rôle à la perfection :

— Tu es bien Tonina ?

Cette dernière lui adressa un sourire timide ; elle n'était pas habituée à ce que les hommes la remarquent.

Les garçons n'aimaient pas les filles plus grandes qu'eux, mais comme Macu faisait la même taille qu'elle, elle estima qu'il ne s'en souciait sans doute pas.

Leur curiosité piquée, les pêcheuses de perles se regroupèrent autour d'eux, et Macu se présenta à Tonina. Ainsi que l'exigeait la coutume lorsque l'on commençait à faire sa cour, il lui expliqua combien il était habile et vaillant à la pêche à la lance. Il tissa soigneusement sa toile, exagérant ses réussites. Lors du rituel amoureux, chaque partenaire potentiel se devait d'exposer ses qualités à l'autre.

Jubilant secrètement à l'idée de son ingéniosité, Macu demanda à Tonina, ses yeux rieurs toujours fixés sur elle :

— Es-tu assez brave pour nager avec moi jusqu'aux eaux hantées et rapporter l'un des os du monstre ?


— Guama ! Un garçon de l'île de la Demi-Lune est ici ! Il s'intéresse à Tonina !

Dans le hangar où elle roulait les feuilles de tabac pour en faire des cigares, la grand-mère de Tonina leva les yeux.

— Quoi ? Un garçon ? Tu es sûr ?
— Ils sont dans le lagon. Il l'a défiée à la nage !

Guama ouvrit grands les yeux. Un garçon s'intéressant à sa petite-fille ? À vingt et un ans, Tonina n'était toujours pas mariée. Tous les ans au printemps, lorsque des hommes et des jeunes gens débarquaient sur l'île aux Perles pour se choisir une fiancée, ils négligeaient systématiquement Tonina. Pourquoi ce garçon de la Demi-Lune lui montrait-il soudain un tel intérêt ? L'impossible se produisait-il enfin ?

Guama priait pour que ce fût le cas. Cette fille devait absolument se marier, sinon quel genre de vie connaîtrait-elle ? Sans enfants à élever, sans homme pour qui cuisiner, à quoi pouvait servir une femme ? Tonina était une excellente pêcheuse de perles, l'une des meilleures, mais les pêcheuses de perles ne vivaient pas longtemps.

Tout en suivant l'enfant vers la plage, la vieille Guama se remémora la course à la nage qui s'était déroulée quelques jours auparavant. Tonina avait battu tous les garçons, alors même que Guama lui enjoignait toujours de les laisser gagner. Malheureusement, sa petite-fille était d'une honnêteté invétérée, qui lui interdisait de tromper son prochain.

— Quel genre de défi ? demanda Guama, subitement méfiante.

— Il faut nager jusqu'au squelette du monstre marin !

— *Guay !* s'écria l'ancienne, un terme qui traduisait la souffrance, la surprise ou la détresse dans la langue des insulaires.

Aussi vite que ses vieilles jambes le lui permettaient, Guama se mit à courir.

À la grande stupéfaction de Macu, Tonina releva le défi.

Les spectateurs en restèrent bouche bée. Des concours de plongée et d'endurance avaient lieu tous les jours – ni la férocité des vagues, ni la traîtrise des courants, ni la profondeur n'effrayaient les insulaires –, mais nager dans des eaux hantées, c'était tout autre chose. Macu avait cru que Tonina se déroberait, lui offrant ainsi la victoire.

Mais ce que le jeune homme ne pouvait savoir, c'est que Tonina ne redoutait ni les monstres marins ni leurs fantômes. Dans l'océan, rien ne lui faisait peur. Macu était désemparé. Tous les yeux restaient rivés sur lui. Il devait prendre une décision, et vite. Comme il ne pouvait pas revenir sur son propre défi, il n'avait d'autre choix que de se soumettre à une compétition qu'il ne s'attendait pas à devoir disputer.

Sa colère reprit de plus belle, mais il la masqua derrière un nouveau sourire et s'exclama :

— Très bien, allons-y !

Comme toutes les femmes de l'île, Tonina portait une jupe d'herbes depuis sa puberté. Elle la retira et se retrouva vêtue d'un simple pagne de coton attaché par une corde autour de sa taille. Elle suivit Macu dans le ressac, sous les regards anxieux de l'assemblée. Personne ne s'était jamais approché du squelette du monstre. Macu et Tonina en reviendraient-ils vivants ?

Guama arriva trop tard sur la plage. Impuissante, elle dut se contenter d'observer les deux concurrents qui plongeaient puis nageaient vers le récif.

Guama avait coiffé ses cheveux blancs, en un chignon compliqué tenu par une cordelette en fibres de palmier, mais quelques mèches s'étaient libérées et lui fouettaient le visage dans la brise tropicale. Elle les balaya de la main, le regard braqué sur les nageurs, terrifiée à l'idée qu'elle contemplait le signe ultime, celui dont elle redoutait l'apparition depuis six jours – depuis l'arrivée des dauphins. Elle se demanda pour la énième fois si le célibat persistant de Tonina n'était pas un message des dieux, qui cherchaient à lui faire comprendre que le destin de la jeune fille n'avait jamais été de rester sur l'île aux Perles.

Était-ce la raison de leur cruauté envers sa petite-fille adoptive ? Était-ce pour cela qu'ils l'avaient dotée d'un physique qui déplaisait aux hommes ? Cette fille au rire facile, au caractère chaleureux et confiant, avait aussi le teint désespérément clair, des membres longs, des hanches étroites. Au fil des ans, Guama avait tenté de la conformer aux canons de beauté de l'île. Pour l'assombrir, elle avait frotté sa peau de jus de tabac, et pour l'engraisser, l'avait nourrie de racine de manioc. Mais la teinture s'était diluée dans l'eau et la graisse avait fondu sur son corps agile. Année après année, au *barbicu* de sélection des épouses, les hommes des îles voisines négligeaient Tonina, qui portait donc toujours la ceinture de coquillages la désignant comme jeune fille. Gage d'honneur pour les adolescentes – la ceinture de coquillages symbolisait la virginité et les filles ne la retiraient que la nuit de leurs noces –, cette parure devenait un emblème de honte avec le temps. C'était le cas de Tonina. Personne n'ignorait que cette fille âgée de vingt et un ans était toujours vierge parce que aucun homme ne voulait d'elle.

Guama leva les yeux vers la falaise dominant le lagon. Son époux était à son poste, lisant le vent, le ciel et la mer pour y déceler les signes d'un *huracán*. Avec son ventre protubérant, son pagne en fibres de palmier et son corps ridé entièrement couvert des symboles de sa vocation sacrée, ce vieil homme était la personne la plus importante de l'île, plus importante même que le chef.

Comme on ne pouvait prévoir l'arrivée d'un *huracán*, il était impossible de s'y préparer ou de s'y soustraire.

Or, ces tempêtes anéantissaient parfois des tribus entières. Heureusement, l'île aux Perles bénéficiait de la présence du descendant d'une longue lignée d'annonciateurs de tempêtes capables de sentir les *huracáns* au-delà de l'horizon et de déterminer leur force et le moment où ils atteindraient la terre.

Guama savait pourtant qu'en cet instant l'attention de son mari ne se portait pas sur l'horizon, mais sur les jeunes gens eux-mêmes. Et lorsqu'elle constata avec quelle intensité il fixait Tonina, Guama comprit qu'il pensait lui aussi aux dauphins.

Dès que les deux animaux avaient été aperçus en train de batifoler de l'autre côté du récif, Guama et Huracan avaient guetté l'apparition de signes et de présages qui leur révéleraient la volonté des dieux. Souhaitaient-ils le retour de Tonina ? Sa présence ici n'était-elle que provisoire ? Allaient-ils leur reprendre Tonina pendant qu'elle nageait dans ces eaux maudites ? se demanda Guama, apeurée.

Dans le profond lagon parcouru de petits courants chauds, l'eau était limpide jusqu'au fond sablonneux, où reposaient étoiles de mer et oursins épineux. Tonina et Macu nageaient côte à côte, sans un mot. Le rivage s'éloignait derrière eux, et le récif corallien se dessinait, tout proche. Les vagues se firent de plus en plus puissantes, des lits de varech apparurent. Éperonné par la rage, Macu menait la course en réfléchissant aux moyens d'humilier cette fille qui se croyait meilleure que les hommes. Il plongea sous le varech pour resurgir de l'autre côté un instant plus tard.

Tonina arrêta de nager pour l'observer. Elle se souvenait de toutes les fois où Guama lui avait conseillé de laisser gagner les garçons. Aujourd'hui, je vais le faire, décida la jeune femme. Elle aimait bien le sourire de Macu, et son cœur était saisi d'un trouble inconnu depuis qu'elle avait perçu l'intérêt inattendu que lui portait cet attirant jeune homme. Si elle le laissait gagner, il reviendrait peut-être la courtiser sur l'île aux Perles, jusqu'à leurs noces.

Elle serait enfin comme les autres, et enfin acceptée.

Elle aussi se décida enfin à plonger, mais au lieu de nager vers les eaux hantées sous le lit de varech, elle se dirigea vers une zone du récif baignée de soleil et fourmillant de vie.

Elle y nagea gaiement, se joignant aux bancs de poissons colorés qui s'élançaient en tous sens. Elle se laissa flotter au-dessus des éventails de corail et des lits d'éponges, sourit à un poisson doré qui glissait tout près d'elle. Tonina se sentait heureuse. Cette façon qu'avait eue Macu de la regarder, de la choisir ! Toute sa vie, elle avait eu le sentiment d'être une paria ; son manque de séduction l'avait rendue farouche. Elle ressentait enfin la joie de susciter l'intérêt d'un garçon.

Roulant sur le dos dans l'eau calme, elle leva les yeux vers la surface où la lumière du soleil tournoyait, étincelante. Elle allait passer un moment ici, puis retourner de l'autre côté du varech et faire surface devant Macu, accordant ainsi la victoire au jeune homme.

Macu avait inspiré l'air à pleins poumons avant d'effectuer un vigoureux plongeon vers le fond. À présent, un monde merveilleux s'offrait à son regard : le corail vivant dansait et se balançait dans la lumière pommelée du soleil et des poissons bigarrés passaient près de lui telles des flèches. Lorsqu'il aperçut le squelette massif faiblement éclairé par le soleil filtrant à travers l'eau, il sentit son ventre se nouer. Le monstre existait donc vraiment. Et il était énorme ! Le jeune homme s'approcha avec prudence. L'épine dorsale de la créature géante reposait sur le sable, et ses côtes se dressaient, singulières. Bizarrement, ce squelette était brun.

Sa peur se muant en curiosité, Macu s'enfonça dans l'eau et posa les mains sur une des côtes. Du bois !

Le jeune homme écarquilla les yeux. Il ne s'agissait pas d'une créature marine mais d'un canoë incroyablement grand. Et contrairement à ceux des insulaires, il n'était pas creusé dans un tronc d'arbre. Ce navire était fait de planches assemblées, comme certains canoës de guerre, mais celui-ci ne provenait d'aucun des chantiers que Macu connaissait. Qui l'avait construit ? Quand s'était-il écrasé sur ce récif ?

Quelque chose miroitait dans le sable. On aurait dit une méduse, mais d'une forme étrange, et couverte de cicatrices vert et bleu. Prenant son courage à deux mains, Macu ramassa la chose et découvrit que, quoique transparente, elle était dure comme la pierre.

Ses poumons se contractèrent. Il était temps de remonter à la surface. Un courant tourbillonnant s'empara de lui et l'entraîna, cambrant son corps. Il flottait à présent le long du bateau. Lorsqu'il aperçut la tête effrayante qui le dominait au bout d'un long cou arqué, mâchoires grandes ouvertes sur des dents pointues, Macu comprit avec effroi qu'après tout il avait bien affaire à un monstre marin.

Terrifié, il s'éloigna en nageant frénétiquement. Il tenait toujours l'objet arraché du sable. Dans sa panique, il entra à l'aveuglette dans le lit de varech et battit violemment des mains et des jambes pour se dégager. Ses poumons luttèrent pour trouver de l'air, des élancements douloureux lui transpercèrent la poitrine... Il était pris au piège des algues enchevêtrées.

Sur la plage, Guama observait la course, tendue et angoissée. Défier Tonina à la nage dans ces eaux maudites ! Ce garçon s'était montré bien téméraire. Et Tonina avait fait preuve d'une grande naïveté. Guama savait que sa petite-fille ne redoutait rien dans la mer, et s'il était vrai qu'elle bénéficiait de la protection spéciale des esprits dauphins, il y avait assurément des limites à ne pas franchir.
Lorsqu'elle vit Tonina réapparaître à l'orée du lit de varech, Guama soupira de soulagement. Macu, lui, n'avait pas encore refait surface. Le temps s'étirait, et soudain Tonina replongea.

Elle trouva Macu empêtré dans les algues, inconscient, le regard vide et fixe, les cheveux dérivant doucement dans le courant. Tonina le remonta à la surface, le libérant du varech qui s'accrochait à lui, et retourna vers le rivage en le remorquant.
Guama les y attendait : elle s'y connaissait en matière de noyade. Dès que les autres eurent tiré Macu sur le sable, elle se laissa tomber à genoux et posa ses mains sur la poitrine du jeune homme. Il ne respirait pas mais son cœur battait toujours. Elle le roula sur le flanc pour lui asséner un coup de poing dans le dos, puis lui ouvrit la bouche de force, tira sur sa mâchoire inférieure et le frappa de nouveau. Devant l'assemblée qui attendait dans un silence anxieux, elle psalmodia les noms de

quelques dieux, invoquant leur miséricorde et leur pouvoir.

Le troisième coup fit tousser Macu. Au quatrième, il cracha de l'eau, puis bredouilla, hoqueta, se débattit pour trouver de l'air.

Les amis du jeune homme le remirent debout, et les autres spectateurs reculèrent pour les laisser passer. Les jeunes insulaires regardèrent silencieusement un Macu chancelant et titubant traverser la plage, soutenu par ses camarades, puis se retournèrent pour dévisager Tonina. Dégoulinante d'eau, la jeune femme s'efforçait de retrouver son souffle.

Lentement, ils s'écartèrent d'elle. Elle avait enfreint le tabou. Le monstre marin avait tenté de reprendre Macu, mais Tonina avait défié le monstre.

Guama regarda avec tristesse les habitants de l'île s'éloigner de sa petite-fille et tracer en l'air des signes protecteurs. Il était effectivement temps pour Tonina, cette précieuse enfant qui avait apporté la joie à un couple stérile, de quitter l'île aux Perles.

Les gens retournèrent au village et Tonina partit s'isoler dans la jungle, comme elle l'avait déjà fait tant de fois. Le soleil se couchait. Sur la plage, la température retombait. Guama s'apprêtait à quitter les lieux quand ses orteils heurtèrent un objet dur. Elle baissa les yeux : une méduse morte était roulée en boule à ses pieds. Elle fronça les sourcils. Non, il ne s'agissait pas d'une méduse. Elle ramassa l'objet et en chassa le sable.

Cette chose encore humide avait dû arriver là avec Macu et le varech, mais Guama n'avait aucune idée de ce que c'était. La matière, quoique dure, ne lui rappelait ni la pierre ni l'argile. Et cet objet transparent était traversé de couleurs vives, comme une sorte de goutte d'eau pétrifiée emprisonnant une vie végétale. Il se logeait agréablement dans la main, comme une calebasse.

Guama ne pouvait pas savoir que cette merveilleuse matière transparente s'appelait du verre, et qu'on l'avait soufflée à l'autre bout du monde, dans un pays au climat froid du nom d'Allemagne. Elle ne pouvait pas deviner que cette coupe était passée de main en main avant de finir dans celles d'un explorateur à la barbe rouge qui, chérissant cet objet, l'avait emporté avec lui dans son navire à proue de dragon, vers de nouvelles terres appelées le Vineland.

Guama ignorait tout cela ; en revanche, elle savait que Macu serrait dans son poing ce récipient bizarre quand Tonina l'avait ramené sur le rivage. Et comme il y avait une raison à chaque chose – telle était du moins sa conviction profonde –, la vieille femme en déduisit que cet objet étrange devait être lié à la destinée de Tonina. Il fallait donc le conserver pour le remettre à sa petite-fille.

En repartant vers le village, Guama poussa un soupir songeur : pour la centième fois, elle devait se souvenir que Tonina n'était pas vraiment sa petite-fille, qu'elle n'était la petite-fille de personne.

Tonina n'était même pas humaine.

## 2

Cette mangrove dans sa petite baie rocailleuse était l'endroit préféré de Tonina quand elle souhaitait s'isoler. Elle y percevait le chuchotement du ressac, le doux murmure des vagues au loin. Comme cette crique isolée était dépourvue de plage, elle n'intéressait pas grand monde, et au fil des ans la jeune femme en avait fait son refuge.

C'était là qu'avait débuté son séjour sur l'île aux Perles, vingt et un ans plus tôt.

Un jour où il regardait la mer du haut de la falaise, son observatoire habituel, Huracan, le mari de Guama, avait repéré deux dauphins qui semblaient jouer avec quelque chose. Un petit objet brun tanguait sur les flots, entre les dauphins qui multipliaient les cabrioles avec force cris et couinements, comme pour attirer l'attention de l'annonciateur de tempêtes. Il était descendu en hâte au bord de l'eau pour les observer qui poussaient la chose vers la terre. Soudain, semblant estimer que le courant pouvait faire le reste, les deux dauphins avaient jailli loin au-dessus de l'eau, parfaitement synchrones, avant de retomber dans une grande gerbe d'eau pour repartir vers le large.

L'objet flotta vers le rivage et se prit dans les racines noueuses de la mangrove. Huracan crut entendre pleurer un animal qui souffrait. Il s'avança en pataugeant : à l'intérieur du panier étanche qui tanguait sur l'eau geignait une créature désespérée. La prudence le rendait méfiant, mais la curiosité l'emporta et il se rapprocha jusqu'à reconnaître les pleurs d'un bébé humain.

Il souleva le couvercle avec précaution. Un bébé emmailloté dans une étoffe brodée criait à tue-tête, le visage rouge et tout fripé. Huracan se dépêcha de retourner au village avec sa précieuse découverte. Il emmena l'enfant droit chez Guama qui saurait forcément quoi faire. Elle avait mis six bébés au monde, et les avait tous enterrés. Lorsque la seule fille qui leur restait était morte, Guama avait espéré s'endormir pour ne plus jamais se réveiller. Huracan déposa dans les bras de son épouse cette minuscule créature braillarde et Guama reprit goût à la vie.

Ils donnèrent à ce bébé le nom de Tonina, qui signifiait « dauphin » dans leur langue ; et parce que sa peau n'était pas brun foncé mais couleur de sable doré, Huracan et Guama crurent tous deux qu'elle était le rejeton d'un dieu de la mer. Ils s'imaginèrent alors que le dieu les avait pris en pitié et leur avait envoyé le bébé pour rendre la vie douce à ce couple pieux dans ses vieux jours.

Tonina grandit, et son physique étrange commença à inquiéter les gens. Très vite, la petite fille fut considérée comme une paria. Les enfants la raillaient cruellement, lui affirmant qu'elle avait été déposée sur l'eau parce que sa famille ne voulait pas de cet horrible bébé.

Le mystère avait toujours fait partie de sa vie. Que signifiait l'étrange amulette suspendue à son cou quand Huracan l'avait trouvée ? Qui l'avait accrochée au cou du bébé ? À quel peuple la reliait-elle ? Bien des années auparavant, Guama lui avait tissé un petit étui en fibres de palme pour y dissimuler l'amulette. Personne, pas même Tonina, ne l'avait jamais vue, sauf Huracan et Guama. La fillette avait pourtant appris que cette pierre magique d'un rose soutenu devenait translucide quand le soleil la traversait, et que des symboles magiques y étaient gravés. Elle la regarderait quand elle estimerait le moment venu, lui avait expliqué Guama. Tonina avait souvent envie d'examiner la pierre mais préférait s'en abstenir. Elle avait compris que ce talisman façonné dans une matière rare et gravé de motifs étranges ne ferait que l'éloigner davantage de ses camarades en renforçant sa position de paria.

Et puis il y avait la curieuse étoffe emmaillotant son petit corps de nourrisson : un coton précieux très rare sur les îles, et qui la reliait lui aussi à un peuple inconnu.

Tonina pensa à Macu. Elle n'était pas vraiment tombée amoureuse de lui, mais plutôt de ce qu'il représentait : l'appartenance à une communauté, dont elle rêvait depuis toujours. En devenant la femme de Macu, elle aurait trouvé sa place dans une tribu. Enfin liée à d'autres personnes, elle aurait fini par oublier son sentiment de solitude.

Elle se leva et caressa à sa taille la lanière de fibres ornée de porcelaines signalant sa virginité. On la lui avait nouée le jour de ses premières menstrues, et elle devait la porter jusqu'à sa nuit de noces, l'heureux privilège de l'ôter revenant à son époux.

Dans les dernières lueurs du jour, Tonina souleva la ceinture de coquillages en se demandant tristement si le jour viendrait où quelqu'un la lui retirerait.

De l'autre côté de l'île, quelques jeunes gens silencieux et maussades ruminaient autour d'un feu de camp, leurs visages plats éclairés par les flammes.

Il leur était difficile d'ignorer les ténèbres nocturnes qui les cernaient alors qu'ils venaient d'être témoins d'événements mystiques, avec des monstres marins et une mort évitée de justesse. Chacun, à sa manière, essayait d'y trouver une signification. Macu s'était noyé, Tonina l'avait ramené sur le rivage et la vieille femme, avec ses claques, l'avait ressuscité. Le fantôme du monstre avait-il voulu s'emparer de l'âme de leur ami ? Ce grand mystère les laissait sans voix.

Quant à Macu, les implications mystiques d'une mort momentanée et d'une résurrection ne lui apparaissaient aucunement. Il était venu sur l'île aux Perles pour donner une bonne leçon à cette fille et elle l'avait humilié.

Il broyait du noir. Des pensées amères et malveillantes le tourmentaient sans répit. Toute la soirée, pendant que les jeunes gens cuisaient et mangeaient les poissons pêchés plus tôt, Macu parvint à la même conclusion chaque fois qu'il avalait une bouchée : cette fille devait être châtiée.

3

Guama prit le petit coffre sur le chevron où elle l'avait rangé vingt et un ans auparavant et le déposa avec précaution sur le sol de la hutte.

Le moment était venu de se séparer.

Mais comment inciter Tonina à quitter l'île aux Perles ?

Si Guama lui ordonnait de partir, elle obéirait, mais un départ dans ces circonstances serait aussi triste qu'une mort. Et quelle pitié pour la jeune fille obligée de quitter son foyer bien-aimé sans vraiment comprendre pourquoi ! Guama aurait beau lui expliquer que telle était la volonté des esprits dauphins…

Il fallait trouver une bonne raison au départ de Tonina, quitte à l'inventer, un prétexte qui soulagerait la douleur de cette séparation.

Elle baissa les yeux vers le petit panier arrivé de la mer et le bout d'étoffe plié à l'intérieur, et une idée lui vint. Une petite supercherie…

Des frissons de peur la parcoururent. Le monde ne se limitait pas à l'île aux Perles, et Guama ne l'ignorait pas. Son île n'en était même pas le centre.

Au nord, à l'est et au sud, des centaines d'îles ponctuaient l'océan, et dans la tribu de Guama beaucoup s'y étaient déjà rendus en canoë. Les gens de ces îles vivaient à peu près comme sur l'île aux Perles, avec des coutumes, une langue et une religion presque identiques. Mais à l'ouest...

Elle frissonna de nouveau et adressa une prière silencieuse à Lokono, l'Esprit du Grand Tout.

À l'ouest, il y avait le pays qu'ils surnommaient la Grande Terre parce que, d'après les on-dit, il ne s'agissait pas d'une île, mais d'une terre s'étalant à l'infini, sans limites. Certains affirmaient qu'elle abritait un autre monde tout entier, un monde où les gens vivaient dans les arbres, marchaient tête en bas ou encore accouchaient par la bouche.

Certes, Tonina lui avait été amenée par les dieux de la mer eux-mêmes, mais, malgré ses croyances, la pragmatique Guama savait que sa petite-fille adoptive était née d'une mère humaine. L'amulette et le tissu qui avait emmailloté le bébé le prouvaient. Par contre, la raison pour laquelle cette mère avait confié son bébé aux dieux de la mer restait mystérieuse à ses yeux. Avait-on voulu sacrifier le bébé ? Et si oui, lorsque Tonina retournerait chez elle, que lui arriverait-il ?

La sacrifierait-on une seconde fois ?

Guama ferma les yeux et pria en silence : *Grand Lokono, sois mon guide !*

— Guama...

On l'appelait d'une voix douce. Le cœur de la vieille femme fit un bond dans sa poitrine : le dieu lui répondait. Mais quand elle rouvrit les yeux, elle vit Tonina sur le seuil.

— Te voilà ! Ne reste pas dehors, mon enfant.

Personne ne se hasardait hors du village après la tombée de la nuit, lorsque les esprits et les fantômes se mettaient à courir le monde.

Comme tous les habitants de l'île, Tonina avait le visage couvert de symboles et de motifs attrayants, qui ne parvenaient pourtant pas à masquer son manque de charme. Oui, pensa Guama avec résignation, si les dieux avaient donné cette apparence à la jeune femme, c'est parce qu'ils ne voulaient pas qu'elle attire le regard des hommes. De cette façon, elle restait seule, donc libre de retourner à la mer.

Le moment était venu de mentir.

— Ton grand-père est malade, Tonina. Gravement malade, même s'il le cache à tout le monde.

Tonina balaya la vaste hutte du regard et aperçut, à la lueur des torches, le vieil homme qui sommeillait dans son hamac. Inquiète, elle écarquilla les yeux.

— Il va mourir ?

Guama baissa le ton :

— Pas tout de suite, pas aujourd'hui. Il semble en pleine forme, mais un jour, il ne se réveillera pas.

— Tu ne peux pas le soigner ?

La connaissance des herbes et des charmes médicinaux de Guama était connue de tous.

— Nous n'avons pas la médecine qui convient sur notre île. Mais j'ai entendu parler d'une plante... Une fleur rouge, avec des pétales comme ceci...

Elle mima une fleur, poignets collés l'un à l'autre, doigts recourbés tournés vers le sol.

— Cette fleur ne pousse pas vers le haut en regardant le soleil, mais vers le bas, en regardant la terre, comme l'héliconie rouge qu'on trouve sur notre île, précisa-t-elle.

— Peut-être qu'elle pousse dans un arbre, hasarda Tonina.

Touchée par l'empressement de la jeune femme, Guama sentit sa gorge se serrer. À l'extérieur, la vie du village suivait son cours – les familles se rassemblaient autour des feux, les enfants couraient et jouaient – sous une lune grasse voguant dans les cieux.

— Il paraît que les pétales de cette fleur contiennent des esprits puissants qui peuvent guérir n'importe quelle maladie ou résoudre n'importe quel problème.

— Où peut-on la trouver ? demanda Tonina.

— Sur la Grande Terre.

Tonina en resta sans voix. On ne parlait de la Grande Terre que dans les mythes et les histoires à faire peur.

— Et comment pourrait-on se la procurer ? reprit-elle.

Elle voyait déjà le chef désignant des équipes de vigoureux rameurs pour les envoyer dans les canoës les plus robustes de l'île à la recherche de la fleur.

Guama prit les mains de Tonina dans les siennes.

— As-tu aperçu ces dauphins qui s'amusaient dans l'eau de l'autre côté du récif ?

Tonina sourit. Elle avait rejoint les deux bêtes pour leur parler et nager en leur compagnie.

— Ils ne sont pas venus par hasard, Tonina. Ils t'apportaient un message. Tu dois embarquer pour la Grande Terre afin d'y trouver la fleur de guérison magique et la rapporter.

Stupéfaite, Tonina dévisagea l'aïeule.

— Moi, grand-mère ? Tu en es sûre ?

— Le message est très clair.

Guama fixait de ses yeux fatigués cette jeune femme qui la dépassait d'une tête et que certains qualifiaient de laide mais qu'elle-même trouvait magnifique.

— Quand tu reviendras, tout le monde t'aimera pour ce que tu auras accompli. Car sauver la vie de Huracan équivaut à sauver celle de tous les habitants de cette île, dit-elle d'une voix douce. On parlera de cette quête pendant bien des années. On louera ton nom autour de tous les feux. L'année de ton retour sera connue comme l'année où Tonina a sauvé l'île aux Perles.

*Et celle-ci comme l'année où Tonina est retournée à la mer.*

Elle effleura le visage de la jeune femme qu'elle aimait plus que sa propre vie, de cette enfant qui avait apporté tant de joie à une mère au cœur brisé, et ajouta :

— Et ensuite, les hommes te trouveront belle.

Tonina s'efforçait de ne pas montrer sa peur. La Grande Terre ! L'idée de quitter l'île aux Perles, de traverser le vaste océan pour accoster une terre inconnue, cette idée la terrifiait. Mais grand-père avait besoin de son aide.

— Je partirai.

Guama avait toujours su que Tonina relèverait le défi, et cependant son cœur se glaça. Cette nuit resterait à jamais la pire de sa vie.

— Comme tu le sais, les grandes tempêtes s'apaisent entre le solstice d'hiver et le solstice d'été. Tu dois revenir avant cette date, Tonina. Nous commencerons à guetter ton retour au moment des fêtes de l'équinoxe de printemps, avant le début des grandes tempêtes.

Un mois seulement les séparant du solstice d'hiver, Tonina réalisa soudain l'urgence de la situation. Pressant dans les siennes les deux vieilles mains, elle dit avec passion :

— Je te promets de revenir avec la fleur de guérison ! Je vais prier mes esprits dauphins, qu'ils m'assistent dans cette quête.

Awak entra en courant dans le campement qu'abritait la minuscule baie et éveilla ses amis :
— Mon frère ! Il se passe quelque chose !
Les jeunes gens se frottèrent les yeux et écoutèrent Awak leur parler d'une fleur rouge magique et de la mission assignée à Tonina.
— En ce moment, ils se rassemblent sur la lagune ! Le grand canoë va bientôt partir !
Macu comprit tout de suite qu'il devait saisir cette chance. Il allait leur montrer qui était le plus fort. Il rapporterait la fleur magique, et tout le monde oublierait l'humiliation qu'il avait subie dans la lagune.
Et tout le monde oublierait Tonina, parce que Tonina ne reviendrait pas.

4

Guama et Huracan gardèrent leur mensonge pour eux ; ils se disaient qu'ainsi, si leur petit stratagème irritait les dieux, le châtiment ne s'abattrait que sur leurs têtes.

Dans la lumière de l'aube, toute la tribu s'était réunie pour un événement dont on parlerait pendant des générations. Dans le grand canoë, les vingt rameurs sélectionnés brûlaient d'excitation, car s'ils prenaient la mer, ce n'était pas pour se rendre sur une île insignifiante, mais sur la Grande Terre elle-même !

Vingt et un ans auparavant, le jour où Huracan avait sauvé le panier des hauts-fonds, il avait observé les vents et les marées. D'après ses déductions, le petit panier avait probablement été mis à la mer depuis la côte méridionale de la Grande Terre, un pays nommé Quatemalan. Comme c'était le pays d'origine de Tonina et qu'elle y retrouverait son peuple, il lui affirma que la fleur y poussait.

Dans le jour naissant, la plage grouillait de monde. Pendant que les femmes embarquaient des provisions dans la grande pirogue, Guama contemplait la fille que la mer leur avait amenée en ce jour miraculeux. Depuis lors, Tonina ne s'était jamais éloignée de l'eau, n'avait jamais perdu l'océan de vue. La mer coulait dans ses veines. Comment survivrait-elle sur une terre sans limites ?

Les mêmes doutes effrayants traversaient parfois l'esprit de la jeune femme. Un pays d'où l'on ne pouvait voir la mer ? Elle refusait d'y penser : seule comptait la tâche sacrée qu'on lui avait confiée, à elle et à elle seule.

Tout en supervisant le chargement de l'embarcation, Huracan observait lui aussi sa petite-fille. Elle semblait ne plus vraiment appartenir à la tribu, comme si la transformation avait déjà commencé.

C'était à cause des vêtements qu'elle portait.

Le vieil homme voulait s'assurer que Tonina ne s'attirerait aucun ennui en posant le pied sur la Grande Terre. Un marchand taïno qui se rendait régulièrement sur l'île pour troquer son coton contre des perles lui avait parlé d'étranges coutumes. Là-bas, les gens portaient des vêtements, et en particulier les femmes, ces « créatures pudiques ». Sur la Grande Terre, les seins nus étaient tabous.

Ces informations tracassaient Huracan. L'absence de vêtements désignerait Tonina comme une étrangère, et il se demandait quel traitement ces sauvages réservaient aux étrangers. Le vieil homme avait expliqué le problème à Guama, qui avait trouvé la solution dans les feuilles de palmier avec lesquelles les villageois fabriquaient leurs hamacs. À l'aide de coquilles acérées, elle avait taillé puis assemblé deux hamacs pour en faire une tunique recouvrant partiellement une jupe de la même matière. Les femmes gloussaient dans le dos de Tonina, la comparant à un poisson géant pris dans un filet.

Les hommes chargèrent le canoë de poissons salés séchés au soleil, de chair de tortue boucanée et de galettes de manioc. Tout en surveillant la manœuvre, Huracan se remémorait d'autres paroles du marchand : « Ils ne sont pas comme nous, les sauvages de la Grande Terre. Les hommes se mutilent les parties génitales parce que pour eux c'est signe de bravoure. Ils transpercent leur pénis avec des épines et des tiges fibreuses ; au fil des ans, il se déforme et devient granuleux. »

Huracan écarta ces pensées inconcevables ; il devait s'assurer que les rameurs partaient avec ce qu'il fallait pour se défendre. Équipés de simples lances en bois et de couteaux de pierre, les hommes de l'île aux Perles n'étaient pas des guerriers, mais le vieil homme constata qu'ils embarquaient également des bâtons, quelques arcs et des flèches.

Le moment du départ arriva enfin. Guama psalmodia des prières à Lokono, tout en peignant sur le visage et les bras de Tonina des symboles censés la protéger, puis elle lui remit l'objet transparent.

En pressant les doigts de Tonina sur le récipient glacé, la vieille femme perçut l'étrange pouvoir qui s'en dégageait. Elle était bien loin de s'imaginer que ce jour important du départ de Tonina se déroulait en l'an de grâce 1323, car c'était ainsi qu'on appelait ce cycle des saisons dans le pays où l'objet avait été fabriqué. Elle ne pouvait pas savoir que, dans ce pays par-delà l'océan, à l'ouest, des hommes à la peau pâle portaient des cottes de mailles et des armures, et leurs femmes de lourdes robes et des corsages ajustés. Guama ignorait tout des rois et des armées munies d'arbalètes qui guerroyaient sur des chevaux harnachés pour la bataille. Elle ne savait pas qu'on y honorait un seul Dieu, que deux siècles plus tard ces mêmes hommes à la peau claire débarqueraient sur l'île aux Perles et que, au nom de leur Dieu unique, ils changeraient à jamais le mode de vie de ses habitants.

En ce jour mémorable, au bord du lagon inondé de soleil, Guama ne parvint à prononcer que ces quelques mots :

— Cette coupe vient du monstre de la mer et recèle un grand pouvoir. Conserve-la, ma chère enfant. Elle veillera à ce que tu nous reviennes saine et sauve.

La voix de Guama se brisa quand elle prononça ce mensonge et une douleur fulgurante envahit sa poitrine à l'idée de sa solitude à venir.

Fourrant un petit sac de perles dans les mains de Tonina, Huracan regarda sa petite-fille droit dans les yeux :

— Tu vas voir des merveilles sur la Grande Terre, mon enfant. Des collines qui escaladent le ciel et qu'on appelle montagnes, et des rivières qui les dévalent, les cascades.

Puis, d'une voix tendue :

— À ton retour, tu nous raconteras toutes les merveilles auxquelles tu auras assisté.

— Je le ferai, grand-père, lui répondit Tonina, à la fois excitée et effrayée.

Pourquoi Macu n'était-il pas là pour assister à son départ ? Elle serra contre elle le vieux couple affable dont les têtes chenues lui arrivaient à peine aux épaules.

Avant de monter dans le canoë, Tonina ramassa une poignée de sable qu'elle versa dans la bourse où elle conservait tous ses charmes ; s'y trouvaient déjà un bigorneau bleu et une dent de dauphin, talismans qui lui permettraient de maintenir le lien avec son île.

— Cher grand-père, je te le promets : je trouverai la fleur et la rapporterai pour que tu vives encore très longtemps. Les habitants de cette île ont besoin que tu les protèges des tempêtes. Je te fais ce serment sur l'esprit du dauphin, mon totem.

Elle dévisagea les gens qui l'entouraient. Tous laissaient transparaître leur admiration, et elle se sentit enfin l'une des leurs. Quand elle reviendrait avec la fleur de guérison, on l'accepterait bel et bien.

Pendant qu'elle faisait ses adieux aux villageois, Huracan prit à part le chef des rameurs, Yúo, et lui glissa discrètement à l'oreille :

— Mon neveu, il est temps que je te mette au courant. Quand tu auras atteint la Grande Terre, dresse ton campement sur la plage pour y passer la première nuit, et lorsque Tonina dormira, remettez l'embarcation à la mer, toi et tes hommes, et revenez immédiatement au village.

Yúo afficha brièvement sa surprise puis, plongeant ses yeux dans ceux de son oncle, il comprit où ce dernier voulait en venir.

— Parviendra-t-elle à retrouver son peuple ? souffla-t-il à Huracan.

Il se demandait quel étrange destin attendait la jeune fille.

Le vieil homme secoua la tête.

— Je l'ignore, mais j'ai fait mon devoir. Elle est entre les mains des dieux, à présent. Son temps parmi nous s'est achevé.

Le canoë et ses vingt rameurs franchirent la passe du récif et s'élancèrent en pleine mer, Tonina agenouillée à la proue, les cheveux au vent. Huracan se tourna vers l'est et prit une profonde inspiration.

Le départ de sa petite-fille l'avait tellement absorbé qu'il avait négligé ses obligations de guetteur. Mais il sentait maintenant qu'une tempête couvait. Une énorme, une terrible tempête.

Il se retourna vers le petit canoë et sa cargaison, si fragiles, si vulnérables, et se rendit compte avec horreur qu'il n'avait aucun moyen de les rappeler ni même d'avertir Tonina et ses compagnons.

Un ouragan approchait.

# LIVRE UN

## 5

L'île aux Perles disparut à l'horizon. La longue pirogue, ses vingt rameurs, son capitaine et sa passagère se retrouvèrent en haute mer, livrés à eux-mêmes. C'en était fini de l'escorte des mouettes et du fracas des vagues déferlant sur le rivage. Le silence infini du grand large les enveloppait, brisé uniquement par le rythme des pagaies frappant l'eau. Agenouillée à la proue, le visage tourné vers l'ouest effrayant, Tonina plissait des yeux, éblouie par les reflets du soleil à la surface de l'eau clapotante.

Le soleil tapait sur le dos des hommes que les embruns rafraîchissaient. Rameurs-nés, Yúo et ses camarades ne connaissaient pas de plaisir plus grand qu'une course en haute mer. Yúo, qui marquait le rythme au tambour pour son équipage, se sentait pourtant bourrelé de remords : il était le seul à savoir que cette quête était un leurre, que leur mission consistait en réalité à abandonner sur la Grande Terre la petite-fille adoptive de son oncle.

Couvert de symboles magiques gravés ou peints, le majestueux canoë béni par Lokono, l'Esprit du Grand Tout, venait de pénétrer une zone maritime pour l'instant sans nom, mais qui serait bientôt baptisée canal du Yucatán. À cet endroit, les vents soufflaient du nord dans le sens inverse du courant, et la mer devenait plus agitée. Grâce à leur force et à leur expérience, Yúo et ses hommes négociaient avec adresse les vagues capricieuses. Façonnée à partir d'un tronc très solide creusé à la hache et au feu, leur robuste embarcation était conçue pour de longues distances. Il ne leur en fallait pas moins se méfier des bourrasques de pluie, des nuages noirs où naissaient des coups de vent brutaux, et les rameurs devaient constamment rester sur le qui-vive. Conscient du risque, Yúo balayait l'horizon du regard.

Et tout à coup, il vit... une autre embarcation ! Les yeux écarquillés, il poussa un cri d'alarme, et les vingt rameurs se tournèrent anxieusement vers le sud. Était-ce un canoë de guerre venu de la Grande Terre ? Les récits sur les féroces Mayas qui hantaient ces eaux leur revinrent à l'esprit, et tous se mirent à ramer de toutes leurs forces, les yeux braqués sur le bateau en approche.

Puis soudain, abasourdis, ils comprirent qu'il arrivait sans doute de l'île aux Perles.

Lorsque Tonina aperçut son capitaine qui les saluait, debout à la proue, son cœur manqua un battement. Macu !

Au fil des ans, grâce au négoce et aux mariages, les habitants de l'île aux Perles et de l'île de la Demi-Lune avaient tissé de solides liens d'amitié. Dans l'esprit de Macu, l'autre pirogue ne s'attendrait donc pas à une attaque. Ses amis et son frère Awak s'étaient accroupis au fond de leur embarcation, et seuls quatre rameurs étaient visibles. Le jeune homme adressa un grand signe amical à la pirogue vers laquelle il fonçait, tout en évaluant la direction du vent et la vitesse du courant et de son canoë. Il jaugea également celle de l'autre bateau, plus puissant. Juste avant l'abordage, il ferait signe aux hommes allongés de faire usage de leurs arcs et de leurs lances.

Macu sourit. Son plan était parfait. Tonina et les vingt rameurs seraient morts avant d'avoir pu comprendre ce qui leur arrivait. Et Macu se chargerait lui-même de la fille. Ensuite, ils embarqueraient les provisions de la pirogue, la couleraient et mettraient le cap sur la Grande Terre, où les attendait cette fameuse fleur magique.

Yúo reconnut le jeune homme du canoë qui cinglait les flots et lui rendit son salut. Le cœur de Tonina battait la chamade. Que faisait Macu sur ces eaux ? Avait-il l'intention de l'escorter jusqu'à la Grande Terre ?

Lorsque le petit canoë fut à portée de voix, Yúo ordonna à son équipage de relever les rames, et le sourire de Macu s'élargit. Il fit signe à ses hommes toujours cachés de se tenir prêts à attaquer.

— Nous sommes venus vous souhaiter bonne chance ! s'écria-t-il alors que son canoë se rapprochait encore.

— Merci ! Puissent les dieux nous bénir tous au cours de ce voyage ! répondit Yúo, dont les dents étincelantes éclairaient le visage sombre.

Les deux équipages avaient relevé leurs rames et le silence régnait, seulement troublé par le clapotis des vagues sur les flancs des étroites embarcations. Le canoë de Macu manœuvra afin de faciliter le passage d'un bateau à l'autre et le jeune homme se retourna pour donner le signal de l'attaque. Il allait ouvrir la bouche lorsqu'il sentit un objet acéré le frapper à la cuisse.

Surpris, il baissa les yeux. Une flèche enflammée s'était fichée dans sa chair.

Dans la minute qui suivit, une pluie de flèches en feu s'abattit sur le canoë de Macu. Ses hommes sautèrent sur leurs pieds et ripostèrent à coups de lances et de flèches.

Ahurie, Tonina contemplait ce chaos.

Elle ignorait qu'avant le départ sa grand-mère avait eu une conversation en tête à tête avec Yúo.

« Je me méfie de ce garçon, Macu. Tonina lui a sauvé la vie, mais quand ses amis l'ont aidé à quitter la plage, j'ai vu le regard qu'il lui a lancé. Il lui a jeté le mauvais œil.

— Nous resterons vigilants », l'avait rassurée Yúo.

Il savait comment s'y prendre. Debout à la proue, Tonina ne s'intéresserait qu'à la côte occidentale et ne prendrait pas garde aux hommes de Yúo tapis à l'arrière de la pirogue et prêts à se défendre avec des arcs et des flèches enduites de sève. Enflammées grâce aux tisons emportés pour le campement qu'ils devaient dresser sur la Grande Terre, elles seraient très difficiles à éteindre une fois plantées dans l'autre canoë.

Lorsque le canoë de Macu s'était approché, Yúo avait observé son comportement et avait remarqué la nervosité des rameurs, qui n'étaient que quatre pour une embarcation prévue pour douze. Puis il avait aperçu les hommes accroupis, ce qui lui avait permis d'attaquer le premier.

Quelques hommes surexcités tentèrent d'éteindre avec de l'eau de mer les petits foyers qui s'allumaient sur le canoë de Macu, tandis que d'autres, armés de couteaux et de haches, sautaient dans l'embarcation de Tonina. Et soudain, ce fut le corps à corps, les coups de poing et de poignard, les hurlements. Tonina s'agrippait tant bien que mal aux bords du canoë qui tanguait dangereusement, et un hurlement silencieux lui monta à la gorge.

Prise par le courant, la plus petite des deux embarcations se retourna avec les hommes qui s'y accrochaient, luttant désespérément contre les flammes. Des spirales de fumée s'élevèrent au-dessus de l'eau.

Tonina aperçut Macu à travers la fumée. Le visage tordu par la rage, il asséna un coup de massue sur la tête de Yúo, lui fracassant le crâne. Le neveu de Huracan s'effondra et Macu l'enjamba en levant sa massue pour l'abattre sur un autre habitant de l'île aux Perles.

Au milieu des cris de souffrance, glacée d'horreur, Tonina vit cette lutte à mains nues devenir de plus en plus violente, de plus en plus frénétique et brutale. Des corps flottaient sur la mer agitée qui se teintait d'écarlate.

Soumis à de rudes secousses par les hommes déchaînés, le canoë se mit à tanguer dangereusement, et l'impensable finit par se produire : l'esquif chavira et se retourna complètement, précipitant à l'eau Tonina et tous les combattants.

Tandis que la jeune femme affirmait sa prise sur la coque retournée, les hommes nagèrent frénétiquement vers l'autre canoë aux feux éteints par l'eau de mer. Ils s'y hissèrent péniblement, puis repêchèrent sans distinction ennemis et camarades. Ils avaient momentanément oublié leur conflit et s'aidaient mutuellement à remonter à bord.

Des appels au secours s'élevèrent alors du canoë de la Demi-Lune, déjà emporté par un courant puissant. Tonina, qui nageait sur place à côté de la pirogue retournée, cherchait à repérer des hommes à sauver. Cette nageuse émérite se sentait parfaitement à l'aise dans l'eau, mais elle n'avait jamais nagé aussi lourdement chargée. Son paquetage pouvait flotter mais les fibres de ses habits en hamac s'imbibaient d'eau, si pesants qu'elle arrivait à peine à remuer les jambes. Agrippée d'une main à la coque renversée, elle dénoua de l'autre le nœud à sa ceinture et se débarrassa de sa lourde jupe, qui s'enfonça dans l'eau.

Elle rejoignit d'abord un homme de l'île aux Perles et le tira à la nage jusqu'à leur canoë. Quand elle posa la main du rameur sur la coque, elle se rendit compte qu'il était mort. Sa main glissa et il s'éloigna en flottant, le visage dans l'eau.

Elle nagea vers un autre homme, toujours vivant celui-ci, même s'il avait perdu un bras dans la bataille. Elle se démenait pour le ramener près de la coque lorsqu'elle entendit des cris de panique. Le petit canoë, trop chargé, commençait à sombrer. Les hommes hurlaient, se piétinaient, et le petit bateau disparut dans les remous. Tonina les appela en faisant de grands gestes. Son canoë était vaste et solide, et s'ils parvenaient à le retourner…

C'est alors qu'elle vit les requins.

De nouveaux hurlements s'élevèrent parmi les hommes qui cherchaient à rejoindre l'embarcation de Tonina, des cris de terreur et de douleur. Des ailerons fendaient les flots au milieu des hommes paniqués. Les événements prirent alors une tournure atroce, marquée par des éclaboussements frénétiques, des imprécations, une eau qui rougissait.

Tonina repéra Macu, qui flottait sur le dos, inconscient. Elle l'empoigna, le tira à elle, puis se hissa sur la coque avec difficulté, au sec, avant de le remonter à son tour. Assise sur la coque instable, les bras serrés autour de Macu, elle tremblait de peur.

Pris dans un contre-courant, le canoë s'éloigna lentement des requins et de la mort. Incrédule, Tonina assista à un véritable carnage, qui s'estompa peu à peu. Aucun des survivants du combat n'était parvenu à atteindre la robuste pirogue retournée. Des trente et un passagers, il ne restait qu'elle et Macu.

Elle avait mal aux bras à force de retenir le jeune homme évanoui. Elle ne comprenait pas ce qui était arrivé. Pourquoi cette attaque ? Et pourquoi lui devait-il la vie pour la seconde fois ? Elle se mit à sangloter, le visage enfoui dans les cheveux froids et humides de Macu. Elle ignorait combien de temps elle pourrait le maintenir hors de l'eau. Ses forces faiblissaient, ses muscles douloureux s'engourdissaient, et elle guettait les requins.

Soudain, l'un d'eux fit son apparition. Un petit, un jeune. Qui se rapprochait à toute vitesse. Dans une glissade unique, il ouvrit sa gueule béante et trancha net la jambe de Macu sous le genou. L'eau se teinta de sang. Tonina poussa un hurlement en relevant les jambes. De toutes ses forces, elle tira Macu plus haut sur la coque.

L'aileron s'éloigna, puis revint. Tonina resserra son étreinte autour de Macu, mais cette fois-ci, au lieu de nager à côté d'eux, l'animal se précipita contre l'esquif, obligeant la jeune femme à lâcher prise, et Macu se retrouva à la mer. Horrifiée, Tonina vit sa tête disparaître sous la surface, et le requin s'éloigna, sa proie inconsciente laissant derrière eux une traînée sanglante.

Hébétée, sous un ciel bleu sans nuages, sans aucune terre en vue, Tonina comprit qu'elle était seule. Même les cadavres avaient disparu. La jeune femme s'affaissa et l'obscurité se referma sur elle.

6

Tonina rêva qu'elle chevauchait une grande bête grise.
Mystérieusement revenu à la vie, ses os gigantesques enrobés de chair et de peau, le monstre marin du lagon était venu la chercher. Elle s'accrochait à sa nageoire dorsale et, ensemble, ils fendaient les flots.
Mais lorsqu'elle se réveilla, elle était allongée sur une plage déserte, et elle se demanda si elle avait vraiment rêvé. Les dauphins qui veillaient sur elle lui avaient peut-être une nouvelle fois sauvé la vie.
Elle écouta le ressac, le vent dans les palmiers, et leva les yeux vers le ciel d'un bleu intense. Sous son dos, le sable était chaud et sec, mais elle éprouvait une sensation bizarre au niveau des jambes. Elle se redressa sur les coudes, secoua la tête pour en faire tomber le sable et les algues, et s'examina.
Ses jambes étaient nues, et elle se rappela soudain qu'elle avait abandonné sa jupe de fibres dans la mer. Se retrouver ainsi jambes à l'air et poitrine couverte alors qu'elle avait l'habitude de se promener seins nus mais en jupe, quelle impression étrange ! Comme si tout s'était inversé. Avait-elle échoué sur une terre où tout était sens dessus dessous ?

Elle scruta la plage autour d'elle et ne découvrit aucun survivant à la brève bataille navale qui avait tourné à la tragédie. Nul signe non plus du canoë ou des provisions. Heureusement, son paquetage étanche était toujours arrimé à ses épaules, et elle en rendit grâce aux dieux.

Les jambes tremblantes, elle se remit debout et balaya du regard ce paysage inconnu. Comme aucun lagon ne séparait la plage de la pleine mer, de puissantes vagues déferlaient sur le rivage. Dans le dos de Tonina se dressait le mur vert d'une épaisse forêt. La consternation la gagna quand elle se rendit compte qu'elle n'était pas arrivée à l'endroit que son grand-père lui avait décrit : la fleur au pouvoir de guérison poussait dans une région de hautes falaises escarpées et de récifs périlleux. Tonina se trouvait à l'ombre des palmiers, sur une vaste plage de sable blanc. Était-elle bien sur la Grande Terre ?

Elle fit glisser son paquetage de ses épaules, l'ouvrit et en inspecta le contenu, que Guama lui avait préparé avec amour : poisson salé, noix de coco et baies séchées, remèdes variés. Tout était sec et intact.

Penser à son île l'amena à se souvenir de l'oncle Yúo et de sa mort tragique, de la trahison de Macu, de son combat désespéré pour le sauver du requin... Elle se mit à pleurer, mais se reprit immédiatement. Pas le temps de s'abandonner au chagrin et à l'apitoiement. La position du soleil lui apprit que le sud se trouvait à sa droite. Si elle suivait ce rivage incurvé, elle parviendrait sur la côte où poussait la fleur rouge, du moins l'espérait-elle.

Dans ses provisions, elle trouva une petite noix de coco remplie de cette peinture blanche qu'utilisaient les gens des îles pour couvrir leurs visages et leurs bras de symboles protecteurs. Elle s'accorda un moment pour recourir à cette précaution car la mer avait dû nettoyer son visage, la rendant vulnérable aux mauvais esprits et à la malchance. Sur son front, ses joues, son nez et son menton, elle traça des lignes, des ronds, des points et des zigzags et ne s'arrêta que lorsqu'elle s'estima à nouveau suffisamment protégée.

Puis elle balança son paquetage sur ses épaules et se mit à suivre la plage en murmurant une prière pour les hommes perdus en mer et des remerciements à Lokono et à ses gardiens dauphins.

Elle n'alla pas bien loin ; très vite, une forêt de palétuviers lui barra la route. Ces arbres immenses aux troncs épais se dressaient devant elle tels des géants, lui refusant le passage. Tonina s'obstina, escaladant les arches de leurs racines enchevêtrées plongeant dans l'eau, peinant dans les marais et la gadoue. Ses jambes s'alourdissaient, des nuages de moustiques la harcelaient et elle s'attendait à voir surgir des serpents venimeux.

Au bout d'un moment, elle dut s'appuyer contre un arbre pour reprendre son souffle. Elle promena son regard sur cette forêt humide et dense et comprit que ses efforts ne serviraient à rien. Elle devait partir vers l'intérieur des terres, trouver un terrain praticable et ensuite seulement reprendre la direction du sud. La peur la clouait sur place. Se diriger vers l'intérieur, c'était tourner le dos à la mer rassurante.

Elle s'y résolut pourtant, et l'après-midi touchait à sa fin lorsqu'elle émergea du marécage. Les cris des mouettes ne lui parvenaient plus, et tous les animaux qu'elle aimait, comme les tortues de mer déposant leurs œufs dans le sable mouillé, étaient devenus invisibles. Le cœur cognant dans sa poitrine, elle s'enfonça dans une forêt sèche et dense, sans aucune plage en vue. L'île aux Perles était si petite qu'on pouvait la traverser en moins d'une journée. Quelques collines basses, quelques cours d'eau, une forêt touffue au milieu, et de l'autre côté, le rassurant paysage marin.

Rien de tel en ce lieu.

Chaque fois que Tonina s'arrêtait pour renifler l'air et noter la position du soleil, elle se disait qu'elle marchait forcément sur la Grande Terre, ou du moins sur une très grande île. S'il s'agissait bien de la Grande Terre, rien n'y différait beaucoup de l'île aux Perles : les arbres familiers produisaient des fruits et des noix identiques à ceux dont se nourrissait son peuple depuis des générations, et elle reconnaissait les fleurs et les petits animaux qu'elle croisait. Pourtant, dans les histoires qu'on racontait autour du feu, la Grande Terre était un endroit étrange aux caractéristiques inquiétantes et mystérieuses.

Elle s'apprêtait à mettre le cap au sud pour repartir vers la côte lorsqu'elle perçut une odeur de fumée.

Un feu de camp ? À l'idée qu'on puisse lui indiquer où se trouvait la fleur, elle reprit courage. Elle suivit prudemment cette odeur jusqu'à une clairière où des hommes assis autour d'un feu de camp discutaient tranquillement en fumant la pipe. Tonina ouvrit grands les yeux, surprise : ils ressemblaient aux gens de l'île aux Perles. Exception faite des stries brunes et noires dont leurs corps étaient couverts, ils auraient pu appartenir à sa propre tribu.

C'est alors qu'elle aperçut les cages.

Faites de bâtons et de cordes comme des pièges à langoustes mais de taille bien supérieure, elles renfermaient des aigles.

Tonina, indignée, en eut le souffle coupé. Sur l'île aux Perles, chasser les aigles était tabou, mais elle avait entendu parler de ces gens qui ne respectaient pas les dieux et accordaient plus d'importance à leur propre personne qu'aux esprits de la nature. Elle en conclut que ceux-ci ne lui réserveraient rien de bon et décida de revenir sur ses pas pour poursuivre son chemin.

Quelque chose l'arrêta. Dans la cage la plus éloignée, elle venait de remarquer un captif d'un autre genre : un jeune homme à l'air terrifié, portant un simple pagne blanc, poignets et chevilles entravés.

Tonina rampa à travers les broussailles pour se rapprocher de la cage. Lorsqu'elle arriva à proximité, le jeune homme se tourna vers elle, comme conscient de sa présence. À la grande stupéfaction de la jeune femme, une paire de prunelles jaunes la fixait. Elle n'avait jamais vu d'yeux dorés jusqu'alors. Retenant son souffle, elle traça en l'air un symbole protecteur.

Son cœur cognait dans sa poitrine. Elle voulut faire demi-tour et s'enfuir, mais le garçon la regardait d'un air si suppliant qu'elle était comme clouée sur place. Elle se rendit compte qu'il était blessé au front, et que son visage dégoulinait de sang.

Tout en gardant à l'œil les hommes autour du feu, Tonina s'approcha subrepticement de la cage et l'examina. Un seul lien à trancher et le prisonnier serait libre. Elle sortit un couteau de son paquetage, coupa la corde et se glissa près du garçon pour lui libérer les mains et les pieds.

Sans un mot, il s'extirpa de sa prison et se précipita à l'abri des arbres. Quand il s'arrêta pour regarder derrière lui, tendu et ramassé sur lui-même, comme prêt à bondir, il fit à Tonina l'effet d'une créature sauvage. Elle posa un doigt sur ses lèvres puis le pointa vers les chasseurs.

— Ne fais pas de bruit, chuchota-t-elle.

Les yeux d'or la regardaient sans comprendre.

Elle lui indiqua les vestiges de la fabrication des cages, des rameaux secs dispersés sur le sol :

— Fais attention où tu poses les pieds. Nous devons rester silencieux.

Il fronça les sourcils, les yeux baissés, puis fixa les jambes nues de la jeune fille.

Tonina suivit son regard et les paroles de son grand-père lui revinrent en mémoire : les gens de la Grande Terre n'aimaient pas voir la peau nue des femmes. Elle passa le campement en revue, les provisions entassées avec les outres d'eau et les armes. De l'autre côté de la clairière, plusieurs manteaux de coton blanc séchaient, étalés sur de grandes fougères.

Lui intimant à nouveau de ne pas faire de bruit, Tonina fit signe au jeune homme de la suivre. Ils contournèrent furtivement le campement, et la jeune femme tendit la main vers le premier manteau à sa portée. Dans son village, elle avait pu assister au troc du coton contre des perles ; elle avait l'intention de laisser sur place trois perles parfaitement rondes pour « payer » le manteau.

Mais au moment où elle s'emparait du vêtement posé sur les fougères, une cacophonie éclata brutalement.

Tonina aperçut trop tard la ficelle attachée au manteau, elle-même reliée à une autre boucle dans la frondaison d'un arbre. Une seule traction avait suffi : une pluie de cailloux, de coquillages et de noix de coco se déversa au sol avec fracas.

Aussitôt, les chasseurs se levèrent en se saisissant de leurs armes.

— *Guay !* souffla Tonina, qui s'élança dans la forêt, le jeune homme aux yeux jaunes sur les talons.

Tout en jetant des coups d'œil vers leurs poursuivants, ils couraient entre arbres et broussailles, bondissaient au-dessus des branches mortes, évitaient les buissons épineux, survolaient le sol sec couvert de brindilles.

— Vite ! Grimpons ! s'écria Tonina.

Ils escaladèrent un arbre au feuillage touffu, et montèrent assez haut pour rester cachés sans perdre de vue les chasseurs. Tonina et le jeune homme se figèrent et retinrent leur respiration en voyant passer puis disparaître dans la forêt les hommes aux stries noires et brunes. Les deux jeunes gens attendirent jusqu'à ce que le silence retombe, seulement rompu par le chant des oiseaux et les petites créatures qui faisaient bruire le sous-bois. Ils se laissèrent alors prudemment glisser jusqu'au sol.

Tonina massa ses membres douloureux, tout en prenant rapidement sa décision : les chasseurs, qui campaient à l'est, étaient partis vers le sud, mais partir vers le nord ne ferait que l'éloigner de sa destination. Elle n'avait pas le choix, elle devait se diriger vers l'ouest. Pour le moment, rester en vie lui importait davantage que la fleur de guérison.

Elle regarda attentivement le jeune homme. Il ne saignait plus, mais un des côtés de son visage était couvert de sang coagulé. Lorsqu'elle tendit la main vers la blessure, il tressaillit.

— Tu vas bien ? murmura-t-elle.

Il fixait les mouvements de ses lèvres. Elle reformula sa question, et il hocha la tête.

— Il faut trouver de l'eau pour nettoyer ta blessure. Tu connais cet endroit ?

Il regarda autour de lui, embrassant de son regard d'or la végétation jaunie et les arbres serrés les uns contre les autres, dont beaucoup avaient perdu leurs feuilles. C'était l'automne et la forêt des basses terres entrait en léthargie. Il secoua la tête.

Tonina prit conscience qu'elle tenait toujours le manteau volé ; elle le noua autour de sa taille à la façon d'un sarong s'arrêtant à mi-mollet.

— Par ici, lui indiqua-t-elle.

Ils se remirent en route sous le couvert, dans la pénombre croissante du crépuscule. Ils progressaient en terrain sec, foulant un lit de feuilles mortes où poussaient chardons, épineux et bardanes. Toujours attentifs aux chasseurs, ils cherchèrent un point d'eau et un abri pour la nuit. L'étrange compagnon de la jeune femme l'intriguait de plus en plus.

Expérience toute nouvelle pour Tonina, ce jeune homme au visage ovale (sur l'île aux Perles, tout le monde avait une face ronde) était presque plus grand qu'elle. Ses longs cheveux noirs emmêlés pendaient comme s'il n'en avait jamais pris soin. Il devait avoir environ le même âge qu'elle mais n'affichait aucun signe distinctif qui permette de le rattacher à une tribu ou à un clan, aucun vêtement à l'exception d'un pagne et nulle marque sur la peau. C'était la première fois que Tonina rencontrait quelqu'un qui n'arborait ni tatouage ni modification corporelle. Il lui semblait bizarrement nu et vulnérable, comme un nouveau-né.

Ils poussèrent plus avant dans le jour tombant, et aboutirent dans une petite clairière où ils se retrouvèrent devant une sculpture qui les laissa bouche bée.

Couvert de sarments et de lierre, un singe géant les dominait. Taillé dans le roc, il était accroupi sur une dalle de pierre envahie depuis bien longtemps par de la mousse et du lichen et qui avait éclaté sous la poussée des racines alentour. Toutes sortes d'oiseaux nichaient dans les mains jointes sur un gros ventre.

— *Guay !* Qu'est-ce que c'est ? chuchota Tonina en traçant dans l'air un signe protecteur.

Son compagnon muet secoua la tête pour exprimer un respect craintif.

Figée dans un hurlement silencieux, la bouche du singe semblait offrir une cachette assez spacieuse pour deux personnes. Visiblement, les bâtisseurs de ce monument, sûrement des géants, ne fréquentaient plus cet endroit depuis des années. C'était un abri idéal. Ils escaladèrent la gigantesque statue en s'aidant mutuellement, et se hissèrent dans la gueule béante qui faisait un excellent poste d'observation d'où guetter le retour éventuel des chasseurs d'aigles.

Une fois en sécurité dans cette caverne artificielle, Tonina s'assit jambes croisées et fit glisser son paquetage de ses épaules endolories. Elle en sortit une petite bourse contenant l'un des remèdes de Guama.

— Si seulement nous avions de l'eau pour nettoyer ta blessure ! dit-elle.

Elle trempa le doigt dans le baume vert et l'appliqua délicatement sur la plaie.

— Pourquoi ces hommes t'ont-ils fait prisonnier ? ajouta-t-elle.

Le garçon ne lui répondit pas.

— Est-ce que tu comprends ce que je te dis ? insista-t-elle.

Le grand-père de Tonina lui avait expliqué que sur la Grande Terre, les gens ne parlaient pas la même langue.

— Peut-être es-tu sourd ?

Elle réfléchissait à voix haute. Elle s'essuya les doigts sur son sarong et remit la pommade dans le paquetage.

Le jeune homme fronça ses fins sourcils noirs, puis, aussitôt, son visage s'éclaira. Il lui fit signe que non, et Tonina s'enhardit :

— Si tu as compris ma question, c'est que tu parles ma langue. Comment est-ce possible ? Tu ne ressembles pas aux habitants des îles. Comment t'appelles-tu ?

Il était suspendu à ses lèvres.

— Quel est ton nom ?

Elle pointa le doigt vers sa propre poitrine :

— Moi, c'est Tonina. Et toi ?

Il bougea les lèvres. Il voulait désespérément prononcer un mot, mais aucun son ne sortait. La blessure qu'il avait au front expliquait peut-être son incapacité à s'exprimer. Une autre possibilité vint soudain à l'esprit de la jeune femme :

— Ton nom, tu le connais ?

Comme perdu dans ses pensées, il fixait sur elle ses prunelles dorées. Il finit par secouer la tête ; cette blessure avait effectivement porté atteinte à sa mémoire, en déduisit Tonina.

— Tu te souviens de quelque chose ?

Il hocha une nouvelle fois la tête et la jeune femme remarqua de nouveau l'absence de tatouages protecteurs, de modifications corporelles, de plumes, de colliers et d'amulettes :

— Si tu n'as pas de nom, rien ne te protège des mauvais esprits.

Elle se plongea dans ses pensées, solennelle : choisir un nom n'était pas une mince affaire. Son propre peuple consacrait des journées entières au choix du nom des enfants. Un nom ne garantissait pas seulement une protection contre le mal, il influait aussi sur la destinée de celui qui le portait. Elle se remémora la cage du prisonnier et les grands oiseaux de proie capturés comme lui et décida de l'appeler Aigle Courageux jusqu'au jour où il se souviendrait de son vrai nom.

Lorsqu'elle l'en avisa, il lui adressa un sourire si merveilleux qu'elle en resta interdite. Le désir de lui faire plaisir de nouveau s'empara d'elle, et elle se rappela que Guama avait glissé dans son paquetage un collier de coquillages porte-bonheur. Elle le passa au cou de son nouvel ami, puis disposa les talismans sur sa pâle poitrine :

— Ils sont consacrés à Lokono, l'Esprit du Grand Tout. Maintenant, te voilà doublement protégé.

Il la gratifia d'un autre beau sourire.

Elle sortit du paquetage des noix et des baies séchées qu'elle offrit à Aigle Courageux en se disant qu'un peu d'eau aurait été bienvenu.

— Je cherche une certaine fleur, lui expliqua-t-elle. Tu la connais peut-être ? Elle est rouge comme le sang et possède un pouvoir de guérison magique. Tu l'as déjà vue ?

Et elle mima la fleur avec ses doigts, comme sa grand-mère l'avait fait.

Tout en mâchant ses baies, Aigle Courageux observait les gestes de Tonina. Il se concentra quelques instants, puis secoua la tête.

Ils se turent et poursuivirent leur maigre repas en contemplant la forêt envahie par la pénombre. Des bruits nocturnes retentirent, animant les ténèbres.

— Nous devrions dormir, finit par suggérer Tonina.

L'éclat du regard d'Aigle Courageux la fascinait. Il flottait comme un air de mystère autour de ce séduisant muet. Une certaine vulnérabilité, aussi. La plaie à vif sur son front et les marques des liens dans la chair de ses poignets l'émouvaient. Elle avait envie de le prendre dans ses bras.

Tonina l'étudiait, mais il en faisait autant de son côté. Il la détaillait de la tête aux pieds pour recommencer aussitôt. Son regard d'or, qui n'avait rien d'irrespectueux, contrairement à celui que certains hommes portent sur les femmes, exprimait presque une innocente curiosité. Ses yeux se posèrent sur les nombreux colliers qu'elle portait, et il saisit l'amulette emprisonnée dans les fibres de palmier.

— Je n'ai jamais vu ce que contient cet étui. Grand-mère disait que je saurais quand viendrait pour moi le moment de l'ouvrir. Pour l'instant, je n'en ai pas ressenti le besoin.

Il laissa doucement retomber le talisman et leurs regards se croisèrent dans la pénombre. Dans l'excavation exiguë, la nuit se faisait de plus en plus fraîche. Lorsque Aigle Courageux s'étendit sur le côté, le bras replié sous sa tête en guise d'oreiller, Tonina ôta son sarong et se coucha face à lui en étendant le manteau sur eux.

— Pourquoi ne peux-tu pas parler ? chuchota-t-elle en effleurant de ses doigts les lèvres muettes. Tu m'entends, tu me comprends et pourtant tu ne peux pas parler.

Elle bâilla et sombra dans le sommeil. Aigle Courageux ne la quittait pas des yeux. Il veillait.

Comme le froid s'installait, le jeune homme attira Tonina vers lui, glissa un bras sous son corps alangui et la serra contre lui. Le sommeil finit par le gagner à son tour et ils dormirent, l'un contre l'autre, à l'abri du sanctuaire du dieu singe, protégés des regards par la vigne et le lierre.

## 7

À l'aube, le silence fut brisé par des cris surnaturels.

Tonina se redressa sur son séant, mains plaquées sur les oreilles, et tourna un regard épouvanté vers l'ouverture du sanctuaire. Ce hurlement sacrilège était assourdissant. On aurait dit des gens qu'on massacrait !

Une forme sombre vola devant l'ouverture et le sanctuaire trembla, comme heurté par un objet lourd.

— On nous attaque ! s'écria Tonina, qui s'accrocha à Aigle Courageux tandis que l'assaut se poursuivait.

Puis la pâle lumière du jour se déversa à l'intérieur, et la jeune femme put constater que leurs assaillants n'étaient pas des humains mais d'énormes singes rouges. Ce n'était pas une attaque. Les singes hurleurs avaient salué l'apparition du jour comme à leur habitude, dans un vacarme excité. Le chœur s'apaisa et les animaux calmés se consacrèrent à leur occupation principale, la survie dans la forêt des basses terres.

Tonina éclata d'un rire nerveux. Une journée déjà s'était écoulée depuis qu'elle avait échoué sur la Grande Terre, et elle n'avait toujours pas déniché la fleur.

— Nous devons partir, dit-elle en endossant son paquetage.

Elle adressa une petite prière au dieu singe pour le remercier de son hospitalité.

Comme c'était la première fois qu'elle dormait à la dure, elle avait mal partout. Elle jeta un coup d'œil à Aigle Courageux. Cette nuit-là, elle s'était réveillée quelques instants, effrayée et déboussolée, dans la chaude et réconfortante étreinte de ses bras. À ce souvenir, le rouge lui monta aux joues. Tonina n'avait jamais dormi contre un autre corps car les gens de sa tribu passaient la nuit dans des hamacs individuels. Avait-elle enfreint un tabou prénuptial ?

Aigle Courageux lui montra sa bouche et émit des petits bruits de succion.

Tonina acquiesça : elle avait soif, elle aussi.

— Il doit bien y avoir de l'eau quelque part ! s'exclama-t-elle.

Soudain, alors qu'ils descendaient de leur abri en s'accrochant aux robustes plantes grimpantes, des voix masculines leur parvinrent du sud-est, et Tonina reconnut les chasseurs d'aigles. Ils se rapprochaient.

Tout en zigzaguant, en changeant de direction et en revenant sur leurs pas pour brouiller leur piste, les deux jeunes gens parvinrent à conserver leur avance et finalement à semer leurs poursuivants. Vers la fin de l'après-midi, ils arrivèrent à l'orée d'une petite clairière où des femmes remplissaient des calebasses dans un puits naturel creusé dans le calcaire.

Tonina fit signe à Aigle Courageux de rester caché puis s'approcha en souriant des femmes qu'elle salua aimablement. Elles lui rendirent son sourire et se mirent à glousser en détaillant son accoutrement : un manteau masculin en guise de jupe courte et une tunique au tissage maladroit. De son côté, Tonina enregistra ce que portaient ces femmes : une jupe aux chevilles et une longue tunique à manches courtes.

Par gestes, elle leur montra qu'elle avait soif, et en échange d'une jolie coquille d'ormeau on lui remit une gourde d'eau fraîche.

— Où suis-je ? Comment s'appelle cet endroit ? demanda-t-elle.

L'une des femmes lui répondit, le sourire aux lèvres :
— Yucatán.
— Yucatán ? répéta Tonina.

La femme opina du chef.
— Sommes-nous proches du Quatemalan ?

La femme mâchouilla ses gencives édentées, secoua la tête, ouvrit les bras :
— Yucatán !

Tonina la remercia avant de rejoindre Aigle Courageux :
— Au moins, nous savons où nous sommes. Maintenant il nous faut découvrir l'endroit où nous voulons aller.

8

Tonina se taillait une route à coups de machette au milieu des arbres et des épaisses broussailles, quand, brusquement, elle s'arrêta : le sol de la forêt, couvert de feuilles, laissait place à un nouveau terrain.

— Qu'est-ce que c'est que ça ? murmura Tonina en se penchant vers l'étrange surface.

Aigle Courageux s'accroupit et effleura le sol du bout de ses doigts hésitants, puis leva les yeux vers la jeune femme en secouant la tête.

C'était de la pierre, mais une pierre très blanche, artificiellement douce et unie. Tonina évalua d'un coup d'œil les dimensions de cette surface : en largeur, elle pouvait accueillir dix hommes au coude à coude, et sa longueur...

Elle eut beau plisser les yeux, elle ne put apercevoir le bout de ce chemin de pierre rectiligne, bordé de chaque côté d'une sorte de haie d'honneur d'arbres et de buissons. Tonina faillit poser un pied sur ce sol immaculé, mais elle y renonça. Et si cette voie était réservée aux dieux, donc frappée d'un tabou ?

— On va la contourner, proposa-t-elle à Aigle Courageux.

Ils retournèrent dans la forêt et longèrent la route sur toute sa longueur, ce qui leur prit presque une journée.

À chaque pas vers l'ouest, l'anxiété de Tonina augmentait. À deux reprises, ils avaient tenté de faire demi-tour ou de se diriger vers le sud, mais chaque fois ils avaient entendu les chasseurs, déployés comme un filet de pêche. Tonina se demandait pourquoi ils voulaient tant rattraper leur captif.

Tout en progressant, ils mangèrent le poisson salé de Guama et partagèrent la précieuse eau. Lorsqu'ils rencontrèrent le premier édifice en pierre, Tonina supposa qu'il s'agissait d'une habitation, ou d'un sanctuaire pour les dieux du coin ; en tout cas, jusqu'à ce jour, elle n'avait jamais vu de construction faite de ce matériau. Elle regarda à l'intérieur : l'endroit était vide.

Après une courte marche, ils découvrirent d'autres bâtiments, certains intacts, d'autres en ruine et envahis de lianes. Tous étaient déserts. Quelques foyers noircis restaient visibles, prouvant qu'ils avaient été occupés à une époque, mais bien des années plus tôt.

Des gens vivaient peut-être toujours dans les parages et cette idée redonna du courage à Tonina. Elle avait examiné les quelques fleurs croisées en chemin, mais c'était l'automne et les floraisons se faisaient rares. Si la jeune femme restait bredouille à la fin de cette journée, elle s'était juré de partir aussi loin que possible vers le nord pour semer définitivement les chasseurs, avant de tourner vers l'est, en direction de la côte. Une fois sur la plage, ils la suivraient jusqu'au Quatemalan.

La forêt se fit moins dense et le filon de pierre blanche qui la traversait se termina. Tonina et Aigle Courageux arrivèrent devant une structure inexplicable : une vaste étendue, vraisemblablement artificielle et cernée de deux murs en pente raide. Qui avait construit un lieu aussi incroyable ? Ils le longèrent et arrivèrent près d'une plate-forme constituée de crânes humains.

Tonina poussa un cri horrifié et adressa une rapide prière à Lokono pour obtenir sa protection, puis comprit que ces rangées de crânes superposés étaient sculptées dans la pierre.

C'est alors qu'Aigle Courageux aperçut la pyramide. Il se mit à courir vers elle dans l'espace à ciel ouvert où ne poussaient que des mauvaises herbes et des fleurs sauvages. Parvenu au pied de l'escalier qui montait jusqu'au ciel, submergé par un besoin irrésistible de grimper jusqu'au sommet, il escalada les marches de la pyramide malgré les appels de Tonina. Une fois tout en haut, il écarta les bras, renversa la tête en arrière et lâcha un long cri perçant.

Tonina le rejoignit, stupéfiée par la vision qui s'offrait à elle, une forêt à perte de vue, sans le moindre signe de l'océan. Elle était désormais convaincue de se trouver sur la Grande Terre. La panique s'empara alors d'elle, une panique provoquée par tout cet espace vertigineux. Elle se laissa tomber à genoux et repartit vers les marches, mais Aigle Courageux l'aida à se relever et, la prenant dans ses bras, la calma.

Maintenant émerveillée par cette fantastique construction qui s'élevait brique après brique vers le soleil, elle songeait aux géants qui l'avaient érigée. Des mauvaises herbes poussaient sur ses pentes, des touffes de végétation jaillissaient entre les briques et des arbres rabougris s'étaient enracinés au sommet, où se dressait également un curieux bâtiment de pierre. De toute évidence, comme dans le cas du sanctuaire abandonné du dieu singe, celui qui avait construit cette structure – quel que fût son nom – n'était pas revenu l'entretenir ; rien n'avait empêché la nature de reprendre ses droits.

Tonina sentit Aigle Courageux se raidir à côté d'elle. Il fixait la forêt, tout en bas.

— Qu'y a-t-il ? lui demanda-t-elle.

Il lui désigna quelque chose. Tonina ne put discerner ce qu'il voyait, mais elle comprit qu'il s'agissait des chasseurs. À sa grande horreur, Aigle Courageux pointa le doigt dans trois directions. Les chasseurs s'étaient divisés en trois groupes et ils arrivaient du nord, de l'est et du sud.

— Cachons-nous ! s'exclama-t-elle.

Ils redescendirent hâtivement, exercice qui leur parut plus difficile que la montée, car la pente était raide et les marches étroites. Ils durent y aller à reculons sur les mains et les genoux, en jetant de fréquents coups d'œil vers le terrain à découvert pour s'assurer que les chasseurs n'étaient pas déjà sortis de la forêt.

Une fois au pied de la pyramide, ils s'éloignèrent à la recherche d'une cachette.

— Là-bas ! murmura Tonina en désignant une construction basse qui s'avéra à moitié enfouie dans le sol.

Ils explorèrent ses murs en ruine couverts de mauvaise herbe et de mousse, et finirent par découvrir une ouverture très étroite, en partie obstruée. Heureusement, tous deux étaient minces, et ils purent s'y glisser.

Ils se retrouvèrent dans un tunnel sombre et exigu, où ils se mirent à ramper avec prudence, les yeux écarquillés dans l'obscurité, conscients, d'après la pente, de s'enfoncer dans les profondeurs. Enfin, ils aperçurent devant eux un mince trait de lumière, comme tombant d'un flambeau.

Ils aboutirent dans une salle taillée dans le roc et dépourvue de tout autre accès, à l'exception, au plafond, d'une curieuse ouverture perçant les strates de roche et donnant sur le ciel. Pas plus large qu'un poing, ce cenote étroit laissait passer l'air pur et la lumière.

Et les bruits également. Les chasseurs étaient proches. Le vent charria leurs grognements familiers dans le mystérieux refuge souterrain. Tonina et Aigle Courageux se dévisagèrent dans la pénombre humide ; tous deux priaient pour que leurs poursuivants ne remarquent pas le passage partiellement écroulé, et tous deux tendaient l'oreille, terriblement inquiets. Les voix s'éloignèrent enfin et les deux jeunes gens, secoués, laissèrent échapper des soupirs de soulagement.

Bien entendu, il était hors de question de quitter tout de suite cet abri. Ils en profitèrent donc pour explorer leur nouvel environnement. Tonina n'avait encore jamais vu de peintures murales. Sidérée, elle mit un certain temps à comprendre ce qu'elle avait sous les yeux.

— Des hommes... Ce sont des hommes, chuchota-t-elle en tendant la main pour frôler les sujets peints.

Les couleurs de l'antique fresque étaient passées, écaillées, couvertes d'une insidieuse moisissure. Tonina eut le sentiment que cette œuvre était condamnée à disparaître à brève échéance ; ce qu'elle représentait allait sombrer dans l'oubli.

Les trois parois semblaient raconter l'histoire d'un homme à la peau blanche et au menton poilu. Sur la première, il était roi ; assis sur son trône, il assistait au déroulement d'une bataille. Sur la deuxième, il se jetait dans les flammes et descendait aux Enfers où les âmes des défunts l'accueillaient. Mais, sur la dernière, il ressuscitait et son peuple s'inclinait devant lui. Pour finir, il prenait la mer sur un radeau de serpents, en direction du soleil levant.

Sur cette dernière peinture, Tonina repéra un objet familier. Elle l'examina attentivement, puis fouilla dans son paquetage et en sortit la coupe de verre. Elle ressemblait tout à fait à celle que tenait le roi et la jeune femme se demanda si le monstre marin dont les os reposaient sur le fond, dans le lagon de l'île aux Perles, n'était pas l'un de ces serpents géants.

— Nous allons passer la nuit ici, dit-elle à son compagnon.

En ce lieu, un ancien sanctuaire, probablement, comme celui du dieu singe, tous deux dormiraient en sécurité.

Tout à coup, la fatigue, la faim et le mal du pays submergèrent Tonina. Elle se remémora la mort de l'oncle Yúo et pensa à Guama et Huracan, qui lui manquaient terriblement. Elle aurait tant voulu être au village ! Elle se mit à sangloter, le visage dans les mains. Aigle Courageux l'enlaça et elle pleura sur son épaule. Perdus dans un pays mystérieux où ils ne connaissaient personne, tous deux en étaient rapidement venus à dépendre l'un de l'autre. Désormais, c'était lui qui la réconfortait.

Les larmes de Tonina se tarirent, et au moment où elle allait s'endormir pour la deuxième fois dans les bras d'Aigle Courageux, elle se dit qu'il faudrait le convaincre de retourner avec elle sur l'île aux Perles...

9

Aigle Courageux rêva de montagnes enveloppées de brume et de forêts de pins ensevelies sous la neige. Il rêva de vitesse, de vent et de liberté. En songe, il vit la montagne artificielle avec ses degrés de pierre s'élevant vers le ciel et, lorsqu'il parvint au sommet, il eut à nouveau l'impression d'être chez lui. La région où nous sommes s'appelle les Basses-Terres, se dit-il en rêve. Je ne suis pas d'ici. Les chasseurs d'aigles m'ont enlevé à mon peuple.

*J'appartiens au clan de l'Aigle. Nous sommes les gardiens de...*

Le jeune homme se réveilla brusquement et papillonna des yeux dans le noir, complètement désorienté. Où était-il ? Le rêve s'éloigna. Il tenta de le retenir, mais il reprenait conscience et le rêve disparut, emportant avec lui les réponses sur son identité et ses origines.

Il se redressa pour contempler la fille qui dormait à ses côtés. Une vague de tendresse l'inonda. Tonina lui avait témoigné de la gentillesse, elle avait tranché ses liens, elle l'avait libéré. Elle avait partagé avec lui sa nourriture et son eau, soigné sa blessure, l'avait réchauffé et protégé, tout cela à ses risques et périls. Il ignorait encore qui il était, mais il savait qui elle était, elle. Elle était son sauveur. La gratitude du jeune homme ne connaîtrait pas de limites. À cet instant, Aigle Courageux comprit qu'il était prêt à tout pour Tonina.

Le jour s'étant levé, ils se glissèrent hors de leur cachette et repérèrent à l'orée de la forêt les quatre petits camps qui cernaient la pyramide, dressés à chaque point cardinal. Une fois encore, Tonina s'interrogea sur les raisons pour lesquelles Aigle Courageux comptait tant aux yeux de ces hommes.

Les deux amis effectuèrent une reconnaissance discrète autour de la pyramide. L'un des quatre camps, celui qui se situait à l'ouest, était pour l'instant désert.

— Je dois partir vers l'est, mais par là, ils nous verront, dit calmement Tonina. Je propose de nous diriger vers l'ouest pour passer entre les chasseurs. Quand nous nous serons suffisamment éloignés d'eux, nous pourrons peut-être mettre sans risque le cap au sud.

## 10

Ils partirent donc vers l'ouest, à travers une région boisée. Tout en marchant, ils terminèrent l'eau de la gourde, les dernières baies séchées et la noix de coco. Ils rebroussèrent chemin par trois fois pour brouiller leur piste, et à la nuit tombée, trouvèrent refuge dans la frondaison d'un vieux figuier qui ne portait plus de fruits depuis longtemps. La fourche robuste où ils se carrèrent était assez grande pour les accueillir tous les deux, et ils dormirent en sécurité au-dessus du sol.

Une nouvelle journée s'écoula. De plus en plus tourmentés par la faim et la soif, ils continuèrent vers l'ouest et parvinrent à un bosquet d'avocatiers dont ils escaladèrent les troncs épais en espérant trouver enfin de quoi se nourrir. Hélas, les fruits, petits, amers et absolument pas mûrs, s'avérèrent immangeables.

Le soleil était sur le point de se coucher lorsque Tonina et Aigle Courageux, assoiffés, fatigués et affamés, entendirent soudain devant eux, dans le dense sous-bois qu'ils traversaient, des cris et des vociférations. Ce n'était pas les chasseurs, ils le savaient, car toute une journée s'était écoulée sans qu'ils aient senti leur présence à leurs trousses. Ces voix ne leur étaient pas familières.

Tous deux se figèrent et tentèrent de distinguer entre les arbres l'origine de ces cris. Un craquement bizarre s'éleva alors, suivi d'un épouvantable fracas.

Ils se rapprochèrent doucement jusqu'à l'orée de la forêt. Une vaste clairière s'étendait devant eux. Les arbres avaient disparu, remplacés par des champs parsemés de souches et de huttes aux toits de chaume. À leur périphérie, des hommes abattaient la végétation à l'aide de haches et de couteaux de pierre. Certains grimpaient aux grands arbres pour attacher des cordes à leurs cimes, tandis que d'autres tiraient dessus jusqu'à ce qu'ils s'écrasent au sol.

Les yeux de Tonina s'agrandirent. Des centaines d'hommes et de jeunes gens s'activaient. Jamais de toute sa vie elle n'avait vu autant de monde à la fois. Ils travaillaient avec énergie et l'air résonnait de leurs cris et avertissements, du bruit des arbres qui basculaient avant de s'effondrer. Occupés à faire des trous avec un bâton pour semer des graines, d'autres hommes se déplaçaient dans les champs. Certaines cultures étant arrivées à maturité, d'autres encore y arrachaient les mauvaises herbes, taillaient, moissonnaient.

Tant de nourriture ! Suffisamment pour rassasier sa tribu pendant des années, s'émerveilla Tonina. Aigle Courageux et elle découvrirent un sentier emprunté fréquemment et s'y engagèrent. Qu'allaient faire ces gens de toutes ces courges et de tout ce maïs ?

La réponse ne tarda pas. Aigle Courageux et Tonina abordèrent des champs plus peuplés, où les huttes étaient maintenant regroupées, et où les enfants jouaient au milieu de chiens apprivoisés et de dindes. Les nouveaux arrivants virent des femmes qui, penchées sur des feux de cuisine, remuaient le contenu de marmites ou rôtissaient de la viande à la broche. D'autres tissaient ou filaient du coton tout en gardant les bébés à l'œil.

Les champs étaient de plus en plus petits et les huttes de plus en plus nombreuses. Il y avait tant de gens... Tonina n'aurait jamais cru que le monde pouvait en contenir autant.

Puis les champs disparurent et les huttes ne furent plus séparées que par de petits jardins où quelques épis se battaient pour se faire une place et où les dindes grattaient la poussière. La fumée des innombrables feux de camp saturait l'air et ternissait presque le soleil de cette fin d'après-midi.

Tout à coup, les deux jeunes gens eurent sous les yeux une vision qui stupéfia Tonina.

Aigle Courageux l'interrogea du regard, et elle tenta de se remémorer ce que son grand-père lui avait raconté à propos de la Grande Terre :

— Je pense... Je pense que...

Elle désigna la grande enceinte de pierre, les toits des bâtiments, les tours et les gardes, les étendards claquant dans la brise :

— Je pense que c'est ce qu'on appelle... une ville.

## 11

Le marchand des îles qu'on appelait le Borgne scrutait la foule à la recherche d'une compagnie féminine pour la nuit. Il repéra alors un couple étrange à l'autre bout de la place du marché.

Des étrangers, se dit-il en remarquant leur expression émerveillée. Mais ces deux jeunes gens qui visitaient Mayapan pour la première fois n'étaient pas des étrangers classiques. Les autres voyageurs arrivaient en général courbés sous de lourds fardeaux, ou avec leur famille dans leur sillage. Ces deux-là dépassaient la foule d'une tête ; le garçon était pâle et dégingandé, et la fille… Quels étranges vêtements ! Une sorte de manteau d'homme noué autour de la taille, en haut une maille grossière évoquant un filet de pêche, et sur les épaules, un modeste paquetage.

La curiosité du Borgne fut piquée lorsqu'il remarqua que la fille n'arrêtait pas de toucher la petite bourse suspendue à sa ceinture. Contenait-elle des choses de valeur ? Elle semblait pesante. Des fèves de cacao, peut-être. Ou des morceaux de jade.

Un sourire s'afficha sur le visage du Borgne, qui s'empara de son couteau. Le hasard ne l'avait pas favorisé ces derniers temps, mais voilà que la chance semblait tourner à son avantage.

Ébahie, Tonina contemplait ce qui l'entourait.

Les habitants des îles voisines venaient régulièrement faire du troc sur l'île aux Perles, bien entendu, mais la jeune femme n'avait jamais vu de véritable marché. Ici, les étalages étaient tous rassemblés à l'extérieur de la ville, au pied de l'enceinte, dans le grand espace qui s'étendait entre la forêt et les hautes murailles. Dans le bruit ambiant, elle écarquillait les yeux à la vue de tous ces gens, certains assis sur des couvertures avec des poteries ou des denrées étalées autour d'eux, d'autres accroupis sous des ombrelles en chaume et interpellant les passants, d'autres encore devant des huttes grossières ne comportant qu'un mur, leurs articles suspendus à des cordes attachées aux pieux supportant le toit. Tonina et Aigle Courageux se frayèrent un chemin parmi les étals regorgeant de coton brut, de bois tropicaux rares, de fèves de cacao, de cuir, de manteaux de plumes, de piments et d'aras en cage, chaque marchand vantant ses produits dans une langue que les deux nouveaux venus n'avaient jamais entendue.

La nuit était tombée. On alluma des torches, et l'atmosphère s'emplit de fumée et d'ombres dansantes. Tonina observa les gens qui échangeaient des fèves de cacao contre des couvertures, des gourdes, des plumes, des oignons et des avocats. Ils marchandaient, discutaient ou acceptaient la proposition des marchands d'un hochement de tête, tandis que ces derniers examinaient et comptaient scrupuleusement les fèves. C'était la première fois qu'elle assistait à ce genre de spectacle.

Quant aux gens eux-mêmes... il y en avait de toutes sortes, des pauvres mendiants vêtus en tout et pour tout d'un pagne sale jusqu'aux hommes et aux femmes parés de capes ou de robes aux couleurs vives, les cheveux tressés de plumes et de perles, les pieds glissés dans de splendides sandales. Sur l'île aux Perles, tout le monde s'habillait à l'identique. À l'exception du chef, il ne serait venu à l'idée de personne d'arborer une tenue différente.

La tête lui tournait dans ce vacarme, et son estomac gargouilla, chatouillé par les arômes dégagés par tant de mets délicieux. L'eau lui vint à la bouche.

— J'ai faim, dit-elle à Aigle Courageux.

Il hocha la tête, les yeux braqués sur un irrésistible étalage de poisson frit aux herbes.

Tonina aperçut soudain les échoppes des fleuristes. Elle s'y précipita en forçant un peu le passage dans la cohue, puis fouilla frénétiquement du regard toutes ces plantes parfumées aux couleurs éclatantes. Une fleur rouge ! Et une autre, et une autre ! Elle les étudia une à une à la lueur des torches, jusqu'au moment où les marchands lui aboyèrent de faire son choix ou de partir. Aigle Courageux la rejoignit, l'air interrogateur.

— Ils ne l'ont pas, constata-t-elle, déçue.

Le Borgne les vit s'éloigner des étalages de fleurs et les suivit discrètement dans la foule jusqu'à ce que l'occasion se présente. Il bouscula la jeune fille, marmonna une excuse en langue maya, puis disparut.

Une fois hors de vue, il ouvrit la bourse dérobée à la fille. Son œil unique s'ouvrit tout grand. Des perles ! Des perles bien rondes, sans défaut. Quelle fortune ! Que faisait-elle chez ces deux-là ? Bah, aucune importance ! Le Borgne faillit danser d'allégresse. Il allait pouvoir quitter ce pays misérable et se retirer sur une île où il construirait une belle maison et épouserait une grosse femme qui lui donnerait dix enfants. Il dînerait tous les jours de viande et de homard. Il porterait du coton et des plumes et se ferait appeler le Roi. Il...

— *Guay !*

Le Borgne se retourna, surpris. La fille avait découvert le vol et se lamentait, alarmée.

— *Guay !* s'exclama-t-elle à nouveau dans la foule qui s'écoulait autour d'elle sans lui montrer le moindre intérêt.

Le Borgne se figea sur place. La fille consternée parlait à son compagnon, et les mots qui sortaient de sa bouche appartenaient distinctement à un dialecte des îles. Le Borgne en resta bouche bée. Il remarquait enfin les peintures faciales blanches, et la longue chevelure ornée de perles. C'était une fille des îles !

Tout en maudissant le hasard et les dieux – le Borgne n'avait pas beaucoup de scrupules, certes, mais il ne pouvait pas voler une cousine –, il réfléchit rapidement à la question et se hâta de rejoindre le couple.

— C'est à vous ? leur demanda-t-il en langue taïno plutôt qu'en maya.

La fille poussa une exclamation ravie.

— J'ai vu le voleur te subtiliser cette bourse et je l'ai poursuivi, lui affirma-t-il en lui tendant le petit sac à contrecœur.

La fille le remercia avec effusion, et le Borgne soulagé constata qu'elle appartenait bel et bien à son peuple. Elle parlait sa langue natale à la perfection, comme toute native des îles, même si son accent et l'idiome employé indiquaient son appartenance à une tribu des îles occidentales.

— Que les dieux vous bénissent, toi et les tiens, l'interrompit le Borgne, qui venait d'avoir une idée.

Il existait d'autres façons de soulager cette fille de ses perles, tout en gardant la conscience tranquille.

— Voulez-vous vous joindre à moi autour de mon feu, toi et ton ami ?

Les deux jeunes gens suivirent le petit homme à travers la foule. Les yeux baissés vers le Borgne, qui ne portait qu'un simple pagne et un manteau orange noué au cou, et qui marchait en se dandinant de façon bizarre, Tonina lui dit :

— Vous êtes vraiment très petit !

— Je suis un nain, répliqua-t-il d'un ton indigné. Ce n'est pas la même chose, tu sais !

Lorsqu'ils eurent atteint son campement, une toute petite surface délimitée par les couvertures étalées entre deux familles bruyantes près de la porte principale de la ville, le Borgne ajouta :

— Il n'y a pas beaucoup d'espace. Installez-vous comme vous pourrez.

Il s'assit en croisant les jambes, imité par Tonina et Aigle Courageux, épaule contre épaule car la place était extrêmement restreinte entre les deux familles qui mangeaient, se disputaient et hurlaient de rire à qui mieux mieux. Le marchand remua les braises de son feu, tout en étudiant le garçon féminin et la fille masculine. Étaient-ils amants ? Non. Puceaux tous les deux, il était prêt à en mettre la main au feu. Comment s'étaient-ils rencontrés et quelle était la raison de leur venue à Mayapan ?

— Vous êtes ici pour les jeux ?

— Les jeux ?

Il agita un bras trapu.

— Tous ces gens, ils sont là pour les jeux ! Mayapan n'est pas toujours aussi peuplée.

La fille lui lança un regard dénué d'expression, et il l'interrogea :

— D'où viens-tu ?

Comment était-il possible de ne pas être au courant de la tenue imminente du Treizième Jeu ?

— Je suis de l'île aux Perles, lui répondit Tonina, dont l'attention restait singulièrement fixée sur les épis de maïs qui grillaient dans les braises.

— Je n'en ai jamais entendu parler. Je viens de Borinquen, ce qui signifie « le pays des grands seigneurs ».

Il la dévisagea comme s'il attendait une approbation de sa part, mais la jeune femme secoua la tête. Le Borgne haussa les épaules. Aucune importance. Une île possédait beaucoup de noms : celui que lui donnaient ses habitants, celui qu'avaient adopté les habitants des autres îles, celui que lui donnaient les ancêtres, et celui que les gens du futur lui attribueraient – dans le cas du Borgne, ses descendants diraient un jour qu'ils vivaient sur l'île de Puerto Rico.

Il plissa son œil valide et dévisagea Tonina. Tout le monde savait que l'on pouvait déterminer l'origine d'une personne grâce à la couleur de sa peau. Les Mayas, originaires du Sud, étaient rouges. Dans l'Ouest et le Nord, où prospéraient ceux qui parlaient le nahuatl, les gens avaient la peau cuivrée. Celle des gens de l'Est, sur les îles, était d'un beau brun soutenu. C'était son cas, d'ailleurs. Mais cette fille ne cadrait pas, avec son teint doré comme du miel sauvage. D'où pouvait bien venir son peuple à elle ?

— Tu ne ressembles pas à une fille des îles, remarqua-t-il. Là d'où je viens, les femmes ont la peau brune, et elles sont petites et bien en chair.

Tonina lui raconta son histoire, qu'il écouta avec un intérêt non dissimulé. Sacrifier un enfant aux dieux de la mer était une pratique relativement courante dans les tribus ; mais le placer dans un panier étanche, avec des couvertures et la protection des esprits... Les siens avaient eu une bonne raison de l'abandonner, sans souhaiter la voir périr.

Il rangea cette information dans un coin de sa tête pour éventuellement l'exploiter plus tard, et offrit une outre d'eau aux jeunes gens ; ils burent avec une telle avidité qu'il songea à leur demander une perle en paiement. Et lorsqu'il leur proposa de partager le maïs avec lui, ils regardèrent les épis comme si c'était du jade.

— Tu ferais mieux de ranger ta bourse, conseilla-t-il à Tonina en retournant le maïs sur le feu.

Décidée à suivre son conseil, la jeune femme ouvrit sa sacoche en peau de requin pour y glisser la petite bourse. À l'intérieur, un reflet attira soudain l'attention du nain, qui se pencha, le doigt pointé.

— Et ça, qu'est-ce que c'est ?

Tonina sortit la coupe de verre sous les yeux du marchand stupéfait. Il n'avait jamais vu quoi que ce soit d'approchant et se jura qu'un jour les perles *et* cette chose lui appartiendraient..

Les deux jeunes gens acceptèrent avec empressement des galettes chaudes. Le garçon n'avait toujours pas prononcé un mot, mais la fille, entre deux bouchées, lui posait des questions :

— Tous ces gens... où trouvent-ils leur eau ?

— Nous sommes dans une région aride. Il n'y a pas de fleuves ici, pas de rivières ni de mares. Ils puisent leur eau dans des cenotes. Ce sont des puits profonds creusés dans le calcaire.

Tonina hocha la tête au souvenir des femmes rencontrées près d'un de ces puits.

— Celui de Mayapan est très profond. On y accède par une échelle d'une centaine d'échelons, et toute la journée, jour après jour, des hommes y descendent et en remontent avec des calebasses emplies d'eau.

— Il y a tant de choses étranges dans ce pays étrange, dit Tonina d'une petite voix.

Le Borgne lui décocha un coup d'œil sceptique. Les choses que cette fille trouvait bizarres étaient sans doute d'une affligeante banalité pour n'importe qui d'autre.

— La pierre blanche, continua-t-elle. Celle qui pousse entre les arbres en longue ligne droite, large et toute lisse. La pierre blanche et plate, dans la forêt...

— Tu parles des routes ?

— Des routes ?

— Les Routes Blanches, nommées ainsi d'après leur couleur. Ce sont les Mayas qui les construisent. Des voies à caractère religieux, pour se rendre d'un sanctuaire à l'autre.

Elle haussa les sourcils.

— Mais où trouvent-ils cette roche si lisse et si plate ?

— Ils ne la trouvent pas, ils la fabriquent. Ils font brûler la roche pour la réduire en une poussière qu'ils mélangent à de l'eau puis étalent. On appelle ça du ciment. Ils s'en servent aussi pour assembler leurs constructions. Ils empilent les briques avec du mortier entre chaque couche.

Le nain pointa un doigt graisseux vers le haut mur d'enceinte :

— Comment crois-tu que cette pyramide tient debout ?

Fermant à demi les yeux à la lueur du feu, Tonina aperçut une imposante structure de l'autre côté du mur, un édifice voilé de fumée, se détachant sur fond de ciel étoilé.

— Nous avons déjà vu une montagne comme celle-ci, dit-elle. Nous l'avons même escaladée ! D'en haut, on voyait la forêt jusqu'au bout de la terre ! Juste à côté, il y avait une plate-forme faite de crânes en pierre. Et un immense champ délimité par deux murs en pente.

Le Borgne acquiesça :

— La Cité des Sorciers de l'Eau. Les Mayas la nomment Chichén Itzá. C'était une cité prospère jadis, mais aujourd'hui plus personne n'y vit. Les Mayas s'en servent encore comme d'un centre de cérémonies religieuses. Les jours saints, ils y organisent des festivités. Les Mayas respectent fanatiquement le calendrier. À chaque jour sa fête. Ah oui, et ce n'est pas une montagne ! On appelle cela une pyramide. Le temple qui se dresse au sommet est dédié à Kukulcan, l'un de leurs dieux.

Il leur tendit un épi de maïs à chacun, qu'ils acceptèrent avec gourmandise. Avant de planter les dents dans le sien, Tonina y préleva quelques grains brûlants qu'elle jeta dans le feu, en guise d'offrande aux dieux.

— Qu'est-il arrivé à ton œil ? demanda-t-elle au nain.

— Lequel ?

La gêne la fit rougir.

— Je l'ai perdu au cours d'un combat avec un jaguar, expliqua-t-il en tapotant le morceau de cuir qui lui couvrait l'œil gauche. Mais ce drame s'est transformé en une bénédiction. Les nains portent bonheur, c'est bien connu. Les gens apprécient notre présence. Alors imagine ! Un nain borgne doit sûrement attirer la faveur des dieux !

Sa chevelure grisonnante et clairsemée témoignait elle aussi de cette faveur, aurait-il pu ajouter. Car, malgré quarante années sur cette terre, la mort l'épargnait encore.

Tout en se restaurant, Tonina ne perdait pas une miette du spectacle de la place. On y dressait d'autres camps, et les marchandages se poursuivaient à la lumière des torches. Elle remarqua un homme qui enduisait d'une substance laiteuse ce qui ressemblait à une noix de coco.

— C'est du caoutchouc, lui expliqua le Borgne. Cet homme fabrique une balle.

— C'est quoi, le caoutchouc ?

— La sève d'un arbre local. Les Mayas l'utilisent pour des centaines de choses. Ils adorent le caoutchouc.

— Ça sent très mauvais.

— Mais ça rebondit bien, répliqua-t-il en regardant la balle. C'est dur, aussi. On peut tuer quelqu'un d'un seul coup bien placé à la tête. Et toi, au fait, qu'est-ce qui t'amène en ville ?

Le Borgne se demandait toujours comment soulager la jeune fille de ses perles et de sa coupe transparente le plus honorablement possible.

— Nous sommes ici par hasard. Je devais me rendre au Quatemalan, pas au Yucatán.

Il cessa de remuer les cendres :

— Quoi ? Qu'as-tu dit ? Au Yucatán ?

— Cette cité est bien au Yucatán, non ? Ou avons-nous quitté ce pays ?

Le nain fronça les sourcils :

— Qu'est-ce qui vous a fait croire que vous étiez au Yucatán ?

— Nous avons rencontré une femme près d'un cenote, et quand je lui ai demandé comment cette terre s'appelait elle m'a répondu Yucatán.

Le nain explosa de rire :

— Dans leur dialecte, *Yucatán* signifie « Je ne comprends pas » !

Tonina le regarda fixement. Elle réalisa soudain que si elle voulait survivre dans ce pays et accomplir sa mission, elle allait devoir en apprendre la langue. Aussi demanda-t-elle au Borgne s'il voulait bien la lui enseigner.

Le visage du nain s'éclaira : il échangerait ses leçons contre des perles.

— Le peuple maya est magnifique, déclara-t-il la bouche pleine, après avoir mordu à pleines dents dans un épi de maïs. Ce sont les gens les plus amicaux et les plus accueillants que je connaisse. Et tellement respectueux ! La nuit, mari et femme dorment côte à côte mais tête-bêche pour ne pas se gêner l'un l'autre s'il leur prend l'envie de fumer.

Il désigna du pouce les murailles de la cité :

— On ne peut pas dire la même chose de ceux-là, les nobles. Ils ne s'intéressent qu'à leur nombril. Et ils passent leur temps à s'admirer dans leurs miroirs.

— Leurs miroirs ?
— Ce sont des objets où l'on peut se voir.
— *Guay !* Comment peut-on voir sa figure ?
— Cela s'appelle un reflet. Tu n'as jamais regardé dans l'eau ?

Elle repensa à son enfance, aux petites filles s'agenouillant sur le rivage herbeux du paisible lagon pour en scruter la surface. Elles croyaient toutes que les visages qui leur rendaient leurs regards étaient ceux des esprits de l'eau, mais désormais, Tonina en doutait. Était-ce son propre visage qu'elle avait contemplé dans l'eau ?

Le Borgne toisa Aigle Courageux de la tête aux pieds. Le nain le trouvait curieusement féminin, avec son teint pâle maladif et ses traits délicats. Il avait entendu parler de créatures dites « hermaphrodites », et il se demanda ce que pourrait lui apprendre un coup d'œil sous le pagne du garçon. L'absence de tatouages ou d'ornements corporels (à l'exception du collier de coquillages) le déconcertait également.

— Quel est le problème de ton ami ? Il est muet ?
— Il a été blessé à la tête. Je crois qu'il a perdu la mémoire.

Deux innocents, ignorant tout de la vie d'une cité. Surtout la fille, se dit le nain. Quand elle n'aurait plus de perles, il lui faudrait se résigner à vendre son corps. Même chose pour le garçon. Voilà ce qui arrivait aux jeunes gens tout droit sortis de leur campagne.

— À quelle distance sommes-nous de la mer ? voulut savoir Tonina.

Le Borgne pointa le pouce par-dessus son épaule :

— Par là, vers le nord, nous sommes à trois jours de la grande baie de Campeche. Nous nous trouvons ici sur ce que l'on nomme une péninsule. C'est une vaste bande de terre qui s'avance dans la mer. Vers l'ouest, de ce côté-là, mais beaucoup plus loin, à des jours et des jours de marche, il y a un autre océan.

Les yeux de Tonina s'arrondirent.

— Un autre océan ? Ça alors ! Comment est-ce possible ?

Il étendit le bras vers le nord-ouest :

— Il paraît que par là, la terre s'étend à l'infini.

Tonina se tut, incapable de se représenter un pays aussi vaste et aussi éloigné de la mer.

D'un autre côté, elle n'aurait jamais cru voir un jour autant de gens en même temps, et ils étaient pourtant bien là, massés au pied des murs de la cité. Ils mangeaient, riaient, jouaient de la flûte ou du tambour dans leurs campements bruyants et animés ; mais il lui semblait que bon nombre étaient mal nourris et elle en fit la remarque.

— Il n'y a pas assez de nourriture pour tout le monde, pas assez de terres à cultiver. Et chaque jour, les gens arrivent plus nombreux dans la cité, lui expliqua le nain.

Tonina regarda la famille voisine et murmura :

— Pauvres enfants... Ils ont l'air affamé.

Le Borgne haussa les épaules.

— Ils vont très bien. Leurs parents leur massent les gencives avec une pâte de leur composition, à base de tabac. Ça trompe la faim.

Tonina hocha la tête. Son peuple connaissait rarement la disette, mais il était de notoriété publique que l'esprit du tabac coupait l'appétit.

Une soudaine agitation sur la place du marché capta leur attention. Des trompettes résonnèrent et des gardes armés de lances forcèrent le passage devant une petite procession. Lorsque les gens comprirent de quoi il retournait, tous quittèrent leurs feux et se précipitèrent vers les nouveaux venus.

Bien placés pour observer la scène, le Borgne et ses compagnons remarquèrent dans la troupe un homme hautain et solidement bâti portant des habits somptueux. Chaque centimètre de sa peau était couvert d'une peinture rouge vif, et sa coiffure incroyablement haute menaçait son équilibre. Tonina n'avait jamais rien vu de semblable. On jetait des pétales de fleurs sous ses pas, des femmes tendaient leurs bébés vers lui en espérant sa bénédiction, et les gens, repoussés par les coups de fouet des gardes, se battaient pour toucher son ombre. Cet homme arrogant n'accordait aucune attention à la foule en adoration ; son regard restait obstinément fixé au-dessus des têtes.

— Voici Balám, précisa le Borgne à une Tonina sidérée.

— C'est le roi de cet endroit, je suppose ?

Le Borgne renifla.

— Non, il est plus important qu'un roi.

— C'est un saint homme, alors ?

— Non, il est encore plus important.

Elle lui jeta un regard ahuri.

— Qu'y a-t-il de plus important qu'un roi ou un saint homme ?

Le Borgne se suçota une dent.

— Un joueur de balle.

Elle le regarda sans comprendre.

— Un quoi ?

Cette fille venait vraiment d'une île arriérée ! Même les villages les plus primitifs abritaient un terrain et une équipe !

— C'est un jeu qu'on pratique avec une balle en caoutchouc, et cet homme n'est autre que le prince Balám, de sang royal, capitaine de son équipe. Son oncle règne sur Uxmal. Car vois-tu, pour préserver la paix, les dirigeants des cités échangent des membres de leurs familles. Le fils du roi de Mayapan vit à Uxmal.

Mais Tonina n'écoutait plus. Son attention s'était portée sur le deuxième homme qui émergeait de la foule, lui aussi arborant une parure royale, avec de splendides plumes sur une coiffe improbable.

— Et lui, est-il prince, lui aussi ? demanda-t-elle d'un ton respectueux et intimidé.

— Kaan ? Non, c'est un homme du peuple.

— Un joueur de balle ?

— Oui, et meilleur que le prince Balám ; d'une certaine façon, il le surpasse, malgré son sang impur.

— Son sang impur ? Que veux-tu dire ?

— Il appartient à un peuple inférieur, celui des Chichimèques, ce qui veut dire « barbares ». Des tribus disséminées de vagabonds sans foi ni loi. Normalement, il devrait travailler comme esclave ou serviteur, son infériorité lui attirant le mépris de tous. Mais, grâce à ses talents de joueur, le peuple le considère comme un héros. Dès qu'un homme marque des points, les gens oublient ses origines.

— Les Chichimèques, répéta Tonina.

Elle ne pouvait détacher les yeux de Kaan, l'homme du peuple. Plus grand que le prince Balám, il avançait fièrement, à longues foulées orgueilleuses.

— Ceux de son peuple sont peu nombreux dans nos contrées. Ces nomades vivent dans les vallées de montagne, loin au nord-ouest. Ce sont des guerriers ignorants et stupides, qui se présentent sous différents noms : les Mexicas, les Mixtèques, les Zapotèques... Comme si ces différentes appellations voulaient dire quelque chose ! Ce ne sont que des barbares ! Comme beaucoup parmi ce pitoyable peuple, les parents de Kaan sont venus à Mayapan dans l'espoir d'une vie meilleure. Sa mère travaille encore dans les cuisines du palais et son père a trouvé la mort en abattant des arbres, mais Kaan a épousé une Maya. Il possède une villa dans la cité et, comme tu peux le voir, il s'habille et se conduit en Maya. Il rejette son origine chichimèque, comme le ferait toute personne de bon sens.

Quelle étrange idée de renier ses origines, se dit Tonina. Elle, elle brûlait de connaître son peuple, ces gens qui l'avaient placée dans un panier avant de la confier à la mer.

— Hélas, il ne peut pas renier son apparence, ajouta le Borgne. Un homme aura beau s'habiller de la manière la plus raffinée, parler la langue maya et même prendre une Maya pour épouse, il gardera toujours le même visage.

— Qu'est-ce qu'il a, son visage ? s'étonna Tonina, qui le trouvait beau et ne se retint pas de le dire.

Le Borgne la dévisagea. Beau ! Kaan, le Chichimèque au nez d'aigle, n'était pas beau. Lui, en revanche, le Borgne, l'astucieux marchand taïno, ça c'était un bel homme ! Pour s'être vu dans un miroir, il en était persuadé. Malgré ses membres courtauds rattachés à un torse épais, sa tête trop grosse toujours un peu branlante et l'œil qui lui manquait, il se savait diablement séduisant. D'ailleurs, ses nombreuses conquêtes féminines n'en étaient-elles pas la preuve ?

— Tu ne remarques pas toutes les différences entre Kaan et le prince Balám, ou entre Kaan et l'escorte des nobles ? Les Mayas ont des pommettes hautes, des yeux obliques et une carnation naturellement rouge. Ils aplatissent la tête des bébés en plaçant leur crâne encore mou entre deux planches pour obtenir le résultat désiré : des bébés qui louchent. Et ils pratiquent ici – le Borgne joignit le geste à la parole et tapota l'arête de son nez – une incision dans la peau pour y insérer un dispositif qui leur donne ce nez crochu que tu n'as pas manqué de remarquer. Les canons de beauté des Mayas, c'est un menton fuyant et des dents de devant protubérantes, et le prince Balám en est une parfaite illustration. Kaan, lui, ne répond pas du tout à ces critères. Il a une belle tête ronde, comme la mienne, et ce grand nez bien à lui. N'importe qui peut se rendre compte qu'il n'est pas maya.

« Et pourtant, c'est notre plus grand héros du jeu de balle. Son nom résume bien qui il est : en langue maya, *chak* signifie "fort" et *kaan*, c'est le serpent. On l'a appelé ainsi pour son agilité et sa vitesse sur le terrain, mais aussi parce qu'il ne perd jamais, tout comme le serpent ne meurt jamais.

Tonina regardait la foule avec curiosité, tous ces gens qui tentaient désespérément de s'approcher des deux hommes, l'excitation fiévreuse engendrée par leur présence. Elle demanda au Borgne la raison de ce comportement et obtint cette réponse :

— Tout le monde a besoin d'un héros. Sur ton île, il y a bien quelqu'un de ce genre ?

Voilà qui demandait réflexion. Elle pensa à Huracan et au chef, des hommes respectés, vénérés. Un excellent nageur, peut-être ? Ou bien un garçon ayant vaincu un barracuda ? Personne sur son île ne suscitait ce genre d'adulation passionnée, en tout cas.

La procession se rapprochait, et Tonina remarqua que les deux héros ne se comportaient pas du tout de la même manière envers la foule exubérante. L'homme du peuple, Kaan, tout sourire, patient et complice avec ses jeunes adorateurs, posait volontiers une main sur la tête des enfants, alors que le prince Balám avançait sans prêter la moindre attention à cette populace, précédé de son immense nez factice et hautain.

— Ils s'entendent comme des frères, affirma le Borgne. Pas des frères de sang, certes, mais ils sont si proches qu'on croirait qu'ils ont partagé le même ventre avant de naître.

Tonina étudiait le sourire de l'aimable Kaan et la morgue du prince Balám.

— Ils sont si différents, murmura-t-elle.

Elle ne croyait pas si bien dire, pensa le nain. Le prince Balám avait épousé une femme bien en chair répondant à ses appétits, alors que, d'après la rumeur, la conjointe de Kaan, dame Ciel de Jade, était effacée, timide, un peu sèche. Plus d'os que de chair...

Kaan s'arrêta au milieu de la foule pour répondre aux sourires de ses admirateurs, et lorsque ses yeux sombres se posèrent sur Tonina, qui dépassait d'une tête la cohue autour d'elle, il s'immobilisa un instant, subjugué.

Tonina croisa son regard et eut la même réaction que lui, sans en comprendre la raison. Ils étaient incapables de détourner les yeux l'un de l'autre, et le moment s'étirait. Le Borgne les examina à tour de rôle en se demandant ce qui était en train de se jouer. La magie des dieux, peut-être ? Ou alors le destin, un je-ne-sais-quoi qu'un observateur neutre, voire les intéressés en personne, ne pouvait percevoir ?

Kaan sembla se ressaisir et reprit sa progression. Le mur d'enceinte enfin franchi, les portes se refermèrent et le peuple retourna à ses occupations en discutant avec animation.

Clouée sur place, Tonina fixait dans la nuit enfumée le bois des portes closes. Sourde au bruit qui l'entourait, elle ne voyait que les portes, et en esprit le visage de Kaan, le célèbre joueur de balle.

Elle finit par s'asseoir près du Borgne, qui réfléchissait au bref et étrange interlude entre Kaan et Tonina. Pourrait-il s'en servir pour parvenir à ses fins ?

— Alors, dis-moi, comment ton ami s'est-il fait cette blessure à la tête ? demanda-t-il à la jeune femme tout en se curant les dents avec un bâtonnet.

Pendant que Tonina lui racontait leur rencontre et l'épisode des chasseurs d'aigles, le Borgne étudia le jeune homme. Un être vraiment étrange, aux yeux jaunes lumineux et pénétrants... Il flottait autour de lui un parfum de sorcellerie, léger comme une brume matinale. Les pensées du marchand prirent une tournure plus intéressée. Si les dires de la fille étaient exacts, si les chasseurs avaient poursuivi ce jeune homme aussi loin, c'est que, d'une façon ou d'une autre, il avait de la valeur. Il s'agissait peut-être bien d'un hermaphrodite, après tout. Certains monstres, certaines anomalies de la nature étaient très recherchés.

— De quoi ont-ils l'air, ces chasseurs ? Nous devons rester sur nos gardes si nous ne voulons pas qu'ils vous repèrent.

Tonina décrivit les poursuivants aux rayures brunes et noires, et l'homme au bras tordu qui, selon elle, était le chef. Le Borgne enregistra cette information pour un usage futur.

— Combien de temps comptez-vous rester à Mayapan ?

— Nous ne nous attarderons pas.

Kaan la hantait toujours. Elle ne s'expliquait pas pourquoi elle n'arrivait pas à chasser ce visage de son esprit.

— Nous allons acheter des vivres puis partir pour le Quatemalan, poursuivit-elle. Je suis à la recherche d'une fleur rare et on m'a dit qu'elle pousse là-bas.

— Quelle sorte de fleur ?

La description qu'elle en fit inspira une réflexion au Borgne :

— *Quatemalan* signifie, dans la langue locale, « le pays aux nombreux arbres ». Il est donc bien possible que la plante que tu recherches soit un arbre dont les fleurs pendent des branches.

Il réfléchissait à toute vitesse. Il devait faire entrer les deux jeunes gens dans la cité et trouver un prétexte pour qu'ils y restent jusqu'à l'apparition des chasseurs. Il essayait de franchir l'enceinte depuis plusieurs jours, mais il y avait tant de monde à l'intérieur que l'entrée était sélective. Les gardes exigeaient un pot-de-vin conséquent et le Borgne n'avait pas d'argent en ce moment. Heureusement, les perles leur garantiraient le passage…

— À propos de cette fleur spéciale que tu cherches : le palais royal abrite un jardin réputé. Il paraît qu'on y trouve un spécimen de toutes les plantes qui existent, expliqua-t-il à Tonina.

Le Borgne s'entretint brièvement avec sa conscience. Le vol, c'était une chose, rien à voir avec une petite vérité légèrement remaniée. Car s'il n'était pas certain que la fleur poussait dans ce jardin, il n'était pas non plus certain du contraire.

Tonina s'anima immédiatement en écoutant le nain. Était-il possible qu'elle découvre la fleur le lendemain et qu'elle retourne sur l'île aux Perles au bout de quelques jours seulement, dès qu'elle aurait trouvé un canoë ?

— Mais comment pénétrer dans le palais ? s'inquiéta-t-elle.

Elle avait vu des gens tenter de franchir les lourds battants de bois sous l'impressionnante arche de pierre, avec pour seul résultat de se faire refouler par les gardes.

Le Borgne avait sa petite idée sur la question. Dès qu'il aurait versé le fameux dessous-de-table, on ne lui ferait plus aucune difficulté, car les rois et les nobles appréciaient la présence des nains. Mais la fille...

— Nous devrons te trouver une tenue convenable, dit-il en grimaçant devant son accoutrement ridicule. Et tu auras besoin de...

Elle l'interrompit :

— Il en faut aussi une pour Aigle Courageux. Je ne vais nulle part sans lui.

Le Borgne n'avait aucunement l'intention de perdre de vue une telle prise. Il examina le garçon et décida que son apparence actuelle lui servirait de laissez-passer. Parce qu'il n'était pas tatoué, ce garçon était une anomalie. S'il s'avérait hermaphrodite, ce serait encore mieux. La fille, elle, représentait un problème. Savait-elle danser ? Chanter ? Jouer de la flûte ? À toutes ces questions, elle répondit par la négative. Le Borgne eut tout à coup une idée :

— Tu seras diseuse de bonne aventure !

— Mais j'en suis incapable !

— Aucune importance. Il te suffira de dire aux gens ce qu'ils veulent entendre.

— Et ils me croiront ?

— Bien sûr, si tu te sers de cette chose !

Le nain lui désigna l'étrange coupe transparente qui dépassait de son paquetage et ajouta :

— Ils croiront tous que cette surprenante coupe a des pouvoirs spéciaux.

Tonina allait protester mais se sentit soudain accablée de fatigue. Les événements des derniers jours l'avaient rattrapée : son départ de l'île aux Perles, le combat sur les canoës, la mort de Macu dans la gueule du requin, la plage déserte, le sauvetage d'Aigle Courageux, leur périlleuse équipée et leur arrivée en ce lieu étonnant.

Le Borgne rassembla ses maigres possessions.

— Je vous laisse ma place. Vous n'avez qu'à dormir ici tous les deux.

Tonina et Aigle Courageux, reconnaissants, se lovèrent l'un contre l'autre aussi naturellement que s'ils avaient dormi ainsi toute leur vie. La jeune femme adressa en silence quelques prières à Lokono et aux esprits dauphins, ses protecteurs. Le sommeil la gagnait, mais elle remercia mentalement ce nain amical qui les aidait sans rien attendre en retour. Un vague doute vint pourtant rôder aux frontières de sa conscience. Trop lasse pour en saisir toute la portée, Tonina sentit seulement qu'il concernait le métier du Borgne, ce marchand sans marchandises ni porteurs. Avant de s'abandonner à ses rêves tourmentés, sa dernière pensée fut que cet homme n'était pas du tout ce qu'il prétendait être. Soupçonnant des intentions sinistres, elle décida d'emmener son ami le plus loin possible du Borgne dès les premières lueurs de l'aube.

## 12

Rien ne pouvait choquer le Borgne. Il se croyait revenu de tout... jusqu'au moment où il vit Tonina complètement nue sur la place du marché.

Pour espérer entrer dans la cité, il fallait lui trouver une tenue décente pour une femme : une jupe aux chevilles, une tunique tombant sur les hanches, avec des manches cachant le haut des bras.

« Les femmes mayas sont pudiques », avait expliqué le nain.

Et en plein soleil, ce matin-là, sous ses yeux ahuris, la jeune femme avait posé par terre les vêtements qu'il lui avait achetés avec l'une de ses perles, puis ôté le sarong et la blouse en hamac. Évidemment, malgré le petit pagne qu'elle portait sous le sarong, les gens qui la virent s'offusquèrent. Réprimant un cri, le Borgne lui jeta un de ses manteaux sur le dos.

Tonina éclata de rire. Habituée à nager dans le plus simple appareil et à remonter ainsi ses huîtres sur la plage sans que personne ne lui prête attention, elle comprit qu'il lui faudrait s'adapter très vite à la pudibonderie des Mayas.

Des pensées troublantes envahirent le Borgne tandis qu'il hissait deux sacs sur ses épaules. Son excitation à la vue du corps de Tonina n'avait rien d'inhabituel chez quelqu'un qui aimait tant les femmes. Mais là, ce qui le gênait, c'était cette absence de pudeur lui rappelant brutalement le mode de vie des gens des îles. Le nain prenait conscience de toutes ces années passées loin de chez lui.

J'ai vécu trop longtemps parmi les Mayas, se dit-il, submergé par la nostalgie. Mais si son plan secret réussissait, il pourrait se retirer dans les îles pour vivre une vie dont il se languissait soudain.

Son plan, quoique solide, comportait hélas un point faible : ses deux jeunes compagnons. Apparemment, ils ne s'intéressaient qu'à cette fameuse fleur rouge, et dès qu'ils auraient mis la main dessus, ils s'en iraient. Il devait absolument trouver un moyen de retarder leur départ jusqu'à l'arrivée des chasseurs, et d'amener la fille à se passer du jeune homme. Le désespoir risquait de la submerger comme après le vol de ses perles, et ça, le Borgne ne se le pardonnerait jamais. Par conséquent, il ne pouvait pas se contenter de leur trouver un hébergement provisoire, il lui fallait aussi réussir à distraire Tonina. Canaliser son attention vers quelqu'un d'autre pendant qu'il lui enlèverait Aigle Courageux.

Après une nuit de sommeil agité – à cause de ses hôtes, il avait exceptionnellement renoncé à se trouver une compagne de lit –, ils mangèrent quelques galettes chaudes aux haricots et aux piments, étanchèrent leur soif (moyennant une perle) et se sentirent enfin prêts à tenter l'entrée dans la cité. Le Borgne appréciait la diversion. Dès l'aube, tandis que les gardes éteignaient les torches et jouaient de la trompette sur les remparts, il avait dû enseigner le maya à une Tonina insatiable.

« Comment ça s'appelle, ça ? Et ça ? » avait-elle voulu savoir avant même qu'il ait ouvert son œil valide.

Puis leurs voisins s'étaient mis à se chamailler, et elle lui avait demandé de traduire leurs propos.

C'était exaspérant, mais cette fille avait vraiment une excellente mémoire. Nul besoin de lui répéter deux fois la même chose. Et sa ténacité le surprenait tout autant. Dès l'ouverture des étals de fleurs, elle s'y était précipitée à la recherche de sa fameuse fleur rouge. Elle en était revenue bredouille, avec une seule question aux lèvres :

« Quand entrerons-nous dans la cité ? »

Ils étaient enfin prêts. Vêtue comme l'exigeait la décence, armée de quelques mots de maya et d'expressions bien à elle, Tonina prit Aigle Courageux par la main et précéda le Borgne. On aurait dit que c'était elle qui menait la danse !

Pendant qu'ils fendaient la foule, le Borgne observa de plus près Aigle Courageux au soleil nouveau du matin. Il n'en revenait pas : une peau aussi douce, aussi parfaite ! Pas le moindre tatouage, pas la moindre modification corporelle ! Les gens allaient s'en donner à cœur joie. Un homme sans tatouages s'attirait les railleries, car on en concluait qu'il craignait la douleur.

Et pourtant, rien ne semblait effrayer Aigle Courageux. Il regardait autour de lui avec la curiosité d'un petit enfant, comme si tout était nouveau pour lui, comme si tout l'intriguait. En fait, son corps lui-même semblait nouveau. Dans la clarté matinale, le nain ne repéra aucune cicatrice, aucune marque sur la peau lisse du garçon. Personne au monde n'atteignait l'âge adulte sans arborer les souvenirs de ses maladresses de jeunesse !

Le récit de Tonina lui revint à l'esprit : le jeune prisonnier dans une cage prévue pour des aigles puis poursuivi sans relâche par des chasseurs bien décidés à le rattraper, l'amnésie, le mutisme... Soudain, il crut comprendre. Le choc fut si violent qu'il s'écria :

— *Guay !*

Tonina se retourna, et le nain se ressaisit :

— J'ai marché sur un objet coupant.

La fille ayant repris sa progression, il replongea dans ses réflexions.

Aigle Courageux... était-ce possible ? Pouvait-il *changer de forme* ?

Tonina, qui ne pouvait pas savoir ce qui se jouait dans la tête de son nouvel ami, tenait fermement la main du garçon. Tout le monde le reluquait, et elle s'en était aperçue. Lui, à l'inverse, semblait ne pas s'en rendre compte. Au cœur de la foule, étonné par tout ce qu'il voyait, il écarquillait ses yeux d'or, et parfois fronçait les sourcils comme s'il cherchait à retenir un souvenir qui se dérobait à lui. Sur son front, la blessure guérissait, mais son esprit restait malade.

Tonina était aux prises avec un souvenir insaisissable, elle aussi. La nuit précédente, alors qu'elle sombrait dans le sommeil, quelque chose l'avait tracassée à propos du petit homme, mais elle finit par écarter cette pensée. De l'autre côté des hautes portes en bois, dans l'un des jardins du palais, poussait peut-être la fleur rouge.

Sous l'arche de pierre, les gardes rébarbatifs contrôlaient les visiteurs un à un, fouillaient les sacs, crachaient par terre et refoulaient certaines personnes sans aucun motif apparent. Le Borgne réussit à négocier un pot-de-vin – deux des perles de Tonina et trois précieuses fèves de cacao qu'il préleva dans ses propres réserves.

— Allons sur la place principale, et dépêchons-nous, dit-il à ses deux compagnons.

La cité se révéla aussi fréquentée que la place du marché, malgré un vague semblant d'ordre. Le Borgne, qui avait pris la tête du groupe de sa démarche chaloupée si particulière, leur expliqua ce qu'ils voyaient. La majeure partie des gens résidait dans des quartiers densément peuplés, où ils se regroupaient par profession : les sculpteurs sur bois, les tailleurs de pierre, etc. Séparées par des jardinets, leurs humbles demeures de pierre et de bois s'entassaient au bord d'avenues et d'allées tortueuses. Des murets délimitaient les propriétés.

La fumée de milliers de foyers saturait l'air matinal, et le silence de la nuit avait cédé la place au vacarme diurne : cris d'enfants, aboiements des chiens, voisines qui s'interpellaient et mains innombrables aplatissant les galettes de maïs du premier repas de la journée.

— Regardez, c'est comme cela qu'elles embellissent leurs enfants ! s'exclama le Borgne en voyant Tonina s'arrêter net devant une maison de pierre blanche.

Dans la cour, deux femmes préparaient le petit déjeuner. Entre elles, sur une couverture, un nourrisson était couché, la tête serrée entre deux planches qui formaient un V renversé.

— Quand on enlèvera ce dispositif, l'enfant grandira comme tout le monde ici : avec le crâne pointu et les yeux qui louchent.

Sauf Kaan, se dit Tonina, surprise de cette incursion du joueur dans ses pensées. Lui, personne ne lui avait coincé la tête entre deux planches.

Au bout d'une ruelle qui s'étirait entre deux hauts murs, ils débouchèrent sur la place principale, un grand espace à ciel ouvert où l'on respirait mieux. Le trio s'y engagea, et Tonina, en apercevant l'édifice qui se dressait à l'autre bout de l'étendue pavée, eut un nouveau choc.

Splendide et majestueuse, une pyramide se détachait sur le ciel bleu et limpide. Plus petite que la pyramide de Chichén Itzá, négligée et envahie de mauvaises herbes, celle de Mayapan était recouverte d'un stuc si lisse et si rouge que ses murs luisaient comme le sang au soleil. Ses marches et ses niveaux vertigineux se succédaient jusqu'au sommet où se dressait un temple. De la fumée s'élevait des encensoirs sacrés, et de longues bannières emplumées flottaient dans la brise.

Sur deux autres côtés de la place s'élevaient des temples pyramidaux plus petits, eux aussi rouge vif mais décorés de dessins et de frises colorés, avec des flèches ornées de drapeaux claquant au vent. Sur le quatrième trônait le palais, un édifice à plusieurs étages, truffé d'escaliers et de colonnades, d'un rouge aveuglant. Les Mayas devaient être obsédés par les marches et les escaliers, se dit Tonina. Excepté pour les constructions les plus petites, tous leurs accès se trouvaient au-dessus du niveau du sol.

Comme la place du marché, la grand-place fourmillait de monde. Mais ici, les gens portaient des vêtements bien plus luxueux, car c'était en ce lieu que nobles et gens fortunés menaient leurs affaires. L'élégance radieuse de ces hommes et de ces femmes surpassait tout ce qu'aurait pu imaginer Tonina : robes de coton et manteaux aux couleurs chatoyantes, pagnes alourdis de jade et d'or, coiffures tressées de plumes et de perles, poignets, chevilles, oreilles et lèvres parés de bijoux...

Tout à coup, un détail étrange lui sauta aux yeux. Chacun ou presque, qu'il soit noble, garde ou simple marchand, portait en haut du bras une bande de tissu verte ou bleue.

— C'est à cause des jeux, lui expliqua le Borgne. C'est leur façon de montrer quelle équipe ils soutiennent. Le vert pour l'équipe de Mayapan et le bleu pour celle de Tulum. Ils ont tous une équipe favorite.

— Mais tu ne portes pas de ruban, toi !

— Je les soutiens toutes les deux, répliqua-t-il avec un grand sourire.

Le regard d'or d'Aigle Courageux, derrière Tonina, semblait irrésistiblement attiré par les endroits les plus élevés : le temple couronnant la pyramide, les flèches s'élançant vers les nuages... Il cherche les aigles, se dit le Borgne, qui avait remarqué son comportement. Cette constatation renforça ses soupçons sur la vraie nature du garçon.

Le grand escalier du palais étant noir de solliciteurs venus demander une audience, le Borgne guida ses nouveaux amis vers l'un des côtés du bâtiment. Pavée et parfaitement entretenue, une allée étroite les conduisit à un nouvel escalier creusé dans la haute muraille, et ils se retrouvèrent en compagnie de gens ayant eu la même idée qu'eux. Les tenues étaient variées ; quelques personnes vêtues de costumes traditionnels semblaient arrivées de loin, animées par l'espoir de bénéficier de la générosité royale.

— La chance est avec nous, déclara le Borgne.

Ils entrèrent en effet en même temps qu'une troupe de musiciens munis de crécelles, de conques et de carapaces de tortue en guise de trompettes et de tambours.

— Les jeux annuels drainent nombre de visiteurs en ville, ce qui veut dire que ce soir, le roi devra distraire beaucoup de monde, continua le nain. Les numéros inhabituels seront bienvenus.

Il se tourna vers Aigle Courageux :

— Quand je me mettrai à jouer de la flûte, contente-toi de bouger en suivant la mélodie. T'en sens-tu capable ?

Aigle Courageux opina du chef. Même s'il ne savait pas danser, sa grâce innée et son allure originale lui attireraient la sympathie du public, le Borgne n'en doutait pas. Sans compter son propre pouvoir de séduction sur les gens. Quant à la fille et son numéro de voyance… Affligée d'une indécrottable honnêteté, Tonina ferait une piètre menteuse. Une fois encore, il l'avertit :

— N'oublie pas : si tu ressens le besoin de dire la vérité, embellis-la un peu.

Devant le désarroi de la jeune fille, il insista :

— Écoute-moi bien. Ce n'est pas toi qui vas jouer les prophètes, c'est l'eau. Tu comprends ? Comme tu l'as sans doute remarqué, dans ce pays sans eau courante, sans fleuves, sans lacs, l'eau est un bien précieux. Les Mayas sont persuadés qu'elle possède de terribles pouvoirs, comme le sang. Donc toi, voilà ce que tu dois faire : tu remplis ta coupe d'eau, tu la proposes à quelqu'un dans le public et tu lis son avenir dans l'eau.

Sous l'arche du portail donnant accès au palais, d'autres gardes questionnaient les visiteurs en se faisant graisser la patte au passage et en les houspillant à loisir. Le petit homme dut encore sacrifier deux de ses fèves de cacao, tout en promettant d'offrir à Sa Sérénissime Bonté un spectacle rare et excitant. Lorsque les gardes se permirent quelques commentaires lubriques sur Tonina, persuadés qu'ils avaient affaire à une prostituée, le Borgne s'interposa et leur expliqua qu'il s'agissait d'une voyante respectée. C'était vraiment une première : jamais auparavant il n'avait eu à protéger la vertu d'une femme.

Ils se laissèrent guider dans un couloir. Avec ses escaliers, ses cours, ses chambres, ses galeries et ses tunnels, ce palais était un véritable labyrinthe. En approchant du cœur de l'écrasant complexe, ils perçurent de la musique et des voix. Leur escorte les introduisit dans une grande salle où les amuseurs attendaient leur tour.

Suivant son habitude, le Borgne passa rapidement en revue l'assemblée des acrobates, jongleurs, magiciens, danseurs et bouffons. Il repéra un couple de contorsionnistes en train de se préparer et décocha une œillade suggestive à la femme curieusement vêtue d'une courte jupe en peau de daim et d'un bandeau de la même matière lui couvrant la poitrine. Elle s'empourpra et lui retourna son sourire. Le Borgne se frotta les mains, qu'il avait petites et grasses. Cette tactique perfectionnée au fil des ans sollicitait tous les muscles de son visage et produisait immanquablement son petit effet. Le partenaire de la contorsionniste était-il son mari ou son frère ? Il n'avait jamais partagé la couche d'une femme aussi agile et pensait déjà aux délices qui l'attendaient peut-être.

— Et maintenant, que faisons-nous ? lui chuchota Tonina.

Il lui désigna une tapisserie aux couleurs vives pendue à un linteau.

— Derrière cette tapisserie se trouve la Grande Salle. Un banquet s'y déroule pour le roi et sa cour. Toutes les personnes qui nous entourent assurent le spectacle de la soirée, et nous, nous attendons notre tour.

— Le jardin, où est-il ?

— Le jardin ? Ah oui ! Le jardin ! s'exclama-t-il en se grattant l'oreille. Nous devons d'abord exécuter notre numéro, puis nous verrons en quoi consiste notre récompense.

— Mais tu sais où il se trouve ?

— Sur une terrasse.

Il pointa vaguement le doigt vers le haut. Après tout, ce jardin n'existait peut-être pas, mais dans le cas contraire, il était sûrement au-dessus de leurs têtes.

Oreilles, nez et lèvres ornés de jade, l'homme solennel qui surveillait l'antichambre toisa les nouveaux venus avec mépris.

— Je vous préviens, je ne peux pas vous garantir que vous retrouverez vos paquetages après votre numéro.

Le Borgne comprit immédiatement où il voulait en venir :

— Cela vaut bien une fève de cacao, mais pas plus. Attention ! Si jamais je découvre que quelqu'un a touché à nos affaires, je vous montrerai mon mauvais œil.

D'autres artistes furent introduits dans la Grande Salle, et le trio en profita pour se rapprocher du seuil et jeter un coup d'œil par la tenture entrouverte. Debout derrière le petit homme, Tonina entrevit des nobles assis sur des coussins en peau de jaguar. Une armée de nains, de bossus, de scribes, de serviteurs, de porteurs d'éventails et d'artistes veillaient à satisfaire leur moindre désir. Sous leurs imposantes coiffures en osier, plumes, coquillages, coton et jade, tous ces gens d'importance arboraient le front fuyant et le strabisme des Mayas.

La gigantesque salle croulait sous les décorations : encensoirs en céramique, têtes en stuc, masques de jade, figurines de terre cuite et énormes linteaux sculptés dans le calcaire. Sur les murs s'étalaient des fresques aux couleurs vives. La fumée des pipes et des cigares imprégnait l'atmosphère. Le dirigeant de Mayapan, que le Borgne avait appelé Sa Sérénissime Bonté, était un homme trapu et gras portant un pagne pour tout vêtement. Son corps dodu était peint en rouge vif et sa coiffure se limitait à une simple aigrette de longues plumes de quetzal. Il trônait à l'extrémité de la salle, sur une estrade d'où il dominait ses hôtes. Le Borgne donna un coup d'épaule dans la cuisse de Tonina et lui souffla entre ses dents :

— Ne le regarde pas ! Personne n'a le droit de regarder le roi.

— Que fait-il ? murmura-t-elle en se penchant vers le nain pour se faire entendre.

Le roi fixait du regard un grand objet rond que lui tendait un serviteur.

— C'est un miroir. Sa Sérénissime Bonté passe son temps à s'y contempler.

Le roi était assis sur un tabouret que soutenaient deux hommes à quatre pattes. En voyant l'expression choquée de la jeune fille, le Borgne lui chuchota :

— Ce sont des prisonniers récemment capturés au combat. Les Mayas ne mettent pas leurs ennemis à mort. Ils préfèrent les humilier pour les punir.

Des serviteurs portant de jolies cruches remplissaient sans cesse les coupes vides. Tous ces gens buvaient du *pulque*, mélange enivrant d'agave et de racine d'un arbuste nommé « bois démoniaque », leur expliqua le Borgne. Des esclaves essuyaient constamment le sol, car les convives, à chaque gorgée, offraient une petite libation aux dieux.

De délicieux arômes s'élevaient d'une procession ininterrompue de plateaux chargés de victuailles : volailles et lapins rôtis, patates douces et maïs à la vapeur, papayes et goyaves chatoyantes, potirons, rayons de miel. Tonina ne reconnut pas certains légumes ; des tomates et des avocats, lui précisa le petit homme qui en avait l'eau à la bouche.

Soudain, il s'aperçut que Kaan, le joueur de balle, faisait partie des invités. Une idée brillante germa alors dans son esprit. Il la tenait, la diversion qui détournerait l'attention de Tonina et l'éloignerait d'Aigle Courageux !

Un groupe d'acrobates termina sa prestation et quitta la salle, laissant la place à un chanteur solitaire à la voix de fausset. Le Borgne poussa tout bas une exclamation désolée ; il savait ce qui allait se passer.

Un beuglement de protestation interrompit la mélodie : le roi désapprouvait. Aussitôt, des gardes chargés de gros pots en terre se précipitèrent vers l'infortuné chanteur, qui tomba au sol et se protégea la tête, car les pots étaient remplis d'urine qu'on lui déversa dessus.

Les gardes s'emparèrent du pauvre homme et le traînèrent hors de la salle.

— Quand un amuseur ne plaît pas au public, on le punit, expliqua le Borgne aux deux jeunes gens.

Il passa sa langue sèche sur ses lèvres. Parfois, cette punition était le fouet.

— Débrouille-toi pour leur plaire, Tonina.

Il ne s'agissait pas seulement de lui éviter une humiliation. Pour que son plan réussisse, à savoir vendre le jeune homme aux chasseurs, le Borgne devait garder ce garçon à l'œil, donc leur trouver à tous trois un hébergement pour quelques jours, l'idéal étant de rester au palais. Or, si leur numéro séduisait le roi et les courtisans, on leur demanderait peut-être de se produire à nouveau.

Avec ce dessein en tête, le Borgne, toujours caché derrière la tenture, chercha à repérer dans la Grande Salle un contact potentiel. Il jeta son dévolu sur l'intendant en chef, la personne en charge du fonctionnement bien huilé de la maison royale, à en juger par l'impressionnante équipe sous ses ordres. Le visage du nain s'illumina.

Le jeu était une passion universelle. Les gens pariaient tout le temps sur ceci ou cela, même sur le temps qu'il allait faire. Ceux qui en avaient les moyens – l'intendant en chef en faisait sûrement partie – spéculaient sur les marchandises en circulation, en achetant et en revendant des biens ou des denrées en gros.

Sur la route qui l'avait mené d'Uxmal à Mayapan, le Borgne avait croisé le chemin d'une caravane et, au campement, on l'avait invité à partager le boire et le manger. Malgré son gabarit, il tenait l'alcool deux fois mieux qu'un homme de taille normale, et le chef de la caravane n'avait pas été long à se confier à lui. Cet homme s'était vanté de son chargement d'ambre du Chiapas, si abondant là-bas que sa valeur avait beaucoup baissé. Les investisseurs espéraient donc réaliser de plus grands bénéfices dans les cités des Basses-Terres.

Un nain voyageant seul se déplaçait plus vite qu'une centaine de porteurs lourdement chargés. Il était donc arrivé à Mayapan avec plusieurs jours d'avance sur la caravane, et en possession d'une information des plus intéressantes. Une information que l'intendant lui achèterait certainement un bon prix, se dit le Borgne. Si cet homme avait de l'ambre à vendre, il s'en débarrasserait en hâte et à un prix élevé, avant l'arrivée de ce gros surplus qui allait faire chuter les cours.

En échange de ce précieux renseignement, le nain ne demanderait qu'une chose : être logé au palais tout le temps nécessaire avec ses deux compagnons.

Tel était en vérité le négoce du Borgne : les biens qu'il échangeait étaient si petits qu'ils se passaient de colis et de porteurs ; tout tenait dans sa tête. Le nain taïno était un espion professionnel.

Un charmeur de serpent s'étant attiré les faveurs du public fut dirigé vers une pièce attenante où l'attendaient bonne chère et *pulque* à volonté. Leur heure était venue. Le responsable de l'antichambre souleva la tenture et le Borgne sortit en traînant les pieds, ses deux acolytes sur les talons.

Dans la Grande Salle s'éleva un bruissement approbateur. Le nain borgne était partout le bienvenu grâce à ses handicaps qui attiraient sur lui la faveur des dieux, mais l'attention générale se braqua sur le jeune homme pâle au corps inaltéré. Personne ne semblait s'intéresser à la fille.

Tonina, nerveuse, garda les yeux baissés pendant que le Borgne présentait sa « troupe » d'une voix tonitruante. Ce discours capta l'attention de la cour, laissant le temps au nain de scruter l'assemblée de son œil exercé : il prenait note, triait, se constituait mentalement des dossiers. Il avait visité des palais royaux ainsi que les belles demeures des riches et des nobles dans d'autres villes mayas, mais cette Grande Salle de Mayapan, c'était la première fois qu'il y venait, et il voulait saisir sa chance.

Pendant qu'il déployait toute son éloquence pour séduire la cour, Tonina balaya subrepticement la salle du regard, à l'abri de ses cils. Elle prenait toute la mesure de la splendeur concentrée ici : le roi et la noblesse, rayonnants, le banquet pantagruélique... C'est alors qu'elle aperçut les deux joueurs de balle qui avaient traversé la place du marché la veille au soir.

Le prince Balám ne l'intéressait guère. Il ressemblait à tous les autres, avec sa peau teinte en rouge, sa tête fuyante et son nez modifié. Mais à côté de lui, à une place d'honneur, manifestement, était assis Kaan, l'homme du peuple. Dans son pagne écarlate et son manteau bleu ciel, la tête ornée de plumes, il resplendissait. De nouveau, les traits de son visage, si différent de ceux qui l'entouraient, la frappèrent : le menton bien affirmé, le front haut, le grand nez droit.

Une femme était assise à côté de lui, que Tonina supposa être son épouse. La veille, le Borgne lui avait parlé d'une dame maya nommée Ciel de Jade. Comme toutes ses comparses dans la Grande Salle, cette petite personne portait, aux yeux de Tonina, plus de vêtements que de raison : une robe aux motifs éclatants sous un châle bordé de perles et de coquillages et une large ceinture à franges. Par ailleurs, elle croulait sous les colliers et les bracelets. Ses cheveux noirs et lustrés étaient relevés dans une écharpe aux couleurs vives. De longues tresses s'en échappaient comme les branches d'un saule pleureur et encadraient un visage correspondant à l'idéal de beauté des Mayas, comme Tonina l'avait appris : le nez était aquilin, le menton légèrement fuyant, les lèvres charnues découvraient des dents saillantes. Le front incliné de dame Ciel de Jade lui allongeait le crâne et faisait loucher ses yeux légèrement bridés.

Tonina reporta son regard sur Kaan et, une fois encore, le trouva beau, avec son crâne intact, le grand nez qu'il avait reçu de naissance et son corps plus élancé que celui de ses compagnons grassouillets.

Elle tressaillit. Après avoir été raillée et moquée toute sa vie pour son apparence et ses origines inconnues, elle avait cru pouvoir endurer sans problème l'humiliation qu'elle allait subir quand son tour viendrait de s'avancer. Mais à présent, cette idée la révoltait.

Pas devant *lui*.

Le Borgne perfectionnait depuis longtemps sa capacité à agir et penser dans le même temps. Il flattait donc le roi et sa cour, déversant dans leurs oreilles ses compliments les plus ampoulés, tout en constatant que Tonina dévorait Kaan des yeux, comme la veille sur la place du marché. Le héros du jeu de balle, qui buvait et riait avec ses compagnons, ne l'avait pas remarquée. Mais la fille... Que pouvait-elle bien lui trouver ?

Le Borgne était ravi. À en juger par la manière dont Kaan envoûtait la jeune femme, elle ne remarquerait peut-être même pas la disparition d'Aigle Courageux.

Le regard de Tonina s'attarda de nouveau sur Ciel de Jade, mariée depuis trois ans mais toujours sans descendance, d'après ce que lui avait dit le Borgne. De temps à autre, la jeune Maya posait la main sur son ventre, un sourire énigmatique et satisfait aux lèvres. Dès que Kaan lui adressait la parole, elle retirait sa main en hâte et prenait un air inexpressif. Tonina avait déjà été témoin de comportements de ce genre, et elle en devinait la raison.

Le Borgne fit un pas de côté en levant sa flûte, et Aigle Courageux entra en action. Les courtisans, qui avaient déjà vu des danseurs, retournèrent à leurs conversations. Ils bavardaient, riaient, reprenaient du faisan rôti et du *pulque*. Le bruit ambiant couvrait presque la musique du nain, une mélodie de huit notes, toute simple, à laquelle Aigle Courageux s'était très vite adapté. Bras écartés, il se mouvait avec grâce.

Svelte et silencieux, le jeune homme à la peau lisse glissait sur le sol poli, pirouettait sur la pointe des pieds, dessinait parfois une ellipse de ses bras déliés. Progressivement, tous les regards se rivèrent sur Aigle Courageux, comme hypnotisés par ses mouvements lents et aériens, et les conversations cessèrent. On entendait enfin la flûte. L'être humain s'était mué en une créature fascinante tout droit sortie d'un mythe.

Puis la musique se tut et Aigle Courageux s'affaissa au sol, la tête cachée dans ses bras souples. On aurait pu entendre voler une mouche. Pas un chuchotement, pas un toussotement. Le Borgne baissa sa flûte et regarda autour de lui. Les invités semblaient en transe. Puis quelques murmures s'élevèrent, et il y eut des hochements de tête approbateurs, des commentaires émerveillés. Le petit homme comprit qu'il devait réagir très vite avant que quelqu'un ne songe à lui enlever Aigle Courageux.

— Assemblée céleste, très grande Sérénissime Bonté et sa dame Nuit Étoilée, je vous présente maintenant la voyante la plus connue du pays.

Il fallait absolument soustraire le jeune homme à l'attention du public. Le Borgne le fit reculer d'un geste impatient, puis poussa Tonina vers l'estrade du roi.

Tout comme les danseurs, les voyants pullulaient à Mayapan, et l'intérêt se relâcha. La situation semblait critique, mais la jeune femme leva la coupe de verre, et la fit tourner dans la lumière. Le Borgne attendit que tout le monde ait les yeux sur l'objet aux facettes étincelantes puis déclara qu'il s'agissait d'un instrument des dieux eux-mêmes.

La coupe avait attisé la curiosité du roi. Il fit un signe à l'un des serviteurs, qui la prit des mains de Tonina et la tendit à un serviteur mieux vêtu, lequel la remit à un autre à l'allure encore plus impressionnante, qui la passa à un noble, qui la donna au roi.

L'assemblée était suspendue à la royale inspection de Sa Sérénissime Bonté, qui souleva l'étrange objet, le tourna, le retourna, le tapota et finit par le lécher d'une langue percée de jade. Puis le roi le rendit au noble et la coupe fit le chemin en sens inverse avant d'atterrir entre les mains de Tonina.

Le Borgne lui servant d'interprète, elle commença par réclamer de l'eau, et un esclave vint remplir la coupe. Tonina l'agita, l'examina, puis déclara d'une voix forte, en tournant lentement sur elle-même :

— L'eau choisit...

Le Borgne constata avec ravissement l'impatience des courtisans, qui espéraient tous être désignés.

Dans l'assemblée amusée, le prince Balám perçut à côté de lui la tension de son épouse. Dame Colombe désirait ardemment être l'heureuse élue, car elle raffolait des diseurs de bonne aventure.

Lorsque cette grande fille désigna la femme de Kaan, le prince comprit qu'une soirée houleuse l'attendait. Dame Colombe détestait positivement Ciel de Jade, et Balám n'avait pas fini d'en entendre parler : « La voyante a préféré la femme d'un homme du peuple à celle d'un prince ! » Balám secoua la tête. Cette fille des îles venait sans le savoir de commettre un terrible impair.

Tonina s'approcha de dame Ciel de Jade en enregistrant tout ce qu'elle voyait : le visage et les bras couverts d'une épaisse couche de fard, la cloison nasale percée de jade, l'inclusion d'or dans la lèvre inférieure, les lourds anneaux aux oreilles. Mais sous la poudre, la peinture et les tatouages faciaux, Tonina vit aussi une timide jeune femme à peine plus âgée qu'elle.

— Moi ? s'exclama Ciel de Jade, stupéfaite.

Tout le monde éclata de rire et les encouragements fusèrent.

— Buvez, ma dame, la pressa gentiment le Borgne en langue maya.

Dans un silence complet, Ciel de Jade but avec délicatesse une gorgée entre ses dents proéminentes. Kaan ne quittait pas la jeune voyante des yeux. De nouveau, Tonina remua la coupe, afin – prétendit-elle – d'en déchiffrer le message. Le cœur battant, elle décida d'exploiter le comportement qu'elle avait observé plus tôt, ces cachotteries, l'expression satisfaite de la dame. Mais si elle se trompait, quel serait son châtiment ?

Elle prit une grande inspiration pour se donner du courage puis déclara, aussitôt traduite par le Borgne :

— Vous aurez un fils.

Dame Ciel de Jade lui jeta un regard sceptique. Quand les voyants prédisaient une naissance, c'était toujours un garçon.

— Et en quelle année naîtra-t-il, je vous prie ? demanda la Maya d'un air de défi amusé.

Tonina la regarda droit dans les yeux :

— Sa vie a déjà commencé.

— Ça alors ! C'est vrai ! Elle dit la vérité ! reconnut Ciel de Jade dans un souffle.

Des exclamations retentirent alors qu'elle se tournait vers son mari pour lui confirmer la nouvelle avec un sourire radieux : elle était enceinte et avait prévu de le lui annoncer le soir même. Le Borgne se pencha vers Tonina.

— Bien vu, fillette, lui murmura-t-il. Cette prédiction nous vaudra une bonne récompense.

Tonina rayonnait. Sa récompense à elle serait qu'on la conduise au jardin royal.

— Mon fils sera-t-il en bonne santé ? Arrivera-t-il à l'âge d'homme ? la questionna Ciel de Jade.

Le petit homme réfléchit à toute vitesse :

— Pardonnez-nous, très chère dame. La coupe ne livre qu'une prédiction par jour. Pour aujourd'hui, elle a épuisé son pouvoir.

— Que souhaite cette voyante ? demanda Kaan.

Le Borgne traduisit la réponse de Tonina :

— Un séjour ici, au palais, et la permission de visiter le jardin royal.

Le nain faillit modifier les souhaits de Tonina, mais opta pour la vérité. Il ne voulait pas que la fille des îles découvre la fleur aussi vite mais quelqu'un ici pouvait comprendre le taïno et le Borgne préféra ne pas courir ce risque. De plus, mentir en présence de Sa Sérénissime Bonté portait malheur. Dame Ciel de Jade agita la main avec dédain :

— La fille viendra vivre chez nous.

— Ton vœu est exaucé ! déclara le nain en souriant à Tonina.

Il ne s'aperçut pas – comme personne du reste – du regard haineux de dame Colombe.

— Ça y est ? Je peux aller visiter le jardin ?

Le Borgne se racla la gorge :

— Hum hum. La dame souhaite que tu visites d'abord sa demeure. Tu logeras là-bas, mais tu pourras te rendre dans ce jardin aussi souvent que tu le voudras au cours de ton séjour.

Il balaya l'assemblée du regard de son œil unique pour s'assurer que personne n'avait relevé cette fausse allégation, mais il n'y eut aucune réaction.

— Je te prie de dire à la dame que je suis heureuse de pouvoir visiter sa maison, mais dis-lui également qu'elle doit vous autoriser à m'accompagner, toi et Aigle Courageux.

Le Borgne fut ravi de cette requête. Être hébergé chez une célébrité comme Kaan pouvait avoir des retombées positives.

On les escorta hors de la Grande Salle, et ils se retrouvèrent dans la pièce où s'empiffraient les danseurs, les acrobates et le charmeur de serpent. Les pensées du Borgne suivaient déjà un nouveau cours. Il était impressionné par la façon dont Tonina s'en était sortie dans ses prédictions. En se contentant d'observer la gestuelle de Ciel de Jade, Tonina en avait tiré la bonne conclusion. Cette fille des îles est presque aussi douée que moi, se dit-il en empoignant un lapin rôti pour y mordre à belles dents. Quelle équipe nous ferions, elle et moi !

Pendant qu'Aigle Courageux et Tonina faisaient honneur aux victuailles qu'on leur offrait généreusement, le petit homme réfléchit au moyen de garder Tonina à ses côtés quand il aurait vendu le garçon aux chasseurs d'aigles. Il lui faudrait veiller à ce qu'elle ne trouve jamais ni le jardin royal ni la fleur rouge, car dans le cas contraire, elle repartirait sur-le-champ sur son île. N'avait-elle pas décrété qu'elle voulait se rendre au Quatemalan ? Rien de plus facile. Surtout dans la mesure où la fille ne savait absolument pas où se trouvait le Quatemalan.

## 13

— Tu fais de moi l'homme le plus heureux au monde, déclara Kaan, agenouillé devant sa femme. Je ne sais pas ce que j'ai fait pour mériter une telle faveur.

Ce matin-là, Ciel de Jade s'était assise au soleil.

— Je voulais te faire une surprise ! s'exclama-t-elle, souriante, tout en caressant les cheveux de son mari.

— C'est réussi !

Il éclata de rire et posa sa tête contre le ventre de sa jeune épouse en fermant ses yeux emplis de larmes. Il se représentait le bébé endormi dans son cocon d'eau chaude et salée. Son fils... son fils maya.

Kaan l'homme du peuple, surnommé le Grand par les petites gens, idole du jeu de balle et mari dévoué, ne nourrissait qu'une ambition : voir son fils jouer à son tour sur le terrain sacré.

— Nous allons garder la fille des îles auprès de nous, dit Ciel de Jade d'un ton résolu. Elle nous lira l'avenir tous les jours. Nous mènerons nos existences selon les prophéties de la coupe transparente, et lorsque notre fils aura atteint l'âge d'homme, la fille le guidera, jour après jour, en lui révélant également son avenir.

— Nous la garderons... la fille des îles... répéta Kaan, dont la voix étouffée se perdait dans la douce étoffe de la robe de Ciel de Jade.

Il fronça les sourcils. Deux fois déjà, son regard s'était attardé sur elle, sur cette Tonina, sans qu'il en comprenne la raison. Son apparence peu commune éveillait sans doute sa curiosité, se dit-il. Kaan avait déjà eu bien des occasions de voir des natives des îles. En général, elles étaient petites, trapues, avec une peau foncée, contrairement à cette grande fille à la peau couleur de miel. Et pourtant, elle peignait sur son visage les symboles blancs typiques des îles et ne s'exprimait qu'en taïno, que le nain devait leur traduire.

Mais pourquoi pensait-il à cette fille ? se demanda-t-il, perplexe. Il se leva et regarda tendrement son épouse.

Il avait envie de l'entraîner au lit pour lui faire l'amour, mais ne pouvait se le permettre. Demain aurait lieu le Douzième Jeu. Kaan devait rester pur et passer les prochaines heures dans les prières et le jeûne. La moindre transgression risquait de coûter la victoire à son équipe. Et il devait également prendre en considération la santé fragile de Ciel de Jade, qui avait failli perdre la vie lors d'une fausse couche.

Kaan contempla la chambre à coucher de sa femme. Après le drame de sa première grossesse, elle s'était lancée dans un passe-temps compulsif, et cette pièce en désordre contenait une grande variété de plumes de toutes les couleurs de l'arc-en-ciel, certaines longues et raides prélevées sur les ailes et les queues, d'autres plus souples, et d'autres encore mousseuses. Il y avait également des bandeaux de cuir et de coton, des poinçons pour les trous, des épines d'agave toutes garnies de fibres.

Ciel de Jade fabriquait de ravissants bracelets dont elle faisait cadeau à ses amies, et ce talent émerveillait son mari. Dans chaque tas de plumes entremêlées, elle décelait un motif, la beauté, l'harmonie. Son passe-temps, Kaan le savait, occupait la place du bébé perdu.

— Où est la fille ? Elle devrait déjà être là ! s'inquiéta Ciel de Jade.

— Je vais me renseigner.

Il déposa un baiser sur la joue de sa femme.

En traversant la spacieuse demeure où des serviteurs passaient le balai et aéraient les pièces, il jeta un coup d'œil sur le jardin privatif et y aperçut, à sa grande consternation, une vieille femme qui s'avançait parmi les arbustes et les fleurs.

Il se rua dehors et cria à la vieille femme effrayée :

— Que fais-tu ici ?

— Pardonne mon intrusion, mais j'ai entendu dire que ta femme est enceinte. Est-ce la vérité ?

Bouleversé, Kaan en resta sans voix. Elle était bien la dernière personne qu'il s'attendait à voir chez lui.

Après une nuit passée au palais dans le quartier des serviteurs, Tonina et ses compagnons furent escortés jusqu'à la résidence de dame Ciel de Jade. Elle tenait cette propriété de ses riches parents, leur expliqua le Borgne. Les rumeurs étaient allées bon train quand elle avait épousé Kaan. Ciel de Jade, l'aristocrate, apportait en dot richesse, statut social et sang bleu ; Kaan, le joueur de balle, ne déposait à ses pieds que ses talents de vainqueur.

Une rangée de demeures majestueuses bordait une place pavée : hauts murs enduits d'un stuc blanc et lisse, fenêtres étroites laissant entrer l'air et la lumière, et devant toutes les portes, gardes d'allure à la fois féroce et blasée. C'étaient les beaux quartiers, où les nobles, les riches marchands et leurs familles menaient un luxueux train de vie. Le trio fut conduit devant une grande porte de bois peinte en rouge vif porte-bonheur. Les deux hommes armés de lances qui protégeaient l'accès à la propriété de dame Ciel de Jade poussèrent la porte à double battant pour introduire les visiteurs.

Un jardin spacieux s'offrit aux regards des nouveaux venus. Une fontaine dispersait ses gouttelettes dans l'air matinal, et Tonina écarquilla des yeux ébahis. De l'eau qui coulait vers le haut ? Comment était-ce possible ? Le Borgne évoqua l'existence de tuyaux souterrains et d'une technique maîtrisée, mais Tonina ne l'écoutait plus. Kaan se tenait au bout du sentier qui serpentait à travers les plantes et les fleurs luxuriantes.

Il portait un pagne coloré orné de jade et, fixée à son cou, une cape orange et jaune. Sa longue chevelure ramenée en arrière lui dégageait le visage. On appelait cette coiffure « queue de jaguar », comme l'avait appris Tonina : les cheveux, noués presque au sommet du crâne, retombaient en tresses noires dans le dos, comme la queue d'un félin. Sur l'île aux Perles, chez les jeunes gens et les hommes, la coupe au bol était de rigueur, et seules les femmes avaient les cheveux longs.

Kaan s'adressa sèchement à une vieille femme, qui courba humblement l'échine et s'en alla aussitôt. Tonina se rendit compte qu'elle l'avait déjà vue, mais où ? Puis la mémoire lui revint. Deux nuits plus tôt, sur la place du marché, lorsque les deux héros du jeu de balle avaient traversé la foule, la vieille femme les avait suivis à distance.

Discrètement, sur le sentier où ils attendaient, elle fit part de cette observation au Borgne, qui lui souffla :

— Oui, c'est sa mère !

— Sa mère ? Mais elle est attifée comme une servante ! Et regarde comme il la chasse !

— Elle lui fait honte. Elle travaille aux cuisines du palais. Dès qu'il a connu un début de notoriété, et encore plus après son mariage avec une noble maya, il a rompu toute relation avec elle.

Tonina était scandalisée :

— Mais pourquoi ?

— Il n'aime pas qu'on lui rappelle qu'il est d'origine barbare. Et il ne veut pas non plus qu'on le rappelle à ses admirateurs. Il s'efforce de devenir aussi maya que possible.

Tonina se souvint de ce que le petit homme lui avait révélé au campement l'avant-veille : chassés par une famine interminable, les parents de Kaan avaient quitté leur patrie, dans le Nord-Ouest, pour partir vers cette cité maya, bien loin de chez eux, dans l'espoir d'une vie meilleure. Et voilà comment il traitait sa mère !

— Je le plains, soupira Tonina.

— Ne dis jamais cela devant Kaan ! l'avertit le Borgne.

À cet instant, comme s'il l'avait entendu, le joueur se retourna et repéra les étrangers dans le jardin. Il scruta Aigle Courageux et le Borgne de son regard énigmatique et sombre, puis Tonina, sur laquelle il s'attarda.

Ça recommence, il n'arrive pas à la quitter des yeux, nota le Borgne. Qu'est-ce que cela signifiait ? Ce jour-là, c'était la première fois qu'ils se voyaient vraiment. Les fois précédentes, à la lueur fugace des torches, sur la place du marché, et dans l'atmosphère enfumée de la Grande Salle, ne comptaient pas vraiment. Aujourd'hui, Kaan et Tonina se faisaient face dans la lumière limpide d'un matin neuf. Cet homme fascinait la fille des îles et celle-ci ne s'expliquait pas pourquoi, constata le nain.

Manifestement, Tonina ignorait que son apparence physique répondait aux mêmes critères que celle de Kaan. La mâchoire bien dessinée, si différente du menton effacé des Mayas, le front haut, et la robuste ossature nasale leur évitant la prothèse qui renforçait les petits nez mayas. Tonina ne se reconnaîtrait pas si elle se voyait, comprit le nain ; si on lui demandait de se décrire, elle en serait bien incapable, parce qu'elle n'avait jamais vu son reflet dans un miroir, tout simplement. Elle ne pouvait donc pas soupçonner ses éventuelles origines communes avec le joueur de balle.

Mais Kaan le pouvait-il ? Certes, les Chichimèques séjournaient parfois à Mayapan, et nombre d'entre eux s'étaient même installés dans cette cité, mais les différences physiques entre les deux populations restaient indéniables. Si le Borgne avait raison, aucun doute n'était permis lorsque ces deux-là se tenaient côte à côte. Kaan se posait-il la même question que le petit homme ? Comment une jeune Chichimèque avait-elle pu se retrouver dans la peau d'une fille des îles ?

On les mena dans une demeure aux murs épais où l'air circulait grâce à des colonnades ouvertes sur l'extérieur et à des fenêtres en hauteur. Impressionnée par tous ces couloirs, ces portes et ces pièces, Tonina avait du mal à comprendre que deux personnes puissent disposer d'un espace aussi vaste.

— Attendez ici, leur enjoignit un serviteur.

Le Borgne n'en perdait pas une miette. Son œil unique enregistrait tout ce qu'il voyait : les plantes en pot, les statues, les tapis, les tentures... Son esprit aiguisé analysait, mémorisait, car il avait l'intention d'exploiter au mieux son séjour dans cette maison. Avec tous ces serviteurs, il allait pouvoir recueillir d'innombrables renseignements sur le célèbre héros, Kaan... Le nain avait du mal à croire à sa chance. Il allait se bourrer le crâne de faits et d'anecdotes sur Kaan et sa femme, glaner auprès de leur maisonnée le maximum de secrets. Et, plus tard, il les vendrait aux plus offrants.

Des pas retentirent dans le couloir, la tenture de la porte s'écarta et le grand joueur de balle en personne fit son entrée.

À cette faible distance, Tonina aperçut les cicatrices et les plaies anciennes couvrant le corps de Kaan. Les nobles n'étaient pas censés porter de telles marques, pas à la suite de blessures, en tout cas. Qu'est-ce qui avait provoqué celles de Kaan, le joueur de balle ? Elle ignorait toujours les règles de ce jeu.

Kaan s'adressa à Tonina par l'intermédiaire du Borgne :

— Ma femme a une santé fragile. Ne dis rien qui puisse la perturber.

Sa respiration était un peu hachée, comme s'il enfouissait ses émotions en lui. Et les réprimait fermement. Cet homme, qui n'était pas du genre à crier, s'exprimait d'une façon à la fois puissante et retenue. Il n'avait pas besoin de forcer le ton. Il parlait doucement d'une voix qui portait, en pesant ses mots :

— Tu affirmes que mon enfant est un garçon.

— Oui, lui répondit-elle, oppressée par son mensonge.

Elle n'avait aucune idée du sexe du bébé, mais son petit doigt lui disait que Kaan voulait un fils.

Il parut se détendre légèrement. Ses yeux sombres s'attardèrent sur Tonina quelques instants encore, et elle eut l'impression de voir ce que cachait cet énigmatique regard. Le grand Kaan semblait aux prises avec un mystère. Puis le héros tourna les talons et s'éloigna à longues enjambées.

Finalement, on les escorta dans les appartements privés de dame Ciel de Jade, qui cousait des petites plumes rouges sur une bande de lin. Toute cette splendeur laissa Tonina sans voix. Les murs en stuc blanc étaient ornés de tapisseries bariolées, des plantes vertes jaillissaient de grands pots, des nattes de roseau couvraient le sol poli. Pas de feu de cuisine, ni de vaisselle ni de chevrons où suspendre ses possessions, pas de filets de pêche entassés dans un coin, ni de hamacs pour trois personnes. Une seule pièce pour une seule femme qui n'y fabriquait que des bracelets de plumes !

Ciel de Jade s'adressa au Borgne :

— Dis à la fille des îles que nos séances auront lieu tous les matins, puis en milieu de matinée, à midi, l'après-midi, au coucher du soleil et le soir.

Lorsque le Borgne eut traduit ces propos, la panique submergea Tonina. Elle n'aurait pas de temps pour partir à la recherche de la fleur rouge.

— Rappelle-lui ce que tu lui as expliqué hier soir, suggéra-t-elle au nain. La coupe de prophétie ne fonctionne qu'une seule fois par jour. Il faut laisser le temps à ses pouvoirs de se régénérer.

Dame Ciel de Jade voulait bénéficier tout au long du jour de ses prédictions, sans lui accorder de répit. Or, cela faisait déjà cinq jours que Tonina était partie de chez elle, et son anxiété ne faisait que croître.

Sous leurs yeux étonnés, dame Ciel de Jade se consacra brièvement à une tâche bien particulière. Avec un pinceau trempé dans de l'encre rouge, elle dessina un glyphe sur un petit bout de papier.

— Que fait-elle ? s'étonna Tonina.

— Elle écrit le nom d'une déesse. Elle va jeter ce papier au feu et quand il brûlera, la fumée transmettra son message au monde des esprits. La déesse sera prévenue que son attention est requise.

Tonina n'avait jamais vu de papier et ignorait ce qu'était l'écriture. Fascinée, elle vit la dame lâcher le papier dans un bol contenant des braises en murmurant une prière pendant qu'il s'enflammait et se consumait. Ensuite, Ciel de Jade traça un signe en l'air en désignant chaque point cardinal, et interpella le Borgne :

— Je voudrais savoir quand mon fils naîtra. Quel jour, précisément ?

Le Borgne traduisit cette demande, et Tonina répliqua :

— Ce devrait être facile à calculer.

Le petit homme la détrompa. On voyait bien qu'elle ne connaissait rien au complexe système calendaire des Mayas, obsédés par le temps et les dates. Le peuple des îles n'avait que deux façons d'envisager le temps : en fonction du calendrier solaire et du calendrier lunaire, d'une saison à l'autre, d'une pleine lune à la suivante. Les Mayas, eux, se basaient sur d'innombrables calendriers, que le Borgne énuméra à Tonina : le calendrier du cycle de Vénus, le calendrier solaire et mensuel, un calendrier sacré de deux cent soixante jours et même deux calendriers comprenant des cycles de plusieurs années. Il fallait une véritable armée de prêtres astronomes et mathématiciens pour s'y retrouver dans tous ces jours, tous ces mois, toutes ces années et déterminer quel dieu gouvernait quelle journée, quelles années étaient de bon augure, quels mois portaient malheur. Des dizaines d'années d'études approfondies étaient nécessaires pour pouvoir lire et comprendre la carte complexe des calendriers-dans-les-calendriers. Les prêtres qui proposaient leurs services au public étaient toujours très occupés.

— Pour s'assurer que leur enfant naisse un jour bénéfique, les femmes mayas boivent un breuvage qui déclenche le travail, glissa le Borgne à Tonina.

— Qu'avez-vous à chuchoter tous les deux ?

— Je lui explique le système de comptage du temps des Mayas, ma dame. Notre voyante n'a pas l'habitude de vos calendriers.

En attendant que Tonina déchiffre les tourbillons de l'eau dans sa coupe, dame Ciel de Jade sirota avec nervosité du *kawkaw*, une boisson maya fabriquée à partir de fèves de cacao et de vanille extraite de la cosse de l'orchidée noire. Après l'avoir additionnée d'une bonne cuillerée de miel, les Mayas en consommaient tout au long de la journée.

Comme la plupart des gens de son peuple, Ciel de Jade redoutait le monde qui l'entourait. L'obsession des Mayas pour les calendriers, l'astronomie et les mathématiques était née de cette peur, car pour apaiser leurs craintes, il leur fallait absolument comprendre l'univers, et l'ordre devait régner dans le monde. Ils avaient donc établi une carte des cieux et pouvaient prédire le déplacement des étoiles et des planètes avec une précision maniaque. Quand une éclipse se produisait le jour dit, ils se réjouissaient ; ils avaient pu l'annoncer et cela les confortait dans l'idée qu'il existait bien un ordre dans l'univers. D'où également leur passion pour la divination et la voyance. S'ils connaissaient l'avenir, ils dormaient mieux la nuit.

Tonina faisait tourner l'eau dans la coupe tout en psalmodiant en taïno pour que Ciel de Jade ne se doute pas qu'elle discutait en fait avec le Borgne.

— Que peux-tu me raconter sur cette femme et son désir d'enfant ? Pourquoi n'est-elle pas encore mère ?

— Si l'on en croit la rumeur, elle a fait une fausse couche l'an dernier, au deuxième mois de grossesse.

Tonina comprenait enfin pourquoi la Maya avait tardé à annoncer la nouvelle à Kaan ; elle voulait dépasser ce délai fatidique. Derrière le paravent de ses cils, Tonina détailla la petite silhouette. Ce matin-là, Ciel de Jade était beaucoup plus modestement vêtue que dans la Grande Salle. Elle ne portait qu'une simple chemise de coton, et Tonina se fit une meilleure idée de son état. Son ventre ne s'était pas encore arrondi mais le tissu de la robe était tendu sur sa poitrine. Comme elle ne semblait pas encore avoir adopté les vêtements plus amples, Tonina en déduisit qu'elle n'en était sans doute qu'à son troisième mois de grossesse.

Elle en informa le Borgne, qui se lança dans de difficiles calculs prévisionnels en fonction des différents calendriers mayas. Il devait tenir compte des dieux qui gouvernaient chacune des vingt journées des dix-huit mois mayas, et du nombre auquel correspondait chaque jour. L'enfant devait naître au cours du mois de Lamat, mais quels en étaient les jours bénéfiques ? Il se mordit la lèvre. Le neuf ou le treize... Deux nombres que les Mayas adoraient. Tout en maudissant les étoiles, les jours, les mois et les années mayas, il s'adressa à Tonina :

— Dis ce qui te passe par la tête, et je ferai semblant de te traduire.

— Essaie de choisir une journée favorable, dit Tonina en taïno.

Et le Borgne transmit à Ciel de Jade :

— Cette fille dit que ton fils naîtra le treize du mois de Lamat.

— *Aii !* s'écria Ciel de Jade, ravie.

Le Borgne poussa un soupir de soulagement, puis ajouta :

— Ce sera tout pour le moment, ma dame. La coupe de prophétie doit reposer pendant un jour et une nuit.

Il lui tardait de faire connaissance avec les domestiques, et en particulier les femmes. Et aussi de franchir à nouveau l'enceinte de la cité pour se rendre place du marché à la recherche des chasseurs d'aigles.

Ils se préparaient à prendre congé lorsque Ciel de Jade se leva et leur demanda d'attendre un moment. Elle s'approcha d'Aigle Courageux, le regarda droit dans les yeux et lui dit d'une voix douce :

— Tu es magnifique, et merveilleusement doué pour la danse.

Il lui répondit par un sourire.

Puis, en voyant la blessure sur son front :

— Que t'est-il arrivé ?

— Il ne parle pas, ma dame, intervint le Borgne.

— Est-ce qu'il entend ?

Le Borgne allait lui répondre quand, à sa grande surprise, Aigle Courageux opina du chef.

— Tu comprends le maya et le taïno ? s'étonna Tonina.

De nouveau, il répondit par un signe de tête affirmatif, et le Borgne murmura :

— Grand Lokono...

Un garçon qui s'adaptait aussi vite à des environnements différents était forcément doté du pouvoir de changer de forme ! Le petit homme effectua un rapide calcul mental pour tripler le montant de la récompense qu'il exigerait des chasseurs.

— Pauvre garçon, soupira Ciel de Jade, qui tendit la main pour effleurer la blessure.

Elle contempla la petite croûte un instant, puis se retourna vers les fournitures éparpillées dans la pièce. Plongée dans ses pensées, elle tapota son menton fuyant, ramassa un panier et en sortit une splendide et chatoyante plume bleue.

— Prends-la, dit-elle en souriant au jeune homme. Quand tu adresses une prière à tes dieux, mets-la contre ta tête. Le moment venu, ta blessure guérira et ta voix également.

Avec un sourire de gratitude, Aigle Courageux accepta le cadeau et le glissa dans la ceinture de son pagne.

— À présent, je vous prie de me laisser. Je suis fatiguée.

Des serviteurs se précipitèrent aussitôt dans la pièce, comme s'ils avaient écouté à la porte.

— Nous pouvons enfin partir à la recherche du jardin royal ! s'exclama impatiemment Tonina en fouillant le couloir du regard pour déterminer quelle direction emprunter.

Le Borgne la coupa :

— Pas aujourd'hui. Nous venons juste d'arriver ! Si la dame souhaite de nouveau notre compagnie...

— Non ! Je veux me rendre tout de suite au palais ! protesta la jeune femme.

— Tu ne peux pas y entrer, petite idiote ! Il nous faut une autorisation spéciale et cela prend du temps. Je vais devoir graisser quelques pattes !

— Dans ce cas, je vais chercher tous les vendeurs de fleurs de cette ville. Il y en a sûrement.

— Mais enfin, tu ne peux pas sortir toute seule !

— J'emmène Aigle Courageux, dit-elle en se mettant en route vers l'entrée principale.

Le Borgne exaspéré se précipita en grommelant sur leurs talons. Tous les bénéfices qu'il espérait engranger dépendaient d'eux. Il ne pouvait se permettre de les perdre de vue.

Les étals des fleuristes de la ville étaient mieux achalandés et plus frais que ceux du marché, mais personne ne put procurer à Tonina la fleur qu'elle décrivait et nul ne savait où elle poussait. La jeune femme ne se découragea pas. Au pied de la pyramide de Kukulcan, elle scruta du regard le palais rouge miroitant à l'autre bout de la place ensoleillée, avec ses nombreux étages, ses niveaux et ses escaliers. Elle n'y distingua rien qui ressemblait à un jardin, quand soudain Aigle Courageux émit un bruit bizarre et pointa le doigt vers le haut de l'édifice. Le Borgne plissa son œil.

— Je ne vois rien, protesta-t-il.

Mais Tonina, excitée, avait aperçu quelque chose.

— Au quatrième niveau, au-dessus de cette colonnade ! Je vois de la verdure. Ce doit être le jardin !

Elle voulut partir vers le palais, apparemment décidée à y pénétrer sans plus attendre et à en gravir les innombrables marches, mais le Borgne l'attrapa par le poignet.

— Tu ne peux pas entrer comme ça ! Les gardes vont te jeter dans une cage et tu n'en ressortiras jamais ! Je vais demander au grand Kaan de nous aider.

Il savait très bien que le Douzième Jeu se déroulerait le lendemain, et qu'à cette occasion le palais serait fermé à double tour, tout le monde tenant à assister à cette partie.

La nuit tombait quand ils retournèrent chez Kaan et Ciel de Jade. Dans les milliers de foyers de Mayapan, on allumait les lampes à l'huile de noix de coco et de poisson. Aux fenêtres, les volets de bois, les rideaux de tissu ou les panneaux de papier huilé dessinaient des rectangles de lumière dorée.

Dans la cour des cuisines, ils prirent avec les serviteurs un souper à base de haricots épicés et de courge, après quoi on leur montra le dortoir bondé où dormaient les domestiques. Pendant le repas, le nain avait étudié la gent féminine puis attiré l'attention de l'une de ses plus appétissantes représentantes grâce à sa fameuse œillade. Cette femme serait à lui pour la nuit. Mais d'abord, il lui fallait régler quelques affaires sur la place du marché.

Plusieurs jours s'étant écoulés depuis son dernier contact avec l'eau, Tonina se sentait sale. Elle avait espéré découvrir un endroit où nager et se baigner, mais les servantes lui apprirent que l'eau, puisée dans le cenote et rapportée ensuite dans chaque maison de Mayapan, était ici un véritable luxe. La jeune femme dut se contenter d'un bain de vapeur suivi d'un étrillage vigoureux et d'un gommage à l'aide de feuilles parfumées.

Plus tard, Aigle Courageux et elle s'installèrent sur une natte pour la nuit. Comme elle le sentait trembler à côté d'elle, elle l'enlaça et lui caressa les cheveux.

— Ça ne va pas ? lui chuchota-t-elle.

Il se serra contre elle. D'étranges visions occupaient ses pensées, des appétits effrayants, l'impression grandissante qu'on l'attendait ailleurs.

— Ne t'inquiète pas, lui souffla Tonina. Demain, nous découvrirons ensemble où se trouve le jardin du palais. Nous y cueillerons la fleur et nous retournerons à la mer.

Dès que la nuit fut pleine de ronflements et du bruit de quelques accouplements furtifs, le Borgne mit sa cape. Avant de partir, il jeta un regard à ses jeunes amis, qui dormaient enlacés. Tonina portait toujours la ceinture en coquillages prouvant sa chasteté, et le nain comprit qu'ils étaient toujours puceaux. Il secoua la tête. Comment deux personnes de sexe opposé pouvaient-elles dormir ensemble sans faire l'amour ?

Le Borgne se hâta dans la ville endormie, puis soudoya les gardes de la porte principale et se faufila sur la place du marché. Les gens ronflaient sur des nattes ou sous des abris de fortune et des centaines de feux de camp rendaient l'âme dans une fumée âcre. Quelques groupes veillaient encore çà et là, partageant tabac et *pulque*.

À la limite extérieure de ce grand rassemblement humain, il aperçut les étrangers : six hommes aux corps couverts de bandes brunes et noires. Leur chef correspondait exactement à la description de Tonina : son bras droit était difforme, comme après une fracture mal consolidée.

— Pourquoi est-ce Ciel de Jade qui a la fille ? Je veux cette voyante !

Assis sur un tapis tissé, le prince Balám jouait avec sa fille, Ziyal. Il allait lui falloir se préparer rituellement au jeu du lendemain, mais il n'arrivait pas à se séparer de la petite. Elle était son soleil, sa lune, ses étoiles et sa vie.

— Rappelle-toi, mon amour : ce n'est pas la fille qui a désigné Ciel de Jade, mais la coupe, dit-il à sa femme, qui terminait son quatrième bol de *kawkaw*.

Dame Colombe émit un petit bruit trahissant son impatience et fit signe à un serviteur. Elle voulait encore de ce délicieux chocolat mousseux. Tous les jours, elle se faisait rapporter les rumeurs du marché pour savoir qui, de son mari ou de Kaan, était le héros le plus populaire. La plupart du temps, les deux hommes étaient à égalité mais, parfois, le peuple montrait une préférence pour Kaan et cela, dame Colombe ne le supportait pas. Ça lui restait en travers de la gorge.

— Il se fait tard, mon cher époux. Cette petite doit aller se coucher.

Balám soupira. Il ne comprendrait jamais pourquoi sa femme n'éprouvait pas la même fierté que lui devant leur adorable petite fille. Les choses se passaient sans doute différemment entre une mère et sa fille. Peut-être que, si leur fils avait vécu, sa mère lui aurait montré une dévotion comparable à celle de Balám pour cette enfant.

Il souleva Ziyal, une petite fille potelée à qui l'on ne refusait rien, et la porta dans sa chambre. Il la serrait contre lui comme au jour de sa naissance, ce jour où il l'avait reçue dans ses bras, maculée de sang et hurlante. Submergé par des émotions à la fois sauvages et tendres, le joueur de balle, dès cet instant, avait chéri sa fille davantage que sa propre vie.

Elle poussa des gloussements quand il se mit à danser dans la chambre avec elle dans ses bras.

— Plus vite, *taati* ! cria-t-elle.

Chaque fois qu'elle l'appelait ainsi, Balám en pleurait presque de bonheur. Son propre père s'était toujours montré rigide et distant à son égard, exigeant que son fils lui donne du « mon seigneur ». Pour s'adresser à son géniteur, il n'avait même pas le droit d'employer le mot maya *taat*, c'est-à-dire « père ». Ziyal, elle, utilisait le diminutif *taati*, et aucune musique sur terre n'était plus douce aux oreilles du jeune prince.

Il mit sa fille au lit, lui fit réciter les prières du soir et la couvrit de baisers. Quand il revint dans la chambre conjugale, dame Colombe reprit le fil de leur conversation comme si de rien n'était :

— Cette voyante doit vivre chez nous, je le veux !

Elle n'avait pas encore digéré la prédiction de la diseuse de bonne aventure dans la Grande Salle. Non seulement Ciel de Jade attendait un enfant, mais, en plus, c'était un fils qu'elle portait !

Balám décida de céder à son caprice. Et pourquoi pas ? Après tout, le prince, c'était lui ! De plus, la fortune et le statut social de son épouse surpassant ceux de Ciel de Jade, tous ses désirs devaient être exaucés. Et si Balám adorait sa Colombe, c'était précisément pour son caractère autoritaire et son physique imposant. Elle lui rappelait sa mère, la grande Héron Blanc, redoutable force de la nature qui gouvernait Uxmal, même si personne ne se risquait à en informer le roi d'Uxmal. Dame Colombe était grasse, âpre au gain, vorace. Et Balám l'aimait.

Il savait qu'elle ne lâcherait pas le morceau. Lorsque dame Colombe voulait quelque chose, elle ressemblait à un chien à qui on essayait de prendre son os. À Mayapan, chacun connaissait son féroce esprit de compétition. Tout le monde savait qu'elle se faisait un devoir de surpasser Ciel de Jade parce qu'elle haïssait cette femme qui ne lui accordait aucune attention et refusait l'affrontement. Et voilà que cette créature malingre se retrouvait enceinte ! Mais dame Colombe ne s'avouait pas vaincue. Un jour, elle aussi donnerait naissance à un fils ; et lui, il serait prince.

— Cher amour... susurra-t-elle en posant son sixième bol de *kawkaw* pour tendre la main vers son époux.

— Je ne peux pas, dit Balám à contrecœur. Je joue une partie importante, demain.

Justement, il fallait en profiter, se dit dame Colombe. Son mari était au mieux de sa forme et, ce soir, il lui donnerait un fils.

Balám essaya en vain de la dissuader mais ne put résister à la sublime noirceur des mamelons de sa femme.

Dame Colombe écarta ses cuisses charnues et attira son mari à elle avec satisfaction ; car elle aurait un fils et la voyante.

## 14

L'aube se levait sur la cité. Dans la demeure de dame Ciel de Jade, la vie reprenait bruyamment ses droits. La première pensée du Borgne fut pour la place du marché et les chasseurs d'aigles qu'il comptait y rencontrer. La nuit précédente, il les avait estimés trop affamés et en trop mauvaise forme pour parler affaires. Il avait renoncé, reportant son plan au lendemain. De son côté, Tonina ne pensait qu'à sa visite du jardin royal. Aigle Courageux, qui avait dormi d'un sommeil agité, s'éveilla tenaillé par l'envie pressante de retrouver son peuple.

Tous leurs plans furent contrariés quand l'intendant en chef se présenta au quartier des serviteurs. Dame Ciel de Jade exigeait de consulter la coupe de prophétie, leur expliqua-t-il. Ensuite, ils devraient assister au jeu de balle en sa compagnie.

Cette nouvelle consterna Tonina et Aigle Courageux, mais pas le Borgne, au comble de l'enthousiasme. Assister à une partie de balle royale ! Jusqu'à présent, celles qu'il avait vues, toujours dans des petites villes ou dans des villages, n'avaient opposé que des équipes peu connues s'affrontant pour des récompenses insignifiantes. Mais ici, c'était LE tournoi de l'année, réunissant pour treize parties les meilleures équipes du pays. Aujourd'hui, l'équipe de Mayapan contre celle de Tulum, et d'après ce qu'on disait, les mises étaient énormes.

Après un petit déjeuner pris dans la cuisine, haricots et galettes de maïs, Tonina se plongea à nouveau dans un bain de vapeur, se nettoya les dents avec un mélange de cendres, de miel et de menthe et endossa des vêtements propres. Ensuite, Aigle Courageux et elle furent conduits auprès de la maîtresse de maison.

Ciel de Jade étant profondément religieuse, elle attaquait chaque journée en lisant à ses serviteurs et à ses esclaves un extrait du Livre de la Création, le Popol Vuh, texte sacré des Mayas. « *Au commencement*, lisait-elle ce matin-là d'un ton respectueux, *tout était en suspens, tout n'était que calme et silence ; tout était immobile, tout était tranquille et l'immensité du ciel était vide. Il n'y avait que l'eau calme, et la sérénité de l'océan... Puis vint le Verbe. Tepeu et Gucumatz surgirent dans les ténèbres et se concertèrent. Et en parlant, ils unirent leurs pensées qui devinrent des mots.* »

Les serviteurs ne se dispersèrent pas en silence comme à l'accoutumée, mais dans un brouhaha excité. Chacun, jusqu'au plus humble, avait parié sur la partie du jour. De nouveau, Tonina dut se rendre dans les quartiers de la dame. Ciel de Jade prit la coupe de verre et but une gorgée d'eau, puis, le regard empli d'espoir, posa sa question que le nain traduisit à la fille des îles :

— Est-ce l'équipe de mon mari qui l'emportera aujourd'hui ?

Tonina n'avait aucune envie de se risquer à deviner l'issue d'une partie de balle, pas plus qu'elle ne désirait mentir.

— Je ne peux pas lire l'avenir de ceux qui n'ont pas bu, ma dame. L'esprit de la coupe ne peut parler que pour vous seule.

Ciel de Jade réfléchit un instant puis :

— Très bien. Aujourd'hui, serai-je la femme d'un vainqueur ?

Drôlement malin, se dit le Borgne, qui remarqua que la dame se tordait les mains. Manifestement, Ciel de Jade était inquiète. Le nain se tourna vers Tonina.

— Je vais lui répondre affirmativement. Si nous nous trompons, si Kaan perd, je lui dirai qu'il y a eu un malentendu, que mon maya laisse à désirer. Espérons que cela nous sauvera la peau. Vas-y, dis quelque chose, comme si tu lisais dans l'eau.

— Je veux aller au jardin du palais.

Le Borgne lui lança un regard noir. Cette fille était assommante, avec son idée fixe.

— Ma dame, la coupe de prophétie vous désigne sans le moindre doute comme l'épouse d'un vainqueur, confirma-t-il en souriant à Ciel de Jade.

— Aujourd'hui ? insista Ciel de Jade, qui connaissait la réputation des voyants, censés cultiver l'ambiguïté à dessein.

— Aujourd'hui, grommela le Borgne.

Il se rasséréna très vite à l'idée qu'il allait assister à la fameuse partie. Et ensuite, rencontrer les chasseurs en secret.

Le Borgne pensait à ses nouveaux projets. À l'origine, il n'avait pas l'intention de revenir chez Ciel de Jade une fois Aigle Courageux livré aux chasseurs. La récompense touchée, il partirait sur la côte, achèterait un bateau et prendrait la mer vers une île déserte. En fin de compte, il avait décidé de poursuivre ses activités commerciales entre les cités mayas, avec Tonina comme partenaire.

Les performances remarquables et convaincantes de la soi-disant voyante l'avaient définitivement conquis. Quelle paire ils feraient ! Ils allaient crouler sous les profits ! Il était convaincu de pouvoir la persuader de se joindre à lui, car aucune femme n'avait jamais résisté à ses charmes. Évidemment, il la trouvait un peu grande, en particulier en regard de sa propre taille, et pas aussi dodue ni aussi expérimentée qu'il l'aurait souhaité, mais elle apprenait vite et il pourrait lui enseigner toutes ses ruses. Et un jour, ils finiraient sans doute par se retirer dans leur île...

Dame Ciel de Jade partit enfin pour le terrain de jeu, accompagnée de six suivantes, dont deux sages-femmes qualifiées à l'affût du moindre malaise. Une escorte de gardes privés les suivait, aussi somptueusement vêtus que les gardes du palais. Tonina et ses deux amis fermaient la marche. La petite procession traversa la place centrale, longea l'impressionnante pyramide de Kukulcan et emprunta une avenue animée. Tout au long du chemin, les gens poussèrent des acclamations et des cris en jetant des fleurs sur son passage : « C'est l'épouse du grand Kaan ! » Ciel de Jade semblait ne pas les voir. Elle avançait, sereine, plongée dans des pensées hautement spirituelles. Les racines du tournoi annuel des Treize Jeux étaient religieuses, mais cela remontait à bien des générations, et depuis, le rite avait perdu beaucoup de sa signification. Le peuple n'y recherchait plus que le spectacle. Malgré tout, les familles des joueurs étaient tenues de perpétuer le décorum cérémoniel approprié.

Quand ils arrivèrent sur le court, le terrain fourmillait de spectateurs, et Tonina comprit soudain que le curieux champ artificiel exploré à Chichén Itzá avec Aigle Courageux était également un terrain de jeu de balle, inutilisé depuis des lustres. À Mayapan, en revanche, le terrain et ses alentours étaient noirs de monde : vendeurs de nourriture, acrobates et lutteurs, parieurs excités et preneurs de paris.

La jeune femme observa ces derniers, qui se passaient et se repassaient à une allure folle des objets bizarres.

— Que font-ils ? demanda-t-elle au Borgne.

— On les appelle *koxol*, le terme maya pour « moustiques ». Ce sont des preneurs de paris professionnels. Ils savent lire et écrire, et connaissent les nombres. Ils écrivent le nom des parieurs et la somme qu'ils misent sur des bandes de parchemin, puis les parieurs se piquent le pouce avec une épine pour laisser leur empreinte sur le papier.

— Et pourquoi ce surnom de « moustiques » ?

Tonina était émerveillée par leur célérité. Ils écrivaient, recueillaient les empreintes, se remettaient à griffonner et se transmettaient les papiers au-dessus des têtes, le tout à la vitesse de l'éclair.

— C'est un surnom très ancien. Je suppose qu'il se rapporte à leur rapidité, et au fait qu'ils sont durs à attraper et durs à éviter. Et toujours à vous sucer le sang !

Le Borgne éclata de rire et haussa les épaules.

— C'est peut-être à cause de leurs grands chapeaux pointus qui les font ressembler à des moustiques.

— Pourquoi les gens s'adressent-ils à eux ?

— C'est le seul moyen de miser plus de deux fèves de cacao, voyons !

Cette petite était vraiment d'une ignorance crasse pour tout ce qui touchait à l'argent.

— Et ces choses qu'ils distribuent, qu'est-ce que c'est ? demanda-t-elle en lui montrant du doigt les bouts de papier que les *koxol* échangeaient avec leurs clients.

— Les promesses de jeu, lui expliqua le Borgne. Imagine que tu veuilles miser cinq perles sur la partie de demain. Tu montres tes perles au *koxol*, qui note le bien que tu engages, sa valeur et ton nom sur le papier, que tu estampilles de ton sang. En guise de reçu, le *koxol* te remet un billet stipulant quel sera ton gain si tu l'emportes. Supposons que tu paries des perles contre des fèves de cacao. Après la partie, si ton équipe a perdu, le moustique te rend la note signée de ton sang et tu lui donnes tes perles. Mais si ton équipe gagne, tu lui rends son reçu et il te paie avec les fèves promises.

Beaucoup de travail pour quelques richesses supplémentaires, mais surtout un gros risque, se dit Tonina. Elle n'avait aucunement l'intention de miser ses perles sur quoi que ce soit.

Des trompettes retentirent et les gens commencèrent à se rassembler autour du terrain. Pour avoir une vue d'ensemble sur la partie, nobles et membres de la famille royale s'installèrent sur des nattes, des couvertures ou des tabourets au sommet des murs en pente qui bordaient le terrain. La petite noblesse et les nantis vinrent se placer debout derrière eux, puis le commun des mortels. Les gens se chamaillaient pour les bonnes places d'où ils pourraient voir ce qui se passait en contrebas.

Le terrain gigantesque était ouvert aux deux extrémités. D'un côté se tenaient Sa Sérénissime Bonté, sa famille et les courtisans, et de l'autre, les familles des joueurs favoris : épouses bien en chair et innombrables enfants aux atours magnifiques. Dame Ciel de Jade prit un siège d'honneur à côté d'une femme plus imposante, dame Colombe, l'épouse du prince Balám, précisa le Borgne à Tonina. Avec son front fuyant, son strabisme et ses dents saillantes, cette femme ressemblait vaguement à Ciel de Jade, mais l'air de famille s'arrêtait là. Dame Colombe était si grosse qu'il lui fallait deux tabourets pour y poser son spectaculaire postérieur.

Tonina et Aigle Courageux se placèrent derrière dame Ciel de Jade, qui, avec prévenance, tendit un tabouret au Borgne pour qu'il puisse voir par-dessus les têtes du premier rang. Gagnés par l'impatience, les trois amis contemplèrent le terrain désert sur toute sa longueur. À cette distance, Tonina pouvait observer le roi à loisir. Même ici, il se regardait dans le miroir qu'un noble agenouillé lui tendait.

Mais où se trouvait Kaan ? Cette nuit-là, Tonina s'était réveillée et l'avait aperçu qui s'en allait, escorté par une procession d'hommes affublés de lourds manteaux, psalmodiant à voix basse.

Les trompettes se firent entendre à nouveau et la foule gronda. Des musiciens aux costumes recherchés surgirent par une porte dérobée. Ils soufflaient dans des conques, jouaient de la flûte et du sifflet, tapaient sur des tambours, agitaient des maracas, suivis par des prêtres solennels portant des encensoirs et récitant des prières pour bénir le court, le matériel et jusqu'à la balle. Puis les deux équipes se ruèrent enfin au soleil et le rugissement de la foule se fit assourdissant. Chaque équipe tournait en rond en sens inverse. La fierté se lisait sur le visage et dans la gestuelle de ces hommes musclés couverts de cicatrices, qui levaient les bras vers les spectateurs en extase, laissant les cris d'adoration se déverser sur eux. Chaque équipe comportait six joueurs, qu'on reconnaissait aux plumes de leur coiffe : vertes pour les uns et bleues pour les autres. Tous les joueurs étaient curieusement accoutrés, d'une façon incompréhensible pour la fille des îles.

Le Borgne, debout sur son tabouret, lui chuchota à l'oreille :

— Cette chose autour de leur ceinture, c'est le *yoke*, une sorte de tampon amortisseur en coton dans une structure en bois. Les joueurs portent aussi des protections aux épaules et aux genoux, ce qui ne leur évite pas toujours les blessures. Parfois même, ils trouvent la mort au cours de la partie.

Les joueurs paradèrent sous les yeux des spectateurs, dont les rugissements s'amplifiaient au passage de Kaan. Cet engouement populaire pour les héros du jeu de balle stupéfiait Tonina. Le Borgne lui expliqua pourquoi le public ne méprisait pas Kaan malgré ses origines inférieures. Il l'adulait bien au contraire pour cette raison même, parce qu'il s'était élevé au-dessus de sa condition pour atteindre les sommets de la gloire. Le prince Balám, lui, ne s'attirait les faveurs de la foule que parce qu'il était de noble lignée.

Les deux équipes se figèrent devant la rangée de prêtres et se recueillirent ensemble en marmonnant d'étranges prières.

— Que font-ils ? demanda Tonina en cherchant Kaan des yeux...

Comme huilé, son torse luisait au soleil. Il ne portait plus de manteau, si bien qu'elle distingua les muscles bandés de son dos et de ses bras.

— Ils confessent leurs péchés, chuchota le Borgne. Au cas où ils perdent la vie au cours de la partie. Les Mayas vivent avec la peur de mourir l'âme encore chargée de péchés. Ils croient que l'âme de quelqu'un qui est tué ou sacrifié ne meurt pas mais s'endort pour renaître plus tard. C'est la résurrection de l'âme. Mais si le mourant ne s'est pas confessé, son âme, condamnée à errer entre les neufs niveaux de l'Enfer, ne peut plus renaître.

Après l'interminable bénédiction des prêtres, les joueurs prirent place sur le terrain, les deux équipes se faisant face.

Le Borgne se mit à expliquer les règles du jeu à Tonina :

— La première équipe qui marque neuf points a gagné. Les points sont accordés quand l'équipe adverse rate un tir dans les anneaux verticaux – tu les vois ? Ils sont là-bas, fixés au milieu des murs latéraux. On marque aussi un point si les adversaires ne parviennent pas à renvoyer la balle avant le second rebond, ou bien s'ils la laissent rebondir à l'extérieur des limites du terrain. Donc on additionne les points, mais on peut aussi en retirer, ce qui explique la présence de scribes qui enregistrent toutes les actions. Il arrive que la partie dure très longtemps. Quand elle est terminée, on compare les scores.

Cette activité n'avait aucun sens pour Tonina, mais elle s'en moquait. L'énergie et l'excitation des milliers de spectateurs la transportaient, et elle sentit un étrange frisson la parcourir. Au premier tir, quand les joueurs entrèrent en action, un cri lui déchira la gorge.

Les déplacements étaient rapides et violents, et Tonina, qui perdait souvent la balle de vue et ne comprenait pas les encouragements des spectateurs, eut du mal à suivre la partie. Malgré tout, elle comprit vite que les murs latéraux en pente servaient à faire rebondir la balle pour la garder en jeu. Tout en courant à fond de train dans les deux sens, les joueurs, tous rapides et agiles, la frappaient avec le haut des bras, le torse ou les cuisses pour l'envoyer en l'air. Quelques hommes entrèrent en collision, se relevèrent aussitôt et reprirent le jeu. Le rythme de cette partie de casse-cous était à couper le souffle, même pour le simple spectateur.

Le Borgne se pencha de nouveau vers Tonina.

— Malgré leurs protections, les joueurs se blessent souvent gravement. Mais que sont ces dangers comparés à la gloire réservée aux plus grands ? Et le joueur qu'on admire le plus, c'est celui qui parvient à envoyer la balle dans l'un de ces anneaux de pierre. Kaan l'a déjà fait. Voilà pourquoi c'est un héros, voilà pourquoi il est si riche. Les vainqueurs reçoivent d'énormes primes, et comme ils misent souvent sur leur équipe, ils accumulent les richesses.

Un joueur de Tulum rata un blocage sous les huées de la foule. Le Borgne renifla avec mépris.

— Ils ne deviennent pas toujours riches, reprit-il. Parfois, ils parient leur maison, leurs terres, leurs greniers à maïs. Il leur arrive même de vendre leurs enfants pour parier, ou de se miser eux-mêmes et de finir esclaves si leurs familles ne peuvent couvrir leur mise. Ce type-là, celui qui a raté la balle, je mettrais ma main à couper qu'il vient de perdre un verger ou deux.

Le soleil grimpa au firmament et l'atmosphère devint brûlante. La partie se prolongeait. Dès qu'un joueur tombait, on le remplaçait. Des vendeurs ambulants circulaient parmi les spectateurs en vantant leurs produits. Sans quitter les joueurs des yeux, on vidait des bols de *kawkaw* qu'on jetait ensuite par terre, on dévorait des galettes fourrées aux haricots, au maïs et aux piments... et quelques serviteurs glissaient discrètement des pots de terre cuite sous leurs nobles maîtres, leur permettant ainsi de satisfaire leurs besoins naturels.

Les joueurs étaient maintenant crottés et en sueur, voire en sang pour quelques-uns, mais la balle allait et venait toujours à un rythme effréné. Soudain, le prince Balám tomba et dévia involontairement la balle, qui monta en l'air avant de heurter dans sa chute la figure d'un adversaire. Déséquilibré, le joueur fit un vol plané et atterrit sur le dos, dans un bruit sourd écœurant. La foule hurla, puis une trompette retentit. Dans le silence qui s'ensuivit, des officiels en robe se précipitèrent sur le terrain. La tension était à son comble. Tout le monde suivait les gestes des hommes qui examinaient anxieusement le joueur à terre. Penchés sur lui, ils lui palpèrent les bras et les jambes, puis l'auscultèrent. L'un d'eux se releva enfin et, bras tendus vers le ciel, s'écria :

— Il est béni des dieux ! Yaxik, de Tulum, est mort !

Un chahut monstre éclata. Tonina crut que les spectateurs se révoltaient avant de réaliser qu'il s'agissait d'une manifestation de joie. Même les gens arborant le ruban bleu de Tulum se réjouissaient de la mort de leur idole.

— Ils sont heureux pour lui, lui expliqua le Borgne en voyant la mine perplexe de la jeune fille. Même sa veuve est heureuse, car cet homme est allé tout droit au Treizième Ciel où il vivra avec les dieux pour l'éternité.

Tonina hasarda un coup d'œil vers Ciel de Jade. Malgré le fard jaune dont elle s'était poudré le visage, sa pâleur était manifeste. Et elle frissonnait. Tonina se demanda si elle tremblait de peur pour son mari. Pourrait-elle se réjouir si Kaan perdait la vie pendant cette partie ?

Étonnée, Tonina réalisa brutalement qu'elle-même craignait pour la vie du joueur. Pourquoi éprouvait-elle soudain une telle inquiétude pour la sécurité de Kaan ?

La partie reprit, aussi énergique et résolue qu'au début. Les subtilités du jeu hypnotisaient Tonina, qui commençait à percevoir un ordre dans tout ce chaos : les joueurs semblaient reliés les uns aux autres par des fils invisibles et se comprenaient sans parole. Elle vit Kaan bondir pour récupérer la balle, tandis que Balám, le Maya trapu, dansait autour de lui, bloquant un joueur de Tulum. Ensemble, les deux amis accélérèrent et allèrent marquer un point contre l'équipe adverse. Et pourtant, ils n'avaient pas échangé un mot.

Tout à coup, la balle traversa les airs en sifflant et faillit heurter la tête de Kaan, mais Balám sauta agilement et l'intercepta de la cuisse. Tonina manqua s'étrangler. Un instant d'inattention de Balám et Kaan était mort. Quel effet cela faisait-il de mettre sa vie entre les mains d'un autre, comme tous ces joueurs le faisaient ? La pêche aux perles était une activité solitaire et Tonina l'avait toujours pratiquée seule, ne se fiant qu'à elle-même.

À la fin de la partie, les gens envahirent le terrain et soulevèrent leurs favoris pour les porter en triomphe. Au bout du terrain, Kaan déposa solennellement la balle aux pieds de Ciel de Jade. Grimaçant, en sueur, il saignait, mais toute son attitude trahissait le respect et l'adoration qu'il éprouvait pour son épouse lorsqu'il plaça le trophée devant elle. Tonina surprit l'expression de son regard et s'étonna de ressentir la brûlure de la jalousie.

La foule accourait. Les gardes formèrent un cercle autour de Kaan, sa femme et ses amis, et Tonina préféra s'éloigner de la populace. S'adressant à Aigle Courageux et au Borgne, elle s'exclama :

— Nous pouvons enfin aller au jardin du palais !

Tout à coup pressé de suivre son plan, le nain n'y trouva rien à redire :

— D'accord. Moi, je vais au marché avec Aigle Courageux. Il a besoin d'un manteau et d'une bonne coupe de cheveux. Les gens le dévisagent.

— Tu veux l'accompagner ou venir avec moi ? demanda la jeune femme à Aigle Courageux.

Il lui répondit en lui touchant le bras.

Le Borgne réprima un mouvement de mauvaise humeur. Il en était arrivé à considérer ce garçon comme un investissement personnel qu'il ne pouvait se permettre de quitter un seul instant du regard.

— Très bien ! Dans ce cas, je viens avec vous. Je suis vraiment curieux de voir à quoi ressemble un jardin royal.

Et il se força à sourire, maudissant en pensée l'entêtement de Tonina.

Le petit homme ne comprenait pas pourquoi elle insistait tant pour visiter immédiatement ce jardin. Il serait bien assez tôt de s'y rendre le lendemain. Pourquoi ne pas assister au festin et s'amuser un peu ?

Il lui emboîta le pas en ronchonnant. Ce qu'il ne pouvait pas savoir, c'est que la jeune femme elle-même comprenait mal son désir pressant de trouver ce jardin puis de fuir Mayapan. Car sauver son grand-père et son peuple n'était pas sa seule motivation. Elle devait absolument s'éloigner de la demeure de Ciel de Jade, où elle avait éprouvé des sentiments effrayants dont elle ignorait l'existence jusqu'alors, des sentiments encore vagues et indéfinis mais qui l'emplissaient d'un inconfortable malaise.

Kaan n'y était pas étranger. Et soudain, elle comprit : c'était à cause de lui qu'elle devait partir.

La fête battait son plein dans la propriété, mais personne n'avait remarqué l'absence de Tonina et de ses amis. N'ayant pas obtenu l'autorisation de visiter le jardin, ils s'étaient résignés à revenir chez leurs hôtes. Tonina voulait réfléchir à une nouvelle stratégie.

Parce qu'elle était l'épouse du vainqueur, dame Ciel de Jade se devait de distribuer des cadeaux à ses amies, des bracelets de plumes de sa composition. Devant les femmes ravies qui levaient leurs poignets pour admirer la technique et la beauté des motifs, dame Ciel de Jade exprima son désir de connaître l'avenir pour la deuxième fois de la journée.

Tonina s'empressa de saisir l'occasion qui se présentait à elle. Elle prétendit donc pouvoir exceptionnellement effectuer une seconde voyance ce jour-là, grâce à la magnifique victoire remportée sur le terrain.

À sa grande consternation, elle devait mentir à nouveau. Elle chercha une vérité bonne à dire dans les tourbillons de l'eau, mais une vérité aux accents prophétiques. Et subitement, l'inspiration lui vint :

— Bientôt, un étranger visitera cette maison et demandera à vous voir, ma dame.

Le Borgne lui jeta un regard étonné puis traduisit ses propos.

— Un étranger ?
— Oui, un bossu.

Les dames poussèrent des exclamations de joie. Il n'y avait pas de meilleur présage qu'un bossu, créature si rare que celui qui atteignait l'âge adulte était considéré comme béni des dieux.

Interloquée, Tonina se demanda où elle était allée chercher une idée pareille. En tout cas, elle ne mentait pas. Mais comment pouvait-elle savoir, au sujet de ce bossu ?

— Que vois-tu d'autre ? insista Ciel de Jade.

Tonina scruta les remous dans l'eau.

— Les ténèbres...

Ciel de Jade applaudit de ses petites mains.

— Ce qui veut dire qu'il viendra la nuit !

Non, pas ces ténèbres-là, se dit Tonina.

— Comment puis-je te récompenser, honorable voyante ?

— Je souhaite visiter le jardin du palais.

Ciel de Jade échangea un regard amusé avec ses amies :

— Quelle étrange requête !

— Je suis à la recherche d'une fleur très rare. Une fleur de guérison, pour mon grand-père malade. Et je veux aider mon ami à retrouver la mémoire.

— Le jardin du palais abrite de nombreuses plantes médicinales, dit Ciel de Jade avec un coup d'œil compatissant à Aigle Courageux. Demande à voir celle qui s'en occupe, et que nous appelons la *h'meen*.

Dans un nouvel élan de générosité, la jeune Maya rédigea un laissez-passer et ordonna à l'un de ses gardes de les accompagner.

Le Borgne proposa une fois de plus d'emmener le garçon au marché pour lui offrir un manteau neuf et une coupe de cheveux :

— On ne peut pas le présenter dans cet accoutrement à une personne d'aussi haut rang que cette *h'meen* !

Les chasseurs étaient-ils encore à Mayapan ? Il avait perdu bien trop de temps !

Mais de nouveau, Tonina demanda son avis à Aigle Courageux, qui choisit de l'accompagner. Quand ils se retirèrent pour la nuit dans les quartiers des serviteurs, Tonina chuchota une promesse à l'oreille de son jeune compagnon :

— Demain, nous trouvons la fleur rouge et ensuite, nous quittons cet endroit.

## 15

Le Borgne héla Tonina :
— Attends-moi !
Elle filait si vite qu'il devait courir pour ne pas se laisser distancer dans le couloir du palais.

Enfin admise dans la résidence royale, Tonina avait hâte d'atteindre le quatrième niveau où se trouvait le jardin, car, d'après le serviteur qui les escortait, il y poussait un spécimen de toutes les variétés de fleurs, d'arbres et de buissons au monde. Elle n'avait pas un instant à perdre. Bientôt, dès que la fleur magique serait en sa possession, elle retournerait sur la côte, s'y procurerait un canoë et rentrerait chez elle.

Le Borgne, lui, n'était pas pressé qu'elle découvre la fleur, du moins pas avant sa transaction avec les chasseurs. Campaient-ils toujours au pied de l'enceinte ? Le nain priait le ciel que ce soit bien le cas.

Craignant la réaction hystérique de Tonina s'il tentait de la séparer d'Aigle Courageux, le nain cherchait toujours un moyen de détourner son attention. Or, la veille, ses soupçons s'étaient confirmés. À la fin de la partie, lorsque Kaan était tombé à genoux aux pieds de son épouse dans une touchante manifestation de dévotion, il avait remarqué le regard bref mais révélateur que le joueur avait échangé avec Tonina. Le Borgne n'avait qu'un œil, mais il aurait fallu être aveugle pour ne pas s'en rendre compte.

Toutes les femmes étaient volages, comme l'avait appris le marchand taïno en sillonnant ce pays en long et en large pendant des années. Et Tonina n'échappait pas à la règle. Déjà, elle regardait ailleurs. Qu'une femme puisse avoir des sentiments fraternels pour un homme autre que son frère étant à son sens inconcevable, le nain pensait à tort que l'attirance qu'elle éprouvait pour Aigle Courageux était d'ordre sexuel. Mais peu importait la nature de ces sentiments ; ce qui était sûr, c'est qu'elle les reportait sur le puissant Kaan. Et le joueur ressentait-il au creux de sa poitrine balafrée la même attirance pour elle ? Pourquoi leurs regards s'étaient-ils croisés ainsi à plusieurs occasions ? Avaient-ils pris conscience de leur ressemblance au milieu de tous ces gens au front fuyant, petits, trapus et bigleux ? Sans doute pas, mais leur instinct les alertait. Bon sang ne saurait mentir.

La petite graine de l'attirance était plantée, et pousser Tonina vers Kaan pour la détourner d'Aigle Courageux ne poserait aucune difficulté. Il suffisait de chuchoter à l'oreille de la jeune femme que le grand héros la trouvait intéressante. Les femmes ne pouvaient résister aux hommes qui s'intéressaient à elles. Le plus ancien des aphrodisiaques ! Dans ce cas précis, il ne serait même pas nécessaire d'aller jusqu'à une consommation physique. Connu pour sa conscience morale, Kaan n'était pas du genre à tromper son épouse. Non, tout ce qu'il fallait, c'était ce petit bourdonnement à l'oreille de Tonina. L'amener à s'imaginer une histoire d'amour suffirait à lui faire oublier bien vite jusqu'au nom d'Aigle Courageux. Et le Borgne aurait la conscience tranquille quand il vendrait le jeune homme aux chasseurs.

Aigle Courageux, à la fois impatient et optimiste, se hâtait avec Tonina dans le couloir du palais. D'autres rêves avaient gâché son sommeil, des songes qui s'étaient enfuis à son réveil mais lui laissaient l'impression croissante que son peuple avait désespérément besoin de lui. Existait-il dans ce jardin une herbe ou une racine capable de lui faire retrouver la mémoire ? Si c'était le cas, lui aussi pourrait bientôt rentrer chez lui. Quand le Borgne les interpella de nouveau, Aigle Courageux se baissa prestement, souleva le petit homme, et l'installa sur ses larges épaules pour ne pas ralentir leur progression.

Encore des escaliers, encore des couloirs. Le nain baissait la tête pour éviter les linteaux et les poutres. Finalement, ils franchirent une porte et se retrouvèrent à l'air libre.

Le jardin royal, immense, occupait toute la terrasse, et tous trois marquèrent un arrêt : c'était comme une forêt flottant dans les airs ! À la grande terreur de Tonina et du Borgne, figés sous l'azur infini, seule une petite haie les séparait de la place grouillant de monde, tout en bas.

Contrairement à eux, Aigle Courageux était enchanté. Tête rejetée en arrière, bras écartés, il se précipita vers le parapet symbolique, comme s'il espérait qu'un courant d'air ascendant l'emporte au loin.

Tonina trouva enfin le courage de s'avancer au milieu des rangées d'arbustes, de fleurs, de buissons et de plantes grimpantes. Elle aurait aimé savoir comment s'appelaient toutes ces plantes. Elle ne voulait plus dépendre du Borgne pour comprendre les Mayas, et avant de s'endormir, la veille, elle s'était récité tous les mots appris ce jour-là (*équipe, balle, mort, victoire, bossu* et bien d'autres encore), pour bien mémoriser ce nouveau savoir.

Elle s'arrêta près d'un arbre treillissé chargé de baies mûres et survola la cité du regard, les milliers de toits, de jardins et de ruelles étroites, les temples-pyramides. Elle se représenta en pensée la forêt et la Route Blanche qui la traversait jusqu'à la mer. Son cœur se serra. L'océan l'appelait.

Elle s'arracha à son envie douloureuse et stérile d'apercevoir un petit bout d'eau bleue. À travers la brume enfumée, elle repéra non loin du palais le haut mur délimitant la propriété de Ciel de Jade, et Kaan se matérialisa soudain dans ses pensées, aussi concret que le vrai Kaan, musclé, couvert de cicatrices, dressé devant elle, une vision d'une grande netteté.

Plus tôt, ce matin-là, alors qu'elle partait pour le palais, elle l'avait vu se glisser dans le réduit des bains de vapeur, à l'arrière de la maison. Elle savait qu'il s'y trouvait toujours, priant et méditant pour se préparer à la partie finale du lendemain.

Tonina n'avait jamais ressenti une telle curiosité envers un être humain. Elle pensait à lui sans arrêt, c'était plus fort qu'elle. Athlétique, puissant, plein d'assurance, et fier, Kaan semblait être un homme d'honneur. Du moins était-ce ce que tout le monde prétendait. Mais comment cet homme si honorable sur le terrain de jeu pouvait-il à ce point manquer de respect à sa mère ?

Elle reporta son attention sur le jardin. Elle ne connaîtrait jamais la réponse à cette question car elle allait quitter Mayapan. Elle avait pris son paquetage avec elle, pour emporter tout ce qu'elle possédait au monde. Si elle trouvait la fleur rouge aujourd'hui, elle retournerait immédiatement sur la côte et rentrerait chez elle. Dans le cas contraire, elle partirait au Quatemalan pour y poursuivre sa quête. Elle ne reverrait pas la demeure de dame Ciel de Jade, où, au même moment, le beau et puissant Kaan communiait avec ses dieux.

Encore une victoire... se disait gravement Kaan, en inhalant l'air chaud et humide du bain de vapeur. Il aurait dû exulter, pourtant ! La victoire de la veille sur l'équipe de Tulum lui avait valu une avalanche d'honneurs et de louanges, mais il se sentait inexplicablement morose.

Parce qu'il réfléchissait à l'avenir. C'était la première fois de sa vie qu'il explorait la route inconnue s'étirant devant lui. Sur combien de victoires pouvait-il encore compter ? Combien d'années lui restait-il à jouer ? Il avait vingt-sept ans, et la plupart des joueurs se retiraient avant la trentaine. À cet âge, le corps refusait l'épreuve, les réflexes diminuaient, et de toute façon, le public raffolait des nouvelles têtes.

Ah, les nouveaux, pensa-t-il avec un soupir accablé. Jeunes, sauvages, arrogants...

Kaan avait été l'un d'eux, jadis. Dès qu'ils arrivaient sur le terrain, ils prenaient pour cibles les joueurs vedettes et ne les lâchaient plus, bien déterminés à déboulonner les idoles. Peu leur importait de perdre la partie. Et le peuple adorait ça ! Demain, dans l'équipe de Chacmultún, il y aurait forcément un joueur...

Serait-ce demain ? Demain, les blessures de Kaan seraient-elles si graves qu'il ne pourrait plus jamais jouer ? Trouverait-il la mort sur le terrain ? Hier, Yaxik de Tulum... cette balle le frappant au visage, le tuant sur le coup... *Est-ce mon tour, demain ?*

Kaan sentit sa gorge se serrer. Seul et nu, recroquevillé dans la pénombre intime du bain de vapeur, il passa ses mains sur son visage en sueur et ravala sa peur. Ce n'était pas la crainte de mourir qui l'oppressait à cet instant. La veille, le public l'avait trouvé bon, mais lui connaissait la vérité : ses réflexes n'étaient plus aussi rapides, et pendant une fraction de seconde son attention semblait s'être relâchée. Mais pourquoi ?

Il avait été distrait. D'abord, sa mère dans le jardin, puis apparaissant au milieu des spectateurs. Elle lui avait promis de ne jamais se montrer, alors pour quelle raison était-elle venue ? La surprise l'avait déstabilisé pendant quelques instants. Et puis cette fille des îles assise près de son épouse. Pendant la partie, il avait vaguement pris conscience qu'il jouait autant pour elle que pour sa femme. Il ne comprenait pas. Jamais il ne s'était posé autant de questions, jamais il n'avait ressenti un tel trouble. Devait-il imputer ce malaise à sa future paternité ? D'autres forces étaient-elles à l'œuvre ?

Il aspergea d'eau les pierres brûlantes, et respira à pleins poumons la brume revigorante. Puis à nouveau, il frissonna de peur.

Malgré l'humidité ambiante, il avait la bouche sèche. Pas un jour sans qu'il se dise que son noir secret allait être découvert. Kaan savait comment les gens le voyaient : sûr de lui et d'une inébranlable foi en lui-même. Personne ne se doutait – pas même sa mère, sa femme ou Balám – que l'idée d'échouer terrifiait le grand Kaan, le plus célèbre joueur de balle de la péninsule.

« Ne sois jamais un perdant », lui répétait sa mère lorsqu'il était enfant. Il en avait fait son credo personnel. Perdre, c'était se montrer faible, donc inférieur. C'était montrer que, en dépit de tous ses efforts pour paraître maya, le grand Kaan n'était après tout qu'un Chichimèque de basse extraction.

Kaan devait constamment lutter pour vaincre la fatalité, mériter mieux que ce que lui réservait sa naissance, prouver qu'il valait bien ses coéquipiers mayas. Rester leur égal lui coûtait déjà tant d'efforts qu'il avait refusé le poste prestigieux de capitaine de son équipe. Car s'il l'acceptait et ne s'en montrait pas digne ? Quelle déchéance ! Le peuple est inconstant, et le héros d'un jour peut être foulé aux pieds le lendemain.

Chaque fois qu'il pénétrait sur le terrain, il se demandait si ce jour serait celui où il échouerait devant le peuple. Il devait donc absolument conserver son sang-froid et concentrer sur le jeu son esprit aiguisé, en repoussant le genre de préoccupations qui l'assaillaient ces derniers temps. Et en particulier cette devineresse qui avait prédit la grossesse de Ciel de Jade.

Pourquoi les dieux avaient-ils choisi de mettre *maintenant* cette fille sur son chemin, à un moment où seul le jeu devait compter ? Elle ne lui laissait aucun répit, elle le gênait tel un papillon importun, elle le déconcentrait, l'affaiblissait et l'exposait aux risques de l'échec et de la mort.

Tout en versant de l'eau sur les pierres brûlantes et en chantonnant des prières à Mère Lune, déesse protectrice des joueurs de balle, Kaan se demanda comment se débarrasser de la fille des îles.

Le serviteur annonça l'arrivée de la *h'meen*, et un être remarquable apparut sur la terrasse inondée de soleil, une créature minuscule, une petite femme sans âge aux cheveux blancs et au visage déroutant.

— Que les dieux vous bénissent, vous et les vôtres, leur dit-elle d'une voix douce.

À peine plus grande que le Borgne, cette vénérable chamane en longue robe blanche brodée de symboles signalant son statut de guérisseuse et de sage (c'était d'ailleurs la signification du terme *h'meen* en maya) s'approcha des trois compagnons.

— Je vous salue, amis de dame Ciel de Jade. Comment puis-je vous aider ?

Par l'entremise du Borgne, Tonina lui expliqua son histoire et mima la fleur rouge.

— Oui, nous l'avons ! lui assura la *h'meen*.

Elle conduisit une Tonina soudain pleine d'espoir vers un arbuste aux fleurs rouges tombantes. La jeune femme reconnut aussitôt la forme en pince de crabe du balisier, qui poussait aussi sur son île.

— La fleur que je recherche ressemble davantage à... (Elle regarda autour d'elle, et apercevant des zinnias rouges en fleur :) À celles-ci, à l'envers.

Enfouis dans un réseau de rides, les grands yeux clairs de la chamane devinrent songeurs.

— Un instant, je te prie, dit-elle à Tonina.

Elle disparut par la porte et revint un peu plus tard, un objet enveloppé dans les bras, un petit chien replet gambadant à ses pieds.

— Je vous présente Poki, mon compagnon de tous les jours, mon petit amour.

Elle se baissa pour flatter le petit animal grassouillet à poil ras, qui lui lécha la main avec reconnaissance.

Ensuite, elle déplia l'étoffe qui entourait l'objet et le leur présenta. Tonina n'avait jamais rien vu de tel, mais le Borgne ne semblait pas surpris. Ce n'était qu'un livre, dont il expliqua l'usage à la jeune femme.

Après leur avoir précisé qu'ils pouvaient l'appeler H'meen, nom auquel elle s'était habituée, la chamane attendit patiemment que le nain finisse d'éclairer Tonina sur les concepts de papier, d'écriture et de conservation du savoir. Lorsqu'il eut terminé, H'meen déplia les pages en accordéon du livre et Tonina put en admirer les dessins.

L'ouvrage contenait des listes d'arbres, d'herbes et d'arbustes, de racines, de feuilles et de fleurs, chaque nom étant accompagné d'un commentaire sur les caractéristiques de la plante, y compris ses propriétés médicinales, et sur sa localisation géographique. Tonina examina anxieusement tous ces glyphes en espérant y reconnaître la fleur. Mais ces dessins, loin de ressembler aux fleurs ou aux arbres en question, se bornaient à les symboliser, ainsi que le lui expliqua H'meen. Les pages défilèrent une à une, mais la fleur de Tonina n'y figurait pas.

— Tu m'en vois désolée, lui dit humblement H'meen. Tout ce qui pousse dans le jardin est répertorié dans ce livre, et je n'y trouve pas trace de la plante dont tu parles. Je vais prier les dieux de te conduire vers elle.

— Pouvez-vous aider mon ami ? demanda Tonina après avoir laissé échapper un soupir de déception. Il a reçu un coup sur la tête. Il a perdu la mémoire et l'usage de la parole.

Ce petit bout de femme au front étroit et haut et au menton pointu contempla pensivement le grand jeune homme puis secoua la tête.

— Les souvenirs nous viennent des dieux. Ils ont dû les lui reprendre. Quant à la parole, elle vient de l'âme, et un remède n'y ferait rien. À nouveau, tu me vois désolée.

Les épaules de Tonina s'affaissèrent. Un long voyage les attendait, Aigle Courageux et elle, vers la côte du Quatemalan.

— Merci pour votre aide, bonne mère, conclut-elle en employant la formule honorifique en usage dans les îles.

— Je suis désolée, pardonne-moi, j'ai oublié de te dire quelque chose ! J'oublie toujours, s'écria H'meen en éclatant de rire. Je ne suis pas assez vieille pour être mère !

Tonina lui jeta un regard perplexe, et H'meen précisa :

— Je n'ai que quatorze ans !

Kaan versa de l'eau sur les pierres brûlantes et inhala de la vapeur, ses pensées suivant toujours leur cheminement inquiet.

Il réfléchissait au pari prétendument amical proposé par Balám avant la partie de la veille :

« Si c'est moi qui marque le point de la victoire, la voyante viendra vivre chez nous. »

Kaan avait ri.

« C'est moi qui marquerai ce point, mon frère ! »

De toute façon, il n'avait aucune intention d'honorer le pari en cas de victoire de Balám. Il garderait la devineresse pour la raison même qui poussait Balám à parier : il voulait faire plaisir à son épouse.

Ciel de Jade…

À une époque, le jeu seul comptait aux yeux de Kaan ; il ne s'intéressait à rien d'autre, c'était sa vie, son avenir. Et puis il avait rencontré Ciel de Jade. Il s'était attendu à voir naître un enfant dès la fin de leur première année de mariage, avec toutes les responsabilités que cela impliquait et un avenir qui se déroulerait ailleurs que sur un terrain. Mais Ciel de Jade avait eu des difficultés à concevoir, puis avait été victime d'une fausse couche. Les sages-femmes les avaient avertis : parce qu'elle était fragile, il se pouvait qu'elle ne retombe jamais enceinte. Kaan s'était alors posé nombre de questions sur la tournure que prendrait sa vie une fois trop vieux pour jouer.

Mais désormais, Ciel de Jade attendait un enfant, et c'était un garçon !

Il prit une poignée de feuilles dans un panier et s'en frotta les bras et le torse, parfumant la vapeur d'effluves piquants. Il était censé prier, mais ses pensées restaient purement matérielles.

La nuit précédente, alors qu'ils reposaient dans les bras l'un de l'autre et que Ciel de Jade lui murmurait ses espoirs et ses rêves, un intense besoin de la protéger avait submergé son mari. Pendant la fête donnée en l'honneur de la victoire, lorsque la voyante avait annoncé la visite du bossu, Ciel de Jade s'était montrée bien trop agitée. Il lui fallait du calme, du repos. Avec sa constitution délicate, elle devait éviter tout énervement. En outre, Kaan se méfiait de l'épouse de Balám. Il avait remarqué le regard qu'elle avait lancé à Ciel de Jade au moment où la voyante avait révélé la grossesse, dans la Grande Salle. Sans parler de ce pari proposé par Balám. Kaan savait que rien n'arrêterait dame Colombe si elle avait décidé de s'accaparer la voyante.

Le joueur se souvint alors de l'existence d'une certaine demeure, près de la côte ; le propriétaire, veuf depuis peu, voulait s'en débarrasser rapidement. Cette propriété disposait de potagers et de vergers, et la cour pourrait abriter des dindons et des chiens. Au grand air, dans cette atmosphère paisible, Ciel de Jade pourrait jouir d'une grossesse sereine, sans voisins à proximité et sans devoir rester en contact avec la ville. Ils pourraient y vivre jusqu'au cinquième anniversaire de leur fils.

Et surtout, Balám ne serait plus tenté de leur prendre Tonina la voyante. Par la même occasion, Kaan n'aurait plus à éviter la fille ou à réfléchir au moyen de le faire. Car il ne s'autoriserait que de rares visites.

La vapeur commençait à se dissiper et le petit réduit de pierre à se refroidir. Les yeux fermés, Kaan huma la bonne odeur des feuilles de laurier. La présence chez eux de cette fille des îles pourtant calme et discrète le mécontentait, sans qu'il puisse s'en expliquer la raison. Il s'était aperçu qu'il craignait de tomber sur elle inopinément au détour d'un couloir. Cette manière qu'elle avait eu de le regarder, la veille, quand il avait déposé la balle aux pieds de Ciel de Jade à la fin de la partie... Quand il avait relevé les yeux, il avait découvert que la fille le regardait fixement, comme pour l'envoûter, et il avait mis quelques instants à retrouver sa contenance.

Cette devineresse était-elle également une sorcière ? Avait-elle le pouvoir de jeter des sorts, tout comme elle avait celui de lire l'avenir ? Aucune importance. Pour Kaan, seul comptait le fait que Ciel de Jade la voulait auprès d'elle. Et pour satisfaire cette envie, dès la fin de la partie du lendemain, il déménagerait en secret toute sa maisonnée sur la côte, dans la nouvelle propriété. Et la jeune voyante serait du voyage.

— J'ai quatorze ans et je vais bientôt mourir, leur affirma H'meen.

Elle leur raconta son histoire en regardant Poki le petit chien dodu fourrer sa truffe dans les innombrables pots et plantations du jardin. Lorsqu'elle avait été prise en apprentissage par la *h'meen* précédente, cette dernière allait bientôt rendre l'âme, et l'enfant avait dû ingérer une plante censée lui aiguiser l'esprit pour pouvoir apprendre et mémoriser comme une adulte. Un stratagème couronné de succès, avec pour triste effet collatéral le vieillissement accéléré de la petite.

Tonina ne sut d'abord que dire face à cette tragédie. Puis, elle déclara :

— La fleur que je cherche a des pouvoirs magiques. Il paraît qu'elle guérit toutes les maladies. Elle pourrait peut-être t'aider, toi aussi.

— Où pousse-t-elle ?

— Au Quatemalan.

H'meen poussa un soupir.

— C'est très loin et je n'ai jamais franchi les murs de la cité.

Son sourire dévoila des dents blanches et intactes contrastant de façon saisissante avec son visage terriblement marqué. H'meen leur parla ensuite de la vie protégée qu'elle menait au palais, et Tonina se rendit compte qu'elle comprenait certains des termes qu'employait la chamane avant même la traduction du Borgne.

— *Ka x'ik teech utsil* (« bonne chance à vous »), leur dit la femme-enfant quand elle vit qu'ils s'apprêtaient à partir.

Et Tonina, sans réfléchir, lui répondit :

— *Béey xan teech* (« à toi aussi »).

Le Borgne était époustouflé. Elle apprenait vite, cette Tonina ! Quelle équipe ils allaient faire ! Il lui enseignerait toutes ses ruses, tous ses tours. À eux deux, ils feraient fortune !

Ils retournèrent sur la place, où Tonina lui déclara :

— Nous ne retournons pas chez Ciel de Jade. Nous partons. Merci pour tout ce que tu as fait pour nous.

Elle plongea la main dans son paquetage et en sortit deux perles.

Une vague de panique submergea le Borgne :

— Restons au moins pour le Treizième Jeu !

— Je ne veux plus dire la bonne aventure. Plus de mensonges. Merci pour ton aide, le Borgne, mais nous devons trouver la route qui mène à la côte sud.

À la grande surprise de Tonina, Aigle Courageux se mit à gesticuler comme un fou en secouant la tête.

— Qu'est-ce qui t'arrive ? lui demanda-t-elle.

— Je crois qu'il veut retourner chez Ciel de Jade, hasarda le Borgne.

— Ah bon ? Pourquoi ?

Frustré, Aigle Courageux luttait pour articuler des mots, pour émettre des sons.

— Tu penses que les chasseurs sont arrivés ? dit Tonina en pointant un doigt vers le mur d'enceinte du côté de la place du marché.

Il hocha la tête de haut en bas.

Le Borgne sauta sur l'occasion :

— Il a peut-être raison. Nous ne sommes en ville que depuis trois jours, et s'ils vous ont suivis jusqu'ici, cela signifie qu'ils n'abandonneront pas aussi facilement. Chez Ciel de Jade, nous serons en sécurité, et les chasseurs finiront par laisser tomber. D'ici là, nous ne devons surtout pas nous risquer à l'extérieur.

— Je ne veux pas retourner là-bas, soupira Tonina, découragée.

Rejoindre la côte sud lui prendrait plusieurs jours, puis il faudrait trouver la fleur. Son précieux temps était compté. Elle regarda Aigle Courageux plus attentivement et perçut autre chose dans son regard.

— Qu'y a-t-il ? Pourquoi veux-tu y retourner ? insista-t-elle doucement.

Il n'arrivait pas à s'en expliquer la raison. Le problème ne découlait pas de son incapacité à s'exprimer, mais de ses pensées chaotiques. Même s'il avait pu parler, il n'aurait pas trouvé les mots adéquats. Depuis le jour où Tonina avait ouvert sa cage, des rêves vibrants et réalistes venaient hanter son sommeil, ne lui laissant au réveil que l'impression d'avoir une importante mission à accomplir. La maison de Ciel de Jade semblait en faire partie, mais il était incapable de comprendre pourquoi.

— Aigle Courageux, j'ignore s'ils te permettront de rester là-bas sans moi, et je dois absolument partir.

Les yeux d'or imploraient la jeune femme. Aigle Courageux lui agrippa sans ménagement les bras, pour lui communiquer l'urgence de son besoin.

— Très bien. Si tu t'y sens en sécurité, nous y retournerons. Mais seulement pour quelques jours. Après, je devrai partir.

Le Borgne dissimula son soulagement :

— Je vous laisse, j'ai à faire sur la place du marché. Je reviendrai ce soir.

— Même si on te respecte parce que tu es un nain, fais attention à toi. Il y a des hommes dangereux, là-bas.

Elle se tourna à contrecœur vers la résidence de dame Ciel de Jade à l'instant même où Kaan y expliquait à sa femme qu'il allait l'installer dans une propriété côtière avec toute sa maisonnée, y compris la voyante. Ils y vivraient à l'écart du monde jusqu'aux cinq ans de leur fils.

## 16

Le prince Balám, qui chantait une berceuse à sa fille, se sentait si bien qu'il se retenait de rire.

Il avait passé toute une journée et toute une nuit à réfléchir aux moyens d'éloigner la voyante de Ciel de Jade, et il avait fini par trouver. Il allait soudoyer la fille. Lui proposer tout ce qu'elle voulait pour quitter sa maîtresse et venir vivre sous son toit. Le simple fait de rejoindre la maisonnée d'un prince était un argument suffisant, mais la fille exigerait sans doute autre chose, du jade, des fèves de cacao, des vêtements de coton... Et l'épouse de Kaan ne pourrait rien y faire car elle n'avait pas les moyens de surenchérir sur l'offre de Balám. Après la victoire du lendemain, il serait l'homme le plus riche de Mayapan, voire même du monde, et pourrait offrir à sa bien-aimée Colombe tout ce qu'elle souhaitait, à commencer par une vulgaire fille des îles.

La petite Ziyal s'assoupissait. Son père s'apprêtait à entonner une autre chanson lorsqu'un serviteur vint l'informer d'une visite.

— Dis à cette personne de revenir demain, aboya Balám.

Il ne supportait pas qu'on le dérange quand il était avec sa fille, mais quand il apprit le nom du visiteur, Balám se figea, sa bonne humeur envolée.

Tout en traversant la cité, le Borgne se repassa le scénario dans sa tête : il dirait aux chasseurs qu'il savait où se trouvait le jeune homme, puis leur soumettrait son prix pour cette information. Ils lui demanderaient de les conduire tout de suite à Aigle Courageux, mais lui exigerait d'être payé sur-le-champ. Ils refuseraient ; « la moitié maintenant et l'autre à la livraison », lui proposeraient-ils. Il accepterait, les emmènerait chez Ciel de Jade, leur montrerait où dormait le garçon, empocherait sa récompense et s'en irait. Mais d'abord, il devait éloigner Tonina, et tous deux se retrouveraient sur la route du nord en moins de temps qu'il n'en faut pour le dire.

— Mes chers amis ! s'écria-t-il en s'approchant du bivouac des chasseurs.

Au pied de l'enceinte, la place du marché était noire du monde venu assister à la partie de balle du lendemain. Rires et disputes, enfants jouant à la balle, il régnait ici une atmosphère de fête. Mais ils étaient bien là, ces six hommes durs aux rayures noires et brunes voûtés autour de leur feu. Les seuls qui ne pensaient pas à la partie du lendemain.

— Auriez-vous un morceau à partager avec un voyageur affamé ?

Un nain porte-bonheur étant toujours le bienvenu, ils lui firent une place près du feu et lui offrirent des galettes et du maïs.

Il jeta quelques miettes dans les flammes pour amadouer les dieux et se mit à manger avec appétit, tout en évaluant ses hôtes de son œil valide. Des hommes tendus, nerveux, qui n'appréciaient pas du tout de se retrouver si loin de chez eux. Pourtant, autour d'un feu de camp, les gens étaient censés se détendre. Eux au contraire surveillaient la foule, tous leurs sens en alerte.

— Alors, qu'est-ce qui vous amène à Mayapan ? leur demanda-t-il, l'air de rien.

Ces hommes n'étaient pas très bavards.

— Si vous êtes venus pour acheter ou commercer, je peux peut-être vous aider, continua-t-il en se léchant les doigts. Je connais bien les marchands du coin. Avec moi, ils ne vous rouleront pas. Vous verrez, si vous mentionnez mon nom, tout le monde vous dira qu'il n'y a pas plus honnête que le Borgne.

Le chef, qui portait trois précieuses plumes d'aigle dans les cheveux, grommela qu'ils recherchaient un esclave en fuite.

— Nous pensons qu'il est avec une fille.

— Des garçons et des filles, il y en a beaucoup à Mayapan, répliqua le Borgne en haussant les épaules. Mais pourriez-vous me les décrire ? Je les ai peut-être croisés, dit-il une fois qu'il eut obtenu satisfaction. Une grande fille des îles, et un jeune homme à la peau claire, sans le moindre tatouage ? J'ai aperçu ici même un couple qui correspond à cette description ; ils campaient là-bas, près de la porte principale.

Comme deux chasseurs armés de lances faisaient mine de se lever, il s'empressa d'ajouter :

— Ils sont partis, vous savez.

— Dis-nous où ils sont.

— Laissez-moi réfléchir...

À la lueur du feu de camp, il dévisagea leurs faces brillantes l'une après l'autre. Ces chasseurs implacables ne lui inspiraient aucune sympathie, et il se demanda jusqu'où il oserait aller dans la négociation.

Mais le chef poussa un soupir.

— Combien veux-tu pour cette information ?

Le Borgne lui lança un grand sourire et fit mine de réfléchir, puis :

— Vingt fèves de cacao.

Il fut payé rubis sur l'ongle.

Le Borgne contempla les précieuses fèves au creux de sa main potelée. En pensant à ce qui lui reviendrait encore, en pensant à la vie facile et aux conquêtes féminines qui l'attendaient, il leva un visage souriant vers les chasseurs et, pointant le pouce par-dessus son épaule, leur dit :

— Ils sont partis hier. Vers l'est, pour Tulum, sur la côte.

Kaan se préparait en priant Mère Lune. Personne ne connaissait l'origine du mystérieux rituel auquel il allait participer, ni sa signification première. Selon certains, l'arrivée au cœur de la nuit des prêtres dans leurs grandes capes escortant les joueurs, reproduisait une scène issue d'un passé révolu : des soldats menant des prisonniers aux pieds de leur chef. Pour d'autres, il s'agissait simplement de permettre aux joueurs connus de se rendre sur le terrain sans être importunés par leurs admirateurs. Mais, quelles que soient les raisons de ce rituel, Kaan avait l'intention de le suivre à la lettre. Alors qu'il attachait les bandes de cuir lui enserrant les poignets et les chevilles, l'intendant de la maison vint lui annoncer en se courbant bien bas que quelqu'un voulait le voir.

— Si tôt ? s'étonna Kaan.

Les prêtres n'arrivaient jamais d'aussi bonne heure.
— C'est le prince Balám, mon seigneur.
— Balám ! Fais-le entrer.
L'expression hagarde de son ami alarma Kaan.
— Que se passe-t-il, mon frère ? lui demanda-t-il, sincèrement inquiet.

Malgré la fraîcheur de la nuit, Balám, le teint grisâtre, était en nage.
— J'ai besoin de boire quelque chose, haleta le prince.

Kaan demanda à un serviteur de lui servir du *kawkaw*, mais Balám voulait une boisson plus forte. On lui apporta du *pulque* qu'il avala d'une traite, à la grande surprise de Kaan. La nuit précédant la partie la plus importante de l'année !

Balám s'essuya la bouche du revers de la main en regardant son vieil ami dans les yeux :
— J'ai de sérieux ennuis, mon frère.

Seule âme encore debout à cette heure tardive, le Borgne se dandinait à la lueur des torches éclairant l'avenue. Sa silhouette déformée projetait d'étranges ombres dansantes sur les murs. Tout en se dépêchant vers la résidence de Ciel de Jade, le nain se maudissait tout bas :
— Pauvre fou ! Idiot ! Crétin ! Tu as perdu l'esprit, ou quoi ? Tu étais à deux doigts de faire fortune ! Tu n'avais plus qu'à dire : « Venez, je vais vous montrer où il est », et qu'est-ce que tu leur as sorti ? Tulum !

Qu'est-ce qui lui avait pris de mentir aux chasseurs d'aigles ? Ses propres paroles l'avaient stupéfié. Une fois aux portes de la cité, il s'était retourné : les chasseurs levaient déjà le camp. Ils seraient sur la route de l'est avant minuit, et bien loin de Mayapan à l'aube. Pourquoi avait-il commis cet impair, sans doute l'erreur la plus stupide de sa vie ?

C'était à cause de Tonina. Sur les marches du palais, elle avait posé une main sur l'épaule du Borgne et lui avait recommandé la prudence, au lieu de lui demander d'attirer la chance sur elle comme n'importe qui l'aurait fait. Personne ne s'était jamais soucié de lui jusqu'alors. Ce petit geste de gentillesse avait sans doute déclenché en lui des pensées et des émotions insoupçonnées, et au moment où il allait révéler aux chasseurs où se trouvait Aigle Courageux, une considération curieuse avait pris le dessus : tout compte fait, il ne voulait pas que Tonina s'intéresse à Kaan.

Il poussa un soupir et s'engagea en hâte dans une ruelle étroite entre les maisons sombres et silencieuses. Il mollissait avec l'âge, se dit-il. Mais tout n'était pas perdu. Après s'être rendu au campement des chasseurs, il était allé voir l'un des nombreux *koxol* groupés devant la porte et occupés à recueillir les mises des parieurs pour la partie du lendemain. Il n'avait sur lui que les quelques fèves qu'il venait de gagner, mais il avait pu parier une grosse somme. Grâce à son pagne brodé et à son manteau en coton finement tissé – incontestables preuves de prospérité – et aussi parce que, après tout, il était nain, il avait pu miser, moyennant l'empreinte de son pouce sur un morceau de papier, une fortune qu'il ne possédait pas.

L'équipe de Mayapan allait gagner, et c'était une pensée réconfortante. Demain soir, il serait de nouveau à l'abri du besoin, se disait-il quand il aperçut, plus haut dans la ruelle, une silhouette sombre qui frappait à la porte de la propriété de dame Ciel de Jade.

Le Borgne connaissait le rituel des prêtres escortant les joueurs avant la partie, mais il était encore trop tôt et cet homme était seul. Puis il reconnut le prince Balám. Il recula dans l'ombre pendant qu'on faisait entrer le prince, puis frappa et entra à son tour. Il se glissa dans le jardin qu'il traversa du pas léger acquis pendant toutes ces années d'espionnage. Au lieu de se diriger vers les quartiers des serviteurs, il parcourut la maison endormie sur la pointe des pieds, empruntant les couloirs dont il avait mémorisé le tracé. Percevant soudain des voix et de la lumière, il tendit l'oreille : le prince Balám et Kaan discutaient dans une chambre.

Après s'être assuré qu'aucun serviteur ne se trouvait dans les parages, il s'approcha à pas de loup de la tenture occultant l'entrée de la chambre. Il pouvait observer et entendre tout ce qui s'y passait.

Balám s'était débarrassé de sa cape. Il portait un emblème en jade à sa ceinture, celui de la ville d'Uxmal. Prince de sang royal, Balám descendait directement de Hun Uitzil Chac Tutul Xiu, fondateur de cette grande cité. Chacun savait qu'il était arrivé à la cour royale de Mayapan à la suite du traditionnel échange d'enfants princiers, gage de paix entre deux royaumes. Le palais de Mayapan abritait d'autres fils et filles de lignée royale originaires de cités plus modestes, et les princes et princesses de Mayapan étaient élevés dans les palais d'autres dirigeants. Cette pratique, qui avait fait ses preuves au fil des ans, garantissait la stabilité politique dans la région.

Mais pourquoi le prince arborait-il ce soir-là l'emblème habituellement réservé aux démarches officielles ?

— Le malheur est sur moi ! Je suis un homme mort, geignit Balám.

Flairant le bon coup, le Borgne dressa l'oreille et grava dans son esprit chaque mot, chaque geste.

— Calme-toi, lui dit Kaan. C'est Colombe ? Ta fille... ?

— C'est nous tous !

Et Balám ajouta, en se tordant les mains :

— Je suis couvert de dettes, mon frère.

Kaan n'était pas surpris. Tous les hommes jouaient, que ce soient les Chichimèques, les Mayas ou même les peuples des îles. Balám avait le jeu dans le sang, mais ce que Kaan ignorait jusqu'alors, c'est que cette passion le dévorait et qu'elle l'avait conduit à une dangereuse extrémité.

Celui qui recourait aux offices d'un *koxol* devait exhiber les biens qu'il misait, bijoux en jade ou autres, ou apporter la preuve qu'il les possédait. Balám était un prince, et les *koxol* le croyaient sur parole. Malheureusement, à la longue, il avait misé au-dessus de ses moyens.

— L'année dernière, Colombe et moi avons emmené Ziyal en visite à Uxmal, chez mes parents. De retour chez nous, nous avons découvert qu'on nous avait cambriolés, tu te rappelles ? Certaines de nos possessions les plus précieuses avaient été volées.

Balám reprit un verre.

— Ces biens manquaient déjà avant notre départ, ajouta-t-il, penaud. J'y avais eu recours pour régler des dettes de jeu. Colombe ignore que j'ai perdu ses anneaux de jade préférés dans un combat de chiens. Voilà pourquoi j'avais organisé ce séjour à Uxmal : pour qu'elle ne se pose pas de questions sur la disparition de certains objets.

L'inquiétude s'empara de Kaan, qui avait toujours cru que Balám maîtrisait sa passion du jeu. Or, son ami s'était arrangé pour la cacher à sa femme, à ses coéquipiers, à son meilleur ami.

— Je t'ai menti, mon frère. À toi comme à tout le monde. J'ai menti à ma propre mère ! Un jour, elle m'a offert une coupe en or incrustée du jade le plus pur et je l'ai perdue sur un pari.

Le ton de Balám se fit plus grave.

— Je n'ai pas toujours été malchanceux. J'ai gagné beaucoup, vois-tu. Et c'est cela le plus étonnant ! J'ai récolté de fabuleuses richesses, que je cachais pour faire des surprises à Colombe, mais que je perdais dès le lendemain. Mon frère, je crois que ma chance n'est pas suffisante pour me permettre de me refaire. Plus je plonge, plus je mise en espérant m'en sortir. Pendant un certain temps, j'ai pu m'en tirer plus ou moins, mais désormais…

— Tu as des gros problèmes ?

Balám déglutit péniblement.

— J'ai tout perdu ! Mes terres, ma fortune… et plus encore.

— Mère Lune… soupira Kaan.

Les yeux de Balám se remplirent de larmes.

— Colombe est insatiable et je l'aime. Je ne peux rien lui refuser.

Leurs deux épouses étaient si différentes, se dit Kaan. Ciel de Jade lui faisait penser à un petit moineau, et dame Colombe à un imposant dindon.

— Elle voulait une plantation d'avocatiers, aussi j'ai parié contre un homme de Yaxchilan. Nous avons joué aux osselets et j'ai perdu, alors nous avons rejoué. Je n'arrêtais pas de perdre. Il avait un morceau de papier tout prêt, sur lequel j'ai apposé ma marque. Je suis allé voir quelqu'un d'autre pour couvrir ma dette, et tout est devenu incontrôlable... Quand ceux avec qui j'avais parié réclamaient leur dû, mon seul recours était d'emprunter ou de jouer ailleurs.

Kaan aurait voulu lui proposer de prendre tout ce qu'il possédait. Quelques jours plus tôt, il aurait prononcé ces mots, mais, depuis ; il avait appris la grossesse de Ciel de Jade. Il devait penser à son fils.

— Et tes parents, à Uxmal ?

Chez les Mayas, les membres d'une famille s'entraidaient en cas de nécessité.

— Je ne veux pas les ruiner, avoua Balám d'un air misérable.

— Ta dette est donc si lourde ?

Balám n'était pas seulement venu lui parler de ses dettes, et Kaan attendait la suite. En cette heure sacrée où ils étaient censés se préparer pour la partie du lendemain, les dettes pouvaient attendre. Il y avait un autre problème, qui lui ne le pouvait pas.

— Plus tôt dans la soirée, j'ai reçu une visite. Le représentant d'un consortium d'hommes riches qui veulent le devenir plus encore. Cet homme tenait toutes mes signatures. Les papiers portant ma marque, récoltés dans toute la ville, tous mes paris, il les a tous.

— Comment est-ce possible... ?

— Ce consortium brasse énormément d'argent, davantage que tous les rois du pays réunis. Et ces gens ont racheté toutes mes reconnaissances de dettes. Ils ont remboursé jusqu'au dernier sou pour moi !

Kaan fronça les sourcils.

— Pourquoi feraient-ils ça ?

— Tu ne comprends pas ?

Balám lui jeta un regard de bête traquée, et Kaan secoua la tête.

Le prince se passa la langue sur les lèvres, laissant son regard errer dans la pièce. Il déglutit, prit son courage à deux mains et annonça, dans un murmure étranglé :

— Ils veulent que je mette tout en œuvre pour que nous perdions la partie de demain.

Le silence s'installa. Par la fenêtre ouverte leur parvinrent les bruits du dehors – un homme et une femme se disputant quelques maisons plus bas, une chouette ululant sur un toit, des ivrognes descendant la ruelle en titubant... Toujours aux aguets, le Borgne sentait son cœur battre dans ses oreilles.

— Je ne comprends pas, dit enfin Kaan à son ami, même si, au fond, il n'était pas dupe.

— Si je nous fais perdre la partie de demain, ils effaceront mes dettes sans exception.

— Ils misent sur notre échec ?

— C'est aussi simple que cela. Ils ont parié une somme énorme sur la victoire de Chacmultún.

— Mais pourquoi n'ont-ils pas misé sur notre victoire ?

— La victoire n'est jamais certaine, mon frère, alors qu'une défaite, cela peut s'arranger.

Soudain, Kaan se sentit mal :

— Ne me demande pas ça, Balám. La victoire ou la défaite sont entre les mains des dieux. Le résultat de la partie est déjà écrit dans le Plan divin.

— Toi et moi, nous savons bien que nous pouvons altérer le Plan. Rien n'est immuable, pas même la volonté des dieux.

— Mais changer l'issue d'une partie est un sacrilège !

— Crois-tu que je l'ignore ? Hélas, si je ne fais rien, le consortium exigera le remboursement de mes dettes ! s'emporta Balám. Comme je n'ai aucun moyen de les régler, ils prendront ma femme et ma fille pour les vendre comme esclaves ! On me dépouillera de mes terres et de ma fortune ! L'équipe me jettera dehors et je n'aurai plus jamais le droit de jouer sur un terrain ! Tous mes amis me tourneront le dos ! Ma famille, à Uxmal – mes parents et le roi, mon oncle –, m'accablera de son mépris ! Je n'aurai d'autre choix que de me pendre, la seule chose honorable à faire !

La gorge de Kaan était sèche.

— Balám, nous avons fait le serment, un serment de sang, de respecter toute notre vie un certain code d'honneur ! Nous avons juré devant notre Mère Lune de ne jamais mentir, de ne jamais voler ni tricher. Sans honneur, nous ne sommes rien !

— Et si nous ne perdons pas cette partie, c'est moi qui ne serai plus rien !

Kaan, qui arpentait la pièce de long en large en se massant la nuque, s'arrêta et se retourna vers son ami.

— Je peux vendre mes vergers. Je viens d'acheter une propriété près de la côte.

Mais Balám secoua la tête.

— Tous les biens réunis de Sa Sérénissime Bonté et de mon oncle le roi d'Uxmal n'y suffiraient pas. Il ne me reste qu'un seul recours : perdre la partie, conclut-il en tendant des mains suppliantes vers son ami.

Kaan était horrifié, et Balám ajouta rapidement :

— Les dieux liront dans ton cœur et comprendront que tu as agi ainsi pour aider ton frère. Ils comprendront que tu t'es sacrifié, et ne te puniront pas. Bien au contraire, tu seras béni.

Le prince se mit à sangloter :

— Pardonne-moi d'avoir fait entrer ce désastre chez toi, mais j'ai désespérément besoin de ton aide. Je me rappelle la fois où c'est moi qui suis venu à ton secours, alors que tu ne me l'avais même pas demandé !

Sentant les larmes monter à ce rappel, Kaan ferma les yeux. Un jeune Chichimèque sans amis qui vivait avec sa mère dans les cuisines du palais d'une ville maya. Une bande de gamins qui l'acculaient dans une ruelle, et un jeune prince lui portant secours, se prenant d'amitié pour lui, obtenant son admission dans la célèbre académie du jeu de balle...

— Si demain, tu fais cela pour moi, mon frère, je n'aurai plus de dettes, reprit Balám. Je serai un homme nouveau. Je ne parierai plus jamais. Je le jure sur la tête de ma fille.

— Tu as déjà promis si souvent, remarqua Kaan d'un ton crispé.

— Je n'ai jamais été si près de perdre ma famille ! J'avais besoin de ce choc, mon frère. Pour l'amour de Ziyal, je dois devenir un homme nouveau. Je jure de bannir complètement le jeu de ma vie.

Balám, qui portait à son cou, dans une bourse, la première dent de Ziyal, la montra à Kaan.

— Sur ce puissant talisman, j'en fais le serment. J'ai bercé ma fille dans mes bras quand elle a fait sa première dent, en larmes. Et quand elle a couru vers moi, toute fière, pour me montrer qu'elle l'avait courageusement arrachée pour faire de la place à ses dents définitives, j'ai organisé une fête en son honneur. Cette dent me rappelle son sourire, et la dévotion que j'éprouverai à jamais pour ma fille. Et elle recèle un grand pouvoir. C'est le talisman le plus puissant que je porte. Frère, un esprit mauvais me possède, mais si demain j'obéis à la requête du consortium, il sera exorcisé. J'en suis certain. Je t'en prie !

Balám sanglotait maintenant sans retenue sur l'épaule de Kaan. Dissimulé près de la porte derrière la tapisserie, le Borgne distinguait clairement l'expression de Kaan : traits durcis et lèvres serrées, réduites à une mince ligne.

— Je ne peux pas laisser une telle catastrophe s'abattre sur mon frère. Puissent les dieux avoir pitié de nous deux, conclut-il, d'une voix tendue mais posée.

Le Borgne s'éloigna à reculons, abasourdi. La peur qui s'était brutalement emparée de lui le fit trébucher pendant qu'il traversait la maison à l'aveuglette pour rejoindre les quartiers des serviteurs. Il avait engagé des sommes importantes sur la partie du lendemain en estimant ne prendre aucun risque, sûr de la victoire de l'équipe de Mayapan. La fortune qu'il avait misée, il ne l'avait pas ! S'il perdait, il lui serait impossible d'honorer ses dettes et, nain ou pas, on le vendrait certainement comme esclave.

Il enjamba les ronfleurs et trouva Tonina endormie auprès d'Aigle Courageux. Il la secoua doucement, puis lui fit signe de le suivre.

Dans le jardin, sous une lune gibbeuse, il lui fit part de la conversation qu'il avait surprise. Tonina bâillait et se frottait les yeux, sans bien comprendre son histoire. Les gens de l'île aux Perles pariaient tout le temps. Quel était le problème ?

Énervé, le Borgne lui pinça le bras.

— Ce n'est pas la même chose, sur les îles ! Réveille-toi ! Nous avons de gros ennuis sur les bras.

Il lui répéta de nouveau les propos des deux joueurs, et cette fois-ci, Tonina, l'esprit plus clair, crut comprendre.

— Tu peux peut-être fuir ? Quitter la ville ? suggéra-t-elle à son ami.

— Il n'y a pas d'échappatoire, lui répondit-il d'un air misérable, en secouant la tête. Ceux qui acceptent les paris de cette ampleur ont des yeux et des oreilles dans toutes les villes et tous les villages. Et soyons francs, j'ai un physique un peu spécial. Aucun déguisement au monde ne pourra me sauver.

— Alors qu'allons-nous faire ?

Il leva les yeux vers Tonina, et de nouveau, à voir son expression, comprit qu'elle se faisait du souci pour lui. Et elle avait dit « nous ». C'était une autre première pour le nain, qui eut alors une idée :

— Il y a bien un moyen de remédier à tout ça.

— Comment ?

— Tu dois faire boire Kaan à la coupe de prophétie, et lui dire que l'équipe de Mayapan l'emportera demain.

— Qu'est-ce que cela changera ?

Le Borgne, qui entrevoyait son salut, lui répondit avec emportement :

— Tu annonces à Kaan que son équipe va gagner. Il pensera que les dieux en ont déjà décidé ainsi, et il n'est pas du genre à aller contre leur volonté.

Tonina, qui s'était juré de ne plus mentir, se mordit les lèvres. Tous ces mensonges qu'elle accumulait ne lui causaient-ils pas du tort, à la longue ? Chaque fausse prédiction énoncée l'éloignait peut-être de la fleur.

Elle voulait aider le Borgne, cependant. Et empêcher Kaan de s'attirer la colère des dieux s'il décidait de perdre délibérément la partie. Quant à Ciel de Jade, elle avait été si bonne pour Aigle Courageux...

— Je lirai l'avenir du seigneur Kaan et je lui prédirai la victoire. Il n'osera pas provoquer l'échec de son équipe.

Mais le lendemain, lorsqu'ils furent convoqués pour les prédictions du matin, elle ne trouva que Ciel de Jade. Kaan était parti.

## 17

Les gens étaient venus de très loin pour assister au Treizième Jeu. Les *koxol* affairés prenaient les paris en échange des reconnaissances de dettes, et quelques personnes avaient pris position sur les murs en pente du terrain pour annoncer à grands cris les déplacements et les actions des joueurs à la populace excitée. Quant aux marchands ambulants, ils proposaient tout et n'importe quoi : mèches de cheveux des héros, galettes dégoulinantes de miel…

Debout derrière Ciel de Jade à l'une des extrémités du terrain, Tonina se demandait si Kaan allait sacrifier son honneur pour le salut de son ami. De son côté, le Borgne avait décidé qu'en cas de défaite de Mayapan, il quitterait la ville aussi vite que possible, cap sur la côte la plus proche pour y acheter un canoë et, à coups de pagaie, se faire oublier de tous.

Les nobles et les spectateurs privilégiés prirent place en jouant des coudes aux deux extrémités du terrain. Tout le monde se chamaillait pour savoir qui s'assiérait où, et dame Colombe en profita pour glisser subrepticement dans le panier de Ciel de Jade, au milieu des bols de *kawkaw*, une boisson spéciale additionnée de menthe, herbe qui stimulait le flux menstruel.

Petite et frêle, assise à une place d'honneur, H'meen, la botaniste royale, était là également, avec sur les genoux son petit chien Poki.

Les deux équipes s'alignèrent devant les prêtres et le grondement bas de leurs murmures s'éleva jusqu'aux spectateurs. Kaan avouait-il aux dieux son intention de mettre tout en œuvre pour perdre la partie ? Tonina se le demandait.

Cette partie s'avéra passionnante, mais la jeune femme eut l'impression de revoir le Douzième Jeu. Que les gens puissent ne jamais se lasser de ces événements répétitifs ne laissait pas de l'étonner. Le Borgne lui signala discrètement à l'oreille les actions bonnes ou ratées du grand Kaan, qu'elle ne quitta pas un instant des yeux. Pendant toute la matinée, les deux équipes firent jeu égal et à la pause de midi, ni Mayapan ni Chacmultún, la ville du Sud, n'avait réussi à prendre le dessus.

Chacun profita de cette interruption pour satisfaire des besoins naturels et se dégourdir les jambes, puis la partie reprit.

Du coin de l'œil, dame Colombe surveillait Ciel de Jade, qui vida l'un après l'autre les bols de *kawkaw,* finit par tomber sur la coupe glissée dans le panier et la porta à ses lèvres. Colombe eut du mal à cacher sa satisfaction. Quand la menthe aurait provoqué la fausse couche, la douce Ciel de Jade se mettrait forcément dans une rage noire qui se reporterait sur cette voyante incapable de prédire une telle issue. Elle chasserait la jeune fille, et Colombe sauterait sur l'occasion.

Balám rata une passe et la foule le hua. Kaan plongea pour récupérer la balle mais la manqua lui aussi, s'attirant un terrible rugissement de désapprobation.

Surprise par ce jeu bâclé, dame Colombe oublia Ciel de Jade et concentra son attention sur la partie. Contre toute attente, l'équipe de Mayapan était en train de perdre ! Le public hurla sa fureur, tandis que le roi, la mine sombre, sourcils froncés, s'entretenait avec sa cour.

Tonina vit Colombe se pencher en avant, les deux tabourets gémissant sous son poids. Bouche bée, la grosse femme posa une main potelée sur sa poitrine généreuse. Manifestement, la femme de Balám n'était pas au courant du pacte conclu entre son mari et Kaan.

Dans la tension générale, les deux équipes continuèrent leurs échanges, passes, réceptions, interceptions... Ciel de Jade semblait de plus en plus inquiète, et dame Colombe, furieuse, fronçait les sourcils. Il se passait quelque chose de bizarre. Trois passes de Kaan, peu convaincantes... La partie arriverait bientôt à son terme, et le cœur de Tonina s'emballa. Les partisans de Chacmultún célébraient déjà la victoire.

La jeune femme implora son dieu à voix basse :

— Grand Lokono, éclaire le cœur de l'homme qui porte le nom de Kaan.

Deux joueurs de Chacmultún monopolisaient la balle en se précipitant vers leur but, tandis que leurs coéquipiers maintenaient ceux de Mayapan à distance. Cherchant une occasion d'intercepter la balle, Kaan courait à côté de Balám. Pendant un court instant, il délaissa le jeu pour jeter un coup d'œil au but opposé, derrière lequel étaient assises les épouses et les familles des joueurs. Il ne lui fallut pas plus d'une seconde pour repérer Ciel de Jade et, derrière elle, la grande fille des îles qui lui avait révélé la grossesse de sa femme.

Balám manœuvrait pour se rapprocher des deux joueurs de Chacmultún et leur prendre la balle, quand soudain, sous des milliers d'yeux sidérés, Kaan fit un bond latéral qui le plaça devant Balám, intercepta la balle de l'épaule et l'expédia en l'air, après quoi il sauta en tournant sur lui-même et son autre épaule la frappa. La balle fila vers le mur de pierre contre lequel elle ricocha à angle aigu avant de traverser l'anneau des points. C'était un exploit dont on se souviendrait longtemps.

La folie s'empara de la foule. Dans l'histoire de ce jeu, personne n'était jamais parvenu à envoyer la balle dans l'anneau deux fois dans sa carrière. Les spectateurs se ruèrent vers les héros, et la marée humaine qui déferla sur le terrain engloutit joueurs et prêtres dans un même élan. Kaan et Balám furent portés en triomphe au milieu des rugissements de jubilation.

Les deux joueurs ne souriaient pas, mais personne ne le remarqua. Balám et Kaan étaient malades de peur, car ils savaient ce qui les attendait, pour avoir vu d'autres avant eux subir le même sort. Le monde de Balám était sur le point de s'écrouler. Le prince allait tomber de son piédestal de héros du jeu de balle et perdre tout ce qu'il possédait, ce qui ferait de lui le plus méprisé des hommes.

Des gardes embauchés pour l'occasion encerclèrent immédiatement les familles des vainqueurs pour les protéger des admirateurs empressés. Les trois amis s'approchaient de Ciel de Jade et sa suite, quand, abasourdi, le nain comprit qu'il était devenu immensément riche.

— Grand Lokono ! chuchota-t-il.

Dame Colombe se leva et lança un sourire poli mais revêche à Ciel de Jade, qui n'avait pas pris le temps de boire son *kawkaw* à la menthe. Il y aurait d'autres occasions, se dit l'épouse de Balám en regardant la fille des îles d'un air envieux. Elle était toujours bien décidée à entraîner la voyante sous son propre toit. Elle reporta ensuite son attention sur son héros de mari, que des admirateurs fanatiques portaient sur leurs épaules tout autour du terrain. Balám s'était montré extrêmement décevant pendant cette partie et Colombe en avait eu des sueurs froides, mais elle comprenait à présent que ce n'était qu'une comédie. Kaan et lui avaient chorégraphié cette stupéfiante action finale, évidemment. Quelle brillante idée ! Le peuple avait adoré. Le prince Balám n'en serait que plus adulé, et plus riche, car dame Colombe n'était pas sans savoir qu'il avait beaucoup misé sur cette partie. Désormais, elle pourrait s'offrir tout ce qui lui chantait.

Ce soir, la fille des îles et sa coupe de prophétie seraient siennes.

Les admirateurs des autres joueurs de Mayapan portaient également leurs favoris sur leurs épaules, mais l'escorte la plus nombreuse était sans conteste celle de Kaan et Balám, qui parcoururent les rues de la cité au milieu des vivats assourdissants de la foule. Les privilégiés qui portaient les héros avaient été désignés par tirage au sort, et dans le cas de Kaan, il s'agissait des Neuf Frères – nom qu'ils s'étaient eux-mêmes attribué – qui formaient une petite élite passionnée du jeu de balle et de ses joueurs vedettes. Arborant les couleurs de Mayapan, ils chantaient un hymne à la gloire du jeu, du terrain, de la balle et du vainqueur.

Les admirateurs de Kaan et Balám se séparèrent. Kaan fut emporté vers sa demeure et l'autre groupe emprunta un passage conduisant à la propriété du prince, où une fête était prévue en son honneur. Mais, en entrant dans la ruelle, la bruyante procession se heurta à une rangée de gardes lui barrant le chemin. Le portail de la propriété était ouvert et des hommes en sortaient, les bras pleins de marchandises : poteries, statues, tapisseries...

Des cris de protestation s'élevèrent, mais Balám réclama le calme. Ses porteurs le déposèrent et l'observèrent sans comprendre quand il se dirigea à grands pas vers un homme à l'air important plongé dans un livre de comptes.

— Que faites-vous, je vous prie ? beugla le prince.

Il le savait déjà, bien entendu, mais il lui fallait donner le change devant ses centaines d'admirateurs.

— Nous sommes venus recouvrer des dettes, lui dit l'officiel à la robe bleue en lui accordant à peine un regard.

Balám, qui venait d'apercevoir près du mur l'homme du consortium, lui glissa discrètement :

— Accordez-moi un peu de temps et je vous rembourserai tout.

Mais l'homme, imperturbable, ne prit même pas la peine de lui répondre, son regard insondable aux paupières tombantes soupesant les biens inestimables qui défilaient devant lui.

Une voix familière retentit soudain :

— Que se passe-t-il ici ?

La foule s'écarta devant dame Colombe, qui traversa le premier rang d'une poussée de son corps massif et se dirigea droit vers sa porte. Quand elle vit ces hommes qui sortaient de chez elle en emportant une commode en bois pleine de vêtements, de sandales et de coiffes, elle s'en prit au plus proche d'elle si brutalement qu'il perdit l'équilibre et se retrouva les quatre fers en l'air.

Des gardes l'entourèrent aussitôt, empoignant ses bras charnus.

— Comment osez-vous ! hurla-t-elle, outrée.

Puis elle se tourna vers Balám.

— J'attends des explications, mon époux !

Balám n'eut pas le temps de lui répondre, car un soldat sortait de la foule, une Ziyal en larmes dans les bras.

— C'est la gamine ? demanda-t-il à l'homme au livre de comptes.

— Oui, c'est leur fille, marmonna l'intéressé en cochant quelque chose dans le livre.

Dame Colombe tenta de s'approcher de sa fille mais on lui lia les poignets et on lui passa une corde autour du cou malgré ses cris de protestation. Terrorisé par la tournure des événements, Balám s'adressa à l'homme du consortium :

— Prenez-moi à leur place ! Laissez ma famille en paix. Vendez-moi à leur place !

Les yeux inexpressifs se posèrent sur lui.

— Elles ont plus de valeur que toi.

Entre ses dents, tout bas, Balám cherchait à se justifier :

— Ce n'est pas de ma faute si nous avons gagné ! J'ai fait tout ce que j'ai pu ! J'avais réussi à persuader Kaan de m'aider, mais il a changé d'avis ! Tout ça, c'est sa faute ! Vous avez bien vu tous les points, non ? C'était pour honorer notre accord ! Vous devriez prendre les terres, la fortune et la femme de Kaan, pas les miennes !

— Kaan est un homme d'honneur, rétorqua l'homme du consortium. Quoi qu'il ait fait, il a tout notre respect. La responsabilité de ce qui t'arrive te revient entièrement, Balám.

Il omettait ostensiblement de lui montrer la moindre marque du respect dû à un prince, pour bien lui faire comprendre que ce n'était pas seulement de ses biens et de sa famille qu'on le dépouillait.

Balám voulut enlacer Colombe et Ziyal quand les gardes firent mine de les emmener, mais son épouse lui cracha au visage et lui tourna le dos en s'interposant entre lui et sa précieuse fille. Dans le regard de Colombe, il ne vit que de la haine, sans aucun espoir de pardon. Avec un profond mépris, elle lui déclara :

— Quand notre fille sera en âge de comprendre, je lui dirai à quel point son père était lamentable ! Elle maudira ton nom tous les jours de sa vie !

La fière Colombe fendit la foule entre quatre soldats en armes. La dernière vision que Balám eut de sa famille fut son épouse portant Ziyal, la fillette les bras tendus vers lui et hurlant « *Taati !* ».

Au milieu de la nuit, les esclaves allèrent accueillir leur maître à la porte d'entrée. Ciel de Jade se précipita à sa rencontre.

Épuisé, Kaan accepta une coupe d'eau avec gratitude.

— Je l'ai cherché partout, sans succès. Balám a disparu.

Avec toutes les égratignures, écorchures et ecchymoses récoltées pendant la partie, il avait mal partout. Lui et ses proches avaient renoncé à célébrer la victoire lorsqu'ils avaient appris ce qui arrivait chez Balám.

— C'est ma faute. Si j'avais fait ce qu'il me demandait, il n'aurait pas perdu sa maison et sa famille.

— Non, mon bien-aimé, tu as fait le bon choix. Le jeu de balle est sacré. Balám a forcément vendu son âme aux puissances infernales, sinon il n'aurait pas commis un tel sacrilège. Demain, tu rachèteras son épouse et sa fille.

Il en était arrivé à la même conclusion. Il mettrait le prix qu'il faudrait – toute leur fortune et leurs terres si nécessaire – pour éviter à Colombe et Ziyal de tomber en esclavage.

## 18

Une vente d'esclaves avait lieu tous les vingt jours, le premier du mois, mais, compte tenu des biens à écouler dans le cas de Balám, une session spéciale avait été organisée. Il ne s'agissait pas seulement de Colombe et de la petite fille, mais aussi d'une énorme quantité d'effets personnels, livres, statues, bijoux... que certains voisins convoitaient depuis longtemps.

Kaan avait pris place à côté de l'estrade, et les gens se bousculaient pour approcher l'homme qui avait envoyé la balle dans l'anneau et qui exsudait la chance par tous les pores. Les trois amis, eux, s'étaient installés dans les premiers rangs du public. Le nain avait un bon mal de crâne. Il avait récupéré ses gains immédiatement après la victoire, puis trouvé deux dames avec qui la célébrer dans un océan de *pulque*.

La vente des esclaves et des biens de Balám prit fin, et les choses sérieuses commencèrent. On amena Colombe avec force effets de manches, puis le préposé aux enchères énuméra ses qualités et vanta sa noble lignée d'une voix tonitruante. Dans sa robe de coton écarlate qui semblait accentuer sa corpulence, l'épouse de Balám gardait la tête haute, refusant de regarder la foule ou de reconnaître sa situation.

Ce fut ensuite le tour de la petite Ziyal. Elle portait à son cou l'emblème de jade d'Uxmal attestant son appartenance à une lignée royale, comme son père à sa ceinture. Apeurée, le visage rougi et bouffi par les pleurs, elle fut poussée à côté de sa mère sur l'estrade dominant les têtes des curieux.

Complètement dévasté, Kaan se sentait responsable de ce qui leur arrivait. La veille, sur le terrain, quand il avait vu sa femme assise là-bas près du but et, derrière elle, la voyante qui avait révélé la grossesse, le joueur avait compris qu'il n'avait pas le droit de saboter la partie.

Mais il pouvait faire au moins une chose pour son ami : acheter sa femme et sa fille. Hélas, au moment où il allait lancer l'offre qu'il comptait soutenir jusqu'à ce que le dernier enchérisseur baisse les bras, le crieur annonça qu'un acheteur anonyme venait d'acquérir la mère et la fille au cours d'une transaction spéciale nommée *tu'ux-a-kah* – le « plaisir des dieux ».

La foule grommela, désappointée, car on la privait d'enchères qui promettaient d'être mouvementées. Brusquement, sous les yeux horrifiés de Kaan, Colombe échappa à ses gardes et se rua vers sa fille en criant son nom.

La petite se retourna et s'élança vers sa mère, qui usait de sa masse pour écarter les soldats, dont l'un alla s'étaler au bas de l'estrade. Colombe prit son enfant dans ses bras charnus et la serra contre elle tout en cherchant le moyen de fuir.

À l'appel du crieur, d'autres gardes sautèrent sur l'estrade pour arracher Ziyal à sa mère. Toutes deux hurlaient, sous les encouragements de certains spectateurs et les huées des autres. On s'était mis à lancer des paris sur l'issue de la bagarre, constata Kaan en se frayant un chemin vers l'estrade, où les gardes s'efforçaient de mater Colombe. Ils avaient affaire à forte partie : elle se servait comme d'une arme de son poids, qui n'avait d'égal que son agilité. Elle asséna deux coups de poing à deux gardes en écartant les bras, puis un coup de genou dans l'aine d'un troisième.

Finalement, les hommes arrivés en renfort la cernèrent et la maîtrisèrent tandis qu'elle hurlait le nom de sa fille qu'on emportait loin d'elle. Kaan se hissa sur l'estrade au moment où le garde victime du coup de genou retrouvait ses esprits. Vociférant de rage, l'homme leva sa massue et l'abattit sur la tête de Colombe, lui fracassant le crâne dans un bruit écœurant.

La femme s'effondra. La foule se tut brusquement, fascinée par le spectacle de cette énorme silhouette s'affaissant gracieusement en répandant sa cervelle et son sang sur les vénérables planches.

## 19

Derrière le mur nord de Mayapan s'élevait un talus géant à l'odeur nauséabonde ; c'était là que les nombreux habitants de Mayapan entassaient leurs ordures : tessons de poteries, fruits avariés, entrailles d'animaux, linges menstruels, crottes de chiens ramassées dans les avenues et les allées, bref, toutes les choses taboues qu'on ne pouvait conserver dans les habitations. Cet amoncellement portait tellement malheur que, tous les vingt jours, des édiles de la cité y mettaient le feu, pour que la fumée entraîne au loin ce poison spirituel.

Une corde à la main, le prince Balám, naguère adulé par des milliers de gens, trébuchait dans la fange, à la recherche d'un endroit où se pendre.

Il n'arrivait pas à chasser de sa tête l'image de sa femme et de sa fille entraînées loin de lui sous l'opprobre de centaines de regards témoins de sa honte et de sa déchéance. Le bruit se répandit vite que Balám avait parié contre sa propre équipe. Il avait donc forcément prémédité leur échec, ce qui expliquait son jeu déplorable pendant la partie. Le nom de l'homme le plus méprisé du pays était déjà devenu un tabou.

Il voulait se pendre, seule forme honorable de suicide, mais méritait-il même la pendaison ? Les dieux exigeaient-ils de lui qu'il s'immole par le poison ou la dague, afin que son âme se perde au Neuvième Niveau de l'Enfer ?

Secoué de sanglots amers et bruyants, Balám se laissa tomber à genoux. Le souvenir de Ziyal, les bras tendus vers lui et lui criant « *Taati !* », était insupportable. Ce cri résonnerait à jamais dans ses oreilles. Aussi longtemps qu'il vivrait, il resterait sourd à tout le reste et n'entendrait que sa fille adorée le suppliant de la sauver.

Et Colombe s'effondrant sous la massue d'un soldat…

Balám s'écroula. Vautré dans les ordures et la saleté, il sentit petit à petit un sombre poison s'insinuer dans ses veines. Yeux clos, il revécut en pensée la dernière action de la partie, Kaan lui glissant discrètement à l'oreille, au moment où il interceptait la balle :

— Je ne peux pas saboter la partie. Je dois penser à mon fils !

Puis ce geste superbe, et la balle qui traversait l'anneau.

Depuis, Balám était devenu l'homme le plus malheureux du monde.

Il voulait mourir, mais avec ce poison se répandant dans ses veines, il sentait la vie pulser à sa gorge. Dans les odeurs de fèces, d'urine et d'ordures, il comprit soudain que d'autres que lui devaient mourir avant qu'il ne quitte ce monde.

Kaan et Ciel de Jade, bien sûr. Tout ça, c'était leur faute ! Et celle de la voyante. Kaan avait décidé de ne pas aider son frère parce que cette fille avait annoncé à

Ciel de Jade qu'elle attendait un fils. C'était sa faute s'ils avaient remporté la victoire.

Les sanglots de Balám se tarirent. Il s'assit et passa une main sale sur son visage. Au milieu des déchets et des rebuts, un calme glacial l'envahit. Il cessa de penser. Seul un instinct primaire l'habitait désormais : la haine. La soif de vengeance. Quand les hommes du consortium avaient vidé sa maison, ils s'en étaient aussi pris à lui. Dans sa rue grouillant de curieux, ils avaient dépouillé le prince déchu de ses vêtements raffinés, son pagne et sa cape, de tous ses bijoux, bracelets, anneaux de chevilles et d'oreilles, clous de nez et de lèvres, et même de ses sandales. Ils l'avaient laissé pieds nus comme un homme du peuple, vêtu seulement d'un grossier pagne de paysan. Il n'avait pu conserver que deux pendentifs, des pendentifs qu'ils n'avaient pas osé lui prendre par peur qu'ils soient tabous : la petite bourse contenant la dent de lait de Ziyal, et l'amulette de jade reçue après le rite sanglant et douloureux du percement génital, le jour de son passage à l'âge d'homme.

Balám chassa ces souvenirs. La seule chose qui comptait désormais, c'était de faire payer les responsables de son malheur. Le reste n'avait plus d'importance. Il se moquait de ce qui arriverait ensuite, et même sa propre destinée lui était égale. Il n'avait plus qu'un seul objectif : que les trois coupables soient châtiés...

Ciel de Jade aurait préféré qu'à cette heure tardive, où les gens sensés restaient chez eux, Kaan ne reparte pas à la recherche de son ami. Soucieuse, mal à l'aise, tenaillée par l'appréhension, elle se languissait de son mari. Mais elle le sentait torturé par le remords et l'angoisse, et elle savait que s'il retrouvait Balám, s'ils redevenaient frères, son foyer retrouverait la paix.

Elle arpentait sa grande chambre à coucher, allumait de l'encens, psalmodiait des prières sacrées. Dame Ciel de Jade appartenait au culte du Retour du Dieu : plusieurs générations auparavant, un roi guérisseur plein de sagesse, Kukulcan – dont la pyramide dominait la grand-place de Mayapan –, était parti faire le tour de la terre. Le jour où il avait pris la mer orientale sur son radeau de serpents, il avait promis de revenir pour inaugurer une ère de paix et d'harmonie. C'est à son effigie que dame Ciel de Jade adressait ses prières. Elle espérait que l'encens porterait sa supplique aux nobles oreilles de Kukulcan, le serpent à plumes.

D'autres dieux étaient présents dans la chambre de Ciel de Jade, qui récita également des prières et fit brûler de l'encens à leur adresse, en s'interrompant fréquemment pour écouter les bruits de la nuit. Elle guettait le pas familier de Kaan dans le couloir, mais tout ce qu'elle percevait, c'était le murmure étouffé d'une personne qui formulait à la fois les questions et les réponses à ses questions. Ciel de Jade avait demandé à la fille des îles de dormir devant sa porte, et elle avait accepté, à condition que le jeune muet ensorcelé soit autorisé à lui tenir compagnie. À eux deux, une devineresse et un ensorcelé, ils pouvaient sûrement repousser les mauvais esprits.

Au même instant, une autre sorte de démon escaladait le mur à l'arrière de la propriété et se laissait doucement tomber dans le jardin.

Balám marqua un arrêt. Il regarda autour de lui et tendit l'oreille, puis se dirigea vers la maison furtivement, les sens aux aguets, comme un fauve. À cette heure-ci, tout le monde dormait. Il avait décidé d'agir rapidement, de trancher les gorges et de poignarder le plus de monde possible avec le couteau d'obsidienne échangé contre son amulette sacrée.

Il commencerait par la chétive épouse de Kaan plongée dans un sommeil paisible, le fils de Kaan lové dans son ventre. Les deux premiers de sa liste.

Il se glissa à l'intérieur par une porte puis un corridor de service. À sa grande surprise, des lampes étaient allumées dans la chambre de Ciel de Jade. La maîtresse de maison offrait un sacrifice aux dieux de la maison.

Ciel de Jade, qui avait cru entendre un bruit, se retourna et aperçut une ombre sur le mur, une silhouette qui se déplaçait à la lueur vacillante des lampes à huile. Elle allait appeler à l'aide quand elle se rendit compte que c'était l'ombre d'un bossu.

Oui ! Un homme courbé, le dos rond ! La prophétie de la fille des îles se réalisait !

Délirante de joie, Ciel de Jade se précipita pour accueillir l'homme porteur de chance. Les prédictions de la coupe se vérifiaient, ce qui voulait dire qu'elle attendait bien un garçon ! Mais que signifiait la visite de ce bossu ?

L'homme voûté entra dans la lumière, et elle le reconnut enfin, stupéfaite : c'était Balám, crasseux, échevelé, l'air misérable.

— Kaan est parti à ta recherche !

C'est alors qu'elle aperçut la dague dans sa main.

Ciel de Jade recula lentement, mains levées.

— Je t'en supplie...

Il fit un brusque mouvement, et la lame d'obsidienne étincela à la lueur des torches. Ciel de Jade voulut crier mais Balám plaqua une main sale sur sa bouche. Terrorisée, les yeux écarquillés, elle se tortilla dans son étreinte en voyant le couteau s'approcher. Soudain, elle planta ses dents dans la main du prince, qui poussa un grognement et laissa choir son arme. La femme lui échappa mais il la rattrapa par le bras, et comme elle se débattait pour se libérer, il lui asséna un coup de poing dans l'estomac. Pliée en deux, elle recula en chancelant, les mains serrées sur son ventre. Balám cherchait toujours son couteau quand Ciel de Jade heurta une grande urne, qui se fracassa à grand bruit sur le sol.

De l'autre côté de la porte, une voix s'éleva :

— Que se passe-t-il, ma dame ?

Balám se figea. Quand la voix retentit à nouveau, il détala.

Tonina souleva la tenture et vit Ciel de Jade recroquevillée par terre.

— Va chercher de l'aide ! cria-t-elle à Aigle Courageux en courant vers la jeune femme.

Ciel de Jade souffrait trop pour faire le moindre mouvement. Et soudain, Tonina aperçut le premier filet de sang.

— Aide-moi... Je suis en train de perdre mon bébé...

Balám n'avait pas quitté la maison. Caché dans un coin sombre, il vit Tonina appeler au secours puis s'agenouiller auprès de Ciel de Jade pour prendre sa tête sur ses genoux.

La pauvre femme cherchait désespérément à s'exprimer.

— Je ne comprends pas, lui chuchota Tonina.

D'une voix tendue, hachée, Ciel de Jade souffla à nouveau quelques mots.

Tonina n'en reconnut qu'un : *k'iinaam*, qui en maya signifiait « agonie ».

Balám eut une autre idée en voyant mourir Ciel de Jade : il allait laisser la vie sauve à Kaan. Lui aussi connaîtrait la douleur de perdre une épouse.

Des serviteurs avaient attendu Kaan à la porte de la propriété pour le prévenir du grand malheur qui le frappait, et lorsque Balám le vit se ruer dans la pièce, il se faufila dehors et disparut dans la nuit.

Tonina était en larmes quand elle leva les yeux vers Kaan.

— Elle a dû se prendre le pied dans le tapis. Elle a trébuché contre cette urne…

Il se laissa tomber à genoux, abasourdi.

Sur le seuil, Aigle Courageux et les serviteurs observaient la scène en silence.

Kaan porta son regard hanté vers la fille des îles.

— A-t-elle… a-t-elle dit quelque chose avant de… ?

Tonina, qui ne comprenait pas un traître mot de ce que lui disait le joueur, aperçut avec soulagement le Borgne qui repoussait les autres pour entrer. Il sentait l'alcool et des traces de cosmétiques lui maculaient le cou et le visage mais lorsque Kaan répéta sa question, il était en état de reprendre son rôle d'interprète.

Tonina ne voulait plus mentir, mais apprendre la vérité à Kaan était au-dessus de ses forces. Sur l'île aux Perles, on achevait les agonisants parce qu'on redoutait les morts lentes. On s'assurait ainsi que l'âme monte droit au paradis. De plus, on craignait les démons qui volaient l'âme des mourants.

Parce qu'elle se sentait incapable de répéter à Kaan la dernière parole de sa femme, Tonina lui dit doucement :

— Ton épouse est morte sur le coup, sans un mot. Elle n'a pas eu le temps de se rendre compte de ce qui lui arrivait.

La douleur tordit les traits de Kaan, et un son étranglé lui déchira la gorge.

— J'aurais dû rester ici ! J'aurais pu la sauver ! C'est ma faute !

En un instant, il sut : les dieux lui en voulaient parce qu'il avait accepté de truquer la partie. Il avait changé d'avis ? La belle affaire ! Il avait tout de même accepté de modifier le Plan divin, et on l'avait puni. Le pire, c'est que Ciel de Jade était morte sans confession. Son âme et celle de leur fils à naître allaient disparaître à jamais.

Aveuglé par le chagrin et la colère, Kaan bondit sur ses pieds et, fou de rage, devant l'assistance médusée, se mit en devoir de détruire les idoles censées protéger sa femme. Au moment où il allait s'en prendre à la statue de Kukulcan, Tonina se précipita vers lui et lui arracha l'effigie.

Un voisin arriva en courant, emmitouflé dans sa cape. C'était Hu Imix, juriste fortuné, un bon ami de Kaan et Ciel de Jade. Réveillé par le vacarme de ce déchaînement de violence qui s'était propagé par les fenêtres ouvertes, il contemplait la scène, horrifié, bouche bée : Ciel de Jade étendue morte dans une mare de sang, un nain à genoux auprès d'elle, des idoles fracassées un peu partout, Kaan et la voyante se disputant Kukulcan.

Que s'était-il passé ici ?

La nouvelle se répandit rapidement dans le quartier et d'autres amis et voisins arrivèrent. Kaan, agenouillé, berçait toujours son épouse. Des ordres pressants furent chuchotés dans les couloirs, et le juriste Hu Imix chargea d'un message officiel l'intendant en chef de la propriété. Les gardes de la cité arrivèrent très vite, accompagnés des prêtres dont la fonction consistait à protéger le peuple du sacrilège et du blasphème. On interrogea les serviteurs qui affirmèrent que Kaan et la voyante avaient détruit les dieux de la maison.

Il fallut quatre hommes pour arracher le cadavre à l'étreinte de Kaan, quatre hommes qui remirent ensuite le joueur debout. Il ne protesta pas quand on lui attacha les poignets, contrairement à Tonina, qui poussa de hauts cris quand ils l'empoignèrent. On l'emmenait elle aussi, et elle jeta des regards implorants à Aigle Courageux, pétrifié.

On les enferma dans une cage attenante au palais. Kaan, assis, se taisait, le regard vide. Tonina ne comprenait rien de ce qui se passait, car personne n'était là pour lui servir d'interprète. Malgré la nuit, la foule se rassembla dehors, torches enflammées aux mains pour tenir à l'écart les fantômes et les mauvais esprits. Quand le Borgne apprit qu'un procès allait avoir lieu, il retourna précipitamment à la propriété. Le chaos y régnait, car les domestiques redoutaient la sanction qui les frapperait pour avoir servi un blasphémateur.

Suivi d'un Aigle Courageux émettant des sons désespérés, le Borgne se glissa dans le quartier des serviteurs. Personne n'avait touché à leurs affaires rangées à côté de leurs nattes. Il fouilla dans le paquetage de Tonina, en sortit la petite bourse de perles, les compta et se demanda si elles suffiraient, après graissage de quelques pattes, à leur ouvrir les portes du palais.

— Le roi m'écoutera peut-être, confia-t-il au jeune homme. Je vais lui proposer un marché. Après tout, je suis un nain borgne, n'est-ce pas ? Sa Sérénissime Bonté serait folle de ne pas m'accepter dans son entourage, moyennant la liberté pour Tonina. En ce qui concerne Kaan, je ne... Tiens, qu'est-ce qu'il se passe ?

Du personnel de cuisine discutait avec véhémence. Il se tourna vers la porte, tendit l'oreille, leva les sourcils et sourit...

— Tu peux te calmer, mon jeune ami, dit-il en tapotant le bras d'Aigle Courageux. Je viens d'apprendre l'information la plus utile qu'il m'ait jamais été donné d'entendre. Une information qui va nous être très profitable.

Il entreprit alors de lui rapporter l'époustouflante nouvelle.

## 20

Les Mayas croyaient dur comme fer que rien n'était dû au hasard. Du mouvement des étoiles aux problèmes digestifs d'un fermier, l'univers tout entier se conformait à un plan divin. Si quelque chose allait de travers, c'était le signe du mécontentement des dieux. Tout problème était analysé selon ce postulat, et dès qu'on en avait déterminé la cause et trouvé la solution, on mettait tout en œuvre pour apaiser les divinités.

Après avoir longuement délibéré, scruté les cieux et étudié les textes anciens, les prêtres et les astrologues choisirent pour la tenue du procès le jour placé sous les auspices les plus favorables. Il faudrait déterminer la gravité du crime commis par Kaan à l'encontre des dieux, puis décider des mesures à prendre pour les apaiser et ainsi rétablir l'équilibre du monde.

Du roi à l'esclave le plus misérable, tout le monde avait peur. Un sacrilège avait eu lieu. Que s'était-il passé dans la maison du grand Kaan ? Comment un sort aussi funeste avait-il pu frapper cet homme unanimement respecté ? Au moment où les dieux terrassaient sa femme et son futur enfant, ses admirateurs étaient encore en train de célébrer sa victoire au

Treizième Jeu ! D'abord la malheureuse épouse de Balám, puis celle de Kaan... ensuite, Kaan avait fait l'impensable : en insultant les dieux de Mayapan, en les maudissant, il avait remis le Plan divin en question. Quelles seraient les conséquences d'un tel agissement pour le peuple de Mayapan ?

Obstinément muet face au tribunal public dressé sur la place, Kaan refusait de se défendre, d'abjurer ses blasphèmes. Derrière le cercle des gardes veillant au bon déroulement de la procédure, l'assistance l'observait dans un silence nerveux, et les membres du cercle des Neuf Frères se lamentaient en se frappant la poitrine.

Hu Imix houspilla Kaan à mi-voix :

— Allons, parle !

Mayapan était une cité théocratique, donc régie par la loi religieuse, mais quelques lois séculières y étaient également appliquées. Hu Imix s'était spécialisé dans les cas où les dieux n'avaient pas à intervenir : divorces, problèmes d'héritage ou de propriété, mésententes entre personnes. Malgré le caractère sacrilège du délit, il avait décidé d'assurer la défense de Kaan.

— Rétracte-toi ! Nous sacrifierons un prisonnier à ta place pour apaiser les dieux, insista-t-il.

Mais Kaan s'obstinait dans son mutisme.

— Sacrifier la fille ne suffira pas, Kaan.

Le joueur tressaillit et sortit brièvement de son apathie pour regarder Tonina.

— Elle n'a rien fait de mal. Elle est innocente, murmura-t-il.

Mais personne ne se souciait d'elle. Cette fille de basse extraction devait mourir, bien entendu, mais quel sacrifice dérisoire ! Il fallait faire couler du sang noble.

Perchée sur son trône surélevé, dans ses atours les plus spectaculaires, Sa Sérénissime Bonté affichait son mécontentement. Kaan était le meilleur joueur de balle de Mayapan. On avait déjà perdu le prince Balám, on ignorait même où se trouvait ce malheureux, et maintenant, c'était le tour du grand héros ! Hélas, en ce moment, l'enceinte où l'on hébergeait les victimes potentielles de sacrifices était vide. Les dirigeants mayas avaient pour habitude de capturer et de détenir les membres de la noblesse des autres cités, car seuls les nobles pouvaient être offerts aux dieux. Par conséquent, Mayapan allait perdre Kaan, donc toutes les futures parties de balle.

— Parle ! s'énerva une dernière fois Hu Imix en comprenant que Sa Sérénissime Bonté allait devoir prendre une décision que personne ne désirait.

Comme s'il était déjà mort, le héros semblait s'être retiré en lui-même.

La sentence fut prononcée et la nouvelle se répandit en ville : les deux blasphémateurs allaient être sacrifiés aux dieux.

## 21

Pendant trois jours, la cour royale de Mayapan, les différentes catégories de prêtres, les soldats, les édiles de la cité et les notables se préparèrent aux célébrations sacrées. Dans les murs de la cité, au son des trompettes et des tambours, l'air s'imprégna de fumée d'encens. Puis tout le monde se rassembla sur la place principale, des prières furent envoyées à Kukulcan sur des nuages d'encens, et une interminable procession se mit en marche dans le calme. Le roi, ses courtisans, les nobles, les marchands et la populace traversèrent en silence la place du marché et les champs gagnés sur la forêt, longèrent les carrières de calcaire et les fermes et s'engagèrent enfin sur la large Route Blanche menant à Chichén Itzá. Là-bas, les antiques dieux des Mayas recevraient l'âme des deux condamnés.

On avait juché Tonina et Kaan sur de petits trônes portés par des prêtres choisis pour l'occasion. À côté de Kaan aussi figé qu'une statue, Tonina cherchait un moyen de fuir. Hélas, elle était cernée par les prêtres et les gardes.

Un bivouac fut installé pour la nuit dans une clairière au bord de la route et, le lendemain, la marche solennelle reprit. Ils arrivèrent le soir dans la cité déserte, où un énorme camp fut dressé sur la vénérable place qui s'étendait du pied de la pyramide de Kukulcan jusqu'au terrain de balle.

Le Borgne faisait de son mieux pour réconforter Aigle Courageux, mais le jeune homme s'agitait, incapable d'avaler la moindre bouchée ou de dormir, rongé par l'inquiétude. Il refusait de quitter des yeux la petite tente où Tonina était retenue prisonnière.

— Ne te fais pas de souci, mon ami muet, lui lança le Borgne. Pour le moment, elle va bien. Il faut reconnaître que les Mayas traitent fort bien ceux qu'ils vont sacrifier.

Le Borgne soupira. On les traitait si bien, d'ailleurs, que certains nobles désespérés se portaient parfois volontaires. Car être choisi pour un sacrifice était un honneur et permettait d'échapper à une vie de misère, de connaître ne fût-ce que quelques jours de luxe et d'oisiveté.

Malgré les femmes venues la coiffer et la masser avec des huiles agréablement parfumées puis l'aider à enfiler une robe de coton si doux qu'elle la sentait à peine sur sa peau, Tonina n'avait aucunement l'impression de vivre un moment privilégié. Persuadée de voir tôt ou tard Aigle Courageux et le Borgne surgir à sa rescousse, elle ne quittait pas des yeux l'ouverture de la tente occultée par un simple morceau de tissu. Elle allait être décapitée, une mort particulièrement ignoble et déshonorante pour les gens de l'île aux Perles.

Elle ne craignait pas le fait de mourir en lui-même. Les siens croyaient que l'âme, après avoir passé quelque temps à se gaver de sapotes, se retrouvait miraculeusement transportée au paradis, où elle se joignait à toutes les autres. Sur les îles, on envisageait la mort avec un plaisir anticipé, on ne la redoutait pas. En réalité, ce dont Tonina avait peur, c'était de ne pas vivre assez longtemps pour respecter la promesse faite à son grand-père.

*Je les ai laissés tomber.*

Elle était incapable de retenir les larmes qui roulaient sur ses joues, maculant les symboles que les servantes y avaient peints. Elle voyait la mort en face, et la vie prenait soudain plus de sens, de valeur. Elle aurait donné n'importe quoi pour vivre une dernière journée parmi les siens... plonger encore une fois dans les vagues, savourer le ragoût de Guama, s'asseoir aux pieds de Huracan pour l'écouter raconter une histoire...

Elle pensait à Kaan, également. Elle ne pouvait chasser de son esprit le souvenir du joueur à genoux, en larmes, le corps de son épouse dans les bras. Lui aussi, je l'ai abandonné, se dit-elle. Comme par hasard, la nuit où Ciel de Jade lui avait demandé de monter la garde devant sa porte s'était terminée en tragédie.

## 22

Des prières et des danses ponctuèrent la matinée du lendemain. Les soldats défilèrent en formations compliquées, on fit sonner les trompettes et la population de l'immense campement se prépara au rituel dans l'excitation générale.

L'heure était venue. Sous le soleil de midi, tous se regroupèrent au pied de la pyramide de Kukulcan, sur l'antique place de la cité, puis la procession s'ébranla au rythme régulier des tambours. Sur une route appelée la Chaussée Sacrée, ils traversèrent une épaisse forêt, passant devant des maisons et des fermes livrées aux mauvaises herbes, au son d'un orchestre qui jouait des mélodies entraînantes. Les gens tapaient dans leurs mains pour avertir les dieux qu'un événement heureux se préparait. Jambes chancelantes, Tonina avançait en trébuchant. Elle jetait de fréquents regards en arrière car elle espérait toujours des secours qui ne se montraient pas. Entouré d'un groupe de hauts représentants du clergé, Kaan marchait en tête.

La procession émergea de la forêt dans un grand espace à découvert bordé d'arbres. Il y avait quelque chose au centre, mais Tonina ne comprit de quoi il s'agissait qu'en arrivant en haut d'un escalier de calcaire. Elle écarquilla les yeux, stupéfaite.

Ils se trouvaient au bord d'un énorme trou creusé dans le sol karstique de la forêt, un trou rempli d'une eau vert foncé souillée d'écume, de moustiques et des feuilles mortes de l'automne. L'endroit semblait hanté, interdit. Était-ce là qu'on allait la décapiter ?

Le silence s'installa. On laissa Kaan et Tonina côte à côte sur un petit surplomb, et la jeune femme en profita pour dévisager les gens qui se pressaient au bord du cenote. Elle eut un choc en apercevant dans l'assistance la mère du joueur, son manteau rabattu sur la tête comme pour se cacher. Tonina reporta son attention sur Kaan. Lui aussi avait pris conscience de la présence de sa mère. Avec étonnement, elle constata que son voisin semblait ému pour la première fois depuis la mort de Ciel de Jade. Colère ? Dédain ? Ce devait être terrible pour cette pauvre femme d'assister à l'exécution déshonorante de son fils.

Tonina rechercha frénétiquement le Borgne et Aigle Courageux du regard ; elle avait naïvement cru qu'ils la tireraient de cette mauvaise passe, mais ils n'étaient même pas présents.

Caché derrière les arbres, le prince Balám était venu assister au sacrifice humain. Aveuglé par le désespoir, il avait suivi la procession à distance, depuis Mayapan. Il avait parcouru la Route Blanche en titubant comme un possédé. Kaan allait être sacrifié aux dieux, ce qui signifiait que son âme s'envolerait tout droit au Treizième Ciel.

Ce n'était pas ce que le prince avait voulu : Kaan devait vivre éternellement, amer et malheureux, l'âme rongée par le remords et la culpabilité.

Soudain retentit une trompette isolée. Chargés d'encensoirs fumants, des prêtres s'avancèrent tandis qu'on lestait solennellement Kaan et la fille des îles de lourds bijoux de jade et de poids de pierre. Tonina n'y comprenait goutte. Quel rapport avec une décapitation ? Elle baissa les yeux vers l'eau. Allait-on les pousser dans le cenote ? Ça n'avait aucun sens ! Pour s'en tirer, il suffisait de nager jusqu'à la paroi et de l'escalader.

À moins qu'il n'y ait d'horribles monstres au fond de ces profondeurs obscures ?

De nouveau, la peur s'empara d'elle, et pour garder son sang-froid, elle respira lentement et profondément. S'agissait-il du monstre dont les os reposaient au fond de la lagune ? C'était pire que la décapitation : les membres arrachés l'un après l'autre...

Quelqu'un lui donna une violente poussée ; Kaan et elle basculèrent dans le vide puis crevèrent la surface de l'eau qui les engloutit immédiatement. Tonina se débarrassa rapidement de ses lests. Elle remontait vers la surface quand elle aperçut Kaan qui se débattait, de grosses bulles d'air s'échappant de sa bouche. Lui aussi avait réussi à se libérer de ses poids, mais Tonina comprit avec horreur qu'il ne savait pas nager. Elle suivit le jeune homme qui coulait et vit, disséminés au fond du cenote, les squelettes innombrables des victimes précédentes.

La peur la foudroya. Le monstre vorace allait apparaître d'un instant à l'autre ! Il ne ferait d'eux qu'une bouchée et recracherait leurs os...

Il fallait absolument qu'elle rejoigne Kaan avant qu'il tente de respirer. Elle l'empoigna, l'attira à elle et colla ses lèvres aux siennes pour lui insuffler un peu de l'air qui lui restait dans les poumons, puis se mit à battre des jambes pour le ramener à la surface. Il résistait, paniqué. Il cherchait à se dégager, voulait inspirer un bon coup... Heureusement, elle parvint à maintenir sa bouche contre celle du joueur le temps que ses jambes puissantes les propulsent vers la lumière.

Subitement, les membres de Kaan se relâchèrent, et Tonina, horrifiée, le crut mort.

Quand ils fendirent la surface, sa bouche était toujours plaquée sur celle de Kaan. Elle lui maintint la tête hors de l'eau tout en lui soufflant dans la bouche, puis s'écarta un peu et, de sa main libre, appuya de toutes ses forces sur la poitrine du héros. Toujours inanimé dans ses bras, livide, les yeux clos, il recracha un peu d'eau, et de nouveau, elle lui fit du bouche-à-bouche, sans s'apercevoir qu'une foule silencieuse les contemplait d'en haut, sidérée.

Enfin, secoué par une grosse quinte de toux, Kaan expulsa l'eau qu'il avait avalée, et ce bruit se répercuta contre les parois du cenote, mêlé à un rugissement spontané : les deux victimes avaient survécu au sacrifice !

Tonina préférait ne pas penser à ce qui les attendait. Le bras calé sous le menton du joueur, elle nagea jusqu'à la paroi du bassin et tâtonna pour trouver des prises naturelles dans les irrégularités du calcaire. C'est alors que sous ses yeux incrédules elle vit de solides gaillards dérouler des échelles de corde au milieu des encouragements de la foule qui leur enjoignait d'y grimper. Tonina s'y suspendit la première, puis hissa Kaan par le poignet. Instinctivement, il agrippa les barreaux et s'y cramponna. Des cris de joie accueillirent la fille des îles quand elle arriva en haut de l'échelle.

Comme les gens se pressaient pour la toucher, le Borgne et Aigle Courageux durent jouer des coudes pour la rejoindre. Ils l'entraînèrent à l'écart, et aussitôt, on se désintéressa d'elle ; c'était le grand Kaan qu'on voulait honorer. Sa Sérénissime Bonté rejoignit à grandes enjambées le joueur à bout de souffle et posa une cape écarlate sur ses épaules trempées, en le déclarant béni des dieux.

Balám se replia sous le couvert des arbres. Il n'en revenait pas que Kaan ait survécu. Le héros était désormais encore plus grand qu'auparavant.

## 23

— Il n'y a aucun monstre dans le cenote, affirma le Borgne en tisonnant les braises de son feu de camp.

La nuit était tombée et une véritable foule faisait la fête sous les étoiles qui scintillaient au-dessus de la pyramide de Kukulcan. On parlerait de ce jour bénéfique pendant des années.

— Aucun monstre ne tue les victimes des sacrifices, insista le nain. Les Mayas ne savent pas nager, voilà tout. Du moins les Mayas qui habitent à l'intérieur des terres. Rares sont ceux qui ressortent vivants du cenote. Pour commencer, les grands volumes d'eau terrifient ce peuple, et en plus, les victimes sont lestées. Dès qu'elles touchent la surface, elles paniquent et finissent par se noyer. Quand j'ai appris que le sacrifice se déroulerait à Chichén Itzá et qu'on vous jetterait dans le grand cenote, j'ai tout de suite compris que vous alliez survivre.

Avec un grand sourire, il ajouta :

— D'ailleurs, j'ai parié là-dessus. Tu es une fille des îles, après tout.

Cette dernière remarque était empreinte de fierté.

— Je savais que tu remonterais à la nage, continua-t-il. Mais personne ne m'a cru et, du coup, ils ont bien volontiers accepté mon pari en pensant avoir affaire à un crétin.

Assise près du feu, emmitouflée dans une cape du nain en attendant que ses vêtements sèchent, Tonina l'écoutait à peine. Une vision la hantait : l'expression de Kaan quand on l'avait sorti du cenote. Quand Aigle Courageux et le Borgne l'avaient discrètement entraînée à l'écart, Tonina avait jeté un coup d'œil derrière elle et, à son grand désarroi, avait réalisé que le joueur était dans une colère noire.

*Il est furieux parce que je lui ai sauvé la vie.*

— Demain, quand j'aurai rassemblé tous mes gains, nous aurons une petite fortune à notre disposition, fanfaronna le nain.

— Comment ça, « nous » ? s'étonna Tonina.

— Hum, j'ai misé toutes tes perles, lui répondit-il en détournant le regard avant d'ajouter avec précipitation : Au départ, je voulais m'en servir comme pot-de-vin pour obtenir une audience du roi. Je pensais pouvoir passer un marché avec lui pour qu'il te rende la liberté. Mais ensuite, j'ai surpris une conversation des gens de cuisine qui parlaient du grand cenote de Chichén Itzá. Voilà pourquoi j'ai joué toutes tes perles sur ta survie au lieu de m'en servir comme dessous-de-table. Nous avons tout ce qu'il faut pour vivre confortablement, désormais !

Tonina se moquait du confort et des richesses. Elle laissa son regard dériver vers une grande et belle tente éclairée à foison. Kaan y participait à un festin aux côtés de Sa Sérénissime Bonté. Elle n'avait pas été conviée, ce qui la laissait totalement indifférente. C'était la rage de Kaan qui la troublait. Par deux fois, elle avait sauvé la vie à un homme et par deux fois, n'avait récolté que de la haine en retour. Du bout des doigts, elle se mit à peigner sa longue chevelure humide, comme si cela pouvait suffire à mettre un peu d'ordre dans ses pensées.

Elle reporta son attention sur le Borgne et lui demanda :

— Puis-je enfin me rendre au Quatemalan ?

— Oui, oui, bien sûr, répondit le nain, qui avait une petite idée en tête.

— Très bien. Je partirai le matin. Tu n'es pas obligé de venir avec moi, précisa-t-elle.

Si seulement elle était déjà en route pour la côte sud ! Elle ressentait un vague besoin d'être seule, mais ses pensées étaient confuses. Il était tard, et elle se sentait fourbue, harassée de fatigue. Après tant de jours sans nager, tant de jours loin de la mer, après avoir cru qu'elle allait être décapitée, après la réaction de Kaan quand elle l'avait sauvé... elle voulait être seule pour suivre à nouveau sa propre voie, son propre destin.

Elle regarda son jeune ami assis un peu à l'écart, immobile, ses yeux d'or braqués sur les flammes. D'après le Borgne, le jeune homme avait été comme fou quand ils avaient cru qu'elle allait être exécutée. Elle détailla son beau visage, sa bouche sensuelle si prompte à sourire, et repensa aux nuits passées dans ses bras accueillants. Elle comprit alors qu'elle ne tenait pas spécialement à voyager toute seule, ou à tout le moins qu'elle accepterait bien volontiers cette compagnie-là. Lui aussi a besoin qu'on veille sur lui. Juste nous deux, alors...

De son côté, le Borgne était bien décidé à ne pas quitter d'une semelle cette fille qui avait survécu au cenote de Chichén Itzá, un événement rarissime. Les gens seraient prêts à débourser très cher, simplement pour se tenir dans son ombre bénéfique. En outre, le rusé marchand avait renoncé à vendre Aigle Courageux à des chasseurs ou à des amateurs de curiosités humaines. Après tout, rien ne lui prouvait que le jeune homme fût vraiment capable de métamorphose. Pourquoi ne pas soutirer directement de l'argent à son peuple s'il voulait savoir où se trouvait son enfant disparu ?

— Je voudrais voyager avec toi, lança-t-il à Tonina. Cette fleur que tu recherches a éveillé ma curiosité. Mais d'abord, nous devons retourner à Mayapan. J'ai caché ton paquetage et mes gains du Treizième Jeu dans la résidence de Kaan. De toute façon, pour entreprendre un tel périple, il nous faudra des provisions.

Tonina acquiesça mollement. Il fallait compter deux jours pour retourner à Mayapan et une nuit chez Kaan, puis elle reprendrait la Route Blanche en direction du sud.

— Une fois de plus, les dieux sourient à mon peuple, décréta d'un ton ronflant le roi de Mayapan.

Dans le pavillon royal généreusement éclairé par les lampes à huile, les numéros de danse se succédaient au son de l'orchestre. Les plats défilaient sans discontinuer, et le gros monarque s'empiffrait en compagnie de son épouse aussi corpulente que lui et de ses courtisans bien nourris. Kaan monopolisait l'attention. Somptueusement vêtu d'un pagne incrusté de jade et d'une cape vermillon, il portait au cou colliers et guirlandes de fleurs, et ses longs cheveux étaient attachés au sommet de son crâne en une élégante queue de jaguar. Tous avaient oublié la fille qui lui avait sauvé la vie.

Tous, sauf Kaan.

Malgré les distractions charmantes qui s'offraient à lui sous la tente royale – nombre de jolies filles cherchaient à capter l'attention du jeune veuf –, il ne pouvait s'empêcher de repenser au sacrifice : ayant perdu tout désir de vivre, il y était allé de son plein gré, mais hélas, à cause de cette fille des îles, il était toujours là. Et, pire encore, il avait retrouvé la faveur des dieux !

La culpabilité qui le taraudait depuis la mort de Ciel de Jade ne faisait que croître. De quel droit jouissait-il de tant de bienfaits alors que l'esprit de son épouse errait misérablement entre le ciel et la terre ? Il n'aurait jamais dû quitter Ciel de Jade ce soir-là, il aurait dû rester près d'elle pour la protéger. Pourquoi s'était-elle réveillée ? Pourquoi avait-elle trébuché sur cette urne ? S'il était resté chez lui, il aurait immédiatement fait appel aux sages-femmes et, qui sait ? sa femme et son bébé s'en seraient peut-être sortis.

Mais Kaan avait préféré partir à la recherche de Balám, et Ciel de Jade et leur fils étaient morts. Il haïssait cette fille des îles, qui l'avait rendu à la vie et à cette torture.

Et pourtant…

Il avait beau vouloir se concentrer sur les adorables danseuses à moitié nues et sur leurs déhanchés séducteurs, il ne pouvait chasser de son esprit le moment où il avait repris conscience à la surface de l'eau. Sa bouche plaquée contre celle du joueur de balle pour lui insuffler la vie, Tonina le serrait contre elle, et il avait ressenti l'étrange intimité du moment, malgré les centaines de témoins assistant à la scène au bord du cenote. Certaines des peintures faciales de la fille des îles avaient coulé, et son vrai visage lui était apparu en partie. Elle n'était pas belle – pas selon les critères mayas, en tout cas –, mais il y avait chez elle un petit quelque chose qui sortait de l'ordinaire... au-delà du physique et de l'émotionnel... Il faudrait qu'il y réfléchisse, mais pour l'instant Sa Sérénissime Bonté ne lui en laissait pas le loisir.

— Nous allons organiser un mois de célébrations ! lui expliqua le monarque. Une fête par jour pendant vingt jours ! On en parlera comme de l'Année de Kaan, et elle sera relatée dans le...

Kaan se massa les tempes en prêtant une oreille distraite à Sa Sérénissime Bonté. Tonina voletait à la périphérie de son esprit comme si elle voulait lui souffler un mot, lui dire quelque chose. Mais les pensées de Kaan, l'homme qui avait frôlé la mort et lui avait échappé, étaient bien trop confuses...

— Pourquoi n'as-tu pas voulu prendre la parole pour te défendre au procès ? lui demanda le roi. Si tu avais fait publiquement repentance et sacrifié une vie aux dieux, tu n'aurais pas eu à subir cette immersion dans le cenote.

Le roi croqua dans une grosse baie rouge dont il savoura le jus.

— Perdre femme et enfant, c'est une tragédie, mais pourquoi maudire les dieux ? Je suis curieux de connaître tes raisons, insista-t-il.

Kaan finit par répondre :

— Ciel de Jade n'a pas survécu assez longtemps pour confesser ses péchés. Je suppose qu'ils n'étaient pas très nombreux, car ma femme menait une vie très vertueuse... précisa-t-il dans un soupir. Mais comme elle n'a pas récité la prière de confession avant de mourir, le ciel lui est refusé. Vous comprenez maintenant pourquoi j'étais en colère contre les dieux.

Sa Sérénissime Bonté balaya cette explication d'un haussement d'épaules et lança :

— Dans ce cas, pourquoi ne pas entreprendre le pèlerinage pour Teotihuacan et demander aux saintes sœurs qui s'y trouvent de prier pour la résurrection de son âme ?

Kaan dévisagea son roi.

— La Cité des Dieux ? Elle existe vraiment ? Je croyais que c'était une légende !

— Cette cité existe, mon ami. En vérité, Teotihuacan, abandonnée par les dieux depuis bien des générations, est en ruine. Mais on raconte que leurs esprits y séjournent encore.

Abasourdi, Kaan se redressa en repoussant les assiduités de deux jolies femmes. Pour la première fois depuis la nuit tragique, il reprenait courage.

— Est-ce vrai ? Je peux donc sauver l'âme de Ciel de Jade ?

— Oui, bien sûr ! Je connais quelques personnes qui ont accompli ce pèlerinage. Mais le voyage n'est pas facile, sache-le. Entre Mayapan et la Cité des Dieux vivent quelques tribus sanguinaires, et il y a les montagnes, les jungles infernales, les bêtes féroces, les créatures mythiques, sans compter une magie étrange et omniprésente. Mais si tu réussis à te rendre à Teotihuacan, si tu accomplis le rituel requis, l'âme de Ciel de Jade sera ressuscitée.

Le roi lui prodigua un dernier conseil :

— Tu dois te hâter de partir. Comme tu le sais, les esprits des morts n'errent que peu de temps dans le royaume inférieur avant de disparaître à jamais.

— Combien de temps me reste-t-il ?

— Il te faut consulter le calendrier *tzolkin* de neuf mois, répondit le roi, se référant à la mesure du temps la plus sacrée chez les Mayas. Tu disposais de deux cent soixante jours au moment du décès de ta femme.

— Neuf mois, comme une grossesse, murmura Kaan.

— Exactement ! Ton épouse étant morte sans confession, son âme ne pourra ressusciter et monter au ciel qu'après une période de gestation qui la débarrassera de ses péchés. Une fois dans la Cité des Dieux, tu devras rechercher la Compagnie des Ames, une communauté de prêtresses qui se consacrent au salut des pécheurs morts sans avoir pu se repentir. Trouve leur antique sanctuaire dans le temple de la Lune. Elles seules peuvent intercéder en la faveur des personnes mortes en état de péché.

— J'y arriverai ! s'exclama avec passion un Kaan à nouveau plein de fougue. Je vais me mettre sur-le-champ en route pour Teotihuacan. Mon entrée dans cette cité, avec des esclaves et des serviteurs, honorera les dieux…

Le roi leva un doigt.

— Tu dois t'y rendre seul.

— Seul ?

— Oui, sans serviteurs, ni gardes, ni compagnons. Sinon, qu'auras-tu prouvé aux dieux ? Il te faudra endurer la solitude et les embûches comme gage de ta valeur.

Kaan se renfrogna. Il n'avait jamais été seul de sa vie, même avant de devenir un joueur de balle riche et célèbre. Durant son enfance, dans les cuisines du palais où il vivait avec sa mère, il y avait tout le temps du monde. Et plus tard, à l'académie des joueurs, des entraîneurs, des serviteurs et des coéquipiers l'avaient constamment entouré. Ses uniques moments de solitude, il les avait connus dans les bains de vapeur. L'idée de se retrouver seul ne l'enchantait guère.

## 24

Les trois amis se rendirent sur la place du marché animée où ils comptaient acheter les provisions nécessaires à leur voyage.

Dès leur retour à Mayapan, Tonina s'était précipitée chez Kaan pour rassembler ses possessions enterrées. Elle avait vu qu'on portait en triomphe le joueur vers le palais, où étaient prévues des festivités en son honneur. Tonina n'avait pas été priée d'y participer, ce à quoi elle ne tenait d'ailleurs pas. Elle avait hâte de partir vers la côte méridionale.

Profitant d'un moment où la jeune femme examinait des capes et où le Borgne marchandait le prix d'une paire de sandales, Aigle Courageux leur fit discrètement faux bond et s'éloigna subrepticement dans la foule.

La nuit de l'arrestation de Kaan et Tonina, le Borgne, saisi d'une intuition, avait eu la présence d'esprit de cacher le paquetage de son amie. Aigle Courageux traversa le jardin comme une ombre, s'arrêta auprès de la statuette d'un dieu sous un poivrier, et déplaça l'idole, dévoilant ainsi une cache secrète. Il n'en retira qu'un objet, la coupe de prophétie en verre, puis remit la petite statue en place, avant de se glisser dans la maison, en prenant soin de ne pas être vu.

Poussé par des émotions incohérentes, des fragments de souvenirs oniriques et l'urgence croissante de rejoindre son peuple, il ne réfléchissait pas vraiment à ce qu'il faisait. Le jeune homme acceptait avec fatalisme, sans se poser de question, l'impulsion qui l'avait conduit dans la maison pour cette mission improbable.

À l'intérieur, le soleil couchant dardait des colonnes de lumière dorée dans les grandes pièces où s'affairaient les serviteurs. Ils nettoyaient, rangeaient, préparaient le retour du grand héros, leur maître. La chambre à coucher de Kaan était déjà propre et décorée de fleurs, prête à accueillir son occupant. C'est là que le jeune homme choisit de déposer la coupe de verre, sur la couche de Kaan où le joueur ne pourrait manquer de la voir. Aigle Courageux retourna sur la place du marché. Ni Tonina ni le Borgne n'avaient remarqué son absence.

Les rituels et les chants avaient pris fin, les encensoirs étaient vides, les trompettes silencieuses, et les prêtres s'étaient retirés dans le temple. Kaan fut enfin autorisé à rentrer chez lui. Il avait le cœur lourd. Il aurait préféré éviter la maison, où l'attendaient de douloureux souvenirs.

Dès qu'il franchit le seuil, les esclaves et les serviteurs accoururent et se jetèrent à ses pieds, bénissant ce jour qui le ramenait dans son foyer. Se pressant autour de lui, ils le suivirent jusqu'à sa chambre, à l'arrière de la maison, touchant le bord de sa cape aux couleurs chaudes pour s'approprier un peu de sa chance. Kaan doutait de jamais retrouver la tranquillité de l'esprit. Il souffrait d'un mal de tête lancinant, et n'éprouvait qu'une envie : dormir. Ensuite, dès l'aube, il se mettrait en route vers le nord et Teotihuacan.

Mais un devoir sacré l'appelait.

Il se dirigea d'un pas raide vers la chambre de Ciel de Jade, et avant de soulever la lourde tenture, avala péniblement sa salive.

Il balaya du regard la chambre impeccable, où les serviteurs avaient veillé à tout remettre en ordre : les paniers remplis de plumes, les bracelets inachevés brodés du doux duvet des oiseaux, les fils et les aiguilles attendant le retour de leur maîtresse.

Il jeta un regard vers l'endroit où son sang avait coulé sur le sol de pierre. Quelqu'un avait pensé à y poser une petite carpette. La mort de Ciel de Jade lui semblait déjà si lointaine... À sa demande, elle avait été incinérée. Hu Imix, le juriste, y avait veillé. On avait placé l'urne contenant ses cendres dans un caveau spécial auquel elle avait droit, sous la pyramide de Kukulcan. Avant sa crémation, Hu Imix avait eu la prévoyance de lui couper une petite mèche de cheveux. Certes, Kaan devait être sacrifié dans le cenote, mais on ne savait jamais... Et ce soir, lors de la célébration, il l'avait remise à Kaan. C'était tout ce qu'il lui restait d'elle.

Il avait du mal à respirer. Comme s'il se noyait à nouveau, sa poitrine se contracta. Toute la chambre tanguait. Il tâtonna pour trouver le chambranle et s'y appuyer. Ciel de Jade était morte. Leur fils était mort. Il fondit en larmes, le visage dans les mains.

Dès qu'il s'en sentit capable, il recula et laissa retomber la tenture. Il savait qu'il ne remettrait jamais les pieds dans cette pièce. Elle resterait en l'état, inchangée, aussi longtemps qu'il vivrait.

Il reporta ses pensées sur Teotihuacan et l'espoir de ressusciter l'âme de son épouse. D'un pas maintenant décidé, il partit vers sa propre chambre, pour choisir parmi ses possessions ce qu'il emporterait au cours de son expédition solitaire. Les prêtres qu'il avait consultés lui avaient confirmé les propos de Sa Sérénissime Bonté. Il devait effectivement se rendre seul à la Cité des Dieux, sans serviteurs, ni amis, ni gardes. Et pour favoriser la résurrection de l'âme de son épouse, il lui fallait absolument atteindre la cité avant le cinquantième jour à partir du prochain solstice d'été.

Il s'arrêta et fixa sa natte. On y avait placé un objet.

La coupe de prophétie.

Il fronça les sourcils. Qu'est-ce qu'elle faisait là ?

Furieux – cette fille des îles se moquait de lui ! –, Kaan empoigna la coupe et traversa la maison jusqu'aux quartiers des serviteurs. Tonina s'y trouvait avec ses deux amis. Tous trois empaquetaient les achats effectués sur la place du marché.

Kaan s'adressa au Borgne :

— Comment cette coupe s'est-elle retrouvée dans ma chambre ?

Le nain fit volte-face avec une telle rapidité qu'il faillit tomber à la renverse. Lorsqu'il aperçut l'objet que tenait Kaan, il balbutia :

— Je, hum… mon seigneur, je…

— Pourquoi était-ce dans ma chambre ?

Il avait répété sa question à voix basse comme il le faisait toujours, d'un ton pourtant lourd de sous-entendus.

Tonina lança un regard perçant à Kaan. À nouveau, cet homme était furieux, cela s'entendait. Et cette fureur assombrissait ses traits harmonieux. Une fois encore, elle pensa : *Il me hait parce que je lui ai sauvé la vie.*

Soudain, elle vit l'objet qu'il tenait.

— Où avez-vous eu ça ?

Il regarda la main tendue de Tonina et les souvenirs affluèrent : la tête de Ciel de Jade sur les genoux de cette fille, ces mains le tirant des profondeurs du cenote, cette bouche sur la sienne...

— Qui a eu l'audace de déposer cette chose dans ma chambre ? demanda-t-il au Borgne en abandonnant la coupe à Tonina.

— Je l'ignore, mon seigneur ! Je le jure sur les os de mon arrière-grand-père !

Comme tous les membres de sa tribu, le petit homme portait autour du cou une bourse de cuir contenant les reliques d'un ancêtre. En l'occurrence, les os d'un aïeul, jouissant d'un pouvoir magique.

Tonina enveloppa soigneusement la coupe dans une tunique et une jupe de rechange puis la rangea dans son paquetage, déjà lourd de provisions.

— Tu pars ? lui demanda Kaan, sourcils froncés.

Tonina avait espéré que leurs chemins ne se croiseraient plus, mais il était là, grand et impressionnant sur le pas de la porte, et elle sentit un flot d'émotions la submerger.

— Je quitte Mayapan dans la matinée.

Elle n'avait pas eu besoin de la traduction du Borgne.

De nouveau, Kaan ressentait cette impression fuyante, cet insaisissable petit quelque chose qui l'avait perturbé sous la tente du roi, avant que Sa Sérénissime Bonté ne détourne son attention avec le pèlerinage de Teotihuacan. Un petit quelque chose qui se mit à acquérir une certaine cohérence.

Tonina se retourna pour l'affronter de face et Kaan put détailler les curieux symboles blancs qui lui masquaient le visage. Cette fille était présente cette nuit-là. C'était elle qui avait accompagné Ciel de Jade dans ses derniers instants... Elle qui avait empêché le joueur de détruire la statue de Kukulcan, le dieu préféré de Ciel de Jade.

Et soudain...

Kaan tressaillit et porta une main à sa poitrine. Bouleversé, il recula d'un pas, fit brusquement demi-tour et s'en alla sans ajouter un mot.

Dans une salle sombre et enfumée du temple de Kukulcan, un vieux prêtre hocha la tête.

— Tu as raison, mon fils. C'est l'une des plus anciennes lois consignées dans nos livres sacrés. Regarde.

D'un ongle long et noir au bout d'un doigt noueux, le vieillard tapota une page jaunie couverte de glyphes fanés par le passage du temps.

Les soupçons de Kaan se confirmaient. Voilà ce qui lui échappait depuis son sauvetage dans le cenote ! L'antique loi religieuse se rapportant aux vies sauvées !

— Sa Sérénissime Bonté m'a dit que je ne devais mon salut qu'aux dieux...

Kaan savait ce qu'on allait lui répondre, et redoutait cette réponse : cette fille était « l'instrument des dieux, voilà tout ».

— C'est exact, mais tu restes quand même lié à cette femme, chevrota le vieux prêtre. Et ce lien sacré ne peut être rompu que lorsque l'équilibre aura été rétabli. Une vie contre une vie, mon fils. La fille des îles t'a sauvé la vie, donc tu dois sauver la sienne. Si tu ne le fais pas, le monde restera en déséquilibre, ce qui peut attirer la malchance non seulement sur toi, mais aussi sur ta ville.

— Que dois-je faire ? lui demanda Kaan d'une voix étranglée.

Ce vénérable prêtre allait sans doute lui proposer une solution expéditive : donner une grosse somme d'argent à Tonina, par exemple, ou réaliser n'importe lequel de ses vœux. Un substitut de « vie sauvée », un peu comme ces victimes qu'on exécutait parfois lors des sacrifices sanglants...

Mais le prêtre lui répondit :

— Tu dois faire ce qu'elle a fait pour toi. Dès qu'elle courra un danger ou frôlera la mort, sauve-lui la vie, et l'équilibre sera rétabli. Jusque-là, vous êtes liés corps et âme, elle et toi. Tu n'as pas le choix.

Kaan était atterré. Enchaîné à la fille des îles, quel cauchemar ! Il tenta une dernière fois d'échapper à cette obligation :

— Sa Sérénissime Bonté m'a affirmé que je devais effectuer seul mon pèlerinage vers Teotihuacan.

La tête chenue s'inclina, alourdie par la coiffure emplumée.

— Et elle a raison. Quiconque se rend dans la Cité des Dieux avec des soldats bien armés et le confort d'une escorte de serviteurs et d'esclaves ne consent pas un véritable sacrifice. Tu dois partir seul, c'est tout à fait exact. Mais cette fille fait provisoirement partie de toi, mon fils. Tu n'es pas seulement autorisé à l'emmener avec toi, tu dois le faire. Jusqu'à ce que l'équilibre soit rétabli.

La panique le submergea. Il refusait d'être lié à la voyante, parce qu'elle lui rappelait le décès de sa femme, certes, mais aussi pour d'autres raisons qu'il avait du mal à définir. Depuis qu'il avait posé les yeux sur cette grande fille tatouée au teint de miel, le jour où lui et Balám avaient traversé la place du marché, elle hantait ses pensées comme aucune femme avant elle.

L'idée de l'emmener lui était insupportable.

Il devait pourtant se soumettre à la volonté des dieux.

À moitié cachés sous les paupières plissées, les petits yeux du prêtre pétillaient de vivacité et d'intelligence. D'une voix évoquant le bruissement des feuilles mortes, il ajouta :

— Partir à Teotihuacan sans cette fille, c'était courir à la catastrophe, Kaan. Tu t'es finalement souvenu de ce devoir sacré, ce qui prouve que la chance ne t'abandonne pas.

Sans l'ombre d'un doute, une main surnaturelle avait matérialisé la coupe de prophétie dans sa chambre, se dit Kaan, émerveillé par la façon dont les dieux parvenaient à leurs fins. Grâce à la coupe, il était allé voir Tonina, et en la regardant, s'était rappelé qu'il devait à son tour lui sauver la vie pour respecter une loi sacrée.

Il poussa un soupir. Soit, il l'emmènerait avec lui, mais pas question de laisser s'installer une certaine familiarité entre eux. Il allait édicter des règles précises. Et ils voyageraient vite. Il repensa aux périls que le roi lui avait décrits, et y puisa un certain réconfort. Si les dieux l'avaient vraiment pris sous leur aile, il aurait l'occasion de lui sauver la vie au bout de quelques jours seulement, et pourrait poursuivre seul son voyage jusqu'à Teotihuacan...

## 25

Tonina se réveilla en sursaut.
Clignant des yeux dans l'obscurité, elle essayait de comprendre ce qui l'avait tirée du sommeil quand elle se rendit compte qu'elle était seule sur la natte. Aigle Courageux avait disparu.
Elle s'assit et regarda autour d'elle. Emmitouflés dans leurs capes, les serviteurs dormaient paisiblement dans le dortoir bondé de la résidence. Elle aperçut le Borgne endormi au creux des bras d'une lingère grassouillette.
— *Tonina...*
Un murmure. Une voix qu'elle ne reconnaissait pas.
— *Tonina, viens...*
Elle quitta sa natte, enjamba les esclaves et les serviteurs plongés dans le sommeil et franchit une porte ouvrant sur le potager. Elle aperçut un homme debout au clair de lune, un homme vêtu d'un somptueux manteau de plumes, blanches aux épaules puis noires jusqu'au sol. Un homme qui lui rappelait quelqu'un.
— Aigle Courageux ?
Elle fit un pas vers lui en frissonnant dans la fraîcheur nocturne.

Il lui tendit les mains.

De près, il lui parut changé, plus âgé, avec quelques rides qui le mûrissaient et d'épais sourcils au-dessus de ses iris dorés.

— Le moment est venu de se dire au revoir.

— Tu as retrouvé ta voix ?

— Pendant que je dormais, j'ai rêvé que ma voix revenait dans ma gorge. Je me suis réveillé et je suis venu ici pour écouter le vent.

— Ça alors ! Tu as l'air si différent ! Que t'est-il arrivé ?

Elle vit ses traits se modifier imperceptiblement, comme modelés par un sculpteur invisible.

— J'ai retrouvé la mémoire, lui dit-il en souriant. Je me souviens de tout. Je me rappelle qui je suis, Tonina. Je sais quel est mon peuple, je sais où je vis… et je sais qu'il est temps pour moi de partir. Je ne peux plus t'accompagner.

— Mais qui es-tu ? Où vis-tu ? À quel peuple appartiens-tu ?

Le visage du jeune homme brillait au clair de lune, ses pommettes se déplaçaient, changeaient. Ses sourcils s'épaissirent davantage.

— Je ne peux pas tout te révéler, Tonina, mais sache que je vis très loin d'ici, au sommet des montagnes. J'ai été envoyé en ce lieu pour une certaine raison, mais maintenant, je dois te quitter.

— Mais pourquoi ? l'implora-t-elle en refermant ses doigts sur ceux de son ami pour l'empêcher de partir.

Elle l'aimait profondément, mais d'un amour qui n'avait rien de romantique et ressemblait plutôt à celui d'une sœur envers son frère. Elle avait veillé comme une sœur sur ce garçon si vulnérable.

— Je ne peux pas te le dire. Un jour, tu comprendras, lui assura-t-il avec un doux sourire. Tu as bien pris soin de moi, Tonina, mais je n'ai plus besoin de personne.

Elle fronça les sourcils. L'individu qui se tenait devant elle ne ressemblait plus du tout au jeune Aigle Courageux. C'était un homme, maintenant, et pourtant... déjà plus tout à fait un homme. La métamorphose se poursuivait. Ses traits se firent plus anguleux, ses épaules s'étrécirent, sa cape emplumée frissonna. Tonina vivait intensément la magie du moment.

— Je te remercie de m'avoir sauvé des chasseurs, Tonina. Je t'en serai éternellement reconnaissant. N'aie crainte, nous nous reverrons. Au moment où tu en auras le plus besoin, je viendrai.

Il lui lâcha les mains et écarta les bras. Sa cape chatoyait dans la clarté lunaire. Envoûtée, Tonina vit son ami s'effacer lentement puis disparaître sous ses yeux. Elle était seule dans le jardin. Soudain, dans le ciel étoilé, elle aperçut un aigle aux ailes splendides largement déployées. Il décrivit quelques cercles au-dessus d'elle en poussant des cris aigus, puis s'envola vers la lune.

Tonina fouillait avec consternation le firmament du regard quand elle vit quelque chose en tomber lentement : la plume de guérison bleue que Ciel de Jade avait offerte à son ami se posa à ses pieds.

26

Le Borgne rejoignit Tonina alors qu'elle s'occupait de son paquetage.

— Prends ça, nous en aurons besoin, lui dit-il en lui tendant un bâton de marche. Toute la ville parle de Kaan, figure-toi ! Il paraît qu'il quitte Mayapan, lui aussi. Pour accomplir un pèlerinage sacré vers une lointaine cité du Nord. Tout seul, d'après la rumeur. Pas de serviteurs ni de gardes. Et justement, je me disais que puisque toi et moi, nous pouvons nous offrir un garde ou deux, nous ne devrions pas nous en priver, tous les trois...

Elle se retourna vers lui.

— Aigle Courageux est parti.

Elle sentit sa gorge se serrer. Ce matin, elle s'était réveillée seule sur la natte, la plume bleue posée du côté où Aigle Courageux dormait d'habitude. Il ne lui avait même pas dit au revoir. Ou bien... lui avait-il parlé pendant son sommeil ? Elle se rappelait vaguement un rêve... *N'aie crainte, nous nous reverrons. Au moment où tu en auras le plus besoin, je viendrai.*

Le départ du jeune homme ne surprit pas le Borgne. Il avait toujours été secrètement convaincu qu'Aigle

Courageux avait le pouvoir de se métamorphoser, et ses doutes se confirmaient. Ce genre de créature vivait dans un royaume surnaturel et ne séjournait parmi les humains que pour de courtes périodes et des motifs bien précis, nul ne l'ignorait. Aigle Courageux avait peut-être été un messager, mais sans doute ne le sauraient-ils jamais.

Tonina, qui ne désirait pas prolonger les adieux, s'adressa à lui d'un ton tendu :

— Je te remercie pour ton aide. Tu as été bon avec moi quand j'en avais besoin, et je t'en serai éternellement reconnaissante. Mais, à partir d'aujourd'hui, je dois voyager seule.

Le Borgne fronça le nez.

— Mais enfin, de quoi parles-tu ?

— Je dois partir seule au Quatemalan.

— Sans moi, tu veux dire ? Tu es folle, ou quoi ? Une fille, voyager seule ?

Il écarquillait tout grand son œil unique.

Tonina aurait été bien incapable de lui expliquer à quel point le départ d'Aigle Courageux la laissait désemparée. Comment lui décrire la tristesse et la déception qui l'accablaient, cette pointe de colère, ce sentiment de trahison ? Elle préféra faire diversion :

— Je me débrouille toute seule depuis le jour où on m'a déposée sur la mer dans un panier de roseaux. Guama et Huracan m'aiment, bien sûr, mais je ne suis pas de leur sang. Je n'ai aucune famille, et je ne peux compter que sur moi-même. Cher Borgne, merci pour ta gentillesse à mon égard. Tu as toute ma gratitude, pour ce qu'elle vaut.

Le Borgne sentit la panique le submerger. Il devait empêcher ça ! Et ses projets, alors ?

— Mais qui te servira d'interprète ? lui lança-t-il.

— Je connais déjà pas mal de termes mayas et j'en apprendrai encore davantage en route.

Il hocha tristement la tête.

— Oui, je ne me fais pas de souci pour ça. Laisse-moi t'accompagner une partie du chemin, au moins.

Quand il vit l'expression résolue de Tonina, il maudit en son for intérieur l'obstination des femmes. Il allait devoir modifier ses plans mais il se flattait de savoir rebondir.

Puis, brutalement, le nain trapu et difforme reçut de plein fouet une vague d'émotion, un sentiment inconnu et déconcertant qui faillit le projeter à la renverse.

Il ne voulait pas être séparé de Tonina.

Le marchand des îles ne s'était jamais marié. Il avait connu le plaisir avec d'innombrables femmes mais n'en avait jamais aimé aucune, ou plutôt en avait aimé mille. Cette nouvelle émotion le prenait de court, alors même qu'il prononçait en esprit des mots qu'il n'exprimerait jamais à haute voix : Mais moi, si je le pouvais, je ne te quitterais jamais.

— Je suis navré que nous soyons contraints de nous séparer, mais je comprends, déclara-t-il à Tonina, le cœur lourd. Ma chère enfant, j'espère que tu trouveras ta fleur magique. Je souhaite de tout cœur que tu puisses retourner chez toi, sur l'île aux Perles, et je supplie Lokono de t'apporter ses bienfaits. Peut-être nous reverrons-nous un jour...

Le petit homme prit ses deux paquetages, son bâton de marche et les petites bourses contenant tous ses gains – une modeste fortune –, puis essuya théâtralement une larme imaginaire sous son œil unique. Il huma l'air, fit demi-tour et s'éloigna aussi dignement que le lui permettait sa démarche disgracieuse.

Tonina se remit à ses préparatifs. Elle mourait d'envie de rappeler le nain, mais savait que leur séparation à ce stade la ferait moins souffrir que s'il la quittait plus tard sans prévenir. Le départ inattendu d'Aigle Courageux ressemblait tant à un abandon... Elle ne voulait pas revivre ça. Elle repensa à la trahison de Macu, qui avait attaqué son canoë alors qu'elle le croyait bien intentionné à son égard. Elle s'interrogeait sur son cas – était-elle destinée à la solitude ? – lorsqu'elle entendit le Borgne qui revenait dans la pièce en se raclant la gorge.

— Tu as oublié quelque chose ? lui demanda-t-elle en se retournant vers la porte.

Elle eut un choc : Kaan se tenait sur le seuil. Avec ses longs cheveux rassemblés en queue de jaguar au sommet de son crâne et sa cape de voyage blanche, il lui parut encore plus grand et impressionnant que d'ordinaire.

— Le grand Kaan souhaite s'adresser à toi, lui expliqua le Borgne.

Méfiante, elle examina le joueur. Ses vêtements la désarçonnaient. Son pagne et sa cape blanche étaient dignes d'un paysan, aucune parure n'ornait ses bras et ses chevilles, et il avait ôté ses boucles d'oreilles. Kaan s'adressa au Borgne en maya.

— Le grand Kaan dit que tu dois l'accompagner.

Le regard de Tonina passa du nain au héros de Mayapan.

— Ah bon ? Et l'accompagner où ?

Les deux hommes échangèrent quelques mots, puis :

— Vers l'ouest et le nord. Il dit que vous devez partir tout de suite.

Comme Kaan faisait mine de se retirer, Tonina s'adressa à lui en maya :

— Attends ! Je ne comprends pas !

Un peu surpris qu'elle lui parle dans sa langue, Kaan se retourna vers elle, et le Borgne traduisit :

— Tu dois voyager avec lui, car telle est la volonté des dieux.

— Les dieux ? Mais pourquoi ?

Le nain poussa un soupir exaspéré.

— Selon moi, c'est pour préserver l'équilibre de l'univers, l'obsession des Mayas. Quand un Maya sauve la vie d'une autre personne, celle-ci reste liée à son sauveur jusqu'à ce qu'il lui sauve la vie à son tour. Une vie contre une vie. L'équilibre, tu comprends ? Tu lui as sauvé la vie, donc je suppose que tu dois rester avec lui jusqu'à ce qu'il sauve la tienne.

Tonina avait parfois l'impression que les Mayas respectaient plus de lois qu'il n'y avait d'étoiles au firmament.

— Je te prie de lui dire qu'il est libre de s'en aller. Il ne me doit rien du tout.

Le Borgne s'exécuta, et Kaan dévisagea Tonina avec une perplexité non feinte.

— Tu lui as rapporté mes paroles ? s'inquiéta la jeune femme.

— Bien sûr, mais il n'arrive pas à en croire ses oreilles. C'est le grand Kaan ; il a l'habitude qu'on lui obéisse sans discuter. De plus, que tu aies tes propres projets lui échappe complètement. Pour lui, tu es une voyante itinérante qui parcourt le pays en profitant de toutes les occasions qui passent à sa portée. Et puis, tu n'es qu'une femme, et je crois qu'il s'attendait à plus d'enthousiasme de ta part.

Elle regarda Kaan, songeuse, revivant en pensée la mort de Ciel de Jade, ainsi que les moments dramatiques partagés dans le cenote, ces moments intimes qui les liaient à jamais.

— Et pourquoi ce voyage ?

Elle s'interrogeait sur ce qui pouvait pousser ce héros plus célèbre que jamais à quitter une ville qui l'adulait à l'égal d'un dieu...

— Tout ce que je sais, c'est qu'il part en pèlerinage vers la Cité des Dieux, très loin au nord-ouest.

— Et moi, je dois aller au sud, répliqua-t-elle d'un ton acerbe.

Kaan n'eut pas besoin qu'on lui traduise ces derniers mots. L'attitude de Tonina était claire : elle refusait de l'accompagner. À la fois surpris et déconcerté, il demanda au Borgne les raisons de ce refus. Le nain lui répondit que la fille des îles voulait se rendre au plus vite au Quatemalan pour y accomplir une mission d'ordre privé, en rapport avec une certaine fleur. L'étonnement du joueur allait croissant : Tonina n'était donc pas une artiste itinérante en quête d'un repas gratuit ? Dans ce cas pourquoi avait-elle fait ce numéro dans la Grande Salle, parmi les danseurs et les musiciens ?

Kaan envisagea brièvement de la recruter de force, mais comment ? Un rapt ? Les dieux considéreraient sans doute cela comme une offense. Et sans aide, il lui serait impossible de la garder à l'œil. Il chargea le Borgne de la convaincre. Elle n'avait pas le choix, elle devait respecter la volonté des dieux, répéta le joueur avec insistance. Elle pourrait repartir à la recherche de sa fleur dès qu'ils seraient arrivés au terme de ce voyage.

Lassée de cet étrange dialogue à trois voix, elle demanda au petit homme :

— Comment dit-on « Je dois suivre ma propre voie » en maya ?

Lorsque le nain le lui eut dit, elle répéta la phrase à l'adresse du joueur, qui, impressionné malgré lui, mais de plus en plus désireux de se mettre en route au plus vite, réitéra encore une fois sa demande :

— Explique-lui bien que dès notre arrivée à Teotihuacan elle pourra repartir au sud !

Tonina avait mémorisé la plupart des mots employés jusqu'alors par le Borgne, et elle s'adressa directement à Kaan, en maya :

— Je ne peux pas t'accompagner. Je dois partir au sud. Moi, c'est à *mes* dieux que je dois obéir.

Ils étaient dans une impasse, manifestement. Soudain, le Borgne entrevit une solution qui, par-dessus le marché, servirait ses propres desseins. Il pouvait tirer profit de la compagnie d'un héros de cette envergure ! Il se jeta à l'eau :

— Mon seigneur, me permettez-vous une suggestion ? La route du Quatemalan est extrêmement périlleuse. Et si vous partiez vers le sud avec la fille pour veiller à ce qu'elle arrive saine et sauve sur la côte ? Les dieux estimeraient sûrement que vous lui avez sauvé la vie.

Kaan rejeta cette proposition :

— Non, c'est elle qui doit venir avec moi.

Le Borgne se mit à raisonner à toute vitesse. Il voulait absolument rester avec Tonina et la seule façon d'y parvenir, c'était de la convaincre de voyager avec Kaan, parce qu'alors il leur faudrait un interprète. Et comme Tonina refusait obstinément cette perspective, le nain devait persuader le grand héros de la suivre, elle. Il passa en revue tout ce qu'il savait sur le joueur de balle. Certes, Kaan n'était pas un homme profondément religieux, mais il tenait en haute estime ceux qui vénéraient les dieux. En outre, la notion d'honneur paraissait avoir une grande importance à ses yeux.

— Mon seigneur, vous devez savoir que la fille des îles doit se rendre sur la côte méridionale au plus vite.

Il lui parla de Huracan, de sa maladie, de la fleur rouge magique grâce à laquelle Tonina pouvait sauver son peuple, et termina son exposé par ces quelques mots :

— Le serment qu'elle a prêté est sacré. Voilà pourquoi elle doit absolument l'honorer.

Kaan fixa le nain du regard. Donc, la quête de cette fille était sacrée ? Il avait cru à une histoire de femmes, une mère mourante, une sœur sur le point d'accoucher, bref, une de ces raisons banales qui jettent les femmes ordinaires sur les routes. Mais une quête sacrée, c'était autre chose. Et le Borgne venait de parler d'honneur.

Kaan s'absorba dans ses pensées. Il avait encore aux oreilles le cri de ravissement de sa femme lorsque Tonina lui avait annoncé la naissance d'un garçon. Cette fille avait rendu son épouse heureuse, alors que celle-ci avait cru ne plus jamais pouvoir enfanter.

Et voilà qu'il apprenait que Tonina poursuivait la même chose que lui. À la différence qu'il partait vers le nord, dans la direction opposée.

Kaan comprenait maintenant pourquoi les nains étaient tenus en haute estime pour leur sagesse. Cette proposition était pleine de bon sens. Si le joueur remettait la fille saine et sauve à la protection de ses propres dieux, le fameux lien serait rompu. Il se livra mentalement à de rapides calculs. Il pouvait l'accompagner au Quatemalan, puis repartir au nord et arriver à Teotihuacan avant le solstice d'été.

— Très bien. Dis-lui que je l'accompagne jusqu'au Quatemalan, conclut-il.

À sa grande surprise, Tonina déclina sa proposition. Elle tenait à voyager seule, déclara-t-elle. Kaan la dévisagea, perplexe. Qui pouvait vouloir rester seul ?

Le Borgne était tout aussi surpris :

— Mais pourquoi y tiens-tu à ce point ?

Pas question de se justifier. Elle avait d'ailleurs du mal à se l'expliquer. C'était en rapport avec Kaan et la crainte qu'il lui inspirait, ou plus exactement avec une chose effrayante profondément enfouie en elle.

— Elle ne veut même pas de ma compagnie, mon seigneur ! Et pourtant, je suis son plus vieil ami, se lamenta le nain.

— Tu partirais seule ? Tu n'as pas peur ? s'étonna Kaan.

Une femme assez courageuse pour voyager seule de son plein gré, c'était une nouveauté pour lui.

— J'ai fait une promesse. J'ai l'intention d'honorer mon engagement, dit Tonina avec un calme qu'elle ne ressentait pas.

À nouveau, Kaan se réfugia dans ses pensées. Il comprenait parfaitement la notion d'honneur. Il lui fallait réviser son opinion sur cette fille, qu'il avait crue opportuniste. Or, non seulement elle était courageuse, mais elle respectait ses promesses.

Il l'observa pendant qu'elle mettait de l'ordre dans ses affaires, penchée sur son paquetage. Le cliquetis des petits coquillages qui ornaient ses longues boucles déplaisait un peu au joueur, et elle exhalait une faible odeur de noix de coco, pas désagréable mais plutôt déroutante. L'idée de voyager avec elle ne le réjouissait pas particulièrement, mais il n'avait pas le choix.

— Dis-moi ce que tu veux, insista-t-il.

Elle lui retourna un regard indifférent.

— Je suis riche et je peux t'offrir tout ce que tu désires si tu viens avec moi à Teotihuacan ! s'exclama-t-il en écartant les bras.

— Tout ce que je veux, c'est rentrer chez moi.

Lorsque Kaan comprit enfin que ni l'intimidation ni l'argent ne viendraient à bout de cette fille, il baissa les bras :

— Alors c'est décidé, c'est moi qui vais te suivre.

Comme elle persistait dans son refus, le Borgne se creusa la cervelle pour la faire changer d'avis. D'après ce qu'il savait d'elle, c'était une de ces naïves qui font passer le bien-être d'autrui avant le leur. Il décida donc de lui révéler que le joueur partait prier pour l'âme de sa femme...

Cette information prit Tonina de court. Elle qui avait cru que le voyage de Kaan répondait à des motivations purement égoïstes... Et brusquement, elle comprit : Ciel de Jade avait été assassinée ! Kaan allait sûrement pratiquer un rituel maya pour éliminer la malédiction d'un acte aussi haineux.

La plume bleue et la gentillesse de Ciel de Jade à l'égard d'Aigle Courageux lui revinrent en mémoire, et finalement, elle céda :

— Très bien, il peut m'accompagner au Quatemalan.

Le Borgne se frotta joyeusement les mains.

— C'est d'accord, mon seigneur ! Je connais les bonnes routes et j'ai des amis tout du long, car ma réputation n'est plus à...

Kaan l'interrompit :

— Non. La fille et moi, nous partons seuls.

— Mais, mon seigneur... protesta le Borgne, paniqué.

— Telle est la volonté des dieux.

Sans ajouter un mot, Kaan s'éloigna à grands pas.

## 27

Ils quittèrent la résidence en silence, dans leurs vêtements de voyage, avec aux pieds des sandales robustes, leurs paquetages sur les épaules. Ils traversèrent la foule des adorateurs et des gens massés dans la ruelle pour récolter un peu de la chance de Kaan et prirent la direction des portes de la ville.

Tonina se réjouissait que le Borgne n'ait pas été autorisé à se joindre à eux. Sans interprète, les échanges entre Kaan et elle resteraient limités. À travers forêts et villages, au long des routes et des champs et jusqu'à leur arrivée à destination, ils accompliraient ce voyage en silence. Elle ne penserait pas à l'homme qui marchait à côté d'elle, mais réserverait ses réflexions à la fleur qu'elle recherchait, puis au moyen de retourner chez elle. Arrivés au Quatemalan, elle lui dirait qu'il lui avait sauvé la vie, elle le proclamerait bien fort pour que les dieux de Kaan l'entendent et s'en satisfassent. Ensuite, elle le regarderait partir de son côté.

L'absence du nain soulageait également Kaan. Sans lui, il ne se sentirait pas obligé de parler à la fille. Pendant cette traversée de la péninsule, il ferait comme si la fille de l'autre côté du feu de camp n'était pas là. Il se concentrerait sur son pèlerinage à Teotihuacan et l'âme de son épouse à sauver. Et quand ils arriveraient au Quatemalan, Kaan offrirait un sacrifice à ses dieux pour les informer qu'il avait aidé la fille à affronter tous les risques et les dangers du voyage, rétablissant ainsi l'équilibre du monde.

Au bout de la ruelle, ils s'engagèrent sur la place bondée sans prendre garde à la populace qui voulait toucher leurs ourlets. Brusquement, au début de la rue menant à l'enceinte, Kaan s'arrêta puis se tourna vers le palais, d'un rouge aveuglant sous le soleil de midi. Sans la moindre explication, il partit dans cette direction, Tonina sur les talons. Quelles étaient les raisons de ce détour imprévu ?

Les hommes qui montaient la garde à l'arrière du palais reconnurent Kaan et les laissèrent passer avec un salut respectueux. Il voulait sûrement prendre congé du roi, se dit Tonina. Pourtant, Kaan ne semblait pas désireux de se rendre dans la Grande Salle ou les appartements royaux. Il s'engagea dans un étroit couloir où flottaient de délicieuses odeurs de cuisine.

Elle comprit qu'elle se dirigeait vers les vastes cuisines de la résidence royale, et se souvint alors que la mère de Kaan y travaillait, cette mère qui lui faisait honte...

Pourquoi, d'ailleurs ? Était-ce son statut social peu reluisant ? Pourquoi ne pas lui avoir offert une position plus élevée quand il était devenu un héros ? Lui reprochait-il ses origines, auxquelles il ne pourrait jamais rien changer ?

Il laissa tomber son paquetage aux pieds de la fille des îles et entra dans les cuisines. Immédiatement, toutes les conversations se turent et chacun suspendit sa tâche. L'homme le plus célèbre de Mayapan venait de se matérialiser dans l'humble officine de ces esclaves et de ces serviteurs bouche bée.

De sa propre initiative, Tonina était restée dans le couloir, d'où elle put déchiffrer le langage des corps et les expressions des visages et saisir au vol les termes qu'elle comprenait pour ajouter ces informations à ce qu'elle savait déjà de Kaan et de sa mère. La visite de son fils parut consterner la vieille femme, qui se détourna de lui en agitant les mains. Kaan tendit alors les bras vers elle, comme un suppliant.

— Je t'en prie...

Et soudain, tout devint clair : ce n'était pas Kaan qui refusait de voir sa mère, c'était elle qui lui tournait le dos.

D'après le Borgne, le joueur de balle avait honte de ses origines, et Tonina en avait déduit qu'il avait reporté sa honte sur sa mère. Or, manifestement, rien n'était plus faux. Il l'étreignit devant tout le monde en lui parlant tendrement, si bien qu'au bout d'un moment la vieille femme en larmes se laissa aller contre la poitrine de son fils.

Un peu perdue, Tonina réfléchissait. C'était donc la mère qui avait pris ses distances ? Dans l'intérêt de son fils, peut-être ? Pour éviter de rappeler ses origines modestes à ses amis et ses admirateurs mayas ? Un grand sourire aux lèvres, la vieille femme regardait son fils d'un air rayonnant, sans plus cacher sa fierté. Elle lui caressa la joue, et quand elle se tourna vers le personnel de cuisine pour leur présenter son « grand garçon », la mère s'était muée en une femme orgueilleuse, grande et droite, tête haute. Disparue, l'humble créature que la fille des îles avait vue s'enfuir du jardin de la résidence !

Les questions se pressaient dans la tête de Tonina : avait-elle mal interprété les émotions de Kaan et le regard qu'il avait porté sur sa mère le jour de leur rencontre dans le jardin ? Il avait exactement le même air aujourd'hui, et pourtant Tonina ne lisait plus sur le visage de cet homme ni dégoût ni honte. Ce qu'il laissait transparaître relevait plutôt d'une angoisse intime et d'une profonde nostalgie.

Abasourdie, elle se rendit compte qu'elle faisait fausse route depuis le début. La mère s'était sacrifiée pour que son fils puisse réussir sa vie, et le seul reproche que l'on pouvait faire à ce dernier était d'avoir voulu lui obéir. Sans y parvenir, au bout du compte. Quand il se laissa tomber à genoux pour pleurer dans la jupe de sa mère, Tonina recula contre le mur du couloir, le souffle coupé, vaincue, incapable d'en voir davantage.

En entrant dans la cuisine et en voyant sa mère, Kaan avait oublié tout ce qui l'entourait, y compris Tonina et les autres personnes présentes. Il alla droit vers la vieille femme et lui dit :

— Ne me repousse pas. Tout ce cirque n'a plus aucune raison d'être. Je quitte Mayapan et je ne sais pas quand je reviendrai. Laisse-moi t'embrasser, pour une fois.

Sa mère avait levé vers lui des yeux remplis de larmes. Un jour, cette femme humble l'avait supplié de la renier, parce qu'elle l'aimait immensément, il l'avait toujours su, et qu'elle savait que sa présence à ses côtés le gênerait, voire même freinerait son ascension sociale. C'était elle qui lui avait suggéré de s'habiller comme un Maya, d'épouser une Maya et d'adopter son mode de vie. Le peuple avait fini par oublier son physique différent – sa haute stature, ses traits anguleux – et par en faire son héros bien-aimé.

Mais à quel prix ?

Le matin où elle était venue chez lui lui revint en mémoire. Il venait d'apprendre la grossesse de Ciel de Jade. Transporté de joie en voyant sa mère, il avait voulu lui faire part de cette nouvelle, mais elle avait refusé de lui parler ou d'entrer dans la maison, et elle s'était enfuie. Et maintenant, elle souffrait car elle avait perdu un petit-fils.

Il l'enlaça et la pressa contre lui.

— Ma très chère mère, tu as voulu que je garde mes distances. Cette promesse, tu l'as obtenue contre mon gré, mais je ne peux plus la respecter. J'ai désespérément besoin de ton amour et de ta bénédiction. Et de ton pardon, aussi. À cause de moi, mon frère est mort. Tout le monde raconte que Balám s'est suicidé. Et c'est ma faute !

— Non, ce n'est pas ta faute. C'est Balám qui a essayé de tromper les dieux, lui murmura-t-elle en lui caressant les cheveux.

— Je quitte Mayapan et j'ignore quand je reviendrai. Peut-être même ne reviendrai-je pas. Je dois me rendre à Teotihuacan, et je ne peux pas partir sans ta bénédiction.

Il était tombé à genoux et sanglotait dans la jupe grossière de sa mère, qui posa avec tendresse ses mains abîmées sur sa tête. Les larmes qui roulaient sur les joues de la vieille femme s'écrasaient dans les cheveux noirs de son fils.

— Mes jours sont comptés, mon enfant. Mais je mourrai heureuse et en paix car je sais maintenant que les dieux te protègent.

Il se releva d'un bond en s'exclamant :

— Tu es mourante ? Alors je reste ! Ma place est auprès de toi !

— Non, mon fils. Tu dois t'occuper de ta femme et de ton enfant, tu dois veiller à ce qu'ils gagnent les cieux. Je suis en paix avec les dieux, désormais. Et s'ils exaucent ma prière, nous nous retrouverons un jour, toi et moi.

Tonina comprit ces quelques mots et s'écarta de la porte, ne pouvant supporter d'en entendre davantage. Elle s'éloigna dans le couloir, le cœur broyé par un mal nouveau bien différent de la nostalgie qu'elle éprouvait en pensant à ses bien-aimés grands-parents adoptifs. C'était le mal d'une femme sans visage ni substance, cette femme qui avait porté Tonina dans son ventre et l'avait mise au monde, puis confiée à la mer dans une arche minuscule.

Pour la première fois de sa vie, Tonina voulait savoir qui était sa mère.

Les traits figés, inexpressifs, Kaan ressortit enfin de la cuisine. Sans un mot, il ramassa son paquetage, imité par Tonina, puis ils reprirent leur route jusqu'à la porte principale. Le soleil brillait haut dans le ciel. Des gens assemblés là les acclamèrent et les saluèrent de la main.

Ils franchirent l'enceinte de la cité, lui, Kaan, idole du jeu de balle, et elle, Tonina, la fille des îles, la pêcheuse de perles. Ils venaient de deux mondes différents, et chacun d'eux allait affronter son destin en s'en remettant à son talisman personnel : pour Kaan, la boucle de cheveux de sa femme, et pour Tonina, le médaillon qu'elle portait depuis toujours.

Un homme les observait, le visage dissimulé sous un manteau sale lui couvrant la tête : le prince Balám, l'être le plus misérable du monde. Un prince sans royaume, sans épouse, sans enfants, sans terres, sans richesse ; et pire que tout, sans honneur.

Tout en épiant Kaan et Tonina qui s'enfonçaient dans la foule, il s'imaginait sa précieuse fille quittant le quartier des esclaves et livrée aux mains d'un étranger.

Et Colombe, morte sur l'estrade de la vente aux enchères…

Balám s'éloigna du mur en trébuchant et tomba à genoux. Il suait tellement que du sang devait perler sur son front, se dit-il.

— Que les dieux m'en soient témoins : Kaan et la fille des îles vont me le payer, murmura-t-il en ravalant sa bile. Ils payeront à jamais pour ce qu'ils m'ont fait.

# LIVRE DEUX

## 28

Kaan comprit trop tard qu'il avait fait une erreur.

Moins de vingt-quatre heures après leur départ de Mayapan, il regrettait déjà sa décision d'accompagner Tonina au Quatemalan.

Il marchait à grandes enjambées dans la forêt sèche, en maintenant une certaine distance entre eux. Il s'efforçait de ne pas penser à la jeune femme à sa remorque, mais impossible d'ignorer sa présence : à chacun de ses mouvements, les minuscules coquillages tressés dans sa longue chevelure cliquetaient. Il n'aimait pas ce son. Les femmes mayas ne cherchaient pas à attirer l'attention sur elles en faisant du bruit avec leurs cheveux.

Il se frayait un chemin entre les arbres à grands coups de machette. Il aurait préféré suivre la Route Blanche pour une marche moins ardue et plus rapide, mais ce matin-là, en dépit de ses vêtements d'homme du peuple, quelques personnes l'avaient reconnu et abordé pour s'attirer un peu de sa chance. Il avait donc tourné le dos à la route cimentée, Tonina sur les talons. Ils croisaient encore des fermes et des campements, des gens les interpellaient et saluaient le héros, mais l'habitat humain se raréfia rapidement et ils finirent par peiner dans une région vierge et sauvage.

Le soleil se couchait et Kaan avançait toujours à une allure soutenue malgré l'obscurité croissante. Ce qu'il ignorait, c'est que, derrière lui, Tonina éprouvait des sentiments semblables aux siens. Si seulement elle n'avait pas accepté son escorte !

Dès le début, le joueur avait pris les rênes, décidant de la route à suivre, mais Tonina voulait prendre ses propres décisions. Quand elle lui demanda une pause, il l'ignora. Finalement, elle s'exclama « Je suis fatiguée » en maya, et sans attendre la réaction de Kaan, elle s'arrêta, se débarrassa de son paquetage et promena son regard sur les bois.

Surpris, Kaan se retourna. Ils pouvaient encore couvrir une bonne distance, mais la fille était déjà en train de préparer un feu de camp ! Irrité, il lâcha son paquetage et ses armes. Comme il préférait l'éviter, il se chercha un endroit à lui où s'installer pour la nuit. Loin de la route, ils se trouvaient à bonne distance des autres voyageurs, avec les arbres comme toit et quantité de bois sec à brûler.

Tonina aménagea un cercle de pierres dans la poussière et alluma le feu à l'aide des ustensiles que Guama avait glissés dans son paquetage. Bientôt, les flammes envoyèrent leurs étincelles vers les étoiles.

Kaan, de son côté, se rendit compte qu'il n'avait aucune idée de la façon dont il fallait s'y prendre pour faire du feu. Cette contingence lui avait totalement échappé lors de ses préparatifs. Toute sa vie, il avait eu un feu de cuisine à portée de la main. Pourquoi en allumer un lui-même ? Contrarié, il jeta un coup d'œil à Tonina : pas question de lui demander son aide. À son tour, il construisit un modeste cercle de pierres, puis le remplit de brindilles et de broussailles sèches et se mit à frapper deux cailloux l'un contre l'autre pour obtenir une étincelle.

L'obscurité s'installa. La forêt s'anima, bruissant de sons nocturnes, éclairée par un seul des deux cercles de pierres. Tonina pensa bien à inviter Kaan auprès de son feu, mais renonça ; elle ne voulait pas de sa compagnie. Elle alluma un rameau et, sans un mot, se dirigea vers l'autre foyer toujours éteint pour déposer le tison sur la pile de petit bois. En la regardant souffler sur les flammes, avec ses petits coquillages qui faisaient ce bruit déplaisant dans ses cheveux, il se demanda si les dieux lui avaient vraiment pardonné, après tout. C'était peut-être ça le châtiment qu'ils lui réservaient pour tous ses blasphèmes.

Tonina retourna à son propre feu, et tous deux mangèrent séparément et en silence la nourriture achetée au marché : œufs de dinde, viande de chevreuil et graines de tournesol salées. Les vivres et l'eau ne leur poseraient pas de problème avant un moment, mais tous deux savaient qu'après la cité d'Uxmal, ils pénétreraient en territoire inconnu.

Tonina examina Kaan en catimini, son visage éclairé par les flammes, son profil majestueux, front haut, mâchoires puissantes, grand nez, pas ce nez bombé des Mayas accentué par une prothèse d'argile, non, un nez droit et fort. Des pommettes hautes et des joues creuses... Pourquoi le trouvait-elle si séduisant ? Car, selon les critères de beauté des gens des îles aux visages ronds et doux parmi lesquels elle avait grandi, cet homme n'était absolument pas attirant.

Kaan sentit les yeux de la fille posés sur lui. Ignorait-elle que c'était mal élevé de fixer quelqu'un de cette façon ?

Il plongea le regard dans les flammes de son foyer et se remémora le moment où il avait appris la grossesse de Ciel de Jade. Quelle joie il avait ressentie à cette annonce ! Depuis toujours, il rêvait d'avoir un fils, un fils qui deviendrait à son tour joueur de balle et supplanterait tous ses adversaires, un héros. Tout enfant déjà, il caressait ce fantasme. Dans son rêve, ce fils était toujours un vrai Maya, pas un garçon qu'on évitait parce qu'il était de lignée inférieure.

Un cliquetis le sortit de ses pensées, et il fronça les sourcils. La maudite coiffure de cette fille ! Elle avait délaissé son feu pour examiner les arbres les plus proches. Il la vit dérouler et secouer le couchage qu'elle avait apporté, puis, au grand étonnement du joueur, en attacher les deux extrémités à de grosses branches. Elle allait dormir dans un arbre ?

C'était un *hamac*, comprit Kaan. Il aurait mieux fait d'en emporter un, lui aussi. Une fois de plus, il n'avait pas réfléchi à la question en roulant la natte et la couverture de coton de sa couche, dans sa chambre. Il vit Tonina grimper à l'arbre et se glisser habilement dans la grande bande en fibres de palmier. La jeune femme se recouvrit d'une cape de coton puis lui tourna le dos, sans même un petit « bonsoir ».

Subitement accablé de fatigue, Kaan étendit sa natte et s'y allongea sans parvenir à trouver une position confortable. Il avait des cailloux dans le dos, le sol lui-même était inégal, et plus tard, la nuit fraîchit et le feu s'éteignit. Ciel de Jade avait toujours veillé à son confort. Elle s'était occupée de la bonne marche de la maisonnée avec tant de discrétion que son mari ne s'était jamais aperçu du mal qu'elle se donnait. Kaan était certes un athlète habitué aux rigueurs et aux blessures du jeu de balle, mais les autres difficultés de la vie lui échappaient.

À la lueur de l'autre feu, le hamac épousait les formes de Tonina, soulignant ses courbes et ses rondeurs. Ses cheveux avaient cascadé dans le vide, et quand elle soupira dans son sommeil, le hamac se balança doucement. À sa grande honte, Kaan ressentit une soudaine poussée de désir pour cette femme. Il déshonorait la mémoire de Ciel de Jade ! Mais c'était sans doute une réaction physique normale, rien à voir avec les sentiments. Kaan ferma les yeux et se tourna de l'autre côté pour ne plus voir la créature étrangement attirante suspendue dans les arbres.

Selon toute vraisemblance, la compagnie de Tonina serait de courte durée, se consola Kaan en cherchant le sommeil. Le pays était sûr entre Mayapan et Uxmal, car protégé par les rois de ces deux cités, mais après Uxmal, ils aborderaient un territoire sauvage, où le joueur aurait sans doute beaucoup d'occasions de sauver la vie de Tonina.

Convaincu qu'il n'avait qu'à attendre quelques jours pour être débarrassé d'elle, Kaan récita ses prières à la déesse de la lune, protectrice des joueurs de balle, et finit par s'endormir.

Tonina s'agitait, obsédée par le souvenir de Kaan et de sa mère dans les cuisines du palais. Depuis qu'elle avait assisté à cette scène, une souffrance inconnue lui broyait le cœur ; elle voulait retrouver ses parents. Et cette perspective l'effrayait. Elle risquait de la détourner de son véritable objectif, repartir au plus vite sur l'île aux Perles avec la fleur rouge. Confrontée à la tentation de partir à la recherche de son propre peuple, aurait-elle la force de rentrer chez Guama et Huracan ?

Le sommeil la gagna enfin, et elle rêva d'Aigle Courageux. Il était de retour et elle se précipitait à sa rencontre, les bras tendus vers lui, les larmes aux yeux. Elle se réveilla en pleurs. Elle entendit crier quelqu'un et crut qu'elle rêvait toujours, puis elle aperçut Kaan par terre sur sa natte, emmitouflé dans son manteau. Le joueur de balle sanglotait dans son sommeil en appelant Ciel de Jade, quand soudain, à la grande surprise de Tonina, il prononça le nom de Balám.

Elle eut envie de s'allonger près de lui et de le serrer dans ses bras, comme avec Aigle Courageux. Lorsqu'il se calma enfin et qu'elle voulut se rendormir, elle prit conscience des bruits étranges qui s'élevaient dans les bois. Toutes ces bêtes sauvages vivant dans la forêt, tous ces fantômes et autres démons hurlant à la nuit lui donnaient la chair de poule, et elle demanda à Lokono de leur accorder sa protection. Elle espérait que les braises fumantes des deux feux de camp suffiraient à écarter le danger.

# 29

Comme il n'y avait pas moyen de se baigner, ils se servirent de grandes feuilles humides de rosée pour nettoyer la crasse et la sueur, puis se frottèrent les dents avec une gomme parfumée à la menthe. Un peu plus tard, Kaan récita ses prières du matin à Mère Lune et Kukulcan tout en observant Tonina du coin de l'œil. Elle s'appliquait sur le visage cette peinture qui dissimulait ses traits et qu'elle emportait partout dans une noix de coco. Kaan n'avait pas bien dormi. Des rêves perturbants avaient troublé son sommeil et il s'était tourné et retourné sans répit sur sa couche, réveillé à plusieurs reprises par de mystérieux bruits dans la forêt et l'odeur âcre de la fumée.

Le petit déjeuner se déroula en silence, puis ils entamèrent leur deuxième jour de marche. Tonina n'arrivait pas à quitter des yeux le dos du joueur de balle, torse nu, qui leur taillait un sentier dans la forêt touffue. Les muscles sculptés, les tendons et les cicatrices lui rappelaient Kaan en pleine action sur le terrain, sa puissance quand il semait ses adversaires ou propulsait la balle vers le but et la victoire...

Obsédé par le bruit agaçant de la coiffure de Tonina, Kaan pensait lui aussi à sa compagne de voyage. Il avait songé à la semer en accélérant le pas, mais les dieux ne le lui pardonneraient jamais. Ils progressèrent dans la forêt jusqu'au coucher du soleil, foulant feuilles mortes et brindilles, une odeur de poussière et de bois sec dans les narines. Ils se trouvèrent un emplacement pour la nuit et pendant que Tonina cherchait des arbres où accrocher son hamac, Kaan s'échina en vain à allumer le feu.

La fille des îles le rejoignit avec ses deux morceaux de bois spécialement taillés pour produire des étincelles. Elle avait récupéré sur un arbre un nid de termites abandonné pour s'en servir comme de petit bois. Elle cracha dans ses mains, puis montra à Kaan comment imprimer un mouvement rapide à la mèche tout en maintenant une forte pression. Des cendres apparurent et dès qu'elles se mirent à rougeoyer, Tonina laissa tomber dessus quelques fragments du nid. Une flamme en jaillit soudain. Le feu était allumé.

Tonina alla chercher son paquetage et sa paillasse qu'elle déposa dans le cercle de lumière et de chaleur, puis fouilla dans ses affaires pour y trouver de quoi manger.

Kaan la regarda faire avec des yeux ronds. Elle allait rester ici ? Pourquoi ne s'éloignait-elle pas pour allumer son feu à elle ? Elle s'était assise en face de lui et écalait un œuf dur qu'elle saupoudra de sel. Sans qu'il l'ait invitée.

Ils mangèrent de nouveau en silence, comme deux étrangers de passage qui n'avaient aucune envie de faire connaissance.

L'obscurité descendit sur la forêt, qui se mit à bruire des cris des oiseaux de nuit. Kaan prit dans ses affaires une petite figurine de Kukulcan et s'absorba dans ses pensées. Avant de quitter Mayapan, il avait adhéré au culte du Retour du Dieu en souvenir de son épouse, mais dans le fond, il n'y croyait pas vraiment.

Tonina songeait elle aussi à quelqu'un qui lui manquait, Aigle Courageux. Un peu surprise, elle dut s'avouer que le Borgne lui manquait également, le Borgne qui lui rappelait tant les îles, Guama et Huracan, son foyer...

En voyant le joueur de balle étaler la carte en écorce qu'il s'était procurée à Mayapan, Tonina vint se glisser à côté de lui. Ces lignes et ces symboles n'avaient aucun sens pour elle. Intriguée, elle questionna Kaan du regard.

Il aurait voulu qu'elle garde un peu ses distances. La peinture blanche lui couvrant le visage et les bras dégageait un léger parfum de noix de coco. Cette odeur n'était pas déplaisante, mais les dames mayas en ignoraient l'usage.

Il posa le doigt au centre de la feuille et dit :

— Mayapan.

Des traits marqués de glyphes partaient du symbole représentant la cité, lui-même entouré d'autres symboles répartis sur tout le plan. Ne sachant ni lire ni écrire, Kaan avait dû mémoriser cette image telle que décrite par le cartographe. Sur la foi de cet homme, il savait donc quel glyphe représentait quelle cité, quelle route, quelle région...

Il énuméra des villes dont Tonina n'avait jamais entendu parler en lui désignant d'autres points sur la carte :

— Uxmal, Tikal, Copan, Palenque...

— Quatemalan ? finit-elle par lui demander.

Il lui montra l'un des bords de la feuille, mais comme Tonina ne connaissait ni l'échelle ni les distances, cela ne servait pas à grand-chose.

— Où se trouve Teotihuacan ? reprit-elle, le souffle soudain coupé par la proximité du joueur de balle.

Elle vit une ombre de chagrin lui assombrir le regard, puis il lui indiqua un glyphe de l'autre côté de la carte. Quand elle comprit que l'endroit où voulait se rendre son compagnon était bien plus éloigné de Mayapan que le Quatemalan, la culpabilité la transperça. Il devait aller là-bas pour accomplir un rite funéraire maya, mais elle, elle se dirigeait vers le sud. Et les dieux exigeaient qu'ils restent ensemble...

Elle aurait tant aimé pouvoir lui dire « Très bien, partons vers le nord, vers Teotihuacan », ou lui expliquer qu'il était vital pour elle de trouver cette fleur rouge et de la ramener à son peuple... Si seulement le Borgne était là pour lui servir d'interprète ! Quand il avait appris qu'il ne partirait pas avec eux, le nain lui avait dit :

— C'est aussi bien. Cela fait bien longtemps que je ne suis pas retourné chez moi. Je vais mettre le cap sur la côte et m'acheter un canoë. Je me demande si ma mère est toujours en vie...

Brusquement, Kaan se leva. Il ressentait comme une agression la présence de cette fille, qui lui rappelait constamment la mort atroce de son épouse. La situation devenait intolérable. Il voulait garder le souvenir d'une Ciel de Jade heureuse, de son rire, de la courbe de son cou lorsqu'elle confectionnait un bracelet de plumes, concentrée sur son ouvrage. Et pas celui de cette femme morte dans une mare de sang.

Quel soulagement de ne pas avoir à communiquer avec Tonina ! Heureusement que le nain n'était pas là. Il y avait quelque chose en elle… Si la fille des îles avait pu se faire comprendre, le cœur et l'âme de Kaan auraient flanché, il en était certain. Elle l'avait envoûté. Dès le premier jour, Kaan avait su que cette fille n'était pas ordinaire.

Il arrêta de marcher en long et en large et la regarda, assise à la lueur du feu. Il ne savait toujours pas à quoi elle ressemblait vraiment sous les symboles blancs peints sur ses joues, son front et son menton. Et sa longue chevelure indomptée lui cachait souvent le visage, ce qui n'arrangeait rien. Elle avait un nez fort et des mâchoires bien dessinées, de cela il était sûr. Des traits étrangement semblables aux siens.

— Il faut dormir, lui dit-il en maya ; des mots que Tonina comprenait.

Il ne put s'empêcher de l'observer pendant qu'elle attachait son hamac entre deux arbres. Cette femme mince aux jambes si longues le surprenait beaucoup, et ce fut encore le cas quand elle se dressa sur la pointe des pieds pour consolider les nœuds. Sa tunique se releva, découvrant une curieuse ceinture cachée jusqu'alors, une ceinture ornée de coquillages. À quoi pouvait-elle bien servir ? Ce n'était pas un objet maya.

Bientôt, protégée par un toit de branches et de feuilles, Tonina se balançait loin du sol. Mais le sommeil ne venait pas. Kaan accaparait ses réflexions. Elle n'avait pas pensé une seule fois à la fleur rouge de toute la journée. Le joueur de balle la détournait de sa mission, et elle n'en comprenait pas la raison. Une chose était certaine, elle ne pouvait pas continuer ainsi. Il faut que je parte, se dit-elle alors que le sommeil s'emparait d'elle. Je me faufilerai dans la forêt et il ne me retrouvera jamais...

Pour la deuxième nuit consécutive, Kaan s'agitait sur sa couche, incapable de détacher le regard de la fille perchée dans son hamac, hypnotisé par sa métamorphose nocturne. Quand Tonina marchait, on ne voyait que ses hanches minces et ses larges épaules, mais dès qu'elle s'allongeait dans son hamac, son corps prenait des courbes, de la douceur, une certaine féminité. La fille des îles le perturbait. Il devait absolument poursuivre seul. Demain, je trouverai une solution, décida-t-il en s'abandonnant au sommeil.

Ils se réveillèrent en sursaut. Un incendie de forêt ! Et pourtant, rien n'éclairait le ciel, rien ne grondait ni ne crépitait dans les sous-bois et aucun animal sauvage affolé ne traversait leur campement.

Kaan empoigna sa lance et sa massue et indiqua d'un geste à Tonina qu'il partait voir de quoi il retournait. Elle le suivit en silence à travers les taillis, son couteau à la main. Ils parvinrent à une clairière et s'arrêtèrent net, stupéfaits par le tableau étonnant qui s'offrait à leur vue.

## 30

— Bénis soient les dieux ! leur cria le Borgne en agitant ses petits bras.

Devant Kaan et Tonina s'étalait un vaste campement. Comment avaient-ils pu ne pas remarquer la présence si proche de tant de gens ?

— Je leur ai pourtant dit de rester tranquilles, s'excusa le petit homme qui venait les rejoindre de sa fameuse démarche chaloupée.

Tonina était si heureuse de le voir qu'elle sentit s'accélérer les battements de son cœur. Il lui avait tant manqué !

— Je leur ai expliqué qu'il ne fallait surtout pas vous déranger pendant votre voyage sacré.

— Que signifie tout ceci ? gronda Kaan, furieux.

Une multitude de gens s'affairaient sous les arbres ou autour des feux de camp. Des adultes, des enfants, des chiens et des dindons grattant la poussière.

— Au départ, je comptais venir seul, mais la *h'meen* royale a tenu à se joindre à moi et je n'ai pas pu refuser. Puis la nouvelle s'est répandue, vous savez comment c'est dans cette ville, mon seigneur, et en moins de temps qu'il n'en faut pour le dire, une foule énorme nous suivait.

Kaan fronça les sourcils. La *h'meen* du jardin royal, cette fille étrange qui ressemblait à une vieille femme, était effectivement assise auprès d'un feu, son petit chien dodu sur les genoux. Deux serviteurs portant les symboles du roi de Mayapan la flanquaient.

Puis Kaan reconnut certains membres du cercle des Neuf Frères, des hommes qui aimaient tant le jeu de balle qu'ils négligeaient fermes et familles pendant la durée des tournois. Ils s'étaient déjà manifestés au cenote avec force protestations et lamentations bruyantes lorsque Kaan y avait été précipité. Et quand celui-ci avait reparu sain et sauf, ils l'avaient acclamé à tout rompre. Apparemment, ils avaient rassemblé leurs biens, leurs femmes et leur progéniture pour le suivre.

En constatant la colère de Kaan, le Borgne se dépêcha d'ajouter :

— Vous êtes l'homme et la femme les plus chanceux au monde, vous et Tonina, car vous avez tous les deux survécu au sacrifice du cenote. Parmi ces gens, certains ont l'intention de vous accompagner jusqu'à Teotihuacan pour recevoir la rédemption des dieux, tandis que d'autres veulent accompagner Tonina dans l'espoir que la fleur magique les guérira. La *h'meen* elle-même, glissa-t-il enfin, espère que la fleur pourra interrompre l'étrange processus de vieillissement qui dévaste son corps.

— Nous devons voyager seuls, déclara Kaan d'un ton calme mais n'admettant pas la contradiction.

— Oh, mais nous ne voyageons pas avec vous, mon seigneur. Nous ne faisons qu'emprunter le même chemin que vous. Vous ouvrez la voie, et nous, nous vous suivons.

— Tu crois vraiment qu'on peut tromper les dieux ?

— Loin de moi cette idée, mon seigneur ! Après tout, je n'y suis pour rien.

Lorsque la rumeur s'était répandue que Kaan projetait un pèlerinage à Teotihuacan, H'meen avait convoqué le Borgne. Elle avait exprimé le souhait de voir le monde avant de mourir, et lui avait appris qu'elle souhaitait se joindre au grand Kaan. Le nain avait accédé à sa requête. Kaan ne pouvait se permettre de rejeter la gardienne respectée du jardin royal. Pressentant les bénéfices qu'il pourrait tirer de cette opération, le Borgne avait fait courir le bruit que Kaan quittait la ville à midi, non sans s'assurer que la nouvelle parviendrait aux oreilles des Neuf Frères.

Le petit homme priait pour que Kaan ne lui demande pas de justifier sa présence. Combien de mensonges pouvait-il raconter en une journée ? La vérité était toute simple. Lorsque les gens désireux de se joindre à la caravane annoncée du Borgne pour suivre Kaan le héros s'étaient présentés à la porte de la ville, le nain leur avait réclamé un paiement raisonnable (pour la nourriture et les services) plus une petite commission pour lui-même, comme de juste. Il avait calculé qu'en arrivant au Quatemalan il serait assez riche pour s'offrir non seulement un canoë, mais une île tout entière, habitants compris, une île où il vivrait comme un roi pour le restant de ses jours.

Un hurlement rompit soudain la paix du campement. La femme de l'un des membres des Neuf Frères bombardait son mari de fruits. Le géant se baissait pour les éviter, en se protégeant la tête de ses bras.

— Je ne ferai pas un pas de plus avec toi ! Toi et tes jeux ! Tu es malade ! hurla-t-elle.

Elle lui jeta un autre fruit qui le frappa à la tête avec un son creux.

Kaan et Tonina regardèrent la scène avec stupeur. Après s'être défoulée sur son époux, la femme ramassa son plus jeune enfant, fit signe à ses autres rejetons de la suivre et reprit à travers bois la direction de Mayapan. D'autres femmes lui emboîtèrent le pas. Quand le mari un peu lâche se releva enfin, couvert de pépins et de pulpe juteuse, tout le monde éclata de rire. Sans y prêter aucune attention, il se précipita vers Kaan, se jeta aux pieds de son héros et lui déclara une loyauté éternelle.

Le chef du cercle des Neuf Frères s'avança. Les Mayas l'avaient ironiquement surnommé le Chauve, car c'était l'homme le plus hirsute du pays. Apiculteur prospère, il avait fait cadeau à un cousin de ses ruches et de sa maison pour suivre son idole.

Lui aussi assura Kaan de sa loyauté, aussitôt imité par d'autres, ce qui contraignit le joueur de balle à reculer et le Borgne à s'interposer en leur criant de garder leurs distances. Kaan était consterné par l'énormité de ce qu'il voyait. Il était parti pour un pèlerinage solitaire et sacré vers la Cité des Dieux et voilà qu'il se retrouvait avec une foule indisciplinée sur les talons ! Il empoigna le Borgne au collet, l'attira à lui et lui murmura d'une voix rauque :

— Vous ne pouvez pas m'accompagner ! Si je n'accomplis pas ce pèlerinage seul, il n'aura aucune valeur !

Le Borgne se dégagea, se racla la gorge et lui dit calmement :

— Mon seigneur, puis-je vous faire une remarque ? Vous n'êtes pas encore sur la route de Teotihuacan. Vous escortez une amie au Quatemalan, rien de plus. Vous ne commencerez votre voyage sacré qu'une fois arrivé sur la côte, quand vous quitterez Tonina. Et là, vous serez seul, je m'y engage sur les os de mon arrière-grand-père !

Pendant que Kaan réfléchissait, il ajouta hâtivement, avec un signe de tête en direction de Tonina :

— Avec notre aide, mon seigneur, vous donnerez satisfaction aux dieux.

Kaan poussa un soupir. Le nain avait raison. Si, grâce au joueur, la fille arrivait saine et sauve sur la côte sud, ce serait comme s'il lui avait sauvé la vie. Et pour traverser la région dangereuse qui s'étendait après Uxmal, mieux valait être le plus nombreux possible.

— Très bien, j'accepte.

Puis il fit demi-tour pour regagner son propre campement.

Tonina ne le suivit pas ; elle avait envie de s'attarder auprès du Borgne.

— Je suis vraiment heureuse de te voir !

Et elle se pencha pour coller un baiser sur la joue du petit homme, une douce caresse humide, ses longs cheveux lui balayant l'épaule.

— J'ai besoin de toi…

Le cœur du Borgne s'envola vers les étoiles.

— … pour apprendre le maya. Je veux connaître cette langue le plus vite possible. Je ne peux pas voyager avec Kaan. Je dois aller seule au Quatemalan.

Déçu de ne pas être la cause de sa joie, le Borgne lui répondit en cachant son désappointement :

— Je t'apprendrai tout ce que tu veux savoir.

Et il était sincère. Elle l'avait embrassé et le marchand taïno, l'homme le plus petit du monde, venait de tomber amoureux de la femme la plus grande.

## 31

Dissimulé parmi les arbres, Balám porta la sarbacane à ses lèvres et la braqua sur sa cible.

L'agitation et le bruit régnaient dans la clairière ; des gens se chamaillaient, les enfants couraient dans tous les sens, les hommes s'échauffaient à des jeux de hasard et les femmes papotaient en cuisinant ou en pouponnant. Balám savait qu'il pouvait abattre Kaan, assis seul à la limite du campement, d'une seule fléchette. Quand les autres voyageurs apercevraient enfin le joueur à terre, il serait trop tard.

La mort ne serait pas instantanée. La dose de curare dont était enduit son projectile suffirait tout juste à provoquer une paralysie. Une fois à terre, Kaan mettrait longtemps à rendre l'âme. D'abord, ses membres le lâcheraient, puis sa respiration ralentirait et il lutterait pour trouver de l'air jusqu'à ce que l'esprit du curare interrompe le fonctionnement de ses poumons. Conscient jusqu'à la fin, impuissant, il sentirait son cœur peiner dans sa poitrine et comprendrait alors qu'il n'atteindrait jamais Teotihuacan.

Et moi, j'irai me pencher sur lui pour observer la peur dans ses yeux et voir la vie l'abandonner, se dit-il avec une amère satisfaction. J'irai me pencher sur lui et lui murmurerai : « Ça, c'est pour Colombe et Ziyal. »

Balám suivait Kaan et la fille depuis Mayapan. Il avait assisté, dans l'ombre, à leurs retrouvailles avec le nain et sa ridicule escorte, puis avait pisté tout ce beau monde jusqu'à Uxmal. Il avait attendu en ville pendant qu'ils se reposaient et se réapprovisionnaient. D'autres fous s'étaient joints à leur troupe et, dans leur sillage, le prince avait enfin quitté Uxmal pour s'aventurer sur la Route Blanche.

Personne ne se doutait que Balám les filait. Personne ne se doutait qu'il était la mort incarnée. Peu lui importait la réaction de cette foule quand il aurait assassiné Kaan. Ces gens lui arracheraient peut-être un membre après l'autre, mais il s'en moquait. Il avait perdu toute raison de vivre.

À Uxmal, il avait profité de la complicité de la nuit pour se rendre dans la demeure de ses ancêtres, une résidence située près de la pyramide du Devin. La nouvelle de sa disgrâce et de sa chute était déjà parvenue aux oreilles de sa famille, et sur ordre de son père, des esclaves l'avaient jeté dehors. Dans le jardin, caché dans le noir, il avait vu l'élégante dame Héron Blanc, sa mère, venir à lui avec des vivres et de l'eau et le serrer dans ses bras. Il était resté trois nuits dans le jardin, à l'insu de son père. Un jour qu'il s'était aventuré en ville, il avait aperçu Kaan et la fille sur la place du marché. Visiblement, ils s'apprêtaient à reprendre la route, et après un baiser d'adieu à sa mère, Balám s'en était allé lui aussi. Il ne repartait pas les mains vides : Héron Blanc lui avait fourni du jade, des fèves de cacao, des armes et des vêtements neufs. Elle avait également ordonné à quatre de ses neveux d'accompagner son fils. Ces jeunes gens désœuvrés sautèrent sur l'occasion de partir à l'aventure, car ils n'avaient cure de ces histoires de disgrâce ou de malchance. À sa mère, le prince avait promis qu'il reviendrait, mais il n'en avait aucunement l'intention. Dès qu'il aurait accompli sa vengeance, il se trouverait une branche bien solide et se pendrait.

Balám n'avait pas le choix, de toute façon. Il ne pourrait jamais retourner à Mayapan. Quand ses créditeurs avaient établi le compte définitif de ses dettes, ils avaient découvert que Balám leur devait encore le prix de son épouse si elle avait été vendue comme esclave. Floués par la mort de Colombe, ils avaient exigé de Balám qu'il se conduise honorablement en se mettant lui-même en vente. Désormais, sa tête était mise à prix.

Pas question non plus de partir à la recherche de sa fille. S'il cherchait à obtenir des informations la concernant auprès des voyageurs et des marchands, les officiels en seraient alertés. Ils sauraient qu'il était en vie, ils organiseraient sa capture et sa disgrâce serait parachevée quand on le vendrait aux enchères.

Il prit une grande inspiration, mais au moment où il allait décocher la fléchette empoisonnée, il vit la fille s'approcher de Kaan et s'adresser à lui. Le joueur de balle la congédia d'un geste impatient du poignet, mais la fille insista. Penchée vers Kaan, elle lui parla un peu plus fort. À la grande surprise de Balám, son ancien ami répondit vertement à la fille des îles, qui se raidit et le toisa avec une expression excédée, avant de lui tourner le dos et de s'éloigner à grands pas.

Balám plissa les yeux. Il n'avait jamais vu Kaan traiter quelqu'un d'une façon aussi cavalière. D'après son attitude et ses réactions, le joueur de balle était profondément malheureux. Balám eut alors une nouvelle idée.

Il se retira sous le couvert des arbres, dans la verdure desséchée qui le camouflait aux yeux de tous. Pourquoi tuer Kaan tout de suite, après tout ? Assassiner un homme qui n'aimait plus la vie, où était le plaisir ? Laissons-le vivre, décida-t-il. Laissons-le croire qu'il va réussir son pèlerinage et trouver dans sa Cité des Dieux la consolation à laquelle il aspire. À l'instant même où mon ancien frère trouvera de nouveau la vie douce – ce qui finira sûrement par arriver – je la lui arracherai.

Quant à la voyante… si ce soir-là, dans la Grande Salle, elle avait choisi l'épouse de Balám à la place de Ciel de Jade, tout aurait été différent. Elle aurait lu l'avenir de Colombe dans la coupe magique, elle aurait découvert son terrible destin, et Balám aurait pu changer le cours des choses !

Quant à la voyante… il lui réservait un châtiment très spécial, se dit-il en disparaissant sous les arbres.

Tonina balaya anxieusement du regard le campement anarchique.

Ce qui l'inquiétait dans cette foule, ce n'étaient pas ces jeunes gens remuants en quête d'aventures, avec leurs armes, leurs peintures de guerre et leurs cris de victoire quand ils piégeaient un animal, ni les guerriers plus âgés brandissant des lances, des javelots et les récits de leurs conquêtes sanglantes, ces hommes qui se sentaient inutiles depuis qu'on les avait renvoyés à la vie civile ; ce n'étaient pas non plus les fanatiques du jeu de balle, de grands gaillards traînant derrière eux leurs robustes épouses et leur vigoureuse marmaille, non, ce qui inquiétait Tonina dans le groupe hétéroclite qui les suivait, Kaan et elle, c'étaient les malades. Les infirmes, les éclopés, les sourds, les aveugles, les femmes stériles et les hommes impuissants...

Le vrai danger, c'étaient eux, que n'animait ni l'appât du gain, ni l'ambition, ni la soif de pouvoir, et qui n'étaient poussés que par le désespoir.

Seule devant son feu de camp, elle faisait cuire un petit potiron dans les braises tout en observant le campement tentaculaire brillant de tous ses feux, avec sa population empiétant sur la forêt. Une foule bruyante, bagarreuse, qui emplissait la nuit de cacophonie et de fumée. Ils avaient quitté Uxmal depuis cinq jours, et trente angoissantes journées s'étaient écoulées depuis son départ de l'île aux Perles. Ils se dirigeaient plein sud vers la cité de Tikal, à l'orée de la forêt tropicale humide. Une fois à Tikal, Tonina et Kaan prendraient la direction de l'est, vers la côte du Quatemalan.

Ce voyage prenait trop de temps.

Cette foule indisciplinée s'était constituée à partir d'un petit groupe d'admirateurs dévoués, d'individus en quête de chance et de candidats au changement de vie. Tonina avait demandé au Borgne de gérer la situation, mais tout ce qui intéressait son ami, c'était de batifoler avec les dames et de collecter les droits des nouveaux arrivants. Quand elle avait suggéré que Kaan prenne le contrôle de cette caravane sans foi ni loi, le Borgne avait répliqué :

« Kaan se moque bien de ces gens. Il se retire dans son propre monde chaque jour un peu plus. Ma fille, je te rappelle qu'il n'a pas seulement perdu sa femme et son enfant, il a aussi perdu son meilleur ami. Balám et lui étaient comme des frères. Kaan doit tout à Balám, sa fortune, sa renommée, et même Ciel de Jade. Il paraît qu'un jour une bande de garçons s'en est pris à Kaan – à coups de pierres, figure-toi ! – et que Balám s'est interposé. Kaan se sent responsable de la chute de Balám et sans doute de sa mort. C'est un lourd fardeau.

— Mais Balám ne peut sûrement s'en prendre qu'à lui-même ! avait rétorqué Tonina.

— C'est un fait, mais qui n'entre pas en ligne de compte. Kaan vit selon un code d'honneur exigeant, et il estime avoir enfreint ce code parce qu'il a trahi son frère. Et ce frère est mort, très probablement. Tout le monde raconte que Balám s'est pendu. »

Tonina regarda Kaan qui s'était isolé comme à son habitude, courbé sous le poids du chagrin. Quelques instants plus tôt, elle était allée lui demander d'exercer son autorité sur cette foule incontrôlable. Il lui avait signifié son refus d'un geste de la main.

« Ils nous suivent, c'est leur droit. Je n'ai pas à leur dire comment mener leur vie. »

Le désespoir de cet homme était incommensurable. La jeune femme aurait aimé pouvoir le laisser souffrir en paix, mais ils n'avaient pas le choix : il fallait régler ce problème avant que les choses ne dégénèrent.

Leur pire crime ? Ils se battaient pour la nourriture. Ils ne partageaient jamais rien et veillaient jalousement sur leurs provisions, alors que certains souffraient déjà de la faim. Pas plus tard que la veille, un Huastèque avait attrapé un iguane et cinq hommes l'avaient attaqué alors qu'il rôtissait la bête, assis devant son feu de camp. Ils lui avaient volé son rôti, l'avaient chassé de son propre campement. Personne n'avait pris sa défense parce qu'il était le seul Huastèque du groupe.

S'ils se comportaient ainsi quand ils avaient faim, qu'en serait-il lorsque Tonina découvrirait la fleur rouge ? Ils déferleraient sur l'arbuste ou l'arbre où elle poussait et la saccageraient dans un accès de frénésie comme ils détruisaient tout sur leur passage, ne laissant rien au peuple de l'île aux Perles.

La nuit s'épaississant, les campeurs s'installèrent pour dormir. L'air enfumé bruissait de ronflements, du murmure des prières, des grognements de couples en pleins ébats. Tonina hissa ses deux sacs dans un arbre puis les jeta dans son hamac. Elle avait remarqué que les gens s'intéressaient à ses affaires ; sa coupe transparente, en particulier, suscitait la curiosité générale. Consciente que tous ces chapardeurs ne se priveraient pas de la voler si elle leur en laissait l'occasion, elle gardait ses possessions contre elle quand elle dormait. Elle pria Lokono, l'Esprit du Grand Tout, et ses esprits dauphins. Comme le sommeil tardait à venir, elle repensa à la décision difficile qu'elle venait de prendre. Pour le salut de Huracan et de son peuple, il lui fallait s'éloigner de Kaan et de cette populace.

— *Ne sors pas ce soir ! le supplia Ciel de Jade. Reste avec moi, j'ai un terrible pressentiment.*
— *Je dois retrouver Balám.*
— *Mon amour, tu ne lui dois rien. Il n'a pas eu besoin de toi pour jouer et s'endetter au-delà du raisonnable.*
— *Si je n'avais pas marqué ce point final...*

— *Tu as fait ce qu'il fallait. Tu as respecté la volonté des dieux. Tu t'es conduit avec honneur.*

*Kaan partit dans la nuit, remontant les ruelles et les allées à la recherche de son ami, cet homme qu'il appelait son frère. Balám restait introuvable. Avait-il exécuté sa menace ? S'était-il pendu ?*

*Puis, de retour chez lui... Ciel de Jade au sol, sa tête nichée dans le giron de la voyante... La mare de sang sur le carrelage... La fille des îles qui le console :*

— *Elle est morte sur le coup...*

Kaan se réveilla en poussant un cri étranglé. Sa cape était trempée tellement il transpirait. Il se redressa et regarda autour de lui. Personne ne l'avait entendu. Tout le monde dormait à poings fermés. Il scruta les branches où quelques dormeurs se balançaient, et éprouva un choc en s'apercevant que Tonina n'était plus parmi eux : son hamac et ses affaires avaient disparu.

Menaçante, semée d'embûches, la forêt ténébreuse représentait pour Tonina le seul moyen d'échapper à Kaan et à tous ces gens. À leur réveil, quand ils s'apercevraient de son départ, elle serait si loin qu'ils n'auraient aucune chance de la retrouver.

Lors de la traversée d'Uxmal et du trajet qui avait suivi, Tonina n'avait pas lâché le Borgne d'une semelle, le bombardant de questions :

— Et ça, comment ça s'appelle en maya ? Et comment dit-on cela ?

La clé de son indépendance, c'était la maîtrise du maya. Elle était contente de son acharnement. Son bagage linguistique l'aiderait à survivre, se disait-elle en s'enfonçant précipitamment dans la forêt touffue pour creuser l'écart entre Kaan et elle.

Le couteau à la main, elle progressait avec rapidité entre les arbres et les buissons. Elle pensait à Guama et Huracan, qu'elle s'imaginait sur le promontoire dominant la lagune, tournés vers l'ouest, guettant le retour de son canoë. Avaient-ils appris la traîtrise de Macu ? Y avait-il eu un survivant pour leur raconter la tragédie ? Peut-être croyaient-ils que Tonina était morte. Non ! Guama ne perdrait jamais espoir et Tonina ne la laisserait pas tomber. La fleur rouge l'attendait au Quatemalan, sur les hautes falaises accidentées de la côte, elle en était convaincue. Elle la récolterait puis s'achèterait, avec les perles qui lui restaient, un canoë pour rentrer sur l'île aux Perles.

Elle s'arrêta brusquement et reprit son souffle en écoutant la nuit autour d'elle. Elle fronça les sourcils. Pourquoi s'était-elle arrêtée ?

Elle jeta un regard derrière elle, entre les arbres. Kaan...

Que ferait-il quand il se rendrait compte de son absence ? Se mettrait-il à sa recherche ? Ou bien sauterait-il sur l'occasion pour prendre la direction du nord, la direction de Teotihuacan ?

Tonina voulut reprendre sa course folle dans la forêt, mais en fut incapable. Elle restait clouée sur place.

Vas-y ! Ne reste pas là ! Dépêche-toi ! hurlait-elle dans sa tête.

Ses pieds refusaient obstinément de lui obéir. Alors qu'elle tentait de percer l'obscurité et tendait l'oreille aux appels des oiseaux nocturnes et au caquetage bruyant des singes, elle vit en pensée Kaan se réveiller brutalement, prendre conscience de son départ et se lancer à sa poursuite.

Elle ignorait ce qui l'enracinait ici, et se débattait avec des pensées, des idées et des raisonnements, chose qu'elle n'avait jamais eu à faire jusqu'alors. Ses décisions avaient toujours été faciles à prendre. Quand un banc d'huîtres s'épuisait, elle n'avait qu'à nager plus loin l'année suivante. Quand on lui avait appris que la vie de Huracan dépendait d'une fleur rare, elle n'avait pas eu à se creuser les méninges bien longtemps avant de déclarer : « Je vais la chercher. »

Là, en revanche, elle était tiraillée entre deux choix. Quelque chose chez Kaan l'empêchait de le fuir. À sa grande consternation, elle réalisa qu'elle voulait retourner au campement. Elle devait pourtant continuer sa route pour respecter sa promesse à Guama et Huracan.

Elle sentit un picotement sur sa nuque. Quelqu'un l'observait.

Quelle idée de s'attarder en ce lieu menaçant ! Elle allait se remettre à courir quand soudain Kaan émergea des fourrés, vert de rage. Il la saisit par les épaules et exigea de connaître les raisons de sa fuite.

La proximité inattendue de cet homme lui coupa le souffle, et elle eut du mal à parler :

— Comment as-tu su… ?

— Le Chauve, le chef des Neuf Frères qui montent la garde toutes les nuits. Il t'a vue te glisser hors du campement. Pourquoi fuis-tu ? Les dieux nous ont ordonné de rester ensemble !

— Tes dieux, pas les miens ! s'étrangla-t-elle.

Les doigts de Kaan s'enfoncèrent dans sa chair. Tout à coup, il se sentait complètement désemparé. Il percevait un arôme de feuilles de laurier et de menthe mêlé à l'odeur familière de ses peintures faciales. Sous ses doigts, la peau était fraîche. Et la fille des îles levait son regard lumineux vers lui.

Maladroitement, elle chuchota dans cette langue qu'elle ne maîtrisait pas encore :

— Laisse-moi partir de mon côté. Je te libère de ton obligation de me sauver la vie.

Kaan humait son parfum en cherchant à distinguer son visage dans la lumière pommelée de la lune. Il ne s'expliquait pas très bien pour quelle raison il était parti à sa poursuite. Il voulait se convaincre que telle était la volonté des dieux, mais, quand il s'était aperçu du départ de la fille, sa réaction viscérale l'avait surpris. La voyante le contrariait et l'irritait. Il aurait voulu en être débarrassé, mais ressentait malgré tout un fort besoin de sa présence. Et ce besoin l'emportait sur toutes les lois des dieux ou des hommes.

D'une voix enrouée, il finit par murmurer :

— Il ne t'appartient pas de me libérer. C'est la prérogative des dieux.

Il la vit se rembrunir et présuma qu'elle ne l'avait pas compris. Il s'exprima donc plus lentement, avec des mots plus simples. Elle n'avait pas mis longtemps à apprendre sa langue, mais ne la parlait pas encore couramment.

— Tu dois revenir, lui expliqua le joueur de balle. Nous sommes liés par une loi antique. Je ne peux me rendre à Teotihuacan sans avoir rempli les obligations que cette loi m'impose.

Les yeux levés vers ce visage qu'elle trouvait étrangement beau, Tonina comprit alors que, malgré tout ce qui les séparait – dieux, langues, coutumes –, Kaan et elle se ressemblaient sur un point. Chacun avait une promesse à tenir, une promesse qui lui avait été imposée. Ils n'avaient d'autre choix que d'y souscrire, même à contrecœur.

Elle chercha donc un autre moyen de se libérer de lui.

— Cette foule, elle… – la jeune femme ne trouvait pas le mot – … elle me ralentit.

Il haussa un sourcil.

— À mon avis, tu trouveras ta fleur plus facilement avec l'aide de ces gens.

— Ils ne m'aident pas. Ils me font peur !

Il lui lâcha les épaules.

— Peur ?

— Que penses-tu qu'ils vont faire quand nous aurons trouvé la fleur ? Ces gens sont… – maudite barrière de la langue ! – … ils sont désespérés. Ils vont sûrement se massacrer pour cette fleur.

— Tu exagères.

— Les forts volent déjà les provisions des faibles.

— De quoi parles-tu ?

— De ceux qui n'ont rien à manger.

Il fronça les sourcils.

— Comment se fait-il qu'ils n'aient rien à manger ?

— « Comment se fait-il » ? Qui s'en préoccupe ?

Kaan la dévisagea, perplexe. Des gens ne mangeaient pas à leur faim ? Pourtant, la viande et les fruits abondaient dans ce campement. Il reprit :

— Tu n'as aucune raison de t'enfuir pour une simple histoire de nourriture. Nous allons y remédier.

Il était si proche qu'elle l'entendait respirer. Tonina éprouva soudain le besoin de lui poser une question bien précise :

— Pourquoi me hais-tu ?

— Quoi ? Que veux-tu dire ?

— Ta façon de me regarder au cenote. Tu m'en veux de t'avoir sauvé la vie.

Il la dévisagea un long moment et comprit qu'elle avait en partie raison. Oui, il lui en voulait, mais pas parce qu'elle lui avait sauvé la vie. Pour la première fois depuis le drame, Kaan reconnut ce qu'il avait refusé d'admettre jusqu'alors. Je lui en veux d'avoir été là quand Ciel de Jade est morte, parce que moi, je n'y étais pas. Je ne peux pas le lui pardonner.

Non, se dit-il, c'est à moi que je ne peux pas pardonner.

Elle leva les yeux vers lui et chuchota de nouveau :

— S'il te plaît, laisse-moi partir.

Le regard sombre et tourmenté, Kaan faillit prendre entre ses mains le visage tendu vers lui pour essuyer délicatement la peinture blanche qui dissimulait les traits de la jeune femme.

— Je ne peux pas...

— Je suis loin de chez moi, loin de mon peuple et de mes dieux. Je suis toute seule.

Les yeux de Tonina se remplirent de larmes devant un Kaan désarçonné. Cette fille semblait si forte et indépendante, si décidée à poursuivre sa propre route... Il n'aurait jamais cru la voir pleurer un jour. D'une voix tendue, elle ajouta :

— Ici, c'est ton pays, pas le mien. J'y suis contre mon gré. Mon seul désir est de retrouver l'océan. Je suis loin de mes esprits dauphins.

Tonina réprimait ses émotions depuis si longtemps qu'elles la submergèrent :

— Je veux plonger sous les vagues dans le silence des profondeurs, mon monde. Ne pas pouvoir nager est une véritable torture. Sans l'océan, je ne suis rien.

Ces propos passionnés bouleversèrent le joueur de balle. Il n'avait vu qu'une seule fois la mer, quand l'équipe de Mayapan s'était déplacée au Campeche à l'occasion d'un tournoi. Kaan n'avait pas voulu s'aventurer sur la plage, préférant contempler du haut d'une colline cette eau terrifiante qui s'étalait à perte de vue jusqu'à l'horizon. Des gens se noyaient dans cette eau, ou des créatures marines sauvages les dévoraient. Comment pouvait-on aimer cette chose redoutable et destructrice ?

Tout à coup, une autre voix résonna dans sa tête, celle de Ciel de Jade avant leur mariage :

« Comment peux-tu aimer un jeu qui peut te faire si mal physiquement, voire te tuer ? »

Kaan n'avait jamais remis en question sa passion pour le jeu de balle, n'avait jamais analysé son besoin de jouer. Pourquoi avait-il l'impression d'être pleinement vivant quand il se mesurait à d'autres joueurs agiles et puissants ? Sur le terrain de jeu, il n'était plus maya ni chichimèque, il n'était qu'un paquet de muscles, de sang et de force. Il était lui-même. Tonina ressentait-elle la même chose quand elle plongeait dans l'océan ?

À son grand étonnement, il comprit alors qu'en dépit de leurs différences, ils se rapprochaient sur un point, elle, la fille des îles barbares et lui, l'idole des Mayas : leur amour pour une chose à leurs yeux plus importante que la vie.

Secoué par cette révélation, il fit un pas en arrière. Non, nous ne sommes pas pareils. Pas pareils du tout.

Et pourtant, pour la persuader de regagner le camp, il était prêt à accéder à sa demande. Il allait prendre le contrôle de cette foule. Oui, il le ferait, mais pour son épouse, pas pour Tonina, se dit-il. Car si la fille des îles ne se trompait pas, si cette foule indisciplinée détruisait la fleur rouge, il ne pourrait jamais prendre la route du nord jusqu'à Teotihuacan.

## 32

Le lendemain matin, Kaan réclama l'attention de l'assemblée. Le silence s'installa dans le campement enfumé, et tous les yeux se braquèrent vers le joueur de balle.

Il passa en revue ces visages attentifs. Il n'était pas un meneur d'hommes. Puis lui revinrent les mots de sa mère :

« Ne sois jamais un perdant, mon fils. »

Kaan savait qu'il n'échouerait pas si ses prétentions restaient raisonnables. Ainsi, il avait toujours refusé le poste de capitaine de son équipe. Dans la situation actuelle, il espérait donc ne pas présumer de ses forces. Un coup d'œil à Tonina – il revécut brièvement leur rencontre nocturne, les confidences intimes qu'ils avaient échangées – le persuada enfin de relever le défi. C'était la seule chose à faire.

Mais Kaan avait le trac. Il ne s'était jamais adressé à une foule, il ne connaissait rien à l'art oratoire. Je suis un homme d'action, pas de discours, se dit-il en se redressant de toute sa taille. Mais les mots étaient aussi une forme d'action, et il prit la parole d'un ton autoritaire :

— Vous ne faites peut-être que me suivre, mais vous allez devoir vous conformer à mes règles. Il n'y a plus de temps à perdre. Il faut accélérer notre allure. Si vous ne pouvez pas tenir la cadence, faites demi-tour et rentrez chez vous.

Il marqua une pause pour les dévisager l'un après l'autre, à la façon de son entraîneur qui s'arrangeait toujours pour croiser le regard de chacun de ses joueurs quand il voulait insister sur un point.

— Premièrement, tout le monde devra participer à la chasse et à la cueillette, reprit-il. Tout le monde devra partager.

Kaan puisait ces règles élémentaires dans le code d'honneur de son académie, qui reposait sur la confiance, l'équité, l'honnêteté et le respect.

— Les vivres appartiendront à la communauté. Nous respecterons un certain ordre de distribution : les anciens d'abord, puis les enfants, les mères et, en dernier, les hommes. Avant chaque repas, nous offrirons une libation à nos dieux. Pour nos dieux toujours, nous sacrifierons à tous les feux de camp une part de nourriture. Il n'y aura plus ni blasphèmes ni sacrilèges. Nous ne volerons pas. Tout voleur pris en flagrant délit aura la main tranchée. L'adultère sera puni de mort. La loi des Mayas s'appliquera ici comme en ville.

H'meen nota ses paroles dans un nouveau livre. Avant de s'adresser à la foule, Kaan avait respectueusement demandé à l'herboriste royale de transcrire sur le papier les lois qu'il allait présenter. Il tenait à leur assurer une validité qui faciliterait leur application. Assise par terre jambes croisées, H'meen trempait son pinceau dans de l'encre puis traçait des glyphes et des symboles sur du papier d'écorce vierge.

— Telles sont les lois auxquelles nous nous conformerons tous, conclut Kaan.

Il les scruta en attendant le tollé général qui ne manquerait pas de s'élever, mais à son grand étonnement, personne ne chercha à le contester. Au contraire, les gens acquiescèrent, et des murmures d'approbation fusèrent de toute part. Kaan s'était dépassé et il avait réussi.

Il leur fit une dernière remarque :

— Je ne suis pas votre chef. Vous allez élire un chef parmi les vôtres, une personne juste et équitable qui devra vous aider à résoudre vos litiges. Et maintenant, préparez-vous à reprendre la route.

Pendant que la foule s'animait en commentant la tournure inattendue des événements, Tonina s'approcha de Kaan.

— J'ai réfléchi, lui dit-elle. Je crois que tu viens de me rembourser ta dette...

Il la dépassait d'une tête et dut baisser les yeux vers elle. Les symboles blancs fraîchement repeints le matin même dissimulaient toujours les traits de la fille des îles. Quel était donc son vrai visage ?

— Que veux-tu dire ?

— Comme tu me l'as expliqué toi-même, nous allons traverser une contrée dangereuse. En continuant seule, j'aurais sans doute trouvé la mort. Tu m'as probablement évité ce destin en me ramenant la nuit dernière. Pour moi, ta dette est annulée.

Après avoir considéré quelques instants cette hypothèse, il répliqua :

— On ne trompe pas si aisément les dieux.

Et il tourna les talons.

Le Borgne, qui avait demandé à une jeune amie maya bien en chair d'empaqueter ses vivres et ses biens et de lever son camp, s'approcha de Tonina :

— Un conseil d'ami, mon enfant : tu veux te débarrasser de Kaan au plus vite ? Alors ne lui fais plus aucune faveur. Si tu augmentes sa dette à ton égard, tu ne te libéreras jamais de lui.

## 33

Poki, le petit chien replet de H'meen, flairait gaiement les fourrés, semant la panique parmi les rongeurs et autres animaux des sous-bois. Une lance était pointée vers lui, mais il n'en avait pas conscience.

Le prince Balám en salivait d'avance. Cette bestiole ferait un mets bien juteux.

Des voix lui parvinrent à travers les arbres et le sourire de Balám s'élargit. La fille des îles et l'herboriste royale faisaient une incursion sous le couvert pendant que le gros de la troupe qui escortait Kaan installait un campement où se restaurer et prendre un peu de repos.

Balám les avait suivis dans leur progression sur la Route Blanche en restant à l'abri des arbres, guettant le moment propice pour exécuter sa vengeance. La fille était seule, du moins si l'on ne tenait pas compte de l'étrange enfant-aïeule et de l'homme chargé de veiller sur elle. Balám leva les yeux vers le ciel limpide. Il faisait frais. Le solstice d'hiver était passé. C'était la saison sèche, l'eau se faisait rare, et il faudrait encore plusieurs jours de marche avant d'arriver à Tikal.

Il jeta un coup d'œil à sa propre suite, qui s'était étoffée depuis son départ d'Uxmal. Aux quatre cousins trop heureux de l'accompagner s'étaient joints de jeunes Mayas peu attirés par la vie à la ferme ou la carrière de sculpteur sur bois et assoiffés d'aventures. Quand ils avaient appris que Balám, héros du jeu de balle – un prince par-dessus le marché –, entreprenait un voyage exceptionnel, ils avaient préféré oublier les rumeurs de sa disgrâce et du pari tenu contre sa propre équipe et s'étaient associés à lui. Après tout, Mayapan était si loin...

Balám avait reporté son attention sur le petit chien, qui reniflait partout mais ne l'avait pas encore repéré, quand tout à coup il l'aperçut entre les arbres, grande et mince, les boucles de ses longs cheveux tressées de coquillages, les bras et le visage décorés de motifs blancs. Il n'aimait pas son allure. Il haïssait cette fille.

Maintenant, se dit-il avec une sombre allégresse. Maintenant...

— Es-tu déjà tombée amoureuse ?

La question prit Tonina tellement au dépourvu qu'elle en laissa presque échapper la fleur qu'elle examinait.

La fille des îles sourit à H'meen, l'enfant à l'aspect étrange qui venait de lui poser cette question. Parfois, Tonina oubliait presque l'âge de la jeune herboriste, qui n'avait pas encore vécu grand-chose. Petite et menue, H'meen levait vers elle son visage d'oiseau, étroit, ratatiné, sans cils ni sourcils. Sa mâchoire fuyante, sa peau ridée et ses fins cheveux blancs lui donnaient l'air d'une centenaire, alors qu'elle allait avoir tout juste quinze ans.

« Je ne connais que le palais et ses jardins en terrasses, avait expliqué la femme-enfant à Tonina le jour de leurs retrouvailles, entre Mayapan et Uxmal. Avant de mourir, je veux voir des arbres et des fleurs dans leur environnement naturel. Il me tarde de contempler les paysages tels que les dieux les ont créés. Si la fleur dont tu parles existe vraiment, elle inversera peut-être les effets de ma maladie. Je pourrais vivre un peu plus longtemps, qui sait ? Mais pour l'instant, il me reste peu d'années devant moi, et trois apprenties *h'meen* sont déjà en formation pour me remplacer au palais. Je ne manquerai à personne. »

Les jours suivants, assises autour du feu, elles avaient fait plus ample connaissance et H'meen s'était confiée à Tonina. La jeune fille ignorait quelles herbes avait utilisées la précédente herboriste pour doper ses capacités mentales et augmenter sa vitesse d'apprentissage, mais elle savait en tout cas qu'elles avaient également favorisé son vieillissement.

« Je ne pousse pas vers le haut, j'accélère ! Je ne grandis pas, je vieillis ! » avait-elle constaté dans un grand éclat de rire.

Sa question sur l'amour attrista Tonina. La malheureuse H'meen ne connaîtrait jamais ce sentiment, les joies du mariage et de la maternité ; la fille des îles voulait au moins lui faire don d'une réponse satisfaisante. Tout en scrutant le cœur de la fleur rouge qu'elle tenait – ce n'était hélas pas celle qu'elle cherchait –, elle pensa d'abord à Macu, dont elle s'était entichée, puis à Aigle Courageux, qu'elle avait aimé comme un frère. Mais... le véritable amour ?

— Non, H'meen, je ne suis jamais tombée amoureuse, finit-elle par avouer.

L'herboriste posa sa petite personne sur une souche en poussant un soupir. Cette traversée de la forêt avec tous ceux qui suivaient Kaan, elle l'effectuait la plupart du temps à dos d'homme. Elle possédait une sorte de panier d'osier avec deux ouvertures pour les jambes, spécialement conçu à son usage. Un serviteur la portait, mais dès qu'elle le pouvait, la jeune fille préférait marcher, quitte à s'asseoir fréquemment.

— Le Borgne est tout à fait charmant, tu ne trouves pas ? fit-elle timidement remarquer à son amie.

Elle pensait souvent à son galant libérateur, qui l'appelait « ma dame » quand tous les autres lui donnaient du « H'meen »... Elle n'oublierait jamais le matin où il était venu dans le jardin du palais pour lui proposer de l'emmener voir le monde. Elle avait éclaté en sanglots tant elle lui était reconnaissante. Dès le lendemain, au lever du soleil, elle rongeait son frein, prête à prendre la route. Elle s'était glissée dans son panier de voyage, puis son garde du corps fidèle et musclé l'avait hissée sur son dos. Chargés de livres et d'ustensiles d'écriture, ses aides la suivaient joyeusement ; tous se réjouissaient de prendre part à cette aventure. L'herboriste n'avait pas eu à demander la permission du roi. La *h'meen* du jardin royal était autonome, et comme les grands prêtres, ne rendait de comptes qu'aux dieux. Elle avait tout de même envoyé à Sa Sérénissime Bonté un message de remerciement et de bénédiction l'informant que ses jeunes apprenties prendraient désormais soin de la flore royale.

Tonina considéra la jeune fille avec étonnement. H'meen avait donc des sentiments pour le Borgne ? Le rouge qui montait aux joues ridées de son amie la fit sourire. Le cœur des femmes était vraiment imprévisible !

L'image de Kaan s'imposa soudain à elle, constatation qui la bouleversa tant qu'elle s'empressa de détourner le regard. Pourquoi cet homme avait-il envahi ses pensées ? Et avec tant de réalisme qu'on aurait dit qu'il les avait rejointes dans la petite clairière ! Car ce n'était pas seulement son image qui la hantait, mais aussi son odeur – sa sueur mélangée au parfum des feuilles et de l'herbe –, le son de sa voix douce mais impérieuse, l'impression qu'il était tout près d'elle, ses mains sur ses épaules, son souffle sur ses joues...

Son imagination faisait des siennes, rien de bien grave... Elle se retourna vers H'meen en réfléchissant au problème soulevé par l'herboriste.

Cette discussion sur l'amour n'a vraiment aucun rapport avec Kaan ! se dit Tonina en son for intérieur.

Elle savait pourquoi H'meen se posait des questions sur le sujet. Tous les soirs, quand la grande troupe s'arrêtait pour la nuit, H'meen en profitait pour interroger Tonina sur les rapports entre hommes et femmes. Malgré ses étonnantes connaissances sur les plantes, les remèdes, les étoiles et le surnaturel, cette frêle femme-enfant à l'existence si protégée ne savait pas grand-chose de la vie. Les deux amies échangeaient donc les informations qui les intéressaient. H'meen enseignait les plantes et les herbes à la fille des îles pour l'aider à identifier sa fleur rouge et, en échange, Tonina lui communiquait son expérience des gens et de la vie, non sans l'avoir prévenue au départ :

« Je ne sais pas tout, loin de là ! »

À quoi H'meen avait répliqué :

« Moi non plus, je ne sais pas tout. Je découvre tous les jours des arbres et des fleurs dont je ne soupçonnais pas l'existence. »

Soudain, poil court hérissé et oreilles dressées, Poki se mit à pousser les glapissements typiques de sa race.

— Que se passe-t-il, vilain garçon ? lui demanda affectueusement sa maîtresse.

Le Maya robuste et bigleux qui l'escortait sauta brusquement sur ses pieds, alarmé.

Son couteau à la main, Tonina se dirigea à pas feutrés vers le bosquet ayant attiré l'attention du petit chien. Elle échangea un regard avec le serviteur du palais, persuadé lui aussi que les arbres dissimulaient quelque chose, et lui fit signe de se diriger vers la droite. Elle-même partit à gauche, et sans un bruit, ils décrivirent un grand arc de cercle. Assise sur sa souche, H'meen parlait à Poki comme si de rien n'était.

Tonina se jeta subitement entre les arbres, accueillie par un hurlement d'effroi. Les mains en l'air, un homme se releva d'un bond en criant :

— Ne me faites pas de mal !

Tonina et le garde examinèrent l'intrus, un Maya au front fuyant, au grand nez charnu et aux dents saillantes si caractéristiques. Pas très grand, plus trapu que musclé, il portait un pagne grossier et une cape nouée au cou, et sur le dos, un arc, des flèches, deux lances et une massue. Ses longs cheveux retenus en queue de jaguar pendaient entre ses omoplates.

Tonina fronça les sourcils. L'homme lui semblait vaguement familier.

— Ça alors, le prince Balám ! s'exclama H'meen en les rejoignant.

Poki s'était tu, estimant qu'il n'y avait plus de danger.

Embarrassé, Balám opina respectueusement du chef.

— J'ai cru que vous étiez des bandits...

Tonina ne le quittait pas des yeux. Pas étonnant qu'elle ne l'ait pas reconnu tout de suite ! Les rares fois où elle l'avait vu – au marché, dans la Grande Salle, sur le terrain –, il était richement vêtu et croulait sous les bijoux ou portait son équipement de joueur, le corps entièrement peint en rouge.

— Tout le monde vous croit mort, seigneur Balám. Êtes-vous un revenant ? lui demanda H'meen, stupéfaite.

— À ma grande honte, honorable H'meen, je suis encore en vie.

Tonina s'y connaissait à présent suffisamment en maya pour pouvoir suivre la conversation. Le prince ajouta avec anxiété :

— Je vous en prie, ne dites à personne que je suis ici ! J'ai réussi à conserver le secret jusqu'à maintenant, et je ne voulais pas être découvert.

— Mais pourquoi nous suivre ? Pourquoi ne pas vous joindre à nous ?

— Honorable dame, vous êtes probablement au courant de ma disgrâce. Je suis maudit des dieux ! Je ne souhaite pas transmettre ma malchance à tous ces gens respectables qui accompagnent Kaan, mon frère.

Tonina ne put se retenir plus longtemps :

— Vous devez prévenir Kaan que vous êtes en vie !

Il lui jeta un coup d'œil furtif, et elle crut voir une ombre lui balayer le visage, ombre qui disparut aussi vite qu'elle était venue.

— Kaan doit ignorer ma présence, encore plus que les autres ! Il a entrepris un pèlerinage sacré. Ma présence lui ôterait ce caractère de sainteté.

— Alors pourquoi nous suivre ? insista H'meen de sa douce voix de vieille femme.

Il courba la tête.

— La honte qui m'accable durera à jamais, honorable dame, mais j'espère obtenir ma rédemption dans la Cité des Dieux. Quand mon frère arrivera à Teotihuacan, je me jetterai aux pieds des saints hommes qui y vivent et leur demanderai de m'aider à trouver le salut !

— Kaan vous croit mort, déclara Tonina dans son maya hésitant. Il vous pleure. Il se réjouirait de vous savoir vivant !

— Oui, renchérit H'meen. Les dieux, qui lisent dans tous les cœurs, savent sûrement que vous vous repentez.

Balám baissa la tête.

— Honorable dame, Kaan n'ignore certainement pas que son épouse est morte par ma faute... J'ai peur qu'il veuille me tuer par vengeance.

H'meen et Tonina lui jetèrent un regard atterré.

— Nous n'avons rien entendu de tel, prince Balám, lui assura l'herboriste. Tout ce que nous savons, c'est que Kaan est profondément bouleversé par la tragédie qui vous a frappé. Jamais il ne porterait la main sur vous !

Il lui lança entre ses cils baissés un coup d'œil rusé que les deux femmes prirent à tort pour de l'humilité.

— Vous le pensez vraiment ?

— Vous, responsable de la mort de Ciel de Jade ? C'est impossible ! C'était un accident ! dit Tonina.

À nouveau, une ombre voila un bref instant les traits de Balám. Il n'aimait pas cette femme, bien trop directe et familière avec lui. Mais son heure viendrait, à cette voyante qui lui avait pris sa femme et sa fille...

— Je dois le dire moi-même à Kaan, déclara le prince.

— Alors accompagnez-nous, répéta H'meen.
— Non, je ne peux pas. Je ne veux pas que les autres me voient. S'il vous plaît, demandez à Kaan de venir me trouver ici. Et dites-lui de venir seul !
— Je m'en charge, dit Tonina, mais au moment où elle prononçait ces mots, la voix du Borgne résonna dans sa tête : « *Si tu veux te débarrasser rapidement de Kaan, ne lui fais plus de faveurs. Plus il te sera redevable et moins tu pourras te libérer.* »
Et soudain, elle se dit : Si je révèle à Kaan que Balám est en vie, cela soulagera sa conscience et il me sera reconnaissant. Mais si je ne lui dis rien, il continuera à souffrir, convaincu que Balám est mort à cause de lui.
Elle n'hésita pas longtemps :
— Je vais le chercher.

Comme à son habitude, Kaan était assis en lisière du campement, perdu dans ses pensées. Il n'avait même pas allumé un feu, et n'autorisait personne à s'en charger pour lui. Il ne se nourrissait plus.
Un jour Guama avait dit à Tonina que le temps apaisait les souffrances. Et cependant le chagrin de Kaan ne semblait que croître. Il ne consultait plus sa carte, comme s'il ne se souciait plus ni de leur destination ni du temps nécessaire pour s'y rendre. Avait-il renoncé à Teotihuacan ?
Tonina s'approcha doucement de lui.
— Mon seigneur...
Il redressa brusquement la tête. Tonina ne s'était encore jamais adressée à lui de cette façon.
— Mon seigneur, il y a du nouveau.
Il attendait, son regard sombre braqué sur elle.

— Le prince Balám est en vie.

Kaan fronça les sourcils.

— Comment ça, il est en vie ?

— Il est là-bas, derrière ces arbres, il souhaite vous parler...

Aussitôt sur pied, Kaan partit en courant vers le bosquet. Tonina mit un moment à reprendre ses esprits et à le suivre. Elle arriva juste à temps pour voir les deux hommes tomber dans les bras l'un de l'autre.

— Sainte Mère Lune ! Je rêve, ma parole ! Tu es vivant ! Pardonne ma conduite ! Pardonne-moi cette victoire !

— Je ne t'en veux pas, mon frère. C'est entièrement ma faute, lui dit Balám en essuyant ses larmes.

Les deux hommes se coupaient mutuellement la parole, devant Tonina, H'meen et le serviteur stupéfaits.

Kaan insista :

— Mais c'est à cause de moi que tu as perdu ta femme et ta fille !

— Non, mon frère, c'est entièrement ma faute. Et elles m'ont embrassé avant qu'on nous sépare. Mon épouse bien-aimée et mon adorable Ziyal m'ont embrassé, elles m'ont accordé leur pardon, elles ont même demandé aux dieux de me bénir... Ensuite, je t'ai cherché partout pour obtenir ton pardon, le seul moyen de retrouver enfin la faveur des dieux et la paix de mon âme.

— Bien sûr que je te pardonne ! Et je bénis les dieux de t'avoir ramené à moi !

Balám recula d'un pas en se rembrunissant.

— Hélas, je dois maintenant t'apprendre un fait troublant, mon frère. C'est ma faute si Ciel de Jade a été assassinée.

— Assassinée ? Mais non, elle est morte accidentellement ! Elle a fait une chute.

— Tu fais erreur.

Dans la clairière, la lumière du soleil sembla perdre de son éclat. On aurait dit que le babil des singes et les chants d'oiseaux s'éloignaient, que la nature tout entière soulignait l'importance du moment. Kaan avala péniblement sa salive.

— Dis-moi tout.

Balám revécut la scène de sa rencontre fatidique avec les membres du consortium, s'entendit encore une fois leur expliquer que c'était la faute de Kaan, entendit encore une fois leur réponse : « Kaan est un homme d'honneur. Peu importe ce qu'il a fait, il a tout notre respect. »

Balám repoussa ce souvenir odieux.

— Frère, j'ai avoué aux hommes du consortium que je t'avais demandé de faire échouer notre équipe mais que tu avais refusé. Un choix parfaitement honorable, mais eux, ils m'ont déclaré qu'ils s'en moquaient, que tu n'étais pas un homme d'honneur. La seule chose qui importait à leurs yeux, c'était le résultat de la partie, et à cause de toi, nous l'avions gagnée. Alors, pour te donner une bonne leçon, ils ont commandité le meurtre de ton épouse et de ton fils à naître.

Un nuage surgit dans le ciel et masqua le soleil, jetant une ombre sur le monde.

— Je ne peux pas le croire, protesta Kaan dans un soupir étranglé.

— Mais c'est la vérité, mon frère. Le consortium a engagé un tueur. Le consortium a fait assassiner Ciel de Jade !

Balám se souvint de la façon dont la jeune femme s'était défendue cette nuit-là et du coup mortel qu'il avait dû lui asséner dans l'estomac.

Kaan serrait les poings, la respiration saccadée.

— Qui sont ces hommes ? Donne-moi leurs noms !

— Pour quoi faire ?

Balám, qui se doutait de la réponse, dut réprimer un sourire. Comme il était facile de piéger Kaan !

Entre ses dents, celui-ci insista :

— Les hommes du consortium, je veux leurs noms !

Balám se fit un plaisir de les lui révéler, puis ajouta :

— Écoute-moi, mon frère ! Je crois savoir ce que tu penses, mais ne te laisse pas envahir par ces pensées. Oublie tout cela et va à Teotihuacan ! Si tu retournes à Mayapan avec l'idée de te venger, rien de bon n'en sortira. J'ai raison, n'est-ce pas ? C'est ce que tu veux faire ? Mais c'est à cause de ma misérable passion du jeu que ta femme et ton enfant adorés sont morts ! C'est moi qui ai passé un contrat avec le consortium ! C'est moi qui t'ai obligé à ce choix impossible, la partie ou notre amitié ! Je suis seul responsable du drame qui t'a frappé !

Mais Kaan ne pensait déjà plus qu'à retourner au plus vite à Mayapan pour faire justice lui-même.

Bouleversées par cet échange, Tonina et H'meen étaient suspendues à leurs lèvres.

Kaan reprit :

— Sauver les âmes de Ciel de Jade et de mon fils était devenu mon unique raison de vivre. Le reste, je m'en moquais. Mais dorénavant je ne tiens plus du tout à mourir une fois ma tâche accomplie. Tu viens de me donner une nouvelle raison de vivre, mon frère ! Et grâce à toi, j'ai retrouvé la foi, car te voici bien vivant devant moi, alors que je t'avais cru disparu à jamais. Viens avec nous au campement ! Prions ensemble notre Mère Lune !

Balám eut un mouvement de recul.

— Impossible. J'ai fait vœu de pénitence. Tant que je n'aurai pas expié mes fautes dans la Cité des Dieux, j'ai juré de ne plus toucher à la viande, à l'alcool, au tabac et aux femmes. Et surtout, j'ai renoncé au jeu, et c'est pour moi le plus grand des sacrifices.

Balám s'abstint d'ajouter qu'il ne révérait plus la déesse patronne des joueurs de balle, sa dévotion étant désormais réservée à un autre dieu : Buluc Chabtan, dieu maya de la guerre. Un dieu sanguinaire des ténèbres.

— Tu peux tout de même voyager avec nous !

Balám repoussa également cette proposition :

— Ma tête est mise à prix. Le consortium exige que je me vende moi-même comme esclave aux enchères. Je dois me cacher jusqu'à mon retour à Mayapan, quand j'aurai retrouvé mon honneur.

Le Borgne quitta son hamac pour satisfaire un besoin naturel. Le jour allait bientôt se lever et le petit homme avait passé une nuit épouvantable.

Habitués à dormir au sol sous abri, les citadins et les fermiers qui formaient le gros de la troupe avaient découvert les inconvénients des nuits en forêt et les avantages du hamac dans ces circonstances. Bon nombre d'entre eux s'en étaient procuré un dans les villes traversées, et cette nuit-là, l'un des Neuf Frères s'était mis en tête d'honorer son épouse pour fêter leur première nuit dans un lit suspendu. Bien évidemment, en pleine action, leur hamac s'était retourné brutalement. Coincés dedans, les deux amants s'étaient débattus dans tous les sens en poussant de hauts cris, puis une des cordes avait fini par lâcher, les projetant violemment au sol.

Réveillé par le raffut, le Borgne n'avait pas réussi à se rendormir. Quelle bande d'amateurs ! se dit-il en choisissant un arbre contre lequel se soulager. Pour donner du plaisir à une femme dans un hamac, il fallait une dextérité qu'il avait mis des années à acquérir...

Le nain se figea brusquement. Des voix dans l'obscurité... Entre les arbres, Balám riait avec ses amis.

Lorsque le Borgne avait vu Kaan s'élancer dans la forêt sur quelques mots de Tonina, il les avait pris en filature, comme le redoutable espion qu'il était. Il n'avait donc pas perdu une miette des émouvantes retrouvailles entre le prince Balám et son frère. Or, Balám était en train de boire de l'alcool, alors qu'il avait prétendu avoir fait vœu d'abstinence ! Par terre étaient éparpillés les os d'un animal rôti, et lui et ses amis faisaient tourner une pipe tout en lançant les haricots colorés d'un jeu de hasard. Il ne manquait que les femmes, pensa le petit homme écœuré.

En repartant, il fit craquer une branche sèche sous son pas, et Balám bondit sur ses pieds en grondant :

— Qui va là ?

Le Borgne s'immobilisa. Peut-être croiraient-ils à un animal en vadrouille et reprendraient-ils leur partie... Sauf que quelqu'un l'empoigna brutalement au collet et le souleva du sol.

— Tu m'espionnes ?

— Non, mon seigneur ! Je le jure sur les os de mon arrière-grand-père ! croassa-t-il.

Balám se pencha tout contre lui et siffla entre ses dents, menaçant :

— Écoute-moi bien, le singe. Cesse de m'espionner de ton méchant petit œil. Si jamais je t'y reprends, je t'embrocherai comme un chien et je ferai rôtir ta vilaine petite carcasse.

## 34

Tikal, enfin !

Ils émergèrent de la jungle luxuriante et s'engagèrent sur la chaussée de pierre menant aux portes de la ville. Kaan glissa quelques instructions au Chauve puis s'élança vers la cité.

Tonina, qui marchait en tête, comprenait parfaitement cette hâte.

« Je dois retourner à Mayapan, avait déclaré Kaan après s'être réconcilié avec Balám. Je dois confondre les meurtriers de ma femme et veiller à leur inculpation. »

Tonina lui avait une nouvelle fois assuré qu'elle le libérait de ses obligations envers elle, mais Kaan voulait absolument qu'elle arrive saine et sauve sur la côte. Il s'était renseigné auprès des fermiers du coin : l'océan se trouvait encore à bien des jours de marche, et il se sentait pressé par le temps. Il espérait donc louer à Tikal les services de gardes et de guides de confiance, qu'il chargerait de terminer le trajet avec Tonina.

Voilà pourquoi il avait renoncé à l'itinéraire vers l'est prévu initialement pour se diriger vers Tikal, au sud. Petit à petit, ils étaient entrés au Quatemalan, où la forêt sèche laissait place à la jungle tropicale, avec ses arbres asphyxiés par les plantes grimpantes et sa végétation inextricable de fougères, champignons, mousses et autres. Leur progression était devenue plus difficile et à l'avant de la troupe, des éclaireurs armés de couteaux ouvraient péniblement une piste dans cette végétation exubérante. Traversé de petits ruisseaux et marécageux par endroits, le terrain se faisait plus accidenté, et l'air chaud et moite grouillait d'insectes.

Exténués, Tonina et ses compagnons de route se réjouissaient de retrouver le confort et la sécurité d'une ville, mais ils ressentirent une certaine inquiétude en constatant qu'il n'y avait personne sur la grand-route menant à Tikal, une voie pavée bordée de grands arbres et de fourrés épais. Personne, pas même une sentinelle, et aucune lumière aux fenêtres…

Où donc étaient les gens ?

Derrière Tonina et les Neuf Frères, les voyageurs avançaient en silence sur les pavés inégaux. L'air tendu, le Chauve vit le grand Kaan, son maître, disparaître aux portes de la cité. Il aurait voulu se précipiter à sa suite pour s'assurer qu'il ne lui arriverait rien, mais on lui avait donné l'ordre de protéger la foule.

À côté du Chauve, Tonina vit elle aussi Kaan pénétrer dans l'étrange cité silencieuse qui se dressait devant eux et l'imagina parcourant les chemins et les ruelles à la recherche d'hommes de confiance pouvant la conduire à la côte.

Les robustes serviteurs de H'meen marchaient juste derrière Tonina, l'un d'eux portant sur son dos l'herboriste royale dans son panier spécial et l'autre chargé du Borgne. Le marchand taïno avait bien tenté de se maintenir à hauteur de ses compagnons de route, avant de se résigner à l'humiliation d'un transport à dos d'homme. H'meen avait eu cette idée quand son ami avait dû se résoudre à admettre qu'il ne pourrait jamais suivre la nouvelle allure imprimée par Kaan. Le grand joueur semblait avoir le feu aux trousses depuis la nuit miraculeuse de ses retrouvailles avec Balám.

Après avoir de mauvais gré accepté la proposition de l'herboriste, le Borgne entrait donc dans Tikal sur les solides épaules de l'un des serviteurs de H'meen ; la jeune herboriste lui lança un sourire auquel il ne répondit pas.

Il voulait mourir.

Le nain n'avait raconté à personne qu'il avait vu Balám s'adonner à tous les vices auxquels il avait juré renoncer. Il n'avait cure des mensonges et de la duplicité de ce prince, comme de sa prétendue réconciliation avec Kaan. « Si jamais je t'y reprends, je t'embrocherai comme un chien et je ferai rôtir ta vilaine petite carcasse. »

Cette intimidation non plus ne le tracassait pas outre mesure. On l'avait menacé si souvent dans sa vie... Non, ce qui le perturbait, c'étaient les mots « vilaine petite carcasse » plantés en lui comme des épines.

Le Borgne s'était toujours trouvé beau, d'autant plus que la plupart des femmes abondaient dans son sens. Mais ces quelques mots l'empêchaient de trouver le sommeil, et une nuit, n'y tenant plus, il avait réveillé sa dernière compagne en date pour lui demander si elle le trouvait séduisant.

« Non, lui avait-elle répondu en éclatant de rire.

— Je suis quelconque, alors ? »

Elle avait un peu hésité, ce qu'il n'avait pas du tout apprécié.

« Quoi ? Je suis laid ? »

Elle lui avait lancé un sourire indolent.

« Oui, c'est ça. Tu es très laid !

— Alors, pourquoi coucher avec moi ?

— Parce que tu portes bonheur. »

C'est ainsi qu'il avait découvert la terrible vérité. Les femmes ne se donnaient à lui que parce qu'il était nain et qu'elles voulaient profiter de la chance qu'il leur promettait. Rien à voir avec sa personnalité, son physique ou son charme, contrairement à ce qu'il pensait depuis toujours. Sa vie durant, il s'était bercé d'illusions, et maintenant, il voulait mourir.

— Voilà du monde, enfin ! s'écria H'meen en longeant des masures et leurs potagers.

Des hommes et des femmes sortaient des maisons pour regarder passer la troupe.

Cette cité n'était donc pas complètement déserte !

La procession s'engagea sous une arche qu'aucune sentinelle ne gardait, puis se dirigea vers ce qui devait être le cœur de Tikal : un modeste marché occupant une place bordée d'imposants temples de pierre grise dont les étages et les terrasses s'élevaient vers le ciel. Trois d'entre eux semblaient désaffectés, mais les deux autres servaient encore : des gens y entraient et en sortaient ou circulaient sous leurs colonnades. Ces temples étaient eux aussi mal entretenus, avec leurs murs envahis par les plantes grimpantes et les mauvaises herbes.

Une vision bien différente du bourg accueillant auquel chacun s'était attendu.

Tonina et le Chauve décidèrent d'établir le campement sur cette place, un endroit sûr et protégé avec un petit réservoir d'eau tout proche. Ils trouvèrent un espace libre à un angle de la place et délimitèrent aussitôt des emplacements sur le pavé humide et moussu.

Dans un coin qu'elle s'était déniché au pied de l'escalier de l'un des temples abandonnés, Tonina s'alluma un feu puis observa le campement alentour et les gens blottis à l'ombre des monuments impressionnants.

Elle s'était habituée aux temples-pyramides, qui jalonnaient en grand nombre la route d'Uxmal à Tikal. Ceux qui les avaient érigés des siècles auparavant avaient depuis longtemps sombré dans l'oubli. Beaucoup de ces temples étaient laissés à l'abandon, et certains, disparaissant sous la végétation, avaient atteint un tel degré de décrépitude qu'on pouvait les prendre pour des éléments du relief. Quelques-uns, ceux qu'on utilisait encore dans les centres religieux peuplés, étaient conservés en bon état. En tout cas, parmi cette centaine d'édifices, aucun n'égalait les stupéfiants temples-pyramides de Tikal.

Tels des panaches d'écume jaillissant de la mer, ils s'élevaient au-dessus de la jungle, avec leurs murs et leurs escaliers incroyablement escarpés. Ils grimpaient à une telle hauteur qu'ils touchaient forcément les cieux. Au sommet se dressaient d'étranges couronnes carrées sans nécessité apparente. Qui avait construit ces monuments et pourquoi ? Et comment s'y étaient-ils pris ? Elle pensait à la jungle quasi inextricable dont elle et ses camarades venaient à peine de sortir. Comment cet ancien peuple était-il parvenu à tailler ces énormes blocs de calcaire, les amener sur le site et les empiler les uns sur les autres ?

Reportant son attention sur la place, Tonina chercha à repérer Kaan. En ce moment, il engageait sûrement des guides qui l'escorteraient jusqu'à la côte. Dès le lendemain, les gens qui les suivaient allaient décider de continuer avec elle ou de rester à Tikal. Retourner à Mayapan était hors de question. À en juger par l'état de délabrement des constructions de Tikal et la misère de ses rares habitants, les voyageurs ne s'y attarderaient certainement pas, conclut Tonina. Et reprendre la route avec toute cette foule sans la présence autoritaire de Kaan ne la réjouissait pas du tout.

La jeune fille aperçut le Borgne qui marchandait une gourde de *pulque*. Pour une raison inconnue, il avait renoncé à inviter des femmes dans son lit et ne lui enseignait plus le maya. Elle ignorait la cause de son mutisme et de sa mauvaise humeur, le nain se contentant de grommeler dès qu'elle lui posait des questions. Allait-il la suivre, rester à Tikal ou retourner à Mayapan ? Il lui opposait un véritable mur de silence.

Dans l'atmosphère enfumée de plus en plus lugubre avec la tombée de la nuit, Tonina vit la *h'meen* agenouillée auprès d'une femme enceinte à qui elle offrait à boire. Toute de blanc vêtue, ses cheveux de neige rassemblés dans un foulard, l'herboriste était comme un phare qui rayonnait dans la pénombre. Soir après soir, pendant que ses serviteurs lui dressaient un campement, elle avait pris l'habitude de proposer son aide et ses remèdes aux malades.

Ils étaient désormais plus d'une centaine à voyager avec Kaan. De nouveaux visages s'étaient joints à la troupe, mais nombre de ceux qui les suivaient depuis

Mayapan étaient encore présents. Ils avaient enterré trois personnes en route, et deux bébés étaient nés. Certains avaient quitté le groupe pour s'installer dans les hameaux ou les villages qu'ils traversaient ou après une nuit près d'une ferme et d'autres l'avaient intégré. L'histoire de la fleur rouge et de la quête sacrée de l'idole du jeu de balle avait un grand pouvoir d'attraction. Les familles leur amenaient leurs enfants estropiés, leurs êtres chers à la santé chancelante, les aveugles, les sourds...

Tous ces gens avaient bien besoin des services d'une guérisseuse.

Tonina savait qu'au palais de Mayapan les obligations de H'meen se limitaient à l'entretien du jardin et à la tenue des livres botaniques. Depuis son départ, cependant, elle profitait du trajet pour récolter toutes sortes de plantes médicinales, et chaque soir, avec ses serviteurs, elle fabriquait des poudres et des élixirs à base de feuilles, tiges et pétales. Elle s'était ainsi constitué une véritable pharmacie. Tandis que la nuit descendait sur la cité presque déserte de Tikal, H'meen se consacrait donc à son tout nouveau rôle de guérisseuse. Elle avait découvert qu'elle aimait ce défi. Elle distribuait de l'huile de ricin aux enfants souffrant de coliques, appliquait une pommade de haricots noirs sur les furoncles douloureux, versait du vin de pissenlit sur des plaies refusant de cicatriser... Tous ceux qu'elle soignait la bénissaient et l'appelaient « ma mère », car personne ne savait qu'elle venait juste d'avoir quinze ans.

Quel serait le choix de H'meen, le lendemain ? Suivre la fille des îles jusqu'à la côte ou rester à Tikal avec ceux qui décideraient de s'arrêter ici ?

De plus en plus inquiète, Tonina se demanda où était passé Kaan…

Le Chauve, l'apiculteur hirsute, dressait comme tous les soirs le campement du héros, aidé dans cette tâche par les six Neuf Frères (qui n'avaient jamais été neuf ; ils s'étaient attribué ce chiffre parce qu'il portait bonheur, tout simplement) et leurs épouses.

Kaan ne se trouvait pas parmi eux.

Quand Tonina le repéra enfin à l'autre bout de la place, il était en pleine conversation avec deux étrangers. Même à cette distance, malgré la fumée et la lueur des feux de camp, Tonina perçut sa tension. Il semblait se disputer avec ces hommes. Elle observa l'échange, les gestes, les hochements de tête, puis vit Kaan tourner les talons et se ruer entre deux temples plongés dans les ténèbres.

Tonina fronça les sourcils. Où allait-il, bon sang ?

Balám et ses cousins étaient installés autour de leur feu de camp.

— On nous surveille, dit l'un des cousins d'un ton calme.

— Je sais.

Le prince s'en était aperçu le matin même, alors qu'ils approchaient de Tikal. Cela s'était déjà produit. Lorsque Kaan et son impressionnante suite passaient devant les fermes ou les hameaux, les gens sortaient de chez eux, bouche bée, excités à l'idée d'une distraction imprévue. Quelle était donc cette mystérieuse caravane ? Bref, comme d'habitude, Kaan monopolisait l'attention. Parfois pourtant, le prince Balám et son escorte plus modeste, qui talonnaient le premier groupe à quelques heures de distance, suscitaient eux aussi l'intérêt. En particulier chez les plus jeunes, intrigués par cette troupe si différente de la première. Dans celle de Kaan, on trouvait des femmes et des enfants, des vieillards, des malades transportés en civières... Mais la seconde n'était composée que de jeunes gens, l'arme à la main, avec peintures de guerre sur le corps et cheveux longs ornés de plumes.

Les observateurs invisibles n'inquiétaient pas Balám. Il avait des choses bien plus importantes à l'esprit, se dit-il en grimpant avec ses compagnons une dernière colline en pente douce. Depuis qu'il avait retrouvé Kaan, il passait ses journées à élaborer des plans de vengeance contre lui et la fille des îles. Matin, midi et soir, une seule question le hantait : que pouvait-il arriver de pire à son cher frère ? Vais-je l'éloigner de ses amis et lui tendre un piège dans la jungle ? Le blesser au talon pour qu'il ne puisse plus jamais marcher puis mettre à mort la fille des îles sous ses yeux ? Vais-je faire en sorte qu'il contracte une maladie insidieuse et incurable ? Ou bien les enterrer vivants, lui et la fille, sans eau ni nourriture et sans espoir d'en réchapper ?

Nourris par le spectacle de la foule confiante qui suivait son « frère », son ressentiment et sa haine grandissaient. Kaan avait maudit les dieux, mais tous ces minables lui pardonnaient son blasphème ! Kaan avait perdu sa femme, disaient-ils. Kaan avait été jeté dans le cenote, disaient-ils. Pauvre Kaan...

Balám devait se retenir de hurler : Et moi, alors ? Je ne suis pas à plaindre, peut-être ?

Et sa rancœur croissait, si profonde et si vaste qu'elle avait englouti l'univers. Sa haine l'avait avalé. Les épreuves que traversait sa fille le tourmentaient sans relâche, des visions horribles l'enfiévraient, et il croyait entendre résonner à ses oreilles les cris de douleur et de peur de Ziyal. Mais Balám ne laissait voir cette torture à personne. Il traversait la jungle comme si de rien n'était, à bonne allure, entouré d'une coterie de jeunes gens pleins de fougue et assoiffés d'aventures.

Il ne s'était confié à personne, pas même à ses cousins. En réalité, nul ne se doutait qu'il ne pensait qu'à se venger. Tous croyaient, comme il l'avait souhaité, qu'il s'était réconcilié avec Kaan pour de bon. Mais le moment de la revanche approchait à grands pas, se dit-il, le regard plongé dans les flammes de son feu de camp. Il savait qu'à cet instant, Kaan recherchait des guides pour accompagner la fille des îles jusqu'à la côte. Il voulait retourner au plus vite à Mayapan.

Balám avait décidé de camper dans la forêt tropicale, à l'extérieur de la cité, loin du grand bivouac de Kaan. Ses compagnons préparaient le repas, puis ils passeraient la soirée à jouer à des jeux de hasard avec leurs haricots colorés en attendant les femmes, comme à l'accoutumée. Elles venaient du groupe de Kaan, de la cité ou des fermes voisines pour échanger leurs faveurs contre des vivres, du jade, du cacao... Assis près du feu en attendant le repas, Balám frotta tristement sa joue à l'endroit où s'était écrasé le crachat de son épouse. Il avait beau s'acharner, cette tache ne partait pas.

Balám connaissait l'existence de Tikal. Colombe avait développé un goût immodéré pour la gomme à la menthe fabriquée dans cette région. Il s'était donc attendu à découvrir une cité industrieuse et prospère, mais, en y pénétrant, il avait surtout vu des ruines dans cette succession infinie de bâtiments en pierre grise.

Certes, cette métropole faisait plusieurs fois la taille de Mayapan, mais la moitié de la ville s'écroulait. Consterné, le prince en avait déduit que bien peu de gens y vivaient encore, alors qu'à l'évidence, quelques générations plus tôt, cette cité avait été plus puissante que Mayapan ou Chichén Itzá.

Balám chassa de son esprit cette pensée dérangeante – Tikal, cité à l'agonie – et referma ses doigts sur la petite bourse pendue à son cou. Les dents de lait de Ziyal…

Malgré sa tête mise à prix, Balám n'avait pas pu garder le silence bien longtemps. Il avait promis une récompense à toute personne qui lui apporterait des informations sur une certaine enfant maya achetée au marché des esclaves de Mayapan. Partout où ils campaient, chaque fois qu'ils croisaient des habitations – même celles des ermites attachés aux sanctuaires de dieux oubliés –, Balám posait des questions sur sa fille, la décrivait, insistait sur la date de sa vente, demandait aux gens de répandre la nouvelle d'une récompense. Il voyait en esprit son réseau s'agrandir ; bientôt, les détenteurs des informations qu'il cherchait entendraient forcément parler de la récompense, et il pourrait sauver sa fille.

Les espions qui observaient Balám et ses compagnons finirent par se montrer. Méfiants comme des ocelots mais débordant de curiosité, de jeunes costauds sans doute destinés à devenir fermiers, bûcherons ou préposés aux cenotes émergèrent timidement de lá jungle. L'histoire se répétait, comme partout dans la péninsule. Sans guerre, sans combat à mener, sous le règne de monarques amollis et engraissés par la paix, ils n'avaient aucune perspective, hormis suivre les traces de leurs pères.

Et cette idée les révoltait.

— Que les dieux vous bénissent, hasardèrent-ils, un peu tendus.

— Qu'ils vous bénissent vous aussi, murmurèrent les acolytes de Balám.

Les jeunes gens s'avancèrent sans quitter des yeux le lapin à la broche, en se léchant les babines. L'un d'entre eux fit mine de s'asseoir près du feu, mais aussitôt le prince brandit sa lance. Le coup fut si rapide que l'homme ne le vit pas arriver. La pointe lui entailla le mollet et il bondit sur ses pieds avec un glapissement, les mains plaquées sur sa plaie dégoulinante de sang.

— Je suis le prince Balám ! J'appartiens à la maison royale d'Uxmal, et je suis un héros des Treize Jeux, lui dit Balám d'une voix gutturale et menaçante. Tu ne dois pas t'asseoir en ma présence.

Les jeunes gens reculèrent humblement, et le prince jaugea leur réaction. Manifestement, ils ignoraient tout de lui, y compris le déshonneur qui le frappait. La nouvelle n'était probablement pas encore arrivée jusqu'ici.

— Pourquoi nous suivez-vous ? leur demanda-t-il.

Le plus vieux des intrus, la vingtaine environ, qui portait un pagne sale et pas de manteau, lui répondit :

— Nous vivons près d'ici, noble prince. Nous récoltons la gomme. Noble prince, où allez-vous ? Nous permettez-vous de nous joindre à vous ?

Balám poussa un soupir. Il n'avait jamais eu l'intention de se déplacer en groupe. Il voulait être seul ! Hélas, on aurait dit qu'il attirait ces jeunes gens remuants. Il avait beau leur expliquer son absence de projet, de quête valeureuse, ils semblaient s'en moquer. Ils voulaient échapper à leurs fermes et à la sévérité paternelle, vivre plein d'aventures, connaître les femmes...

— On nous envahit petit à petit, se justifia le jeune homme d'un ton plaintif. Ces chiens d'étrangers, les Chichimèques, les Huastèques et les Zapotèques, ils arrivent tous du nord, ils s'établissent sur nos terres, ils nous volent nos femmes ! Notre chef est faible. Il ne réagit pas à ces envahisseurs accroupis dans les coins comme des crapauds. Laissez-nous venir avec vous, noble prince !

Balám essuya sa lance et poussa un grognement. Il la connaissait, cette prétendue « invasion » : des réfugiés misérables, en haillons, fuyant les conflits incessants de leurs contrées natales, des bandes clairsemées poussant vers le sud dans l'espoir d'une vie meilleure.

— Je vous autorise à vous joindre à nous, déclara-t-il enfin.

Il fit un signe à l'un de ses cousins, lui enjoignant de se charger des nouveaux venus. Ensuite, il désigna l'homme blessé qui s'était écroulé par terre.

— Sauf celui-là. Il m'a manqué de respect. Qu'on le laisse saigner à mort.

— Vous ne regretterez pas votre décision, noble prince ! s'exclama le porte-parole de la bande en jetant des coups d'œil nerveux à son ami au sol.

Aucun des nouveaux venus ne fit un pas vers l'homme blessé, qui sombrait maintenant dans l'inconscience.

— Nous sommes téméraires et forts comme des guerriers, car notre travail est très dangereux et demande beaucoup de courage.

Balám leva les yeux vers le jeune homme.

— Dangereux, tu dis ? Comment cela ?

— Nous devons grimper sur des arbres immenses et en entailler l'écorce. Nous nous servons d'une corde, de cette façon... fit le jeune homme en joignant le geste à la parole pour expliquer la difficulté et le danger de cette escalade jusqu'à la cime des arbres.

— C'est un travail solitaire. Chaque homme s'occupe d'un arbre différent, des arbres parfois très éloignés les uns des autres. Quand nous glissons, la corde nous retient, et nous restons suspendus dans le vide jusqu'à ce que quelqu'un s'aperçoive de notre absence. Parfois, nous attendons plusieurs jours.

— Plusieurs jours ? répéta Balám, qui tentait de se représenter la situation.

— C'est arrivé à mon frère. Quand nous nous sommes rendu compte qu'il n'était pas rentré au campement, nous sommes partis à sa recherche. Mais la forêt de sapotilliers est immense et, quand nous l'avons retrouvé, cela faisait trois jours qu'il était pendu dans cet arbre. J'ai grimpé aussi vite que j'ai pu, mais il a rendu l'âme avant que je puisse le rejoindre.

— Il a rendu l'âme avant que tu puisses le rejoindre, vraiment ? murmura Balám, un plan prenant forme dans son esprit.

— C'est une mort affreuse, une mort horriblement douloureuse, noble prince.

Balám hocha la tête. Il s'y connaissait en morts affreuses et horriblement douloureuses. Il regarda l'homme inconscient qui se vidait de son sang et leva soudain un visage souriant vers ses cousins.

— Je vous parie cinq morceaux de jade que vous n'arriverez pas à le garder en vie jusqu'à l'aube !

Ils s'accroupirent immédiatement auprès du mourant pour l'examiner sur toutes les coutures et échangèrent quelques chuchotements avant d'accepter le pari avec empressement. Puis, une fois armés de pansements et de garrots, ils s'abattirent sur le pauvre bougre, bien décidés à remporter le jade du prince.

Balám se pencha en avant, les coudes sur les genoux, et s'adressa aux collecteurs de gomme :

— Et maintenant, parlez-moi encore de ces arbres périlleux…

Tonina savait où le trouver.

Entre Uxmal et Tikal, ils avaient croisé des centaines de terrains de jeu, certains enfermés entre leurs deux murs parallèles, d'autres de simples champs. Chaque village avait son équipe, et même dans la plus humble des fermes, un espace était réservé au jeu de balle. Il y avait eu beaucoup de parties musclées entre les joueurs locaux et les membres de la troupe, en particulier les Neuf Frères, mais Kaan avait préféré ne pas y prendre part.

Tonina le retrouva à l'un des bouts du grand terrain de jeu de Tikal. Plongé dans ses pensées, visiblement nerveux, il faisait les cent pas au clair de lune : il allait et venait comme s'il avait des démons à ses trousses.

— J'ai trouvé des volontaires pour te conduire jusqu'à la côte, mais je ne leur fais pas confiance. Et cette cité n'est pas sûre, lui dit-il en la voyant approcher.

Son ton trahissait sa frustration.

— Je ne peux pas abandonner tous ces gens ! Je ne peux pas encore me permettre de rentrer à Mayapan et le détour par Tikal m'a fait perdre un temps précieux ! Maintenant que je dois retourner à Mayapan avant de repartir à Teotihuacan, les jours ont autant de valeur pour moi que des morceaux de jade.

Elle aurait voulu pouvoir lui assurer qu'il avait tenu sa promesse : il l'avait amenée au Quatemalan ; il avait fait son devoir, il pouvait s'en aller. Mais elle savait qu'il refuserait de l'admettre.

— Je suis désolée, souffla-t-elle.

— Ce n'est pas ta faute, c'est la mienne, répliqua-t-il en se raidissant.

Tonina perçut la tension de cet homme debout au bord d'un terrain de jeu de balle, son ancienne raison de vivre, jeu qu'il s'interdisait désormais. Il balaya de son regard troublé les arbres imposants qui semblaient décidés à marcher sur Tikal pour conquérir la ville. Les singes et les oiseaux entretenaient une véritable cacophonie dans les sombres ramures.

Kaan finit par dire :

— Je ne suis pas habitué à la solitude. Toute ma vie, je l'ai vécue dans le bruit et la foule. Petit garçon, dans les cuisines du palais, puis à l'académie, ensuite dans la demeure de ma femme. Il y a toujours eu du monde autour de moi. C'est très bizarre pour moi de me retrouver seul comme en ce moment.

— Moi, j'aime bien être seule, constata Tonina, surprise par cet aveu inattendu. Quand je pêche des perles, je travaille toute seule. J'aime le silence de la mer.

Il hocha la tête. À une époque, se séparer du gros de sa troupe ne lui serait même pas venu à l'esprit, mais aujourd'hui, il trouvait un certain charme à la solitude. Comment était-ce de nager dans le silence de la mer ?

— Tu vas bientôt le retrouver, ton océan, dit-il à la jeune femme en se tournant vers elle.

Le clair de lune faisait ressortir les symboles blancs et, par contraste, ses traits en étaient assombris. Ses yeux, quelle forme avaient-ils vraiment ?

— Tu seras contente d'être débarrassée de nous.

Tonina secoua la tête. Elle appréciait de plus en plus la compagnie d'autrui, ce sentiment d'appartenance et d'acceptation, l'impression de faire partie d'un ensemble plus vaste.

Une brise se leva. Au bout du terrain, les grands arbres frémirent. Les arômes des feux de camp et les conversations du bivouac tout proche flottèrent jusqu'à eux.

— Je n'arrête pas de penser à mon fils, reprit Kaan au bout d'un moment. Quand j'étais petit, je rêvais déjà d'en avoir un. C'est un drôle de rêve pour un garçon, non ? Je n'ai jamais connu mon père. Il est mort quand j'étais tout petit. C'est peut-être pour cela que j'ai tant voulu être père, pour savoir quel effet cela fait. Je me réjouissais en pensant au jour où j'allais apprendre le jeu de balle à mon fils, l'entraîner, faire de lui un grand joueur. Je ne rêvais que de cela, et Ciel de Jade allait me permettre de réaliser ce rêve. Hélas, maintenant, tout est fini.

Kaan se retourna pour contempler l'imposant terrain sur toute sa longueur, comme s'il se représentait tous les tournois qui s'y étaient déroulés. Tonina se demanda pourquoi il refusait désormais de participer à une partie. Car jouer, pour lui, ce devait être comme nager pour elle...

— Pourquoi refuses-tu de jouer ? s'étonna-t-elle. Je peux t'assurer que si je voyais de l'eau, je m'y jetterais sans hésiter.

Il posa sur elle son regard sombre et affligé, ses yeux emplis de tristesse et de chagrin. Tonina brûlait d'envie de lui parler encore de Ciel de Jade, de lui certifier une fois de plus qu'elle avait connu une mort rapide.. Un mensonge, mais pour alléger la peine de Kaan, elle était prête à l'assumer.

— As-tu déjà perdu quelqu'un ? murmura-t-il.

— Oui...

Elle n'en dirait pas plus. Pas question de lui parler de ses grands-parents sur l'île aux Perles, de Macu et Aigle Courageux, de sa famille qui l'avait confiée tout bébé à la mer. Tonina voulait lui dire que sa vie était un déchirement permanent mais qu'elle ne renonçait pas à l'espoir de trouver un jour le bonheur.

— Mais même dans le malheur, il y a de l'espoir. Rien ne dure à jamais, se borna-t-elle à ajouter.

— Comment peux-tu en être sûre ?

— As-tu déjà vu les vagues de l'océan ? Lorsqu'elles déferlent sur le rivage ?

— Une fois, de loin. Dans la baie de Campeche, répondit-il doucement. Pourquoi cette question ?

— Le flux et le reflux varient sans arrêt. Ils ne sont jamais identiques. À chaque marée basse, nous nous disons que l'eau ne reviendra jamais, et nous sommes terrifiés. Mais elle revient toujours, d'une façon différente, avec une autre vague. Eh bien, la vie, c'est comme la mer.

Kaan but ces paroles apaisantes portées par la brise nocturne, des paroles qui l'enracinaient sur place plus sûrement que des entraves. Il huma le parfum de coco, écouta le doux cliquetis des coquillages dans ses cheveux, se remémora ses mains sur les épaules de Tonina quand il l'avait rattrapée dans la forêt, repensa au baiser de vie qu'elle lui avait donné au cenote. Le regard plongé dans ses yeux bruns si chaleureux où miroitait le clair de lune, il comprit combien son discours était sage et vrai.

— J'ai quelque chose qui pourrait t'aider, je crois, ajouta-t-elle tout bas.

Il la vit passer la main sous sa tunique, la plonger dans sa ceinture. Un éclair de peau nue couleur de miel.

— Regarde, lui dit-elle en souriant.

Elle lui tendit une petite plume bleue.

— Qu'est-ce que c'est ?

— Ta femme a fait cadeau de cette plume à mon ami Aigle Courageux. Il avait perdu la mémoire, tu te rappelles ? Cette plume l'aiderait, lui a-t-elle expliqué. Maintenant qu'Aigle Courageux est parti rejoindre son peuple, je me dis que cette plume magique t'aidera peut-être aussi.

La plume se posa avec tant de légèreté dans la paume calleuse du joueur qu'il ne la sentit guère. Il frissonna, très ému.

Son regard se reporta sur la jeune femme. Il éprouvait une sensation inédite au creux de la poitrine, l'envie presque irrépressible de l'attirer contre lui pour l'embrasser fougueusement.

— J'en prendrai soin comme d'un trésor, dit-il en enfouissant la petite plume dans la ceinture de son pagne. Et demain, nous repartons vers l'est et la côte du Quatemalan.

Le cœur de Tonina fit un bond. Elle comprit qu'elle n'avait pas voulu que leurs chemins se séparent si vite et qu'elle redoutait le moment des adieux. Or il leur restait un peu de temps à passer ensemble...

Kaan aussi ressentait une étrange et secrète allégresse. Il aurait dû ne penser qu'à son retour à Mayapan et à l'accomplissement de sa vengeance, mais il se rendait compte que l'incompétence des guides de Tikal le soulageait. Il allait pouvoir reprendre la route avec la fille des îles.

— Maître !

Ils se retournèrent en même temps. Essoufflé, le Chauve trottait à leur rencontre.

— Maître ! Les éclaireurs viennent de rentrer ! Nous sommes arrivés sur la côte !

— Quoi ?

Tout excité, le Chauve pointait un doigt vers le sud.

— Par là, à une journée de marche ! La mer ! On est arrivés !

Kaan et Tonina se dévisagèrent. Finalement, leur périple commun s'achevait déjà.

## 35

Kaan, qui s'était mis à douter de l'échelle de sa carte, alla s'entretenir avec H'meen. Hélas, elle ignorait tout de cette région. Puis il partit voir le Borgne silencieux et morose depuis des jours, mais le nain avait hurlé :

« Pourquoi donc demander conseil à l'homme le plus laid au monde ? »

En désespoir de cause, Kaan avait fini par aller consulter deux hommes rencontrés sur la place du marché. Ils lui confirmèrent que la côte était bien dans cette direction, à une petite journée de marche. Moyennant paiement, ils se feraient une joie d'escorter Kaan et sa suite sur ce terrain accidenté.

Personne ne voulut s'attarder à Tikal, et quand les habitants de la cité entendirent parler du héros Kaan et de la quête d'une fleur miraculeuse, beaucoup demandèrent à se joindre à lui. Ces nouveaux prétendants au voyage – jeunes et vieux, célibataires et familles entières – ne connaissaient pas leur destination, mais peu leur importait ; il leur suffisait de savoir que, s'ils partaient, la chance pouvait tourner pour eux, alors que Tikal se mourait. Bientôt, les infirmes marcheraient, les aveugles verraient et les femmes stériles enfanteraient, se promettaient-ils les uns aux autres.

Bombardée de fruits et de branches par les singes qui jacassaient dans la canopée, la procession fendait la végétation dense d'une ancienne piste forestière. Sous les yeux des voyageurs filait parfois un éclair de couleur, toucan ou perroquet.

Suivi de son escorte, Kaan émergea enfin de la forêt et s'engagea sur une plage de sable. Cent voix se turent d'un coup, et tous les regards se braquèrent sur ce qui s'étalait devant eux.

Effectivement, ils se trouvaient au bord de l'eau, mais ce n'était qu'un lac !

Désemparé, Kaan se tourna vers les guides de Tikal et découvrit avec indignation que les deux hommes s'étaient éclipsés avec leur salaire de fèves de cacao. Ils avaient profité de sa méconnaissance de la région, mais également du fait que pour les éclaireurs mayas, habitués à vivre à l'intérieur des terres, toute étendue d'eau un peu vaste ne pouvait être qu'un océan.

Cerné de collines et de forêts, ce lac était immense. C'est à peine si l'on distinguait le rivage de l'autre côté de l'eau où se reflétait le ciel gris hivernal. Kaan réfléchissait déjà aux dispositions à prendre quand soudain, à sa grande stupéfaction, il vit Tonina laisser choir ses affaires et ôter ses vêtements. En constatant sa mine choquée, la fille des îles se rappela que les Mayas étaient pudiques, et elle renonça à se déshabiller entièrement. Devant une assistance médusée, elle se précipita dans l'eau et y plongea, disparaissant sous la surface.

Dans le silence de l'après-midi finissant, l'eau se referma sur la tête de la fille des îles. Le lac était à nouveau lisse comme un miroir. Les spectateurs retenaient leur souffle avec angoisse. Même le Borgne était tendu, alors qu'il avait grandi entouré de nageurs. Tonina était sous l'eau depuis trop longtemps. Le poids de sa tenue l'avait-il entraînée vers le fond ?

Elle creva brusquement la surface et tout le monde poussa un soupir de soulagement.

Kaan voulait se remettre en route sans tarder, mais en observant les cabrioles de la jeune femme, sa façon de sortir de l'eau pour y plonger à nouveau, la baie de Campeche et les dauphins qui batifolaient au large lui revinrent en mémoire. Tous les mouvements de Tonina trahissaient sa joie, ravivant chez le joueur le souvenir du plaisir éprouvé sur le terrain, la course, les esquives, les pointes de vitesse...

Tonina finit par interrompre ses jeux aquatiques et se mit debout dans l'eau. Avec sa jupe et sa tunique mouillées soulignant les courbes de son corps et les coquillages de ses cheveux étincelant sous les gouttelettes, elle ressemblait à une statue, une vraie déesse de la mer. À la surprise de Kaan, elle lui fit signe de la rejoindre.

Était-ce un défi ?

Pas question de le relever. Les guides l'avaient dupé, et il était furieux contre lui-même. Il n'avait qu'une envie : repartir pour rattraper le temps perdu. Mais Tonina insistait, et il sentait des centaines d'yeux fixés sur lui.

Soudain, il eut une idée curieuse : les Mayas avaient peur de l'eau, mais... en était-il de même pour les gens de son peuple ?

Il se débarrassa de ses sandales et dénoua sa cape qu'il laissa glisser au sol, avec son paquetage et ses armes. Il fit quelques pas, la gorge serrée, le cœur battant la chamade. Couvert de cicatrices qui témoignaient de la violence de ses combats sur le terrain, Kaan ne se rappelait même plus combien de blessures il avait subies, et pourtant tout cela n'était rien comparé à la sensation de l'eau qui s'enroulait autour de ses chevilles.

Il s'arrêta, figé par l'appréhension.

Tout à coup, la brise se leva sur le lac, des voix éloignées lui parvinrent, et Kaan reconnut le rire méprisant de son ami Balám. Rien de surprenant à cela. Depuis quelques jours, Kaan prenait conscience que le prince ne l'avait jamais vraiment considéré comme un égal. En réalité, derrière ses déclarations d'affection et de fraternité, Balám n'avait toujours vu en lui que le rejeton d'une fille de cuisine de basse extraction. Mais, grâce à Tonina, Kaan allait pouvoir montrer de quel bois il était fait. Il allait révéler à Balám qui il était vraiment.

Les pieds nus enfoncés dans la boue, il s'avança prudemment. L'eau froide lui lécha d'abord les chevilles, puis les mollets, les genoux, les cuisses... Il s'approcha de Tonina et la laissa lui prendre les mains. Elle l'attira avec elle jusqu'à ce que l'eau lui arrive à la ceinture. Une vaguelette le heurta doucement, comme si le lac lui souhaitait la bienvenue. De la rive lui parvenaient les hoquets et les murmures étonnés de ses compagnons de voyage.

Tout près de Tonina en partie débarrassée de la peinture qui lui couvrait d'habitude le visage, il découvrait ses lèvres pleines, ses pommettes hautes et sa mâchoire bien dessinée. Ni vraiment fille des îles, ni Maya, elle était différente...

Impassible, Balám observait la scène. Ce détour imprévu et malencontreux jusqu'au lac ne contrarierait pas le plan qui avait germé en lui quand on lui avait parlé de la récolte de la gomme. Tout en contemplant le spectacle écœurant de Kaan le héros se laissant séduire par une vulgaire fille des îles, ses pensées se tournèrent vers Tikal, explorée le matin même. Il s'adressa tout bas à son cousin, qui s'impatientait à côté de lui :

— Il paraît que la cité de Tikal a plus de mille ans. Il y a des centaines d'années, aucune ville dans le monde n'était aussi peuplée. Ses rois étaient riches et puissants. Les dieux bénissaient cet endroit. Mais aujourd'hui, les dieux et les rois l'ont déserté.

Le cousin grogna et se gratta l'aine. Il se moquait bien de la grandeur passée et des villes en ruine. La veille, il avait couché avec une femme du coin et maintenant, des démangeaisons atroces le tourmentaient.

Balám s'ébroua pour écarter ces pensées lugubres. Comme il ne comprenait pas pourquoi le déclin de cette ville l'affectait à ce point, il s'obligea à passer encore une fois en revue sa vengeance programmée.

Sur la rive sablonneuse, le Borgne ne perdait pas des yeux le couple dans l'eau.

Tonina avait entraîné Kaan vers le milieu du lac en le tenant toujours par les mains. L'eau arrivait maintenant à la poitrine du joueur. Ils ne disaient pas un mot, ne se quittaient pas du regard. Le Borgne était-il le seul à remarquer ce qui se passait vraiment là-bas ?

Il était tombé amoureux de Tonina deux jours après avoir quitté Mayapan, et depuis, caressait l'espoir de partager un jour son hamac avec elle. Il comprenait soudain que cette espérance était vaine. Tonina n'accorderait jamais la moindre attention à un nain aussi laid que le Borgne.

Le petit homme ne connaissait que trop cette façon qu'elle avait de regarder Kaan et il était prêt à parier que le joueur ne la remarquait même pas. Quelle tristesse ! pensa le Borgne en s'apitoyant sur son sort. Il aimait Tonina, et Tonina aimait un homme ayant juré fidélité à une épouse défunte.

Soudain, Poki passa comme un éclair à côté de lui pour pourchasser les grenouilles dans les roseaux en aboyant joyeusement. Le Borgne leva les yeux et aperçut H'meen. Ses grands yeux d'aïeule souriaient, et la brise jouait dans ses fins cheveux blancs. Il entendit craquer les os vieillis de cette enfant de quinze ans, une enfant délicieuse, un peu ennuyeuse parfois, mais qui s'efforçait toujours de lui remonter le moral.

Elle s'assit à côté de lui sans y être invitée.

— Pourquoi dites-vous partout que vous êtes l'homme le plus laid du monde ?

Il lui jeta un coup d'œil. Était-elle donc aveugle ?

— Parce que je le suis.

— C'est faux.

— Pas la peine de me ménager. Je sais que c'est vrai.

Elle cueillit pensivement un brin d'herbe.

— Vous savez, à force d'entendre parler de cette fleur rouge, j'en viens vraiment à croire qu'elle a de grands pouvoirs. Et si elle peut guérir des maladies, si elle peut rendre fertile une femme stérile, alors elle peut sans doute faire d'un homme presque séduisant un homme qui l'est vraiment.

Le Borgne étudia le visage étrangement marqué et pourtant si naïf de la jeune fille.

— Grand Lokono ! Vous pensez vraiment ce que vous dites ?

— J'ai déjà vu des plantes ordinaires réaliser des miracles. Qui sait ce que pourrait accomplir une fleur magique dotée de tels pouvoirs ?

Il n'avait jamais réfléchi à la question. Si quelques pétales rouges pouvaient guérir de la cécité ou fertiliser des matrices capricieuses, pour quelle raison ne viendraient-ils pas à bout de ses problèmes ? Et même si cette fleur ne le transformait pas en un parangon de beauté masculine, elle ensorcellerait peut-être le regard des femmes, qui verraient un beau gars chaque fois qu'elles poseraient les yeux sur le Borgne.

— Ma dame, vous croyez que la fleur me fera aussi grandir ?

Son ton anxieux, l'espoir naissant dans son regard, ce subit besoin d'elle qu'il lui manifestait chamboulèrent un peu le cœur de l'herboriste, une sensation qu'elle éprouvait pour la première fois.

— C'est donc ce que vous voulez ? Être grand ?

— Mais regardez-moi donc ! Mes pieds touchent à peine le sol !

Elle éclata de rire, bientôt imitée par le Borgne. Après tous ces jours de déprime, il se sentait si bien... Il se balançait d'avant en arrière en se tenant le ventre tellement il riait, quand soudain une ombre masqua le soleil.

Réprimant leur accès de gaieté, les deux amis levèrent les yeux. Un étranger vraiment extraordinaire les dominait de toute sa hauteur.

## 36

Cette nuit-là, ils campèrent au bord du lac. Pour la première fois, Kaan ne s'isola pas, allant même jusqu'à faire un feu et inviter quelques personnes à se joindre à lui : Tonina, le Borgne, H'meen et ses serviteurs, le Chauve et son épouse.

Et le nouveau venu.

Entre deux bouchées de dinde rôtie, l'homme fanfaronnait :

— Je suis un messager ! Je sillonne les Routes Blanches pour apporter des messages aux gens. Vous avez remarqué la taille de ma tête ? Elle peut contenir beaucoup plus de choses qu'une tête normale. Je mémorise les nouvelles, les annonces, les comptes, les déclarations et même les mots d'amour !

Il se tapota la tempe.

— En ce moment, je porte deux fois treize messages à travers tout le pays, et je vais même pousser jusqu'à l'isthme, au nord. Dès que j'ai récité le message, il s'efface de ma mémoire, laissant de la place pour un autre.

Une gorgée de *pulque*, puis :

— Les familles se déchirent et se dispersent de plus en plus, vous seriez surpris à quel point. Les filles partent se marier ailleurs. Les fils doivent s'en aller pour trouver du travail. Ici tel homme rejoint l'armée d'un roi, là tel marchand est retardé dans telle ville... Toutes ces choses séparent les gens. Communiquer par écrit est trop cher et trop risqué, alors, quand il faut annoncer une naissance, un mariage, un décès ou toute autre nouvelle familiale, c'est moi qu'on envoie !

— Ce doit être un métier solitaire... fit observer H'meen, qui trouvait une drôle d'allure à cet homme...

Grand, dégingandé, avec un crâne imposant et des yeux très écartés, il portait une cape arborant les symboles de sa profession.

— Pas du tout, honorable herboriste ! J'ai des femmes aux quatre coins du monde, des enfants robustes, de belles maisons, des vivres à profusion... Je leur rends visite à tour de rôle, et entre-temps, je suis un homme libre. Les brigands me laissent tranquille car je ne transporte rien qui les intéresse. En outre, même les bandits doivent parfois envoyer des messages ! On m'importune rarement. C'est une vie très agréable.

Il jeta dans le feu un os nettoyé de la plus petite trace de chair, puis dévisagea la compagnie.

— Puis-je vous demander ce que vous faites sur la route, braves gens ? Vous vivez en nomades, n'est-ce pas ? Et votre troupe est très hétéroclite, c'est curieux. Des jeunes, des vieux, des Mayas et des non-Mayas...

Son regard s'attarda pensivement sur Tonina.

— Nous sommes à la recherche d'une fleur, lui expliqua-t-elle.

— Quelle sorte de fleur ? demanda-t-il en se curant les dents avec une brindille.

— Une fleur de guérison.

Il haussa les épaules.

— C'est le cas de beaucoup de fleurs en forêt tropicale. À quoi ressemble la vôtre ?

Tonina s'apprêtait à lui répondre quand Kaan leva la main. Depuis leur départ d'Uxmal, ils avaient croisé beaucoup de gens trop pressés de leur dire, moyennant paiement bien entendu, où se trouvait cette fleur rouge. Il en avait assez des fausses pistes.

— Quelles sortes de fleurs connais-tu ? demanda prudemment Kaan au messager.

L'homme se lança dans la description de plusieurs plantes et de leurs environnements spécifiques. H'meen hochait la tête ; elle les connaissait toutes.

Le messager se tut et fixa les flammes. Absorbé dans ses pensées, il ajouta enfin :

— Il y en a une autre, je crois. Mais je ne l'ai vue qu'une fois. Écarlate, comme les plumes d'un ara. Elle ne s'épanouit pas vers le soleil, mais vers le sol, comme ceci – il colla ses poignets l'un à l'autre, doigts dirigés vers le bas. Cette fleur pousse très clairsemée sur un gros buisson.

— Et on la trouve au Quatemalan ? lui demanda Tonina avec excitation.

Il secoua sa grosse tête.

— Non. Cette fleur croît près des dieux, ce qui lui confère ses pouvoirs magiques. En altitude, dans la région de Copan.

— Où est-ce ?

— Loin au sud, là où les montagnes touchent le ciel.

Il ne s'était jamais rendu dans cette région réputée périlleuse.

— Cette fleur guérit-elle de toutes les maladies ?

— Comment le saurais-je ? répliqua-t-il en haussant les épaules. Je ne l'ai vue qu'une fois. Elle est très belle, c'est certain, mais personnellement, je n'ai jamais testé ses propriétés curatives. Et je ne connais personne qui l'ait fait.

— À quelle distance au sud ? risqua timidement Tonina, avec un coup d'œil vers Kaan.

Le voyageur plissa le nez.

— Vous dites que vous arrivez d'Uxmal ? Eh bien, d'Uxmal à Tikal, c'est la même distance que d'ici à Copan.

— Une rallonge de vingt jours, murmura Kaan.

— Hélas, non, mon ami. Car cette route ardue est très montagneuse. Des pentes escarpées, des passes inaccessibles, des rivières et des chutes d'eau, des bêtes étranges, des tribus sauvages... Comptez deux mois lunaires au moins, voire davantage.

— Et la fleur ne pousse qu'à cet endroit ? insista Tonina.

— Certaines plantes ne s'épanouissent que sous des climats très particuliers. L'honorable herboriste royale te le confirmera.

Tonina se tourna vers H'meen, qui opina du chef. Autour du feu, l'ambiance s'alourdit. Certes, ils savaient maintenant où poussait la fleur, mais c'était bien plus loin que prévu et le voyage présentait de nombreux risques.

— Très bien, je vais à Copan, déclara Tonina, qui n'avait pas le choix.

Kaan s'était assombri. Il avait l'air contrarié, remarqua la jeune femme. Elle savait ce qu'il pensait : l'escorter jusqu'à la côte du Quatemalan, c'était une chose, mais la conduire à Copan... Il devait d'abord retourner à

Mayapan, puis mettre le cap sur Teotihuacan et rejoindre les sœurs à temps pour le rituel censé sauver l'âme de sa femme. C'était irréalisable s'il continuait vers le sud et Copan.

Elle souhaitait de tout cœur que Kaan accomplisse ce fameux rite funéraire, dont elle ignorait pourtant la fonction. Sans doute était-il nécessaire parce que Ciel de Jade avait été assassinée. Or, il fallait absolument que Kaan achève son pèlerinage avant une certaine date, tandis qu'elle, de son côté, devait trouver la fleur avant la prochaine saison des ouragans.

Chacun se mit à réfléchir à cette nouvelle donne en se demandant pourquoi les dieux se sentaient toujours obligés d'apporter des mauvaises nouvelles avec les bonnes. Le regard perdu dans les flammes du foyer, Kaan se frottait le menton. Il savait que s'il voulait respecter les règles de sa religion, il devait aider Tonina à poursuivre sa quête, mais d'un autre côté, il tenait à retrouver les meurtriers de Ciel de Jade pour obtenir vengeance. Il devait bien cela à son épouse. Une chose était claire : il ne pouvait pas faire les deux.

— J'irai seule, lança résolument Tonina.

Elle s'attendait à une objection de Kaan, et de nouveau, se rendit compte qu'elle redoutait son départ. Elle regrettait de l'avoir entraîné dans le lac cet après-midi-là. Qu'est-ce qui l'avait poussée à agir aussi inconsidérément ? Les élans de son cœur allaient finir par la trahir... Depuis quelque temps, Guama et Huraçan, l'île aux Perles, Aigle Courageux et même la fleur rouge la tracassaient moins que le joueur de balle. Elle avait seulement voulu partager le plaisir de l'eau avec lui, lui prouver qu'il n'avait rien à craindre dans cet élément, mais lui, il était venu à sa rencontre, confiant, et il avait mis ses mains dans les siennes. Elle avait ressenti un tel choc à ce contact qu'un cri avait failli lui échapper.

Kaan n'eut pas le loisir de protester. H'meen le devança :

— Je pars avec toi, Tonina. Je veux voir ce qui pousse sur les montagnes des dieux.

— Moi aussi, je pars avec toi, approuva le nain.

H'meen lui avait rendu l'espoir. Cette fleur magique qui le ferait paraître beau aux yeux des femmes...

Tonina s'adressa à Kaan qui lui faisait face de l'autre côté du feu :

— Noble Kaan, tu m'as accompagnée à travers bien des périls, et grâce à toi je suis arrivée indemne au début du chemin qui me mènera enfin à la fleur rouge. Je suis persuadée que les dieux sont contents de toi. Tu as remboursé ta dette et le monde a retrouvé son équilibre. Je ne peux pas te demander de te sacrifier davantage.

Envahi par l'émotion, il soutint fiévreusement le regard de la jeune fille. Toutes sortes de pensées se bousculaient dans sa tête. Cette façon qu'elle avait eue de le guider dans l'eau, le vague sourire sur ses lèvres, sa tunique mouillée collée à son corps, les pointes durcies de ses seins...

Il se secoua. Leurs destins n'étaient pas liés. Leurs routes s'étaient certes croisées pour un temps, mais des devoirs plus nobles le réclamaient : le consortium à Mayapan, puis Teotihuacan et l'âme de Ciel de Jade.

# 37

Kaan était enfin libre.

Après s'être laissé convaincre que sa dette était effacée, il avait accompagné Tonina jusqu'au village d'Ixponé, où ils s'étaient approvisionnés en vivres et fournitures sur le petit marché local. Des hommes connaissant la région de Copan avaient accepté de leur servir de guides, et Kaan avait demandé au Chauve et aux Neuf Frères de rester avec Tonina pour la protéger ainsi que tous ceux qui avaient choisi de la suivre dans les montagnes. Ensuite, ils l'accompagneraient jusqu'à la côte et veilleraient sur elle jusqu'au moment où elle reprendrait la mer pour l'île aux Perles.

Après des adieux chargés d'émotion, le joueur de balle se retrouvait donc seul sur la route du nord, le soleil matinal dans les yeux. Un peu plus loin, un marchand itinérant en route pour Uxmal avait dressé son camp. Kaan l'avait rencontré la veille, et l'homme avait invité le noble joueur de balle à voyager avec lui.

« Nous nous mettrons en route à midi sans faute », avait-il précisé.

Tout en suivant un sentier serpentant entre de verdoyants champs d'ananas, Kaan réfléchissait à la tournure des événements. Il était satisfait de ne plus avoir d'obligation envers Tonina, mais sa conscience le tourmentait. Elle était capable de s'en sortir toute seule, avait-elle répété, et le Chauve s'était engagé à la protéger, et pourtant, quelque chose chiffonnait le joueur...

Cette énorme foule campant devant Ixponé... Avant même le départ de Kaan, ces gens se préparaient déjà à enfreindre les règles...

Sans lui, allaient-ils se transformer à nouveau en canailles sans foi ni loi ?

Quelqu'un courait derrière lui, et Kaan se retourna. C'était Balám, sandales aux pieds, une cape et toutes ses armes sur le dos. Des habits de voyage, s'étonna Kaan. Il lui avait demandé de l'accompagner à Mayapan, mais Balám avait refusé :

« Ma tête est mise à prix. Dès que je franchirai l'enceinte de la cité, on me vendra aux enchères. Non, mon frère. Je vais me rendre à Teotihuacan. Nous nous y retrouverons peut-être dans des circonstances plus réjouissantes. »

Et voilà qu'il se ruait vers Kaan en agitant le bras et en s'époumonant :

— Attends-moi ! J'ai changé d'avis ! Je voudrais faire une partie du voyage avec toi !

— Et tes hommes ? Où sont-ils ?

— Ils prennent du bon temps, mais moi, ça ne m'intéresse pas. Ils nous rattraperont plus tard.

— Ils prennent du bon temps ?

— Tes amis ont des ennuis au village !

Kaan se rembrunit.

— Que veux-tu dire ?

— Des Chichimèques du coin ont escroqué tes hommes. Ils se battent au moment où je te parle, et mes cousins en ont profité pour parier sur l'issue de la bagarre.

Balám haussa les épaules en ajustant son carquois.

— Moi, comme tu le sais, je ne joue plus.

En entendant le mot « Chichimèques », Kaan se hérissa. Ce mot, qu'il avait longtemps feint d'ignorer, voici quelque temps qu'il le piquait comme un aiguillon.

Sous le soleil éclatant, il dut plisser les yeux pour balayer du regard les vastes champs auxquels la jungle épaisse avait cédé du terrain. Les habitants lui avaient parlé de ces réfugiés venus du nord et fuyant les conflits qui se multipliaient chez eux, ces Zapotèques, Mixtèques et autres Mexicas... Des tribus qui essaimaient sur le territoire maya en taillant et brûlant la végétation pour planter des ananas.

Kaan avait beau comprendre le ressentiment de la population du cru, il gardait à l'esprit l'épreuve traversée par sa famille quand il était bébé. Car, dans l'espoir d'une vie meilleure, ses parents avaient pris la difficile décision de quitter leur foyer pour émigrer en pays maya, loin à l'est.

Les Chichimèques qui vendaient leurs ananas sur le marché d'Ixponé, des gens simples aux étals peu fournis, parlaient le nahuatl, la langue du peuple nahua. Il l'avait reconnue car c'était celle de sa mère, la langue de son enfance. Comme ses parents, ces gens humbles se battaient pour leur survie.

Kaan détourna le regard des plantations d'ananas et leva les yeux vers le soleil. Le marchand itinérant ne l'attendrait pas, il le savait. Au sein de sa caravane, le retour à Mayapan se déroulerait en toute sécurité, alors que si Kaan partait seul, il risquait d'y laisser la vie. C'est seulement après avoir étudié la position du soleil qu'il décida de retourner au village. En se dépêchant, il avait le temps d'aller rafraîchir la mémoire des voyageurs qui auraient oublié les lois qu'il avait décrétées, puis de rejoindre la caravane avant le grand départ.

Balám l'interpella :

— Mais où vas-tu, mon frère ? Ce ne sont que de misérables Chichimèques !

Kaan s'avança sur la place du marché à la grande surprise de ceux à qui il venait de faire ses adieux. Les étals de fruits occupaient un espace réduit entre un homme qui vendait des peaux d'ocelots et un cordier, et les Chichimèques dont lui avait parlé Balám étaient humblement accroupis derrière la natte où ils avaient étalé leurs quelques ananas. Il y avait un vieillard, deux hommes plus jeunes, trois femmes et un enfant, tous d'allure misérable.

Kaan fronça les sourcils. Ses hommes n'étaient pas en cause, contrairement aux affirmations de Balám. En revanche, un Maya du coin, pagne de coton rouge et cape bleue, s'en prenait à cette pauvre famille qui courbait l'échine sous cet assaut verbal :

— Rentrez chez vous ! On ne veut pas de chiens à Ixponé !

Puis il donna un coup de pied dans les fruits qui s'écrasèrent un peu plus loin. Kaan déposa ses affaires et se dirigea vers le Maya en colère.

— Il y a un problème ? lui demanda-t-il calmement.

Décontenancé, le Maya l'examina de la tête aux pieds. Devant lui se tenait un homme vêtu comme un

Maya et s'exprimant parfaitement dans sa langue, un homme au maintien noble, qui arborait les tatouages réservés à un certain rang, et pourtant...

— Ces chiens viennent chez nous pour nous voler !

Kaan baissa les yeux vers les Chichimèques blottis les uns contre les autres et leurs fruits réduits en bouillie.

— Et comment s'y prennent-ils pour vous voler ?

— Je vends des ananas, moi, monsieur ! Alors quand les gens en achètent à ces chiens, je perds de l'argent !

Kaan contempla le ventre prospère de son interlocuteur et ses coûteux ornements d'oreilles en jade.

— Tu ne me sembles pas à plaindre, pourtant.

— Et tu es qui, toi ? grogna l'homme, le visage tout proche de celui de Kaan.

— Peu importe qui je suis, répliqua le joueur toujours très calmement. Ce qui importe, c'est que ces gens ne font rien de mal. Ils veulent survivre, c'est tout. Il y a sûrement assez d'acheteurs pour tout le monde, ici.

Le robuste Maya désigna du pouce la famille apeurée.

— Tu es l'un des leurs, n'est-ce pas ? On dirait bien, tu leur ressembles !

Et il cracha aux pieds de Kaan.

Le joueur contempla le crachat en pensant au soleil de midi, à la caravane sur le départ, à l'urgence de son retour à Mayapan. Et il prit sa décision. Il releva la tête pour regarder le Maya droit dans les yeux.

— Tu n'aurais pas dû dire ça, l'ami.

— Je ne suis pas ton ami !

Le Maya se redressa de toute sa hauteur en serrant les poings, et trois autres hommes se joignirent à lui en défiant le nouveau venu du regard.

En une fraction de seconde, le Chauve et les Neuf Frères étaient venus se ranger aux côtés de Kaan, prêts à se battre sur un mot de lui. Leur force physique et leur supériorité numérique jouaient en leur faveur, mais Kaan leur fit signe de reculer. Ils obéirent à contrecœur, laissant leur maître seul face aux Mayas furieux.

Le groupe des spectateurs grossissait au fur et à mesure que se répandait la rumeur de l'altercation. Déjà, on lançait des paris. H'meen à son côté, le Borgne se dépêcha de rejoindre Kaan. Il se demandait pourquoi le joueur était revenu et redoutait sa témérité. Seul contre quatre, quelle folie...

Kaan, qui ne semblait pas le moins du monde intimidé par ses adversaires, répéta calmement sa requête :

— Laissez ces gens tranquilles.

Un nouveau crachat s'aplatit à ses pieds. Sans se presser, le joueur dénoua sa cape et la tendit au Chauve, qui l'accepta de mauvais gré.

En riant, le Maya l'imita, intimant à ses camarades de ne pas s'en mêler. Il n'avait pas besoin d'eux pour rosser ce sale chien. Avec leurs pagnes pour tout vêtement, les deux hommes se mirent en posture de combat, et le Maya entra le premier en action.

Malgré toutes ces journées sans entraînement, Kaan n'avait rien perdu de son agilité. Il évita facilement le poing de son adversaire, mais lui ne rata pas son but. Son poing s'écrasa dans le cou du corpulent Maya.

L'homme recula avec un grognement, puis se précipita vers Kaan. Un petit pas de côté, et le joueur le frappa à la nuque sous les encouragements de la foule. Les paris montaient, la cote de Kaan explosait.

Comprenant qu'il avait sous-estimé l'étranger, son adversaire revint à l'attaque de plus belle. Il se rua vers

Kaan en anticipant l'esquive du joueur et le heurta de plein fouet. Les deux hommes s'écroulèrent au sol.

La foule grossissait toujours. Les gens jouaient des coudes pour avoir un aperçu du combat. Le Chauve et les six membres des Neuf Frères entourèrent Tonina, le Borgne et H'meen pour leur éviter les coups.

Kaan et l'homme luttèrent un moment au corps à corps sur les pavés, puis se relevèrent prestement et reprirent leur pugilat. Piètre combattant, le Maya avait cependant l'avantage de la taille et du poids. Kaan essaya alors de s'imaginer sur un terrain de balle. Il ne se battait pas, il disputait une partie... Cherche l'anneau. Envoie la balle...

Quand le Maya leva le poing, chacun crut au coup de grâce, mais Kaan prit tout le monde par surprise en s'accroupissant brusquement avec la jambe tendue, manœuvre classique sur le terrain mais inédite dans une lutte au corps à corps. Comme s'il envoyait une balle à un coéquipier, Kaan balaya du pied les chevilles de son adversaire avec une force telle que celui-ci perdit l'équilibre et tomba en arrière en faisant des moulinets. Kaan en profita pour bondir et détendre à nouveau la jambe avec une rapidité stupéfiante, devant les spectateurs qui poussaient des cris émerveillés. Le talon du joueur rencontra la mâchoire de son adversaire et l'envoya s'écrouler en plein sur un étal de poterie.

Sans prendre la peine d'ôter leurs capes, les comparses de l'homme à terre, furieux, se jetèrent sur Kaan.

— Aide-le, voyons ! cria Tonina au Chauve.

Mais le Maya hirsute semblait hypnotisé. Son idole de toujours était de retour, cet homme à qui il avait un jour décidé de consacrer sa vie, ce joueur dont il avait soutenu l'équipe de ville en ville et qu'il n'avait pas vu en action depuis des mois. Il était de retour, sur les pavés d'une antique place et pas sur un terrain de jeu ni pour une partie de balle, soit, mais comme un homme qui tenait tout seul la dragée haute à quatre brutes, évitant leurs poings, sautillant autour d'eux, feintant et rusant, leur assénant de judicieux coups de pied... Il les malmena tant qu'à la fin il se retrouva seul debout, le souffle court, inondé de sueur, dégouttant de sang.

Le silence s'abattit sur la foule. Nul ne bougeait, nul ne disait mot. Un premier Maya à terre s'ébroua, retrouva ses esprits, se remit péniblement sur pied et quitta la place en trébuchant, la mâchoire dégoulinante de sang, bientôt imité par ses camarades mal en point.

La foule se pressa autour du vainqueur, laissant éclater sa joie. Kaan reprit sa cape au Chauve et l'attacha à son cou, puis s'approcha de l'étal des marchands d'ananas, pétrifiés. Il contempla les fruits écrasés, irrémédiablement perdus, et déclara d'une voix douce :

— J'aimerais acheter vos fruits.

Il tendit cinq fèves de cacao au vieillard qui en retour le bénit en nahuatl, invoquant des dieux que Kaan connaissait depuis toujours. Brusquement quelques spectateurs surexcités le soulevèrent de terre et le hissèrent sur leurs épaules.

En voyant son frère faire le tour de la place porté par ses admirateurs déchaînés, Balám serra convulsivement sa lance. Il était dans une colère noire. Il n'avait pas obtenu le retour de Kaan à Ixponé sous un faux prétexte pour assister à ça ! Sa ruse s'était retournée contre lui. Plus que jamais, Kaan restait une idole.

Kaan, qui avait blasphémé et profané les statues des dieux, Kaan à qui sa bien-aimée Colombe devait sa mort infâme.

Balám se prépara à se ruer sur la place, s'approcher du grand Kaan en écartant les badauds et le transpercer d'un jet bien placé de sa lance, sous les yeux de ses bouffons d'admirateurs. Il filerait ensuite à toute vitesse, avant qu'on comprenne ce qui s'était passé, et dans la foulée empalerait de son arme encore rouge du sang de son « frère » cette voyante qui aurait pu sauver la vie de Colombe.

Il affirma sa prise sur la hampe, mais au moment où il allait passer à l'action, il lui sembla entendre sa mère lui murmurer des mots oubliés. Ou plus exactement, des mots auxquels il n'avait pas prêté attention sur le moment. À Uxmal, alors qu'il se cachait dans le jardin de son père qui l'avait flanqué à la porte, l'élégante dame Héron Blanc était venue lui dire :

« Mon fils, tu n'as pas besoin de te rendre à Teotihuacan pour trouver la rédemption. »

Ce jour-là, son désespoir, sa fureur contre Kaan et son chagrin d'avoir perdu Colombe et Ziyal étaient tels qu'il n'avait pas accordé d'attention aux explications de sa mère. Elles lui revenaient maintenant, aussi précises et claires que si elle s'était tenue à ses côtés.

Balám sentit un calme étrange l'envahir, et le silence gagna la place. Le bruit, les gens, la jungle, tout s'évanouit autour du prince d'Uxmal, ne lui laissant que la conscience de cette lumière blanche qui se concentrait autour de lui. Les yeux fermés, il l'absorba comme il respirait l'air. Il ne s'était jamais senti tranquille à ce point. La sérénité se déversait sur lui, aussi apaisante que l'eau d'une cascade rafraîchissante.

Cette lumière miraculeuse lui communiqua une puissance étrange et inconnue, une « compréhension » tellement sidérante de clarté et d'acuité qu'il dut retenir son souffle pour l'assimiler.

Les yeux toujours clos, il eut une vision des jours à venir. Les dieux lui dévoilaient son destin. La foule dépenaillée célébrait toujours son vainqueur en faisant circuler le *pulque*, mais au bord de la place, aussi figé qu'une statue, le prince Balám sut brusquement pourquoi il était né.

# 38

Tonina inspecta sur toute sa longueur le terrain de balle des fermiers illuminé par la pleine lune, et repéra Kaan. De retour au campement à l'extérieur du village, il était en grande conversation avec le Chauve. Après le combat, il avait déclaré qu'il reportait au lendemain matin son départ pour Mayapan, car il était trop tard pour partir ce jour-là.

Mais pourquoi avait-il rebroussé chemin ?

Tonina revécut le combat en pensée. Elle avait déjà vu des hommes se bagarrer, bien sûr, mais sur l'île aux Perles, ils ne le faisaient qu'à coups de bâton ou au corps à corps. C'était la première fois que la jeune femme voyait quelqu'un s'élever ainsi dans les airs pour décocher un coup de pied dévastateur. De plus, cette confrontation lui avait appris que l'homme qui l'obsédait chaque jour davantage possédait un sens de la justice si profond qu'il l'incitait à prendre la défense des autres aux dépens de sa propre personne. Alors qu'il brûlait de retourner à Mayapan, il avait différé son départ pour porter secours à ces malheureux vendeurs d'ananas.

Elle avait entendu dire qu'ils lui avaient offert un cadeau un peu particulier pour le remercier. Elle se demandait de quoi il s'agissait.

Elle aussi lui réservait un présent. Sur une impulsion, sans s'expliquer ce qui la poussait à se séparer des quelques perles qu'il lui restait, elle s'était approchée de l'étal d'un marchand qui ne vendait qu'un seul produit. Lorsqu'elle avait révélé le nom de celui auquel elle destinait ce cadeau, il lui avait présenté un article qu'il ne réservait qu'à un acheteur exceptionnel. Désormais propriétaire de l'objet, elle se demandait comment s'y prendre pour l'offrir à Kaan.

Le jeune homme aperçut la fille des îles au clair de lune. Que venait-elle faire sur cet humble terrain envahi de mauvaises herbes ? Il était déchiré entre l'envie de la rejoindre et celle de s'éloigner d'elle au plus vite. Il lui avait déjà fait ses adieux, après tout. L'idée de recommencer ne le réjouissait guère.

— J'ai parlé à mes hommes, lui dit-il en se dirigeant vers elle. Ils m'ont assuré qu'ils veilleraient au maintien de la loi et de l'ordre après mon départ.

Elle sursauta et se retourna vivement vers lui.

— Alors tu pars demain matin ? Sans la protection d'une caravane ?

— Le temps m'est compté, désormais. Mayapan n'est pas sur la route de Teotihuacan. Je dois me dépêcher.

La jeune femme tenait quelque chose, et quand il comprit de quoi il s'agissait, il leva les sourcils.

Elle lui tendit une balle.

— Je l'ai achetée pour toi. Le vendeur m'a expliqué que c'est ce qui se fait de mieux. J'ai pensé…

Elle ne sut pas comment conclure.

Kaan examina la boule de caoutchouc, évalua sa dureté et son poids.

— Mère Lune, dit-il doucement.

— Pourquoi es-tu revenu à Ixponé ?

Il plongea son regard dans les grands yeux clairs.

— Balám m'a dit que mes hommes harcelaient les vendeurs d'ananas. Je me sens responsable de leur comportement.

— Mais ce n'était pas eux !

— Peu importe. Ces gens avaient besoin qu'on les défende.

D'après le Borgne, ils appartenaient sans doute au même peuple que Kaan, car ils parlaient le nahuatl, comme sa mère. La jeune fille comprit alors que, contrairement à ce qu'il voulait faire croire, le joueur n'avait pas vraiment honte de ses origines. Il avait pris de grands risques pour ces vendeurs d'ananas.

Les blessures récoltées l'après-midi même aux bras, à la poitrine et à la mâchoire, toutes ces petites plaies enduites de l'un des onguents de H'meen, étaient bien visibles sous les rayons argentés de la lune.

— Mais pourquoi as-tu affronté seul ces Mayas ? Pourquoi refuser l'aide de tes amis ?

Le souvenir d'une autre bande de costauds revint à l'esprit de Kaan. Des grands lui étaient tombés dessus, à plusieurs. À cette époque, tout gamin, il ne faisait pas le poids, mais heureusement Balám avait volé à sa rescousse. Cette fois-ci, pour des raisons qu'il ne s'expliquait pas, il avait décidé de s'en sortir tout seul.

— Les vendeurs m'ont fait un cadeau, eux aussi, lui dit-il pour éviter de répondre à sa question. Je ne voulais pas l'accepter mais ils ont insisté. J'ai cédé, pour ne pas vexer ces gens humbles.

Il posa la balle à ses pieds et porta la main à sa ceinture. Il en sortit un petit objet enveloppé dans un morceau de tissu.

— Le vieillard m'a raconté la légende de la déesse prisonnière de la terre. Il y a longtemps, cette divinité descendit dans notre monde car elle voulait comprendre ce que nous aimions tant ici-bas, nous les humains. Hélas, un petit roi la captura : il exigeait richesse et pouvoir. Comme elle refusait d'exaucer ses vœux, il l'enferma dans une salle souterraine, jurant de l'y laisser tant qu'elle ne lui obéirait pas.

Kaan déplia le tissu, qui contenait une petite pierre luisant au clair de lune.

— Quand il était jeune, cet homme a accompli un pèlerinage à Palenque, à l'ouest, pour prier Kukulcan dans les célèbres Temples du Temps. En rentrant chez lui, il a croisé au bord de la route un voyageur mourant. Il a pris soin de lui pendant toute son agonie, qui a duré plusieurs jours, et pour le remercier de sa gentillesse, le mourant lui a offert ceci.

La chose baignant dans la fantomatique clarté lunaire ressemblait à un vulgaire caillou, se dit Tonina, perplexe.

— Le mourant a raconté au marchand d'ananas qu'il s'était rendu à Palenque pour retrouver la déesse prisonnière et la libérer. On dit qu'elle vit encore là-bas, sous terre, et qu'elle a tous les pouvoirs, sauf celui de s'échapper. On dit aussi qu'elle exaucera le vœu le plus cher de celui qui lui rendra sa liberté.

— Qu'est-ce que c'est ? demanda Tonina en s'emparant du caillou et en l'examinant avec attention.

— Je l'ignore, mais le vendeur d'ananas affirme que cette pierre est la clé qui permettra de retrouver la déesse. D'après lui, beaucoup s'y sont essayés mais tous ont échoué. Cette pierre est censée indiquer le chemin jusqu'à elle.

C'est merveilleux ! Sauver une déesse… se dit Tonina en replaçant le caillou dans la main de Kaan. Si c'était moi, quel serait mon vœu ?

La brise nocturne leur apporta l'odeur des feux et de la nourriture en train de rôtir. Kaan savait qu'il devait retourner au campement s'il voulait partir très tôt le lendemain, mais il n'arrivait pas à se décider.

— Je te remercie d'avoir rappelé tes règles à tout le monde, dit Tonina. Je redoutais le retour de l'indiscipline après ton départ.

— Ils obéiront, lui assura-t-il.

— Tu sais te faire respecter, toi. Les gens t'écoutent. Pourquoi refuses-tu d'assumer le rôle du chef alors que c'est dans ta nature ?

Tonina étant toute proche, son doux parfum de noix de coco chatouillait les narines du joueur, qui ne le trouvait plus repoussant, mais assez attirant, au contraire. Et tous ces coquillages qui cliquetaient dans les cheveux de la jeune femme ajoutaient leur partition à la musique de la nuit, au concert des singes et des grenouilles dans les arbres ou des criquets dans les fourrés. Le tout formait un chœur bruyant qu'on entendait sûrement sur la lune.

— Quand j'étais petit, ma mère me disait souvent : « Ne sois jamais un perdant ! » C'était sa plus grande crainte, et très vite, c'est aussi devenu la mienne.

— Et pourtant, quand tu disputes une partie de balle, tu prends le risque de perdre, même si tu gagnes la plupart du temps ! lui fit remarquer Tonina.

— Dans une équipe, ce n'est pas la même chose. C'est un effort collectif, une victoire ou une défaite partagée. Mais seul...

Il secoua la tête.

— Aussi loin que je m'en souvienne, j'ai toujours évité les situations où je risquais d'échouer.

— « Ne sois jamais un perdant »... C'est vraiment ce que ta mère voulait dire ?

Le clair de lune faisait ressortir les motifs blancs sur le visage de la jeune femme, des motifs qui ne le gênaient plus du tout. Ils étaient même beaux, à leur façon...

— Qu'aurait-elle pu vouloir dire d'autre ? dit-il tout bas.

Tonina ne lui répondit pas.

En étudiant les lignes, les points et les cercles qui couvraient son visage, Kaan comprit qu'elle ne les appliquait pas au hasard. Contrairement à ce qu'il avait cru, ils respectaient parfaitement ses traits. Stupéfait, Kaan vit alors que ces motifs, au lieu de dissimuler la beauté naturelle de la fille des îles, ne faisaient que la souligner.

Il se confia alors, comme jamais il n'aurait cru le faire un jour, allant jusqu'à dévoiler à Tonina son secret le plus intime, un secret dont il n'avait jamais parlé à personne, pas même à son épouse :

— Un cauchemar revient régulièrement me hanter. Dans ce rêve sinistre, je marque le point gagnant de la partie, mais la foule se moque de moi au lieu de m'acclamer. Je comprends qu'en réalité, malgré ce surnom de « grand Kaan », le peuple méprise le misérable Chichimèque, le barbare que je suis. Sous les rires et les quolibets, je vois mes coéquipiers et mes amis me tourner le dos l'un après l'autre. À la fin, même Ciel de Jade me quitte. Je me retrouve seul au monde et je me réveille en sueur.

— Tu sais pourtant que cela n'arrivera jamais, n'est-ce pas ? souffla doucement Tonina.

— Bien sûr que je le sais. Mais au fond de moi, j'ai peur qu'un jour on découvre que je ne suis qu'un imposteur, que quelqu'un ne déclare qu'après tout, Kaan n'a rien d'un héros. Voilà pourquoi j'ai toujours refusé le rôle de chef. Car que se passerait-il si je conduisais les gens au désastre ?

Tonina ne sut que lui répondre. Le joueur lui révélait ses peurs les plus intimes, et cette constatation la laissait sans voix. En outre, ils étaient seuls sur le terrain désert, cernés par la jungle plongée dans les ténèbres sous un ciel éclaboussé d'étoiles.

Il fallait absolument qu'elle dise quelque chose. Elle regarda la balle à ses pieds et la poussa d'un orteil.

— Et comment joue-t-on à ce jeu ?

Il en avait trop dit. Tonina se moquait bien de ses cauchemars et de ses démons intérieurs. Qu'est-ce qui, chez cette fille, avait pu lui délier la langue à ce point ? Il se racla la gorge et prit son air le plus professionnel, comme quand il accueillait une nouvelle recrue à l'académie.

— Règle numéro un : il est interdit de toucher la balle avec les mains ou les pieds.

Il alla se placer derrière la jeune femme et posa les mains sur ses hanches.

— Maintenant, imagine que quelqu'un te lance la balle et que tu veuilles la faire suivre latéralement à un autre joueur. Vas-y.

Tonina se déhancha et le jeu de ses muscles sous le tissu de la jupe surprit Kaan. Cette fille n'était ni molle ni potelée, et il perçut sa force physique. Elle ferait une bonne adversaire au jeu de balle, se dit-il.

Ces pensées le bouleversèrent. Plus il s'éloignait de Mayapan, plus le souvenir de Ciel de Jade s'effaçait. Tonina s'insinuait déjà dans ses pensées et dans ses rêves, et menaçait d'entrer par effraction dans son cœur.

Au contact des mains de Kaan sur ses hanches, Tonina tressaillit. Elle se sermonna mentalement. Elle avait pris l'engagement sacré de ramener la fleur rouge à son peuple, et voilà qu'elle oubliait tout au contact de cet homme qu'elle connaissait à peine.

Reculant hors d'atteinte de Kaan, Tonina se saisit de la balle et la lança, puis s'éloigna d'un air de défi. À sa grande surprise, elle s'entendit rire.

Il lui renvoya la balle. Elle se précipita pour l'intercepter de la hanche, mais s'empêtra dans sa longue jupe et rata son coup. Marmonnant un juron dans sa langue maternelle, elle s'arrêta, releva sa jupe et la glissa dans sa ceinture.

La vue de ses jambes nues coupa le souffle au joueur. Le clair de lune leur donnait un aspect velouté sans rien leur ôter de leur puissance... Kaan se fit la réflexion que la musculature des nageurs ressemblait beaucoup à celle des joueurs de balle.

Soudain, la balle vola vers lui, et il la renvoya d'un coup de hanche. Avec un rire, Tonina s'élança pour la frapper de l'épaule, puis s'applaudit, très contente d'elle-même. À son tour, Kaan se précipita vers la balle, et d'un grand bond suivi d'un coup de cuisse, l'expédia dans une autre direction, forçant Tonina à courir encore plus vite. En attendant la passe suivante, il l'observa, grisé ; cela faisait des mois qu'il ne s'était plus senti aussi vivant, pas même lors du fatidique Treizième Jeu.

Il intercepta de nouveau la balle d'un coup de hanche en imprimant cette fois-ci une rotation inattendue à son corps, et elle repartit selon un angle qui surprit la jeune fille. Tonina s'élança mais calcula mal sa trajectoire. La boule de caoutchouc la frappa durement à la tempe, la projetant en arrière.

Elle se reçut sur le dos et resta immobile.

Kaan se figea sur place, la poitrine dans un étau.

— Tonina ?

Elle ne bougeait toujours pas.

Il se précipita vers elle, se laissa tomber à genoux et la prit dans ses bras.

— Tonina ! Tu vas bien ?

Elle gémit, dodelina de la tête, souleva péniblement les paupières.

— *Guay*, j'ai vu des tas d'étoiles... chuchota-t-elle.

— Et moi, est-ce que tu me vois ? lui demanda-t-il en examinant ses yeux.

Mais ses pupilles étaient normales, et rapidement, elle parut le distinguer parfaitement. Elle lui sourit.

— Tu étais censé me sauver la vie, pas m'assommer...

— Bénis soient les dieux... murmura-t-il, soulagé.

Sans réfléchir, il pressa ses lèvres à l'endroit où la balle l'avait frappée, puis la souleva et l'emporta au bord du terrain. Les bras autour de son cou, la tête sur son épaule, Tonina gémissait. Elle flottait dans un enfer délicieux. La chaleur de Kaan transperçait ses vêtements, et elle se disait qu'elle pourrait voyager pour toujours dans ces bras puissants.

Profondément troublé par cette jeune femme, par le contact de ses jambes nues et fraîches sur son bras, il la déposa sur un carré d'herbe accueillant et chercha anxieusement à déchiffrer son expression.

— Comment te sens-tu ? Dois-je te conduire auprès de H'meen ?

— Je vais très bien. Il me faut juste un moment…

Kaan frotta du pouce la peinture blanche près de la contusion et, sur une impulsion, laissa échapper la question qu'il se posait depuis qu'il connaissait la fille des îles :

— Pourquoi n'enlèves-tu jamais tes peintures ?

— Parce que je suis laide, lui avoua-t-elle à mi-voix, étonnée d'avoir pu confesser son secret aussi facilement.

« Ça m'étonnerait que tu sois laide. En tout cas, moi, je te trouve très jolie », faillit-il dire, mais il préféra s'abstenir, même s'il le pensait vraiment, ainsi qu'il le réalisait tout à coup. Il comprit soudain qu'il n'avait jamais été attiré par les canons de beauté mayas, front et menton fuyants, yeux étirés, dents proéminentes…

— Sur les îles, je suis quelconque, précisa Tonina. En fait, les gens me trouvent sans charme.

— Les gens ? Tu veux dire ton peuple ?

— Je ne suis pas née sur les îles…

Et elle lui raconta brièvement son histoire : Huracan découvrant le panier sur les hauts-fonds, Guama et lui élevant l'enfant comme leur fille…

— Mes grands-parents ont raconté à qui voulait l'entendre que les dieux de la mer m'avaient poussée jusqu'à l'île... J'ai donc toujours été considérée comme une étrangère. Les gens des îles se peignent tous le visage, c'est la coutume, et je me suis mise à les imiter. Ces peintures étaient comme un masque qui dissimulait mes différences. Et grâce à elles, je leur ressemblais un peu.

Kaan resta quelques instants sans voix.

— Ainsi, tu ignores d'où tu viens ? s'étonna-t-il.

Elle hocha la tête ; elle n'avait qu'une envie, qu'il la reprenne dans ses bras.

— As-tu déjà songé à partir à la recherche des tiens ?

— Quand j'étais petite, je rêvais souvent de ma mère, de notre rencontre... Ensuite, pendant longtemps, je n'ai plus jamais rêvé d'elle. Jusqu'à ce que...

Il était suspendu à ses lèvres. Tonina voulut s'asseoir et il l'aida à se redresser. Leurs visages étaient tout proches.

— Jusqu'à ce que je te voie faire tes adieux à la tienne, dans les cuisines du palais. Tu étais si tendre avec elle, et elle si aimante avec toi ! Je veux connaître cela !

— Tu n'as vraiment aucune idée de l'identité de tes parents ? Aucun indice ?

— Je n'ai que ceci, dit-elle en ôtant l'un de ses colliers de sous sa tunique, celui du médaillon toujours invisible dans l'étui de fibres de palmier tissé par Guama. Ma grand-mère l'a caché dans cet étui parce qu'elle redoutait son pouvoir. Elle avait peur que quelqu'un s'en empare...

— Tu as déjà vu ce que c'était ?

— Non. Guama m'a expliqué que je saurais quand le moment serait venu d'ouvrir l'étui. Pour l'instant, je n'ai jamais rien ressenti de tel.

Tonina se tut et glissa le pendentif sous sa tunique. Elle avait une autre crainte : que découvrirait-elle en déballant le talisman ? Je pourrais très bien ne plus jamais être Tonina de l'île aux Perles.

— Il y a aussi la petite couverture blanche dans laquelle j'étais emmaillotée. Elle est brodée et, d'après Guama, ces broderies signifient peut-être quelque chose.

— Tonina, tu dois retrouver ta mère !

Kaan avait vécu toute son enfance avec sa mère puis, plus tard, à quelques rues d'elle. Pour lui, cette situation était inimaginable. Ne jamais avoir connu sa mère, ignorer jusqu'à son nom ou son visage... c'était absolument impensable.

— Non. Je dois retourner sur l'île aux Perles. J'ai promis, dit Tonina. Et pourtant, je veux savoir qui est ma mère ! Je veux savoir d'où je viens !

Elle parlait maintenant d'un ton enflammé :

— Je veux connaître mon héritage, ma culture ! Si on ne m'avait pas livrée à la mer dans ce panier, qui serais-je aujourd'hui ? Quels seraient mon nom, ma langue, mes dieux ? Ma vie serait-elle si différente ? J'aimerais tant m'asseoir parmi les miens, j'aimerais tant ne plus être l'éternelle étrangère !

Quelle ironie ! pensa Kaan. D'un côté, une fille qui ignorait tout de ses origines, mais brûlait de les découvrir, et de l'autre, un homme qui les connaissait, mais aurait préféré rester dans l'ignorance.

— Kaan, comment s'appelle ton peuple ?

Cette question le désarçonna.

— Je l'ignore. On me l'a dit il y a longtemps, mais j'ai oublié.

Il écarta les pans de sa cape et lui désigna une marque sur sa poitrine, à l'emplacement du cœur. Une ancienne cicatrice de jeu, s'était toujours imaginé Tonina.

— On m'a fait ce tatouage quand j'étais petit. Depuis le temps, il s'est altéré, il est devenu illisible. Je crois qu'il symbolise la tribu de ma mère.

Tonina ressentit l'envie de le toucher, de poser ses lèvres sur le torse musclé, d'embrasser le tatouage.

Le désir s'abattit sur Kaan si brutalement et avec une force telle qu'il en eut le souffle coupé. Il s'éloigna de Tonina et leva les yeux vers la pleine lune qui plongeait derrière la cime des cèdres.

— Nous ferions mieux de rentrer au campement. Il nous reste encore beaucoup à faire avant que nos routes se séparent.

Il l'aida à se remettre debout et Tonina leva son visage vers lui.

— Tu as de la chance, tu sais. Tu es fier de ton peuple, alors que moi, je n'en ai pas. Tu me demandes si j'ai l'intention de rechercher ma mère ? En fait, j'ai peur de la retrouver. Pourquoi m'a-t-on confiée à l'océan ? Il y a forcément une raison ! Un sacrifice, peut-être ? Si je retrouve mon peuple, voudra-t-il me sacrifier à nouveau ?

Kaan la prit par les bras et répondit avec passion :

— Mais enfin ! Et si tu avais été enlevée, tu y as pensé ? Des hommes cruels t'ont peut-être arrachée des bras de ta mère puis abandonnée à l'océan, sans qu'elle puisse rien y faire ! Imagine-la au bord de l'eau, impuissante, et toi qui t'éloignes sous ses yeux au fil du courant ! Peut-être qu'elle souffre chaque jour de ton absence ! Tonina, peu importe ce que je ressens pour mon vrai peuple, pour ces origines dont oui, je l'avoue, j'ai honte. Une chose est sûre : je révère ma mère, profondément, de tout mon cœur.

— Alors, comment… ? dit-elle avant de se mordre les lèvres aussitôt : cela ne la regardait pas.

— Comment puis-je tolérer qu'elle s'épuise dans les cuisines royales alors que je vis dans le luxe ? Ce n'est pas ce que je voulais, Tonina ! Je l'ai suppliée de venir vivre à nos côtés, j'ai même essayé de l'installer dans sa propre demeure, avec des serviteurs. Mais ma mère est fière de son travail, elle est fière de préparer les festins du roi. Tonina, une mère doit être mise sur un piédestal. Ta mère fait partie de toi. Tu as passé les premiers mois de ta vie dans son corps. À ta naissance, elle t'aimait. Voilà pourquoi, où qu'elle soit et quoi qu'elle ait fait, la seule chose qui compte, c'est de la retrouver.

Son discours électrisa Tonina, et soudain, elle eut une vision : elle dévalait un sentier vers une hutte. Une femme se tenait sur le seuil, les bras tendus, les yeux pleins de larmes. Les détails restaient flous. Quels étaient les vêtements de cette inconnue ? Ses bijoux ? Sa coiffure ? Quelle langue parlait-elle ?

La jeune femme fut prise de vertige devant les perspectives stupéfiantes qui s'ouvraient à elle grâce à Kaan. Elle avait l'impression que tous ses espoirs et tous ses rêves étaient restés scellés dans une amphore d'argile, dont le joueur venait de briser le sceau, libérant son contenu. Ils voletaient autour d'elle comme des papillons, et Tonina mourait d'envie de les attraper et de les chérir.

Et aussi d'embrasser cet homme merveilleux, ce Kaan, de le serrer tout contre elle, emplie de gratitude. *Oui, je veux retrouver ma mère !*

Kaan se pencha sur l'herbe humide pour ramasser la balle et de nouveau l'émotion le cloua sur place. C'était un cadeau de Tonina. Elle lui avait rendu le jeu, alors qu'il avait cru ne plus jamais toucher une balle. Il lui prit impulsivement les bras.

— Pour nos compagnons, je crois que tu as raison. J'ignore pourquoi ils me considèrent comme leur chef, mais c'est un fait. Dès que j'aurai le dos tourné, ils oublieront leurs engagements et bafoueront toutes les règles, j'en ai bien peur. Si je te laisse maintenant, tu seras en danger. Ma dette envers toi tient toujours, je viens de le comprendre.

— Mais tu voulais aller à Mayapan...

— Si je ne passe pas par Mayapan, j'ai encore le temps de me rendre à Copan puis de repartir sur Teotihuacan. La vengeance est un plat qui se mange froid, Tonina. Je peux régler mes comptes avec le consortium après mon pèlerinage chez les sœurs.

Il resserra son étreinte. Il brûlait d'envie de l'embrasser, de l'enlacer, pour ne plus jamais la laisser repartir.

Tonina leva les yeux vers lui, envoûtée, consciente du conflit qui déchirait cet homme.

— Demain, je partirai avec toi pour Copan, Tonina.

# 39

Kaan ouvrait la route à coups de machette à travers lierre et plantes rampantes lorsque soudain un homme se dressa devant lui dans la brume.

Imité par ses compagnons, le joueur s'arrêta et contempla la sentinelle muette qui leur barrait le chemin. Avec ses yeux de pierre, son visage en partie détruit et sa main manquante, cette statue avait visiblement été sculptée des siècles auparavant. Et depuis, la jungle reprenait ses droits.

Il envoya quelqu'un chercher H'meen pour qu'elle examine les marques qui la recouvraient par endroits. À Tikal ou ailleurs, ils avaient déjà croisé plusieurs de ces dalles de pierre dressées, ces « stèles » érigées pour matérialiser les frontières ou rappeler des événements marquants. L'herboriste avait pu déchiffrer la plupart d'entre elles, mais sur celle-ci, seuls quelques glyphes étaient lisibles. Les gravures avaient trop souffert des intempéries.

— Cette stèle est celle du Roi Lapin, mais je n'arrive pas à lire la liste de ses hauts faits. Elle est trop abîmée. Le temps a effacé le souvenir de cet homme...

— Cette statue signale-t-elle la limite d'une ville ? insista Kaan, qui essayait de percer la brume du regard et ne voyait que des fantômes d'arbres et des spectres de buissons.

— Oui, honorable Kaan. Nous sommes arrivés.

La légendaire cité de Copan, enfin !

Kaan fit signe au cortège, qui se remit en marche à une allure plus soutenue. Les gens discutaient avec entrain. La fleur rouge n'était sûrement plus très loin !

Depuis leur départ d'Ixponé quarante-deux jours plut tôt, l'énorme troupe qui suivait Kaan et Tonina avait continué à évoluer, à se reconfigurer, à grossir comme un organisme vivant. Six personnes avaient trouvé la mort en chemin, quatre bébés avaient vu le jour... Parmi ceux qui étaient là depuis le début, certains s'étaient établis dans de paisibles villages, remplacés par des nouveaux venus remplis d'espoir. Quelques Mayas étaient partis, d'autres ethnies avaient fait leur apparition. Des couples se formaient ou se séparaient, des familles éclataient, d'autres se constituaient. Sous le regard de H'meen qui consignait toutes les procédures et ajoutait chaque nouvelle loi à la liste du début, Kaan avait jugé six affaires de vol, un viol, trois adultères, cinq cas de femmes battues, quatre tricheries au jeu, un meurtre et deux blasphèmes, puis fait appliquer les sanctions correspondantes.

Le grand Chauve hirsute était veuf. Trois jours après avoir quitté Ixponé, son épouse était tombée dans un trou, entraînant dans sa chute un gros morceau de bois qui l'avait frappée à la tête. Après l'en avoir extirpée, les hommes constatèrent que, malgré son cou brisé net, elle vivait encore, contre toute attente. La peau, les muscles et la moelle épinière semblaient intacts, mais le crâne n'était plus relié à la colonne vertébrale. L'épouse du Chauve ne contrôlait plus sa tête, qui brinquebalait en tous sens. Elle respirait et parlait normalement, et son mari lui fabriqua une minerve en bois, mais elle était incapable d'avaler quoi que ce soit. Elle rendit l'âme quelques jours plus tard. Totalement lucide, après avoir fait ses adieux à ses amis, elle demanda au Chauve de lui ôter son inconfortable collier, et il s'exécuta, en larmes. Comme elle était assise, sa tête retomba en arrière entre les omoplates. Les yeux tournés vers le ciel, elle eut le temps de bénir l'assemblée avant de rendre son dernier souffle.

Ils se trouvaient à présent dans une région montagneuse perdue dans la brume, sur une piste bordée de lianes et de feuillages divers. Tous guettaient le premier signe de la grande cité décrite par le messager rencontré peu après Tikal. Le trajet, succession de collines et de vallées, avait été long et pénible. Ils avaient dû se tailler un chemin dans des fougères gigantesques, des amas de lianes et des racines qui sinuaient au sol comme des serpents, sous les rares rayons d'un soleil parvenant à peine à percer la canopée. Et partout ce vert implacable...

Et pendant tout ce temps dans cette végétation luxuriante, la fleur rouge était restée invisible.

Tonina, qui tailladait ces maudites plantes à grands coups de machette, ravala sa déception. Car depuis cette fameuse nuit au clair de lune sur le terrain d'Ixponé, un nouvel espoir l'habitait. Kaan n'avait eu qu'à prononcer cinq mots : « Tu dois retrouver ta mère. » Cinq mots seulement, mais des mots plus précieux que des colliers de jade ou des bracelets d'or.

Au bout de la piste, ils sortirent enfin de la jungle. Devant eux s'étendait une grande vallée où coulait une rivière. Des fermes et des huttes s'y dressaient...

Mais aucune cité.

Kaan fit signe à ses compagnons de déposer leurs affaires, et ils s'exécutèrent joyeusement en observant du coin de l'œil les huttes de bois aux toits de feuilles de maïs, les fermes et les promesses de récoltes... Apeurés ou intrigués par cette immense troupe, certains habitants avaient interrompu leur travail pour détailler les nouveaux arrivants, tandis que d'autres les regardaient depuis leurs seuils.

Flanqué de deux jeunes gens et d'une femme aux cheveux gris, un homme au crâne dégarni sortit de la plus grande des huttes. Emmitouflé dans des peaux d'ocelot raidies par la crasse, la graisse et le sang, il avait un os dans le nez et d'autres dans les lobes de ses oreilles, et de ses joues percées saillaient les longues moustaches raides d'un félin.

Les mains tendues en signe de paix, Kaan s'avança vers lui.

— Que les dieux vous bénissent, lui dit-il en maya. Vous avez devant vous des voyageurs épuisés qui aimeraient se reposer. Nous sommes prêts à négocier le gîte et le couvert, et nous ne perturberons pas votre communauté. Quant à vos dieux et vos ancêtres, nous leur montrerons tout le respect qui leur est dû.

Le chef Ocelot (c'est sous ce nom que se présenta le chauve) fronça le nez devant ce rassemblement d'enfants, de vieillards et de malades dépenaillés.

— D'où venez-vous ? demanda-t-il à Kaan d'un ton acerbe.

— Du Quatemalan, noble chef. Nous avons gravi bien des montagnes avant d'arriver ici.

Ocelot s'esclaffa :

— Vous arrivez du Quatemalan ? Mon ami, ce ne sont pas des montagnes que tu as traversées !

Il se retourna et pointa le doigt vers l'est.

— Les voilà, les montagnes !

Tonina et Kaan fixèrent avec une crainte respectueuse les pics verdoyants qui s'élançaient vers le ciel pour se perdre dans la brume.

— C'est la grande Forêt des Nuages, reprit Ocelot d'un ton vantard, comme s'il l'avait créée lui-même. Ceux qui grimpent là-haut n'en redescendent jamais.

— Et où est la ville ? demanda Kaan.

— La ville ? Tu veux dire Copan ?

Ocelot leur fit signe de le suivre et les conduisit de l'autre côté du hameau, au bord de la rivière.

— Voici Copan.

À travers les lianes et les plantes rampantes, on distinguait vaguement un mur de pierre pris dans un lacis de feuillages monstrueux et de racines géantes. À mesure que leur vue s'adaptait à ce foisonnement végétal, Kaan et Tonina découvraient des linteaux écroulés et des salles excavées, des murs en ruine, des bâtiments envahis de végétation.

— Pendant mille ans, de grands rois ont vécu dans cette cité, reprit Ocelot. Ensuite, allez savoir pourquoi, le dernier roi a érigé la dernière stèle et ce peuple n'a plus jamais rien construit. Il faudrait demander aux ancêtres.

Kaan contempla les ruines englouties sous une jungle vorace et en conclut que le dernier habitant de

Copan avait dû quitter la cité une centaine d'années plus tôt environ.

De son côté, Tonina regardait la grande rivière qui les séparait de Copan. Une fleur rare poussait peut-être bien à l'abri de ces ruines abandonnées...

— Y a-t-il un moyen de traverser cette rivière ? demanda-t-elle à Ocelot.

— Il y a le vieux pont de corde, mais la cité est taboue. Les dieux nous interdisent d'y entrer. Mais venez donc profiter de notre hospitalité ! Comme vous pourrez le constater, nous sommes des gens civilisés !

En entrant dans la grande hutte du chef Ocelot, Kaan et Tonina eurent un choc : ils foulaient aux pieds un visage.

— Il a fallu trente hommes pour traîner cette statue jusqu'ici ! Dieu ou roi, peu importe. Son esprit veille sur ma maison ! fanfaronna Ocelot en leur désignant le visage de pierre aux yeux vides qui constituait le sol de sa hutte.

La femme dodue aux cheveux gris n'était autre que l'épouse d'Ocelot. Elle portait une longue tunique de coton et une multitude de colliers de perles, et quoique d'ethnie maya, ne présentait pas l'habituel front fuyant. Elle avait pourtant adopté la coiffure traditionnelle des siens : ses longs cheveux tirés en arrière étaient attachés en queue de jaguar. Sa tête reposait sur un goitre de la taille d'un melon et elle avait des yeux globuleux. Pendant que son mari ressortait s'occuper des préparatifs du festin, elle leur montra en souriant une grande natte étalée par terre.

— Voici la couche des invités. Vous y serez bien à l'aise.

— Nous dormons ensemble ? s'exclama Tonina.

La femme du chef leur lança un coup d'œil perplexe.

— Nous ne sommes pas mariés, lui précisa Kaan.

Le regard exorbité de leur hôtesse passa de Kaan à Tonina et ils reconnurent l'expression déjà lue en chemin sur le visage d'étrangers rencontrés durant leur périple. Elle cherchait à deviner l'origine tribale de ces jeunes gens qui n'étaient ni mayas ni originaires des îles, malgré leurs ornements corporels et leurs habits. Et ils étaient grands, remarqua-t-elle. Lui, il venait sans doute du nord. Un Mixtèque, peut-être ? Pour la fille, difficile de se prononcer, avec toute cette peinture sur son visage. Mais comme ils se ressemblaient beaucoup malgré tout, c'était forcément un couple !

Quelques semaines plus tôt, Kaan aurait sauté sur l'occasion : dormir dans une maison, sur une vraie natte, quel délice...

— Merci pour ton hospitalité, honorable mère, mais je vais camper dehors, déclara-t-il.

Tonina le regarda sortir. Leur première nuit sur la route lui revint en mémoire ; à l'époque, Kaan ne savait même pas allumer un feu ! Les jours suivants, il avait appris à survivre dans la nature. Il n'était plus ce citadin privilégié qui dépendait de serviteurs à l'écoute de ses besoins.

Le joueur de balle dressa son petit campement contre le mur sud de la grande hutte. Répartis entre les huttes et les champs, ses compagnons allumaient les feux et dépliaient leurs nattes. Quelque part en chemin, cette masse humaine amorphe s'était organisée en une entité ordonnée instinctivement répartie en corps de métiers. On aurait dit une ville itinérante, avec sa rue des Tisserands et son avenue des Potiers. Dès que le grand campement était dressé, une fois que les idoles des dieux et les os des ancêtres reposaient sur leurs autels de fortune, les artisans sortaient leurs métiers à tisser, leurs outils, leur argile, leurs peintures, leurs plumes et leurs cordes pour fabriquer des objets qu'ils échangeaient contre des victuailles avec leurs compagnons chasseurs et cueilleurs ou les gens croisés en route.

Kaan, qui les guidait et partageait leur vie depuis des jours et des jours, ne se sentait pourtant aucune affinité avec eux. C'était lui qu'ils venaient consulter en cas de conflit, c'était à lui qu'ils se plaignaient ou racontaient leurs malheurs… Mais Kaan n'avait ni racines ni amis, et son sentiment d'aliénation ne faisait que croître. Il y avait si longtemps qu'il avait quitté Mayapan… Sa mère, son unique lien avec cette ville, serait morte à son retour. Il n'était pas né à Mayapan, et n'y avait aucun parent. D'ailleurs, à sa connaissance, il n'avait aucun parent nulle part. Il ignorait où vivait le peuple de sa mère. Le nom de sa tribu, il l'avait oublié depuis longtemps. Kaan, l'idole du jeu de balle qui n'était ni maya, ni mixtèque, ni zapotèque, traversait les fermes, les villages et les villes de son pas énergique sans jamais pouvoir proclamer : « Ici, je suis chez moi ! »

Le chef Ocelot vint le rejoindre et lui offrit un cigare tout frais, déjà allumé et fumant.

— Sois béni ! Il y a un nain parmi vous, à ce que je vois. Je voudrais te l'acheter. Nous en avons un, bien sûr, mais le nôtre a ses deux yeux ! Je suis disposé à payer le tien très cher, beaucoup de peaux s'il le faut !

Kaan accepta le cigare mais ne fit pas mine de le fumer.

— Ce nain n'est pas à vendre.

— C'est bien toi, le chef de tous ces gens, non ?

— Non. Ma quête ne concerne que moi. Ils me suivent parce qu'ils croient en ma bonne fortune.

— Qui est leur chef, dans ce cas ?

— Ils n'en ont pas.

Ocelot parcourut des yeux le vaste campement qui transfigurait son hameau endormi. Les habitants du coin commerçaient et devisaient amicalement avec les nouveaux arrivants.

— Mais où vont-ils, tous ces gens ?

— Je l'ignore.

Ocelot pinça ses lèvres jaunies par le tabac, et sur ses joues, les moustaches de félin frémirent. Devenir le chef d'un groupe aussi important n'était pas une idée déplaisante, en particulier si le groupe en question comprenait des artisans expérimentés, des chasseurs émérites et même, selon la rumeur, une *h'meen* royale ! De plus, ils avaient emmené tous leurs dieux avec eux, et cela aussi, c'était une bonne chose. Il sentait déjà la chance flotter dans l'atmosphère, la promesse d'une prospérité sans précédent. S'il arrivait à persuader ces gens de rester, il pourrait peut-être leur faire construire un nouveau hameau... Après tout, il avait déjà un sol de pierre dans sa hutte, alors pourquoi pas des murs du même matériau ? Pourquoi ne pas extraire d'autres pierres des ruines et s'en servir pour élever une ville nouvelle ici même ? D'ailleurs, en tant que chef, Ocelot méritait une belle demeure en pierre... un palace, même !

Des images se mirent à danser devant ses yeux. Un trône, une couronne, les gens s'inclinant devant lui, des guerriers aux ordres, les émissaires des royaumes voisins déposant leurs tributs à ses pieds. Une vision grandiose, parfaite ! Ocelot n'en croyait pas sa chance.

Tout ce qu'il lui restait à faire, c'était trouver le moyen de convaincre ces gens de s'établir ici puis de le désigner comme chef. Son regard cupide se posa sur l'homme élancé assis à côté de lui. Qu'il le veuille ou non, cette troupe le considérait comme son chef.

Ocelot sourit. Un obstacle négligeable. Le poison s'en chargerait.

— Ce soir, il y aura un festin, mon nouvel ami. Tu te joindras à nous, n'est-ce pas ?

Et il partit à la recherche du chaman.

L'intérieur de la vaste hutte ressemblait à tous ceux que Tonina avait eu l'occasion de visiter : des nattes tissées au sol, des chapelets d'ail et de poivre suspendus aux chevrons, un autel dédié aux dieux, un autre pour les ancêtres, quelques vêtements accrochés à des patères, des arcs et des flèches appuyés contre le mur ; et sur des étagères en bois, les sandales, les bols et les outres, bien rangés.

Tout en répondant au flot de questions de l'épouse du chef, très intéressée par les coutumes de l'Ouest, Tonina défit son paquetage. Depuis que Kaan avait suscité en elle le désir de retrouver sa mère, elle montrait sa couverture de bébé brodée à tous ceux qu'elle croisait. Tout au long du chemin, dans les fermes et les hameaux, elle avait fait circuler la petite étoffe à la ronde au cas où quelqu'un en reconnaîtrait les motifs. Jusqu'ici, elle n'en avait pas appris davantage, et elle n'eut pas plus de succès avec la femme du chef, qui secoua la tête au-dessus de son goitre monstrueux. Cette broderie ne lui disait absolument rien.

— On ne montre jamais le symbole de son clan aux gens qui n'en font pas partie. Un tissu brodé destiné à la vente ne porterait pas un dessin aussi personnel. En dehors de la région où vit le clan, tu as peu de chance de trouver quelqu'un qui puisse l'identifier, lui expliqua la femme qui parlait avec un léger accent.

— Tu n'es pas d'ici ? hasarda Tonina.

— Non. J'étais toute jeune quand j'ai épousé Ocelot. Je suis née loin dans le nord, sur la côte du Quatemalan. J'ai du sang des îles dans mes veines, ajouta-t-elle fièrement. Mais je suppose que ce n'est pas ton cas, malgré tes peintures faciales.

— Je viens de l'île aux Perles. Tu connais cette île ?

— Ce nom m'est familier. Quand j'étais jeune fille, beaucoup de marchands des îles s'arrêtaient dans notre village. Je me souviens des perles et des coquilles d'huîtres...

— Sais-tu à quelle distance se trouve la côte la plus proche de l'île aux Perles ? lui demanda Tonina, de plus en plus émue.

La femme renifla et se frotta le nez, car c'était ainsi qu'elle ravivait ses souvenirs d'enfance.

— L'île aux Perles est au nord-est, à plusieurs jours de bateau. Mais c'est faisable, je pense. Il faut juste éviter la saison des tempêtes, comme tu le sais sans doute.

La saison des tempêtes... se dit Tonina avec anxiété. Il ne lui restait que quatre mois.

— Et y a-t-il des criques ou des ports abrités sur cette côte ?

— Hein ? Quelle côte ? Celle du Quatemalan, tu veux dire ? Pas besoin de ports, elle est toute plate et marécageuse, d'un bout à l'autre, avec quelques lagons.

Tonina fronça les sourcils. Son grand-père lui avait parlé de falaises escarpées et de rivages semés de dangereux écueils. Pouvait-il s'agir d'une autre côte ? Avait-elle mal compris ?

— Je suis à la recherche d'une fleur peu courante.

Tonina la décrivit à la femme au goitre, mais cette dernière secoua la tête.

— Je n'ai jamais vu ta fleur, ni même entendu parler d'elle. Elle ne pousse pas dans les environs, ça, j'en suis sûre.

En repensant aux grandes montagnes de l'est dont les cimes se perdaient dans les nuages, puis à la côte du Quatemalan, au nord, Tonina se dit qu'elle allait passer des mois, voire des années, à arpenter le pays à la recherche de cette maudite fleur.

Elle remercia la femme du chef, quitta la hutte et traversa le village animé pour retrouver Kaan et H'meen en pleine discussion.

Le joueur de balle consultait quotidiennement la jeune fille. Entre autres tâches, elle se chargeait de calculer le passage du temps en fonction du calendrier maya – les mois de vingt jours – mais aussi de la coutume des îles, qui utilisaient le mois lunaire. Elle tenait également compte des calendriers locaux du nord échappant à l'influence des Mayas, et de ceux du nord-est, épargnés par celle des îles. H'meen les incluait tous dans ses calculs. La veille, elle avait pu rassurer Kaan : il lui restait encore plusieurs jours avant le point de non-retour, lorsqu'il lui deviendrait impossible de se rendre à Teotihuacan dans les délais.

Accroupi devant la jeune fille, Kaan flattait de sa grande main la tête du petit Poki. Il se montrait toujours doux et patient avec H'meen, comme il l'aurait été avec une femme réellement âgée.

Kaan remercia l'herboriste et se redressa en se tournant vers Tonina. Leurs regards se croisèrent dans l'atmosphère enfumée du campement, et le cœur de la fille des îles bondit dans sa poitrine. Elle avait beau lutter de toutes ses forces, elle ne parvenait plus à réprimer le désir grandissant qu'elle éprouvait pour lui. Elle se répétait constamment que cette histoire ne pourrait jamais aller plus loin, qu'un obstacle insurmontable se dressait entre eux.

Car la seule raison du pèlerinage de Kaan à Teotihuacan était qu'il voulait prier pour l'âme de son épouse. L'amour du jeune homme pour Ciel de Jade prenait toute la place dans son cœur, et elle le savait.

De son côté, Kaan avait cessé de considérer Tonina comme une corvée imposée par les dieux. La règle religieuse qui les liait, il n'y pensait plus depuis longtemps. Il voulait sincèrement aider Tonina à trouver sa fleur.

Il s'était attaché à elle, un sentiment dangereux. Ciel de Jade seule devait occuper ses pensées. Nuit après nuit, il cherchait à raviver son souvenir, à préserver la force de son amour pour elle. La statuette de Kukulcan et la boucle de cheveux l'y aidaient, mais lorsqu'il regardait la plume bleue offerte par son épouse à Aigle Courageux, il ne pensait qu'au moment où Tonina la lui avait remise à Tikal.

Son cœur et son corps semblaient bien décidés à le trahir, car, quand il arriva près d'elle, il ne put s'empêcher de regarder sur son front l'endroit où la balle l'avait frappée, où il avait posé ses lèvres et goûté la peinture à la noix de coco. Il aurait tant aimé y goûter à nouveau.

— J'ai une idée, dit-il à Tonina. Et grâce à H'meen, je vais pouvoir arriver à mes fins dans les temps. Je te promets que nous allons trouver ta fleur.

À la grande surprise de Tonina, elle ressentit une pointe de déception, alors qu'elle aurait dû exulter. Mais elle ne pouvait s'empêcher de se dire que, quand elle aurait enfin accompli sa mission, leurs chemins se sépareraient.

— Ensuite, je veillerai à ce que le Chauve et ses frères t'escortent jusqu'à la côte. Ils te loueront un canoë et embaucheront des rameurs. Je tiens absolument à te savoir en route pour ton île dans de bonnes conditions.

Ces quelques mots, il détesta les prononcer. Il redoutait leur séparation. La nuit tombait et les odeurs de cuisine imprégnaient l'atmosphère. Au milieu des rires, des musiques, des appels, des disputes et des enfants qui pleuraient, Tonina et Kaan étaient seuls, seuls dans une marée d'humains, tous deux tenus d'accomplir une mission qui leur avait été imposée : pour lui, le pèlerinage à Teotihuacan, et pour elle, la fleur rouge.

Plus il passait de temps avec elle, plus leurs points communs lui sautaient aux yeux. Quel serait le suivant ? Il s'en doutait déjà : sous la peinture blanche et les motifs des îles, il allait découvrir des traits semblables aux siens.

Sans conviction, il ajouta :

— Je vais organiser des recherches. Chacun des Neuf Frères prendra la tête d'une équipe et chaque équipe explorera la région dans une direction différente. H'meen s'est procuré une carte du coin. Ainsi, nous couvrirons chaque parcelle de terrain, chaque arbre, chaque buisson. Ne t'inquiète pas, Tonina. Nous la trouverons, ta fleur.

Un plan ingénieux mais inquiétant, se dit Tonina. Si Kaan lâchait tous ces gens dans la forêt et que l'un d'eux trouvait enfin cette fleur délicate, que se passerait-il alors ? La plupart d'entre eux avaient pris la route parce qu'ils étaient désespérés, et la quête se prolongeant, leur désespoir n'avait fait que croître. Ils ne manqueraient pas de se jeter sur cette plante fragile et de la réduire à néant.

Perplexe, elle survola le camp du regard. Comment en était-on arrivé là ? Guama l'avait envoyée à la recherche d'un remède pour son grand-père, mais en chemin, la fleur rouge avait pris une dimension mythique. Près de la rivière, cette mère dont le bébé apathique refusait de se nourrir, et sous un acajou, cet homme paralysé des jambes que sa famille transportait depuis Uxmal... Et cette jeune femme brutalement frappée de surdité qui avait quitté sa ferme pour suivre Tonina... Tous ces gens désespérés pour qui la fleur représentait le dernier recours, tous ces gens voulaient s'approprier sa magie...

Elle devait absolument la trouver avant eux.

## 40

Exaspérée, la jeune femme se tortillait sous les coups de reins du prince Balám.

Il n'était pas aussi expérimenté qu'elle l'avait cru, et elle dut prendre son mal en patience. Elle ne lui avait cédé que parce qu'il était de sang royal. Si elle tombait enceinte après cette étreinte rapide, tant mieux. Son enfant serait le rejeton d'un des princes d'Uxmal.

Avec un grognement étouffé, Balám frissonna et s'affala enfin sur elle. Elle attendit poliment quelques instants, puis repoussa le prince qui roula sur le dos. Une fois debout, elle laissa retomber sa jupe – il n'avait même pas pris la peine de la déshabiller – et se hâta de rejoindre entre les arbres le campement des femmes. Ses amies auraient droit à une version plus romantique et flatteuse de la chose.

Balám n'accorda pas une pensée à cette femme en renouant son pagne. Il ne pensait d'ailleurs jamais à ses partenaires. Son appétit sexuel étant dévorant, il s'en choisissait une nouvelle presque chaque nuit, mais expédiait ces accouplements dont il ne retirait qu'un plaisir fugace. La faim inextinguible qui l'habitait ne pouvait être satisfaite. Et il savait pourquoi...

Colombe. Aucune anatomie féminine ne pouvait rivaliser avec les seins énormes et les cuisses somptueuses de la femme la plus grasse et la plus paillarde de Mayapan.

Mais Colombe était morte.

Seule l'idée de revoir sa fille le réconfortait.

Au cours de l'aveuglante révélation divine qui l'avait frappé sur le marché d'Ixponé, lorsque son destin lui était apparu, il avait su que Ziyal et lui se retrouveraient un jour. Fort de cette certitude, entraînant à sa suite ses hommes dans la jungle, il pistait Kaan et ses pitoyables disciples, mû par une obsession qui brillait en lui comme un phare : il voulait serrer de nouveau sa fille contre lui.

Le plan secret de Balám reposait sur le sort qu'il réservait à Kaan et à la fille des îles. Ils l'ignoraient encore, mais ils étaient les instruments qui le mèneraient à Ziyal.

C'était plus fort que lui, le Borgne fourrait son nez partout. À la demande de Kaan, la troupe s'était installée pour un moment. Le naturel revenant au galop, le petit homme ressentait le besoin pressant de reprendre ses activités habituelles : collecter des informations intéressantes et les vendre.

La vie était belle. De nouveau, des femmes partageaient sa couche. Il n'était pas dupe, évidemment : elles espéraient voir la chance du nain borgne déteindre sur elles. Certes, il mourait d'envie qu'une femme l'aime pour lui-même, mais il ne voyait aucune raison de se priver du plaisir de partager son hamac. Avant le départ de Tikal, il s'était fait couper les cheveux, une coupe au bol à la mode des îles, en s'aidant d'une demi-noix de coco vide. Il portait une cape orange vif, un élégant pagne rouge, et sur son œil, un nouveau bandeau de cuir maintenu par un cordon de coton bleu. Le Borgne était redevenu le séducteur de jadis.

Il avait fait connaissance avec les riverains. Tout le monde savait qui il était, et personne n'aurait soupçonné d'espionnage un gentilhomme aussi sympathique à la mise si peu discrète. Un beau jour, le Borgne décida d'en apprendre un peu plus sur ce que tramaient Balám et ses cousins. Les amis de Kaan en savaient bien peu sur le petit groupe de guerriers qui les suivaient à quelques heures d'écart.

— Je t'escorterai jusqu'à Copan, avait déclaré Balám à Kaan avant le départ d'Ixponé. Malgré leur nombre élevé, il y a peu de guerriers parmi tes compagnons. Mes hommes et moi, nous vous protégerons. Et ensuite, nous partirons ensemble à Teotihuacan, toi et moi.

Mais, lorsque Kaan avait invité Balám à se joindre à lui au campement, le prince avait rétorqué :

— Je préfère rester à distance ; de cette façon, ma présence maudite ne vous contaminera pas.

Le Borgne n'en croyait pas un mot.

Comme il soupçonnait le prince d'Uxmal de poursuivre un tout autre but, le nain rusé prit donc la décision, en cette fraîche soirée d'hiver, d'en apprendre un peu plus sur le prétendu « frère » de Kaan.

Le contingent de Balám avait tellement grossi que son campement prenait de plus en plus de place. La plupart des femmes qui le suivaient désormais passaient la journée à fabriquer des galettes, un labeur incessant tant il y avait de bouches à nourrir. Le prince ne posait aucune question à ceux qui voulaient se joindre à lui. Ces gens n'avaient rien à voir avec les disciples de Kaan, ces malades et ces infirmes traînant avec eux leurs dieux et leurs espoirs. Balám attirait les jeunes gens désœuvrés, les maris ayant déserté leur foyer et les criminels fuyant la justice. Pas de mauviettes dans son groupe, mais de la colère et de l'amertume à revendre ; et il savait qu'un jour, toutes ces rancœurs lui seraient utiles. En attendant, il ne demandait qu'une chose à ses suiveurs : lui obéir.

Et être patients.

Assis près de son feu de camp dans le brouhaha ambiant, Balám tentait de réfléchir à ce qu'il ferait ensuite, mais les bavardages de ses compagnons le déconcentraient. Il ne mangeait jamais seul. Depuis quelque temps, il ressentait l'impérieux besoin d'être constamment entouré. Quoi d'étonnant à cela, d'ailleurs ? Après tout, il était loin de chez lui, et il avait perdu sa famille !

Mais la vraie raison de ce comportement était tout autre, et il refusait de la regarder en face : les ruines de Copan l'avaient rempli d'une terreur sans nom. Le souvenir de ces bâtiments en ruine et de ces chaussées vides le glaçait jusqu'à la moelle. Contrairement à Tikal encore partiellement habitée, la cité de Copan était morte et bien morte. Les villageois racontaient qu'à son apogée, jusqu'à deux fois treize mille personnes y avaient vécu. Des guerriers, des prêtres, des savants, des astronomes, des scribes et des nobles... Où étaient-ils partis ? Et pourquoi ?

Pour oublier le malaise que lui inspiraient ces ruines et ces fantômes, Balám s'entourait de jeunes gens exubérants, pleins de vie et d'ambition, aimant la plaisanterie, les discussions sans fin et les rires.

L'un d'eux l'interpella par-dessus le feu :

— Cousin, tu nous as dit que lorsque nous serions arrivés à Copan, tu nous confierais un secret ! Alors, quel est-il ?

Ce matin-là, les chasseurs avaient piégé un tapir, que les femmes avaient vidé puis partagé entre les différents groupes. Un cuissot rôtissait donc à petit feu sous les yeux du prince et de ses cousins affamés. Balám planta son couteau dans la viande juteuse pour en évaluer le degré de cuisson tout en leur racontant le secret en question, et les jeunes gens éclatèrent de rire.

— Mais pourquoi avoir demandé au messager à la grosse tête de raconter ce mensonge sur une fleur rouge à Copan ?

— J'ai mes raisons, répondit laconiquement Balám.

Il avait d'abord envisagé de laisser mourir la fille des îles dans un arbre à caoutchouc. Il aurait prévenu Kaan au tout dernier moment pour qu'il assiste impuissant aux derniers instants de son amie. Puis les collecteurs de sève lui avaient appris qu'un messager séjournait parmi eux... Et l'idée lui était venue d'expédier son « frère » le plus loin possible dans le sud et ainsi l'empêcher de rejoindre Teotihuacan dans les délais.

— Donc, la fleur rouge ne pousse pas ici, cousin ?

— Elle ne pousse nulle part, en tout cas certainement pas celle que cherche cette folle.

Il enfonça son couteau dans le cuissot dont s'écoulèrent des sucs roses. La cuisson était parfaite. Il tailla d'abord un petit bout de viande qu'il offrit à Buluc Chabtan, le dieu des guerriers. Il le laissa tomber dans les braises et récita une prière, puis se découpa une tranche dans le morceau le plus savoureux et se rassit pour la déguster tranquillement. Ses compagnons se ruèrent sur le cuissot.

Après un court moment de silence passé à mastiquer, l'un des cousins s'écria, éveillant instantanément l'intérêt de Balám :

— Je vous propose un pari !

Il pointa un doigt graisseux vers une branche, au-dessus d'eux.

— Vous voyez la chouette, là-haut ? Je parie qu'elle s'envolera vers l'est quand je jetterai ce caillou. Qui relève mon pari ?

— Moi, lui dit Balám en souriant.

Rien ne le stimulait davantage qu'un pari.

— Je parie que cet oiseau s'envolera vers l'ouest, ajouta-t-il. Quelle est ta mise ?

— Cette peau d'ocelot et tout le jade que je possède, lui répondit son cousin en tapotant la belle peau tachetée qui lui couvrait les épaules.

— Ce n'est pas très intéressant ! Où est le suspense dans tout ça ?

— Qu'est-ce que tu proposes, cousin ?

Balám jeta les restes de sa viande et s'essuya les doigts sur sa cape.

— Une main. Le perdant aura une main coupée, mais il pourra choisir laquelle.

Toutes les conversations se turent. Celui qui avait proposé le pari ne pouvait faire marche arrière sous peine de passer pour un couard. Et cependant, il ne tenait vraiment pas à y laisser une main.

Grand Lokono ! se dit le Borgne dans sa cachette, stupéfait de voir Balám risquer une main dans un pari aussi hasardeux. Car enfin, comment savoir de quel côté la chouette allait s'envoler ?

Que le prince ait encore envie de jouer après tous ses déboires le plongeait dans un abîme de perplexité. N'importe quel homme sain d'esprit aurait retenu la leçon. Mais celui-ci était malade, comprit le nain, malade au point qu'il aurait misé son âme pour un pari alléchant.

— Très bien, j'accepte, déclara le cousin à contre-cœur.

Tous les regards se braquèrent vers la cime de l'arbre. Le cousin lança son caillou et la chouette prit son envol... vers l'est.

Balám avait perdu.

Son adversaire s'abstint de pousser le moindre cri de victoire. Son cousin princier allait-il réellement régler sa dette ? Devant ses compagnons bouche bée, Balám prit un bâton emmanché de lames acérées d'obsidienne et tendit le bras gauche, un grand sourire aux lèvres. Le Borgne sentit sa gorge s'assécher... Soudain, dans un mouvement si rapide que personne ne le vit venir, le prince empoigna la main droite du cousin assis à côté de lui et la trancha d'un seul coup.

L'homme hurla, lança un regard halluciné à Balám et s'écroula comme mort. Pendant que d'autres se précipitaient à son secours, son bourreau brandit la main sanglante.

— Je n'ai jamais dit que je paierais ma dette avec ma main à moi ! s'exclama-t-il gaiement en jetant dans le feu le membre sectionné.

Tout le monde s'esclaffa, et la nuit retentit de glapissements de plaisir. Mais ces hommes aux sens aiguisés et aux réflexes de félins, guerriers et chasseurs avant tout, perçurent soudain un bruit parasite : un rameau qui craquait sous un pied.

Balám et ses cousins se levèrent d'un bond et se mirent à fouiller la forêt.

— Là ! s'écria quelqu'un.

Tous se ruèrent vers l'espion qui tentait de fuir sur ses courtes jambes.

Le Borgne hurla de terreur quand ses pieds quittèrent le sol, Balám venant de l'attraper au collet.

Balám approcha son visage tout contre celui du nain.

— Je t'avais prévenu de ce qui risquait de t'arriver si tu m'espionnais, petit homme.

— Pardonne-moi, honorable prince ! bredouilla le Borgne qui s'étranglait dans sa cape. Je jure sur les os de mon arrière-grand-père...

Balám souleva le nain au-dessus de sa tête et le lança de toutes ses forces contre un gros acajou ; le petit homme s'y écrasa en hurlant de douleur.

Balám revint à l'attaque ; il prit son ennemi par les chevilles, tourna plusieurs fois sur lui-même et le cogna contre l'arbre.

Le Borgne cria, implorant grâce à travers ses sanglots.

Encore une fois, il y eut les mains sur ses chevilles, le monde qui tournoyait autour de lui et la collision avec le tronc, si violente que ses dents s'entrechoquèrent.

Balám finit par le lâcher, posa sa sandale sur son torse, et d'un ton menaçant, gronda entre ses dents :

— Je vais t'écorcher vif et te faire rôtir comme un chien...

Mais l'un de ses cousins posa la main sur le bras du prince.

— Ne fais pas ça ! Tuer un nain porte terriblement malheur !

Balám jeta un coup d'œil à la petite forme qui sanglotait sous son pied. Le bras gauche du Borgne avait adopté un angle anormal et l'une de ses jambes était cassée.

Le prince s'agenouilla auprès de sa victime.

— Maintenant, écoute-moi bien. Si jamais tu répètes quoi que ce soit de ce que tu as entendu ce soir, si jamais tu racontes à quelqu'un que c'est moi qui t'ai fait ça, c'est la fille qui dégustera à ta place. Je la torturerai lentement, très lentement, jusqu'à ce qu'elle crève devant toi. Tu as compris ?

Dans un brouillard de souffrance, le Borgne acquiesça. Il se demandait comment rentrer au campement principal quand soudain, au lieu de se relever et de le congédier, Balám dégaina son couteau d'obsidienne et traça quatre entailles sur son visage.

Le petit homme poussa un hurlement, et le prince lui enfonça le coin de sa cape dans la bouche. Ensuite, il ajouta deux séries de quatre balafres sur la poitrine du Borgne. Pas assez profondes pour menacer un organe vital ou entraîner une hémorragie fatale, elles suffiraient à détourner les soupçons.

Le nain sombra dans l'inconscience. Quand il en eut terminé avec lui, Balám rengaina son couteau et le hissa sur ses épaules. Son camp se trouvait au nord de l'ancien pont suspendu, en amont de celui de Kaan. Il partit au petit trot, le corps inanimé rebondissant dans son dos.

Il traversa sans cérémonie le grand campement qui avait englouti le paisible village d'Ocelot. Autour des feux de camp, les conversations cessèrent les unes après les autres. Tout le monde regardait Balám et le nain ensanglanté qu'il portait. Arrivé devant le feu de Kaan, il déposa le Borgne à ses pieds.

— Je l'ai trouvé tout près de mon camp. À en juger par ces marques de griffes, il a été attaqué par un fauve.

Les bras chargés de remèdes, H'meen se précipita auprès du Borgne.

— C'est bien cela ! C'est la marque du jaguar !
— Tu peux le sauver ? lui demanda Kaan.

Elle leva vers lui des yeux embués de larmes.

— Si telle est la volonté des dieux.

# 41

Le jour était menaçant, le ciel étrangement chargé. Un froid mordant s'était abattu sur la région et un petit vent soufflant du nord-est semblait annoncer la pluie. La hutte sous laquelle ils s'étaient réfugiés les protégeait bien mal des éléments. Blottis autour du feu, emmitouflés dans leurs capes, ils attendaient le résultat des calculs de H'meen.

Deux cycles lunaires s'étaient écoulés et on n'avait découvert aucune fleur rouge à proximité de l'antique cité de Copan. Tonina avait pris sa décision : il était temps pour elle de se hâter vers le nord si elle voulait continuer sa quête. Sur les îles, la saison des tempêtes commencerait dans seulement deux mois. Elle avait donc répété à Kaan que plus rien ne les liait, qu'il ne lui devait plus rien. À contrecœur, il avait bien été forcé de l'admettre. Le moment était également venu pour lui de se rendre à Teotihuacan.

Tous les yeux restaient rivés sur la jeune herboriste plongée dans ses livres. Le Borgne agrippait le col de sa cape, incapable d'écarter le souvenir de Balám l'empoignant au collet et le jetant suffocant contre un arbre. À force de soins, H'meen l'avait remis sur pied.

Elle avait réduit ses fractures, suturé ses plaies et, jour et nuit, l'avait veillé. Elle avait dormi contre lui pour le réchauffer, versé des torrents de larmes, supplié l'esprit du nain de revenir dans son corps. Personne ne savait qu'en vérité l'auteur des balafres sur son visage et sa poitrine n'était pas un félin. Et personne n'avait deviné l'horrible secret qui rongeait le pauvre Borgne : depuis le début, ce voyage jusqu'à Copan était complètement inutile. Balám leur avait joué un bien mauvais tour. Et le nain ne pouvait se confier à personne. Chaque jour, il voyait partir et revenir les équipes de recherche, les mains vides à chaque fois. Il savait qu'ils ne trouveraient rien, mais ne pouvait les prévenir. Car s'il ouvrait la bouche, Balám s'en prendrait à Tonina.

Le Borgne s'était tout d'abord demandé pourquoi le prince avait tenu à expédier Kaan aussi loin de Teotihuacan. Pourquoi prendre la peine de payer ce messager pour qu'il leur raconte des sornettes sur la fleur rouge ? Puis, tout à la douleur et au chagrin, le petit homme en avait conclu que cela lui était bien égal.

Après avoir consulté ses livres et ses cartes, H'meen releva la position de la Lune, du Soleil et des planètes et en déduisit l'heure et la date précises du moment le plus favorable pour le départ de Kaan vers Teotihuacan.

— Tu as encore cent treize jours pour parvenir à la Cité des Dieux, lui dit-elle.

— Quel est le meilleur itinéraire, à ton avis ? Dois-je revenir sur Tikal puis bifurquer vers l'ouest ?

— Puis-je voir ta carte ?

L'adolescente lui tendit une main de grand-mère aux phalanges noueuses et aux veines proéminentes.

Kaan fouilla dans son sac et déplia le papier qu'il avait acheté à Mayapan. Comme le joueur ne savait pas lire, le vendeur lui en avait expliqué les glyphes. Plus tard, après Uxmal, Kaan avait montré cette carte au Borgne par mesure de précaution, et le nain, voyageur chevronné, lui avait confirmé les propos de l'homme. Au nord se trouvait Mayapan ; plein sud, la cité de Tikal ; à l'ouest, c'était Palenque et plus loin au nord-ouest, Teotihuacan.

À la lueur vacillante des flammes, H'meen étudia la carte, déchiffra les annotations le long des lignes représentant les Routes Blanches, et hocha la tête, satisfaite. Elle suivit l'itinéraire de Copan à Tikal, puis à Palenque, en additionnant mentalement les jours de voyage que totalisait le trajet. Et soudain, elle se figea.

— Qu'y a-t-il ? lui demanda anxieusement Kaan.

— Tu utilises cette carte depuis Mayapan ?

Ils sentirent tous leur sang se glacer. Ce regard, le ton qu'elle employait...

— Oui. Pourquoi cette question ? J'atteindrai Teotihuacan à temps, n'est-ce pas ?

Elle lui montra la carte.

— Selon ces annotations le long des Routes Blanches, tu devrais arriver ici en soixante jours.

Un doigt arthritique lui désignait le glyphe symbolisant Teotihuacan.

— Hélas, noble Kaan ! Ce glyphe ne représente pas la cité elle-même, il marque le début de la Route-des-Cent-Jours qui mène à la cité !

Kaan fronça les sourcils.

— Qu'est-ce que cela veut dire ?

— Noble Kaan, cela veut dire qu'à partir de ce point, il te faudra encore cent jours pour atteindre la Cité des Dieux. Cela veut dire que tu arriveras hors délai.

Elle leva vers lui des yeux attristés.

Sur le seuil de sa vaste hutte, le chef Ocelot contemplait le groupe penché sur les livres et les cartes. Il ne faisait pas confiance aux gens qui savaient lire. Tous des cachottiers. Et les voilà qui projetaient le départ de Kaan. Ocelot n'était pas content du tout.

Deux mois plus tôt, sa femme l'avait dissuadé d'empoisonner Kaan parce qu'elle avait entendu parler des qualités curatives de la fleur et croyait qu'elle guérirait son goitre. Mais personne n'avait trouvé cette fleur. Ocelot était à bout de patience. Il ne voulait pas voir partir tous ces gens. Il voulait devenir leur chef et mener une vie facile à leur tête.

Il leva les yeux vers le ciel étrangement nuageux. C'était toujours la saison sèche, mais l'air sentait la pluie. Mauvais présage. Il fallait agir, et vite. Il tendit à sa femme la coupe de *pulque* où il avait versé son poison, du cinabre.

— Va offrir cette boisson à Kaan.

Le joueur était si abattu par les révélations de H'meen qu'il accepta la coupe d'un air absent, sans réfléchir.

— Bois, noble Kaan, insista la femme du chef. Ce *pulque* te réchauffera.

Puis elle quitta l'abri ; tandis qu'elle se hâtait vers son mari, quelques gouttes froides s'écrasèrent sur ses bras nus.

D'un air soucieux, Kaan examina la carte, puis dévisagea H'meen. Il avait sûrement mal compris.

— Tu en es sûre ? Cent treize jours, cela devrait suffire, pourtant ! dit-il en portant la coupe à ses lèvres.

— C'est assez pour arriver au début de cette route. Tu ne peux pas y parvenir en moins de soixante jours, même en te dépêchant, en marchant à ton allure la plus rapide. Et à partir de ce point, Kaan, il te faudra cent jours de plus pour atteindre Teotihuacan.

Malgré l'odeur entêtante, le joueur lâcha la coupe sans y avoir goûté et le sol de terre absorba son contenu.

— Tu prétends qu'il n'y a pas moyen d'atteindre Teotihuacan dans les délais ?

— J'en suis sûre, hélas.

Quelle erreur grossière ! H'meen était mortifiée. Elle aurait dû consulter cette carte bien plus tôt, mais elle avait cru que le joueur savait ce qu'il faisait.

Les autres pensaient exactement la même chose, et tous se taisaient. L'horrible vérité leur apparut progressivement. Ils avaient la chair de poule, mais le vent qui sifflait dans le pauvre abri et s'infiltrait sous leurs vêtements n'en était pas seul responsable.

Avec un cri étranglé, Kaan bondit sur ses pieds et quitta la hutte en courant.

Les tripes affreusement nouées, ils le regardèrent laisser libre cours à ses émotions dans le vent et le crépuscule naissant, sous une pluie toujours plus drue. Ils aimaient et respectaient Kaan et chacun se sentait en partie responsable de la tournure désastreuse des événements : le Borgne parce qu'il avait mal déchiffré la carte au départ, H'meen parce qu'elle avait tardé à s'y intéresser et Tonina parce qu'au tout début, à cause d'elle, le joueur avait décidé de remettre Teotihuacan à plus tard.

Elle quitta l'abri et le rattrapa.

— Ne peux-tu pas t'acquitter ici de tes prières pour Ciel de Jade ?

— Il faut qu'une certaine congrégation soit présente. Seules ces prêtresses peuvent la sauver, lui répondit-il d'une voix étouffée.

— L'un des temples de Tikal héberge sûrement l'une de ces prêtresses. Retournons à Tikal et...

Il explosa :

— Tu ne comprends pas ! À cause de moi, l'âme immortelle de Ciel de Jade va disparaître pour toujours !

Il lui tourna le dos et se précipita vers la limite du campement où il se laissa tomber à genoux, les bras tendus vers le ciel toujours plus menaçant.

H'meen vint rejoindre Tonina.

— C'est à cause de la façon dont est morte Ciel de Jade. Le rituel que doit accomplir Kaan est très ancien, très particulier. Seules les prêtresses de Teotihuacan peuvent s'en charger, et cela, avant une certaine date, un jour sacré. Mais c'est trop tard. L'âme de son épouse va s'évanouir à jamais.

— Je l'ignorais ! s'écria Tonina. Je pensais que c'était juste...

Elle comprit soudain l'énormité du chagrin de Kaan, et les mots restèrent coincés dans sa gorge. Était-elle donc vraie, cette croyance maya ? Une personne assassinée ne connaissait la vie après la mort que si l'on prononçait pour elle des prières spéciales à Teotihuacan ?

— Et nous ne pouvons rien faire ?

H'meen secoua la tête, serra sa cape contre elle et retourna dans la hutte.

Toujours à genoux, Kaan adressait aux cieux ses pleurs silencieux. Tonina voulait tant l'aider, calmer sa douleur... Mais comment ? Il s'était dévoué pour les autres, et maintenant que c'était lui qui avait besoin d'aide...

Les vendeurs d'ananas lui revinrent alors en mémoire. Quand Kaan s'était battu pour eux, ils lui avaient offert un présent et une légende, celle de la déesse prisonnière de la terre. Une déesse prête à exaucer n'importe quel vœu pourvu qu'on la libère ! En chemin, Tonina avait appris beaucoup de choses sur cette prisonnière, et notamment qu'elle vivait sous l'eau. Tous ceux qui avaient tenté de la secourir, et ils étaient nombreux, avaient échoué. Tonina avait bien sa petite idée sur la question : si c'étaient tous des Mayas, ils ne savaient pas nager ! Une fille des îles avait-elle déjà tenté sa chance ? Et mieux, une pêcheuse de perles ?

Bien entendu, personne ne savait exactement où la déesse était retenue prisonnière. « Quelque part non loin de Palenque », disait-on. Dans une vaste zone de rivières et de courants souterrains. Certains avaient passé leur vie à la chercher. Elle repensa ensuite au curieux cadeau des vendeurs d'ananas, ce caillou ordinaire sans valeur ni utilité. Et pourtant, ils avaient affirmé au joueur que cette pierre lui « montrerait le chemin ».

C'était H'meen qui la conservait, et Tonina courut la lui réclamer. Un peu surprise, l'herboriste sortit le caillou du paquetage où elle conservait ses remèdes.

— À quelle distance sommes-nous de Palenque ? lui demanda Tonina.

— À cinquante jours de marche, lui répondit H'meen après avoir consulté la carte.

Indifférente à la pluie maintenant soutenue, Tonina retourna à toutes jambes auprès de Kaan, s'agenouilla à ses côtés et lui tendit la pierre.

— Voici la solution ! Kaan, allons à Palenque ! Ce n'est qu'à cinquante jours d'ici ! Si nous libérons la déesse, elle exaucera ton vœu !

Mais Kaan, à bout, se releva brusquement et cria :

— Tu crois toujours qu'il y a une solution, hein ? Tu ne renonces jamais ? Ne comprends-tu pas que c'est sans espoir ? Les dieux se sont moqués de nous, Tonina ! Tu es la femme la plus bornée et la plus acharnée que j'aie jamais rencontrée ! Même toi, tu dois admettre qu'il arrive un moment où tout est perdu !

— Il y a toujours de l'espoir, Kaan, lui dit-elle en se relevant à son tour.

Il la saisit par les épaules.

— Je l'ai abandonnée, Tonina ! Pour la deuxième fois ! La nuit de sa mort, Ciel de Jade m'a supplié de rester avec elle, mais je voulais absolument partir à la recherche de Balám. Si j'étais resté chez moi, elle n'aurait pas été assassinée. Aujourd'hui, j'échoue pour la deuxième fois ! Je n'avais qu'à marcher jusqu'à Teotihuacan, mais même ça, je n'en suis pas capable !

Elle lui tendit la pierre.

— La déesse…

— Il n'y a pas de déesse !

Il lui arracha le caillou et le lança dans les arbres.

— Non ! hurla-t-elle.

Elle se précipita dans la jungle pour retrouver la pierre, mais un vent déchaîné se leva brutalement et la repoussa. Avant qu'ils comprennent ce qui leur arrivait, la tempête s'abattait sur eux.

## 42

Ce fut spectaculaire. Les nuages crevèrent et les cieux déversèrent leur eau avec une violence qui surprit tout le monde. En quelques instants, le sol saturé ruissela, les toits s'envolèrent, et les arbres ployèrent sous les rafales.

Chacun se précipita à l'abri, mais la tempête récoltait son dû et les huttes trop légères furent soufflées. La pluie glaciale criblait la peau nue, imbibant les vêtements, engourdissant doigts et orteils. Leurs enfants dans les bras, les gens couraient dans tous les sens en hurlant les noms de leurs proches. Le Chauve ramassa H'meen et le nain et s'enfuit avec eux, un sous chaque bras. Les racines des arbres arrachés jaillissaient du sol. L'averse s'intensifiant et le vent gagnant en force, tous comprirent qu'ils ne trouveraient aucun endroit où s'abriter de ce côté-ci de la rivière, et se ruèrent vers le pont suspendu qui conduisait à la cité interdite.

Quand Kaan et Tonina y arrivèrent, ils s'arrêtèrent pour permettre à ceux qui y étaient déjà engagés d'atteindre l'autre rive, mais d'autres les poussaient par-derrière. Kaan se retourna et cria à travers les trombes d'eau :

— Attendez ! Le pont ne peut pas supporter tout le monde ! Il faut y aller par petits groupes ! Nous traverserons tous…

Mais la foule paniquée l'écarta et reprit sa course en avant.

Les cordes étaient trempées, les planches glissantes, et Tonina tomba en poussant un cri. Agrippé à la corde secouée par le vent déchaîné, Kaan mit un genou à terre pour la relever. Le pont surchargé, qui tanguait violemment en son milieu, bascula soudain, expédiant hommes, femmes et enfants dans la rivière démontée en contrebas.

Kaan prit la main de Tonina et lui cria :

— Il faut courir !

Ensemble, ils se jetèrent en avant en se tenant aux cordes, dans les rafales qui menaçaient de les envoyer à la mort.

Sur l'autre berge, où fougères et feuilles géantes fouettaient l'air et cinglaient les chairs, Kaan leur fraya un chemin jusqu'à un abri en pierre et se laissa tomber à l'intérieur, entraînant Tonina avec lui. Trempés, secoués de frissons, ils virent avec horreur ceux qui cherchaient encore à traverser le pont s'y engager en trop grand nombre et provoquer un mouvement de bascule, ce qui en précipita d'autres vers la mort.

Le vent hurlait et grondait, balayant leur refuge ; des huttes et des petits arbres emportés par la tempête passaient près des deux réfugiés. Le déluge était tel désormais que sous les rideaux de pluie, la rivière se mit à monter.

Kaan évalua la distance qui les séparait de la rive et comprit qu'une inondation les menaçait. Une fois encore, il prit la main de Tonina et se jeta dans la tempête, où ils luttèrent contre les éléments pour atteindre une autre ruine. Des arbres s'écrasaient en travers de leur route, des branches arrachées leur barraient le passage. Ils s'arrêtèrent pour s'agripper à un acajou géant ; le vent soufflait avec une telle force qu'ils étaient soulevés du sol.

— Là ! cria Kaan, le doigt pointé vers une ouverture.
— *Guay* !

Entraînée par le vent, Tonina venait de lâcher l'arbre auquel elle se tenait. Kaan la rattrapa, lui saisit le poignet et, de son autre bras, lui enlaça la taille. Il se mit à courir avec la jeune femme terrifiée fermement accrochée à lui. Elle comprit qu'ils avaient affaire à un véritable ouragan et qu'il soufflait du nord-est : la direction de l'île aux Perles.

Près de l'abri qu'ils rejoignaient, ils aperçurent un homme gisant au sol, la tête fracassée par une grosse branche. Le vent charriait les cris de souffrance des gens désespérés emportés par la tempête. Kaan tâtonna le long du mur de pierre et atteignit l'ouverture par laquelle ils se laissèrent tomber, haletants, le cœur au bord des lèvres.

— Comment te sens-tu ? lui demanda-t-il tout en examinant rapidement leur nouvel asile.

Dans la lumière anémique, une femme les dominait de toute sa hauteur, fixant le vide de son inexpressif regard de statue. Si seulement c'était une déesse, si seulement elle pouvait les protéger !

— Tu es blessé ! s'écria Tonina.

Il baissa les yeux vers sa cuisse : un sang rouge et brillant jaillissait d'une entaille.

— Ce n'est rien, lui dit-il.

Mais soudain, il eut mal. Et le sang coulait trop facilement.

Il plaqua ses mains sur la blessure et chercha du regard quelque chose pour la bander.

Tout à coup, Tonina disparut. Elle était sortie de l'abri.

— Tonina ! Reviens !

Mais tout ce qu'il entendait, c'était le hurlement infernal de ce vent démoniaque. Et puis elle fut de retour avec une brassée de feuilles et de lianes.

En recouvrant la blessure de ces grandes feuilles cireuses et en les comprimant autour de sa cuisse à l'aide des lianes, Kaan parvint à stopper l'hémorragie. Il avait appris sur les terrains de balle comment traiter les blessures graves, et savait donc qu'il ne devait pas serrer trop fort.

La nuit tomba sur la tempête qui faisait rage. Plongés dans le noir, Tonina et Kaan se cherchèrent à tâtons pour puiser du réconfort dans la chaleur de l'autre. Ils frissonnaient dans leurs vêtements froids et trempés, et Kaan serra avec force Tonina contre lui. Elle s'abandonna en fermant les yeux, mais des visions d'horreur la hantaient. Ces gens qui hurlaient en tombant dans la rivière, leurs têtes encore visibles au-dessus des flots torrentiels...

— Tu crois que nos amis vont s'en tirer ?
— C'est la prière que j'adresse à Mère Lune.

Il marmonna sa supplique la main posée sur la chevelure humide de Tonina, étrangement revigoré par les minuscules coquillages. Qu'il ait pu trouver cet ornement déplaisant ne manquait pas de l'étonner.

— Pardonne-moi, reprit-elle, blottie contre lui. Je n'ai pas compris l'importance de ton pèlerinage à Teotihuacan. Je croyais que tu n'y allais que pour pratiquer un rituel ordinaire. J'ignorais que l'âme de Ciel de Jade était en jeu et qu'elle risquait de disparaître.

Il enfouit son visage dans les cheveux de la jeune femme et la serra avec plus de force encore contre lui. Le vent avait beau hurler et siffler, secouer leur abri de pierre au point qu'ils s'attendaient à être ensevelis sous peu, Kaan le joueur de balle et Tonina la pêcheuse de perles ne pensaient à cet instant qu'à la chaleur de leur corps, à cette chair ferme et à cette douce respiration qui les réconfortaient dans la tempête.

Tonina savait qu'elle était en train de tomber amoureuse de Kaan. Mais on l'avait toujours déçue, abandonnée ou trahie, et elle s'était juré de ne jamais plus s'engager avec un autre, et surtout pas un homme épris de son épouse défunte, un homme au destin si différent du sien. Cet amour resterait un secret à jamais enfermé dans son cœur.

Kaan se remémora la sensation de cette bouche sur la sienne, dans le cenote, le jour où Tonina l'avait ramené à la vie. Il pressa ses lèvres sur les cheveux humides de cette fille incroyable, apparue si brutalement dans sa vie et que les dieux avaient liée à lui en vertu d'une loi ancienne. Il aurait voulu ne plus jamais la quitter. Hélas, Kaan n'était pas libre d'aimer, d'offrir son cœur à une autre femme. Il avait causé les morts de Ciel de Jade et de son fils. Leurs âmes allaient disparaître pour toujours sans jamais connaître le repos éternel, et c'était sa faute. Il devait désormais consacrer sa vie à l'expiation de ses péchés. Et laisser cette fille remarquable reprendre sa propre route.

## 43

À l'aube, la tempête s'était calmée et la lumière inondait l'abri dont Tonina et Kaan s'extirpèrent en rampant. Les lianes et les branches dégoulinaient d'eau, des flaques constellaient la terre. On n'entendait que le chant des oiseaux et le caquetage des singes. Aucun signe de présence humaine.

Dans l'air lavé par les averses, Kaan constata que les peintures faciales de Tonina avaient en partie disparu. Pour la première fois, il découvrit le vrai dessin de sa mâchoire, la courbe de ses joues, la forme de ses sourcils. Beaucoup plus qu'il n'en avait vu jusque-là, et soudain, il eut envie d'en voir davantage.

— Lumineuse Mère Lune… soupira-t-il.

Emporté par une tempête d'émotions – soulagement, inquiétude, colère et désir –, il céda à son impulsion : il prit le visage de Tonina dans ses mains et l'embrassa sur les lèvres. Elle passa ses bras autour de son cou pour lui rendre un long baiser, un baiser fervent et désespéré.

C'est alors qu'ils entendirent les cris.

Les deux jeunes gens s'arrachèrent l'un à l'autre et partirent en courant dans cette direction.

Miraculeusement, le pont suspendu était toujours là, malgré quelques planches en moins. Choqués ou consternés, les gens sortaient à quatre pattes de leurs cachettes de pierre, clignaient des yeux dans la lumière, puis s'éloignaient en silence vers la rivière, les uns derrière les autres, épuisés. Kaan et le Chauve décidèrent de prendre en main l'organisation de la traversée, une entreprise dangereuse et pénible : la rivière menaçait de sortir de son lit et le pont dominait à peine son cours démonté.

Sur l'autre rive, tout n'était que dévastation.

Sous un ciel matinal chargé de nuages, les villageois erraient, traumatisés. Les maisons, les récoltes avaient disparu. Les maris appelaient leur épouse, les mères leurs enfants. Il y eut de joyeuses embrassades mais aussi des manifestations de douleur extrême quand quelqu'un retrouvait le cadavre d'un être aimé.

Kaan et Tonina se rendirent droit à l'emplacement de leur hutte disparue pour y récupérer les paquetages. La veille, le Borgne les avait solidement fixés au sol avec des piquets et des cordes pour éviter les vols, et ils étaient toujours là, enfouis dans la boue mais intacts.

— Avez-vous vu Poki ? Il s'est sauvé quand la tempête nous a frappés, leur expliqua H'meen, les bras chargés des livres qu'elle avait retrouvés.

Tonina secoua la tête.

Apercevant la blessure de Kaan, l'herboriste se munit de ses remèdes et s'approcha de lui, mais il refusa son aide.

— Occupe-toi d'abord de mon peuple.

Tonina lui jeta un regard. *Mon peuple...* Kaan était en train de changer.

Elle avait changé elle aussi, elle en était bien consciente. C'était toute sa vie qui avait changé. Car si l'île aux Perles n'avait pas survécu à la tempête... Sur le continent, l'ouragan avait frappé avec une telle férocité... Sa force étant accrue au large, il ne devait rien rester des petites îles. Son grand-père avait-il pu prévenir à temps la population ? Ou bien était-il mort depuis longtemps ?

Tonina s'éloigna de la foule qui s'agglutinait dans le village détruit pour tenter de retrouver ses possessions et ses êtres chers. La jeune femme retourna au bord de l'eau et se plongea dans la contemplation des antiques édifices désertés qui se dressaient sur l'autre rive.

Je les ai laissés tomber, se dit-elle. Je n'ai pas cherché cette fleur rouge avec une conviction suffisante. J'ai accepté de me laisser retarder par ceux qui ont voulu me suivre. Et mes sentiments pour Kaan n'ont rien arrangé. Oh Guama ! Es-tu morte par ma faute ?

Elle sentit une présence à son côté. Elle n'eut pas besoin de tourner la tête pour savoir que c'était Kaan.

— Tu avais raison. Il reste encore un espoir, lui dit-il d'un ton calme. Il faut trouver la déesse prisonnière de la terre.

Il lança un coup d'œil au bosquet où il avait jeté le fameux caillou. Avec ses arbres fendus ou étêtés, la jungle semblait bien différente ce matin. Les forces de la nature avaient imposé leur diktat à la végétation. Prétendre retrouver la pierre dans ce chaos reviendrait à chercher une aiguille dans une botte de foin.

— Je pars à Palenque. Pas question de renoncer. Tant qu'il existe une chance de sauver l'âme de Ciel de Jade et celle de l'enfant qu'elle portait, je me dois d'essayer.

Il sourit tristement à la jeune femme.

— Qui sait ? Si je peux survivre au cenote de Chichén Itzá, dont il était dit que personne ne remonte jamais, je survivrai peut-être à la recherche d'une déesse prisonnière sous les eaux.

Leurs regards se croisèrent. La chaste étreinte de la nuit lui revint en mémoire ; chaste, certes, mais chargée de passion et de désirs insoupçonnés. Il brûlait d'envie de reprendre la fille des îles dans ses bras, mais se contenta de lui demander :

— Et toi ? Où vas-tu aller maintenant ?

— Je ne sais pas. Dois-je continuer mes recherches ou retourner chez moi sans tarder ? Je me sens responsable de mon peuple. Peut-être faut-il que je trouve la fleur avant de repartir sur l'île aux Perles pour aider les survivants. Et si tout le monde est mort sur mon île, j'irai sur les îles voisines pour réparer mes erreurs. Mais comment décider ?

— On a peut-être déjà décidé pour toi.

— Que veux-tu dire ?

Kaan montra du doigt le médaillon toujours caché dans l'étui qu'elle portait au cou.

— J'ai peur de l'ouvrir, depuis toujours, dit-elle doucement. Quand ce sera fait, je ne serai sans doute plus la Tonina de l'île aux Perles. Dès que j'aurai vu ce médaillon, tout retour en arrière deviendra impossible. Il me dira qui je dois être, et cela m'effraie beaucoup.

Elle posa sur Kaan ses grands yeux inquiets.

— Comment savoir si je peux être cette nouvelle personne ? Et si ma vraie place était loin à l'intérieur des terres, par exemple ? Si je devais renoncer à la rumeur des vagues ou à l'appel des dauphins ?

— Tu peux y arriver, Tonina.

Elle le regarda droit dans les yeux et crut y voir un défi.

Elle était déchirée. Elle voulait désespérément rentrer chez elle, car elle se languissait de l'océan et du mode de vie des îles. Certes, les siens l'avaient toujours considérée comme une étrangère, mais elle avait grandi là-bas. Et si l'île avait été épargnée, si son grand-père avait pu donner l'alerte à temps, les gens auraient repris leur vie normale quand elle rentrerait.

Mais elle voulait tout autant savoir qui elle était et qui étaient ses parents.

Et je veux rester auprès de lui, se dit-elle enfin, le regard plongé dans les yeux sombres de Kaan.

Elle prit une profonde inspiration pour se donner du courage, puis ôta le médaillon et s'attaqua aux fibres soumises depuis des années aux rigueurs de l'eau salée et du soleil. Elle eut du mal à en venir à bout. Quand enfin la lumière grise du matin tomba sur une pierre ronde et plate, Tonina vit...

Ce qu'elle vit lui coupa le souffle.

— Mère Lune ! chuchota Kaan en fronçant les sourcils.

Sur la pierre rose vif translucide était incrusté un motif en céramique rouge et vert.

— Mais c'est la fleur rouge ! Elle existe vraiment, ce n'est pas un mythe ! murmura soudain le joueur de balle stupéfait.

— Qu'est-ce que cela signifie ? J'ignore toujours ce que l'on attend de moi. Dois-je continuer mes recherches ici ou bien remonter la côte du Quatemalan ?

— C'est un message, répondit Kaan Il t'indique le chemin vers tes origines. Vers ton peuple, Tonina ! Quand tu trouveras cette fleur, tu connaîtras ta véritable identité.

Elle examina la fleur, sa tige verte, ses pétales rouges... Et subitement, tout devint clair. Lorsque Guama avait sorti Tonina bébé de son panier, elle avait compris, en apercevant la fleur rouge, que cette dernière reliait l'enfant à son peuple. La vieille femme savait qu'un jour Tonina partirait retrouver les siens. Son grand-père n'était pas malade. Guama avait inventé cette histoire de fleur de guérison pour obliger sa petite-fille à quitter l'île aux Perles de son propre gré. Huracan ne connaissait rien à la côte du Quatemalan. Ce qui expliquait pourquoi sa description ne correspondait pas du tout à celle de l'épouse d'Ocelot !

*Je ne suis pas censée retourner sur l'île aux Perles...*

— Mais par où commencer mes recherches ? Je n'en ai pas la moindre idée !

— La déesse prisonnière de la terre pourra peut-être te l'apprendre. Si tu la délivres...

Une ombre passa sur le visage de Kaan.

— Et moi, j'ai jeté la pierre qui devait nous montrer la route jusqu'à la déesse... Quel imbécile je fais ! Je suis désolé.

Des pleurs leur parvinrent alors. Ils se retournèrent et aperçurent H'meen assise sur une grosse pierre, les poings sur les yeux. Elle était en larmes. À ses pieds, le Borgne s'efforçait maladroitement de la consoler.

— J'aurais dû le tenir ! se lamentait H'meen. À cause de moi, Poki s'est enfui et il est mort !

Tout à coup, une petite silhouette jaillit des broussailles comme une flèche. Trempé, crotté et bien mal en point, Poki avait entendu son nom. H'meen poussa un cri de joie mais le chien glapissant l'ignora et alla renifler les pieds de Kaan.

— Poki ! l'appela H'meen en tapant dans ses mains.

La petite bête qui geignait aux pieds de Kaan tenait un objet boueux dans sa gueule, et l'herboriste, curieuse, lui desserra les crocs. Le caillou des vendeurs d'ananas en tomba. Toutes ces heures passées sous une pluie torrentielle l'avaient débarrassé de la crasse accumulée au fil des ans.

— Incroyable ! Comment Poki a-t-il pu le retrouver ? s'émerveilla Tonina.

— C'est un miracle, dit Kaan.

H'meen rinça l'objet dans une flaque.

— Il a senti ton odeur, Kaan, fit-elle remarquer au joueur, pleine de bon sens. Poki s'est souvenu de tes caresses.

Elle présenta l'objet à la lumière et tous constatèrent alors que cette pierre n'était pas brute. Elle portait des gravures, des glyphes.

— Que signifient-ils ? lui demanda Tonina, gagnée par l'excitation.

H'meen ne connaissait pas cette écriture, mais c'était un signe des dieux, leur assura-t-elle.

— Quand nous aurons déchiffré ces glyphes, nous saurons où se trouve la déesse prisonnière de la terre.

Elle s'adressa à Tonina d'un ton solennel :

— Que cette pierre soit arrivée entre nos mains n'est pas un hasard. Les dieux ont veillé à ce que la clé de la prison sous les eaux soit remise à des gens qui comptent parmi eux une nageuse intrépide, seule capable de venir au secours de la déesse. Rien ne se produit par accident, ajouta-t-elle en remarquant l'air sceptique de Tonina. Qu'a-t-il dit, ce vieux vendeur d'ananas ? Que jamais personne ne les avait défendus auparavant, lui et sa famille. Kaan était le premier. Qu'ils possédaient cette pierre depuis des années. J'en conclus que les dieux vous ont tous les deux conduits sur le marché d'Ixponé parce qu'ils voulaient que cette pierre vous revienne. Ils veulent que vous sauviez la déesse.

Impressionnée, Tonina contempla la petite pierre au creux de sa main et ses mystérieux symboles.

— La déesse exaucera le vœu de la personne qui la libérera, quelle qu'elle soit, lui rappela H'meen.

Tonina leva les yeux vers la jeune femme âgée et les plongea dans un regard voilé par la cataracte, sous de minces et fragiles sourcils. Nous avons tous une requête à présenter à la déesse, se dit-elle.

Elle se tourna ensuite vers Kaan.

— Tu n'auras plus besoin de prêtresses pour intercéder auprès des dieux en ton nom si tu peux t'adresser directement à une déesse, n'est-ce pas ?

Le petit groupe se tut devant l'énormité du cadeau offert, et de nouveau, l'espoir fleurit dans les cœurs affligés.

Tonina déposa la pierre dans les mains arthritiques de l'herboriste.

— Garde-la pour nous, honorable H'meen. Tu es bénie des dieux.

Une fois encore, ces détours mystérieux du destin la stupéfiaient. Chaque fois qu'elle se croyait arrivée au bout de la route, chaque fois qu'elle pensait ne pas pouvoir aller plus loin, les dieux lui ouvraient un nouveau chemin. Il était dit qu'en ce lieu, au lendemain d'un désastre, elle allait sortir de son étui le médaillon qu'elle portait depuis sa naissance et découvrir que la fleur qu'elle recherchait, elle la possédait depuis toujours.

Elle lança un regard à Kaan. Quand elle avait glissé sur le pont suspendu, il avait enfin pu lui sauver la vie pour de bon. Ils étaient quittes, le monde avait retrouvé son équilibre. Et pourtant, ils allaient repartir ensemble vers Palenque, à l'ouest, dans l'espoir de sauver l'âme de Ciel de Jade et, pour Tonina, de retrouver son peuple. Une chaleur étrange, excitante, se diffusa dans ses veines. Où la mènerait cette nouvelle voie ? Une étape de sa vie venait de se terminer et une autre commençait, lui remplissant le cœur d'une motivation toute fraîche.

— Bénis soient les dieux, mon frère, tu es vivant !

Balám sortait de la jungle, et Kaan se précipita vers lui pour le serrer joyeusement dans ses bras.

— Nous avons pu nous réfugier dans une caverne, mais, hélas, nous avons perdu quatre hommes. Quelle tempête !

Le prince s'assombrit et se frotta les mains en regardant autour de lui.

— Et maintenant, que faisons-nous, mon frère ? Nous repartons vers Teotihuacan ?

Kaan lui expliqua l'erreur commise avec la carte. En apprenant que son « frère » ne pouvait plus accomplir son pèlerinage dans les délais, Balám faillit laisser éclater sa joie. Son ingénieux stratagème avait fonctionné au-delà de ses espérances.

Kaan lui exposa son nouveau plan, et Balám s'écria en se martelant la poitrine :

— Laisse-moi venir avec toi ! Je t'aiderai dans tes recherches ! Si cette déesse est généreuse, elle aura peut-être pitié de ma misérable personne et me révélera où se trouve ma fille adorée !

Balám et ses hommes se joignirent à Kaan et ses amis. Ils allumèrent des feux avec le peu de bois sec qu'ils trouvèrent, mangèrent froid dans une ambiance sinistre, puis s'installèrent dans leurs hamacs pour la nuit, bien au-dessus du sol car la boue grouillait maintenant de serpents et de lézards. Le lendemain matin, les rescapés de la tempête se réveillèrent sous un ciel bleu, ensoleillé et limpide.

Et dans un campement à demi désert.

Interloquée, Tonina descendit de son hamac. Des gens étaient partis pendant la nuit, mais qui ? Balám et ses compagnons, réalisa-t-elle rapidement.

Le Borgne et le Chauve sur les talons, Kaan la rejoignit à grands pas.

— Tu les as entendus quitter le campement ?

— Non. Pourquoi vouloir...

Un cri aigu déchira l'air matinal.

Ils trouvèrent H'meen agenouillée au-dessus de la boîte où elle conservait ses remèdes. Elle en fouillait frénétiquement le contenu, et finit par lever vers eux des yeux remplis de larmes.

La pierre gravée avait disparu.

Le mot « trahison » se forma dans l'esprit de Kaan, mais il écarta cette pensée. L'idée que son ami puisse le trahir était trop douloureuse. Il est au désespoir. Il a tout perdu, sa femme est morte, sa fille réduite en esclavage, se dit Kaan. Il refusait d'en vouloir à Balám, mais il était profondément inquiet.

— Balám peut faire n'importe quoi, expliqua-t-il à ses amis devant leur maigre feu pendant que le maïs cuisait sur une pierre plate. Retrouver sa fille l'obnubile au point qu'il est prêt à toutes les imprudences. Lui et ses hommes risquent de détruire à jamais la clé qui mène à la déesse.

Il n'y avait pas de temps à perdre. Ils devaient absolument arriver à Palenque avant le prince d'Uxmal, ou du moins le rattraper en chemin. Kaan garda pour lui la crainte secrète qu'ils partageaient tous : avec un jour d'avance et des hommes robustes et en pleine forme, Balám se déplacerait bien plus vite que leur propre troupe, lente et diminuée.

Ils levèrent le camp précipitamment. Pour hâter le départ, le Chauve et les Neuf Frères aidèrent les familles à se préparer pour la route. Peu d'entre elles avaient choisi de s'établir dans la région, et de nombreux villageois voulurent se joindre à l'expédition. Le groupe partait plus étoffé encore qu'à son arrivée.

Le chef Ocelot, qui avait perdu sa femme dans la tempête, s'approcha de Kaan.

— Je suis responsable de ce qui s'est passé ici. J'ai volé cette pierre dans la cité interdite, j'ai pris des statues et des reliques pour les vendre aux voyageurs, je me suis enrichi sur le malheur... Et, aujourd'hui, ma femme est morte et mes récoltes sont anéanties. Les dieux m'ont puni pour tous ces méfaits.

— Si tu souhaites te joindre à nous, tu es le bienvenu, lui suggéra Kaan.

L'homme en imposait nettement moins sans ses moustaches de félin.

Ocelot secoua la tête.

— Je veux rester ici et reconstruire mon village. Je le ferai humblement, et plus jamais je n'offenserai les dieux.

Le chef souligna ses derniers mots d'un hochement de tête, mais en se retournant vers ce qui restait de sa hutte, la fameuse dalle de pierre, il se rappela quelques blocs plus petits aperçus dans la cité et se dit qu'ils pourraient constituer de jolis murs bien solides...

En voyant ces familles qui s'apprêtaient à reprendre la route vers l'ouest, le cœur de Kaan s'emballa, animé d'un nouvel espoir, celui d'obtenir l'aide d'une déesse, mais aussi d'une nouvelle crainte : que Balám le prenne de vitesse.

Tonina prit soin de se repeindre le visage. Elle avait refait provision de peinture de coco, et elle traça avec application les symboles du peuple des îles sur ses joues, son menton, son front et ses bras. Elle n'y renoncerait définitivement que lorsqu'elle saurait qui elle était réellement.

Tout en se préparant, elle se dit : J'ai parcouru les routes abandonnées de quelques cités antiques, j'ai séjourné dans les fermes et les huttes de gens n'appartenant pas à mon peuple, et je pense toujours à l'endroit où j'ai grandi, cette île qui n'est pourtant pas la mienne. Depuis le jour où l'on m'a déposée sur l'océan dans un panier d'osier, je suis seule. J'ignore qui je suis, j'ignore où je devrais me trouver. Je ne le découvrirai peut-être jamais, et d'ailleurs, je ne suis peut-être pas censée le savoir. Mais je veux connaître ces réponses, dussé-je y consacrer le restant de mes jours.

Elle prit ses affaires et sa lance puis alla rejoindre Kaan. Une dernière fois, elle se tourna en direction de la mer pour dire adieu à Guama, à Huracan et à l'île aux Perles.

Puis Tonina se tourna vers l'ouest et fit un premier pas dans l'inconnu, vers son nouveau destin.

# LIVRE TROIS

## 44

Le Chauve s'époumonait :
— Allez-vous-en, maître ! Ne vous occupez pas de moi ! Vous devez trouver la déesse !

Il était enfoncé dans la boue jusqu'à la ceinture. Au bord du marécage, des hommes surexcités lui jetaient des cordes.

Kaan aboyait des ordres secs sans tenir compte des exhortations de son ami. Leur temps était compté et ils n'avaient pas encore retrouvé Balám, mais le joueur ne pouvait se résigner à abandonner cet homme.

Ils avaient enfin atteint la région de Palenque, la cité légendaire. Depuis des jours, ils recherchaient la déesse. Les gens du coin leur racontaient quantité d'histoires à son sujet, mais personne n'avait de renseignements à leur fournir quant à sa localisation exacte. Sans la pierre gravée volée par Balám, il leur serait impossible de retrouver la prisonnière.

— Sauvez-le, je vous en prie ! gémissait une jeune femme dans la foule qui se pressait autour du piège de boue.

Fille d'un cultivateur de potirons, elle s'était éprise du Chauve le jour où la troupe avait dressé le camp près de sa ferme.

— Attrape !

Kaan lança à son ami une corde lestée d'une pierre qui atterrit à la surface du bourbier, à la portée du Chauve. Le joueur de balle en noua l'autre extrémité autour de sa taille puis planta les talons dans le sol détrempé et tira de toutes ses forces en adressant un remerciement silencieux aux dieux. Heureusement, c'était encore le matin ; dans le cas contraire, personne n'aurait rien pu faire pour ce pauvre homme.

Leur caravane avait traversé l'antique cité de Yaxchilan entre l'équinoxe de printemps et le solstice d'été. La saison sèche avait pris fin et la saison des pluies battait son plein. Les débuts de journée étaient secs et ensoleillés, mais tous les après-midi, il pleuvait à verse. Si l'accident s'était produit l'après-midi, le Chauve aurait probablement été emporté dans un torrent de boue.

Dès son départ de Yaxchilan, la troupe de Kaan avait progressé sous des averses déchaînées, avec de la boue jusqu'au mollet. Tout le monde s'était procuré une cape imperméable en coton enduit de caoutchouc, un vêtement lourd et encombrant mais qui tenait bien au sec, tout comme les chapeaux de paille à bord large qui protégeaient les épaules de la pluie. En revanche, on ne pouvait rien contre la chaleur, l'humidité, les nuages de moustiques et les morsures des mouches géantes.

Et les mauvaises surprises, comme ce genre de marécage.

Au bord du marais, à bonne distance du piège mortel, le Borgne observait l'opération de la dernière chance. À côté de Kaan, Tonina tirait elle aussi sur la corde, aussi forte qu'un homme, ses pieds bien enfoncés dans le sol. Le nain se rappela ce jour à Mayapan où, alors qu'elle assistait à sa première partie de balle, elle n'avait pas caché son scepticisme quant à la valeur du travail en équipe.

Et regardez-la maintenant ! se dit le Borgne, béat d'admiration devant ce corps vigoureux tendu dans l'effort. Il était plus amoureux que jamais, d'un amour toujours plus vain. Avait-elle conscience des changements que ce voyage provoquait en elle ? Lors de leur première rencontre, Tonina lui avait confié aimer la solitude. À l'époque, Kaan insistait pour voyager seul. Et en effet, au tout début de l'aventure, ils campaient tous deux loin l'un de l'autre, à l'écart du reste de la troupe. Mais il y avait eu le difficile trajet de Copan à Palenque. Tous les soirs, Kaan et Tonina circulaient dans le campement pour discuter avec les gens, écouter leurs doléances et leur remonter le moral. Recueillant plaintes et accusations, Kaan endossait régulièrement la fonction de juge, puis établissait de nouvelles lois, toutes inspirées de son code d'honneur personnel. Battre sa femme et se saouler en public valaient dorénavant une sanction au coupable. H'meen, quant à elle, se chargeait de coucher par écrit ces nouvelles règles dans son registre. Le Borgne ne perdait pas une miette de tous ces changements. Kaan et Tonina, qui au départ n'avaient que leur solitude à la bouche, appartenaient désormais à une famille étendue qu'ils avaient eux-mêmes créée. En étaient-ils conscients ?

Le petit homme fut tiré de ses pensées par la vision d'une femme qui voulait se précipiter dans le bourbier et que des hommes s'efforçaient de retenir. C'était la mère du gosse qui avait causé ce désastre. Il avait échappé à la surveillance de la pauvre femme ; le Chauve l'avait découvert enlisé, mais, en voulant l'aider à en sortir, s'était fait piéger lui aussi. L'enfant avait été aspiré vers le fond et le Chauve se retrouvait immobilisé à son tour.

— Tirez ! hurla Kaan au milieu des ahanements des hommes aux prises avec les cordes.

Le Chauve était lourd, certes, mais le problème venait surtout de la boue qui l'aspirait. Malgré les efforts désespérés de ses amis, l'infortuné chef des Neuf Frères était maintenant enlisé à hauteur de poitrine.

— Allez-vous-en, maître, gémit-il à nouveau. Je ne compte pas, moi. Retrouvez le prince Balám et libérez la déesse !

Comme le pauvre homme faisait mine de se détacher, Kaan lui cria :

— Ne lâche pas cette corde ! Si tu fais ça, je te maudirai pour l'éternité !

Les larmes inondaient la grande face du Chauve, qui récitait déjà la prière de confession.

Tonina laissa tomber la corde et reprit son souffle en avalant quelques grandes lampées d'air.

— Kaan, nous n'y arriverons jamais en nous y prenant comme ça, mais regarde !

Elle pointa le doigt vers la cime des arbres. La plupart étaient très touffus, mais les plus grands d'entre eux avaient un tronc lisse, élancé.

— Si nous en abattons un et si nous y fixons des cordes...

— Vous là-bas ! Vous, avec vos haches, suivez-moi ! s'exclama Kaan.

La forêt tropicale retentit bientôt du bruit des lames de pierre attaquant le bois. Six hommes s'arc-boutèrent contre un robuste tronc jusqu'à le faire tomber en travers de la mare brune. Kaan se mit à genoux au bord du marécage et hurla :

— Agrippe-toi à cet arbre !

La boue arrivait maintenant aux aisselles du Chauve, qui avait de plus en plus de mal à respirer. Heureusement, il avait eu la présence d'esprit de garder les bras levés, si bien qu'il put attraper l'arbre sans trop de peine. Avec l'assistance de Kaan, il consolida sa prise, puis le joueur récupéra les cordes, les arrima au tronc et donna l'ordre de tirer.

Tout le monde retenait son souffle. L'arbre vira lentement et entama une trajectoire laborieuse vers le bord de la mare. La boue recouvrait les épaules du Chauve qui sanglotait bruyamment, persuadé qu'il allait être aspiré vers le fond avant qu'ils ne parviennent à le sortir de là.

— Tirez ! cria Kaan.

Noyé jusqu'au menton, le Chauve s'apitoyait sur lui-même, avalant du liquide boueux au passage. Kaan sauta de l'arbre et s'enfonça jusqu'à la poitrine dans les sables mouvants. Sentant sous ses pieds une surface solide, il tenta le tout pour le tout, saisit son ami sous les bras et fit un pas en arrière en y mettant toutes ses forces, puis un autre, et encore un autre... Finalement, peu à peu, ils parvinrent à s'extirper de la tourbe, et quelques hommes se précipitèrent pour les aider à regagner la terre ferme.

Le Chauve sombra dans l'inconscience. H'meen courut aussitôt à son chevet, munie de tous ses remèdes.

Kaan et Tonina échangèrent un regard ; ils n'avaient pas besoin de parler pour se comprendre. Encore une vie sauve, encore une journée perdue. H'meen leur avait prédit cinquante jours de marche pour gagner Palenque, mais ils en avaient mis soixante, et le lendemain, c'était le solstice d'été.

Dans cette région truffée de marécages et de tourbières, on trouvait aussi des rivières et des mares d'eau claire. Kaan, le Chauve et tous ceux qui avaient participé au sauvetage en profitèrent pour se laver. La jeune femme amoureuse du Chauve le couvrait d'attentions. Entourée de ses amis et de sa famille, la mère pleurait son enfant mort dans le marais.

Malheureusement, c'était un spectacle courant.

Depuis le départ de Copan, douze personnes avaient succombé aux morsures de serpent, aux fièvres, à des blessures infectées, aux marais et à la vieillesse. Heureusement, on comptait aussi dix naissances, les dieux tenant à préserver l'équilibre du monde, comme ils le faisaient depuis la nuit des temps. Neuf divorces et onze mariages avaient eu lieu. Quarante-trois personnes avaient quitté la grande caravane et soixante-deux l'avaient intégrée. Les Mayas étaient désormais surpassés en nombre par les représentants des innombrables tribus peuplant la région du Sud-Ouest encore sous influence maya. H'meen relevait quotidiennement ces fluctuations et les couchait dans son registre.

Elle y signalait aussi les fleurs inconnues découvertes au cours de la quête acharnée de Tonina, désormais persuadée que la fameuse fleur rouge la conduirait à son peuple. Elle avait accepté son nouveau destin ; elle ne retournerait jamais sur l'île aux Perles, c'était écrit. Une détermination toute neuve l'habitait.

Dans chaque ferme, dans chaque village, Tonina s'entretenait avec les habitants, examinait les tissus et les broderies du cru et soumettait à ceux qui vivaient là le motif de sa couverture de bébé.

Telle était l'image qu'elle donnait d'elle à ses compagnons de voyage. Ce qu'ils ne voyaient pas, ce qu'elle gardait enfoui dans son cœur, c'était son amour croissant pour Kaan, ce désir lancinant, cette envie obsédante de se fondre en lui. Un amour qu'elle ne pourrait jamais exprimer, car l'esprit de Ciel de Jade se dressait entre eux.

Kaan terminait de se sécher après son plongeon dans la tourbière. Il avait maintenant beaucoup moins peur de l'eau qu'au début du périple. Sans y penser, il massa la cicatrice sur sa cuisse. Les premiers jours après leur départ de Copan, la blessure survenue lors de l'ouragan s'était avérée extrêmement douloureuse. Par chance, les esprits de l'infection avaient décidé de passer leur chemin. Il n'avait plus mal et ne boitait plus, mais il lui restait cette cicatrice pour se rappeler la nuit passée avec Tonina dans ses bras.

Chaque jour avivait son désir pour elle. Il mourait d'envie de l'enlacer, de la couvrir de baisers. Mais il n'avait pas le choix, il devait masquer ses sentiments. Que se passerait-il si la déesse exigeait de savoir comment il menait sa vie ? Et si, comme les prêtresses de Teotihuacan, elle lui posait toute une série de questions pour sonder son cœur et estimer sa valeur ? Et si elle lui demandait : « Es-tu toujours fidèle au souvenir de ton épouse ? »

— Maître ! Maître !

L'un des Neuf Frères parti en éclaireur revenait en courant entre les arbres. C'était celui que sa femme avait tourné en ridicule en le criblant de fruits pourris et en le traitant d'imbécile avant de retourner à Mayapan. Il s'était remarié depuis, et le couple attendait un enfant. Il s'arrêta, haletant, auprès de Kaan.

— Maître, là-bas... trois cadavres... lui dit-il d'une voix étouffée.

Il pointa le doigt dans la direction d'où il venait.

Kaan fit signe à ses hommes de ne pas faire de bruit, prit sa lance et sa massue et emboîta le pas de l'éclaireur. Tonina les suivait de près.

Ils émergèrent de la forêt sur une colline verdoyante à la végétation dense. Trois hommes gisaient à l'entrée d'une grotte. Kaan s'arrêta pour évaluer la situation, l'oreille tendue. Il ne repéra aucune bête sauvage, aucun bruit inhabituel. Il s'approcha des trois corps en rampant, talonné par ses compagnons, lances au poing.

Ils froncèrent les sourcils, perplexes. Couchés sur le dos, les trois hommes semblaient paisibles, comme plongés dans un profond sommeil. Aucune blessure n'était visible, nulle trace de combat, mais des vêtements trempés... C'est alors que Tonina vit l'écume à leurs lèvres. Ces hommes s'étaient noyés.

Des voix amplifiées par l'écho résonnèrent soudain dans la caverne, et deux hommes traînant un autre cadavre en sortirent.

Kaan poussa un cri. Ils avaient retrouvé Balám.

## 45

— Mon frère ! Bénis soient les dieux, tu nous as retrouvés ! s'écria le prince.

Kaan laissa éclater son soulagement, sa colère et sa joie :

— Pourquoi es-tu parti comme un bandit, cette nuit-là ? Pourquoi m'as-tu volé la pierre gravée ?

Balám lui adressa un regard blessé.

— Comme un bandit ? Mais enfin, mon frère, Ocelot ne t'a rien dit ? Je lui avais demandé de te faire parvenir un message !

— Je n'ai reçu aucun message, répondit Kaan d'un air sombre.

— Et dire que j'ai fait confiance à ce crétin !

Depuis quelque temps, Balám mentait avec une facilité qui l'étonnait lui-même, et il vit avec joie Kaan passer de la colère à la perplexité. Le plaisir de manipuler autrui, cette autre facette du pouvoir, le prince s'en délectait.

— C'est pour toi que j'ai agi ainsi ! Tu avais fait tout le travail entre Mayapan et Copan, mon frère ! Tu trouvais les bonnes pistes, tu en créais de nouvelles au besoin, et mes compagnons et moi, nous n'avions plus qu'à te suivre tranquillement. Je me suis dit qu'il était temps pour moi de te rendre la pareille. Ocelot devait te l'expliquer ! J'étais sincèrement persuadé que tu suivais ma trace... Mais Dieu merci, te voilà !

Visiblement, Kaan n'était pas entièrement convaincu, et Balám se dépêcha d'ajouter :

— J'ai trouvé la déesse, mon frère !

Aussitôt, le visage de Kaan s'éclaira. Balám désigna les quatre morts.

— Ces hommes ont sacrifié leur vie pour la délivrer. Hélas, il y a de l'eau partout ! La déesse vit dans une rivière souterraine.

— Et comment le sais-tu ? lui demanda Tonina en s'avançant d'un pas.

Balám lança un coup d'œil à la fille des îles. Il aurait bien aimé la prendre par le cou et serrer jusqu'à ce que mort s'ensuive... mais il leur réservait quelques petites surprises, à son « frère » et à elle.

— Je me suis renseigné auprès des fermiers du coin. Les cultivateurs sont très accueillants, par ici.

Il pensait à l'homme qu'il avait dû torturer à mort pour lui arracher le renseignement qui l'avait mené jusqu'ici : l'existence d'une certaine stèle de pierre très ancienne, identique à celles de Tikal et Copan et bien cachée dans la végétation tropicale.

— Regardez, dit Balám en montrant la grande dalle inclinée dans les broussailles. D'après le fermier, cette stèle légendaire indique la cachette de la déesse. Nous avons dû examiner toutes les stèles du coin avant de tomber sur celle-ci, et il y en a beaucoup, mon frère !

Kaan et Tonina examinèrent la stèle, à laquelle il manquait un petit morceau.

— Regarde !

La pierre aux glyphes s'emboîta parfaitement à l'emplacement du bout manquant, complétant ainsi le portrait d'une femme assise sur un trône.

Kaan jeta un coup d'œil vers l'entrée de la grotte.

— Donc elle est là, en bas ?

— Absolument, mon frère ! Mais il ne sera pas facile d'arriver jusqu'à elle.

Ils entrèrent dans la petite grotte traversée par un cours d'eau.

— Il coule sous la colline, leur dit Balám, imité par l'écho.

Dans la faible lumière de cette caverne humide, ils parvinrent à distinguer, à l'endroit qu'il leur désignait, le trou où l'eau noire disparaissait dans la paroi.

— Mes hommes ont voulu se glisser par cette ouverture, mais tous les quatre se sont retrouvés coincés et nous avons dû les tirer de là. Hélas, trop tard à chaque fois.

Du point où ils se tenaient, la largeur ou la profondeur du goulet étaient difficiles à estimer.

— J'y vais, dit Tonina.

Balám prit un air dédaigneux. Il la haïssait plus que jamais, cette fille qui se vantait de réussir là où avaient échoué ses guerriers les plus forts et les plus courageux.

Kaan la prit par les épaules.

— Si tu ne reviens pas très vite, j'irai te chercher.

— Mais tu ne sais pas nager, chuchota-t-elle, les yeux levés vers lui.

— S'il le faut vraiment, je saurai ! répliqua-t-il.

Le visage du joueur se rapprocha du sien et elle crut qu'il allait l'embrasser devant tout le monde. Elle redoutait ce baiser mais le voulait désespérément...

Kaan recula, soudain conscient de la présence de Balám et des autres.

Avant de se laisser glisser dans l'eau, Tonina eut une pensée pour l'énorme foule qui se rassemblait déjà devant la grotte pour attendre anxieusement la suite des événements. Tous ces gens la suivaient aveuglément depuis le départ, mettant d'abord leurs maigres espoirs dans l'existence éventuelle de sa fleur rouge de guérison, puis d'une déesse prisonnière. Aujourd'hui, tous se posaient la même question : la déesse exaucerait-elle plus d'un vœu ? Et si elle n'en exauçait qu'un seul, lequel serait-ce ? Le mien ! se disait chacun au fond de son cœur.

Tonina prit le temps de murmurer une prière :

— Esprits de la caverne, je viens en paix. Mes intentions sont pures. Je souhaite m'entretenir avec la déesse prisonnière de la terre.

La fille des îles s'abandonna au courant pour se laisser porter jusqu'à la paroi en gardant la tête hors de l'eau. Après avoir inspiré à fond, elle plongea sous la surface et chercha l'ouverture à tâtons.

Au bord de la rivière souterraine, Kaan ne quittait plus l'eau des yeux. Balám ressortit avec ses hommes et leur donna l'ordre de s'emparer de la déesse dès que Tonina l'aurait ramenée :

— Tuez tout le monde si nécessaire. Il nous faut absolument cette déesse.

Ce boyau souterrain n'avait rien à voir avec l'océan qu'elle connaissait si bien. Tonina n'avait jamais nagé dans le noir, sans la moindre tache de lumière pour s'orienter. Tout en s'efforçant de ne pas penser à la roche qui la cernait et au fait qu'elle ne pourrait pas remonter à la surface si l'air venait à lui manquer, elle nageait à grands mouvements décidés et réguliers. Sa progression était ralentie par les aspérités des parois auxquelles elle se cognait et les goulets étroits qu'elle devait franchir. Le tunnel paraissait sans fin. Au bout d'un moment, ses poumons lui firent si mal qu'elle voulut revenir à son point de départ, mais elle n'avait plus la place de faire demi-tour et le courant l'entraînait. Elle allait se noyer !

Et si elle ne revenait pas, Kaan partirait à sa recherche...

Puis soudain, sans crier gare, le cours d'eau se transforma en cascade. Tonina tomba dans un lagon noir, creva aussitôt la surface et nagea jusqu'à son bord en inspirant l'air à grandes goulées. Petit à petit, ses yeux s'accoutumèrent à la faible clarté de ce qui se révéla être une grande grotte voûtée.

Quand elle eut repris son souffle et ses esprits, elle se hissa hors de l'eau et se releva en frissonnant. Le décor lui apparaissait peu à peu : des parois rocheuses, un sol de terre froid, quelques stalagmites coniques s'élevant à la rencontre des stalactites. Les rayons de soleil qui tombaient d'une ouverture dans la coupole, tout là-haut, éclairaient les eaux froides du lagon, la cascade et...

Tonina n'en crut pas ses yeux. Juste sous le trou dans la coupole, sur le sol poussiéreux de la caverne, s'étalaient les plates-bandes carrées d'un jardin fourni et bien entretenu. Elle y distingua des tomates, plusieurs sortes de baies, du chèvrefeuille... Treillis et arbustes soutenaient des plantes grimpantes en fleur. Contre la paroi du fond, Tonina aperçut quelques nattes, des couvertures et un petit autel. Un foyer noirci et des rangées de calebasses et de bols en terre cuite délimitaient la zone dévolue à la cuisine.

Elle se retourna en entendant un hoquet de surprise dans son dos et se retrouva nez à nez avec un fantôme. Par réflexe, elle traça en l'air un signe protecteur, avant de réaliser que l'apparition qui la fixait les yeux écarquillés n'était qu'une femme comme une autre.

Le temps s'étira. Les deux femmes s'examinaient au son apaisant de la cascade, dans les flots de lumière où dansait la poussière. Tonina crut entendre le chant mélodieux d'un oiseau mais ne put se résoudre à détourner les yeux de cette créature étonnante. Elle devait avoir dans les quatre-vingts ans et portait une longue robe blanche en lambeaux mais d'une propreté immaculée. Ses deux tresses tout aussi blanches tombaient plus bas que sa taille.

— Es-tu un fantôme ? hasarda la vieille en maya, d'une voix douce et chaude.

Comment s'adressait-on à une déesse ?

— Non, répondit Tonina d'un ton mal assuré.

— Mais... ton visage...

Ses peintures faciales s'étaient sans doute diluées sous l'eau, et elle devait avoir l'air cadavérique.

— Je suis venue vous libérer, ma dame.

Encore un hoquet.

— Vraiment ?

Dans ses vêtements trempés, Tonina acquiesça :

— Mes amis attendent mon signal pour vous secourir.

La femme éclata en pleurs et enfouit son visage dans ses mains.

— Cela fait si longtemps que j'attends !

Tonina la rejoignit et passa maladroitement un bras consolateur autour de ses épaules. Elle eut un choc en sentant les os sous ses doigts : cette déesse était si frêle !

Quand la vieille femme leva son visage creusé de rides vers elle, Tonina pensa un court instant à H'meen.

— Est-ce que Cheveyo est là ? lui demanda l'aïeule.

— Qui est Cheveyo ?

— Tu ne sais pas de qui il s'agit ? C'est donc le roi qui t'a envoyée ?

— Quel roi ?

— Pac Kinnich, celui qui règne actuellement !

Tonina et son peuple avaient appris que la cité toute proche de Palenque était abandonnée depuis longtemps.

— Il n'y a pas de roi, lui répondit-elle gentiment, tout en réfléchissant au moyen de sortir de cette caverne.

La vieille femme contempla les taches sur ses mains, puis sa longue chevelure blanche.

— Je suis sous terre depuis des années et des années. Cheveyo, mon bien-aimé, doit être mort depuis longtemps. Ils ont tous disparu, je suppose. Même l'homme malfaisant qui m'a enfermée ici est probablement redevenu poussière, depuis le temps. Comment t'appelles-tu, mon enfant ?

— Tonina.

— Moi, je m'appelle Ixchel. Que les dieux te bénissent pour être venue à mon secours ! Je ferai tout ce qui est en mon pouvoir pour te payer de retour.

Tonina examinait la grotte. Bon sang, comment sortir de là ?

— Nous ne pourrons pas ressortir par le même chemin, dit-elle à Ixchel en lui montrant la cascade du doigt. Connaissez-vous une autre issue ?

C'était une question idiote ; si la déesse avait su comment quitter cet endroit, elle l'aurait fait depuis longtemps.

— Il faut nous dépêcher ! insista la jeune femme.

Elle pensait à la promesse de Kaan : si elle mettait trop de temps à reparaître, il se jetterait dans le cours d'eau souterrain. Et n'y survivrait jamais. Tout à coup, le chant de l'oiseau entendu plus tôt retentit à nouveau. Elle leva les yeux et aperçut la bête perchée sur un poteau, attachée au bout d'une corde.

Elle n'en crut pas ses yeux. C'était un quetzal, magnifique petit perroquet vert et rouge dont les longues plumes caudales irisées possédaient plus de valeur que l'or ou le jade. Quiconque tuait ce volatile sacré associé à Kukulcan, l'un des dieux les plus importants du panthéon maya, était puni de mort. Tonina avait traversé la jungle sans jamais entrevoir cet oiseau fabuleux.

Celui-ci trônait tranquillement sur son perchoir, sa petite poitrine rouge bombée. Sa queue spectaculaire et interminable frôlait le sol. Ixchel lui flatta la tête.

— On l'a condamné à être enterré vivant avec moi, et depuis, il est mon fidèle compagnon.

La corde était si longue qu'il pouvait voler sous la coupole de la caverne, mais pas assez pour lui permettre de s'échapper par l'ouverture. Pourquoi ne pas libérer cet oiseau ? se dit soudain Tonina. Peut-être qu'en le voyant, Kaan et les autres auraient l'idée de venir explorer le sommet de la colline ?

Elle soumit cette idée à Ixchel, qui l'approuva aussitôt :

— Allons-y. Mais d'abord, je vais nouer un ruban à sa patte. Ainsi, tes amis sauront que c'est moi qui l'envoie, que cet oiseau n'est pas sauvage.

Ixchel s'exécuta et l'oiseau se laissa faire sans problème, puis Tonina coupa la corde avec son couteau et les deux femmes tapèrent dans leurs mains pour inciter le volatile à s'envoler vers le plafond.

Elles le virent franchir l'ouverture mais dans la mauvaise direction ! Tonina se souvint un peu tard que les quetzals se reproduisaient du début du printemps à la fin de l'été. L'instinct de cet oiseau allait-il l'envoyer à la recherche d'une partenaire ?

Les yeux levés vers l'ouverture qu'elles ne quittaient pas du regard, les deux femmes virent le ciel se charger de nuages.

Rien.

L'attente s'éternisait.

Et soudain, l'oiseau revint !

— Non ! s'écria Tonina en le voyant regagner son perchoir.

Ixchel alla parler à l'animal, lui flatta la crête, puis frappa de nouveau dans ses mains. Le volatile reprit son envol et repartit à l'air libre, mais cette fois-ci dans la bonne direction, comme s'il venait de comprendre sa mission.

À l'entrée de la grotte, Kaan broyait du noir. Tonina tardait trop à ressortir. À quelle profondeur se trouvait la déesse ? La fille des îles était peut-être piégée dans un courant souterrain qui l'emporterait jusqu'à la baie de Campeche et la mer ! Il regrettait amèrement de l'avoir laissée tenter l'aventure. Il existait sûrement d'autres moyens de sauver cette déesse ! Brusquement, le joueur se débarrassa de sa cape et se dirigea vers le cours d'eau.

— Non, maître ! Ne faites pas cela ! Vous allez y laisser votre peau ! le supplia le Chauve.

Mais Kaan avait pris sa décision.

Soudain, le Borgne s'écria :

— Regardez ! Qu'est-ce que c'est ?

Ils levèrent tous les yeux, la main en visière pour se protéger du soleil couchant. Un splendide quetzal décrivait un grand cercle dans le ciel, sa longue queue verte et chatoyante déployée tel un étendard dans le vent.

— Il a quelque chose à la patte ! s'exclama Kaan. Ce n'est pas un oiseau sauvage !

Le quetzal redescendit brusquement en piqué vers le sommet de la colline, et Kaan se mit à courir, entraînant les autres à sa suite.

Ils gravirent la pente sans perdre de vue l'oiseau qui montait, descendait et dessinait des spirales. À force de fouiller frénétiquement dans les broussailles, ils finirent par dénicher le trou caché au sol.

Kaan se laissa tomber à genoux, et Tonina lui cria :

— Je suis ici ! Je l'ai trouvée !

On fit descendre dans la caverne une nacelle de fortune, un hamac fixé à des cordes où Ixchel s'installa avec l'aide de Tonina, qui s'assit ensuite à côté d'elle. La jeune femme serra la déesse contre elle, et la lente remontée commença. Elle savait déjà ce qu'elle allait demander à Ixchel dès leur arrivée à la surface : qu'elle exauce le vœu le plus cher de Kaan. Moi, j'ai tout le temps pour mes recherches, mais Ciel de Jade n'a plus que cinquante jours devant elle...

Pendant toute la durée des opérations, les guerriers de Balám guettèrent l'apparition de la déesse, muscles bandés. Attaqués par surprise, les hommes de Kaan ne leur opposeraient que peu de résistance, se disait le prince. La déesse se retrouverait à sa merci et avant que Kaan ait dégainé son couteau, son « frère » serait déjà loin.

Mais dès que la femme aux cheveux blancs sortit de terre, les hommes de Balám se laissèrent tomber à genoux, le front collé au sol. Balám lui-même était comme pétrifié. Une déesse vivante !

Avec empressement, Kaan aida Tonina à s'extraire de la nacelle.

— Grâce aux dieux, tu vas bien !

La peinture faciale de la jeune femme avait coulé et elle était trempée, mais elle avait survécu à sa dangereuse incursion sous l'eau.

— Le vœu que la déesse exaucera, ce doit être le tien, Tonina. C'est toi qui l'as libérée. Moi, je n'ai pris aucun risque.

La jeune femme sourit et posa une main sur le bras de Kaan.

— Je te présente Ixchel. Elle dit qu'elle nous récompensera dans la mesure de ses moyens.

Kaan s'agenouilla devant Ixchel.

— Précieuse dame, nous t'honorons...

Sa voix se brisa, et les yeux d'Ixchel s'emplirent de larmes. Comme ils étaient nombreux, tous ces gens, ces âmes nobles et courageuses venues à sa rescousse ! Puis elle contempla le ciel, les nuages, les arbres qui ondoyaient à perte de vue comme une immense mer verte, et elle trembla de joie.

— C'est donc vrai ? Je suis libre ? chuchota-t-elle.

— Nous sommes vos humbles serviteurs ! Que pouvons-nous faire pour vous ? s'écria Balám, qui avait retrouvé ses esprits. S'emparer de la déesse n'allait pas être chose facile, se disait-il à présent.

— Je souhaite me rendre aux Temples du Temps, mais j'ai bien peur de ne pouvoir marcher jusque-là.

— Permettez-moi de vous porter, lui proposa le prince en se frappant la poitrine.

Elle dévisagea longuement le Maya au front incliné, les yeux obliques, le menton fuyant et le grand nez busqué, puis reporta son attention sur Kaan, à genoux devant elle. Elle aimait ce visage, ce nez droit, cette mâchoire carrée. La longue chevelure retenue en queue de jaguar, les clous d'oreilles en jade et les tatouages lui semblèrent typiquement mayas, mais l'homme, lui, n'était pas un Maya.

— Acceptez-vous de me porter ? demanda-t-elle à Kaan.

Balám recula, ulcéré. Kaan prit délicatement dans ses bras cette femme légère comme une plume et redescendit la colline, Tonina à son côté, le quetzal décrivant des cercles au-dessus de leurs têtes. Suivis par une procession exaltée, ils s'engagèrent dans la forêt et mirent le cap sur la légendaire cité de Palenque.

## 46

Cette antique cité dominait la région du Chiapas oriental, où une plaine côtière envahie par une forêt fournie succédait à de hautes terres accidentées. À l'ouest, l'influence maya s'arrêtait là. Plus loin, dans les montagnes enneigées du Chiapas, les gens ne parlaient pas la langue maya, se servaient de calendriers différents et adoraient des dieux étrangers.

La ville elle-même comprenait une multitude d'habitations, de monuments et de grands édifices, tous regroupés au pied des collines abruptes densément arborées qui bordaient la plaine. Les massives constructions de pierre se détachaient sur un arrière-plan luxuriant et le brouillard matinal qui en noyait la base ajoutait au décor une touche de mystère ; on se serait cru dans un autre monde. Cette ville, comme Copan et une grande partie de Tikal, était abandonnée depuis des siècles. Il restait encore quelques traces du stuc rouge sang d'origine et des décorations bleu vif, mais la vieille femme exprima tout haut sa surprise en découvrant l'état de délabrement de la place et des temples. Était-elle vieille à ce point ?

— Cette cité a été abandonnée il y a longtemps pour des raisons inconnues, mais, à mon époque, elle était encore en partie occupée, expliqua Ixchel à ses compagnons ébahis par les pyramides montant à l'assaut de la brume.

Des singes hurleurs et des perroquets donnèrent l'alerte à leurs congénères en voyant arriver cette horde humaine de plusieurs centaines d'individus.

Les yeux d'Ixchel s'emplirent de larmes ; elle avait bien cru ne jamais revoir cette ville.

— Il y a des siècles, reprit-elle, les ingénieurs du roi Pacal découvrirent le moyen de faire couler l'eau vers le haut. Il y avait l'eau courante dans les palais et les temples, acheminée à partir des rivières souterraines. Et les fontaines ! Elles étaient magnifiques !

Ixchel posa sa tête fragile sur la solide épaule de Kaan et pleura doucement.

Dans un silence de mort, les visiteurs remontèrent la chaussée principale bordée de constructions se succédant comme les sentinelles muettes d'une ère révolue. Même les enfants et les bébés furent sommés de se taire. Des centaines de paires d'yeux détaillaient les édifices en ruine enfouis sous une végétation envahissante, et le bruit des centaines de pieds qui frottaient les pavés évoquait le murmure des fantômes.

Balám sentit son estomac se nouer. Le spectacle de plus en plus fréquent de ces cités en décrépitude troublait son âme de Maya. Quel avait été le sort des grands hommes qui avaient édifié cet endroit ? Où se trouvaient leurs descendants ?

Était-ce ce qui attendait Uxmal et Mayapan ? Ce qui attendait tous les Mayas ?

Ixchel pointa un doigt tremblant.

— Là, ces trois pyramides. Ce sont les Temples du Temps. Je veux me rendre dans celle du milieu, la plus haute.

Au pied de la pyramide, Kaan donna l'ordre à la troupe de s'installer sur la place. Les gens se débarrassèrent aussitôt de leurs fardeaux, et les Neuf Frères dirigés par le Chauve furent chargés d'organiser la collecte de l'eau et du bois sec puis d'assister H'meen auprès des malades et des blessés. Balám à sa droite, Tonina à sa gauche, le Borgne sur les talons et la frêle déesse dans les bras, Kaan entama prudemment la montée des innombrables marches glissantes de cette pyramide en pente raide.

En bas, au lieu de dresser le camp comme à son habitude, la foule restait étrangement silencieuse et attentive. Qu'allait-il se passer ? Quels miracles allait-elle accomplir, cette déesse ? Et dans chaque cœur, la même question se formait : Vais-je enfin trouver ce que je cherche ? Pour certains, c'était la santé, pour d'autres la fortune, pour d'autres encore, le bonheur.

Lorsqu'ils arrivèrent devant l'imposant sanctuaire de pierre qui couronnait la pyramide, Kaan sentit Ixchel frissonner d'excitation dans ses bras. D'ailleurs, lui aussi brûlait d'impatience. À quel miracle allait-il assister ? Son cœur battait à tout rompre. À côté de lui, Tonina retenait son souffle en pensant aux vœux bientôt exaucés. Quant à Balám, lugubre et courroucé, il réfléchissait au moyen de persuader la déesse de choisir son souhait plutôt que ceux des autres.

Mais lorsqu'ils entrèrent dans le triste bâtiment aux murs suintants d'humidité, Ixchel s'écria :

— Où sont les prêtres ? Où sont les offrandes et l'encens ?

La crainte s'empara de ses sauveteurs. Allait-elle s'indigner de l'état d'abandon de son sanctuaire et les accabler de malédictions au lieu de les exaucer ?

Ils s'engagèrent dans un étroit passage en pente aux parois et au sol humides et aboutirent dans le cœur du sanctuaire. Derrière un autel de pierre relativement bas se dressait une énorme stèle sculptée représentant une croix géante flanquée d'un dieu et d'un roi. Kaan et Balám reconnurent immédiatement l'Arbre du Monde, car des sanctuaires analogues existaient à Mayapan et Uxmal. Cette croix n'était autre que le peuplier sacré qui prenait racine dans le monde souterrain et dont les branches horizontales supportaient les cieux, l'Arbre de Vie sur lequel reposait toute la cosmogonie maya. À la base de l'arbre cruciforme, le visage d'un horrible monstre figurait l'éradication du mal dans le monde.

Tonina reconnut également ces symboles. Elle avait déjà vu cet arbre étrange dans l'abri de Chichén Itzá où Aigle Courageux et elle avaient passé une nuit.

Kaan déposa délicatement Ixchel sur le sol de pierre, en la soutenant le temps qu'elle retrouve son aplomb. L'aïeule passa silencieusement la salle en revue, devant ses compagnons qui s'efforçaient de lui cacher leur impatience. Le Borgne n'appréciait pas du tout la proximité de l'homme qui avait failli le tuer et pouvait encore le faire, et Balám ne pensait qu'à une chose : demander à la déesse de lui rendre Ziyal.

Finalement, la vieille femme se tourna vers un coffre en bois délabré poussé contre un mur, et dont le couvercle en miettes était éparpillé au sol. Ixchel alla en examiner le contenu.

— Grâce aux dieux, il est encore là, murmura-t-elle.

— Il est vide, vénérable dame, lui dit Kaan, lui aussi penché au-dessus du coffre.

— Soulève le fond, s'il te plaît.

Il s'exécuta et découvrit un curieux paquet.

— Peux-tu me le passer ?

Kaan sortit du coffre une vieille couverture contenant quelques objets. L'étoffe était décolorée par le temps et certaines des plumes qui l'ornaient avaient disparu.

Ixchel sourit en serrant le paquet contre sa poitrine.

— C'est mon trésor !

Elle dévisagea ses compagnons et précisa :

— Mais pas le genre de trésor auquel vous pensez. Il ne contient ni jade, ni fèves de cacao, ni or, ni ambre. Ce sont juste quelques papiers, de très vieux papiers.

Elle s'adressa à Kaan :

— Peux-tu me redescendre au pied de la pyramide, je te prie ? Après quoi, je continuerai par mes propres moyens.

Kaan et Tonina échangèrent un regard.

— Mais pour aller où ? s'étonna Kaan.

— J'ai envie de rentrer chez moi, maintenant.

— Chez vous ? aboya Kaan. Ce sanctuaire, ce n'est pas chez vous ?

— Ce sanctuaire ? Que veux-tu dire ?

Les yeux de la vieille femme s'arrondirent.

— Ah, je vois. Tu crois que je suis la déesse prisonnière de la terre. Et c'est pour cela que toi, tu m'as secourue, dit-elle en se tournant vers Tonina. Je suis très vieille, c'est vrai, mais mon âge ne se calcule pas en éons. Je ne suis pas une déesse. Je suis une simple mortelle, comme vous.

Kaan se rembrunit.

— Vous êtes une prêtresse, alors ?
— Non. Je n'ai rien de spécial, mon fils. Je ne suis qu'une humble servante des dieux.

Balám faillit cracher son dégoût. Une vieille femme ! Tout ce temps et ces efforts gâchés pour une vieille femme !

— À quelle distance se trouve Teotihuacan ? voulut savoir Kaan, qui se raccrochait au dernier brin d'espoir qui lui restait.

— La Cité des Dieux ? dit Ixchel en fronçant les sourcils à son tour. Si je me souviens bien, elle est à une centaine de jours de marche au nord. La route qui y mène commence à sept jours d'ici, à l'ouest.

Le dernier espoir du jeune homme s'envola. Il n'arriverait plus dans les délais.

— Mais si vous n'êtes pas une déesse, d'où vient ce splendide jardin souterrain ?

— L'homme qui m'a enfermée dans cette grotte voulait me faire souffrir le plus longtemps possible. C'est lui qui m'a fourni les vivres, les graines et les boutures grâce auxquels j'ai survécu toutes ces années dans une terrible solitude.

Incapable de se taire plus longtemps, le Borgne s'exclama :

— Et la déesse, alors ?

— Cette légende existait déjà bien avant ma condamnation. J'en ignore l'origine, mais il est probable qu'une autre femme a subi le même sort que moi il y a très longtemps, sauf que personne n'est venu à son secours. La légende a dû naître de là.

Quand elle vit leurs mines déconfites, elle ajouta :

— Mais j'ai bien l'intention de prier pour vous ! Je vais demander aux dieux d'exaucer vos vœux les plus secrets ! Puis-je rentrer chez moi, à présent ?

Kaan prit à nouveau Ixchel dans ses bras. L'air sombre, ils quittèrent le sanctuaire et descendirent avec précaution les marches traîtresses. Leur excitation et leur joie étaient retombées, et ils gardèrent le silence, découragés. Quand ils arrivèrent en bas de la pyramide, la nouvelle se répandit rapidement dans la foule : cette vieille femme n'était pas la déesse ! Elle ne pouvait pas exaucer leurs vœux !

Une foule désemparée emboîta le pas de Kaan dans les rues désertes et envahies de mauvaises herbes. Les gens ne comprenaient plus ce qui les avait poussés à entreprendre ce long voyage, à quitter leur foyer et leurs proches à la poursuite d'un songe creux. Qu'allait-il advenir d'eux ? Une idée germa alors, sans doute dans un seul esprit d'abord, puis formulée de bouche en bouche, soufflée au voisin ou à la voisine, se répandant comme la poudre : cette vieille devait attirer la chance.

Ils n'avaient jamais vu quelqu'un d'aussi âgé. Elle affirmait avoir passé des années sous terre, mais comment avait-elle pu y survivre ? Les vieux étant rares, chacun considérait la longévité comme une indiscutable preuve de chance. Alors, que penser de cette femme fragile qui avait survécu si longtemps dans ces conditions ? Elle jouissait forcément d'une chance exceptionnelle !

Quelqu'un attira l'attention sur le quetzal qui les escortait en tournoyant au-dessus de leurs têtes. Ce volatile mythique avait la réputation de servir de messager aux dieux. Le voilà, le secret de cette femme ! se dirent les voyageurs en reprenant espoir. Et quand ils arrivèrent aux faubourgs de la cité, ils en étaient venus à la conclusion que la chance de la rescapée devait être d'une infinie puissance, et qu'au bout du compte elle était sans doute plus précieuse que la fameuse déesse ! Car la déesse ne pouvait exaucer qu'un seul vœu, alors que la chance de la vieille allait probablement déteindre sur tout le monde !

Balám, lui, s'intéressait à Ixchel sous un tout autre angle. En passant devant les temples blottis dans une brume mélancolique et leurs seuils ténébreux festonnés d'une végétation dégouttant d'humidité, il pensait à l'objet qu'elle avait sorti du Temple du Temps. Elle avait parlé de « papiers ». S'agissait-il d'un livre ?

Les Mayas avaient la passion des livres. Chaque maison fortunée disposait de sa propre bibliothèque, source de fierté pour leurs propriétaires. Les ouvrages rares et anciens étaient particulièrement prisés, avec leurs récits oubliés ou perdus. Balám se souciait fort peu du livre en lui-même, ou de son contenu ; il ne pensait qu'à ce qu'il pourrait en tirer. Un collectionneur lui verserait sûrement une coquette somme pour une telle rareté.

Depuis sa vision au marché d'Ixponé, quand son nouveau destin lui était apparu avec une clarté aveuglante, le prince d'Uxmal s'était constitué, petit à petit et à l'insu de tous, une véritable fortune qu'il portait sur lui dans une épaisse et large ceinture en peau de jaguar. Dans les poches de cet accessoire, il avait entassé des fragments de jade, de l'or, des fèves de cacao et de l'ambre, en prévision du jour où il mettrait son plan génial à exécution.

Balám décida de mettre la main sur ce livre dès que Kaan et les autres seraient repartis après avoir raccompagné la vieille femme jusque chez elle. Elle ne lui poserait aucun problème.

Ixchel les mena à une maison à un étage en pierre et ciment, dotée de plusieurs portes et fenêtres et d'un toit solide. Vraisemblablement abandonnée, enfouie sous les lianes et les plantes rampantes, elle était nichée dans un bosquet d'arbres verdoyants et de fougères à larges feuilles, dans une cour cernée de murs.

Au-dessus de la maison se massaient des nuages inquiétants et un vent chargé d'humidité soufflait dans les pièces vides. Escortée de ces inconnus qui l'avaient sauvée, Ixchel entra en un lieu qu'elle revit avec les yeux de son passé : égayé par des rires, des tapisseries aux murs, des statues et des fleurs.

— Qu'est-il arrivé ? murmura-t-elle.

La foule agglutinée dans la ruelle lui fit parvenir un manteau de coton et une natte pour la nuit, puis ce furent des calebasses et des pots, des œufs, du poisson salé et des baies séchées. Des offrandes pour la femme la plus chanceuse du monde, avec l'espoir qu'elle transmette un peu de cette chance à ceux qui en manquaient. Tonina et Kaan entreprirent de ranger tous ces présents, de balayer les feuilles jonchant le sol, d'arracher les mauvaises herbes et d'alimenter un feu pour chasser l'humidité. Le Borgne lui-même allait de pièce en pièce dispenser la chance de son œil unique. Ixchel, qui observait avec étonnement ce généreux déploiement d'activité, comprit soudain ce qui s'était passé dans la cité.

— Le roi était un mauvais homme, dit-elle, et tous interrompirent leurs tâches pour l'écouter. Un jour, cet homme commit un acte si vil que les dieux ne purent fermer les yeux. Ils maudirent la ville, et ses habitants furent contraints de fuir.

Le paquet emplumé toujours serré contre son cœur, Ixchel contempla ce grand rassemblement tellement surprenant à Palenque, cette caravane de pèlerins qui avaient espéré les miracles d'une déesse prisonnière de la terre. Elle prit une inspiration un peu tremblante, poussa un grand soupir et adressa un sourire timide à ses sauveteurs.

— Je ne suis pas la déesse que vous cherchiez et je ne suis pas riche, mais pour vous remercier de m'avoir tirée de ma prison, je vous offre toute la chance dont les dieux m'ont gratifiée.

Tonina s'agenouilla pour recevoir cette bénédiction, bientôt imitée par Kaan, le Borgne, le Chauve et tous ceux qui purent s'entasser dans la cour. Tout le monde tomba à genoux pour recevoir l'imposition de cette vénérable main. Peu importait qu'elle ne soit pas une vraie déesse, après tout.

# 47

Tonina décida de partir à la recherche de Kaan pendant que les gens dressaient leur campement et faisaient la queue pour recevoir la bénédiction de la femme porte-bonheur assistée du Borgne et de H'meen.

Une fois béni par l'aïeule, le jeune homme avait disparu dans la foule. Malgré l'heure tardive, l'atmosphère était chaude et moite. La pluie avait cessé, mais la nuit restait étouffante, presque irrespirable. Tonina retrouva Kaan dans une clairière à l'extérieur de la cité, au bord d'une mare où chantonnait une petite cascade. La lune dansait langoureusement derrière les nuages qui filaient, dévoilant ou masquant sa lumière d'argent, modifiant totalement la physionomie du paysage d'une seconde à l'autre.

Cet homme n'a plus d'espoir, se dit Tonina en observant la courbe du cou et la ligne des épaules. Elle mourait d'envie d'aller le réconforter. Elle aurait voulu savoir quels mots prononcer, à quelle magie recourir. Ils avaient traversé tant d'épreuves ensemble, partagé tant d'espérances... mais, aujourd'hui, tout était terminé.

Il contemplait avidement quelque chose au creux de ses mains. Un objet ayant appartenu à Ciel de Jade, sans doute. La boucle de cheveux, la statuette de Kukulcan ou la plume bleue, supposa la jeune femme. Parlait-il une dernière fois à son épouse, avant qu'elle ne sombre définitivement dans le néant ? Lui demandait-il de lui pardonner ? Si Tonina avait connu les prières que les Mayas adressaient à leurs morts, elle aurait expliqué à Ciel de Jade que Kaan avait fait de son mieux, que son cœur était bon et que, s'il avait pu remonter le temps, il aurait tout fait pour lui éviter d'être assassinée.

La lune disparut puis émergea par une trouée dans les nuages, déversant ses flots argentés sur les lianes, les plantes rampantes, les fougères à larges feuilles et les petites créatures aux yeux luisants. Brusquement, la jeune femme eut une idée. Un infime espoir, et une chance de succès plus infime encore, mais pour un homme qui se noie, même une paille ressemble à un radeau.

Kaan frissonnait malgré la chaleur de la nuit. Il errait en un lieu obscur où le froid ne venait pas de l'air ambiant mais du plus profond de son âme désespérée. Complètement perdu, il fixait la petite plume bleue au creux de ses mains. La chérissait-il parce qu'elle avait appartenu à Ciel de Jade ou parce que Tonina la lui avait offerte ? Était-ce pour cela que les dieux le punissaient ? Parce qu'il avait accepté qu'une autre entre dans son cœur, alors qu'il n'en avait pas le droit ?

Kaan ne connaissait pas les réponses à ces questions, mais une chose était sûre : il ne devrait jamais avouer à Tonina à quel point il la désirait. Il ne fallait surtout pas qu'elle apprenne qu'il rêvait de laver la peinture de son visage et de la voir enfin pour de bon, d'embrasser ces lèvres qui l'avaient ramené à la vie quand il avait failli se noyer. Ce silence serait sa pénitence. Le désir inassouvi, l'amour à sens unique. Il ignorait les sentiments de Tonina à son égard, car après leur unique baiser désespéré, à Copan, plus rien ne s'était passé. Quand il lui arrivait de surprendre le regard de la jeune femme posé sur lui, son cœur bondissait dans sa poitrine et lui soufflait « Elle ressent la même chose que toi ! » Mais il ne le saurait jamais. Le doute participait également de sa pénitence.

Il entendit le cliquetis d'une centaine de coquillages minuscules tressés dans une longue chevelure et son cœur manqua un battement. Il appréciait et redoutait en même temps la compagnie de Tonina. Si seulement leurs chemins ne s'étaient pas croisés ! Si seulement il pouvait passer l'éternité avec elle ! Elle s'approcha de lui et il dut se forcer à la regarder. Il avait peur de se noyer dans son regard. Elle avait repeint son visage. Elle se cachait à nouveau derrière les symboles des îles, et Kaan en fut à la fois heureux et frustré.

Tonina se rapprocha encore, quittant les ombres épaisses pour le clair de lune.

— J'ai réfléchi, Kaan. Comment sais-tu qu'on a assassiné Ciel de Jade ?

Il fourra la petite plume dans la ceinture de son pagne. Il ne portait pas de cape et son torse luisait de sueur.

— C'est Balám qui me l'a dit. Elle a été assassinée sur ordre du consortium.

— D'accord. Mettons que le consortium ait menacé de tuer ton épouse, mais qu'elle soit morte par accident. Et si l'assassin n'était pas arrivé à temps ?

Il fronça les sourcils.
— À quoi penses-tu ?
— J'y étais, Kaan. Je n'ai entendu personne dans la chambre. J'ai cru que ton épouse avait trébuché et qu'elle s'était cogné la tête. Et si c'était bien le cas ?
— Quelle importance ?
— Si c'est le cas, son âme est sauvée, non ?
Il lui jeta un regard interloqué.
— Je ne comprends pas.
— N'est-ce pas pour cela que tu avais besoin des prières de cette communauté de sœurs ? Parce que ta femme a été assassinée ?
— Assassinée ? Assassinée... répéta-t-il en réfléchissant.
Et soudain, il comprit.
— Non, Tonina ! Ce n'est pas parce qu'elle a été assassinée ! La cause du décès n'a rien à voir là-dedans. Accident, maladie ou vieillesse, peu importe. Ce qui compte, c'est d'avoir pu réciter la prière de confession avant de mourir. Que Ciel de Jade soit morte assassinée ou pas, le problème, c'est que sa mort a été rapide et qu'elle n'a pas eu le temps de réciter la prière. C'est ce que tu m'as dit, en tout cas.
Tonina scrutait le beau visage tour à tour éclairé par la lune et plongé dans la pénombre. Le chant de la petite cascade qui sautillait sur les rochers moussus sembla s'amplifier quand il prononça ces quelques mots. Dans la mare parsemée de feuilles, les reflets de la lune et des nuages créaient l'illusion d'un autre monde sous la surface. Prenant soudain conscience du terrible malentendu, elle leva les yeux vers Kaan. Qu'avait-elle fait ?
— Oh, Kaan, je suis désolée !

Il lui sourit tristement.

— Ce n'est pas ta faute. Les dieux ne voulaient peut-être pas que j'accomplisse ce pèlerinage. Ils ont veillé dès le début à ce que nos chemins se rejoignent, puis ils m'ont piégé avec cette carte...

— Non, non, ce n'est pas cela qui me désole ! dit-elle en se rapprochant encore. J'ignorais que vous deviez absolument vous confesser avant de rendre l'âme ! Je croyais que les Mayas préféraient une mort rapide, comme les gens des îles ! Sur la mienne, nous redoutons les agonies interminables, car les mourants sont des proies faciles pour les esprits du mal, à l'affût des âmes dont ils peuvent se saisir. Je t'ai menti, Kaan ! Je voulais te réconforter, mais je me rends compte que je suis la cause de ton angoisse !

Il se rembrunit.

— Menti ? Comment cela ?

— Ton épouse n'est pas morte sur le coup. Je t'ai raconté le contraire pour que tu aies l'esprit en paix. Elle a parlé avant de mourir, Kaan. Je connaissais mal le maya à l'époque, mais je me souviens de quelques mots.

— Quels mots ? murmura-t-il, la gorge serrée.

— Je n'en ai vraiment compris qu'un seul : *k'iinaam*, qui veut dire « agonie ». Voilà pourquoi je ne voulais pas te mettre au courant.

Kaan avait l'air de plus en plus perplexe. Avait-elle correctement interprété ce mot ?

— En es-tu sûre ? N'était-ce pas plutôt *k'iin*, le soleil ?

— Oui, peut-être bien, répondit-elle après quelques instants de réflexion.

Les mots *k'inn* (« soleil ») et *k'iinaam* (« agonie ») pouvaient effectivement prêter à confusion, surtout dans l'état où était Ciel de Jade quand elle avait parlé.

— Est-ce qu'elle aurait pu dire le mot *kiichpan*, « magnifique » ?

Tonina n'en croyait pas ses oreilles. En se remémorant cette nuit fatale à la lumière de ses progrès en maya, elle réalisa qu'elle avait mal compris ce que disait Ciel de Jade.

— Oui, je crois. Qu'est-ce que cela veut dire ?

— Tonina, les mots « soleil magnifique » figurent dans la prière de confession !

— *Guay !* s'exclama Tonina en portant la main à sa bouche.

Kaan s'humecta les lèvres, gagné par l'émotion.

— Combien de temps a-t-elle parlé ? Seulement quelques instants ?

— Non. Elle parlait déjà quand je suis arrivée ! Quand je me suis agenouillée et que j'ai pris sa tête sur mes genoux, elle parlait toujours. Je ne comprenais pas ce qu'elle disait, je voulais juste la réconforter. J'ai appelé à l'aide et elle a beaucoup parlé pendant tout ce temps…

— Bénie soit notre Mère Lune ! L'âme de Ciel de Jade a été sauvée cette nuit-là ! Et aussi celle de mon fils !

— Je suis vraiment désolée, répéta Tonina.

— Désolée ? Mais pourquoi ? Pourquoi serais-tu désolée ?

— J'aurais dû te dire la vérité…

— Non, c'est ma faute. Tu as voulu me parler d'elle, mais j'ai refusé de t'entendre.

Il prit le visage de Tonina entre ses mains et dévora des yeux ses joues, ses sourcils, ses lèvres. Il mourait d'envie de goûter ces peintures à la noix de coco.

— Tu viens de m'ôter un énorme poids des épaules.

Ensorcelée par son contact, par sa passion brûlante, elle était pétrifiée.

— Je veux...

Le grand joueur, submergé par des émotions inconnues, étranges, ne trouvait plus ses mots. Il n'avait jamais ressenti une telle joie. L'exultation lui donnait l'impression de ne plus toucher terre, et il éprouva soudain le besoin intense de prouver sa reconnaissance à la jeune femme.

Il recula un peu et passa en revue la clairière luxuriante éclairée par la lune. Où étaient les trésors qu'il voulait déposer à ses pieds ? Les richesses abandonnées à Mayapan lui revinrent en mémoire : colliers de jade, bracelets d'ambre et autres anneaux d'or... comme il aurait voulu pouvoir les faire apparaître à l'instant !

Il s'immobilisa et son regard se posa sur Tonina, avec en toile de fond la mare ridée et la cascade scintillante. Je veux lui offrir la mer. Je veux lui offrir tous les océans du monde.

Il contempla cette fille qu'il avait d'abord considérée comme une punition des dieux, l'ovale de son visage, son nez fin, ses longs cheveux tressés de coquillages. Immensément soulagé, il se sentait empli d'allégresse, et bientôt, son intense sentiment de gratitude se mua en autre chose.

La réalité lui apparaissait tout à coup avec une grande clarté. Ciel de Jade était tirée d'affaire. Il était libre.

Son épouse occuperait toujours une place spéciale dans son cœur, il le savait. Sa vie durant, il chérirait sa mémoire, mais elle avait rejoint les dieux, à présent.

Tonina, elle, était bien là.

L'air humide était lourd des parfums de la vie et de la fertilité. Les fleurs exotiques pesaient sur leurs tiges fatiguées, offrant leurs pétales à la lune. Kaan sentit le désir s'éveiller en lui. Il réprimait depuis si longtemps son attirance grandissante pour cette fille qu'il en avait mal dans sa chair.

Tonina sentit son regard sombre peser sur elle. L'atmosphère changeait, fluctuait, comme une marée tiède et salée les entraînant, elle et Kaan, dans les courants voluptueux d'un lagon.

Son cœur battait la chamade. D'étranges signaux la taraudaient, des sensations physiques inédites, une souffrance suave, à la fois angoissante et exquise.

Ciel de Jade compterait toujours pour lui, mais elle ne se dressait plus entre eux. Son esprit avait rejoint les dieux, alors que Tonina, bien ancrée dans le monde des sensations et des plaisirs terrestres, était ici et maintenant.

Quand il s'approcha d'elle, elle se sentit défaillir. Elle crut que son cœur allait s'arrêter de battre.

— Ce miracle me stupéfie.

Il l'attira à lui en la dévorant des yeux et posa ses mains sur ses joues.

— Quel miracle ? chuchota-t-elle, noyée dans son regard, les joues brûlantes, la respiration heurtée.

— Cette nuit-là, quand j'ai trouvé Ciel de Jade morte en rentrant chez moi... Si mon chagrin ne t'avait pas émue, tu ne m'aurais pas menti, tu ne m'aurais pas raconté qu'elle était morte sur le coup. Et si tu m'avais dit la vérité, je n'aurais pas blasphémé. On ne m'aurait pas condamné au sacrifice du cenote. J'aurais pleuré ma femme et assisté à ses funérailles, et toi, tu aurais quitté Mayapan pour toujours. Il a suffi d'un seul petit geste de compassion de ta part et nous voilà ici ce soir, dans cet endroit étrange, ce monde qui n'a plus rien à voir avec celui que nous connaissons, et tous les deux bien différents de ce que nous étions naguère.

Il se pencha et l'embrassa délicatement sur le front, les joues, les lèvres. Il goûtait enfin au parfum de la noix de coco. Lorsque Tonina ouvrit les lèvres, la tendresse se mua en urgence et Kaan l'étreignit brutalement. Dans la moiteur de cette nuit complice, dans les odeurs grisantes de végétation et d'humus, Tonina s'accrocha à son cou comme à une planche de salut.

Il passa ses doigts dans la chevelure entrelacée de coquillages et sentit ceux de Tonina courir sur son dos tendu, ses cicatrices, ses muscles noués. Il lui caressa les seins sous la tunique de coton pendant qu'elle dénouait le lien de chanvre qui lui retenait les cheveux. Tonina eut le souffle coupé en voyant dégringoler sur les épaules et le dos du joueur cette lourde chevelure noire qui lui donnait un air sauvage, indompté.

La frénésie les gagna. Bouches soudées, pressés de se retrouver peau contre peau, ils arrachèrent leurs vêtements, dénouant ceintures et nœuds. Tonina glissa une jambe sur la cuisse musclée de Kaan, qui en profita pour explorer sa moiteur brûlante.

Elle se laissa tomber dans l'herbe en l'attirant à elle. Elle voulait sentir le poids du joueur, la pression, la force de son désir.

Allongé sur elle, Kaan l'embrassa à pleine bouche et retroussa sa jupe. Elle ferma les yeux, éperdue.

Il se redressa pour contempler son visage. Demain, c'en serait fini une fois pour toutes des peintures faciales.

Elle ouvrit les yeux et lui murmura en souriant :

— Ne t'arrête pas...

Il s'attaqua à sa ceinture et lui ôta sa jupe. Ses doigts rencontrèrent alors la cordelette de chanvre qui lui ceignait les hanches et qu'elle ne quittait jamais. Cet objet des îles orné de coquilles de cauris, Kaan en avait appris la signification.

— C'est ta première fois, n'est-ce pas ? lui demanda-t-il d'une voix rauque.

— Oui...

Il s'acharna en gémissant sur la cordelette. Il voulait l'arracher, explorer cette créature envoûtante, se perdre tout entier en elle.

Quand Tonina écarta les cuisses, Kaan se détacha d'elle dans un effort surhumain, en réprimant un cri de dépit.

Il ne pouvait pas bafouer l'honneur de Tonina. Il la respectait trop pour céder à son propre désir.

La douleur et la frustration l'envahirent quand il vit l'incompréhension dans les yeux de la jeune femme.

Tout en lui caressant les cheveux, il tenta de se convaincre qu'il n'aurait pas très longtemps à attendre. Du bout des doigts, il suivit la courbe de son menton, s'attarda sur le pouls qui battait à son cou. La route qui reliait Palenque à Mayapan était parfaitement sûre grâce aux soldats des potentats locaux, et aucune montagne ne se dressait entre les deux villes. Ils seraient de retour à Mayapan dans une vingtaine de jours, pas plus. Kaan y ferait exécuter au temple de Kukulcan le sacrifice qui marquerait la fin de sa période de deuil. Avant de goûter à nouveau aux plaisirs de la vie, il devait montrer autant de respect à Tonina qu'il en montrait à Ciel de Jade.

Il la couvrit de baisers doux et tendres, sur les lèvres, les sourcils et les lobes de ses oreilles, et prononça ces mots détestables :

— Nous devons patienter encore un peu.

Il aurait tant voulu pouvoir enfreindre l'intransigeant code d'honneur qui régissait toute son existence. Hélas, Tonina était vierge, et selon la loi et les mœurs mayas, il devrait attendre leur mariage pour la posséder.

— Nous repartons demain matin. Dès notre arrivée à Mayapan, je me rendrai au temple de...

Elle le coupa :

— À Mayapan ?

— Ma quête est terminée, Tonina. Je peux rentrer chez moi, à présent.

Les quelques mots qu'il avait prononcés longtemps auparavant, à Mayapan, revinrent soudain à la mémoire de la jeune fille : « Je vais à Teotihuacan et tu dois venir avec moi. »

Il ne pensait décidément qu'à lui.

— Mon voyage à moi n'est pas terminé, lui répondit-elle, profondément blessée.

Elle se releva et remit de l'ordre dans sa tenue.

— Et pourquoi dois-tu absolument retourner à Mayapan ?

Elle connaissait déjà la réponse, et la redoutait.

Kaan se remit debout à son tour et la dévisagea.

— Tu sais très bien que je dois rentrer ! Je dois retrouver les hommes du consortium. Tout crime réclame vengeance. L'honneur l'exige.

— Je croyais que tu avais...

— Changé d'idée ? La résurrection de l'âme de ma femme m'obsédait. Maintenant que ce problème est réglé, je dois me consacrer à ma vengeance. Tant que ses meurtriers ne répondront pas de leur crime, je ne trouverai pas le repos, dit-il avant d'ajouter : Mais nous nous marierons là-bas, Tonina. Il n'y en a plus pour très longtemps.

Elle garda le silence un long moment. Les nuages jouaient toujours à cache-cache avec la lune, et les bruits de la jungle étaient assourdissants. Oiseaux de nuit, singes et cigales rivalisaient d'effort dans leur concert nocturne, au point de couvrir le chant de la cascade.

Tonina s'efforça de maîtriser ses émotions.

— Kaan, je ne peux pas retourner tout de suite à Mayapan, finit-elle par déclarer. Je dois retrouver les miens, je n'ai pas le choix. La personne qui m'a mis ce médaillon au cou savait que je m'en servirais un jour pour retourner dans mon pays. Je retrouverai mon peuple. Il est peut-être tout près, de l'autre côté de cette colline, qui sait ! Je ne peux pas renoncer maintenant.

— Tu pourrais chercher pendant des années et ne jamais les retrouver ! protesta-t-il d'un ton enflammé en la prenant par les épaules. Il y a des gens qui peuvent t'aider à Mayapan : des archivistes, des historiens, des marchands qui parcourent le pays en long et en large. Rentre avec moi, Tonina.

Elle leva vers lui des yeux suppliants.

— Oh, Kaan, pourquoi ne viendrais-tu pas avec moi, toi ? La vengeance ne t'apportera rien de bon !

— Ma femme a été assassinée et ses meurtriers courent toujours. Je dois veiller à l'application de la loi.

Alors même qu'il prononçait ces mots, Kaan en entendit d'autres qui lui chuchotaient une vérité plus profonde, une vérité qu'il ne souhaitait pas entendre. Palenque marquait la limite occidentale de l'influence maya. Au-delà s'étendait une vaste région de montagnes, de lacs, de plaines côtières et de vallées, une région sans fin, selon la rumeur. Une région occupée par d'innombrables tribus totalement ignorantes des us et coutumes mayas. Et l'une de ces tribus était la sienne, lui avait appris sa mère. Ce qui l'effrayait à l'idée de voyager dans ces contrées, c'était de devoir abandonner son identité maya, la seule qu'il connaissait.

Une autre crainte le taraudait, encore plus secrète, encore plus terrifiante : et si les siens étaient vraiment des barbares sans dieux ?

« Va-t'en, lui souffla son esprit. Éloigne-toi à toutes jambes de ce lieu et de l'influence de cette fille, et tu resteras Kaan le joueur de balle maya. »

Il contempla les lèvres humides de Tonina. La prendre tout de suite pour éteindre le feu de son désir ? Impossible ! Cette femme ne pouvait être seulement une réponse aux exigences de la chair. Son envie d'elle était autant spirituelle que physique. Il la voulait entièrement. Trouver son plaisir avec elle n'apaiserait pas le feu qui l'embrasait. Bien au contraire, cette nouvelle intimité ne ferait qu'attiser les flammes et le consumer davantage.

Il pensa à la révélation merveilleuse qu'elle venait de lui faire : Ciel de Jade et son fils étaient sauvés ! Cette nouvelle lui laissait pourtant une légère amertume. Il approcha son visage de celui de Tonina, et ses doigts se crispèrent sur les bras de la jeune femme.

— J'ai compris, lui dit-il tout bas d'une voix tendue par le chagrin. Je n'ai pas le droit de t'aimer. Je n'ai pas droit au bonheur. Telle est la volonté des dieux. Ciel de Jade m'avait supplié de rester auprès d'elle, mais j'ai choisi de partir à la recherche de Balám. Je suis le seul à blâmer. Un autre l'a assassinée, mais moi seul suis responsable de sa mort et je dois en payer le prix.

Tonina plongea le regard dans les yeux tourmentés de Kaan et sut que, s'il l'embrassait maintenant, s'il ne faisait même que frôler ses lèvres, sa reddition serait totale. Elle avait faim de lui comme elle n'avait jamais eu faim de personne. Et, dès qu'elle se serait donnée à lui, elle le suivrait au bout du monde, lui sacrifiant sa propre destinée.

Un profond sens moral guidait les actions de cet homme, comprit-elle, un lancinant besoin que justice soit faite. C'était d'ailleurs là sa force. À Ixponé, quand il avait pris la défense des vendeurs d'ananas, elle en avait constaté l'efficacité. Mais cette exigence était également sa plus grande faiblesse, car, comme toute obsession, elle pouvait le détruire.

Elle était en larmes quand elle lui déclara :

— Je ne retournerai pas dans l'Est. Cela ne me servirait à rien. Je n'ai revu nulle part les motifs brodés sur ma couverture de bébé, ni à Uxmal ni à Mayapan. On m'a conseillé de chercher plus à l'ouest, au-delà de Palenque, voire même plus loin encore. Il est de mon devoir de retrouver les miens, Kaan.

Leurs regards se rivèrent l'un à l'autre pendant quelques instants lourds de sens. Les nuages s'écartèrent, la lune inonda la clairière, et Kaan lâcha les épaules de Tonina.

— Dans la matinée, je me mettrai en route pour Mayapan. Je délogerai tous les membres du consortium, l'un après l'autre s'il le faut, et je leur ferai payer leur crime. Quitte à y consacrer le reste de mon existence.

## 48

Au coucher du soleil, Balám s'était adressé à ses hommes :
« Aiguisez vos lances. Le moment du combat approche. »
En cette heure sombre précédant l'aube, tout le monde dormait sauf le prince d'Uxmal. Les nouvelles surprenantes de la veille au soir le troublaient. Kaan lui avait appris que le pèlerinage devenait inutile : l'âme de Ciel de Jade n'allait pas disparaître.
« Je repars pour Mayapan à l'aube », avait conclu Kaan, lugubre.
Balám n'eut aucun mal à proférer un gros mensonge :
« Alors c'est ici que nos chemins se séparent, mon frère. Car je me rends à Teotihuacan, où je prierai pour le salut de mon âme et pour supplier les dieux de me rendre ma fille bien-aimée. »
Il avait renoncé à voler le livre d'Ixchel dans sa couverture emplumée. La vieille femme était bien trop entourée.
Kaan ne lui apprit rien des intentions de la fille des îles ni du sort des centaines de personnes qui les

avaient suivis. Il ne lui avait pas dit grand-chose, en fait, ce qui éveilla sa curiosité. Que s'était-il passé ? Certes, il n'en avait cure mais il tenait absolument à savoir où serait Kaan le lendemain vers midi. C'était l'heure où il comptait mettre son nouveau plan à exécution.

Alors qu'il réveillait discrètement ses hommes et leur enjoignait de se préparer en silence à quitter Palenque avant le lever du soleil, le prince d'Uxmal en disgrâce revécut la vision aveuglante d'Ixponé, lorsque sa mère lui avait murmuré : « Tu peux trouver la rédemption, mon fils. Si tu reviens en vainqueur, si tu entres triomphalement à Uxmal à la tête des captifs et des esclaves que tu auras pris à ton ennemi, tu te rachèteras aux yeux des dieux et des hommes et tu gagneras le droit d'exiger le retour de ta fille. »

En cet après-midi fatidique sur la petite place du marché, ces mots de la mère avaient transfiguré le fils. Au moment où ils retentissaient dans sa tête, le calme l'avait envahi, une lumière blanche l'avait inondé et une vision stupéfiante s'était imposée à lui : il marchait à la tête d'une armée dans les rues d'Uxmal, une armée précédant les prisonniers enchaînés qu'il allait offrir à son roi. Car telle était la destinée que lui réservait Buluc Chabtan, dieu de la mort violente. Il savait enfin pourquoi il était né ! Depuis ce jour, pendant le long périple vers Palenque, Balám avait accumulé à l'insu de tous troupes et richesses. Et il savait déjà qui seraient les captifs...

Kaan et les centaines de personnes qui le suivaient aveuglément !

Les royaumes mayas guerroyaient de moins en moins les uns contre les autres, et les victimes pouvant être sacrifiées se faisaient rares. Pour l'oncle de Balám, ces captifs auraient plus de valeur que tout le jade et l'or du monde. Il récompenserait son neveu en lavant son honneur et en lui garantissant le droit de réclamer sa fille auprès de n'importe quel acheteur. Balám était persuadé du succès de son plan. S'il quittait Palenque avant l'aube et montait une embuscade sur la Route Blanche, il prendrait Kaan et ses hommes par surprise. Ce ne serait pas une vraie guerre, certes, mais un combat tout de même. Et ses guerriers, comme tous les soldats du monde, exagéreraient par la suite le récit de la bataille, la transformant ainsi en un affrontement grandiose et respectable.

Il allait bientôt retrouver Ziyal.

À Palenque, les préparatifs de départ battaient leur plein, et le Chauve observait son maître de sous ses sourcils broussailleux. Kaan se montrait froid et distant ce matin, comme la brume suspendue dans l'antique cité. Le joueur de balle semblait n'éprouver aucune émotion, alors qu'il aurait dû exulter. Le Chauve avait appris que son épouse avait bel et bien récité la prière de confession avant sa mort. Son âme était sauvée. Tout le monde se réjouissait pour lui, et il aurait dû se réjouir, lui aussi ! Bizarrement, ce n'était pas le cas.

Peut-être parce qu'il repartait pour accomplir une vengeance, se dit le Chauve en roulant les derniers hamacs pour les sangler sur son dos velu. Kaan n'était pas d'un naturel violent. Ce n'était pas un tueur, et cependant il lui faudrait le devenir s'il voulait venger la mort de sa femme.

Il repéra Tonina de l'autre côté du campement enfumé. La jeune femme rassemblait ses affaires avec des gestes brusques, sans parler à personne. L'humeur morose de Kaan était peut-être due au fait que leurs chemins allaient se séparer…

Ce matin, les deux amis n'avaient pas échangé un mot alors qu'ils avaient dormi près du même feu de camp. Et ils avaient une mine épouvantable, comme s'ils n'avaient pas fermé l'œil de la nuit. Palenque n'était desservie que par une seule piste qu'ils seraient obligés d'emprunter de concert, mais une fois dépassé la dernière stèle, ils poseraient le pied sur la Route Blanche. Là, Tonina et son petit groupe prendraient la direction de l'ouest, laissant Kaan et ses compagnons repartir vers l'est sans eux. Il y avait quelque chose entre Tonina et Kaan, le Chauve en était convaincu. En réalité, ils ne voulaient pas se quitter, mais ils n'avaient pas le choix.

Le Chauve poussa un soupir et signala à sa jeune épouse qu'il était prêt. Il renonçait à comprendre ce qui troublait le cœur de son maître. Les démons d'un homme ne regardaient que lui.

La grande majorité des innombrables pèlerins qui les suivaient depuis Copan avait choisi de rester à Palenque. Beaucoup étaient trop faibles, trop fatigués ou trop malades pour reprendre la route, et beaucoup d'autres ne voyaient pas l'intérêt de retourner à Mayapan ou de poursuivre l'aventure avec Tonina. Au moins, à Palenque, il y avait cette vieille femme incroyablement chanceuse. Vivre dans son ombre guérirait peut-être les malades et les blessés, ramènerait les maris infidèles, stimulerait la fertilité…

H'meen expliqua à Tonina qu'elle avait décidé de rester :

— Ixchel a souffert de toutes les années passées dans cette caverne. Elle a besoin que quelqu'un s'occupe d'elle et la soigne.

L'herboriste avait considérablement enrichi ses connaissances et sa collection d'herbes médicinales. Pour faire tomber la fièvre, elle utilisait l'écorce du quinquina, contre les maladies de cœur, les feuilles de la digitale pourpre, pour traiter l'arthrite, les racines de l'igname. Les gens venaient la consulter pour les maux de tête ou d'oreilles, les gênes respiratoires, les problèmes digestifs, les menstrues irrégulières et l'impuissance. Toutes ces affections, elle les traitait par les plantes, en s'aidant de ses amulettes, formules magiques et autres prières. Elle espérait bien rendre la vigueur et offrir quelques années de vie supplémentaires à cette pauvre femme qui avait passé sous terre la plus grande partie de son existence.

H'meen poursuivit ses explications :

— Cette dame âgée pourra sans doute m'apprendre énormément de choses. Au cœur de sa sagesse et de son savoir infinis se cache peut-être le remède à la maladie qui m'affecte, mon vieillissement accéléré. Je te remercie de m'avoir ouvert les portes du monde, Tonina. Je ne regrette pas de t'avoir suivie, même si je devais mourir demain.

Elle allait lui manquer, cette étrange enfant vieillie, cette adolescente de quinze ans en apparence aussi âgée qu'Ixchel. Les deux jeunes femmes s'étreignirent et se souhaitèrent bonne chance.

En privé, Tonina demanda au Borgne de rester auprès d'Ixchel et de H'meen au moins pour quelque temps, et il accepta bien volontiers. Il était las de ces voyages incessants, de cette vie à la dure. L'idée de se fixer un peu lui plaisait assez. En outre, des femmes arrivaient de toutes les fermes des environs pour recevoir la bénédiction d'Ixchel et le petit homme se retrouvait à nouveau objet de l'attention générale ; car un nain borgne ayant survécu à l'attaque d'un jaguar portait triplement chance.

Le nain grimpa donc sur un muret pour embrasser Tonina et lui faire des adieux larmoyants. Il savoura quelques instants la sensation des bras de la jeune femme autour de lui et la chaleur de sa poitrine contre son torse, et se jura qu'il l'aimerait toujours.

— Vous savez ce que vous avez à faire !

Au bout de la piste, à l'endroit où elle rejoignait la Route Blanche est-ouest, Balám haranguait ses cousins et ses hommes, embusqués derrière les arbres et les fourrés. Le piège était prêt à se refermer. Le soleil perça la brume, et le prince plissa les yeux.

— Rappelez-vous ! Je veux le moins de sang possible ! Nous devons les prendre vivants, en particulier Kaan et Tonina ! Vous avez compris ?

Ses cousins obtempérèrent avec bonne humeur. Les jeunes gens excités étaient pressés d'en découdre. Leurs lances semblaient prêtes à répandre le sang de l'ennemi, et dans quelques jours à peine, ils goûteraient le triomphe d'une entrée héroïque à Uxmal.

Deux groupes quittèrent Palenque, le premier imposant, l'autre ridiculement petit.

Personne n'avait voulu partir avec Tonina. A quoi bon ? Elle se dirigeait droit vers l'ouest ! Elle allait se heurter aux montagnes enneigées du Chiapas, et il n'y avait rien pour eux là-bas. En revanche, ils furent nombreux à vouloir suivre Kaan, soit parce que Mayapan leur manquait, soit parce qu'ils étaient poussés par la curiosité ou par l'espoir de changer de vie.

Tonina ne voyagerait pas seule, cependant. À la demande de Kaan, quelques hommes du coin avaient accepté d'accompagner la fille des îles dans les montagnes, des guides de confiance qui connaissaient bien la région et en parlaient le dialecte. Kaan les estimant trop peu nombreux, il finit par donner l'ordre au Chauve et à sa bande de faire escorte à Tonina, tant qu'elle aurait besoin de leur protection. Peu importait le temps qu'ils y passeraient. Sur les Neuf Frères, qui n'étaient plus que cinq, trois étaient mariés. Leurs épouses ayant refusé de les suivre en territoire hostile, elles se joignirent donc au groupe de Kaan, en partance pour Mayapan.

Les gens s'étant fait leurs adieux, les embrassades émues ayant pris fin, le départ eut enfin lieu. À la tête de leurs deux groupes encore mélangés, Kaan et Tonina traversèrent en silence la forêt côtière. Tonina n'osait pas regarder l'homme qui marchait à côté d'elle. Elle savait que sa décision ne tenait qu'à un fil bien fragile. *Si tu me demandes de venir avec toi, je le ferai.* Kaan progressait à longues foulées décidées, perdu dans le souvenir du jour où Tonina l'avait encouragé à la rejoindre dans les eaux du lac Peten, près de Tikal. *Tends-moi les mains comme ce jour-là, et je ferai ce que j'ai fait alors : je te donnerai les miennes et me laisserai guider où tu voudras.*

— Ils arrivent, mon seigneur ! s'écria l'éclaireur de Balám, tout excité.

Le prince d'Uxmal, disciple zélé du sanguinaire Buluc Chabtan, empoigna sa lance et sourit d'un air sinistre. L'heure de sa délicieuse vengeance était venue.

Il y avait quelque chose d'étrange chez Ixchel.

H'meen n'arrivait pas à mettre le doigt sur ce qui la perturbait. Elle avait eu cette sensation dès qu'elle avait posé les yeux sur la femme aux cheveux blancs. C'était là-haut, sur la colline, le jour où la prisonnière en larmes avait remercié tous ceux qui l'avaient secourue. Même aujourd'hui, quand Ixchel évoquait son jardin sous terre, H'meen ne pouvait se débarrasser du sentiment que quelque chose ne tournait pas rond.

Sous le soleil éclatant, la brume matinale s'était dissipée. Les nuages ne tarderaient pas à faire leur apparition, suivis par l'inévitable averse. Les amis de H'meen ayant quitté la ville plus tôt dans la matinée, elle avait pris ses quartiers dans la maison d'Ixchel. Toutes deux se partageaient un bouillon nourrissant. L'oiseau-quetzal, qui avait préféré son amie à la liberté, picorait joyeusement un fruit sur son perchoir, et Poki, gras et repu comme jamais, sommeillait sur une vieille couverture imprégnée d'odeurs de caverne. À la demande de Kaan, le Chauve et ses hommes étaient allés récupérer les biens d'Ixchel, et toutes les affaires auxquelles elle s'était habituée durant sa longue captivité meublaient à présent sa maison de pierre.

H'meen tendit à son hôtesse une calebasse de soupe brûlante.

— Honorable dame, comment êtes-vous parvenue à faire pousser un jardin aussi merveilleux sur une terre aussi pauvre et aussi chichement éclairée ?

Ixchel porta le bol à ses lèvres et en but délicatement une gorgée. Le goût était divin.

— L'ouverture en haut de la grotte laissait passer juste assez de lumière chaque jour pour permettre la croissance des plantes qui se plaisent dans la pénombre ou même l'obscurité totale. Et, bien sûr, j'avais de l'eau à volonté. Dans le lagon, je pêchais des petits poissons de rivière que j'utilisais comme engrais.

H'meen regarda Ixchel mâcher un morceau d'oignon. Les yeux fermés, la vieille femme savourait un parfum oublié depuis des années.

— Honorable Ixchel, pardonnez ma question. Pourquoi le roi vous a-t-il enfermée dans cette grotte ?

Ixchel revint sur terre, dans la petite maison, avec cette fille étrange qui paraissait beaucoup plus âgée qu'elle ne l'était en réalité. Elle jeta un coup d'œil au paquet enveloppé de plumes qu'elle gardait toujours près d'elle.

— Pac Kinnich voulait une chose qui appartenait à ma famille. Il a menacé de nous tuer tous. Il m'a dit qu'il tuerait Cheveyo, mon époux bien-aimé, si je ne lui remettais pas le livre sacré que nous nous transmettons depuis des générations.

Une ombre survola le petit logis de pierre, masquant le soleil, annonciatrice de la tempête à venir. Ixchel oublia sa soupe au souvenir de cet événement douloureux.

— L'Année des Cinq Ouragans. Je m'en souviens. Pac Kinnich était un homme diabolique. Quand ma famille s'est enfuie, il a truffé les collines à l'ouest de pièges que les chasseurs utilisent pour attraper les tapirs et les cerfs, ceux qui sont équipés de pointes acérées. Il espérait que nous tomberions dedans...

Tout en ajoutant herbes et épices à la marmite de soupe, H'meen écoutait avec attention le récit de sa nouvelle amie. Celle-ci lui raconta que sa famille ayant eu vent des pièges, ils avaient dû fuir dans différentes directions. Depuis ce jour, elle n'avait jamais retrouvé son bien-aimé Cheveyo.

H'meen leva soudain les yeux et se figea. Elle cilla une ou deux fois en regardant la vieille femme, puis poussa un cri à la grande frayeur de Poki. Le petit chien se redressa sur ses pattes et se mit aussitôt à japper.

— Qu'y a-t-il ? demanda Ixchel, interloquée.

— Il faut les arrêter ! s'exclama la jeune fille en se levant d'un bond. Le Borgne ! Où es-tu ?

Il arriva en courant.

— Il y a un problème ?

— Nous devons transmettre un message à Tonina ! Il faut absolument qu'elle revienne !

— Qu'elle revienne ? Mais ce n'est pas possible ! À cette heure-ci, ils ont sans doute rejoint la Route Blanche !

— Envoie-leur des messagers ! Fais vite ! lui enjoignit H'meen en le poussant vers la porte.

Ixchel reposa son bol. Elle venait de comprendre où l'herboriste voulait en venir.

— Tu penses que les pièges sont encore là ?

— Aucun messager ne pourra les rattraper, protesta le Borgne.

Les pièges ? De quoi parlaient-elles, bon sang ?

— Le ciel se couvre ! ajouta-t-il. Il va bientôt pleuvoir et la piste va se transformer en rivière ! Le temps d'envoyer quelqu'un...

— Mais c'est urgent, le Borgne ! insista H'meen, au bord de l'hystérie.

— Je ne sais pas comment...

Ixchel le coupa :

— La tour...

Ils se tournèrent vers elle.

Elle se releva péniblement.

— Si elle est toujours là, nous pourrons envoyer des signaux aux voyageurs.

— Où est cette tour ? lui demanda le Borgne.

— Je vais te montrer.

À la limite de la cité, une haute structure de bois dominait les arbres les plus grands de la forêt tropicale. Ixchel désigna l'endroit où la tour disparaissait dans les branches.

— Tout en haut, il y a un miroir d'obsidienne. On l'a installé il y a longtemps, pour signaler l'arrivée des envahisseurs. Quand le miroir est placé dans l'axe du soleil, on peut renvoyer ses rayons vers ceux qui sont en bas, dans la plaine, pour les prévenir qu'ils doivent aller se réfugier dans la cité.

Elle se tut et tous trois levèrent les yeux vers le ciel qui se couvrait. C'était typique de cette période de l'année : d'abord, les brumes matinales s'étaient évaporées, laissant place à un grand soleil, puis, vers le milieu de la journée, les nuages avaient commencé à s'amonceler, et à présent l'averse menaçait. Il fallait absolument accéder au miroir et l'orienter avant que le soleil ne cesse de dispenser sa lumière.

Une petite troupe s'était rassemblée au pied de la tour de guet branlante. Quelques vieux fermiers, qui se souvenaient du fonctionnement du miroir, leur expliquèrent qu'il fallait un homme costaud doté d'une très bonne vue, car la surface d'obsidienne devait être orientée avec précision pour que le signal soit aperçu sur la piste.

Un grand gaillard se porta volontaire, mais dès qu'il empoigna le premier échelon, la tour émit un sinistre craquement.

— Arrête ! lui lança H'meen. Elle ne supportera pas ton poids. Je vais y aller.

— Madame, vous ne pourrez pas bouger le miroir. Il est très lourd, protesta le fermier aux gros bras.

H'meen se mordit la lèvre. Si Ixchel avait dit vrai, il était vital de rappeler Tonina. Mais dès que la pluie se mettrait à tomber, on n'aurait plus aucune chance de la prévenir. Et une fois qu'elle se serait engagée dans les collines du Chiapas, sa trace serait perdue pour de bon. C'était maintenant ou jamais.

Quand le Borgne vit la peur et l'inquiétude sur le visage de son amie, il décida sans plus réfléchir de se dévouer. Avec un aplomb qu'il était loin d'éprouver, il déclara :

— Je vais monter. La tour supportera mon poids et mes bras sont assez forts pour actionner le miroir.

— Mais il faut une bonne vue ! insista le fermier. Et deux yeux, si possible ! Si tu vises mal, ils ne verront jamais le signal !

Le Borgne songea à la vie confortable qu'il comptait mener dans ce paradis où un nain borgne pouvait être roi. Il allait mettre son fabuleux destin en danger pour une bonne cause, et c'était pour lui une chose nouvelle. S'il voulait grimper en haut de la tour pour prévenir Tonina, il lui fallait leur révéler son secret. Et dès que ce serait fait, il pourrait faire une croix sur sa belle vie à Palenque.

Bah, la jeunesse n'a qu'un temps et on ne vit qu'une fois. Et cette vie-ci est la seule que j'aie, pensa-t-il. Il dénoua le ruban qui ceignait sa tête et ôta son bandeau.

— Ma vue est excellente, avoua-t-il.

L'assemblée se bouscula pour voir cet œil parfaitement fonctionnel dont l'iris brun les fixait.

Le petit homme avait eu l'idée de ce stratagème bien longtemps auparavant, dans une ville où les nains étaient si nombreux qu'ils avaient fondé leur propre guilde et ne suscitaient que peu d'intérêt. L'astucieux marchand des îles s'était dit : Un nain borgne qui aurait survécu à la perte d'un œil, ça, ce serait un sacré veinard !

Consciente de la portée de son sacrifice, H'meen lui frôla le bras en disant :

— Que les dieux te bénissent.

Le Borgne entama son escalade en priant pour qu'il ne soit pas trop tard ; dans le cas contraire, son sacrifice aurait été inutile.

Kaan et Tonina n'étaient plus très loin de la Route Blanche, qui conduisait directement à Mayapan, à l'est. Tonina partirait dans la direction opposée et s'engagerait très vite sur les pistes traversant les forêts de pins du Chiapas.

Le moment de se dire adieu était venu, et les deux jeunes gens se tournèrent l'un vers l'autre, émus et accablés. Caché non loin, Balám leva le bras pour donner le signal de l'attaque.

Le Borgne maudissait sa petite taille.

Au sommet de la tour, il eut un peu de mal à retrouver son équilibre, ne s'étant jamais de sa vie autant éloigné du sol. Il faisait maintenant tout son possible pour atteindre le bord du miroir à signaux, une énorme dalle d'obsidienne. Le vent soufflait méchamment à cette altitude où on ne pouvait plus compter sur la protection des arbres. La tour se balançait et le petit homme faillit perdre l'équilibre.

Il se dressa sur la pointe des pieds et étira les bras au maximum en maudissant les Mayas et leur obsession des miroirs, tous les Mayas en général, ainsi que sa galanterie, qui l'avait amené à se porter volontaire pour cette mission suicide.

Finalement, il s'assura une petite prise sur le disque lourd et glissant... *Guay !* Le soleil s'était caché derrière un gros nuage et la première goutte de pluie tomba.

Le cœur de Kaan cognait dans sa poitrine quand il prit les mains de Tonina dans les siennes et plongea son regard dans celui de la jeune femme. Leurs compagnons faisaient mine de regarder ailleurs.

— Que les dieux te gardent, Tonina. Je prierai pour que tu retrouves ta famille, dit-il d'un ton rauque en luttant pour rester maître de lui.

La jeune femme voulut parler à son tour, mais elle ne put articuler un mot, comme changée en statue de pierre.

Au moment où Balám allait baisser le bras, le Chauve s'exclama :

— Qu'est-ce que c'est que ça ?

Ils se tournèrent tous vers cette lumière aveuglante, au-dessus des arbres, près de la cité.

Kaan fronça les sourcils.

— Qu'est-ce que c'est ?

— C'est un signal d'alarme, maître ! lui expliqua l'un des guides de Tonina. Il doit se passer une chose terrible dans la cité ! Nous devons y retourner !

— Y retourner ? Mais pourquoi ? protesta Tonina.

Deux de ses guides repartaient déjà en courant, et le troisième leur cria :

— Il y a un problème ! Il faut faire demi-tour !

Kaan demanda au Chauve de rester sur place avec le gros de la troupe, puis il prit Tonina par le poignet. Tous deux repartirent à toutes jambes vers Palenque.

Le Borgne s'acquitta de son mieux de sa mission puis redescendit de la tour avant que la pluie ne s'aggrave. Les gens ne manqueraient pas de l'accabler de reproches maintenant qu'ils connaissaient sa petite supercherie, mais à sa grande surprise, c'est une foule enjouée qui l'accueillit. Les femmes se pressaient autour de lui en le traitant de héros et les hommes louaient sa bravoure à coups de grandes tapes dans le dos.

La joyeuse procession rentra en ville sous une averse tiède. Tout le monde se rassembla chez Ixchel en attendant le retour de Kaan et Tonina, et H'meen fit circuler à la ronde des calebasses de soupe. Du *pulque* et des cigares firent également leur apparition. Quant au Borgne, il savourait sa nouvelle notoriété.

— Comme tu es intelligent, lui dit H'meen, le cœur débordant de fierté et d'amour, avant d'ajouter en plaisantant : Et bientôt, tu vas nous raconter que tu n'es pas vraiment nain ?

Trempé, à bout de souffle, Kaan entra le premier dans la cour.

— Que se passe-t-il ? Qu'est-il arrivé ?

Tonina arriva juste après lui, tout aussi essoufflée et dégoulinante de pluie. En apercevant le Borgne, elle haussa les sourcils.

— Où est ton bandeau ?

Il n'eut pas le temps de répondre. Ixchel s'était déjà lancée dans des explications :

— Les collines sont truffées de pièges mortels, placés là il y a bien longtemps par un roi malfaisant. Nous devions vous prévenir ! Mais venez donc vous sécher près du feu !

Ils s'assirent autour du petit foyer. Dehors, il pleuvait toujours, mais les gens n'étaient pas rentrés chez eux. Serrés les uns contre les autres sous leurs capes imperméables, ils tenaient à savoir pourquoi les deux jeunes gens étaient revenus.

Comment aider Kaan et Tonina ? se demandait Ixchel. Elle ignorait tout des pièges de Pac Kinnich.

— Le roi m'a fait prisonnière puis m'a forcée à descendre dans cette caverne, sans aucun moyen d'en sortir, reprit-elle d'une voix douce. Tous les jours, il venait me demander par l'ouverture du dôme où j'avais caché le livre sacré. Il me procurait des vivres et des vêtements parce qu'il voulait que je survive, que mon existence dans ce tombeau se prolonge le plus longtemps possible. Et puis un jour, il a interrompu ses visites, et je n'ai plus jamais eu de nouvelles de lui. C'était il y a très, très longtemps.

— Honorable Ixchel, racontez-leur le début de l'histoire, avant votre capture, lui suggéra gentiment H'meen.

— Comme ma famille refusait de lui céder notre livre sacré, ce roi a fait assassiner mes parents et mes sœurs. Cheveyo et moi, nous avons alors décidé de fuir, mais, d'abord, nous sommes allés cacher le livre dans le Temple du Temps. Hélas, nous avons été séparés pendant notre fuite, et je n'ai jamais revu Cheveyo. J'ignore où il se trouve. Pac Kinnich s'était lancé à ma poursuite, et j'ai fui vers l'est avec quelques amis loyaux. Jusqu'au bout de la terre !

Ixchel dévisagea ses compagnons.

— Tout cela n'est pas très intéressant, poursuivit-elle. H'meen vous a rappelés parce qu'il y a des pièges dans les collines, sauf que je ne sais absolument pas où ils sont.

H'meen insista aimablement :

— Honorable Ixchel, pourriez-vous leur raconter le reste de votre histoire ? Ce que vous m'avez révélé sur votre fuite jusqu'au bout de la terre, pendant que nous mangions notre soupe ?

— Je savais que si le roi me capturait, il s'en prendrait à mon enfant pour me forcer à lui révéler où se trouvait le livre. Je me suis donc enfuie vers l'est, vers ce lieu mythique où le grand dieu Quetzalcóatl a pris la mer sur son radeau de serpents. Une fois là-bas, j'ai tressé une petite arche de roseaux – je suis d'une famille de vanniers – pour confier ma petite fille à la mer, mon bébé... Dans mes prières, j'ai supplié les marées, les vents et les courants de la mener au pays de Quetzalcóatl, et j'ai supplié le dieu de prendre soin d'elle pour me la rendre un jour.

Tonina laissa échapper un cri. Elle dévisagea Ixchel quelques instants, chercha le cordon à son cou et tendit le médaillon à la vieille femme en lui demandant d'un ton prudent :

— Honorable dame, avez-vous déjà vu ceci ?

Ixchel examina l'amulette ronde à la clarté des flammes.

— Bénis soient les dieux ! J'ai placé ce collier au cou de mon bébé avant de le confier à la mer ! Où l'as-tu trouvé ?

Tonina jeta un regard à ses trois amis avant de lui répondre :

— Il y a vingt et un ans, sur une île lointaine, un couple âgé a découvert un panier échoué dans une forêt de mangroves. Des dauphins avaient poussé le panier jusqu'au rivage. À l'intérieur, il y avait une petite fille, qui portait ce collier.

Les yeux de la vieille femme étaient braqués sur elle.

— Ce bébé, c'était moi, conclut Tonina d'un ton doux. J'étais enveloppée dans une couverture – elle sortit d'une main tremblante la petite étoffe de son paquetage – et quelqu'un m'a dit que ces broderies pourraient me conduire à mon peuple.

Les yeux écarquillés, la femme aux cheveux blancs prit le petit carré de coton. Elle reconnut immédiatement les motifs de l'ourlet, car elle avait brodé ces points de ses propres mains. Ixchel releva la tête.

— J'étais enceinte quand j'ai brodé cette couverture. Est-ce possible ? Es-tu ma petite Malinal ?

## 49

Tout le monde en resta sans voix. Sidérée, Tonina ne quittait plus des yeux la femme aux cheveux blancs sur lesquels jouaient les reflets du feu.

— Voilà pourquoi je voulais que tu reviennes, Tonina, lui dit H'meen. Pas à cause des pièges dans la colline, mais parce que, quand j'ai entendu cette histoire incroyable, j'ai compris que tu étais probablement ce bébé.

Kaan intervint :

— Pardonnez-moi cette question… L'honorable Ixchel n'est-elle pas trop âgée pour être la mère de Tonina ?

H'meen se tourna vers Ixchel.

— Quand nous avons mangé ensemble, honorable mère, quelque chose m'a intriguée chez vous : votre dentition parfaite, malgré votre âge. Et si vous n'étiez pas aussi vieille que nous le pensions ? Honorable Ixchel, quel âge aviez-vous quand Pac Kinnich vous a exilée sous terre ?

— J'entrais dans mon dix-neuvième été.

— Et en quelle année le roi vous a-t-il condamnée ?

— En l'An des Cinq Ouragans.

— Honorable Ixchel, les Cinq Ouragans se sont succédé il y a vingt et un ans, ce qui voudrait dire que vous n'avez que quarante ans.

— Grand Lokono ! souffla le Borgne.

— Je me souviens, dit Kaan en regardant Tonina, stupéfait. L'Année des Cinq Ouragans… J'avais six ans. C'était effectivement il y a vingt et un ans.

Ixchel fronça les sourcils.

— Mais regardez-moi… Je suis une vieille femme !

— À mon avis, c'est parce que vous avez vécu des années dans l'obscurité en consommant une nourriture quasiment privée de soleil, suggéra H'meen. Votre vieillissement n'est pas naturel. Tout comme le mien.

— C'est donc vrai ? Tu es ma fille ? s'écria Ixchel en se tournant vers Tonina d'un air émerveillé. Quand les hommes de Pac Kinnich partis à ta recherche en canoë sont revenus, ils m'ont raconté que tu t'étais noyée. Ils m'auraient donc menti ?

Ixchel éclata en sanglots et se cacha le visage dans les mains. Tonina se précipita vers elle.

Trop émues pour parler, la mère et la fille pleurèrent quelques instants dans les bras l'une de l'autre. Le Borgne renifla et se frotta le nez – sa mère à lui était sans doute morte depuis longtemps –, et Kaan s'essuya les yeux au souvenir de ses adieux à la sienne dans les cuisines du palais.

Le regard d'Ixchel s'arrêta soudain sur le paquetage ouvert de Tonina.

— Quel prodige… murmura-t-elle.

Puis elle sembla se rappeler qu'il y avait d'autres personnes dans la pièce et s'éloigna un peu de sa fille en s'efforçant de retrouver une contenance.

Elle s'abîma un long moment dans la contemplation de la grande et belle jeune femme debout à côté d'elle. Il allait lui falloir un certain temps pour accepter sans restriction la réalité de ce miracle... Elle reprit le fil de son histoire :

— Savez-vous pourquoi le roi m'a fait descendre dans la caverne ? Puisque j'avais déposé mon enfant sur l'eau, hors de portée de ses hommes, il m'exilerait sous l'eau, hors de portée de mes semblables, m'a-t-il expliqué. Or, c'est précisément pour cette raison que tu as pu me secourir, Tonina ! Je t'ai confiée à la mer et les dieux ont fait de toi une nageuse !

Elle caressa d'une main tremblante la joue peinte de sa fille.

— Le cours d'eau qui traverse la caverne se jette dans la baie de Campeche. Jour après jour, j'ai pleuré et prié les dieux de la mer au bord de cette rivière ! Je leur demandais de te retrouver et de te rendre à moi. Mes larmes ont dû se mêler aux vagues de l'océan. Les dieux les ont goûtées, ils ont entendu mes prières et m'ont exaucée !

Soudain, l'image de son bien-aimé s'imposa à elle. Si elle était beaucoup plus jeune qu'elle le pensait, se pouvait-il que Cheveyo soit toujours en vie ? Si tel était le cas, il la croyait forcément morte, sinon il aurait passé sa vie à la chercher et l'aurait sans doute retrouvée un jour. Avant de la descendre dans la grotte, Pac Kinnich avait affirmé avoir dupé son mari : il lui avait montré un vêtement taché de sang en prétendant qu'elle était morte. Cheveyo l'avait cru, forcément ! Il avait dû quitter Palenque et...

L'espoir de revoir un jour son époux ressuscita en elle. Cheveyo était peut-être toujours vivant !

En s'adressant à la femme qui l'avait mise au monde, Tonina se rendit compte que le titre honorifique qu'on lui avait attribué prenait maintenant pour elle un sens littéral :

— Honorable mère, j'ai cherché partout la fleur du médaillon. Je n'ai trouvé aucune fleur rouge poussant dans les arbres, ou du moins, aucune qui lui ressemble.

— Dans les arbres ? Cette fleur pousse vers le haut, voyons ! Elle ressemble à une coupe, vous voyez ?

Ixchel leva le médaillon pour leur montrer la disposition des pétales et Tonina comprit alors que Guama avait toujours regardé le médaillon à l'envers.

— Elle ne fleurit pas n'importe où. Elle est très spéciale, reprit Ixchel.

— Et où puis-je la trouver ?

Ixchel jeta un coup d'œil à leurs compagnons assemblés près du feu. Ils n'avaient pas à connaître le secret de la fleur rouge.

— Je ne peux pas t'en parler pour l'instant. Et je suis épuisée...

Tonina voulut insister, mais H'meen s'interposa :

— Partez tous, maintenant. L'honorable Ixchel doit se reposer.

Tonina enlaça sa mère et l'embrassa tendrement en lui souhaitant une bonne nuit.

— Nous nous reparlerons demain, ma chère enfant, lui dit Ixchel. Sache qu'un sang noble et ancien coule dans tes veines. Et que ceci – elle prit le paquet dans sa couverture de plumes et le serra contre sa poitrine – te reviendra un jour.

## 50

« Un sang noble et ancien coule dans tes veines. » Ces mots d'Ixchel résonnaient dans la tête de Kaan comme un écho persistant. Cinq jours auparavant, la femme aux cheveux blancs leur avait appris qu'elle appartenait à une tribu vivant dans les montagnes du Nord – un endroit appelé la vallée d'Anahuac –, mais sans s'étendre sur le sujet. Depuis, Kaan y pensait sans cesse.

Un sang noble et ancien…

Tout en se réjouissant pour Tonina, il ne pouvait nier son inquiétude. Il traversait le campement en distribuant ses instructions aux hommes qui se préparaient à escorter la grande caravane en partance pour Mayapan, mais ses pensées gravitaient sans cesse autour de la jeune femme et des surprenants rebondissements de ces derniers jours.

Il la vit approcher et le chagrin le frappa comme un coup de poignard. Le gouffre qui semblait les séparer depuis leur première rencontre s'était encore élargi.

— C'est vrai ? Tu pars demain ? lui demanda-t-elle.

Ils ne s'étaient pas beaucoup vus ces derniers jours. Tonina les avait passés avec sa mère, et cette foule en constante augmentation monopolisait l'attention de Kaan.

Il était incapable de détacher les yeux de son visage. Elle savait maintenant qu'elle était de sang nahua – autrement dit, qu'elle appartenait à l'une des innombrables tribus de langue nahuatl – mais elle arborait toujours ses peintures faciales des îles, et Kaan se demandait pourquoi. Lorsqu'elle s'aperçut qu'il les détaillait, elle s'expliqua :

— Je ne suis pas encore prête à abandonner Tonina. Mon vrai nom est Malinal, mais je ne connais pas cette Malinal. Je suis toujours Tonina la pêcheuse de perles. Si j'effaçais les signes de mon appartenance à l'île aux Perles, je déshonorerais les deux personnes qui m'ont élevée depuis ma petite enfance et que j'aime toujours comme des grands-parents.

Kaan comprit sa position et ne l'en admira que plus.

— Tu pars demain ? insista-t-elle.

Il hocha la tête.

— Nous quitter devient une habitude, on dirait.

Elle lança son paquetage sur son épaule. Elle était venue faire du troc sur la place du marché.

— Effectivement. Quels sont tes projets pour les jours qui viennent ?

— Ma mère veut partir à la recherche de mon père, Cheveyo, lui répondit-elle en savourant ces mots. Et nous rechercherons notre peuple. Quand elle aura recouvré ses forces, nous partirons vers l'ouest, puis vers le nord dans les hautes terres. Notre destination est la vallée d'Anahuac. Elle n'y est jamais allée ! Elle est née à Palenque, mais notre tribu vit loin dans le nord.

Ils se turent, leurs regards perdus l'un dans l'autre, comme s'ils étaient seuls au monde, alors qu'une humanité bruyante et animée les cernait de toutes parts.

Depuis qu'ils avaient tourné le dos à la Route Blanche, quelques jours auparavant, la foule qui campait sur l'ancienne place de Palenque s'était encore accrue. Il y avait bien sûr les hommes de Balám et les partisans de Kaan, mais aussi des fermiers ayant choisi de quitter leurs champs dans l'espoir d'une vie meilleure. Quelques jeunes gens comptaient suivre Balám vers l'ouest, mais la plupart des voyageurs partiraient le lendemain avec Kaan.

Il contempla les ruines qui l'entouraient, toutes ces constructions abandonnées englouties par la jungle. Après leur départ, cette ville serait rendue aux fantômes.

— Tonina, quand j'en aurai fini à Mayapan, je reviendrai.

Tous les deux savaient pourtant que son retour ne dépendait pas entièrement de lui. Même s'il parvenait à faire comparaître devant le roi les hommes du consortium, il n'avait aucune preuve de leur implication dans la mort de Ciel de Jade. Il passerait peut-être sa vie entière à tenter de les confondre, tout comme Tonina à chercher son père et son peuple. C'était peut-être la dernière fois qu'ils se voyaient.

— Si seulement je pouvais t'accompagner, soupira-t-elle.

— Si seulement je pouvais rester.

Et le gouffre s'élargit.

Cachée derrière un étal de vannier, la femme aux cheveux blancs ne perdit pas une miette de leur échange. Son cœur se gonfla de fierté à la vue de cette magnifique enfant, grande et élancée comme toutes les femmes de la famille. Et sa fille avait exactement la même peau qu'elle, une peau couleur de miel. Une couleur inhabituelle, transmise par une lointaine aïeule.

Ils sont amoureux, mais ils résistent, se dit-elle en observant Tonina et le beau joueur de balle. Kaan est parti sur le sentier de la vengeance. Il ne peut offrir son cœur à ma fille. Et Malinal – Tonina – est déchirée. Elle rêve de l'accompagner.

Mais le destin de Tonina l'attendait ailleurs. Il était temps pour elle d'apprendre la véritable signification de la fleur rouge.

— Que les dieux vous bénissent ! s'écria Ixchel.

Les deux jeunes gens se retournèrent à son approche. Elle avait changé. Elle marchait maintenant d'un pas plus assuré. Elle se tenait bien droite, s'était débarrassée de sa robe en lambeaux, et portait une coiffure seyante rehaussée de rubans colorés. Ses joues retrouvaient des rondeurs et son corps s'épanouissait, comme si sa jeunesse la rattrapait.

En les rejoignant, elle étudia Kaan. D'après son apparence physique, il pourrait être l'un des nôtres, et pourtant il préfère se vêtir et se conduire comme un Maya, se dit-elle. Mais il l'avait secourue et Ixchel croyait dur comme fer que rien n'arrivait jamais sans une bonne raison. Les dieux l'avaient envoyé vers elle. Mais pourquoi ?

— Noble Kaan, de quelle tribu viens-tu ?

— Je l'ignore. Ma mère me l'a dit il y a très longtemps, mais j'ai oublié. Je suis chichimèque, je crois.

Ixchel fronça les sourcils.

— N'emploie jamais ce mot-là, mon fils, car c'est un terme désobligeant. La personne qui se tient debout devant moi n'est pas un barbare primitif, que je sache.

Kaan put alors voir une intelligence au travail. Elle le scrutait avec acuité, ses traits, son visage, puis elle lui effleura le front et lui déclara, à sa grande surprise :

— Tu as un front très noble.

Ensuite, elle reporta son attention sur un autre jeune homme, à l'autre bout de la place animée. Celui-là, qui se proclamait prince, ce Balám, elle s'en méfiait d'instinct. Lui et ses hommes avaient quitté Palenque cinq jours plus tôt avant l'aube, mais ils étaient revenus au signal du miroir, comme les autres, et depuis, ils campaient à l'extérieur de la cité. Étrange, alors que Balám avait soi-disant hâte de partir vers le nord. Ixchel ne l'aimait pas. Il ressemblait à Pac Kinnich : même front fuyant, mêmes yeux obliques, même nez grotesque, même menton inexistant. Et comme si les traits que les Mayas avaient reçus des dieux ne leur suffisaient pas, tout cela était artificiel.

— Je voudrais vous parler en privé, dit-elle à Kaan et Tonina. Les Mayas ne doivent pas apprendre ce que je vais vous révéler. À cause de ce secret, on a persécuté mes parents dans la vallée d'Anahuac, et ils ont été forcés de fuir. Plus tard, à Palenque, ma famille a péri parce qu'elle a refusé de le divulguer à Pac Kinnich, et moi, j'ai passé vingt ans enterrée vivante pour la même raison. Vous devez maintenant me faire le serment que vous garderez ce secret au péril de vos vies. Tous les deux.

Ses yeux perçants et lumineux se posèrent sur Kaan, qui comprit qu'elle lui fournissait l'occasion de prendre ses distances et de s'en tenir à son plan. Il regarda Tonina, puis pensa à sa propre mère, qui elle aussi avait quitté la vallée d'Anahuac des années auparavant. Et il se décida :

— Honorable Ixchel, je jure devant notre Mère Lune que ton secret sera en sécurité avec moi.

— Très bien. Allons-y.

Elle fit demi-tour et traversa la place en serrant contre elle le mystérieux paquet et ses plumes.

Appuyé sur sa lance, Balám les regarda escalader la pyramide du Temps puis disparaître dans le temple qui la couronnait.

Quelques jours auparavant, tapi en embuscade sur la Route Blanche, il avait vu lui aussi le signal au-dessus des arbres et suivi Tonina et Kaan qui rentraient à Palenque. Les étonnantes retrouvailles de la mère et sa fille ne lui avaient pas échappé. Le bruit commençait à se répandre que Tonina descendait d'une lignée noble et qu'Ixchel était la gardienne d'un inestimable trésor.

Tonina se retrouvait à la tête d'un surprenant héritage. « Droit de naissance », tout le monde n'avait que ces mots-là à la bouche.

Balám cracha sur les pavés moussus et se passa la main sur la bouche. Et les droits de ma fille, alors ? Quand Ziyal entrera-t-elle en possession de son héritage ? C'est une descendante de la lignée royale d'Uxmal ! Elle devrait être princesse !

Et une fois encore, il eut une vision. Il n'était plus seulement à la tête d'un peuple conquis, il ramenait à son oncle une noble chichimèque et sa fille. Pour récompenser son neveu victorieux, le roi se voyait contraint d'offrir une couronne à Ziyal, un trône bien à elle, un sanctuaire où le peuple la vénérerait...

Balám frissonna de plaisir. Ces visions du destin étincelant que lui réservaient les dieux, de plus en plus intenses, se faisaient également plus fréquentes. Tout serait si simple ! L'antique place de Palenque fourmillait de familles fuyant la dure vie à la ferme. Ses guerriers – plus de trois cents hommes lourdement armés – ne rencontreraient aucune résistance de la part de cette populace. Il suffirait de les attacher les uns aux autres, les hommes, les femmes et les enfants, et de les traîner sur la Route Blanche jusqu'à Uxmal. Kaan, Tonina et la vieille ouvriraient la marche des prisonniers, et Balám reviendrait en triomphateur dans sa ville natale.

Lorsque Ixchel et ses compagnons se glissèrent dans le Temple du Temps, un vieil homme se précipita vers eux et se jeta à leurs pieds.

— Tout l'honneur est pour moi, cher Ahau. C'est moi qui devrais me prosterner devant toi, lui dit Ixchel en l'aidant à se relever.

Elle se tourna vers Kaan et Tonina.

— Je vous présente Ahau. Il était gardien de ce Temple sous le règne de Pac Kinnich. Après l'abandon de la cité, une famille l'a recueilli, et c'est là que je l'ai retrouvé. Ces gens m'ont raconté que Pac Kinnich l'avait torturé pour lui extorquer la cachette du livre secret. Comme Ahau n'a pas dit un mot, Pac Kinnich lui a coupé la langue.

Elle sourit chaleureusement au vieillard qui irradiait la joie et la gratitude, et reprit :

— Ahau est maya, mais cela ne nous a pas empêchés de devenir très bons amis, car il présidait au culte de Kukulcan, qui n'est autre que Quetzalcóatl, le dieu que je sers moi aussi. Honorable Ahau, je vais parler du livre à ces deux jeunes gens. Pourrais-tu allumer de l'encens sacré, je te prie ?

Le vieux gardien opina avec enthousiasme et se retira dans l'ombre pendant qu'Ixchel invitait ses deux compagnons à s'asseoir par terre.

Le sol était froid. À peine installés au pied de l'autel, ils entendirent marmonner dans la pénombre.

— Le pauvre Ahau ne peut pas psalmodier correctement les prières car il n'a plus de langue. Mais les dieux le comprennent, j'en suis sûre.

Bientôt, une fumée capiteuse flotta jusqu'à eux.

— Là, derrière l'autel, c'est l'Arbre de Vie, qui symbolise le seigneur Quetzalcóatl, le dieu que les Mayas connaissent sous le nom de Kukulcan, commença Ixchel à voix basse. Le monstre tapi à son pied représente la victoire de Quetzalcóatl sur le mal.

— Oui, c'est le culte du Dieu-qui-Revient, approuva Kaan. Ciel de Jade en était une fervente adepte.

Le regard braqué sur la sculpture, Tonina intervint à son tour :

— Quand les chasseurs nous ont poursuivis dans Chichén Itzá, Aigle Courageux et moi, nous avons trouvé refuge dans une petite salle aux murs couverts de fresques. J'ai cru comprendre qu'elles racontaient l'histoire d'un homme de grande taille, à la peau claire, avec des cheveux sur le menton.

— C'est l'histoire de Quetzalcóatl, ou de Kukulcan, peu importe. Elle est connue dans le monde entier. Dans la culture de ton père, Tonina, on l'appelle Pahana. Et très loin dans le sud, le peuple des Incas adore un dieu nommé Viracocha qui un jour a marché sur la terre sous l'apparence d'un homme. Lui aussi, il était grand, avec la peau claire et une barbe, et lui aussi leur a promis de revenir un jour pour ramener la paix dans le pays.

Ils entendirent dans l'antichambre les pas traînants d'Ahau qui marmottait ses prières sans paroles.

Ixchel prit le paquet emplumé sur ses genoux.

— Quetzalcóatl est né d'une vierge, la déesse Coatlicue. Sous son apparence humaine, il a inventé les livres et le calendrier et a fait don du blé à l'humanité. La légende raconte qu'à sa mort, il est descendu en enfer et qu'il a recréé l'humanité en arrosant de son sang les os des morts.

« Quetzalcóatl n'est pas resté en enfer. Au bout de trois jours, il est revenu à la vie, et il a quitté notre peuple en prenant la mer vers le soleil levant, sur un radeau de serpents. Mais il nous a promis de revenir un jour pour nous apporter la paix éternelle. Beaucoup ont attendu son retour, mais les années ont passé, puis les siècles... Car Quetzalcóatl a pris une apparence humaine il y a plus de mille ans ! Les gens ont commencé à perdre espoir et leur foi en lui a faibli. Jusqu'au jour où, il y a trois cents ans, un miracle s'est produit. Quetzalcóatl nous a envoyé la preuve qu'il reviendrait bien un jour.

Les yeux rivés sur le paquet dans son giron, Ixchel marqua une pause. Un soleil éclatant brillait à l'extérieur, mais dans le sanctuaire, il faisait presque noir, et l'air saturé d'encens irritait les narines. Les psalmodies monocordes d'Ahau étaient le seul bruit audible.

— Il y a trois cents ans, reprit Ixchel avec exaltation, des étrangers ont traversé la mer orientale pour nous informer que Quetzalcóatl n'avait pas oublié sa promesse. Mon arrière-arrière-grand-mère a vécu un certain temps parmi eux. Elle a tenu un journal pour relater sa vie pendant cette période. Tu descends de cette lointaine aïeule, Tonina, et par conséquent, ce journal t'appartient également.

Quoique suspendue aux lèvres de sa mère, la jeune femme avait conscience de la présence de Kaan, assis à côté d'elle. Que pouvait-il bien penser de tout cela ?

Ixchel déplia respectueusement la couverture et en sortit un livre épais, jauni, fragilisé par le passage du temps.

— Voici le Livre des Mille Secrets. Comme je te l'ai expliqué, ma fille, notre tribu vit dans la vallée d'Anahuac, au nord, dans les hautes terres, près de Teotihuacan sur la rive du lac Texcoco. Nous sommes des Mexicas. Et d'autres que Pac Kinnich ont convoité ce livre. Mes parents ont été contraints de fuir la vallée quand le chef de la tribu tépanèque, qui voulait se l'attribuer, leur a envoyé ses guerriers. Mon père et ma mère ont trouvé refuge à Palenque et se sont installés dans le quartier des vanniers. C'est là que je suis née, Tonina. Et toi aussi, d'ailleurs. Ma mère a été la gardienne de ce livre très spécial, et à sa mort, j'en suis à mon tour devenue la gardienne. Un jour, tu me succéderas. Ce n'est pas un livre ordinaire.

Ixchel en tourna quelques pages dans le seul rayon de soleil qui parvenait jusqu'au cœur du sanctuaire.

Le manuscrit illustré était composé de feuilles d'écorce collées bout à bout pour former un long panneau plié en accordéon, chaque page étant couverte de pictogrammes, de glyphes et d'images bariolées aux contours noirs représentant des animaux et des êtres humains portant des vêtements sophistiqués, tous de profil dans des poses figées.

Tonina n'avait jamais vu d'écriture semblable. Les livres mayas contenaient des glyphes mystérieux qui ne pouvaient être déchiffrés que par certains lettrés, mais celui d'Ixchel était rédigé en nahuatl, la langue des peuples nahuas, qui avaient recours à des images facilement identifiables pour raconter des histoires et consigner les événements.

— Ce livre contient l'histoire de notre peuple. Chaque génération y a apporté sa contribution. Cette chronique s'interrompt il y a vingt ans, quand j'ai caché le livre ici même pour éviter qu'il ne tombe entre les mains de Pac Kinnich.

Ixchel leur expliqua ce que décrivaient certains des symboles.

— Cet homme qui porte un pagne pour tout vêtement symbolise une année de famine. Cette fleur jaune feuillue signale une année de récoltes abondantes.

Elle retourna quelques pages en arrière.

— Ces glyphes, ici, nous indiquent où notre peuple a séjourné au cours de ses premières migrations. Voici la « Terre poissonneuse », et là, c'est la « colline du Manchot ».

Grâce aux minuscules empreintes de pas reliant les pictogrammes, Tonina visualisa aisément l'errance de sa tribu, l'installation provisoire à tel ou tel endroit, puis, à nouveau, le départ...

Kaan écoutait Ixchel avec une attention soutenue. Elle avait éveillé en lui l'envie d'en apprendre davantage sur son peuple. Qui étaient ces gens ? Où étaient-ils ? Quels événements avaient rythmé leur histoire ? Ixchel désigna certains symboles en nommant les années correspondantes sans savoir qu'il existait très loin de chez elle, dans des pays dont elle n'avait même pas idée, d'autres façons de compter les années. Pour Ixchel, Kaan et Tonina, ce jour était le troisième du mois de Chicchan en l'an onze du Roseau, le vingt-sept juin 1324 après Jésus-Christ à l'autre bout du monde.

Ahau accomplissait toujours son mystérieux rituel. Dans un renfoncement obscur, il marmonnait tout bas ses prières en traînant les pieds sur le sol de pierre humide. Il ressemblait étrangement aux silhouettes qui dansaient sur les murs, mais ne gênait en rien le trio assis au pied de l'autel.

— Cet ouvrage recèle bien des secrets, ma fille : la naissance de l'univers, la création des êtres humains par les dieux, la raison pour laquelle étoiles et planètes se déplacent dans les cieux. Ces pages contiennent des formules magiques, des incantations, des prières de guérison et des prophéties. Regarde, voici l'histoire de Quetzalcóatl et les mythes se rapportant aux autres dieux. Ici, ce sont les légendes de notre peuple, ses victoires et ses défaites, les années où sont morts les gens importants, ceux qui comptaient, ceux qui ont régné.

De ses premières pages, les plus anciennes, aux plus récentes, ajoutées au fur et à mesure, le livre déroulait son interminable chronique.

— Jusqu'à présent, ces secrets sont restés le privilège de notre famille. Tu les apprendras tous bientôt, ma fille, et un jour viendra de les révéler à notre tribu tout entière. Mais à l'abri des murs protecteurs du Temple du Temps, je peux dès à présent te confier le plus important de tous, car personne hormis vous deux n'entendra mes paroles.

Ixchel jeta un bref coup d'œil à Kaan. Il n'était pas de leur famille, mais elle avait décidé de le mettre au courant, dans l'intérêt de sa fille. Elle priait ardemment pour qu'il renonce à sa décision de retourner à Mayapan.

Elle feuilleta le livre et s'arrêta sur l'une des pages du milieu.

— Ceci est l'un de nos secrets les plus précieux, car il concerne ce miracle qui s'est produit il y a trois cents ans, lorsque Quetzalcóatl nous a envoyé la preuve de son retour certain.

À la lueur tremblotante des lampes à huile, elle leur désigna sur la page des hommes et des femmes, des huttes, des collines et des arbres, et enfin, un serpent sur de l'eau.

— Il y a bien des générations, des étrangers ont débarqué sur la côte est de notre pays. Des hommes barbus, au teint pâle et aux cheveux couleur de l'or rouge évoquant le soleil couchant ; et leurs yeux avaient la couleur de la mer. De curieuses peaux de bête leur couvraient les bras et les jambes. Leurs pieds étaient chaussés de cuir, et sur la tête, ils portaient des casques d'un extraordinaire métal gris. Ils sont arrivés sur un navire qui ressemblait à un serpent, comme celui qui avait emporté notre seigneur Quetzalcóatl.

À gauche de la page, des hommes en pagnes à la peau brune et aux ornements de plumes et de jade faisaient face, à droite, à des êtres à la peau plus claire bizarrement accoutrés. Et de toutes les bouches s'échappait le glyphe nahuatl signifiant « discours ».

Ixchel poursuivit son récit :

— Les Hommes des Mers du Nord, c'est ainsi qu'ils se désignaient. Des explorateurs échoués sur notre rivage, détournés de leur course par des vents contraires. Nous ne les avons pas massacrés, comme vous pouvez le constater. La raison en est qu'ils ressemblaient à Quetzalcóatl et qu'ils naviguaient sur un bateau en forme de serpent. Nos ancêtres ont cru que Quetzalcóatl était de retour, Tonina. Ils ont accueilli ces étrangers avec tous les honneurs. Le temps de comprendre leur erreur, à savoir qu'ils n'avaient affaire qu'à de simples mortels égarés, des amitiés s'étaient nouées, des mariages avaient été célébrés et nulle animosité n'existait entre nos deux peuples.

Un son léger emplit la salle : dehors, la pluie commençait à tomber. Sur la place, les gens couraient s'abriter, probablement. Comme la lumière faiblissait dans le sanctuaire, Ahau sortit d'autres lampes à huile pour pallier l'obscurité de cet après-midi pluvieux.

— Les Hommes des Mers du Nord furent très surpris d'apprendre que notre peuple vénérait un homme barbu à la peau claire ayant vécu parmi nous. Bien longtemps auparavant, un savant et un guérisseur qui, après sa mort, avait passé trois jours en enfer avant de ressusciter et de prendre la mer vers l'est sur un radeau de serpents. Eux aussi vénéraient cet homme, s'écrièrent-ils, même si chez eux il portait un nom différent. Et eux aussi attendaient son retour ! Cette discussion déclencha une controverse, car ils nous soutenaient que Quetzalcóatl venait d'une contrée lointaine à l'est de chez eux et qu'ils l'avaient forcément connu avant nous, puisqu'il ne s'était rendu à l'ouest – autrement dit chez nous – que plus tard. Nous, nous pensons que Quetzalcóatl a d'abord vécu parmi nous, avant d'aller séjourner à l'est dans d'autres peuples.

Tonina jeta un regard à Kaan, dont le profil semblait gravé dans les ténèbres et la lumière grâce aux ombres et aux petites flaques lumineuses des lampes d'Ahau. Il semblait hypnotisé et comme avide d'en apprendre davantage sur son propre passé.

— Notre aïeule – mon arrière-arrière-grand-mère, Malinal, dont tu portes le prénom – vivait dans le village où ces étrangers séjournèrent le temps de remettre leur bateau en état. Elle a beaucoup parlé avec eux, et elle a noté tous les détails de leurs visites. Elle est l'auteur de ces peintures.

Grisée par l'encens, Tonina étudia les êtres humains, les bêtes et les maisons représentés sur la page. Elle crut soudain percevoir dans le sanctuaire une autre présence qui n'était pas celle d'Ahau, toujours occupé à ses tâches mystérieuses, hors de son champ de vision. Une présence surnaturelle.

Pourquoi appelle-t-on cet endroit le Temple du Temps ? se demanda-t-elle. Ce nom l'intriguait, et l'entrée du sanctuaire, pâle rectangle tout au bout d'un tunnel incroyablement long, attira son attention. La cité est-elle encore là ? Si je vais voir, ne trouverai-je plus que la jungle ?

Ixchel reprit :

— Malinal était convaincue que Quetzalcóatl nous avait envoyé les Hommes du Nord pour nous rappeler sa promesse de retour et nous inciter à nous y préparer. Au bout d'un an et vingt-deux jours – Ixchel désigna certains glyphes sur la page –, les réparations furent terminées et les étrangers hissèrent les voiles pour retourner vers l'est, exactement comme Quetzalcóatl bien des générations auparavant. Notre peuple ne les revit jamais. Mais nous n'avons plus jamais oublié la promesse de Quetzalcóatl et nous nous préparons à son retour. Ceux des Mers du Nord nous ont prévenus que nous le reconnaîtrions à ce signe...

Ixchel fouilla dans les plis de la couverture de plumes et en sortit un curieux objet.

— Ils emportaient ceci avec eux dans tous leurs déplacements. Le symbole du dieu qui revient, nous ont-ils expliqué.

Très lourd, long comme l'avant-bras d'un enfant, l'étrange objet ressemblait à un arbre en forme de croix dont le point d'intersection entre les deux branches était entouré d'un cercle.

— En quel métal est-il fait ? demanda Kaan, car ce matériau gris foncé n'était à l'évidence ni du cuivre ni de l'or.

— Je l'ignore, et je ne comprends pas non plus les symboles qui y sont gravés. Mais les Hommes du Nord l'appellent une « croix », ce qui est bien la preuve que leur dieu et Quetzalcóatl ne sont qu'une seule et même personne. Leurs symboles sont identiques.

Elle pointa le doigt vers l'Arbre de Vie qui se dressait derrière l'autel, puis rangea la croix et s'adressa à Tonina :

— Le soir de mon sauvetage, lorsque nous nous sommes embrassées, toi et moi, j'ai aperçu un objet dans ton paquetage, une coupe transparente. Peux-tu me la montrer ?

Tonina la lui remit tout en lui racontant l'histoire de Macu, qu'elle avait sauvé de la noyade, et de l'objet translucide qu'il tenait lorsqu'elle l'avait ramené sur le rivage.

— Dans le livre, mon arrière-arrière-grand-mère raconte que les Hommes du Nord buvaient dans ce genre de coupe. Ils prétendaient connaître la magie permettant de créer de tels objets avec du sable.

Elle tourna et retourna le récipient entre ses mains, s'émerveillant de sa solidité, de sa transparence et de ses jolis motifs bleus et verts.

Elle leva des yeux pleins de larmes vers Kaan et Tonina, qui y lirent une question muette : et si le monstre du lagon de l'île aux Perles était un bateau-serpent naufragé sur les récifs bien longtemps auparavant ? Elle se confia d'une voix tremblante :

— Même si mon aïeule omet de le mentionner dans sa chronique, je me dis souvent qu'elle a dû s'éprendre de l'un de ces étrangers venus du nord. J'ai beaucoup de peine à l'idée qu'il ait pu ne jamais retourner chez lui parce que son bateau aurait sombré dans le lagon de l'île aux Perles...

— Mais c'est peut-être un autre bateau, la coupa Kaan, qui tenait à la rassurer. À Mayapan, les historiens disent que beaucoup de voyageurs provenant de pays inconnus nous ont rendu visite. Des hommes à la peau noire comme l'encre auraient débarqué il y a très longtemps dans la baie de Campeche, sans pouvoir retourner chez eux. Et un peuple bizarre à la peau jaune aurait abordé un rivage mythique à l'ouest du pays, un peuple sachant faire exploser une poudre noire grâce à des procédés magiques. Ce sont des mythes, honorable Ixchel, mais il n'y a pas de fumée sans feu. Donc, le monstre marin au fond du lagon est peut-être un autre bateau naufragé, avec un autre équipage.

Elle réfléchit quelques instants à la question puis poussa un gros soupir et hocha la tête avec gratitude. Lorsque Kaan vit combien elle tremblait, il se leva, lui prit la coupe des mains et remonta le couloir jusqu'à l'entrée du sanctuaire, qui dominait la ville balayée par l'averse. Il tendit le récipient à l'extérieur et contempla la vue qui s'étalait sous ses yeux. La chaude pluie tropicale lessivait les temples, les maisons, les murs et les chaussées. Avec toute cette humidité, la végétation allait pousser encore plus vite et les hommes devraient sans doute s'y attaquer dès le lendemain à coups de machette et de hache, s'ils voulaient empêcher la jungle d'engloutir entièrement la cité.

Kaan rapporta la coupe pleine à Ixchel, qui étancha sa soif sans se faire prier.

Elle le remercia pour sa gentillesse et tendit l'objet à Tonina. Avant d'y tremper ses lèvres, la jeune femme scruta l'eau, et une image lui apparut soudain : un ciel noirci par la fumée, une plaine jonchée de corps et, au centre, un homme poussant des cris de détresse.

— *Guay !*

Tonina lâcha le gobelet mais Kaan le rattrapa avant qu'il ne se fracasse au sol.

— Qu'y a-t-il ? s'inquiéta Ixchel.

Tonina lui décrivit la scène et l'homme désespéré, et Ixchel porta ses mains à sa bouche.

— C'est ton père que tu as vu ! Les longues tresses, la tunique, les cuissardes en peau de cerf, les franges... c'est le portrait de mon bien-aimé, c'est le portrait de Cheveyo !

Tonina la regarda avec effarement. La coupe était-elle vraiment un instrument de prophétie ? Et que signifiait cette vision ?

Brusquement, Ixchel se rendit compte que l'encens avait entièrement brûlé. Un peu inquiète, elle appela Ahau, qui lui répondit par un grognement depuis l'antichambre, et elle reprit le Livre des Mille Secrets.

— Il est temps pour moi de vous révéler le secret le plus important de tous. Tonina, tu comprends à présent pourquoi ce livre est si précieux : il contient la preuve que Quetzalcóatl reviendra un jour parmi nous. Mais ce n'est pas tout.

Elle frémit en se rappelant à quelles extrémités l'affreux Pac Kinnich en était arrivé pour s'approprier cette chronique.

— Ce que je vais vous dévoiler maintenant m'a valu d'être enterrée vivante. C'est pour ce secret que toute ma famille est morte, que ce pauvre Ahau n'a plus de langue et – sa voix se brisa – que l'homme que j'aime a quitté Palenque.

Tonina et Kaan l'écoutaient avec la plus grande attention. Ils n'étaient plus seuls, tous les trois : des forces surnaturelles semblaient à l'œuvre dans le sanctuaire. Les dieux les avaient rejoints.

— Nous croyons que, lorsque le seigneur Quetzalcóatl reviendra, ce ne sera pas ici, à Palenque, ni à Chichén Itzá, Copan ou Uxmal, ni dans aucune cité maya. Il reviendra dans les hautes terres du Nord, d'où notre tribu est originaire. Le destin de notre peuple est lié à ses origines, Tonina.

Elle revint à la première page du livre et leur montra ce qui était indubitablement une fleur rouge tournée vers le ciel.

— Cette fleur, c'est le lieu de nos origines. Et cette chronique prendra fin quand nous l'aurons retrouvée, car alors nous serons chez nous.

Kaan s'attarda sur le glyphe d'où partaient des empreintes de pas minuscules qui menaient vers d'autres glyphes représentant les endroits où la tribu avait séjourné au cours de ses siècles de pérégrinations.

— Et comment s'appelle cet endroit ? demanda-t-il à Ixchel.

— Notre peuple comprend sept tribus, toutes originaires d'Aztlan, terme qui signifie « lieu de blancheur ». Il y a sept grottes à Aztlan, et dans chaque grotte est née l'une des tribus. Ensuite, nous nous sommes répandus dans toute la région. Notre tribu est celle des Mexicas, Tonina. Nos ennemis nous appellent « Chichimèques », ce qui veut dire « barbares ». Huitzilopochtli, le grand dieu qui nous a donné la vie, nous a interdit d'utiliser notre vrai nom pour éviter que nos ennemis ne le retournent contre nous. Mais dans ce temple, en ce lieu sacré où rien ne peut nous arriver, je vais quand même te le révéler, Tonina. Il dérive de l'endroit d'où nous venons. Comme nous venons d'Aztlan, nous sommes des *Aztecatls*. Des Aztèques.

Un souvenir depuis longtemps oublié refit surface dans l'esprit de Kaan :

— Mère Lune ! Ma mère m'a parlé d'Aztlan, souffla-t-il.

Toutes ces histoires, le mythe, l'interdiction de Huitzilopochtli, tout lui revenait partiellement en mémoire.

Ixchel lui adressa un sourire ravi, enchantée de découvrir que son intuition était bonne. Kaan n'appartenait peut-être pas à leur clan, mais il descendait de l'une des sept tribus d'Aztlan ; et pourquoi pas celle des Mexicas... ?

Un nouveau lien venait de se tisser entre les deux jeunes gens, un lien palpable, né de l'encens sacré et des propos d'Ixchel. Tonina effleura le bras de Kaan qui lui rendit son regard, les yeux brillants.

— Regardez ! À côté de la fleur rouge, vous voyez cet aigle ? reprit Ixchel. Il est dit qu'un aigle nous ramènera à Aztlan, mais, à présent, je crois que cette prophétie a été mal interprétée. En fait, l'aigle représente le garçon qui t'a entraînée à Mayapan.

— Aigle Courageux, murmura Tonina.

Le libérer de sa cage et être obligée de fuir les chasseurs vers l'ouest, tout cela faisait donc partie d'un plan divin visant à réunir la mère et la fille ? Était-ce pour cette raison qu'Aigle Courageux l'avait quittée ? Parce qu'il avait cru sa mission accomplie ?

— Ce n'est pas seulement pour ses multiples secrets que Pac Kinnich et avant lui les Tépanèques ont voulu mettre la main sur ce livre. En fait, c'est surtout parce qu'on y révèle où réapparaîtra Quetzalcóatl : à Aztlan. Et en ce jour glorieux, plus rien ne nous empêchera de crier notre nom aux quatre coins du monde : nous sommes les Aztèques ! Et nous connaîtrons la grandeur.

Tous trois se turent, éblouis par les mystérieux agissements des dieux. La pluie tropicale chantait sa petite mélodie, à laquelle se mêlaient les psalmodies d'Ahau, toujours invisible.

— Et où se trouve Aztlan ? interrogea Kaan.

— Nul ne le sait, hélas. Notre tribu a quitté ce lieu il y a longtemps, avant l'apparition des calendriers. Nous ne disposons que de quelques indices et quelques hypothèses.

Ixchel ouvrit à nouveau le livre à la première page et leur désigna un autre glyphe, à côté de la fleur rouge.

— Personne n'a jamais pu élucider le sens de ce symbole, mais quand nous y parviendrons, Aztlan ne sera plus très loin.

Kaan jeta un coup d'œil à la curieuse petite image. Il n'avait pas la moindre idée de ce qu'elle était censée représenter.

— Ce glyphe correspond au mot nahuatl *iztaccihuatl*, qui signifie « femme en blanc ».
— De qui s'agit-il ?
— Nous l'ignorons. Tout ce que nous pouvons faire, c'est la chercher. D'ailleurs, nous devrions nous mettre en route sans tarder. Ton père est parti à la recherche d'Aztlan il y a bien longtemps, Tonina. J'imagine qu'il a échoué. Si j'ai raison, il sera retourné dans son propre peuple, très au nord, dans une contrée de canyons et de mesas. Des seigneurs toltèques ont jadis gouverné ce pays, il y a bien des siècles.
— Mon père... dit Tonina d'une petite voix.
— Son nom, Cheveyo, signifie dans sa langue maternelle « guerrier de l'esprit ». C'est un Hopi, comme se dénomme le peuple du Soleil. Cheveyo est un chaman, très sage et plein de compassion. Les siens aussi attendent le retour d'un homme blanc barbu, mais eux l'appellent Pahana, « notre frère blanc perdu ». Comme tous les chamans hopis, Cheveyo a dû quitter son clan et partir en quête de Pahana, une mission que les chamans se transmettent de père en fils, depuis des générations. C'est au cours de ses recherches que nous nous sommes rencontrés. Nous sommes tombés amoureux, nous nous sommes mariés, et je lui ai parlé d'Aztlan. Il était convaincu que le Pahana de sa quête y ferait sa réapparition. Nous avions décidé de retrouver Aztlan ensemble quand Pac Kinnich a brisé nos vies.

Ixchel prit les mains de Tonina avec une insistance soudaine.

— Ma fille, au fond de ma caverne, j'ai fini par me dire que mon bien-aimé Cheveyo était sûrement mort, après toutes ces années. Mais maintenant, sachant qu'il a peut-être survécu, je dois absolument le retrouver. Ta vision dans la coupe transparente, il y a un instant, est un signe des dieux : nous devons faire vite. De plus, un autre signe m'a été accordé.

Elle pressa les mains de Tonina et lui dit d'un ton enflammé :

— Ma fille, c'est à toi de découvrir Aztlan !

— Moi ? Mère, vous êtes la gardienne du Livre des Mille Secrets ! Il n'y a que vous qui puissiez retrouver Aztlan !

— Mais c'est toi qui as vu ton père en danger. Notre peuple n'a pas de foyer, ma fille. Tant que nous n'aurons pas retrouvé Aztlan, Quetzalcóatl-Pahana ne reviendra pas.

— Mais pourquoi moi ? Je ne suis qu'une humble pêcheuse de perles !

— Parce qu'un sang spécial coule dans tes veines. Un mélange du sang de mon peuple et du sang des Hopis. Tu es une Mexica qui attend le retour de Quetzalcóatl, et tu es une Hopi, qui espère celui de Pahana.

Tonina s'accorda le temps de la réflexion, puis contempla les mains de sa mère sur les siennes.

— Si un destin spécial m'est vraiment réservé, il consistera à retrouver mon père et à réparer le sort affreux qu'on vous a fait subir il y a une vingtaine d'années. Je ne sais rien d'Aztlan, je ne sais rien des dieux, et peu importe où je vais et ce que je fais, mais je vous promets une chose, mère : nous retrouverons Cheveyo.

Quand ils se furent engagés sur les marches détrempées, Balám, toujours caché dans le sanctuaire, laissa échapper un cri étranglé.

Il avait tout entendu, de Quetzalcóatl à Cheveyo. Tout en imitant Ahau avec force grognements et frottements de pieds, il avait espionné le trio sans en perdre une miette. À présent, pétrifié par le choc, il repensait à ces paroles d'Ixchel qui l'avaient transpercé comme des flèches : « Plus rien ne nous empêchera de crier notre nom aux quatre coins du monde : nous sommes les Aztèques ! Et nous connaîtrons la grandeur. »

Non ! hurla-t-il dans sa tête avant de s'enfuir sans un bruit du temple par le couloir réservé au prêtre.

En bas, les trois amis traversèrent en hâte la place inondée pour rentrer chez Ixchel, sans savoir qu'on les avait espionnés, sans se douter que le corps brisé d'Ahau gisait au pied de l'escalier sud de la pyramide.

## 51

Des démons le harcelaient.

On lui enfonçait des tisons ardents dans les yeux, un nid de frelons bourdonnait dans son estomac. Tandis qu'à Palenque tous dormaient sous un ciel clair semé d'étoiles, Balám trébuchait dans la jungle, poussé par la prophétie inacceptable qui l'avait terrassé dans le Temple du Temps : des barbares devenant les maîtres du monde !

« C'est impossible ! » lui hurlait son âme tourmentée. La suprématie maya était l'un des droits de naissance de Ziyal. « Je n'ai pas conçu cette enfant pour qu'elle assiste au crépuscule de notre monde. »

Que devait-il faire ? Hier encore, sa voie lui semblait toute tracée : il ramènerait des prisonniers à Uxmal. Or il venait d'apprendre que Kaan et Tonina allaient provoquer l'émergence d'une puissante civilisation, celle des Aztèques. Les offrir tous deux à son oncle, le roi d'Uxmal, équivaudrait à tourner le dos à ce péril qui menaçait au nord. Devait-il d'abord y conduire ses guerriers et réduire la menace à néant ? Et dans ce cas, que faire des deux jeunes gens ?

Cette décision n'était pas du ressort d'un mortel.

Balám avait trouvé un vendeur de *k'aizalah okox*, le « champignon des indécis », ainsi nommé parce que son esprit asservissait celui de la personne qui y avait recours, lui imposant son propre jugement et sa propre volonté. On en faisait usage en cas de dilemmes insolubles.

Balám se dénicha un coin tranquille au milieu des arbres et des fougères alourdies par la rosée nocturne, dénoua son pagne et se tint nu devant les dieux. Puis, tout en psalmodiant une prière, il s'inséra dans le rectum un petit morceau de champignon. Il n'eut pas très longtemps à attendre. Les visions se succédèrent rapidement. Ziyal, d'abord, en bonne santé, indemne, sans aucun signe d'abus ou de souffrance ; bien au contraire, elle lui souriait, les yeux brillants. Balám y vit un signe de son retour en grâce auprès des dieux.

À présent, il avait besoin qu'on lui transmette un message. Qu'attendaient les dieux de lui ?

Le cruel dieu de la guerre Buluc Chabtan se dressa soudain devant lui. Cet être féroce, couvert de jade, de plumes et de peaux de jaguar, exigea de lui un sacrifice sanglant. Balám devait lui prouver sa valeur ! Et il savait exactement ce qu'il convenait de faire. Il prit son couteau d'obsidienne, se pinça le prépuce entre le pouce et l'index et le perça de la pointe de sa lame. Serrant les dents pour ne pas crier, il inséra un fil de chanvre à nœuds dans la plaie ensanglantée et le tira lentement. Il manqua s'évanouir sous la douleur. Tout en regardant son sang couler sur la terre humide, Balám récitait des prières à son nouveau dieu, lui jurant allégeance et loyauté. La douleur devint si atroce qu'il vomit et perdit conscience.

Quand il revint à lui, nu et ensanglanté, l'aube se levait sur la forêt tropicale. Il se releva en chancelant et renoua son pagne. La blessure avait coagulé et le sang ne coulait plus, mais la douleur lancinante lui rappellerait son geste pendant un bon moment. Des rêves et des visions, des voix, des hallucinations s'attardaient encore à l'orée de sa conscience. Buluc Chabtan avait emporté son loyal serviteur dans les étoiles, loin de la forêt luxuriante. Tout là-haut, Balám avait vu l'endroit où le soleil dormait la nuit et où la lune prenait tout son éclat. Perdu dans le cosmos parmi les astres étincelants, il avait enfin entendu le message.

Son véritable destin l'attendait sur le haut plateau du Nord-Ouest, dans la vallée d'Anahuac où il exécuterait la volonté divine. Les dieux mayas lui demandaient d'étouffer la menace aztèque. S'il y parvenait, ils lui rendraient aussitôt sa fille. Il renouerait avec la victoire et la gloire, et ils l'accueilleraient parmi eux.

Balám cesserait d'être un prince pour devenir un dieu.

## 52

Soudain, le jour perça la brume persistante, illuminant les antiques pyramides et les vieux temples moussus. L'air chargé d'humidité résonnait du caquetage des singes et du cri des oiseaux. Bientôt, la place du marché s'anima, et des centaines de gens affairés se préparèrent à lever le camp.

Ixchel et Tonina parlèrent de Quetzalcóatl et Aztlan à tous les Nahuas de Palenque, suscitant leur intérêt et s'attirant leur respect. Mais si la compagnie d'une femme aussi chanceuse qu'Ixchel ne pouvait être que bénéfique, ce voyage les effrayait trop, et ils refusèrent de se joindre aux deux femmes. Certains choisirent de rester dans la cité où ils pensaient vivre en sécurité, mais les autres, les plus nombreux, décidèrent de suivre Kaan à Mayapan. Ixchel et Tonina ne parvinrent pas à en convaincre un seul de s'aventurer avec elles dans des contrées hostiles peuplées de tribus belliqueuses.

Ils seraient donc bien peu nombreux à prendre la route vers l'ouest et la vallée d'Anahuac, où l'on disait que des volcans crachaient leur fumée noire vers le ciel. Ils iraient d'abord voir l'endroit où les parents d'Ixchel étaient nés pour lui permettre d'honorer ses ancêtres, puis quitteraient la vallée en direction du nord, à la recherche de la fleur rouge censée les mener à Aztlan, le pays mythique de leurs origines. La petite troupe comptait Ixchel, Tonina, le Borgne et H'meen, une poignée de guides et quelques porteurs recrutés pour l'occasion, et, bien entendu, le Chauve et ses hommes. Kaan ne partirait pas avec eux. Ixchel avait espéré qu'en l'initiant aux secrets du livre sacré, elle parviendrait à le persuader d'accompagner Tonina dans sa quête d'Aztlan, mais il lui avait expliqué avoir des choses urgentes à faire à Mayapan qui le contraignaient à s'y rendre au plus vite.

Ixchel avait hâte de se mettre en route, elle aussi. Depuis la vision de Tonina au Temple du Temps, la panique la talonnait. Cheveyo avait besoin d'elle ! Il était en danger ! En cette matinée plombée par la brume et les soucis, elle supervisait les préparatifs du voyage avec fièvre.

Tonina fourrait dans son paquetage des noix salées et des graines de tournesol tout en réfléchissant aux choses merveilleuses qu'elle avait apprises sur Aztlan, ce paradis où le Premier Couple avait été créé par les dieux. À Aztlan, personne ne vieillissait, personne ne tombait malade, la nourriture poussait en abondance et la paix régnait. Et la fameuse fleur rouge était bien une plante de guérison, finalement. Comment Guama l'avait-elle su ?

La jeune femme tremblait à la pensée de rencontrer son père, tout en priant pour que ce jour arrive. Cheveyo étant parti depuis vingt et un ans, il pouvait se trouver n'importe où dans le monde. Peut-être était-il déjà mort…

Tout en s'assurant que la coupe transparente ne risquait rien dans son paquetage, elle s'interrogeait sur la signification de sa vision. Son imagination lui avait-elle joué un tour ? S'agissait-il d'une authentique prophétie ? Sans doute, sinon comment expliquer ces détails d'une extrême précision, la peau cuivrée de Cheveyo, son large visage tatoué, sa chevelure tressée en deux longues nattes ? Et ses vêtements ! L'homme qui lui était apparu portait des jambières en peau de cerf et une chemise à franges, des vêtements que Tonina n'avait jamais vus de sa vie. Ixchel, elle, les avait immédiatement reconnus. C'étaient bien ceux que préférait Cheveyo.

Elle passa en revue leur petit groupe : le Borgne aidait H'meen, Ixchel donnait des instructions au Chauve… Comment allaient-ils s'en tirer, tous les douze, dans un environnement hostile et sauvage ?

Elle jeta ensuite un coup d'œil par une brèche dans le mur de la cour et aperçut sur la place Kaan qui aboyait des ordres à ses hommes. Elle mourait d'envie de partir avec lui. Elle souffrait de le quitter et savait que cette douleur aiguë dans sa poitrine ne s'apaiserait jamais. Elle se languirait de Kaan pour le restant de ses jours. Mais elle aspirait tant à retrouver son père et voir ses parents réunis et heureux !

Tonina réalisa que ce voyage ne lui appartenait plus, que ses désirs passaient désormais après ceux des autres. Elle se sentait responsable de ces quelques personnes : H'meen qu'un serviteur avait hissée sur son dos, dans son panier, tenant contre elle son petit chien Poki, le Borgne, complètement fou de la vieille enfant, l'appelant « ma dame » et lui répétant que tout irait bien, Ixchel, nettement plus jeune et moins fragile qu'à sa sortie de la caverne, mais loin encore d'avoir retrouvé toutes ses forces... et même le Chauve, ce grand gaillard au couteau plus affûté que l'intelligence. Quelle chance auraient-ils de survivre contre les tribus barbares qui massacraient les audacieux s'aventurant sur leurs terres ?

Tonina n'avait jamais demandé l'aide de personne, et l'idée de le faire la rebutait. Hélas, elle devait s'y résoudre, dans l'intérêt de ses amis.

Elle avait peur, car c'était à Kaan qu'elle allait s'adresser. Elle allait déposer sa faiblesse et sa vulnérabilité à ses pieds. À Copan, il l'avait aidée sans qu'elle lui demande rien, à un moment où elle ne savait plus que faire ni où diriger ses pas. Ce jour-là, Kaan lui avait montré son médaillon : « Le voilà, le message. »

Mais aujourd'hui, c'était différent. Il avait hâte de retourner à Mayapan, il rêvait de livrer les assassins de Ciel de Jade à la justice. *Si je lui demande de venir avec nous, que va-t-il me répondre ?*

Balám circulait calmement parmi ses hommes pour leur distribuer ses consignes. Ils échangeaient des regards circonspects. Leur maître avait changé, tous l'avaient remarqué. Le prince avait perdu son exubérance, sa faconde. Il semblait même solennel, ce matin-là. Ses cousins percevaient chez lui une toute nouvelle puissance, et cette constatation les excitait. Allait-il enfin les mener à la gloire ?

Balám savait que ses hommes se posaient des questions sur sa métamorphose, mais il n'avait aucunement l'intention de s'en expliquer. Pas plus que de divulguer la vraie raison de son voyage vers l'ouest. Qu'ils continuent à croire qu'il se rendait à Teotihuacan parce qu'il voulait prier pour sa femme et sa fille ! Il attendrait Aztlan et la confrontation toute proche avec l'ennemi pour leur révéler la véritable et glorieuse finalité de son plan : stopper les barbares dans leur conquête du monde.

Car les dieux en personne avaient fait appel à lui pour combattre, et réaffirmer la souveraineté maya. Tous ces gens, Kaan et Tonina y compris, tous s'inclineraient devant lui. Il ramènerait à la vie les cités mayas abandonnées en répandant sa chance sacrée sur les pyramides vides et les temples retournés à la jungle. Les gens afflueraient en masse dans les villes ressuscitées et glorifieraient Balám, à l'égal d'un dieu sur terre.

Il eut un petit sourire glacé dont il était le seul à connaître la raison. Il avait voulu offrir Uxmal à Ziyal. Il allait lui offrir le monde.

Kaan étudiait le nouvel itinéraire jusqu'à Mayapan avec la concentration d'un chat surveillant un trou de souris. Il s'efforçait de ne penser qu'à sa destination. Surtout, ne pas ressasser leur future séparation...

Il contempla la piste qui se perdait dans la jungle luxuriante au départ de Palenque et revit en esprit l'endroit où elle se confondait avec la Route Blanche, celui où il lui faudrait se résoudre une fois encore à de douloureux adieux. À Mayapan, au début de l'aventure, il avait redouté la compagnie de la fille des îles, mais aujourd'hui, c'était leur séparation qui l'effrayait... Quelle ironie !

Son regard dériva malgré lui vers la rangée de maisons en pierre du quartier des vanniers. Devant celle d'Ixchel, dans la cour animée où on s'affairait aux préparatifs du voyage, il entrevit la grosse tête hirsute du

Chauve, qui dominait les autres de toute sa taille. Il vérifiait les vivres, donnait des instructions à ses hommes et s'entretenait avec les guides locaux. Le Chauve, son loyal compagnon, avait accepté sans rechigner d'escorter le petit groupe.

Kaan tenta en vain de repérer Tonina. Ixchel était bien là, elle, toute droite, chaque jour plus jeune, l'air rayonnant. C'est parce qu'elle se sait chargée d'une mission sacrée, se dit-il.

Aztlan, le paradis mythique… Un tel endroit existait-il ? Et si c'était le cas, le découvrirait-elle un jour ?

Mais la quête d'Ixchel ne se limitait pas à cela. Elle se lançait à la recherche de l'homme qu'elle aimait. Pour retrouver Cheveyo, elle était prête à affronter l'inconnu. Et Tonina… Tonina voulait tant connaître son père et son peuple qu'elle risquait d'en négliger sa propre sécurité.

Il se rembrunit. Le groupe des deux femmes lui paraissait soudain insignifiant et vulnérable. D'après la rumeur, les tribus sauvages et primitives qui vivaient sur les hauts plateaux se faisaient constamment la guerre. Trois femmes seules n'y survivraient pas, malgré leur petite escorte.

Il sentit l'accablement l'envahir. Il ne pouvait pas les laisser partir dans ces conditions. Il devait les accompagner ! Et cependant, ce qu'il risquait de découvrir au pays des Chichimèques le terrifiait. « Tu as un noble front », lui avait dit Ixchel.

Sa mère lui avait appris que son peuple venait d'une vallée cernée de volcans, dans les hautes terres du Nord. Elle avait dit un mot précis, qu'il avait depuis longtemps oublié. S'agissait-il d'un lieu ou d'un homme ? Tout ce qu'il savait, c'est que, s'il accompagnait Tonina dans le Nord, il prenait le risque de rencontrer le peuple de sa mère – son peuple –, et cette idée le terrorisait.

Le Borgne vérifiait que l'herboriste était confortablement installée dans son panier de transport.

— C'était si courageux de ta part de monter en haut de cette tour ! s'exclama la jeune fille.

— Absolument, reconnut-il.

Depuis ce haut fait, le nain avait retrouvé une nouvelle confiance en lui, une confiance qui le poussait à escorter Tonina et sa mère dans ces hauts plateaux que la jeune H'meen désirait tant voir. Il n'avait toujours pas dit la vérité à ses amies : ses cicatrices n'avaient pas été causées par un jaguar, et c'était Balám qui avait fait échouer le pèlerinage de Kaan à Teotihuacan en trouvant le moyen de l'envoyer à Copan. Apparemment, cela n'avait plus la moindre importance.

Que Balám et sa petite armée empruntent la même route qu'eux lui déplaisait fortement. Il fallait absolument protéger Ixchel et Tonina de cet homme malfaisant. Hélas, Kaan semblait bien décidé à prendre la direction de Mayapan... Comment le persuader de changer d'avis ?

Le Borgne se résolut à essayer toutes ses ruses sur Kaan pour le convaincre de partir vers l'ouest. S'il le fallait, il irait jusqu'à le menacer de lui jeter un mauvais sort de nain. Il se dirigeait donc vers le portail de la cour quand il vit Tonina traverser la place grouillante de monde pour rejoindre Kaan.

Le Borgne s'arrêta. La fille des îles allait demander à Kaan de leur accorder sa protection, c'était évident. Le nain se promit de rester vigilant quoi qu'il arrive, même si le joueur de balle acceptait de les accompagner dans l'Ouest. Tout en vérifiant une énième fois le panier de H'meen, le Borgne aux deux yeux jura silencieusement sur les os de son arrière-grand-père de tout mettre en œuvre pour empêcher le Maya de causer du tort à ses amis.

— Que les dieux te bénissent, Kaan. Nous sommes presque prêts à partir, dit Tonina en arrivant à la hauteur du joueur.

Il tenait une carte de la région, et autour de lui, les porteurs, les guides, les guerriers en armes et les familles, tous ployaient sous le poids de leurs fardeaux.

— Et je vois que vous l'êtes aussi... ajouta-t-elle.

Kaan hocha la tête, la poitrine douloureusement serrée. Tonina était belle, et chaque jour ajoutait à sa fraîcheur, à son charme, à son allure, à sa force. Le Kaan pragmatique savait bien qu'elle n'avait pas changé depuis leur première rencontre sur la place du marché de Mayapan, mais le Kaan amoureux était ébloui par cette merveilleuse transformation.

— Tonina...

Elle leva la main pour l'interrompre. Elle devait s'exprimer au plus vite avant de perdre courage. Pour la sécurité des autres, le moment était venu d'affronter sa pire angoisse : sa peur de l'abandon. S'il refuse, je ne demanderai plus jamais rien à personne, se dit-elle.

— Kaan, je sais à quel point tu tiens à retourner à Mayapan. Je sais ce qui t'y attend, et je comprends. Mais Ixchel et moi, nous ne parviendrons jamais jusqu'à la vallée d'Anahuac avec si peu d'hommes auprès de nous. Nous avons besoin de toi, Kaan. J'ai besoin de toi, insista-t-elle fiévreusement.

Il eut l'impression d'être de retour à Mayapan le jour où il avait exigé qu'elle l'accompagne. Elle lui avait opposé un refus catégorique, arguant qu'elle était parfaitement capable de se débrouiller seule... Le souvenir d'une certaine nuit lui revint également en mémoire. Ils campaient près d'Uxmal, elle s'était enfuie et il l'avait rattrapée dans la forêt. C'était de la folie de vouloir voyager seule ! lui avait-il dit. Elle lui avait répondu qu'elle était seule depuis toujours et qu'elle n'avait besoin de personne.

Et la voilà qui posait sur lui son regard franc et honnête, qui ravalait sa fierté, qui lui dévoilait ses faiblesses :

— J'ai besoin de ton aide, Kaan.

— J'avais déjà pris ma décision. Je pars avec toi, répondit-il d'un ton apaisé.

Il maudissait cette place pleine de monde. Il aurait voulu être seul avec elle, pour ne se consacrer qu'à elle, aimer et être aimé en retour.

Les yeux de Tonina s'agrandirent et se voilèrent de larmes.

— Merci. Je vais prévenir les autres, murmura-t-elle.

Si la veille, au Temple du Temps, Balám n'avait pas subi le genre d'expérience qui bouleverse une vie, s'il n'était pas devenu le bras armé des dieux, il serait allé voir Kaan et lui aurait dit d'un air important : « Mon frère, j'apprends que tu as décidé de partir vers l'ouest, finalement ? Pourquoi ne pas entreprendre ce voyage ensemble ? Le nombre, c'est la force ! »

Le Balám nouveau avait gagné en ruse et il dissimula son sentiment de triomphe. L'ancien Balám aurait ouvertement jubilé, mais le Balám des dieux se contenta de faire signe à ses hommes, qui allèrent intégrer les rangs de Kaan et Tonina.

Ils quittèrent enfin l'antique cité en ruine de Palenque, l'abandonnant une fois de plus, mais pour toujours cette fois. Des centaines d'hommes, de femmes et d'enfants reprenaient la route dans l'espoir d'une vie meilleure. Ils ne partaient pas dans la direction initialement prévue, mais puisqu'ils se dirigeaient vers une cité magique, Aztlan, cela ne les perturbait pas vraiment.

Le Borgne marchait à côté de H'meen. Il lui prit la main, et tous les deux prièrent. Pour Aztlan, pour que cette cité soit bien le paradis promis par Ixchel : un pays où les vieilles retrouvaient leur jeunesse et où les petits hommes laids devenaient grands et séduisants. Balám avançait d'un pas assuré, car il savait que la gloire et les dieux étaient au bout du chemin. En tête de la caravane, Kaan et Tonina encadraient Ixchel, et tous trois regardaient vers l'ouest où les attendaient leur destin, mais aussi un époux et un père nommé Cheveyo.

Quand ils atteignirent la Route Blanche, Ixchel libéra le quetzal. Après quelques instants d'hésitation, l'oiseau vert chatoyant prit son envol. Il tourna longtemps au-dessus d'eux avant de disparaître dans l'immense canopée.

Alors qu'ils s'engageaient sur le large ruban de ciment de la grand-route qui s'étirait d'est en ouest, ils aperçurent, assis sous un arbre, un mendiant estropié et aveugle. Sale et ratatiné, les joues creuses, le visage couvert de crasse, il perçut l'approche des voyageurs et tendit la main en appelant sur eux les bénédictions des dieux.

Kaan offrit à ce pauvre homme quelques galettes de maïs et une calebasse d'eau, et l'énorme foule continua sa route.

En entendant le martèlement de ces innombrables pieds, l'aveugle soupira, nostalgique. À vos yeux, je ne suis qu'un débris humain, mais il fut un temps où on s'adressait à moi en m'appelant « Votre Brillant Éclat ». Je portais des peaux de jaguar et des sandales en cuir. On me craignait dans tout le pays. Hélas, mon peuple ne m'appréciait guère. Tout cela par la faute de ces deux misérables Chichimèques, Ixchel et Cheveyo, qui se croyaient meilleurs que moi, avec leur précieux livre secret.

Mais j'ai gagné, en fin de compte.

J'ai pourchassé la femme jusqu'aux confins de la terre, et quand j'ai vu les dauphins pousser le panier vers le large, je lui ai raconté que son bébé avait péri. Ensuite, je l'ai enterrée vivante. Et quand son mari est venu à sa recherche, je l'ai lui aussi enfermé dans une caverne. C'est alors que mon ingrat de peuple s'est révolté contre moi. Les gens ont pris le palais d'assaut et se sont emparés de leur roi ! Ils m'ont dépouillé, tranché les pieds et crevé les yeux !

Pac Kinnich planta allègrement les quelques dents qu'il lui restait dans une galette molle. Mais ils ont perdu, car moi, j'ai survécu, et les deux amants, Ixchel et Cheveyo, sont encore, à ce jour, prisonniers de la terre.

# LIVRE QUATRE

## 53

— Ne t'inquiète pas. Je me charge de Fumée Turquoise, dit Balám. Ma lance a soif de son sang. Rentre à Mayapan, mon frère. Mes hommes et moi, nous veillerons sur les tiens.

Le prince d'Uxmal avait hâte d'entreprendre sa nouvelle mission : éradiquer les méprisables Chichimèques de la surface de la terre. À commencer par la tribu locale dont le chef avait bien fait comprendre aux intrus qu'ils n'étaient pas les bienvenus.

— Tu dois prendre une décision ! ajouta-t-il avec impatience, sans quitter des yeux ce qui les préoccupait tant : la mystérieuse hutte dressée sur la plage.

Il fallait continuer, Kaan s'accordait avec Balám sur ce point, mais Ixchel avait ordonné cette halte risquée en territoire hostile. Et comme elle avait avancé des motifs religieux, il était pieds et poings liés.

Balám insista :

— Le chef ne nous a accordé qu'à contrecœur le droit de passage sur son territoire. Mais il nous voit traîner ici comme si nous voulions nous installer, et il prend cette attitude pour une provocation. Il est en train de rassembler ses guerriers, mon frère, et ils sont beaucoup plus nombreux que nous. Nous ne remporterons la victoire que si nous frappons cette nuit, pendant leur sommeil.

La troupe de Kaan avait établi son camp sur la plage de la baie de Campeche, entre l'eau d'un vert étincelant et les collines ondoyantes tout aussi vertes. Sur le rivage, le sable d'un gris terne devait sa couleur aux volcans qui le surplombaient. Autour d'une centaine de feux disséminés un peu partout, les gens s'affairaient à leurs activités quotidiennes ; vannerie, tissage du coton, travail du bois, discussions, plaisanteries, disputes. Les enfants jouaient et couraient alentour, les petits chiens aboyaient et les dindes glougloutaient dans leurs paniers. Une véritable ville nomade ! se dit Kaan pour la énième fois. Proportionnellement, les Mayas étaient de moins en moins nombreux. Bon nombre de Nahuas s'étaient joints à eux, femmes fuyant un mari abusif, jeunes filles à la recherche d'un époux, hommes abandonnant leurs fermes situées dans des zones trop peu fertiles et trop pluvieuses. Ils traînaient avec eux leurs infirmes et leurs malades, certains à bout de course et d'autres pleins d'espoir au contraire, l'espoir d'une vie meilleure au paradis d'Aztlan.

Tous ces nouveaux venus avaient été attirés par le mythe en train de s'édifier autour d'Ixchel, une femme magique sortie de terre au bout de vingt ans. Elle avait beau le nier, elle restait à leurs yeux cette fameuse déesse prisonnière de la terre. Tout comme Quetzalcóatl, Ixchel était morte et avait séjourné au royaume infernal avant de revenir parmi les hommes.

Et sa fille était spéciale, elle aussi. On racontait qu'elle avait passé le début de sa vie dans l'océan, au milieu des dauphins, puis que les dieux avaient transformé en femme cette créature marine exotique. Les gens adoraient Tonina et lui prêtaient des pouvoirs magiques, à l'égal de sa mère. Quel destin paradoxal, pour quelqu'un qui avait passé son enfance à subir les moqueries de ses camarades ! se dit Kaan. Sans compter leurs insinuations sur les raisons de son abandon en mer – « il n'y a pas de fumée sans feu »... Elle était désormais l'âme de cette énorme caravane : tous ces gens suivaient la déesse prisonnière de la terre et sa fille élevée par les dauphins car ces deux femmes les conduisaient au paradis légendaire d'Aztlan.

Plus loin sur la plage, de l'autre côté d'une jetée herbeuse, les hommes de Balám et leurs sympathisants vaquaient à leurs propres occupations, la principale étant l'entraînement assidu au maniement des armes. « Pour protéger les tiens », avait expliqué Balám à Kaan, qui considérait cette protection comme bienvenue. Il faisait toujours confiance à son ami, malgré les dires de certains de ses proches prêtant au prince des motifs tout autres.

Ils s'étaient maintenant enfoncés en territoire ennemi, et chaque tribu croisée voulait massacrer les intrus d'abord et poser les questions plus tard.

Ils se trouvaient sur l'isthme de Tehuantepec – la « colline du jaguar », en nahuatl –, région truffée de mystères immémoriaux. Dans la jungle toute proche, de gigantesques têtes sculptées dans le basalte gisaient au sol telles des statues enterrées jusqu'au cou. Elles présentaient des traits exotiques, avec de grosses lèvres charnues, des nez épatés et de lourdes arcades sourcilières au-dessus d'yeux ronds. La roche était noire, comme peut-être la couleur de peau de ces géants. Nul ne savait qui les avait sculptés ni ce qu'il était advenu de leurs créateurs. D'après ceux qui occupaient cette région, ils avaient vécu là bien longtemps auparavant, avant de disparaître...

Kaan et les siens avaient mis trente-deux jours, beaucoup plus que prévu, pour arriver en ce lieu. Leur progression était ralentie par les tempêtes estivales et les tribus hostiles. Chaque fois qu'ils abordaient un nouveau territoire, ils devaient se lancer dans des négociations épuisantes pour s'assurer un passage tranquille. Les chefs locaux tenaient tous le même discours : « Si vous n'êtes pas une caravane de marchands, vous êtes forcément une armée. » Ils se méfiaient tout spécialement de Balám et de ses guerriers mayas.

Le chef Fumée Turquoise ne faisait pas exception à la règle. Malgré le tribut de jade et de fèves de cacao déposé à ses pieds, il ne les avait pas autorisés à camper dans sa luxuriante vallée émaillée de lacs et de cours d'eau, où des femmes splendides roulaient des feuilles de tabac à longueur de journée. Ils n'avaient eu d'autre choix que de s'installer sur cette plage cendreuse et grise, où ils se trouvaient déjà depuis quatre jours.

À cause de cette hutte.

Penchées sur les livres de l'herboriste, Ixchel et H'meen avaient étudié les cartes et les étoiles, puis annoncé qu'elles devaient ériger avec Tonina une hutte spéciale pour y célébrer trois jours durant un rituel excluant toute présence masculine.

Pas d'hommes en effet, se dit Kaan en contemplant d'un air renfrogné cet abri construit et arrangé par des femmes uniquement ; elles avaient fait des aller-retour chargées de bols et de calebasses, d'instruments de musique, de victuailles, d'encens et de vêtements divers. Ixchel et Tonina y étaient entrées le premier jour de la cérémonie, à l'aube, et n'avaient pas mis le nez dehors en trois jours. Apparemment, le rituel arrivait à son terme, car tout le monde observait la hutte, en particulier les femmes et les jeunes filles. Attentives, impatientes, elles se rapprochaient de l'abri.

Tout ce mystère le déroutait. Ixchel avait hâte de retrouver son mari, Kaan le savait : à chaque occasion, elle s'informait sur l'éventuel passage d'un chaman nommé Cheveyo. En outre, depuis la vision de Tonina dans le Temple du Temps, une vallée jonchée de morts, un ciel assombri par la fumée et Cheveyo appelant à l'aide, elle avait peur. Et pourtant, malgré son angoisse, elle avait interrompu leur voyage et insisté sur la nécessité de ce mystérieux rituel de trois jours sur la plage de Tehuantepec.

— Si tu pars tout de suite, tu peux atteindre Mayapan avant l'équinoxe d'automne, lui glissa Balám au creux de l'oreille.

Kaan n'avait pas besoin des encouragements de son ami. L'envie de repartir à Mayapan pour y poursuivre les hommes du consortium le consumait de jour comme de nuit. S'y ajoutait désormais une autre motivation, plus pressante : son malaise grandissant dans ce pays de langue nahuatl. Un pays aux coutumes étranges et aux dieux peu familiers, où personne ne connaissait le maya. Même les règles du jeu de balle y étaient différentes. Pour Kaan, terrifié à l'idée de perdre son identité s'il baissait la garde, s'il faiblissait un instant, chaque jour était un combat : allait-il parvenir à rester maya ? Et dans le cas contraire, qu'allait-il devenir ? Si je ne suis plus un Maya, vais-je disparaître, emporté par le vent ?

Une chose était sûre : il ne pouvait pas abandonner Ixchel et Tonina à ce stade. La route serait encore longue avant d'atteindre leur destination. Il leur faudrait traverser la vallée d'Anahuac puis s'aventurer encore plus loin, sur un territoire hostile et montagneux. Il ne leur ferait pas faux bond sous un prétexte égoïste.

— Par tous les dieux, si c'était mon fils que ces démons avaient assassiné, cela ferait longtemps qu'ils seraient pendus par les testicules.

— Assez, répliqua Kaan à voix basse, tout en observant les spirales de fumée qui s'élevaient par le toit de la hutte au son des prières.

Que pouvaient-elles bien faire là-dedans ?

Il frémit. Il était en train de perdre Tonina, avant même de l'avoir eue toute à lui. Ixchel lui apprenait la vannerie, la langue nahuatl, l'appelait Malinal et la préparait à adopter son vrai moi.

— Alors on reste ici et on laisse Fumée Turquoise nous exterminer à cause de cette femme ? cracha Balám d'un ton méprisant.

Aveuglé par le soleil matinal, Kaan partit vers la hutte à grandes enjambées. Il n'arriverait pas à prendre de décision tant que les deux femmes n'auraient pas quitté leur abri, et n'ignorait pas que la présence des envahisseurs sur sa plage indisposait de plus en plus Fumée Turquoise : il ne leur avait accordé son autorisation que pour une seule nuit.

Les femmes et les jeunes filles s'étaient rassemblées autour de la hutte en chantant et en tapant dans leurs mains, et Kaan eut du mal à se frayer un chemin parmi elles. H'meen était là, portant les habits, tunique et jupe, qu'elle réservait aux grandes occasions.

— Que les dieux te bénissent, noble Kaan ! l'interpella-t-elle. Tu arrives au bon moment. La célébration va commencer !

— Que veux-tu dire ?

H'meen lui expliqua ce que l'on avait voulu cacher aux hommes jusque-là : l'initiation de trois jours qui marquait l'accueil officiel de Tonina dans sa tribu en tant qu'adulte.

— Ce que nous, les Mayas, nous appelons la cérémonie de la Descente des Dieux.

Kaan hocha la tête. Lui-même avait célébré la Descente des Dieux lors de son treizième anniversaire, l'âge fixé par la tradition pour ce rituel.

Dans le cas de Tonina, qui avait manqué la cérémonie sur l'île aux Perles, il avait fallu choisir une nouvelle date. Ce serait à l'occasion du vingt-deuxième anniversaire de sa fille, avait décidé Ixchel, car ce nombre comportait un neuf et un treize, deux chiffres porte-bonheur.

Souriante et gracieuse, Ixchel apparut sur le seuil, une main levée pour demander l'attention de tous.

Kaan était émerveillé par sa métamorphose depuis leur départ de Palenque. En retrouvant santé et vigueur, la mère de Tonina s'était remplumée et avait retrouvé sa jeunesse, et comme elle se tenait droite, elle semblait avoir grandi. Dans cette lumière matinale, elle avait une allure altière, un port de reine. Sa chevelure immaculée était maintenant brillante et fournie et Kaan savait que certains de ses hommes trouvaient Ixchel très attirante.

Elle fit une déclaration en nahuatl, d'une voix forte et vibrante qui survola les feux de camp, attirant l'attention des centaines de campeurs sur la plage. Ixchel réitérant son annonce, les petits groupes se turent l'un après l'autre, et un silence surnaturel s'installa sur toute la plage, seulement troublé par les cris des mouettes.

Kaan ne comprit pas un mot à son discours, mais constata que tous l'écoutaient sans quitter la hutte des yeux, et il ressentit la solennité du moment. Son regard s'égara sur l'eau, où les pêcheurs du coin assis dans des canoës patientaient en surveillant de grands hérons blancs qui barbotaient dans les hauts-fonds. Tous ces échassiers étaient retenus par une corde suffisamment lâche pour leur permettre de parcourir une certaine distance, mais pas assez pour s'envoler, et portaient au cou un collier les empêchant d'avaler leurs proies. Dès qu'un volatile plongeait la tête dans l'eau et la ressortait le bec garni d'un poisson frétillant, les hommes lui subtilisaient sa prise.

Une scène bien prosaïque, se dit Kaan, et pourtant, il sentait que le monde était sur le point de changer pour toujours.

Une autre silhouette se détacha enfin sur le seuil de la hutte et s'avança dans le soleil éclatant, à la vue de tous.

L'attention du jeune homme fut d'abord captée par sa coiffure : les cheveux, relevés en deux rouleaux de chaque côté de sa tête, étaient retenus par des rubans aux couleurs vives signalant qu'elle avait laissé la petite fille derrière elle. Les ensorcelants coquillages s'étaient volatilisés, nota tristement Kaan. Cette coiffure dégagée mettait en valeur son long cou gracieux, dissimulé jusqu'alors, en la faisant paraître encore plus grande. La tunique blanche toute simple et la jupe assortie avaient disparu au profit de vêtements aux couleurs vibrantes, des verts, des bleus et des rouges chatoyants qui flattaient son teint de miel. Colliers et bracelets complétaient sa tenue. Tonina avait l'air d'une aristocrate.

Mais le plus stupéfiant, c'était son visage. Il était débarrassé de toute trace de peinture, et le soleil matinal révélait clairement ses traits : les grands yeux expressifs, le nez fin, la mâchoire forte et les pommettes hautes. Kaan eut l'impression de voir Tonina pour la première fois, une femme qu'il n'avait jamais rencontrée jusqu'alors, une femme nouvelle.

Et belle…

Il eut soudain le cœur lourd. D'abord en nahuatl puis en maya, Ixchel annonça que des festivités se dérouleraient le jour même en l'honneur de sa fille, Malinal. En voyant l'ancienne Tonina devenue Malinal, Kaan se dit : Je l'ai perdue.

À sa sortie de la hutte, Tonina cilla, aveuglée par le soleil. Après trois jours de prières, de jeûne et d'apprentissage des secrets et des mystères de la féminité adulte sous la houlette d'Ixchel, son premier réflexe fut de chercher Kaan dans la foule.

Comment allait-il réagir ? Il lui avait raconté qu'on l'avait élevé dans le mépris de son propre peuple. Allait-il à présent la mépriser elle aussi ? Elle le découvrit à côté de H'meen, et leurs regards se croisèrent. Le cœur battant la chamade, elle lui adressa un sourire hésitant.

Kaan voulut lui rendre son sourire. Hélas, cette transformation n'affectait pas seulement les cheveux, les vêtements et le visage enfin nu de Tonina, elle faisait d'elle une étrangère. Une Nahua.

Et soudain...

Le souffle coupé, il étouffa un cri. Tout d'un coup, Tonina lui parut plus que belle, plus qu'une jeune femme transformée. Elle était devenue son sang, son souffle, ses os, et il ressentait pour elle un désir physique brutal et douloureux. Jamais il n'avait eu envie de quelqu'un aussi intensément, aussi violemment qu'en cet instant stupéfiant.

Puis sa mémoire se mit à lui jouer des tours. L'image d'une autre femme surgie de son passé se superposa à celle de Tonina : sa mère, jeune et belle, nouvelle venue à Mayapan et encore peu habituée aux us et coutumes de ses habitants. Les cheveux retenus en deux rouleaux, elle portait une tunique et une jupe très colorées et racontait en nahuatl à son petit garçon les mythes et l'histoire de leur peuple...

*Chapultepec.*

Enfin ! Le mot, le nom, l'endroit qu'il essayait vainement de se rappeler depuis qu'il avait quitté Mayapan ! Sa mère lui avait recommandé de le mémoriser, mais il l'avait volontairement oublié. Chapultepec ! Il s'en souvenait à présent. En fait, il se souvenait de tout...

Pendant quelques instants, il resta pétrifié sous le ciel estival. Le monde autour de lui subissait un changement si radical qu'il crut que le soleil allait tomber du ciel. Il fit demi-tour et s'éloigna de la plage, jouant des coudes dans la foule, le plus loin possible de la hutte et de cette inconnue. La gorge serrée pour retenir ses pleurs en même temps que son souffle, il se jeta tête baissée dans la jungle qui bordait le sable gris, fonça à l'aveuglette entre les palmiers, les plantes grimpantes et les fougères, repoussa les feuilles géantes et les lianes qui se dressaient sur son chemin. Au cœur de cette végétation luxuriante, il se retrouva enfin seul, seul au monde, sans nom, enfanté à l'instant par l'humus, la mousse et le lichen de la forêt tropicale.

La poitrine secouée de sanglots, il tomba à genoux et laissa libre cours aux émotions qu'il refoulait depuis toujours. Les murs invisibles s'écroulèrent, les barrières qui, depuis des années, gardaient à bonne distance les souvenirs indésirables. Les mots de son passé se bousculaient dans sa tête... *auakatl... chichiltik... kali... kuakuake*. Des mots absurdes, mais dont il connaissait le sens : avocat... rouge... maison... scarabée.

Le nahuatl. La langue de son enfance.

Il s'effondra et le passé s'abattit sur lui comme une pluie tropicale : les journées brûlantes dans les cuisines du palais, sa mère astreinte aux tâches les plus humbles, récurant les pots et broyant le maïs pour la confection des galettes. Plus tard, on l'avait chargée de superviser leur fabrication, et pour finir, elle avait été promue chef des cuisines du palais. Pendant tout ce temps, elle avait parlé à son fils dans sa langue maternelle et lui avait farci la tête des mythes de son peuple. Puis il s'était lié d'amitié avec Balám et était devenu maya. C'est à cette époque qu'il avait érigé les murs dans sa tête pour empêcher les souvenirs de s'en échapper.

*Chapultepec.*

Elle lui avait dit : « N'oublie jamais, mon fils. » Elle lui avait fait répéter ce mot encore et encore, vérifiant chaque matin qu'il s'en souvenait. Jusqu'au jour où il avait eu l'âge de quitter les cuisines pour rejoindre les baraquements où s'entraînaient les joueurs de balle. Depuis lors, il avait partagé l'existence de Balám et des autres Mayas, d'abord jeune garçon, puis adolescent, et enfin jeune homme. Kaan s'était mué en véritable caméléon, adoptant leurs coutumes, leur langue, leurs dieux, leurs mythes, leurs croyances. Il avait tellement refoulé l'univers des cuisines, le petit garçon chichimèque et sa mère parlant le nahuatl, que vint le jour où il oublia le mot. Celui dont elle voulait qu'il se souvienne pour toujours.

Mais il était de retour, arraché à son sommeil par cette Tonina transformée.

— Chapultepec, murmura-t-il, trempé de sueur, privé de ses forces.

Kaan sanglotait sur l'herbe et la terre de la forêt tropicale de Tehuantepec, pris entre deux mondes comme un lapin entre deux chiens, chacun le tirant à lui jusqu'au moment où l'animal sans défense se déchirait en deux.

Il resta longtemps allongé. Il laissa son passé déferler, s'emparer de lui, l'entraîner en arrière, jusqu'à ce que, épuisé et à bout, il se rende compte qu'il ignorait où en était le soleil dans le ciel. Il avait perdu tout sens de l'orientation. Il s'assit, se débarrassa des rameaux et des feuilles collés à sa peau trempée et se rendit compte qu'il était parvenu à un tournant de son existence.

Il eut du mal à se remettre debout et tangua un moment avant de retrouver l'équilibre. Malgré la souffrance, il comprit qu'il n'avait pas le choix. Il n'avait jamais eu le choix. Il se mit en marche en se disant que, si telle était la volonté des dieux, les adieux ne seraient peut-être pas aussi difficiles qu'il le pensait naguère.

## 54

On avait confectionné un siège d'honneur avec du bois flotté et des fougères, et Tonina y fut installée cérémonieusement, pour présider le festin à la façon d'une reine. Des trous pour le feu furent creusés dans le sable et on accorda les instruments. Le *pulque* coulait déjà à flots. Après plusieurs jours pénibles dans ce territoire hostile, les gens allaient profiter de ces festivités pour se détendre et s'amuser.

Tonina aurait dû se réjouir. Elle n'était plus une étrangère comme sur l'île aux Perles, indésirable et peu attirante aux yeux de la population locale. Elle avait vraiment l'air d'une femme nahua et elle appartenait à l'une des sept tribus d'Aztlan. Elle avait enfin des racines. Mais l'inquiétude étouffait sa joie. Où était Kaan ? Personne ne l'avait vu depuis ce matin, quand il avait posé les yeux sur elle avant de s'enfuir dans la jungle. Le soleil se couchait et le joueur de balle restait invisible.

L'air de cette fin d'après-midi était chargé des arômes de moules et de palourdes cuites à la vapeur. Au son joyeux des flûtes et des tambours, les gens se repurent de tortillas, de haricots, de tomates et d'avocats. Cigares et pipes entrelaçaient leurs fumées âcres à la brise marine. En cette journée unique, ils oublièrent leurs soucis, leurs infirmités, les raisons qui les avaient poussés à quitter fermes et familles. Ils s'étaient associés à une quête qui, s'ils prenaient le temps d'y réfléchir sérieusement, ne leur promettait que du vent. Aucune importance ! Sur son trône, cette fille était devenue l'une des leurs. Elle leur rappelait que, malgré leur appartenance à divers clans et tribus, ils ne formaient en fait qu'un seul peuple. Ils parlaient la même langue, vénéraient les mêmes dieux et marchaient sur la même route, celle qui les conduisait à Aztlan, leur foyer.

Mais certains n'étaient pas aussi satisfaits. Un peu à l'écart de la foule bruyante, Balám et ses guerriers restaient sur le qui-vive, conscients que Fumée Turquoise rassemblait ses hommes en prévision d'une attaque. Balám, qui ne quittait pas des yeux la pathétique cohue célébrant ce rituel minable, se posait exactement la même question que Tonina : mais où était Kaan ?

Si seulement le chef attaquait ! Les hommes de Balám pourraient ainsi faire étalage de la supériorité des Mayas au combat devant ces chiens de Zapotèques. Ses soldats et lui se battraient vaillamment, non pas pour protéger cette misérable populace, mais pour la gloire de leur propre peuple. Une fois remportée la victoire sur cette plage, Balám conduirait ses hommes sur des champs de bataille de plus en plus prestigieux, jusqu'au jour où la menace chichimèque serait complètement éradiquée. Et ce jour-là, les dieux le récompenseraient en lui rendant sa précieuse fille.

En dépit de la prime généreuse promise pour tout renseignement se rapportant à une fillette maya achetée sur le marché aux esclaves de Mayapan, il n'avait encore obtenu aucune information. Mais Balám n'était pas inquiet. À Palenque, lors de son sacrifice sanglant à Buluc Chabtan, il avait eu toute une série de visions, dont une envoyée par le dieu de la guerre en personne : les dieux veillaient sur Ziyal et la protégeraient jusqu'au jour où leur vaillant serviteur la retrouverait enfin.

On lui agrippa le bras.

— Cousin, regarde ! s'exclama le jeune homme à côté de lui.

Les gens assis plus haut sur la plage se taisaient, et le silence se propageait comme des rides sur une mare. Bientôt, en cette fin d'après-midi orangée, on n'entendit plus que le bruit des vagues se brisant sur le rivage.

La main de Balám se crispa sur sa lance. Il n'en croyait pas ses yeux.

La foule s'écartait pour laisser passer un nouveau venu. Tonina, tout aussi incrédule, faillit ne pas le reconnaître.

La longue queue de jaguar avait disparu. Taillés aux épaules avec une frange à ras des sourcils, les cheveux lisses de Kaan pendaient librement. Cette coupe au carré mettait ses traits en valeur, et Tonina le trouva plus séduisant que jamais. Le barbier ayant opéré ce changement avait également doté Kaan de l'attribut du guerrier : sur le sommet du crâne, une poignée de cheveux retenue par un cordon avait été coupée très court pour se dresser sur la tête. Le joueur de balle avait troqué son modeste pagne blanc contre un autre aux couleurs vives, qui soulignait ses hanches, la chute de ses reins et ses cuisses. Sa cape sans prétention avait laissé la place à une nouvelle cape d'une écarlate si soutenue et si profonde qu'elle devait brûler au toucher.

Kaan marqua un arrêt devant Tonina, s'inclina respectueusement devant elle, puis redressa le menton et déclara fièrement d'une voix forte :

— Honorables dames, je suis venu vous présenter mes hommages. Je suis Tenoch de Chapultepec.

## 55

Abstraction faite du chuchotement du ressac, on aurait entendu voler une mouche. Tous étaient pétrifiés. Quelques murmures s'élevèrent enfin et se propagèrent dans la foule, puis tout le monde se mit à parler en même temps et à s'extasier devant ce changement.

— Présente-toi, Tenoch de Chapultepec, lui dit Ixchel en souriant, d'une voix tremblante d'émotion.

Car ses prières avaient été entendues : Kaan avait découvert sa véritable identité, et sa fille pouvait maintenant s'unir sans risque à cet homme d'honneur et de courage. Dans la caverne, lors de ses longues années de solitude avec pour tout compagnon un oiseau qui ne pouvait pas parler, Ixchel avait rêvé de tenir un jour son petit-enfant dans ses bras.

Le petit-enfant de Cheveyo.

Lorsque Kaan s'approcha du « trône » de Tonina et vit l'étonnement et la joie se peindre sur son visage, il se demanda soudain pour quelle raison il avait lutté si durement et depuis si longtemps contre une métamorphose inéluctable. Cet homme « nouveau », il était né pour le devenir ! Il n'avait fait que retrouver sa vraie nature ! Sa mère avait-elle deviné ce changement prochain ? Était-ce la raison pour laquelle, bien que se sachant mourante, elle avait insisté pour qu'il accomplisse le pèlerinage à Teotihuacan ?

Toute sa vie, il avait fait semblant d'être un Maya. Maintenant qu'il savait qui il était, il se sentait investi jusqu'au plus profond de lui-même d'une force renouvelée. Lorsque je retournerai à Mayapan, ce sera sous le nom de Tenoch de Chapultepec. Je montrerai aux hommes du consortium que les miens sont fiers et honorables. Et ils maudiront le jour de leur naissance.

Ixchel fronça soudain les sourcils.

— Chapultepec... la colline des Sauterelles ?

Kaan écarta sa cape pour lui montrer le tatouage tout frais sur sa poitrine.

Lorsqu'il était sorti chancelant de la jungle, à la fois affaibli et régénéré par cette révélation brutale, il avait repéré l'un des nombreux barbiers qui s'étaient joints à la foule des migrants, et l'homme avait exercé son art à l'ombre discrète d'un acajou géant. Kaan s'était ensuite procuré ses nouveaux vêtements auprès d'une famille de tisserands et de teinturiers produisant des cotons de prix qu'ils vendaient à une riche et noble clientèle, et pour finir, un homme expert dans les symboles tribaux des Nahuas avait exécuté ce tatouage.

Une croûte de sang le recouvrait encore, mais Ixchel reconnut immédiatement le symbole du peuple de la colline des Sauterelles – *chapultepec* en nahuatl.

— Quand j'étais petit, j'ai essayé de ne pas crier le jour où ma tribu m'a tatoué cette marque, mais je n'y suis pas arrivé, lui raconta Kaan en souriant. Ensuite, j'ai oublié ce qu'elle voulait dire. Elle s'est déformée au fil des ans. Mais le voici de nouveau, le nom de ma tribu !

— Connais-tu le nom de ton clan ?

— Je l'ai oublié, noble Ixchel.

Il reporta son attention sur Tonina, qui le fixait toujours, bouche bée. Aucun des deux ne s'aperçut de la frayeur d'Ixchel, qu'elle masqua aussitôt.

— Pardonne-moi d'interrompre cette célébration en ton honneur, noble Malinal, mais un motif urgent m'amène ici, reprit Kaan. On m'apprend à l'instant que Fumée Turquoise projette de nous attaquer cette nuit, et j'ai l'intention d'intervenir en ton nom.

— Comment ça, d'intervenir ? s'alarma Ixchel en se tournant vers le mur de végétation qui s'élevait dans leur dos ; elle voyait en esprit les guerriers du chef qui s'y rassemblaient.

Kaan s'adressa ensuite à un Borgne estomaqué :

— Mon ami, pourriez-vous rendre une petite visite au chef, toi et H'meen ? Dites-lui que Tenoch de Chapultepec le prie d'honorer de sa présence un important festin. Nous souhaitons qu'il bénisse notre célébration et nous voulons lui manifester à nouveau notre gratitude.

Le Borgne ne discuta pas ces instructions, parfaitement logiques à ses yeux. Dans la caravane, H'meen et lui étaient les seuls à qui le chef zapotèque montrait un peu de respect. En revanche, la radicale transformation de Kaan le stupéfiait. Puis il regarda Tonina sur son trône et il eut la réponse à ses questions.

Les yeux plissés par la suspicion, Balám traversa la foule à grands pas.

— Qu'est-ce qu'il te prend, Kaan ? As-tu perdu l'esprit ? rugit-il en regardant ce dernier de haut en bas d'un air dégoûté.

— Je n'ai jamais eu l'esprit aussi clair, mon frère. D'après toi, nous n'avons pas le choix. Nous devons soit quitter cet endroit sur le champ, soit combattre Fumée Turquoise. Mais tu as tort. Il existe une troisième possibilité.

— Et quelle est-elle ?

— Traiter le chef en ami. Lorsque je fais de mon ennemi un ami, nous gagnons tous les deux.

— Et que proposes-tu pour accomplir cet exploit impossible ?

— Je vais utiliser deux armes auxquelles Fumée Turquoise ne s'attend pas : l'humilité et le respect. Aucun chef digne de ce nom ne peut refuser l'occasion de faire preuve de magnanimité.

— Tu vas droit à la catastrophe, mais ne t'inquiète pas. Mes guerriers interviendront dès que tes tentatives amicales auront échoué.

Balám repartit à vive allure, ses cousins sur les talons.

En attendant la réponse de Fumée Turquoise, Kaan suggéra de reprendre les festivités, ce que tous firent avec plaisir. Les commentaires sur la métamorphose de leur chef allaient bon train. Tout le monde était d'accord pour reconnaître qu'il avait une allure splendide ; ils avaient toujours su qu'il retrouverait un jour son bon sens et ses vraies racines, et ils se félicitaient d'avoir eu la sagesse de suivre un tel héros…

Kaan s'adressa doucement à Tonina :

— Je sais enfin pourquoi je n'arrivais pas à te quitter des yeux sur la place du marché, à Mayapan, le jour où je t'ai vue pour la première fois. J'ai dû sentir tout de suite qu'un lien nous unissait. Nous étions destinés à nous rencontrer, le hasard n'y est pour rien.

Il se pencha en avant et lui chuchota à l'oreille, d'un ton passionné :

— Tu m'as demandé un jour pourquoi je refusais d'exercer toute forme d'autorité, et je t'ai raconté que quand j'étais petit, ma mère m'avait supplié de ne jamais être un perdant. C'était devenu ma plus grande peur. Mais quand je t'ai vue sortir de la hutte ce matin, Tonina, tous les souvenirs enfouis sont remontés à la surface, et j'ai enfin pris conscience que j'avais mal interprété ses paroles. J'avais compris : « Ne te mets jamais en position de perdre », alors que ce n'est pas du tout cela ! C'est même tout le contraire ! Ces quelques mots m'ont freiné pendant des années, mais c'est bien fini.

Il y avait autre chose, quelque chose qu'il ne parviendrait pas à exprimer avant un moment. D'ailleurs, comment traduire en paroles ces sentiments inédits, toutes ces révélations qui l'avaient éclairé comme un soleil éclatant ? Plus tard, il les explorerait et en arriverait à la conclusion que, à l'inverse de ce qu'il avait toujours cru, sa mère n'avait jamais eu honte de leur peuple. Elle n'avait en rien encouragé son mépris. Ses camarades étaient seuls responsables de cette blessure dans le cœur du jeune Kaan. En fait, sa mère avait toujours été fière de leurs origines.

Et maintenant, il voulait qu'elle soit fière de lui.

Le soleil plongea derrière la forêt tropicale, projetant des ombres allongées sur la plage, et la cape rouge de Kaan prit une nuance riche et profonde. Tonina n'arrivait pas à s'arracher à la contemplation de ce visage. C'était Kaan et ce n'était pas lui. En acceptant enfin sa véritable identité, il paraissait avoir acquis une force intérieure et une confiance en soi toutes neuves. Tous ses doutes, tous ses soucis semblaient s'être dissipés. Devant elle se tenait un homme fort et sûr de lui, un homme qui savait qui il était et quel destin l'attendait.

Elle voulait qu'il la prenne dans ses bras, brûlait de sentir la pression de ses lèvres sur les siennes. Si seulement tous ces gens pouvaient disparaître, la laisser seule avec cet homme qu'elle désirait éperdument !

Aujourd'hui, c'est mon anniversaire, se dit-elle soudain. Je suis née il y a vingt-deux ans dans la ville maya de Palenque, et je suis la fille d'Ixchel et de Cheveyo. Mais ce jour marquait aussi la naissance de Tenoch de Chapultepec, et elle sut qu'elle vivait le moment le plus important de son existence.

Kaan lutta contre son envie de prendre Tonina dans ses bras pour l'emporter à l'abri des regards. Il voulait la toucher, la caresser, l'aimer, puisque enfin il leur était permis de se donner l'un à l'autre. Hélas, dans l'immédiat, il devait d'abord songer à protéger son peuple.

Il s'éloigna d'elle au moment précis où un grand raffut éclatait à l'orée de la forêt. Fumée Turquoise arrivait.

Suivi de ses fidèles, de ses épouses, de ses esclaves et de ses serviteurs, le pompeux chef zapotèque traversa la foule. Petit et corpulent, il croulait sous les coquillages, les ossements et les plumes, mais ses yeux vifs trahissaient une intelligence aiguë.

Dans une ambiance tendue, la foule s'écarta nerveusement pour laisser passer les féroces guerriers zapotèques aux lances couronnées de crânes humains. Fumée Turquoise s'arrêta devant Kaan en plissant les yeux, surpris : il reconnaissait certes ce visage, mais ce n'était plus le même Kaan, celui qui quatre jours auparavant s'habillait comme un Maya. Voilà qu'aujourd'hui, il se dénommait Tenoch et portait des vêtements nahuas ! Était-il possible qu'il soit l'un des leurs ?

Ce chef avait vraiment un aspect étrange, avec une peau si foncée qu'elle en était presque noire, des yeux extraordinairement ronds, un peu saillants, et un nez épaté. En fait, il ressemblait aux étranges têtes olmèques aperçues dans la jungle, se dit soudain Tonina. Beaucoup de ceux qui l'accompagnaient présentent les mêmes caractéristiques physiques, elle en déduisit que leur tribu descendait probablement de ce peuple disparu.

Des femmes proposèrent du *pulque* et des plats de victuailles aux deux chefs qui avaient pris place sur des nattes. Les guerriers lourdement armés de Fumée Turquoise restèrent debout derrière lui, et les gens firent cercle pour ne rien perdre de la rencontre. Ixchel faisait face à Tonina sur son siège de bois flotté. Assise à côté de la femme aux cheveux blancs, H'meen tenait du papier vierge sur ses genoux, avec pinceaux et pots d'encre à portée de main. Enfin, parce qu'il portait bonheur, le Borgne était lui aussi admis au premier rang.

Kaan avait assisté à plusieurs audiences en présence de Sa Sérénissime Bonté dans la Grande Salle de Mayapan où elle recevait les dignitaires venus lui offrir des présents ou lui soumettre des requêtes. Il savait donc qu'il ne fallait jamais aller droit au but au cours d'une négociation. Il commença par couvrir de compliments son interlocuteur, puis évoqua le nom de tous les dieux dont il pouvait se souvenir et appela leur bénédiction sur les membres de la famille du chef, qui fit de même à son tour. Après avoir répandu quelques libations et jeté au feu des bribes de nourriture, Kaan et Fumée Turquoise levèrent leur calebasse de *pulque* à leurs tribus, clans et dieux respectifs. Les gens attendirent poliment que le chef goûte les palourdes pour se ruer sur les mets délicieux et tentateurs. Lorsque Fumée Turquoise fut satisfait du traitement respectueux qui lui avait été réservé ainsi qu'à tous les siens, il pria l'honorable Tenoch de lui exposer ses doléances.

À la grande surprise de l'assistance, Kaan ne fit aucune allusion à ses besoins ou ceux de son peuple. Toujours en se basant sur ce qu'il avait retenu des audiences dans la Grande Salle, il insista sur ce que lui et les siens avaient à offrir au chef en termes de biens et de services. Il fallait absolument le convaincre qu'on lui faisait une faveur, et pas l'inverse, et qu'il avait tout à y gagner sans rien devoir sacrifier en échange. Kaan lui promit du coton, des paniers, des chasseurs et des pêcheurs expérimentés, des filles pour ses hommes célibataires, la bonne fortune d'un nain et d'une herboriste royale, et enfin les prières et la dévotion loyale de centaines de nouveaux citoyens. Quant à lui, il ne demandait en échange de ses largesses qu'une chose au chef zapotèque : la protection de son armée.

— Pour combien de temps ?

Fumée Turquoise savait depuis quatre jours que cet homme et son étrange caravane, en quête d'une ancestrale terre légendaire, se dirigeaient vers le nord.

Kaan sortit sa carte en papier d'écorce et lui montra l'ancienne route commerciale reliant Teotihuacan, au nord de la vallée d'Anahuac, à Chichén Itzá, loin à l'est, puis Copan, dans le sud profond.

— Nous sommes ici, lui dit-il en lui désignant le glyphe représentant son village. Et nous voulons nous rendre dans la vallée d'Anahuac.

Utilisée depuis plus de mille ans par les marchands et les voyageurs, la grand-route qui traversait Tehuantepec prenait le relais de la Route Blanche maya.

Fumée Turquoise contempla la carte avec perplexité, en mâchouillant son cigare. Il ne savait pas lire.

— Où est Zempoala ?

Kaan lui indiqua le glyphe correspondant.

— Très bien. Ici, c'est le territoire des Totonaques, avec lesquels nous sommes alliés. Comme toi et moi le sommes aussi désormais, Tenoch de Chapultepec, mon armée vous escortera jusqu'aux limites de mon territoire, et nous t'aiderons à obtenir la protection du chef Acayucan, qui n'est autre que le mari de ma sœur.

Avant de sceller leur accord d'une marque du pouce dans leur paume, Fumée Turquoise leva un doigt boudiné jauni par la nicotine.

— Une dernière chose, Tenoch. Je n'ai aucune confiance dans ce Maya et ses guerriers.

— Ne t'inquiète pas pour Balám, il fera ce que je lui dirai.

— Qu'il en soit ainsi !

Ébahie, la foule explosa de joie. Kaan lui-même n'en revenait pas. C'était un négociateur-né, et il l'ignorait jusqu'alors ! Il n'avait eu cette révélation qu'en devenant lui-même. Kaan le Maya n'aurait jamais remporté un tel succès.

— Et maintenant, pour sceller notre accord, parlons mariage, dit le chef en se frottant les mains.

— Mariage ? répéta Kaan. Que veux-tu dire ?

Sur un signe de Fumée Turquoise, on poussa une timide jeune fille dans le cercle.
— Pour unir nos deux tribus, tu vas épouser ma fille.
Puis il montra Tonina du doigt.
— Et moi, je veux celle-ci.

# 56

Balám admirait sans réserve l'objet qu'on voulait lui vendre sous le manteau. À la lueur vacillante des torches de son campement, il examinait une splendide couronne d'or, de jade et d'ambre.

— Parfaite pour une reine, lui dit l'homme qui la lui avait remise sans lui expliquer comment un tel trésor avait pu tomber entre ses mains.

— Tout à fait d'accord, murmura le prince.

Il échangea cette couronne contre cinq peaux d'ocelot, vingt morceaux de jade et une calebasse de *pulque*. C'était cher payé, mais elle serait parfaite pour Ziyal le jour où il deviendrait le maître du monde.

Son mystérieux visiteur s'évanouit dans la jungle, et Balám se retourna vers la baie de Campeche, où la mer reflétait la lumière des étoiles. Il porta la main à la petite bourse pendue à son cou, celle qui contenait la dent de lait de sa fille, et de doux souvenirs défilèrent dans sa tête : ses courses dans la maison avec Ziyal sur les épaules, les gloussements de la petite sur ses genoux quand il la chatouillait, les nuits de veille à son chevet, quand elle était malade. La sensation des petits bras autour de son cou, la douceur de son souffle sur sa joue. Son cœur qui bondissait de joie chaque fois qu'elle l'appelait *taati*.

Bientôt, ma précieuse... lui cria-t-il en esprit. Ses pensées chevauchaient les vagues, s'envolaient vers les étoiles. Un peu de patience, ma douce enfant, et *taati* sera à nouveau auprès de toi.

Balám dissimula soigneusement la couronne dans un panier rempli d'herbe sèche, puis tendit l'oreille dans la nuit.

Après avoir observé de loin le répugnant spectacle de Kaan négociant une alliance avec ce chien de Zapotèque, il avait donné ses ordres à ses hommes : à minuit, ils se glisseraient dans le bivouac des guerriers de Fumée Turquoise.

— Assurez-vous qu'ils sont tous bien endormis, puis prenez vos couteaux et...

Il eut un sourire sinistre. En réduisant l'armée de Fumée Turquoise, Balám faisait d'une pierre deux coups : il affaiblissait le gros chef zapotèque et éclaircissait les rangs des soldats recrutés pour protéger la troupe de Kaan.

Le troc de femmes ! Balám n'éprouvait que du dédain pour cette coutume. Prendre pour femme la fille ou la sœur d'un ennemi, c'était ce que faisaient les faibles pour préserver la paix. Pour lui un vrai guerrier, la paix ne dépendait que de la puissance militaire. Pas besoin d'épouser les sœurs et les filles de ses adversaires pour les soumettre ! Il suffisait d'exterminer les hommes.

La transformation de Kaan lui revint à l'esprit. Ce Maya devenu Chichimèque, naguère son ami et frère, c'était un signe des dieux... Il était temps que leurs routes se séparent. Mais, d'abord, il allait retrouver la tribu chichimèque de Kaan et la massacrer jusqu'au dernier. Le problème, c'est que Balám ignorait de quelle tribu il s'agissait. « Je suis Tenoch de... » Balám n'avait pas compris la suite.

Il entendit des bruits tout proches et se retourna. Ses hommes rentraient furtivement au camp en poussant devant eux des captifs entravés. Balám hocha la tête, satisfait. Il en dénombra une petite centaine. On les obligea sans ménagement à s'agenouiller devant lui, honteux, tête baissée. Pour un soldat, il n'y avait pire déshonneur que d'être capturé sans résistance, sans avoir même eu le temps de tirer son arme. Fumée Turquoise n'exigerait pas leur restitution : des hommes surpris dans leur sommeil, quelle infamie ! Ils s'attendaient à être exécutés, une mort si déshonorante qu'ils descendraient tout droit au Neuvième Niveau de l'Enfer.

Mais, à leur grande surprise, le prince d'Uxmal s'adressa à eux :

— Joignez vos forces aux miennes et vous connaîtrez la gloire de combattre les vils Huastèques, dans le Nord. Pensez donc aux pillages, au butin et aux femmes qui vous attendent. Et si vous perdez la vie au combat, vous irez tout droit au Treizième Ciel !

Alors qu'ils se prosternaient à ses pieds en lui jurant fidélité, il lui sembla voir sa force militaire augmenter rang après rang jusqu'à toucher l'horizon. Cette armée allait lui permettre de conquérir le monde, dès qu'il se serait chargé de l'homme qui l'avait trahi.

Kaan faisait nerveusement les cent pas dans la clairière éclairée par la lune.

Mais où était Tonina ?

Il entendit un froissement de feuilles, se retourna vivement, et la vit devant lui.

Elle tenait le Livre des Mille Secrets, enveloppé dans une nouvelle couverture de plumes. Quand elle vit que Kaan l'attendait, elle oublia instantanément toutes les recommandations et les craintes de sa mère. Elle laissa tomber le livre et se précipita vers le jeune homme.

Kaan l'enlaça et plaqua ses lèvres contre les siennes. Les yeux brouillés de larmes, Tonina s'accrocha à lui. Elle voulait souder son corps au sien et rester ainsi à jamais, rien qu'eux deux au clair de lune, loin des centaines de dormeurs du campement, loin des devoirs, des responsabilités et... des tabous.

— J'ai l'impression de rêver, chuchota-t-il en explorant le corps élancé de la jeune femme.

Il sentait sa chaleur à travers ses nouveaux vêtements, des vêtements nahuas, comme les siens. On aurait dit que les tissus eux-mêmes avaient changé de peuple, d'espèce.

Kaan prit le visage de Tonina entre ses mains et la regarda au fond des yeux.

— Quand je t'ai vue ce matin au soleil, le désir m'a figé sur place. Je te voulais si fort... Je voulais m'unir à toi, me fondre en toi. Et j'ai su qui je devais devenir. Tonina, mon amour... Ma nouvelle identité est née de mon désir éperdu de te posséder.

Les yeux de Tonina brillaient de larmes. Croyant qu'elle pleurait de joie, il embrassa chacune des petites perles salées qui roulaient sur ses joues.

— J'ai l'impression d'être mort dans le cenote. Tu m'y as insufflé la vie, et un homme nouveau est né. Dans les jours et les mois qui ont suivi, j'ai dû tout réapprendre comme un nourrisson, réapprendre les sensations, réapprendre à écouter les autres, à les comprendre et à me comprendre moi-même. Comme si on m'accordait une deuxième chance.

Il l'embrassa tendrement. Il sentit le goût de ses larmes et le tremblement de ses lèvres sous les siennes.

— Mais tu m'as offert plus que la vie, Tonina. Je n'éprouvais que du mépris pour mon peuple, et maintenant j'en suis fier. Voilà le cadeau que tu m'as offert.

Un souvenir refoulé refit soudain surface, et ses traits se tordirent brièvement. D'une voix étranglée, il ajouta :

— Un jour, quand j'avais douze ans, je suis allé au marché avec Balám et d'autres garçons. J'y ai croisé ma mère, qui s'est adressée à moi, bien sûr. Mais moi, je lui ai tourné le dos en prétendant ne pas la connaître ! Et quand les autres m'ont demandé qui c'était, j'ai répondu que je n'en savais rien. J'ai tellement de peine en repensant à ma conduite de l'époque ! C'était vraiment cruel de ma part. Je voudrais tant qu'elle sache qu'aujourd'hui mon cœur se gonfle de fierté à l'idée d'appartenir à son peuple. Retirer la cape de Kaan le Maya n'a pas été le calvaire auquel je m'attendais, Tonina. Quand j'ai retrouvé mes esprits, seul dans la jungle avec mes souvenirs et ma conscience, j'ai compris que mes adieux à l'homme que j'avais été ne seraient sans doute pas aussi pénibles que prévu.

La brise nocturne se faufilait entre les arbres, agitait les branches et les feuillages, jouait avec les cheveux lisses de Kaan. Tonina n'avait qu'une envie : embrasser l'homme qu'elle aimait, mais elle devinait qu'il avait besoin de lui dire tout ce qu'il avait sur le cœur. Il parlait d'une voix riche et profonde qu'elle aurait pu passer sa vie à écouter.

— Quand la famine a gagné tout le pays, mon père et ma mère ont quitté la demeure de leurs ancêtres à la recherche d'une vie meilleure pour leurs enfants. Ma sœur est morte en bas âge, puis mon père a été tué par la chute d'un arbre. Moi, j'étais fort, et je suis devenu un grand joueur de balle, tandis que ma mère grimpait les échelons jusqu'au jour où on l'a choisie pour être chef des cuisines du palais. Tonina, je veux retrouver sa famille et leur raconter ce qu'elle a accompli et quelle femme courageuse elle était.

Tonina enfouit son visage dans le cou de Kaan et caressa ses muscles puissants. Elle avait tant de choses à lui dire... Les mots se pressaient à ses lèvres mais elle avait peur de les prononcer à haute voix. Elle ne voulait qu'une chose, se fondre en cet homme qu'elle aimait profondément et désirait si fort. Elle adressa mentalement une prière aux dieux pour leur demander de la soulager de cette nouvelle souffrance.

Leurs bouches se rencontrèrent de nouveau et ils s'embrassèrent plus passionnément encore. Elle sentit sa main glisser le long de sa cuisse, soulever sa jupe, frôler sa peau brûlante...

— Attends, murmura-t-elle.

Il eut un mouvement de recul et la questionna du regard. Elle portait toujours à la taille la ceinture de cauris, et il crut comprendre son hésitation.

— Tonina, nous nous marierons demain matin ! Et ensuite, nous passerons le reste de nos vies ensemble !

— Nous marier ?

Il avait voulu lui faire une surprise, mais se rendait compte qu'il devait lui garantir la pureté de ses intentions.

— J'ai déjà tout arrangé ! En ce moment, le Chauve et quelques hommes sont en train de chasser pour moi. Nos invités mangeront du cerf dès que nous aurons noué nos capes !

— Nous ne pouvons pas nous marier, Kaan. Pas encore...

— Que veux-tu dire ?

Elle fit un pas en arrière. Le livre ! Elle l'avait laissé tomber ! S'arrachant à son étreinte, et ressentant physiquement la douleur de cette séparation, elle se mit à inspecter le sol. Elle retrouva le livre dans l'herbe, toujours bien protégé, l'ouvrit dans une flaque de lumière, puis tourna les pages fébrilement.

— Regarde ! dit-elle en le lui tendant.

Il survola la page du regard et repéra le symbole qu'il portait sur sa poitrine.

— Tu vois ? La colline des Sauterelles, au bord du lac Texcoco.

— Et alors ?

— Ma tribu aussi vit sur cette colline, Kaan.

Il attendait la suite. Un oiseau de nuit solitaire lançait ses trilles du sommet d'un arbre. Grenouilles et cigales coassaient et stridulaient dans la pénombre. L'air était chaud et humide. Quand Kaan vit le regard de Tonina, un frisson le parcourut. Un sombre pressentiment s'insinuait en lui.

— Et alors ? Quelle importance ? Peu importe où vivent nos familles ! Tonina, cela ne concerne que nous et personne d'autre.

— Nous pourrions appartenir au même clan ou à la même famille, toi et moi. Nos mères sont peut-être cousines, tu y as pensé ? Si c'est le cas, les lois des dieux et des ancêtres nous interdisent toute union.

Il faillit hurler son indignation à la face de cette injustice. Quand il était maya et elle fille des îles, quand le gouffre entre eux semblait infranchissable, ils auraient pu s'abandonner ensemble au plaisir charnel sans briser des tabous aussi forts. Aujourd'hui, le gouffre s'était comblé, mais à quel prix...

Il eut envie de jeter le livre et les tabous au vent de la nuit et de prendre Tonina sur-le-champ. Une fois de plus, il fut tenté de maudire les dieux, de piétiner leurs idoles, de passer sa fureur sur le monde invisible. Il parvint pourtant à conserver son sang-froid, contrairement à cette nuit fatale où il avait perdu tout contrôle, poussant les dieux à exiger son sacrifice dans le cenote. Sa conscience le mettait en garde contre le sort funeste réservé aux innocents regroupés sur la plage si jamais l'une des lois les plus sacrées des dieux et des ancêtres était bafouée.

— Ce n'est pas juste ! s'écria-t-il.

Le souvenir de ce que Balám avait dû traverser lorsqu'il était tombé amoureux de sa Colombe lui revint en mémoire. Les deux tourtereaux terrassés par l'angoisse avaient dû attendre des jours et des jours pour s'unir, le temps que les prêtres remontent leur arbre généalogique sans y déceler le moindre tabou. Les lois régissant le mariage avaient été édictées par les ancêtres, des siècles auparavant. Bon nombre d'entre elles étaient absurdes, mais on les appliquait toujours. Personne ne savait pourquoi les femmes du clan de la Tortue ne pouvaient pas épouser les hommes du clan du Faucon Rouge alors que les femmes du clan du Faucon Rouge pouvaient épouser les hommes du clan de la Tortue, ni pourquoi toute union entre le clan de la Rivière et celui de la Locuste était formellement prohibée. On ne remettait pas en question des règles qui remontaient à la nuit des temps.

Kaan lui-même avait dû statuer sur une union de ce type. Ils campaient dans un village non loin de Tikal quand deux jeunes amoureux avaient demandé à se marier. Hélas, les anciens des deux familles s'y étaient opposés au motif de leur consanguinité. Selon le code de lois maya, deux personnes appartenant au même clan du côté du père ne pouvaient pas s'unir, et Kaan s'était vu contraint de prendre une décision contraire aux désirs de ces deux jeunes gens maudits par le sort.

Cette situation cruelle et ironique, était-ce ce qui les attendait ? L'instrument de sa métamorphose et de son indépendance retrouvée, son vrai nom, allait-il se retourner contre lui et le séparer de la femme qu'il aimait ?

— Nous devons découvrir comment s'appelle ton clan, Kaan.

Les yeux de Tonina reflétaient son chagrin et la gorge de Kaan se serra. Changer de nom n'avait en rien affecté sa conscience. Il se sentait plus que jamais tenu de respecter un code d'honneur strict, car il était chapultépèque, désormais. Il lui fallait montrer au monde que les siens n'étaient pas des sauvages sans foi ni loi.

Parce qu'il savait que la chair est faible, parce qu'il redoutait que son corps n'agisse sans écouter sa conscience, il recula de quelques pas.

— Ce matin, quand mes souvenirs sont remontés à la surface, un autre mot m'est revenu, Tonina. Un mot que ma mère prononçait souvent : *tonali*. Qu'est-ce qu'il veut dire ?

La ressemblance entre ce mot puissant et le nom qu'elle avait reçu sur son île la surprit. Elle murmura :

— *Tonali*... Le sort, la destinée... La raison de ta venue au monde, ce que tu dois y accomplir...

— Chaque fois que ma mère me parlait de Chapultepec, elle employait ce mot, *tonali*. Peut-être mon destin se réalisera-t-il sur la colline des Sauterelles, dans la vallée d'Anahuac ?

Dans le vent chaud de la nuit, il se tourna vers l'ouest, vers une vallée de hautes terres, à des mois de marche de la jungle de Tehuantepec. Il sentait pourtant sa force d'attraction agir sur lui comme si elle se trouvait juste derrière les arbres. Il prit Tonina par les épaules.

— Rien ne se produit par hasard. Chaque événement de nos existences a une explication, car nous sommes les jouets des dieux. Et s'ils me conduisent vers mon destin, je dois leur obéir.

— J'irai avec toi. Nous irons à Chapultepec ensemble.

Il l'étreignit avec force. Si seulement !

— Non, tu dois rester avec ta mère, Tonina. Seul, je voyagerai plus vite.

Kaan avait raison, se dit Tonina. Elle savait où était son devoir. Depuis leur départ de Palenque, elle éprouvait une sensation inconnue, une pulsion nouvelle et dévorante : elle devait absolument réparer la terrible injustice subie par ses parents. Sa mère, forcée de confier son enfant à la mer, puis enterrée vivante... Son père, qui croyait son épouse et sa fille mortes... Il fallait qu'elle retrouve Cheveyo et qu'elle les réunisse tous les deux ; ils finiraient par oublier le chagrin et les années perdues.

Elle ôta le médaillon qu'elle portait depuis sa plus tendre enfance et le passa au cou de Kaan.

— Cherche la fleur rouge, mon amour. Et si tu la trouves, attends-moi là-bas.

— Non ! Je reviendrai ! Tu te diriges toi aussi vers la vallée d'Anahuac, donc nous suivrons le même itinéraire. Dès que j'aurai appris qui je suis et ce que je suis censé faire à Chapultepec, je reviendrai, le plus vite possible. Si tu ne t'écartes pas de la grand-route, je te retrouverai. Et ne t'éloigne pas de Fumée Turquoise. Il te protégera.

On avait finalement réussi à convaincre le chef de renoncer à Tonina ; il avait choisi une autre femme, et sa fille allait épouser un proche de Kaan. Ainsi, grâce à l'ancestrale coutume des échanges entre familles, chacune d'elles se sentait maintenant tenue de préserver la sécurité de l'autre. Kaan et Fumée Turquoise étaient bien des alliés, désormais.

Kaan prit le visage de Tonina dans ses mains en coupe.

— À une époque, je ne me préoccupais pas de la souffrance des autres. Je ne dirais pas que j'étais dur ou sans cœur, mais je ne voyais que ce que je voulais voir. Sans être un homme mauvais, j'étais loin d'être un héros. Mais tu m'as ouvert les yeux, et je t'en remercie. Et je t'aime...

Il pencha la tête et l'embrassa à nouveau, délicatement, doucement, tremblant de désir.

Puis, très vite, il s'éloigna à reculons, laissant la nuit se glisser entre eux. Il avait failli succomber. Sa volonté avait la consistance des rayons de lune à travers les branches. Un instant de plus avec Tonina, un seul mot d'elle, et il capitulait.

Il la couvait des yeux, cette femme au clair de lune, et toutes ses incarnations défilèrent soudain devant lui :

la fille naïve obligée de jouer la diseuse de bonne aventure dans la Grande Salle de Mayapan, la rebelle le fuyant aux abords d'Uxmal et l'adjurant d'assumer le rôle de chef, la créature séduisante l'attirant dans les eaux tentatrices du lac Peten.

Et la femme qu'elle était dans ses bras, un moment plus tôt, prête à céder à son amour.

— À mon retour, nous nous marierons. Et lors de notre nuit de noces, ma bien-aimée, je t'honorerai de tout mon corps et de toute mon âme.

## 57

Des nuages menaçants écrasaient l'horizon, mais les adieux à Kaan se déroulèrent sous un ciel estival limpide. L'atmosphère était mêlée de joie et de tristesse : tous savaient qu'il se lançait dans une quête de ses origines claniques qui l'amènerait sans doute à retrouver sa famille, mais qu'il devait l'entreprendre seul.

Le Chauve se jeta aux pieds de Kaan.

— Maître, qu'ai-je fait pour vous déplaire ?

Étonné de voir couler des larmes sur ce large visage, Kaan releva le grand gaillard.

— Tu ne m'as pas déplu, mon cher ami. Ne crains rien. Je suis encore Kaan le joueur de balle, l'homme que tu as suivi tous ces derniers mois. Mais je suis également quelqu'un d'autre. Quand je reviendrai, tout sera plus clair.

— Ma tribu est nomade, lui dit Ixchel. Nous n'avons pas de résidence fixe car nous recherchons Aztlan. Peut-être croiseras-tu les miens à Chapultepec, qui sait ? Il te faudra le découvrir. Voici quatre noms qui t'aideront dans cette tâche.

Elle demanda à H'meen de les lui écrire sur une feuille en maya et en nahuatl.

— Ce sont les parents de ma mère et ceux de mon père. Essaie de retrouver leurs descendants. Noble Tenoch, nous devons impérativement nous assurer que ma fille et toi n'êtes pas de proches parents.

— Ne vous faites pas de souci, honorable Ixchel. Et en chemin, je tenterai de collecter des informations sur Cheveyo.

Le Borgne s'avança pour un dernier conseil à Kaan :

— Si tu croises le peuple de la Boue dans les plaines des Roseaux, ne t'avise pas de complimenter leurs femmes ! Tu te ferais lapider à mort.

Il offrit à Kaan plusieurs morceaux de jade et lui apprit quelques termes utiles en nahuatl, tels que « paix » et « ami », puis pria Lokono, l'Esprit du Grand Tout, de bien vouloir veiller sur ce voyageur.

H'meen tendit à Kaan des herbes médicinales, un thé fortifiant et une amulette protectrice, portée jadis par la première *h'meen* de Mayapan.

Pour finir, le joueur de balle arracha à Balám la promesse qu'il resterait avec le groupe et les garderait sous son aile jusqu'à son retour.

— Ils se rendent dans la vallée d'Anahuac, non loin de Teotihuacan, ta destination.

— Tu as ma promesse, mon frère. Je protégerai ton peuple, car je me méfie de ce crapaud de Fumée Turquoise.

Et il ajouta d'un ton soupçonneux :

— Tu ne veux plus te venger des hommes qui ont assassiné ton épouse ?

— Je n'oublie pas ma vengeance, Balám. J'ai bien l'intention de retourner à Mayapan pour veiller à ce que justice soit faite, mais il me faut d'abord retrouver mon peuple et découvrir qui je suis. Ensuite seulement, je serai suffisamment fort pour affronter en homme d'honneur les meurtriers de Ciel de Jade.

— Et où vas-tu exactement, mon frère ?

Balám avait cherché en vain à apprendre le nom de la tribu de Kaan. Après le banquet, Ixchel avait demandé aux siens de ne jamais révéler la véritable identité du jeune homme, et à celui-ci, elle avait déclaré : « Les noms ont un pouvoir, Kaan. Tes ennemis peuvent utiliser ton nom contre toi. Voilà pourquoi Huitzilopochtli, le dieu qui nous a créés, nous interdit d'employer le vrai nom de notre peuple tant que nous n'aurons pas retrouvé notre terre. Ne révèle à personne qui tu es avant d'avoir retrouvé ta famille. »

Kaan répondit à Balám d'un ton solennel :

— Je te le dirai à mon retour, mon frère.

Son dernier adieu fut pour Tonina. Il lui remit une copie de sa carte et lui indiqua tout le long du chemin les endroits où ils pouvaient se rencontrer à nouveau – Matacapan, Tlacotalpan, la plaine des Roseaux, la baie du Héron. Il lui répéta encore une fois de ne surtout pas s'écarter de l'ancienne route des marchands, puis l'embrassa sur la bouche devant tout le monde et lui murmura une promesse : quoi qu'il arrive, il la retrouverait sur la grand-route de la vallée d'Anahuac.

## 58

Le Chauve ouvrit une autre calebasse de *pulque* et en avala une longue rasade en oubliant la libation traditionnelle. Il était complètement ivre.

Assis sur un morceau de bois flotté à l'écart du campement, avec le ressac, la lune et les étoiles pour toute compagnie, il s'apitoyait sur son sort. Où était passé l'héroïque joueur de balle qui avait été sa seule raison de vivre ? Depuis leur départ de Mayapan, son idole n'avait quasiment pas mis les pieds sur un terrain, son épouse bien-aimée était morte d'une façon atroce et sa nouvelle épouse le trompait avec un fabricant de flûtes.

Une autre rasade de liqueur… Le Chauve s'essuya la bouche d'un revers de sa grande main et se mit à sangloter. Comme il regrettait le bon vieux temps, quand il ne vivait que pour l'émotion de la victoire, les paris et le héros sur ses épaules ! Le Chauve s'était dit qu'il pouvait suivre Kaan jusqu'au bout du monde du moment qu'il retourne un jour à Mayapan et renoue avec l'excitation des tournois.

Mais ça ! Kaan revenant sur la plage en méprisable Chichimèque !

Il jeta la calebasse vide, se leva et entra dans la forêt d'un pas mal assuré, à l'aveuglette, sans se soucier des plantes qui ralentissaient sa progression et des feuilles coupantes qui entamaient sa chair. Le monde s'était dérobé sous ses pieds.

Ses pas hésitants le conduisirent dans un campement où des hommes bavardaient autour de petits feux, avec en arrière-fond le *pat-pat* familier des femmes en train de fabriquer des galettes. Le Chauve s'arrêta en chancelant et cligna des yeux.

Son regard larmoyant se posa sur Balám, qui le regarda d'un air étonné. En le voyant se lever, le Chauve se dit que lui était un véritable prince maya et un authentique héros du jeu de balle.

Balám s'approcha de l'homme en pleurs. Il savait qui il était et comprenait sa déception. D'autres partisans de Kaan s'étaient sentis trahis lorsque le Maya était reparu en barbare. Le prince posa sa main sur l'épaule robuste du Chauve.

— As-tu quelque chose à me dire, mon ami ?

Le Chauve voyait deux Balám devant lui. Il se sentait mal, il avait envie de vomir. Il grommela :

— À te dire ?

Il réfléchit quelques instants à cette question, puis : Oui ! Je dois le dire pour remettre le monde à l'endroit ! Je suis un homme simple, et je n'ai qu'une raison de vivre : aller chercher Kaan, lui faire entendre raison et le ramener à Mayapan et aux jeux !

— Mon maître va dans les hautes terres, ta seigneurie, commença-t-il d'une voix pâteuse. Au bord du lac Texcoco, très exactement. Il cherche la tribu des

Chapultépèques. Mon maître soutient qu'il est lui-même chapultépèque, mais tu dois lui dire qu'il se trompe !

Le Chauve en larmes tomba à genoux, puis s'écroula par terre. Avant de perdre conscience, il eut le temps de se rappeler, mais trop tard, que Kaan avait risqué sa vie pour le sortir d'un bourbier mortel aux environs de Palenque.

Balám et ses hommes avaient levé le camp juste avant l'aube, mais avant de s'éloigner, il inspecta les lieux pour s'assurer que rien ne traînait. Il ne voulait laisser aucun indice sur l'endroit où ils se rendaient. Les gens encore endormis sur la plage croiraient qu'ils avaient repris leur route vers Teotihuacan. Il constata avec satisfaction que la place était propre, exception faite de la tête ensanglantée séparée du gigantesque corps velu du traître, et recommanda à son cousin de veiller à ce que ses hommes ne se fassent pas repérer en partant.

— J'ai une dernière chose à faire, lui dit-il. Je vous rejoindrai un peu plus loin.

Tonina avait pour habitude de se baigner chaque matin quand il y avait de l'eau à proximité. Balám savait donc où la trouver à cette heure : seule sur la plage, récitant des prières, tout en se déshabillant pour aller nager dans les vagues comme un poisson.

À travers le rideau des arbres, il l'aperçut sur le rivage, sous un ciel pâlissant. Mis à part ses colliers protecteurs et la ceinture de corde à sa taille, elle était nue. Perdue dans ses prières, Tonina n'entendit pas l'homme se rapprocher furtivement sur le sable froid. Deux bras solides la saisirent par surprise, se refermant comme un étau autour de sa taille ; puis Balám la retint d'un bras contre son corps puissant et plaqua son autre main sur la bouche de sa victime. Elle se débattit, tenta de hurler et de mordre, planta ses talons dans le sable, mais son adversaire était nettement plus fort qu'elle et il la traîna sous le couvert.

L'agression fut brutale et douloureuse, car Tonina, en se débattant de plus belle, déchaîna la violence de son attaquant. Il lui crucifia les bras au-dessus de sa tête, l'obligea à écarter les cuisses, étouffa ses cris. Il mit toute sa rage et toute sa furie dans ce viol, toute son amertume et son désespoir... Sa Colombe morte sur l'estrade, Ziyal hurlant « *Taati...* » emportée loin de lui... Tu aurais dû choisir ma femme ! cria-t-il dans sa tête à cette voyante qui avait détruit sa vie à jamais en désignant Ciel de Jade.

Quand il en eut terminé, il s'agenouilla au-dessus d'elle, dégaina son couteau d'obsidienne et trancha la ceinture de cauris. Leurs regards se croisèrent. Il ne lut ni peur ni honte sur son visage, rien que du mépris et de la colère, et ne vit aucune larme dans ses yeux secs. Comme c'était plaisant ! Il aurait aimé s'attarder un peu pour la reprendre plusieurs fois, ou l'emmener et laisser ses hommes s'amuser avec elle. Mais, en cherchant à la retrouver, le peuple de cette fille risquait de se mettre en travers du destin de Balám.

Il venait à peine de se relever quand Tonina se leva d'un bond et lui lacéra le visage, toutes griffes dehors ; il lui asséna un coup sur la tête qui l'envoya s'écrouler au sol.

Avant de se lancer à la poursuite de son armée, Balám fourra la ceinture de coquillages dans un petit sac de peau puis se glissa furtivement dans le campement de la plage. Il découvrit le nain endormi à côté de la *h'meen* aux cheveux blancs, lui donna un coup de pied pour attirer son attention et lui jeta la bourse.

— Quand ton maître reviendra, donne-lui ça.

## 59

Lorsque vint la date de ses menstrues et qu'il n'y eut pas de sang, Tonina alla consulter H'meen qui lui fit boire un fortifiant. Mais quand il en fut de même le deuxième mois consécutif, elle finit par avouer ses craintes à H'meen. Sans la moindre question, l'herboriste planta cinq petites graines de haricot qu'elle arrosa de l'urine de Tonina. Si les graines germaient, les deux femmes auraient la preuve que Tonina était enceinte. Sinon, ces troubles du cycle menstruel étaient dus à autre chose.

Cinq jours plus tard, H'meen lui montra les minuscules pousses, et Tonina sut que sa pire crainte s'était concrétisée. Elle portait l'enfant de Balám.

La prostituée observa l'étranger près de son feu de camp pour jauger sa richesse et son statut social. Il était jeune et fort, voyageait seul et s'était assis à l'écart des autres voyageurs qui avaient décidé de s'arrêter là pour se restaurer et passer une nuit tranquille.

Niché au pied d'une colline boisée à quelque distance de la mer, cet endroit anonyme ressemblait à toutes les autres aires de repos jalonnant les routes commerciales. Séparées les unes des autres par une journée de marche, ces installations de fortune étaient nées il y avait bien longtemps, quand voyageurs et marchands avaient trouvé des refuges naturels où s'arrêter pour la nuit et se regrouper en toute sérénité pour mener leurs affaires. Elles comprenaient des abris de branches et de chaume, quelques huttes, des autels de pierre dédiés à une grande variété de dieux et de déesses, des enclos d'osier tressé pour les animaux, des étals pour les marchands, sombres et vides à cette heure mais prêts à servir dès le matin quand les affaires reprendraient. Pour les voyageurs plus fortunés, quelques hommes entreprenants avaient construit des édifices plus solides en bois et stuc, avec chambres individuelles et bains de vapeur.

Mais l'homme que la fille de joie observait n'avait pas loué de hutte pour la nuit, même s'il semblait pouvoir se le permettre. Il avait préféré s'approprier une petite place où étendre sa natte au milieu des voyageurs. Il n'avait mangé que quelques galettes, refusant le *pulque* et le tabac qu'on lui proposait, et fixait maintenant les flammes d'un air soucieux.

C'est une femme qui le préoccupe, se dit la fille en s'imaginant une soirée profitable. Un homme qui se languissait d'une femme pouvait être extrêmement généreux.

Elle s'approcha et lui susurra doucement « Que les dieux te bénissent » avec un joli sourire. Il leva les yeux, fronça les sourcils d'un air distant puis, comprenant soudain l'intention de la fille, secoua la tête et la remercia. Avec politesse, à la différence de certains malotrus.

Elle soupira et reprit son tour du campement. Il y avait encore beaucoup de solitaires à entreprendre.

Kaan se replongea dans sa méditation. Ce qu'Ixchel lui avait dit le jour de son départ résonna de nouveau à ses oreilles :

« Le temps et la distance ne peuvent séparer deux cœurs que l'amour a réunis. Que Tonina et toi soyez près l'un de l'autre ou qu'un continent vous sépare, cela ne fait aucune différence. L'amour jette un pont à travers le temps et l'espace. Il vous relie l'un à l'autre. Cheveyo, mon bien-aimé, appartient à un peuple qui croit en l'Unité ; selon les Hopis, dans l'univers, chaque chose est reliée à toutes les autres. »

Cette certitude avait sans doute été d'un grand réconfort à la prisonnière dans sa caverne souterraine, se dit Kaan. Peu importait où se trouvait Cheveyo, finalement, car Ixchel et lui étaient indéfectiblement liés par l'amour. L'espoir et l'optimisme de cette femme déteignirent un peu sur le jeune homme, qui supportait très mal la séparation d'avec Tonina et mourait d'envie de faire demi-tour. Mais Chapultepec l'appelait et un long trajet l'attendait encore.

L'arrivée tardive d'un groupe d'hommes troubla la tranquillité du campement. Les retardataires qui se montraient à une heure aussi avancée étant plutôt rares, ces hommes s'attirèrent aussitôt l'attention générale. Ils ne demandaient d'ailleurs qu'à raconter leur histoire. Ils commandèrent du *pulque* et des galettes et allèrent s'asseoir sans y avoir été invités autour du plus gros des feux de camp où la carcasse d'un cerf tournait toujours sur sa broche.

Kaan ne leur prêta qu'une oreille distraite, jusqu'au moment où le mot « maya » flotta jusqu'à lui. Il redressa vivement la tête. Comme il ne maîtrisait pas encore très bien le nahuatl, il ne put saisir que quelques bribes du discours véhément de ces hommes, mais suffisamment pour comprendre ce qui s'était passé. Une petite armée conduite par un prince maya forçait son passage à travers la campagne en semant la désolation. Les nouveaux venus avaient fui une ville saccagée. Puis ils rapportèrent un fait inhabituel concernant ces envahisseurs : au lieu d'exécuter les hommes du village ou de les faire prisonniers, le chef maya leur avait offert la possibilité de rejoindre son armée pour servir sous ses ordres. Selon les rescapés, la petite armée se dirigeait vers Teotihuacan. Kaan se raidit. Balám !

— Tu dois le dire à ta mère, insista gentiment H'meen, qui croyait que Kaan était le père du bébé et se méprenait sur la peur de Tonina, l'imputant au tabou de l'inceste.

Ils avaient dressé leur campement dans de vertes collines jouxtant l'antique cité de Matacapan, sur le golfe. Fumée Turquoise et son armée veillaient à leur sécurité. Ils se trouvaient en pays olmèque, où s'était jadis épanouie une remarquable civilisation dont il ne subsistait que de mystérieux tertres dans les champs de maïs. Et une pyramide étouffée par les mauvaises herbes que les gens du cru disaient avoir été édifiée par les dieux qui avaient également construit Teotihuacan des siècles auparavant. La grandeur des lieux s'était évanouie. Il ne restait que ruines et gravats, au milieu desquels quelques familles s'échinaient à cultiver du tabac pour gagner leur vie en le vendant à l'extérieur.

Après son départ de l'isthme de Tehuantepec, l'énorme caravane n'avait guère progressé pendant deux mois, freinée par les tempêtes et les inondations. Ils avaient dû s'arrêter fréquemment pour s'abriter sur les hauteurs. En deux mois, Tonina et Ixchel n'avaient pas parcouru la distance espérée sur la route commerciale. Et l'anxiété d'Ixchel ne faisait que croître. Quelques jours auparavant, un soir, elle avait vu un signe, un coyote dévorant un lapereau ; Cheveyo appartenant au clan du Lapin, elle se faisait de plus en plus de soucis à son sujet.

Elle passait tout son temps libre à étudier le Livre des Mille Secrets en espérant y trouver des réponses. Ce jour-là, elle avait trouvé refuge dans une petite maison de pierre appartenant à des cultivateurs de maïs.

La luminosité de la pièce ayant subitement diminué, elle leva les yeux : sa fille se tenait sur le seuil, lui masquant le soleil. Ixchel ne put distinguer son visage, mais elle avait déjà tout compris. Elle le savait depuis le début, depuis le jour où c'était arrivé. Le lendemain du départ de Kaan, Tonina s'était montrée d'un calme inhabituel, au point de se renfermer sur elle-même, perdant l'appétit. La plus grande crainte d'Ixchel s'était réalisée : Kaan et elle avaient franchi le seuil de l'interdit, elle en était certaine. Le Livre des Mille Secrets n'avait pas suffi à dissuader les jeunes gens de bafouer le tabou.

Tonina se précipita vers elle et tomba à genoux, en sanglots. Quand elle lui avoua qu'elle attendait un enfant, le cœur d'Ixchel se brisa. Elle serra sa fille tout contre elle et elles se bercèrent l'une l'autre quelques instants, puis le sens pratique de la mère reprit le dessus. Vingt années de vie sous terre lui avaient appris que le temps était précieux et qu'il ne fallait pas le gaspiller, surtout pas en se plaignant et en s'apitoyant sur soi-même.

— Lorsque Kaan sera revenu, vous vous marierez. C'est la seule solution, dit Ixchel en s'arrachant à l'étreinte de sa fille.

— C'est impossible !

— Ma fille, s'il découvre un tabou familial, nous le contournerons. C'est la légitimité de votre enfant qui importe le plus. Après tout, vous n'êtes pas frère et sœur, Kaan et toi. Pas même cousins par votre père.

— Il ne doit pas savoir, pour l'enfant.

— Mais c'est lui le père, n'est-ce pas ?

Ixchel se figea. Elle lut la peur dans les yeux de sa fille et autre chose encore, une profonde honte qui ne pouvait naître d'un acte d'amour. Elle réfléchit aux deux mois qui venaient de s'écouler, à l'attitude de Tonina, au code d'honneur très strict qui guidait chacun des actes de Kaan. Elle comprit alors qu'il n'aurait jamais enfreint un tabou et entrevit la réalité.

— Que s'est-il passé, ma fille ?

Tête basse, Tonina confessa d'un ton hésitant l'agression de Balám. Le choc pétrifia Ixchel. Depuis sa première rencontre avec Balám, à Palenque, il ne lui avait jamais inspiré le moindre respect. Elle croyait jusqu'alors que cette méfiance était due à sa ressemblance avec Pac Kinnich, alors qu'en réalité, elle avait saisi d'instinct la vraie nature du prince.

Ixchel étreignit de nouveau sa fille. Elle aurait tant voulu pouvoir la soulager de sa douleur !

— Les dieux le puniront.

— Personne ne doit savoir la vérité, mère. Je ne veux pas que mon enfant grandisse avec cette honte terrible.

Sur l'île aux Perles, les rejetons d'un viol étaient traités comme des parias, car la violence coulait forcément dans leurs veines. Sur d'autres îles, on les enterrait à la naissance.

Ixchel en était arrivée à la même conclusion, mais pas pour les mêmes raisons. Chez les Mayas et les Nahuas, les scandaleuses filles-mères et leurs enfants étaient frappés d'ostracisme, rejetés au ban de la société.

— Tu dois te marier tout de suite, décida Ixchel.

— Mais quel homme épouserait une fille déjà grosse ?

— Je te trouverai quelqu'un.

— Mère…

Tonina regarda Ixchel d'un air suppliant.

— Je trouverai un homme qui acceptera de t'épouser sans exiger d'exercer ses droits conjugaux, lui dit cette dernière d'un ton ferme. Un mariage blanc, pour le bien de l'enfant et pour préserver ton honneur.

— Qui sera dupe ? L'enfant naîtra avec deux mois d'avance.

— Peu importe. Ceux qui douteront de la paternité de ton époux croiront que Kaan est le père. Dans les deux cas, tu préserves ton honneur et le respect d'autrui te restera acquis. Et ton enfant ne connaîtra pas la honte.

Tonina prit les mains d'Ixchel et les serra dans les siennes.

— Mère, Kaan ne doit jamais rien savoir. Il ne doit pas apprendre que c'est l'enfant de Balám.

Ixchel plongea les yeux dans ceux de sa fille.

— Ne t'inquiète pas. Kaan ne sera jamais au courant. Et maintenant, je vais te trouver un mari.

Après avoir enquêté auprès des rescapés du massacre, Kaan eut la confirmation qu'il ne pouvait s'agir que de Balám. Mais pourquoi avait-il abandonné les fidèles d'Ixchel après avoir promis de les protéger ? S'était-il passé quelque chose ? Un accrochage avec Fumée Turquoise ?

Tonina et les autres sont-ils à cette heure totalement vulnérables ? se demanda-t-il.

Il n'avait plus de temps à perdre. Il n'attendrait pas jusqu'au matin. Sa progression ayant été ralentie par les tempêtes et les inondations estivales, il lui avait fallu deux mois pour arriver à ce stade de son voyage. Le groupe de Tonina, lui, se déplaçait vers le nord, et les rejoindre lui prendrait moins de temps.

Il jeta sur ses épaules son paquetage, sa lance, ses arcs et ses flèches et reprit en hâte la route principale plongée dans l'obscurité. J'aurais dû l'épouser cette nuit-là ! se disait-il. Je n'aurais pas dû me montrer si pressé de partir. S'il arrive malheur à Tonina, ce sera ma faute !

Ixchel se rendit compte que trouver un volontaire prêt à épouser une fille enceinte n'était pas chose facile, d'autant plus qu'elle devait se montrer très prudente dans ses démarches. Lorsqu'elle mit le Borgne dans la confidence, il se proposa avec empressement. Il était persuadé que Kaan était le père, lui dit-il, et souhaitait faire cette faveur à son ami. En réalité, le Borgne savait qui avait engendré cet enfant. Quand il avait ouvert la bourse que lui avait lancée Balám, il avait aussitôt reconnu la ceinture de cauris et deviné ce qui s'était passé. Pour le bien de Tonina, il avait tu sa découverte.

Ixchel remercia chaleureusement le Borgne, mais, pour que le subterfuge tienne debout, l'homme devait être un prétendant crédible. Elle n'ignorait pas que, si Tonina épousait le nain ou n'importe lequel de leurs proches, Kaan n'y croirait pas un instant et ferait tout pour apprendre la vérité.

Et, par-dessus tout, la paternité de Balám ne devait être connue que d'elle seule et de l'intéressée.

Il y avait bien quelqu'un... un homme qui n'éveillerait pas les soupçons de Kaan car il avait déjà exprimé son intérêt pour Tonina. Il pourrait parfaitement passer pour le père de son enfant.

Fumée Turquoise logeait sous une splendide tente où il pouvait s'amuser à l'abri des regards indiscrets tout en se protégeant des intempéries. Ce fut là qu'il accorda une audience à dame Ixchel, une très belle femme qu'il trouvait intrigante.

Ixchel prit place sur la natte luxueuse garnie de boissons et de mets et, après s'être adonnée aux politesses de rigueur, se lança :

— Il y a deux mois, vous avez montré un certain intérêt pour ma fille. Êtes-vous toujours preneur ?

Le chef haussa les épaules.

— Elle est déjà prise, non ? Je ne vole pas les femmes des autres. Je n'en ai pas besoin.

Ixchel pinça les lèvres et rassembla son courage. Si elle voulait que sa mission aboutisse, elle devait se montrer d'une franchise absolue.

— Ma fille a été violée.

Il haussa à nouveau les épaules en inspectant un bol d'avocats, choisit un fruit et le pela.

— Elle n'avait qu'à être plus prudente.
— Et maintenant, elle est enceinte.
Expulsant le noyau hors du fruit, il engloutit la chair verte et crémeuse, la savoura quelques instants et la fit passer avec du *pulque*, attendant que la femme en arrive à ce qui l'amenait.
— Elle doit se marier au plus vite.
Il se cura les dents en sélectionnant un autre avocat.
— Et ce Tenoch de Chapultepec ?
— Tenoch est loin. Impossible de le faire revenir pour les unir dans les délais. Tonina a besoin d'un mari tout de suite.
Fumée Turquoise plissa les yeux. Cette chevelure neigeuse était curieusement excitante sur une personne aussi jeune. Elle n'avait pas encore quarante ans, il en aurait mis sa main à couper.
— Tu veux que j'en parle à mes hommes ? proposa-t-il.
— C'est ta candidature à toi qui m'intéresse, honorable Fumée Turquoise. Mais à certaines conditions... se hâta-t-elle d'ajouter en voyant ses yeux soudain brillants. Premièrement, tu déclareras publiquement que cet enfant est le tien, et deuxièmement, tu renonceras à tes prérogatives matrimoniales. Je te parle d'un mariage blanc. Personne ne touche à ma fille. Ton prix sera le mien, mais notre accord doit rester secret.
Il soupesa les avantages et les inconvénients de cette proposition. Une belle jeune femme dans son harem ajouterait à son prestige et, dans sept mois, il aurait un enfant, prouvant ainsi sa virilité aux yeux de ses hommes. Et puis l'accord excluait toutes relations conjugales, certes, mais la mère ne serait pas tout le temps sur leur dos ! La délicieuse Tonina serait sienne.

— Que me proposes-tu en échange ?

Elle lui présenta ses cadeaux – jade, ambre, livres vierges, élégante cape nahua – mais il les refusa tous et finit par lui décocher un regard sans équivoque.

— Tu es une très belle femme, honorable Ixchel, déclara-t-il d'une voix rauque.

Le cœur d'Ixchel manqua un battement. Une fois de plus, elle se retrouvait piégée. Pas dans une caverne, cette fois, mais néanmoins piégée. Elle pensa à sa fille, au scandale, à la tare indélébile. Et prit sa décision.

— D'accord, dit-elle d'une voix tremblante. Juste ce soir, juste pour une nuit et tu épouseras ma fille ? Tu respecteras notre accord ?

— Cette nuit me suffira, répliqua-t-il en la dévorant du regard.

Il sortit de la tente et aboya à ses hommes qu'il ne voulait pas être dérangé jusqu'au matin.

Ixchel ferma les yeux. Tout en ôtant les rubans dans ses cheveux, elle dit en pensée : Pardonne-moi, Cheveyo, mon amour...

## 60

À l'endroit de la côte orientale qu'on appellerait un jour Veracruz, Tonina et les siens bifurquèrent vers l'ouest et l'intérieur du pays. Ils s'engageaient sur la route des montagnes. Après quelques cols à franchir, ils parviendraient enfin dans la haute vallée d'Anahuac. Une fois encore, la fille des îles s'éloignait de la mer et de ses esprits dauphins, le cœur serré par une souffrance renouvelée.

Quatre mois s'étaient écoulés depuis le départ de Kaan et leur douloureuse séparation. Avait-il atteint Chapultepec ? Il y serait avant le solstice d'hiver, lui avait-il affirmé. Et le solstice d'hiver n'était plus qu'à quelques jours. Il ignorait combien de temps il resterait dans sa tribu et quand il reprendrait la route, mais il avait expliqué à sa bien-aimée que la distance entre eux se réduirait au fur et à mesure que la grande caravane avancerait vers le nord-ouest.

La foule considérable avait peu progressé depuis Tehuantepec. Il y avait d'abord eu les tempêtes estivales tardives, puis un terrible ouragan de fin de saison, et enfin, sur la plaine côtière humide, l'irruption d'une fièvre dont beaucoup d'entre eux avaient été victimes.

Ceux qu'elle avait épargnés avaient soigné leurs camarades en se fiant aux instructions de H'meen.

Ce jour-là, ils se reposaient sur des contreforts qui se transformaient peu à peu en pentes abruptes couvertes de forêts de pins. Dans leur dos, la mer, et devant eux, des volcans assoupis sous la neige.

Et Kaan.

Tonina jeta un regard derrière elle, entre les arbres, sur le sentier qui descendait vers le campement. Elle aurait pu trouver de l'eau plus près mais elle avait besoin d'être seule, de réfléchir.

Sa mère s'obstinait à lui cacher ce que Fumée Turquoise avait exigé en échange de ce mariage. La cérémonie avait été magnifique et le banquet copieux, agrémenté de spectacles de toutes sortes. Fidèle à sa parole, le chef ne l'avait pas touchée pendant la nuit de noces, et au bout de deux mois, Tonina avait pu annoncer sa grossesse en toute sérénité. Certains croyaient savoir qu'elle était déjà enceinte avant son mariage, mais pour ceux-là, c'était Kaan le père, leur héros en personne, et Tonina était toute pardonnée, d'autant plus qu'elle avait fait ce qu'il fallait pour donner un père légal à cet enfant.

Mais qu'arriverait-il quand Kaan reviendrait ? chuchotait la rumeur.

Tonina aussi s'en inquiétait, mais pour d'autres raisons. Il ne devait voir le bébé sous aucun prétexte. Kaan comprendrait tout de suite que cet enfant au teint rouge, au nez proéminent et aux yeux bridés ne pouvait avoir pour père un homme à la peau quasi noire, aux yeux ronds et au nez épaté. Il devinerait tout de suite la vérité.

Tonina devait à tout prix éviter ce désastre. Elle connaissait trop bien le sens de la justice profondément ancré en Kaan. S'il apprenait ce que Balám avait fait, il poursuivrait son ex-ami jusqu'au bout du monde et le provoquerait dans un combat perdu d'avance.

Elle se pencha pour remplir sa calebasse dans l'eau fraîche du ruisseau. Comment s'y prendre pour ne plus jamais croiser la route de Kaan ?

— Beaucoup de monde, une caravane importante, des soldats ?

Le paysan lui désigna à l'est une piste escaladant les contreforts.

Kaan le remercia et repartit sans perdre une minute. Il allait enfin retrouver Tonina.

Il redescendit dans une vallée vert émeraude égayée de cascades brumeuses et d'étangs bleus limpides. Il se réjouissait que Balám ait rompu sa promesse et laissé la caravane à la merci de Fumée Turquoise, un homme à l'honneur sans doute discutable. Cette volte-face de son ami l'avait forcé à prendre la décision qu'il aurait dû privilégier quatre mois plus tôt, quand on l'avait convaincu de partir contre son gré à Chapultepec pour tirer au clair les liens de parenté qui l'unissaient peut-être à Tonina.

Il avait eu un mauvais pressentiment en la quittant, et cette impression l'avait hanté tout au long du trajet. Deux mois plus tard, sur l'aire de repos tranquille où il avait appris le parjure de Balám, le pressentiment était revenu en force. Mais il allait reprendre les choses en mains. Au diable la consanguinité ! Il allait épouser Tonina.

En se penchant pour remplir la calebasse, Tonina sentit bouger le bébé dans son ventre. Comme toujours, des émotions contradictoires la traversèrent : elle aimait cet enfant mais haïssait celui qui l'avait engendré. Elle se redressa en se tenant les reins, et vit, un peu surprise, un étranger sur le sentier. Bouche bée, les yeux écarquillés, elle le regarda arriver, convaincue que son esprit lui jouait des tours. Cet inconnu ressemblait tant à Kaan…

— *Guay !*

Kaan s'arrêta devant cette vision incroyable.

La fille des îles qui avait voyagé avec lui ces derniers mois dans sa mémoire et son cœur avait disparu, remplacée par la Nahua aux cheveux coiffés en deux rouleaux encadrant joliment son visage et dégageant son cou gracile. Les couleurs vives lui allaient bien. Les écarlates et les jaunes de sa tunique et de sa jupe mettaient en valeur le miel satiné de sa peau. Et cette fois encore elle avait changé, mais d'une façon subtile, indéfinissable. Elle semblait plus potelée, avec des joues plus rondes. Elle devait manger avec appétit, ce qui était une bonne nouvelle.

Kaan laissa tomber son paquetage et ses armes et s'élança vers elle. Elle ne fit pas un geste. Quand il fut tout proche, elle lâcha la calebasse et se jeta dans ses bras. Il rugissait de bonheur, elle pleurait sur son épaule en s'agrippant à lui comme pour ne pas tomber.

— Je n'y crois pas…
— Je pensais que tu…
— J'ai prié…
— J'ai rêvé…

Émerveillés de se retrouver dans les bras l'un de l'autre, ils s'embrassèrent fougueusement, se goûtèrent, se respirèrent.

Il recula un peu pour s'imprégner de cette image : ce visage débarrassé de sa peinture, ces yeux en amande, ce nez fort et ce menton volontaire, cette bouche généreuse qui hantait ses pensées.

— Je te cherche depuis deux mois, Tonina ! Depuis que j'ai appris qu'une petite armée conduite par un prince maya semait la désolation dans le pays ! C'est Balám, n'est-ce pas ? Que s'est-il passé ? Pourquoi vous a-t-il abandonnés ?

Submergée par la honte et le souvenir abominable de ce qu'elle avait vécu ce matin-là – Balám la traînant sous les arbres, la clouant au sol et s'agitant sur elle –, Tonina sentit sa gorge se serrer.

— Nous… nous ignorons pourquoi il est parti. Quand nous nous sommes réveillés le lendemain de ton départ, lui et ses hommes avaient disparu.

Kaan serra les lèvres.

— Il m'a trahi. Il m'avait promis de rester. Je crois qu'il a rompu sa promesse parce que j'ai changé, parce que je ne suis plus un Maya. Et il vous a laissés sans protection.

— Le Chauve aussi est parti, nous ne savons pas où.

Il tressaillit à cette nouvelle, puis hocha la tête. Ce brave Chauve n'avait qu'une obsession : le jeu de balle et ses héros.

— Il a dû retourner à Mayapan, j'imagine.

Kaan prit Tonina par les épaules pour l'embrasser encore, mais elle le repoussa.

— Kaan, en ton absence, beaucoup de choses ont changé.

Il la questionna du regard.

— Je suis mariée...

Il la dévisagea, stupéfait.

— C'était par obligation, pas par amour !

Kaan lui lâcha les épaules.

— Attends une seconde. Que veux-tu dire par « mariée » ?

— J'ai été forcée de me marier, Kaan, dit-elle aussi doucement que possible.

Elle aurait voulu disparaître. La peine qu'elle allait lui infliger la rendait malade.

— « Forcée » ? Et qui as-tu épousé ?

— Fumée Turquoise... Je n'avais pas le choix !

Il la regarda un long moment, puis crut comprendre : le départ de Balám ! Lors des négociations, Fumée Turquoise avait manifesté son intérêt pour Tonina, et cet homme méprisable avait profité du départ du prince pour obtenir satisfaction.

— Fumée Turquoise a menacé de vous laisser tomber si tu ne l'épousais pas, c'est cela ? lança-t-il, furieux.

Tonina se taisait. Elle ne lui mentait pas vraiment. Elle avait épousé le chef zapotèque par nécessité. La nécessité n'était pas celle qu'il croyait, voilà tout.

— Tu n'as qu'à divorcer et m'épouser ! Ce n'est pas très compliqué, et il ne pourra pas s'y opposer. S'il le faut, je le combattrai.

— Je suis enceinte, Kaan.

Aussi immobile qu'une statue, il semblait pétrifié. La brise jouait dans ses cheveux, soulevait une mèche de sa frange, faisait voltiger son élégante cape écarlate. Tonina entendait des abeilles, le vol strident d'une libellule. L'ombre d'un faucon à queue rouge balaya le sol.

Kaan laissa échapper le souffle qu'il retenait. Il comprenait maintenant ce qui avait changé chez elle. Malgré les amples vêtements qu'elle portait, il remarqua sa silhouette épanouie. Et elle ne portait plus la ceinture de cauris. Le butin de Fumée Turquoise.

— Je n'aurais jamais dû m'en aller. Je croyais que Balám resterait et vous protégerait tous !

Ulcéré et furieux, Kaan savait qu'il ne s'en remettrait jamais. Tonina, enceinte d'un autre par sa faute ! Il se promit de se racheter auprès d'elle.

— Je suis si désolé de t'avoir laissée dans une situation pareille, lui dit-il en lui caressant la joue. Tu as dû assurer seule ta propre défense et celle de ton peuple. Cette décision a dû être terrible pour toi. Et cet homme…

Cette idée lui était insupportable. Fumée Turquoise avec Tonina…

— Je ne te quitterai plus jamais. Quoi qu'il arrive, je resterai auprès de toi. Je sais que tu dois penser à l'enfant désormais, et que Fumée Turquoise ne t'accordera jamais le divorce. Jamais il ne permettrait à un autre d'élever son enfant.

— Kaan, tu dois partir, lui dit-elle doucement, la gorge nouée. Il n'y a… il n'y a rien pour toi ici. Tu viens de Chapultepec. Tu y retrouveras la famille de ta mère et tu lui diras quelle femme courageuse et merveilleuse elle était.

— Je ne veux pas te quitter ! s'écria-t-il.

Elle faillit céder. Divorcer de Fumée Turquoise serait si simple… Kaan et elle pourraient enfin s'aimer et devenir mari et femme, mais à quel prix ? Aux dépens du bonheur de Kaan. À la naissance du bébé, la vérité éclaterait. Pour le bien de l'homme qu'elle aimait, pour lui éviter des souffrances bien pires et le poison d'une vengeance inassouvie, elle devait le repousser.

— Nous ne suivons pas la même route, ajouta-t-elle d'un ton voilé de larmes. Tu dois retrouver les tiens, et moi, je cherche Aztlan. Va à Chapultepec, Kaan. Trouve ton peuple, puis retourne à Mayapan. Oublie-moi.

Les traits distordus par le chagrin, il tremblait de tous ses membres. Comment partir ? Mais rester, c'était voir chaque soir Tonina rejoindre la couche d'un autre, voir son ventre s'arrondir, fécondé par la semence d'un autre, et admettre qu'après tout, il l'avait perdue, comme il l'avait cru quatre mois auparavant quand elle était sortie de la hutte sur la plage...

Les yeux au ciel, il ressentit encore une fois l'envie presque irrépressible d'injurier les dieux et de les maudire, tous ces êtres cruels et volages qui jouaient avec les pauvres mortels.

Puis il se voûta, et ses yeux s'emplirent de larmes. Il regarda une dernière fois Tonina.

— Fumée Turquoise, il te laissera continuer ta quête ?

— Oui. Il ne tient pas à faire échouer une quête sacrée. Il en est assez fier, je crois.

Kaan ôta le pendentif de son cou et le déposa dans les mains de Tonina. La fleur rouge sur son médaillon.

— Le voilà, ton destin, lui dit-il d'une voix douloureuse. Cette fleur est ton *tonali*. J'ai cru que les dieux nous avaient réunis dans un but précis, mais j'avais tort. Pour eux, nous ne sommes que des pions. Et ils se moquent bien de nous.

Connaissant le penchant de Tonina pour les promenades solitaires, le Borgne avait décidé de veiller sur elle à son insu. Invisible, toujours prêt à intervenir en cas de problème, il la suivait à bonne distance, et ce matin-là ne dérogea pas à la règle. Caché derrière de gros rochers, le nain assista près du ruisseau à ces retrouvailles inespérées et entendit chaque mot prononcé.

Tonina n'avait pas dit la vérité à Kaan. Il fallait pourtant qu'il l'apprenne, ou ce chien de Balám se promènerait partout en toute impunité ! Le Borgne n'avait révélé à personne que le prince était le père, pas même à H'meen. Si cette nouvelle se répandait, le peuple hors de lui risquait de se soulever. Dès qu'ils sauraient qu'on avait violé leur bien-aimée Tonina, les pèlerins entreraient dans une rage telle que la caravane pacifique menacerait de se muer en une masse incontrôlable ivre de vengeance.

Les rangs de l'impressionnante foule nomade avaient d'abord grossi grâce aux disciples de la déesse Ixchel, mais c'était maintenant au tour de sa fille de prendre une importance capitale dans la caravane. Quand Tonina avait émergé de son « souterrain » symbolique – la hutte sur la plage de Tehuantepec –, elle leur était apparue transformée à l'instar de sa mère, et l'aura magique et mystique des deux femmes avait pris une autre dimension. Cheveyo, le mari et le père, avait rejoint le panthéon. Ceux qui l'avaient rencontré vingt ans plus tôt à Palenque en parlaient comme d'un chaman affable et sage, et l'idée de suivre sa trace jusqu'à Aztlan leur plaisait énormément. Le Borgne avait certes entendu une rumeur étrange à son propos...

Le bruit courait que Cheveyo avait lui aussi été enterré dans l'une des cavernes souterraines proches de la cité et qu'il s'y trouvait encore... Mais personne n'y croyait. Enfin, pour couronner le tout, il y avait eu la transformation de Kaan le jour de la Descente des Dieux pour Tonina. Résultat, chacun restait persuadé que les dieux étaient bel et bien venus sur cette plage pour effleurer d'un doigt surnaturel tous ceux qui s'y trouvaient.

Et pourquoi pas ? Après tout, lui aussi vivait une sorte de miracle ! Il pensait à l'amour courtois grandissant qu'il éprouvait pour H'meen depuis le début du voyage. Rien à voir avec une passion débridée, certes, mais un attachement profond que le Borgne n'avait encore jamais connu. Pour la première fois de son existence, il faisait passer le bien-être de quelqu'un d'autre avant le sien. Décidément, un miracle !

Il était hors de question que tous les pèlerins apprennent la vérité, mais Balám devait être puni. Il n'allait pas s'en tirer si facilement. Il devrait payer pour ce crime odieux. Le Borgne décida de mettre Kaan au courant.

Dès que Tonina eut disparu, il sortit de sa cachette et rattrapa Kaan en courant.

— Noble Kaan ! Ou bien dois-je t'appeler Tenoch ? s'exclama le nain essoufflé.

Kaan se retourna et sourit en l'apercevant. Un sourire si triste...

— Par les os de mon arrière-grand-père, c'est bon de te revoir, noble Kaan ! Tu ne restes pas un peu avec nous ?

— Non, je suis juste venu...

La réponse de Kaan mourut sur ses lèvres. Il chercha quelque chose dans ce paysage verdoyant... Mais elle était partie.

Le Borgne tendit à Kaan la bourse de Balám.

— On m'a dit de te remettre ceci.

— Qu'est-ce que c'est ? demanda Kaan sans un regard pour l'objet qu'il glissa dans son sac de voyage.

À cet instant précis, tous les regrets du Borgne fusionnèrent en un seul, et de tout son être il voulut récupérer la fameuse bourse pour annuler son acte irréfléchi. Car il venait d'entrevoir la peine abyssale de Kaan, le fulgurant sentiment de perte qui accablait cet homme. Lui apprendre la vérité sur l'agression de Tonina était un geste monstrueux qui ne ferait qu'ajouter au fardeau déjà écrasant sous lequel il ployait. Mais comment lui demander de lui rendre cette bourse sans éveiller sa curiosité ?

— Je voulais seulement te souhaiter un bon voyage, lui dit le Borgne d'un air malheureux.

Il maudissait sa couardise, il maudissait le jour de sa naissance et il maudissait celui où il avait dérobé une bourse de perles à une fille des îles sur la place du marché de Mayapan.

## 61

— Mère, je ne peux pas me rendre dans la vallée d'Anahuac.

Ixchel comprenait les appréhensions de sa fille mais elle la rassura :

— Beaucoup de gens y vivent. Il y a peu de chances que nous y croisions Kaan en la traversant.

Il n'empêche. Quand Kaan entendrait parler d'une grande caravane guidée par une déesse qui la conduisait à Aztlan et traversait la vallée, résisterait-il à la tentation de les rejoindre ?

— Je ne peux pas courir ce risque. Nous devons trouver un autre itinéraire.

Ixchel finit par tomber d'accord avec sa fille.

Le Borgne et les autres voyageurs expérimentés ne connaissant que la route commerciale orientale sur laquelle ils se trouvaient, la plus fréquentée, Tonina décida de demander l'avis de Fumée Turquoise. Il fallait de toute façon le mettre au courant de ce changement d'itinéraire, car il n'avait peut-être pas d'alliés sur les territoires adjacents.

Tonina fit donc part de son plan à son époux.

— Je n'ai aucun allié dans la région, mais je dois pouvoir t'arranger un passage sûr jusqu'à la route marchande centrale. C'est une piste de montagne très ardue, mais elle te permettra de contourner par l'ouest la vallée d'Anahuac, puisque tu dis ne plus vouloir t'y rendre. Laisse-moi m'entretenir avec le chef d'une caravane qui campe dans les environs...

L'occasion était trop belle. Ce revirement de Tonina arrangeait bien Fumée Turquoise, très malheureux depuis que son épouse avait annoncé sa grossesse. Il n'appréciait pas du tout la tournure des événements. Personne ne croyait qu'il était le père de cet enfant et ses hommes se moquaient de lui dans son dos.

Il n'avait tiré aucun bénéfice de cette situation. C'était une erreur de bout en bout. La nuit passée avec Ixchel avait été des plus décevantes. La femme froide et distante couchée sous lui ne lui avait procuré aucun plaisir. Et il n'avait pas réussi à mettre la fille dans son lit, alors même qu'il l'avait épousée ! Leurs capes aussitôt nouées, la mère avait fait disparaître sa fille dans le quartier des femmes. Il ne voyait Tonina qu'aux fêtes religieuses, pendant les festivités et les festins. Assise à côté de lui, elle jouait une comédie à laquelle personne ne croyait.

Il avait réfléchi au moyen d'annuler ce mariage sans perdre la face et voilà que sa femme lui apportait elle-même la solution. La caravane qui campait à proximité et se dirigeait vers la ville côtière d'Acapulco (en nahuatl « région des roseaux denses ») comprenait trois cents porteurs chargés de peaux de panthère, de coton des plaines, d'ambre du Chiapas et de plumes de quetzal, une marchandise illégale.

— Mais nous nous dirigeons vers la côte ouest, pas vers le nord, précisa le chef de la caravane.

— Je m'en moque. Tout ce que je veux, c'est me débarrasser de ces gens. Je vais te payer un bon prix et en échange, tu leur raconteras que tu les conduis vers le nord en contournant la vallée d'Anahuac. Où et quand tu les abandonneras, c'est une décision qui n'appartient qu'à toi.

Moyennant cinq boisseaux de cigares zapotèques, le marché fut conclu.

Avant le grand départ, Tonina alla remercier Fumée Turquoise de l'avoir épousée dans ces circonstances et lui promit de divorcer officiellement dès la naissance de l'enfant, quand elle aurait prononcé les noms du nourrisson devant les dieux et le peuple. Un arrangement tout à fait satisfaisant pour le chef zapotèque : en procédant ainsi, elle renonçait à tous ses droits sur les terres ou les biens de son époux. Elle n'avait jamais rien réclamé, mais il n'était pas sans savoir que les femmes changeaient dès qu'elles enfantaient.

Ixchel, H'meen et le Borgne à sa tête, l'énorme foule ramassa ses piquets et reprit son voyage, plus imposante que jamais. Cette fois-ci, les pèlerins s'en remettaient à une caravane marchande. Tonina adressa des adieux silencieux à l'homme qu'elle aimait et ne reverrait jamais, et le chef de la caravane décida qu'il livrerait à elle-même cette horde dépenaillée dans un endroit appelé Olinala, un coin désolé où les montagnes enneigées touchaient le ciel.

# LIVRE CINQ

## 62

La sage-femme se taisait, soucieuse, les mains posées sur le ventre de Tonina. Elle n'avait rien dit, cette Tlahuica, mais Ixchel avait compris que la situation était grave.

Ils avaient dressé le camp dans la montagne, non loin de la ville de Cuauhnahuac, terme qui signifiait « près des arbres » en nahuatl (bien plus tard, un peuple d'envahisseurs transformerait ce nom en « Cuernavaca », plus facile à prononcer). La vallée d'Anahuac était au nord, à trois petites journées de marche. Kaan devait y être depuis un bon moment, car leurs adieux remontaient à cinq mois, se dit Tonina pendant que la sage-femme la palpait. Avait-il retrouvé les siens ? Elle priait pour qu'il en soit ainsi ; elle ne voulait que son bonheur.

Elle reporta son attention sur la Tlahuica qui avait accepté de l'examiner. Tonina savait que son état empirait, et qu'Ixchel attribuait cette dégradation aux difficultés de l'étape qu'ils venaient d'affronter.

Le marchand d'Acapulco censé les conduire sur le versant ouest de la vallée d'Anahuac les avait abandonnés près du village d'Olinala, dans le Sud, en pleine montagne, dans une région nommée l'Oaxaca. Privés de guides et sans la protection de la caravane marchande, les pèlerins apeurés étaient repartis vers le nord au départ d'Olinala. À la suite d'Ixchel, ils avaient cheminé sur une piste accidentée qui serpentait entre les montagnes et les vallées d'altitude. Il y avait de la neige sur les sommets, et la nuit, le froid glacial les pénétrait jusqu'aux os.

Ixchel s'était efforcée de réduire leur effectif, exhortant les familles à s'établir dans les villes et les villages rencontrés, conseillant aux jeunes filles de se dénicher un mari sur place et aux hommes de se choisir une épouse. Mais l'appel d'Aztlan était irrésistible et les quelques mois qui s'étaient écoulés depuis qu'ils avaient quitté la route de l'ouest pour traverser les montagnes n'avaient pas arrangé les choses.

Heureusement, ils ne se retrouvaient pas totalement sans protection. Au grand étonnement de Fumée Turquoise, quelques-uns de ses guerriers avaient décidé de se joindre aux pèlerins, certains parce qu'ils s'étaient épris d'une femme, d'autres parce qu'ils avaient soif d'aventures et de découverte. Et beaucoup étaient séduits par la perspective de passer le reste de leur existence au paradis d'Aztlan. Le chef zapotèque avait donc relevé ces hommes de leur serment de loyauté à son égard. C'était également un moyen de soulager sa conscience, car il n'ignorait pas que tous ces gens seraient bientôt livrés à eux-mêmes.

Ils avaient donc dressé leur camp à l'extérieur de Cuauhnahuac dès que le travail avait commencé. Après quelques contractions, il s'était interrompu et Tonina avait perdu les eaux. Et voilà qu'elle perdait du sang, en petite quantité, certes, mais sans interruption. Le bébé était vivant mais ne pouvait pas – ou ne voulait pas – sortir.

La sage-femme s'assit sur ses talons, fit claquer sa langue et déclara :

— Le bébé va mourir. La mère va mourir.

Puis elle rassembla tout son attirail, traça en l'air un signe protecteur et disparut.

— Mère, laissez-moi, haleta Tonina. Partez sans moi… Vous devez retrouver mon père.

Le Borgne faisait nerveusement les cent pas devant la hutte qu'Ixchel avait pu obtenir pour préserver l'intimité de sa fille, et il n'était pas seul. Toute une foule s'était rassemblée là pour prier et brûler de l'encens. Quand les gens virent s'en aller la sage-femme, un gémissement général s'éleva au milieu des pins. Puis Ixchel apparut et demanda au Borgne d'aller chercher H'meen sur-le-champ.

La botaniste royale n'était pas en très grande forme elle non plus. C'était le milieu du printemps mais les nuits restaient glacées, et à cette altitude, l'air se raréfiait, chose éprouvante même pour les gens robustes. Contrairement à Ixchel, qui semblait chaque jour plus jeune, H'meen avait encore vieilli. Elle était victime du mal des montagnes : nausées, maux de tête, fatigue et difficultés respiratoires, qu'elle traitait au ginkgo et à la salsepareille. Le froid de la montagne avait aggravé son arthrite et ses rhumatismes et elle avait perdu une autre dent. Ses cheveux étaient devenus si fins qu'elle se nouait un foulard sur la tête pour protéger son cuir chevelu du soleil et du froid. Elle était terrorisée à l'idée de tomber, car une jambe ou une hanche fracturée l'aurait condamnée. Elle ne tolérait plus que quelques aliments.

Ses désirs se résumaient à bien peu de choses : survivre jusqu'à son dix-septième anniversaire.

Lorsque le Borgne vint la chercher, elle était pelotonnée sur sa natte. Elle n'avait aucune envie de quitter la chaleur du feu de camp, mais Tonina avait des ennuis et le regard suppliant du Borgne parvint à la tirer de sa torpeur.

Munie de ses remèdes et de ses instruments, H'meen s'agenouilla à côté de la jeune femme et colla son oreille sur l'abdomen enflé, comme la sage-femme l'avait fait. Le bébé ne bougeait pas, mais elle perçut un battement de cœur, faible et rapide. Il ne voulait pas venir au monde. Elle se tourna vers Ixchel.

— Une tisane de menthe stimulera les contractions. Mais ce n'est qu'un coup de pouce. En fait, nous devons convaincre ce bébé de venir au monde. S'il refuse, les contractions les tueront tous les deux, la mère et l'enfant.

— Mais comment persuader un bébé de naître ?

H'meen referma sa sacoche et se remit debout.

— Quelqu'un doit entreprendre un voyage dans le monde des esprits avec Tonina pour expliquer à l'enfant qu'il va être accueilli avec amour et qu'il n'a rien à craindre.

— Et comment faire ?

— Il faut utiliser un cactus que les Nahuas appellent *peyotl*. Extrêmement puissant, il transporte celui qui le consomme dans le royaume des esprits.

— Tu l'as, ce cactus ?

— Je m'en suis procuré à Oaxaca.

— Et tu sais comment procéder ?

— Oui, mais je n'ose pas. C'est déjà éprouvant pour une personne en bonne santé, alors pour moi, ce serait extrêmement dangereux. Je suis désolée.

Ixchel la dévisagea, choquée.

— Tu ne veux pas le faire ?

La vieille adolescente secoua la tête d'un air las et quitta la hutte.

H'meen économisait ses forces. Elle voulait vivre assez longtemps pour voir Aztlan. Elle n'était pas nahua et ses ancêtres n'étaient pas sortis de l'une des Sept Cavernes, mais on racontait que les eaux du paradis guérissaient de toutes les maladies. Elle espérait vivre jusque-là, jusqu'au jour où elle pourrait boire ces eaux et retrouver la santé et la jeunesse.

Le Borgne lui courut après.

— H'meen, tu es la seule qui puisse sauver Tonina !

— Si je le fais, je mourrai !

— Je t'en supplie. Sauve-la !

— Si j'essaye, je mourrai, répéta-t-elle avant d'ajouter d'un ton plus doux : C'est le destin. L'une de nous va disparaître, et tu dois l'accepter.

Secoué de sanglots amers, le Borgne pleura toutes les larmes de son corps difforme. Il les aimait toutes les deux. La perspective de perdre une de ces femmes lui était insupportable. Ce même nain cynique qui à une époque considérait les femmes comme des distractions sans conséquence...

— Je t'en supplie, ne la laisse pas mourir !

H'meen lui jeta un regard blessé.

— Tu choisis Tonina, alors ?

— Non !

Elle repartit vers son petit campement au milieu des pins.

Le Borgne s'essuya les yeux puis retourna dans la hutte. Agenouillé à côté de Tonina, il déposa sur son ventre la bourse contenant les os de son arrière-grand-père en priant Lokono de toutes ses forces, comme il ne l'avait jamais fait jusqu'alors. L'Esprit du Grand Tout écouterait-il un vieux mécréant comme lui ?

Ixchel lui prit l'épaule.

— Le Borgne, tu dois absolument trouver de l'aide ! Nous ne pouvons pas laisser mourir ma fille sans rien faire !

Brusquement, H'meen réapparut sur le seuil, avec sa sacoche de remèdes.

Elle s'installa auprès de Tonina et s'excusa :

— Je regrette ce que je t'ai dit, le Borgne. Je sais que tu ne choisis pas Tonina.

Elle prit dans sa sacoche une petite calebasse bouchée par de la gomme, puis glissa son bras sous la tête de Tonina et la persuada gentiment de boire.

— Qu'est-ce que c'est ? s'inquiéta Ixchel.

— De la menthe. Elle va stimuler les contractions.

Elle ouvrit ensuite une bourse en cuir.

— Je vais avoir besoin de tes prières, le Borgne. Et des tiennes aussi, Ixchel. Quand nous serons dans le monde des esprits, Tonina et moi, il nous faudra l'aide de vos dieux. Je voudrais une calebasse d'eau, s'il vous plaît.

Le Borgne se précipita dehors et revint aussitôt avec la calebasse. En voyant H'meen saupoudrer l'eau d'une herbe desséchée, Ixchel alla fouiller dans les affaires de Tonina.

— Prends cette coupe ! Elle augmentera la puissance de ta médecine, dit-elle en tendant à l'herboriste l'objet translucide.

H'meen mélangea le *peyotl* moulu à l'eau en psalmodiant une immémoriale incantation maya. Elle demandait aux esprits de l'Autre Monde de leur ouvrir les portes et de les recevoir chez eux. Ixchel alluma de l'encens, puis le Borgne et elle se mirent à réciter des prières dans leurs dialectes respectifs. H'meen souleva à nouveau la tête de Tonina et porta la coupe à ses lèvres. La jeune femme but une gorgée du breuvage amer, ensuite imitée par H'meen. Dans la fumée de l'encens, au rythme des prières, l'herboriste et la parturiente vidèrent à tour de rôle la coupe de *peyotl*.

H'meen regarda le nain et lut dans ses yeux qu'il savait que l'une d'entre elles ne reviendrait pas du voyage.

La hutte commença à se modifier. Les murs végétaux ondulèrent comme de l'eau et se désagrégèrent. Le Borgne et Ixchel disparurent, puis la forêt et les montagnes. H'meen se retrouva seule dans une plaine aride où des plantes rabougries luttaient pour survivre sur un sol sablonneux. Des coulées de lave sèche lugubres s'étiraient à droite et à gauche. H'meen n'arrivait pas à distinguer ce qu'il y avait au bout de la plaine : des montagnes ? la mer ? Le ciel sombre charriait des nuages noirs.

Assis sur le sable, un petit garçon pleurait.

— Pourquoi pleures-tu ? lui demanda-t-elle.

Quand il leva les yeux vers elle, H'meen s'aperçut qu'elle le regardait de très haut, comme si elle était debout sur un tabouret. Et quand elle lui tendit la main, ce n'est pas la sienne qu'elle vit, tachée par l'âge et déformée par l'arthrite, mais une main intacte, dorée comme le miel. Elle comprit qu'elle était aussi Tonina.

Elles partageraient cette expérience dans le même corps. H'meen se délecta de la force juvénile et de la vigueur de son amie.

— Pourquoi pleures-tu ? répétèrent Tonina/H'meen.

— J'ai peur, répondit le petit garçon en glissant ses mains minuscules dans les leurs.

— N'aie pas peur, lui dirent-elles en l'aidant à se mettre debout. Dans notre monde, nous t'aimerons et nous te chérirons. Viens nous rejoindre. Nous veillerons sur toi.

Il les regarda avec de grands yeux expressifs qui se mirent à virer progressivement au jaune. Le petit garçon grandissait. Ses membres s'allongèrent et s'étoffèrent, sa chevelure se répandit en vagues sur ses épaules et Tonina/H'meen finirent par comprendre que c'était Aigle Courageux qui se tenait à présent devant elles.

— Tu es revenu…

La joie inonda le cœur de Tonina/H'meen.

Aigle Courageux tendit vers elles ses mains en coupe et elles y virent la fleur rouge.

— Alors tu l'as trouvée ?

— Vous devez vous hâter. Trouvez les cavernes. La destruction les menace.

— Mais où sont-elles ?

Aigle Courageux ne leur répondit pas car il subissait une nouvelle métamorphose. Quelques instants après, une troisième personne se tenait devant elles, vêtue d'une tunique en peau de cerf et de jambières ornées de franges et de perles. H'meen n'avait jamais vu des vêtements de ce genre, et elle n'avait jamais vu non plus un homme coiffer ses cheveux en deux longues tresses. Pour elle, c'était un étranger, mais Tonina reconnut Cheveyo, son père.

— Êtes-vous trois personnes distinctes ou bien une seule et même personne ?

— Nous sommes l'Unité dans laquelle toutes les âmes se fondent.

— Êtes-vous un dieu ?

— Nous sommes tous des dieux. Mais le temps presse. Vous devez retrouver les cavernes pour permettre à Pahana de revenir parmi nous.

Tonina/H'meen auraient voulu serrer cet être dans leurs bras, mais le ciel s'assombrissait et Tonina se rappela soudain sa vision prophétique. En voyant ses mains tavelées par les années et tordues par l'arthrite, H'meen sut qu'elle n'était plus unie à Tonina. Quand Cheveyo lui prit les mains, elle lui dit :

— Tu dois quitter cet endroit. Tu y cours un grand danger. Va-t-en immédiatement !

Ressentant tout à coup une douleur atroce, Tonina comprit que H'meen ne faisait plus partie d'elle.

— Rentre sans moi, Tonina. Trouve Aztlan, lui murmura l'herboriste.

— Je ne te laisserai pas !

— Pars...

Tonina regarda ses mains : jeunes, vieilles, intactes, déformées, sans cesse changeantes dans celles de son père.

— Tu ne peux pas rester ici, noble H'meen, dit Cheveyo à l'herboriste. Le temps n'est pas encore venu. Les dieux comptent encore sur toi. Rentre avec Tonina.

Un nouvel éclair de douleur, et Tonina ouvrit les yeux. Les contractions s'étaient déclenchées. Elle cria,

H'meen s'effondra par terre et le Borgne se précipita vers son amie.

L'enfant arrivait, comprit Ixchel, qui s'approcha de sa fille.

— Comment… comment va H'meen ? lui demanda Tonina dans un souffle.

Le Borgne repoussa avec tendresse les cheveux blancs sur le visage de H'meen et lui sourit.

— Tu es revenue… Ma chère, ma douce dame, tu m'es revenue, chuchota-t-il.

Ixchel encourageait sa fille :

— Pousse, avant que ton enfant ne change d'avis !

— Je vais très bien, souffla H'meen, les yeux levés vers le Borgne. Je sais maintenant ce que cela fait d'être jeune et forte. J'ai vu Cheveyo, les cavernes, et la fleur rouge…

— Pousse !

Une contraction plus tard, le bébé faisait son entrée dans le monde.

Submergée par le soulagement et la joie, les yeux remplis de larmes, Ixchel noua le cordon ombilical puis le coupa avec un couteau d'obsidienne. Elle examina ensuite la petite créature vagissante, dix doigts, dix orteils, et la déposa dans les bras de Tonina avec une prière à Quetzalcóatl. Elle supplia le dieu de bien vouloir veiller sur cette nouvelle vie.

Tonina pressa tendrement ses lèvres sur le crâne tout doux. Un petit garçon. Son fils ! Ce n'était pas le rejeton d'un ennemi, ni le fruit d'une agression, c'était son enfant, qu'elle avait nourri de son sang et de son amour. Plus rien ne restait de Balám dans ce fragile petit être, rien de mauvais, aucune tache indélébile. Elle ne lui aplatirait pas le front, ne lui briderait pas

les yeux, n'insérerait pas d'argile sous l'arête de son nez. Il grandirait comme il était : un Mexica fier et altier. Tonina murmura son nom dans la toute petite oreille :
— Tenoch...

## 63

Le printemps, se dit Kaan, qui attendait nerveusement la fin du conciliabule entre les deux gardes. Le bébé devait naître au printemps... Tonina avait-elle déjà accouché ?

Son impatience grandissait. Il se trouvait depuis trois mois dans la vallée d'Anahuac et n'avait pas encore rencontré son peuple. Le printemps... L'enfant de Tonina... Il tentait de saisir une vague pensée au vol quand les deux gardes revinrent. En voyant leur tête, Kaan comprit que tout n'était pas gagné. Il lui allait falloir négocier. Le désespoir le gagnait.

Par deux fois, il avait failli retrouver sa tribu, ne la manquant que de quelques jours. Les Mexicas – car c'était ainsi qu'on les appelait – se déplaçaient sans cesse pour échapper à leurs nombreux ennemis. On racontait qu'ils allaient peut-être quitter la vallée pour partir à la recherche de terres encore vierges. Kaan venait enfin de les localiser, et rien ne l'empêcherait de rencontrer le chef Martok et de prêter allégeance à sa tribu.

Établi dans les collines à l'ouest de Chapultepec, le camp secret des Mexicas était jalousement gardé. Kaan avait autant de chances de se faire tuer que d'y entrer, tant les Mexicas se méfiaient des espions. Il comptait soudoyer les gardes pour parvenir à ses fins, mais n'avait plus rien de valeur à leur offrir. Depuis ses adieux à Tonina, le voyage lui avait coûté tous ses biens, jusqu'à sa cape et son pagne aux couleurs vives. Il était de nouveau vêtu de blanc, comme un paysan.

Après avoir quitté la femme qu'il aimait, Kaan avait refait tout le trajet vers le nord par la route commerciale de la côte est. Ensuite, pour traverser sans encombre une région de brigands et de voleurs, il avait acheté sa place au sein d'une grande caravane qui allait livrer des algues et des coquillages dans la cité de Tlaxcala, à l'est de la vallée. Puis, à Tlaxcala, il avait intégré un groupe de pèlerins se rendant au mont Tlaloc pour célébrer le dieu de la pluie.

Trois mois auparavant, il avait donc atteint la passe montagneuse qui serpentait entre le Popocatepetl et le Iztaccihuatl, et s'était arrêté un moment pour contempler la vaste vallée enfumée qui s'étalait à ses pieds. Hameaux et villes se pressaient au bord du lac, et toute la vallée était parsemée de fermes où l'on cultivait les haricots, le maïs et le coton au milieu des acacias, des chênes, des lauriers et autres cyprès verdoyants.

S'il s'était arrêté, c'était aussi pour reprendre son souffle. La route qui partait de la plaine côtière l'avait conduit sur un plateau si élevé qu'il aurait pu toucher le ciel en tendant le bras. Et quand le vent avait changé de direction, Kaan avait senti une âcre odeur de soufre : le cratère enneigé du Popocatepetl tout proche crachait une mince spirale de fumée.

Une fois arrivé dans la vallée, Kaan était parti tout droit vers la colline boisée de Chapultepec, sur la rive occidentale du lac Texcoco. La tribu qui y avait vécu naguère avait été chassée par le chef de Culhuacan qui voulait garder pour lui les sources d'eau douce de la colline. Cette tribu évincée était celle des Mexicas, et comme elle était constamment en mouvement, on ne savait jamais vraiment où elle se trouvait.

Kaan s'était donc joint au trafic animé qui régnait sur les innombrables pistes et routes poussiéreuses desservant la vallée comme une toile d'araignée. Tous les soirs, il se cherchait un coin pour dormir et échangeait quelques fèves de cacao contre des galettes. Il ne s'éternisait jamais au même endroit, et posait des questions sur les anciens habitants de Chapultepec à tous ceux qu'il croisait.

Avec ses trois grands plans d'eau peu profonds reliés entre eux par d'étroits canaux, le lac évoquait vaguement une fleur à trois pétales. Au sud, le plan le plus petit, le Xochimilco, était alimenté par des ruisseaux cristallins charriant la neige fondue des sommets. C'était un lac d'eau douce. Le lac septentrional irriguait une région riche en minéraux qui teignaient de rouge son eau saumâtre. Le lac Texcoco, le plus grand, au centre, relevait davantage du marécage, avec sa succession boueuse de flaques herbeuses. Pas assez profonde pour s'y baigner, son eau saumâtre était impropre à la consommation, et ses riverains ne s'approvisionnaient qu'aux sources de Chapultepec.

Les rives du lac étaient occupées par une fédération instable de royaumes belliqueux et d'alliés précaires qui ne faisaient rien pour maintenir la paix. Partout où il allait, Kaan ne découvrait que crimes et corruption. Chaque village vivait selon ses propres lois, avec ses juges et sanctions bien à lui. Le pot-de-vin était un mode de vie. Comme il n'y avait pas d'autorité centrale, les raids dans le voisinage étaient chose fréquente et les inévitables représailles se perpétuaient dans un cycle sans fin. Les étrangers voyageant seuls, sans allégeance déclarée à telle ou telle tribu, comme Kaan, étaient suspects partout où ils allaient.

Néanmoins, le jeune homme s'aperçut rapidement qu'il aimait l'ambiance de la vallée d'Anahuac. Était-ce à cause de l'air raréfié de ce plateau frôlant le ciel ? Des gens vivaient autour de ce lac depuis des siècles, mais le tout dégageait une impression de nouveauté. C'était une région florissante, en pleine expansion, contrairement aux villes mayas décadentes de l'est et du sud. Il y avait une certaine vibration dans l'air et Kaan voulait en être partie prenante.

Mais ce serait avec Tonina. Il n'avait pas abandonné l'idée de l'épouser et il savait comment parvenir à ses fins.

Si Fumée Turquoise refusait de s'aventurer aussi loin de sa région tribale, ce qui était probable, Kaan pourrait sans doute le convaincre de divorcer et d'autoriser Tonina à se remarier. De plus, comme la plupart des chefs de tribu, il considérerait probablement le rejeton de l'une de ses innombrables femmes comme une simple monnaie d'échange. Kaan était convaincu qu'il pourrait reprendre Tonina et l'enfant, s'il proposait à Fumée Turquoise une contrepartie suffisamment alléchante.

Mais l'inquiétude le gagnait. Cinq mois déjà s'étaient écoulés depuis les adieux au bord du ruisseau, et la caravane d'Ixchel ne se montrait toujours pas. Où qu'il se rende, Kaan demandait aux gens s'ils avaient aperçu un important groupe de pèlerins en route vers Aztlan, peut-être précédé d'une caravane ou de marchands arrivant du sud. En vain.

Que leur était-il arrivé ? Fumée Turquoise les avait-il livrés à eux-mêmes ou, pire encore, forcés à retourner vers l'isthme ? Kaan songeait sérieusement à repartir à leur recherche lorsqu'un collecteur de sel l'avait informé que les Mexicas campaient dans la montagne à l'ouest de Chapultepec.

Une fois de plus, il était déchiré entre le devoir et le désir. Par respect pour sa mère, il se sentait tenu de retrouver son peuple et de s'en faire accepter. Il voulait aussi découvrir où se cachait Balám, qui avait abandonné Tonina et les siens. Par sa faute, elle avait dû contracter ce mariage forcé révoltant. Son ex-coéquipier n'était pas loin, Kaan n'en doutait pas. Il entendait fréquemment parler d'une armée maya assoiffée de sang se livrant au pillage et à toutes sortes d'exactions. D'après la rumeur, son chef pratiquait une méthode inédite : au lieu de sacrifier aux dieux les soldats vaincus, il leur proposait d'intégrer son armée en pleine expansion.

La curiosité de Kaan eut provisoirement raison de ses doutes, et il décida de s'attarder un peu pour rencontrer ces Mexicas. D'après ses souvenirs, c'était le peuple d'Ixchel, donc de Tonina.

Les deux gardes à la forte carrure le rejoignirent.

— Si tu veux entrer, tu dois payer.

Kaan réprima sa frustration. Il leur avait déjà montré le tatouage chapultépèque identique à celui qu'ils portaient sur la poitrine. Il avait donc droit à une audience auprès du chef des Mexicas, et ces hommes ne l'ignoraient pas, mais ils exigeaient quand même un pot-de-vin. Il n'y avait rien à faire.

Kaan le Maya aurait renoncé et tourné les talons, mais il était Tenoch des Mexicas, et il avait une certaine légitimité à être ici.

Hélas, Kaan n'avait rien à offrir aux gardiens. Quand ses ressources s'étaient taries, il avait pris l'habitude de dormir dans la forêt la plus proche. Et si le gibier ne se laissait pas capturer, il se contentait de gâteaux d'algues vertes récoltées dans le lac ; ils ne coûtaient presque rien. Mais son pouvoir d'achat avait atteint ses limites. Il n'avait plus aucun bijou, plus aucun vêtement de prix, ni quoi que ce soit de négociable, plus rien pour graisser la patte de ceux qui montaient la garde devant le mystérieux camp de Martok.

Il était pourtant bien décidé à s'y introduire. S'il ne profitait pas de cette occasion, si la tribu quittait la vallée, il ne la retrouverait sans doute jamais.

Les gardes lui demandèrent d'ouvrir son paquetage et de les laisser l'inspecter. L'un d'eux désigna une petite bourse de cuir, tout au fond. Kaan n'y pensait jamais, car il la prenait pour un simple porte-bonheur du Borgne.

— Qu'y a-t-il là-dedans ?

Kaan haussa les épaules.

— De vieux os, je pense. Ils n'ont de valeur que pour celui à qui ils appartenaient.

— Fais voir.

Kaan desserra le cordon et en sortit la ceinture de cauris. En la reconnaissant, il fronça les sourcils. « On m'a demandé de te remettre ça », lui avait dit le Borgne, sans lui spécifier qui était ce « on ». Sur le moment, Kaan n'y avait pas prêté attention. Il se demandait maintenant pour quelle raison Fumée Turquoise avait demandé au Borgne de lui remettre l'ancienne ceinture de Tonina ? Pour l'insulter ? Le provoquer ?

Le garde tendit la main.

— Elle est jolie, cette bourse.

Mais Kaan ne la lâcha pas. Il examinait ses coutures : du travail maya. Les points typiques du clan du Saule pleureur.

Le clan de Balám.

Et enfin, il l'attrapa, cette pensée insaisissable qui papillonnait dans sa tête depuis quelques minutes. Les paroles de Tonina : « Au printemps, quand l'enfant sera né, nous reprendrons la route vers Aztlan, ma mère et moi. » Ça ne tenait pas debout. Bouleversé, Kaan refit un rapide calcul. Si l'on tenait compte de la date du mariage, la naissance aurait dû se produire en été. Lors de leur dernière rencontre, Kaan avait cru Tonina enceinte de deux mois. Mais si elle devait accoucher au printemps, cela voulait dire qu'elle en était à la fin du quatrième mois.

Et Balám avait quitté l'isthme exactement quatre mois avant leurs adieux !

— Sainte Mère Lune... murmura Kaan.

Il jeta la ceinture et la bourse dans son paquetage, fit demi-tour et s'éloigna à toutes jambes.

— Ça n'est pas grave ! Nous te laisserons voir le chef Martok quand même...

Mais ces derniers mots tombèrent dans l'oreille d'un sourd, car Kaan n'entendait que ses battements de cœur enragés et sentait sur sa langue le goût de la fureur et du désespoir. Balám avait forcément agressé Tonina ! Mais pourquoi ? Et brusquement il comprit : parce que Kaan était devenu Tenoch. Il s'était débarrassé de son déguisement maya et Balám ne le lui avait pas pardonné.

Comment ai-je pu être aussi aveugle ?

— De quoi as-tu peur ? lui crièrent les gardes, qui se mirent à l'insulter et à le railler.

Ils croyaient avoir affaire à un couard, mais il s'en moquait. Sans doute laissait-il passer sa seule chance de réintégrer son peuple, mais cela non plus ne comptait pas. Une seule pensée l'obsédait : retrouver Tonina.

## 64

Balám savait que Kaan se trouvait dans la vallée, qu'il se faisait appeler Tenoch de Chapultepec, et qu'il cherchait partout l'énorme groupe de pèlerins censés se diriger vers le nord et Aztlan.

Ses espions lui avaient rapporté que Kaan n'avait pas encore retrouvé la trace de Tonina. Lui, Balám, savait où elle était. Kaan se déplaçait seul, alors que Balám avait des agents dans plusieurs campements. Ces hommes le tenaient quotidiennement au courant des allées et venues des chefs tribaux autour du lac Texcoco et glanaient au passage les rumeurs qui circulaient sur les étrangers et autres visiteurs de la vallée. Voilà pourquoi il savait des choses que Kaan ignorait : la fille des îles et son ramassis de pèlerins pouilleux suivaient une piste qui remontait vers le nord, à l'ouest de la vallée d'Anahuac. Ces gens voulaient la contourner.

Balám fut distrait de ses pensées par l'arrivée du visiteur qu'il attendait, Cocoxtli de Culhuacan, chef local qui n'était pas sans évoquer une grosse dinde de par ses plumes. Ils envisageaient une alliance, et les deux factions se rencontraient très solennellement dans un bosquet de saules, sur la rive méridionale du lac. Des lieutenants aux tenues impressionnantes et des guerriers en armes les accompagnaient. Ils rendirent hommage à leurs dieux et ancêtres respectifs, se souhaitèrent bonheur et longue vie et commentèrent même le beau temps estival, chacun émettant le souhait que la pluie les épargne encore un peu. Grâce aux espions des deux bords, Balám savait que l'armée de Cocoxtli bivouaquait discrètement à l'extérieur de Culhuacan, et Cocoxtli que les quatre mille hommes de Balám campaient dans la plaine aride au sud. Il leur était donc impossible de lancer une attaque surprise sur le camp adverse, ce qui leur convenait parfaitement.

Ils finirent par s'installer devant le feu de camp, deux hommes puissants parés de grandes plumes et de lourds colliers de jade, avec leurs peintures faciales et leurs capes aussi bariolées que des ailes de papillons. Ils répandirent quelques libations puis burent le *pulque* à la même calebasse, pour décourager les tentatives d'empoisonnement. Ensuite, Cocoxtli prit Balám par surprise en lui disant avoir assisté au Treizième Jeu de Mayapan.

— Ton équipe était en train de perdre quand Kaan a marqué le point de la victoire. Tu n'as pas bien joué ce jour-là, mon ami. Qu'est-ce qui t'amène dans la vallée d'Anahuac, au fait ?

Balám dévida une histoire si compliquée et si riche de détails qu'il avait fini par y croire lui-même : la trahison sur le terrain de jeu, ses ennemis causant sa déchéance, et à Uxmal, un cousin montant le roi contre lui. Comme si le monde entier avait conspiré pour chasser le noble prince de sa terre natale et l'obliger à se trouver une terre bien à lui.

— Comme tu peux le constater, il n'y a aucune terre disponible ici, dans cette vallée.

Cocoxtli dévisageait l'étranger d'un air soupçonneux. Tous les chefs avaient entendu parler de ce Maya et se méfiaient de lui.

— Tu es un homme intelligent, noble Cocoxtli, et je vais être franc avec toi. Cette terre, je vais la prendre. Pour moi, il est naturel que les forts gouvernent les faibles. Et il me semble que tu partages le même point de vue. Ton père n'a-t-il pas chassé de Chapultepec les misérables Mexicas pour s'y installer à leur place ? Je discerne une parenté spirituelle entre nous, mon ami, malgré l'éloignement de nos tribus respectives. Un guerrier reste un guerrier, quels que soient la couleur de sa peau ou les noms de ses dieux. Et j'entrevois un futur lucratif pour nous deux si nous décidions de joindre nos forces.

— Pourquoi devrais-je te faire confiance ?

— Et pourquoi moi devrais-je te faire confiance ?

Cocoxtli se détendit. Il avait apprécié la réponse de Balám, un homme apparemment franc et honnête.

Les négociations se prolongèrent jusque dans l'après-midi. À la mi-journée, on festoya d'un opossum rôti arrosé de *pulque*, tout en fumant le cigare. Le pacte fut âprement discuté, telle clause ajoutée, telle autre enlevée, les deux chefs y gagnant ou y perdant à tour de rôle. Des scribes enregistraient scrupuleusement l'événement. Quand les deux hommes se furent accordés sur tous les points, ils décidèrent de sceller le pacte selon la tradition : en échangeant des membres de leurs maisonnées respectives, pour garantir la paix entre eux.

Balám proposa l'un de ses cousins, le plus jeune de ceux qui s'étaient joints à lui à Uxmal, et Cocoxtli poussa devant lui une petite princesse au visage dissimulé derrière le rideau de fleurs de sa coiffure sophistiquée.

— Et maintenant, voyez la puissance des Mayas ! s'écria Balám en se levant d'un bond.

Il empoigna la fillette par un bras et la souleva sans ménagement. Lorsque ses pieds quittèrent le sol, elle poussa un petit cri. Alarmés, les hommes de Cocoxtli adoptèrent une posture de combat.

Leur chef leur fit signe d'attendre.

— Qu'est-ce que c'est que cette traîtrise ? grogna-t-il en jetant à Balám un regard soupçonneux.

— Buluc Chabtan réclame du sang, pas un mariage ! Toutes les alliances devraient être scellées par un sacrifice ! Échanger des membres entre deux familles ne doit servir qu'à apaiser les dieux, pas les hommes !

Quand Balám hurla que seuls les faibles garantissaient la paix grâce aux alliances matrimoniales, que lui-même allait devenir le chef suprême de ce pays en assassinant ses ennemis et non en épousant une de leurs sœurs ou de leurs filles, la tension devint palpable. Les deux factions semblaient prêtes à s'affronter. Droguée pour éviter les protestations ou les larmes qui auraient porté malheur à l'alliance, la fillette se balançait comme un pantin dans la poigne de Balám.

— Baissez vos armes, Mayas ! Il n'y aura pas de sacrifice sanglant aujourd'hui ! les avertit Cocoxtli sans quitter des yeux l'enfant couverte de fleurs.

Lorsque la petite fille gémit, menaçant de ruiner l'excellent déroulement des pourparlers du jour, deux éminents conseillers de Cocoxtli – robes splendides et plumes impressionnantes – échangèrent un regard inquiet. Les soldats piétinaient nerveusement sur place et l'air était lourd de tension.

— Vous nous croyez faibles ? explosa Balám.

Il brandit un couteau.

— Repose la petite, lui dit Cocoxtli à voix basse.

Tout en déclarant d'une voix tonitruante qu'il la sacrifiait à Buluc Chabtan, dieu maya de la guerre, Balám planta violemment sa lame dans le ventre de l'enfant.

Puis, l'ayant laissée tomber au sol, il s'arc-bouta pour recevoir l'attaque à venir. À son signal, ses guerriers se rueraient sur l'ennemi. Il avait prémédité ce sacrifice, démonstration stratégique de sa force et de son absence de peur devant les dieux et l'armée de Cocoxtli. À présent, il allait leur montrer de quel bois se chauffaient ses soldats au combat.

À sa grande surprise, le chef culhua se contentait de le regarder d'un air dégoûté.

— Je n'en attendais pas moins de ta part. Traîtrise et duperie ! Il paraît que tu voulais faire perdre exprès le Treizième Jeu à ton équipe. Mes pertes auraient été énormes si tu étais arrivé à tes fins !

Il désigna l'enfant se tordant au sol.

— Tu me croyais vraiment prêt à risquer l'une de mes propres filles pour un démon de ton espèce ? C'est une princesse maya. Je me suis dit que ça te ferait plaisir.

Une princesse maya ? Balám écarta les fleurs du visage de la fillette avec la pointe de son couteau. Un regard terrorisé se planta dans le sien.

— *Taati ?*

Du sang gargouillait dans la gorge de l'enfant.

— Je l'ai payée un bon prix sur le marché aux esclaves de Mayapan, lui expliqua Cocoxtli. Comme j'ai invoqué le *tu'ux-a-kah* royal, le plaisir des dieux, personne n'a pu renchérir sur elle !

Balám était figé sur place. Chaque veine, chaque tendon, chaque fibre de son corps se changeait en pierre.

— Ziyal ? murmura-t-il.

— Comme elle appartient à la maison royale d'Uxmal et qu'aucun chef ici ne peut se réclamer de sang royal, j'espérais pouvoir m'en servir à mon avantage dans la vallée d'Anahuac. Tu viens de gâcher tous mes efforts. C'en est fini de notre alliance, dit l'autre en crachant au sol.

Il marqua une pause et regarda Balám, maintenant agenouillé auprès du corps de l'enfant morte.

— Ton sacrifice n'a aucune valeur. Cette gamine n'était même pas vierge.

Avec des beuglements de rage qui bouleversèrent ses cousins, Balám se releva d'un bond et se rua sur Cocoxtli, qui s'éloignait déjà. La bave aux lèvres, il éructait et poussait des ululements surnaturels. Ses cousins rattrapèrent leur chef outragé et cherchèrent à le maîtriser.

— Ne déclenche pas une guerre, le supplièrent-ils.

Mais Balám hurlait comme un possédé, le visage cramoisi de fureur et de chagrin.

— Il faut partir, lui dirent ses compagnons.

Le chef n'allait pas tarder à revenir avec son armée.

Balám repoussa sans les voir les hommes qui le retenaient et se précipita vers Ziyal. Il prit dans ses bras le petit corps sans vie, pleura, gémit en le berçant. Ses sanglots résonnaient dans la vallée avec tant de force que même ses hommes les plus endurcis sentirent les larmes leur monter aux yeux.

— Reviens-moi, ma précieuse ! Ne me quitte pas ! hurla ce pauvre père.

Il posa sa main sur le ventre de Ziyal, à l'endroit où il avait planté sa dague, puis renifla ses doigts ensanglantés. Il goûta du bout de la langue la force vitale de sa fille, et lui trouva une saveur salée, métallique. Au grand écœurement de ses cousins, il plaqua ses lèvres sur la blessure, là où le coton s'imbibait lentement du liquide noir. Les yeux clos, le prince lapa le sang de sa fille. Il sentit sa puissance le pénétrer et comprit alors comment se nourrissaient les dieux et ce qu'ils ressentaient lorsqu'on leur offrait un sacrifice humain.

Il suça le sang qui traversait la tunique de coton et le choc, l'outrage et le chagrin fondirent comme du sel dans l'eau. Soudain, une nouvelle vision le terrassa, aveuglante, exactement comme sur le marché de Tikal ou encore à Palenque, quand les dieux lui avaient ouvert l'esprit pour lui révéler leur divin dessein. Une lumière blanche l'aveugla et une vérité le foudroya, si stupéfiante qu'il laissa échapper un cri.

Ziyal n'était pas morte.

Elle revivait en lui. Quand il eut bu tout le sang de sa fille, il constata que sa soif n'était pas assouvie. Car c'était ainsi qu'il deviendrait un dieu : en buvant la force vitale de ses ennemis.

Puis la vision se modifia, s'assombrit. Il comprenait certaines choses pour la première fois, et une colère nouvelle l'envahit. Kaan était responsable de tout. À cause de lui, un homme innocent avait massacré sa précieuse fille. Il ne pouvait plus se contenter de lui ôter la vie, désormais. Il fallait lui trouver une mort très spéciale.

Soudain, la solution lui sauta aux yeux. Le châtiment de Kaan serait de voir son propre peuple le combattre aux côtés de son ennemi... Kaan mis à mort par sa propre tribu !

Balám resta longtemps allongé sans bouger sur le petit corps de Ziyal. Puis il se releva enfin, tremblant et trempé de sueur, mais avec une expression respectueuse et craintive à la fois. La bouche barbouillée de sang, il se tourna vers ses compagnons.

— Nous allons organiser des funérailles sacrées, car ma fille est devenue une déesse, leur dit-il calmement. Ensuite nous nous retirerons dans les montagnes au nord. Nous nous préparerons à attaquer et soumettre cette vallée une bonne fois pour toutes.

— Mais nous ne sommes pas encore assez forts, cousin ! protesta nerveusement l'un de ses compagnons en pensant à Cocoxtli et à sa grande armée.

— Je sais. C'est pourquoi nous allons forger une alliance avec une tribu puissante mais aussi méprisée que nous.
— Qui ?
— Les Mexicas.
La tribu de Kaan.

# 65

. — Que se passe-t-il ? s'exclama le Borgne, alarmé, en levant les yeux des braises qu'il tisonnait.

Ils campaient dans une forêt des hauteurs du Michoacán, en territoire purepecha, non loin du village de Patzcuaro (« lieu des pierres » en purepecha) et à plusieurs jours de marche à l'ouest de la vallée d'Anahuac.

Tout le monde s'était tourné vers les arbres. Un son étrange leur parvenait du haut de la piste. Lances, arcs et flèches au poing, les quelques soldats de Tonina étaient sur le qui-vive. Ils écoutèrent ce son qui se rapprochait. On aurait dit de la grêle sur un toit de pierre ou des os qui s'entrechoquaient.

— Des fantômes ! s'écria quelqu'un, car le soleil s'était couché et la forêt était plongée dans l'obscurité.

Mais les créatures qui sortirent du couvert et s'avancèrent dans la lumière des torches étaient tout ce qu'il y avait de plus humain : des porteurs courbés sous de lourds fardeaux, précédés par un homme trapu qui portait un modeste pagne et une cape en fibres d'agave – des vêtements de pauvre – et marchait en s'aidant d'un simple bâton de bois.

— Que les dieux vous bénissent ! s'écria-t-il en nahuatl.

Immensément soulagé, le Borgne fit un signe à ses compagnons : cet homme ne les menaçait en rien. C'était un marchand qui couvrait de grandes distances pour importer ou exporter des marchandises dans tout le pays, depuis les régions barbares du nord jusqu'aux royaumes mayas, à l'est et au sud. D'après sa mise modeste, il était certainement très riche et se donnait un mal fou pour ne pas le montrer.

Le visiteur se présenta avec faconde, tout en gardant un œil sur les lièvres qui rôtissaient à la broche :

— Je suis Oxmyx d'Amecameca, fournisseur de tambours !

Et il fit signe à l'un des porteurs. Celui-ci ouvrit son sac et montra à la ronde les bruyants objets qu'il contenait. À la vue de ces carapaces de tatou brun et rose, tout le monde éclata de rire. Le bruit bizarre qui les avait inquiétés venait de trouver son explication.

Oxmyx était chauve, une caractéristique plutôt rare chez les Nahuas, et comme son nez n'avait qu'une narine, il émettait un drôle de sifflement. Il sourit aux gens qui se réchauffaient autour du feu de camp, puis balaya du regard les myriades d'autres feux et d'autres groupes qui occupaient cette forêt d'altitude entre la vallée d'Anahuac et la côte occidentale. Ni une caravane ni une armée, nota-t-il. Et pas non plus une tribu puisqu'il apercevait toutes sortes de vêtements, de styles de coiffure et de couleurs de peau. Son œil exercé repéra un certain nombre de malades et d'estropiés. Des pèlerins en route vers un site sacré ? Il n'avait jamais vu un groupe de fidèles se déplacer en si grand nombre pour honorer un dieu. Des centaines de gens campaient au milieu des sapins. Des milliers, peut-être.

Avec seulement une petite poignée de guerriers pour assurer leur protection.

— Bienvenue, noble Oxmyx ! Partagez donc notre feu.

Sur l'invitation d'Ixchel, les porteurs se débarrassèrent aussitôt de leurs charges et s'activèrent à dresser un petit camp à l'écart.

— Que les dieux en soient loués, dit Oxmyx en frottant ses mains gelées. Ces lièvres m'ont l'air fameux, mais j'en ai assez de la viande. Auriez-vous des galettes ?

Ixchel s'excusa. Ils avaient consommé leurs derniers gâteaux de maïs quelques jours auparavant. Oxmyx se contenta donc de quelques patates douces qu'Ixchel tira de la cendre.

— Où allez-vous ? s'enquit cette dernière non sans remarquer que le commerçant n'avait pas pris la peine de laisser tomber quelques miettes pour les dieux avant d'engloutir sa patate brûlante.

— J'apporte du coton aux tribus du Nord, noble dame, et, en échange, je ramène des tatous. Mes porteurs et moi, nous mangeons de la viande depuis trop longtemps. Nous rêvons de galettes et de maïs. Mais c'est mon dernier voyage, précisa-t-il en reprenant une patate douce. Les tissus pour tambours ont naguère beaucoup rapporté, mais de nos jours, les pots-de-vin qu'on me demande sont trop élevés, et la violence règne partout, nobles dames. La loi et l'ordre ont disparu. À chaque frontière, je me vois obligé de payer un tribut au chefaillon du coin pour passer sans ennui. Quand je serai rentré chez moi, je serai plus pauvre qu'en partant.

— Et où vivez-vous ? lui demanda poliment Ixchel en le regardant mâcher vigoureusement la pulpe orange.

En voyage, il était de coutume d'offrir l'hospitalité aux autres voyageurs, qui parfois consommaient plus que de raison. Les provisions se raréfiaient et la chasse n'avait pas été bonne dans ces forêts, avec cette fin d'été gâchée par la pluie.

— À Amecameca, au sud de la vallée d'Anahuac, répondit-il la bouche pleine.

En entendant mentionner ce nom, Tonina sentit une douleur fulgurante lui traverser la poitrine. Quand ils étaient passés près de la vallée, elle n'avait eu qu'une envie... celle, irrépressible, de quitter le groupe pour emmener son bébé sur les terres du lac Texcoco.

Kaan s'y trouvait.

Il lui manquait terriblement. Il occupait ses pensées jour et nuit. Mais pour le bien du bébé et pour son bien à lui, jamais plus ils ne pourraient être ensemble. Tant qu'il ne verrait pas l'enfant, il croirait que Fumée Turquoise était le père. Mais s'il apprenait la vérité, s'il apprenait la paternité de Balám, la vie de l'homme qu'elle aimait serait détruite par sa soif de vengeance. En longeant la vallée puis en s'en éloignant, elle s'était donc plongée dans le Livre des Mille Secrets pour se rappeler sa quête et sa destinée.

Son petit garçon, Tenoch, avait maintenant trois mois. Elle le portait sur le dos, bien emmailloté dans son porte-bébé.

— Et vous, où allez-vous avec tous ces gens ? demanda Oxmyx à Ixchel en se servant une autre patate douce.

Elle le regarda faire avec inquiétude. Il s'attaquait maintenant à leur part.

— Nous sommes des pèlerins à la recherche d'Aztlan.

Il grommela. On cherchait la mythique Aztlan depuis des générations. Qu'est-ce qui pouvait faire croire à cette femme qu'elle y arriverait ? Il haussa les épaules. Lui-même, il ne croyait pas à l'existence d'Aztlan, sinon dans l'imagination des hommes. Pas plus qu'à la Fontaine de Jouvence ou aux Sept Cités d'Or qui obsédaient les gens depuis le commencement des temps. Certaines personnes éprouvaient sans doute le besoin irrésistible de se lancer dans une quête, alors que d'autres se contentaient de ce qu'elles avaient chez elles.

— Vous arrivez du nord, là où nous nous rendons. Qu'avez-vous vu là-bas ? s'enquit Ixchel, pleine d'espoir.

Il mangeait plus lentement à présent et mâchait pensivement sa patate, en se demandant s'ils allaient lui proposer quelques piments et haricots pour l'accompagner.

— Vous recherchez des grottes, honorable dame, et le monde est rempli de grottes.

Tonina lui montra son médaillon.

— Ceci vous aidera peut-être.

Il l'examina puis haussa une nouvelle fois les épaules.

— Cette fleur ressemble à des tas d'autres.

— Celle-ci a des propriétés curatives.

— Comme beaucoup de fleurs, conclut-il en se demandant quand ils allaient lui offrir du *pulque*.

Il passa en revue le vaste campement qui semblait s'étendre à l'infini, avec ses petits feux, ses groupes de gens et ses abris de fortune blottis parmi les arbres.

Personne ne fumait de cigares ou de pipes. Ces pèlerins étaient donc à ce point démunis ?

Il reporta son attention sur son hôtesse, Ixchel, et ses surprenants compagnons : un nain, une petite vieille coiffée comme une jeune fille et une jeune femme portant son bébé dans le dos. Dans tous ces yeux, il vit briller l'espoir et le désir.

— Et pourquoi recherchez-vous cette fleur ?

— On dit qu'elle pousse près des cavernes sacrées d'Aztlan.

Il renifla et sa narine siffla. Oserait-il prendre une autre patate ? Ses hôtes ne mangeaient pas.

— La seule fleur que je connaisse qui ait des propriétés curatives et qui ressemble à la vôtre pousse effectivement près de certaines grottes. Sacrées ou pas, ça, je l'ignore.

— Que savez-vous de cette fleur ? insista Ixchel en essayant de masquer son excitation.

Il se gratta le crâne dont les moustiques s'étaient repus plus tôt dans la journée.

— Ce sont les pétales qui ont des qualités curatives, pas les racines. Les racines sont amères et peuvent causer des empoisonnements. Avec les feuilles, on fabrique un baume efficace contre les rougeurs et les brûlures. Et on raconte que son pollen peut rendre sa virilité à un homme. Personnellement, je n'ai jamais eu à le vérifier.

— Où pousse-t-elle ? voulut savoir Tonina, incapable de se contenir plus longtemps.

— Près de chez moi, à Amecameca.

Ixchel le fixait, surprise.

— Dans la vallée d'Anahuac ?

— Tout à fait.

Elle échangea un regard avec Tonina. Était-ce possible qu'Aztlan se trouve dans la vallée ?

— Et où se situe Amecameca ?

— Au pied d'une montagne couronnée de neige, l'Iztaccihuatl.

Le mot nahuatl pour « femme en blanc ».

Ixchel tressaillit et regarda à nouveau Tonina. Le glyphe figurant sur la première page du Livre des Mille Secrets à côté du pictogramme de la fleur rouge leur était revenu en mémoire. Il signifiait « femme en blanc » !

— C'est la première fois que j'entends parler d'une montagne appelée la Femme en Blanc, avança prudemment Ixchel.

— Vous la connaissez peut-être sous le nom de Belle Endormie.

— Oui !

— Quand la Belle Endormie n'était encore qu'une simple femme, la bien-aimée de Popocatepetl le héros, on l'appelait la Femme en Blanc. Puis Popocatepetl et elle ont été transformés en montagnes, et depuis, on l'appelle la Belle Endormie parce qu'elle dort à côté de son amant, notre héros Popo, qui garde l'accès sud-est de la vallée d'Anahuac.

À la lueur du feu de camp, Ixchel avait les yeux rivés sur sa fille pétrifiée. Le Borgne et H'meen semblaient également sous le choc. Il fallait donc aller dans la vallée ? Ils surent alors que, dès le lendemain, ils reviendraient sur leurs pas, car le Livre des Mille Secrets était très clair : la fleur rouge et Aztlan se trouvaient non loin d'une « femme en blanc ». Et Oxmyx leur avait dit que l'Iztaccihuatl était couvert de neige.

Or *Aztlan* en nahuatl voulait dire « lieu de la blancheur ».

Tonina réfléchissait à ce qu'elle ferait quand elle verrait Kaan au bord du lac Texcoco, car elle ne doutait pas qu'il y serait. Soudain, Oxmyx rota et bâilla.

— Honorables hôtes, nous vous remercions, mes porteurs exténués et moi-même. Nous allons nous retirer, et nous serons partis à l'aube. Si un jour vous décidez de visiter Amecameca, faites-vous indiquer ma demeure et je vous rendrai votre superbe hospitalité.

Il se leva et se drapa dans sa cape, en leur lançant un ultime avertissement :

— Et si vous vous rendez dans la vallée d'Anahuac, ne vous approchez pas trop des montagnes. La Belle dort paisiblement, mais depuis peu, Popo est très actif. Sa fumée noire assombrit le ciel.

## 66

Kaan avait exploré toute la vallée et les montagnes environnantes. Il s'était renseigné dans toutes les fermes et tous les villages, il avait arrêté tous les voyageurs et tous les marchands qu'il croisait. Pour subsister, il louait sa force de travail. Il avait labouré, coupé du bois et ramené des filets de pêche, avec une seule idée en tête : retrouver Tonina.

Il avait consacré tout l'été à sa recherche. Toujours sans nouvelles d'elle, sans le moindre indice sur l'endroit où elle se trouvait, il avait décidé de reprendre la route marchande de l'est et de retourner au bord du ruisseau tranquille où il l'avait vue pour la dernière fois. Si nécessaire, il irait jusqu'au bout du monde. S'il lui fallait déraciner chaque arbre et mettre à bas chaque montagne, il le ferait. Kaan ne s'arrêterait pas avant d'avoir retrouvé Tonina.

La route du col n'était qu'un sentier qui passait entre des parois rocheuses escarpées, mais beaucoup de gens l'empruntaient, en particulier des prêtres, des pèlerins et des pénitents. À quatre mille mètres d'altitude, sur ce sommet glacé et venteux, se dressaient plusieurs sanctuaires. Commerçants et voyageurs fréquentaient également ce chemin, et des marchands entreprenants avaient installé des échoppes en bois dans cet environnement hostile où ne poussaient ni arbres ni buissons. Ils vendaient de la nourriture chaude, des couvertures et des capes de fourrure à des prix exorbitants.

C'était la fin de l'été, par une grise journée de crachin. Comme tous ses compagnons d'infortune, Kaan avançait péniblement sur la piste serpentant entre le Popocatepetl et la Femme en Blanc, les deux volcans. Il se rendait sur la côte est mais s'arrêterait d'abord à Cholula, une ville de montagne. Ensuite, il reprendrait sa route et passerait au peigne fin chaque ferme, chaque village, chaque colline et chaque vallée. Pour Tonina, il était prêt à retourner sur l'isthme de Tehuantepec ; car Fumée Turquoise avait peut-être ramené de force la jeune femme chez lui.

À moins qu'il ne l'ait abandonnée dès la naissance de l'enfant, quand tout le monde avait compris que le bébé n'était pas de lui ?

Balám. Jamais Kaan n'avait nourri à l'égard de quelqu'un une haine aussi profonde, ni ressenti une telle rage. Il rêvait de lui arracher les membres un à un pour ce qu'il avait fait à Tonina.

Kaan avait eu vent de l'incident entre Balám et le chef Cocoxtli. Le prince avait insulté Cocoxtli en assassinant la petite princesse qu'il lui avait offerte pour sceller leur alliance, disait-on. Toute la vallée en parlait. Personne ne savait où Balám et son armée s'étaient retirés, mais le bruit courait qu'il se trouvait dans la région de Tlaxcala, au nord, et qu'une tribu sanguinaire lui donnait refuge.

Mais pas question de poursuivre Balám pour l'instant. Il fallait d'abord retrouver Tonina.

Kaan grimpait toujours d'un pas ferme quand le soleil du matin baptisa le flanc est de la montagne. À l'ouest, un gigantesque cône d'ombre se déploya comme une couverture au-dessus de la vallée. Poussé par le désir brûlant de retrouver Tonina, Kaan tourna le dos au lac Texcoco et à son peuple, les Mexicas.

## 67

— Combien de personnes compte cette armée d'envahisseurs ? demanda l'hôte de Balám.
— D'après mes espions, un bon millier.
Martok plissa le nez.
— Et tu dis qu'elle est conduite par une femme ?
— Une sainte femme. Elle les a convaincus que la vallée d'Anahuac leur appartient de droit.
Le général mexica hocha la tête. Les fanatiques religieux se transformaient parfois en combattants féroces.
— Je vais en discuter avec mes lieutenants, dit-il en se levant.
Martok s'éloigna à grands pas, et Balám cracha par terre. Il détestait avoir à traiter avec ces barbares, mais il n'avait pas le choix. S'il voulait arriver à ses fins, il lui fallait s'allier avec les Mexicas.
Caché dans les montagnes au nord du lac Texcoco, le vaste camp militaire de Balám bruissait d'activité. Les guerriers s'entraînaient au combat dans le bruit des massues et les artisans fabriquaient des javelots, des lances, des arcs et des flèches. D'autres martelaient des boucliers garnis de pyrite étincelante ; on les portait sur le dos et ils aveuglaient l'ennemi quand les

guerriers se retournaient. Des femmes cousaient par centaines des vestes de coton rembourrées qui protégeaient la poitrine une fois remplies de sel gemme. Même les enfants du camp étaient mis à contribution. Ils s'occupaient de l'eau et des ordures ou furetaient un peu partout pour trouver des noisettes et des baies.

Et tout cela dans un seul objectif : détruire Kaan et gouverner le monde par la même occasion.

Ziyal était une déesse, à présent. À la demande de Balám, quelques artisans travaillaient à un autel ambulant qui le suivrait sur le champ de bataille. Il placerait sur le trône de bois doré une effigie en pierre de la déesse que trois tailleurs de pierre étaient en train de sculpter pour lui. Dix mille guerriers allaient s'incliner devant elle, dix mille guerriers allaient la vénérer. Ils verseraient leur sang pour elle et prononceraient son nom avec respect et dévotion.

Oxmyx, le marchand de tambours en carapaces de tatou, s'approcha de Balám d'un air mécontent. Peut-être valait-il mieux le sacrifier lui aussi : il en savait trop.

Après la mort de Ziyal, Balám avait détaillé son nouveau plan à ses hommes.

« Mais comment vas-tu faire venir Kaan sur le champ de bataille ? lui avait demandé l'un de ses cousins. Tu vas envoyer quelqu'un le chercher ? Tu vas le défier ? Nous ne savons même pas où il est ! »

Ce jour-là, le regard égaré sur les eaux peu profondes du lac, Balám avait aperçu les pêcheurs dans leurs canoës à fond plat. Et la solution lui était apparue. Pour faire venir Kaan sur le champ de bataille, il suffisait de l'appâter.

La fille des îles et ses pèlerins miteux.

— J'ai fait un long détour pour donner l'illusion que j'arrivais du nord, se plaignit Oxmyx avec ce désagréable sifflement de la narine. Le voyage a été exténuant, pour mes hommes comme pour moi. Et je suis resté absent de chez moi plus longtemps que prévu !

Balám ne l'écoutait pas. Son plan avait fonctionné, c'était le principal. Quand ses espions lui avaient appris que des centaines de gens se dirigeaient vers le nord en contournant la vallée, il avait réfléchi au moyen de les y attirer. Dès que Kaan apprendrait leur arrivée, il volerait vers eux comme une abeille vers le miel.

Pour cette mission, Balám avait porté son choix sur un homme sans scrupules. Oxmyx se moquait de ce qui arriverait à Ixchel et à ses curieux compagnons quand il les aurait jetés dans ce piège fatal. En ce bas monde, c'était chacun pour soi. Cette besogne n'allait quand même pas l'empêcher de dormir !

D'ailleurs, quel que soit le conflit à venir, il ne serait même pas dans les parages. En réalité, il vivait ici, à Tlaxcala. Il avait menti à cette Ixchel : il n'avait jamais mis les pieds à Amecameca, et n'en avait pas du tout l'intention. D'après les bruits qui couraient, tout le monde s'attendait à des troubles dans la vallée. Même dans les fermes et les villages les plus paisibles, on stockait des vivres, de l'eau, des bandages et des remèdes. Les habitants priaient jour et nuit. Les guerriers locaux défilaient et s'entraînaient, ajoutant à l'inquiétude générale. Les ateliers des fabricants d'armes rougeoyaient vingt-quatre heures sur vingt-quatre.

La guerre arrivait. Plus personne n'était en sécurité.

Balám se leva lentement, la main posée sur la dague d'obsidienne à sa ceinture.

— Encore une plainte, mon ami, et il ne te restera plus aucune narine pour respirer.

Oxmyx recula d'un pas, fit demi-tour et s'éloigna en toute hâte.

Martok revint. C'était un homme imposant dont les plumes vertes indiquaient le rang élevé.

— Ta tribu et la mienne se ressemblent, noble Balám. Nous ne sommes les bienvenus nulle part dans la vallée d'Anahuac. Cela fait des générations que ma tribu cherche à s'y établir. Nous avons vécu un moment sur la colline de Chapultepec, mais nous en avons été chassés comme des chiens. Aujourd'hui, c'est toi qu'on force à l'exil. Mes officiers sont d'accord, ajouta le chef des Mexicas. Ensemble, nos deux armées seraient redoutables ! Pour éviter la guerre, les chefs du lac Texcoco se verraient obligés de nous concéder des terres où nous installer.

L'idée d'une alliance avec cet étranger ne plaisait pas vraiment à Martok. Balám avait levé son armée selon une méthode douteuse : en proposant aux prisonniers des places dans ses rangs au lieu de les exécuter. Et il s'assurait leur loyauté en empalant les déserteurs, une mort lente et douloureuse. Un moyen particulièrement dissuasif pour ceux qui sentaient vaciller leur résolution.

D'un autre côté, s'il s'alliait à cette nouvelle armée, Martok pourrait enfin s'emparer des terres qui lui revenaient de droit et s'y établir définitivement, mettant ainsi un terme à l'errance des Mexicas.

— D'accord pour une alliance, mais à certaines conditions, précisa le chef. Sur le champ de bataille, les pertes devront être réduites au strict minimum. Il nous faut des prisonniers pour négocier la paix, et notre victoire ne peut se construire sur un massacre déshonorant. Nous combattons pour des terres, pour un pays à nous. Nous, les Mexicas, nous sommes fiers du code d'honneur que nous respectons et nous tenons à ce que vous le respectiez également.

— D'accord.

Balám cracha dans sa paume et y pressa son pouce, selon l'antique manière de sceller un pacte. Une fois les autres tribus vaincues, il retournerait son armée contre Martok et massacrerait ces Mexicas jusqu'au dernier. Il allait rayer le peuple de Kaan de la surface de la terre une bonne fois pour toutes.

## 68

Une autre mort. Un autre jour sans espoir.

— Nous ne pouvons pas rester ici, mère. Il n'y a plus rien à manger. La famine nous tuera ! dit Tonina en observant des femmes qui recouvraient le corps d'un être aimé et le préparaient pour l'inhumation.

Ils étaient arrivés six jours plus tôt dans ces forêts sauvages exploitées pour leur bois, entre deux volcans éteints et une gorge si escarpée qu'aucune ville ni aucun village ne se dressait à proximité. Ils y avaient découvert des monceaux d'os rongés, des graines éparpillées, des tas de pelures de fruit, de coquilles de noix et autres déchets d'origine humaine. Manifestement, un grand groupe avait campé sur place jusqu'à ce qu'il n'y ait plus rien à manger.

« Comme des sauterelles », avait fait remarquer Ixchel.

C'était la fin de l'après-midi, et ils venaient d'arriver avec l'intention d'y passer la nuit. Elle avait contemplé les arbres déplumés, les buissons ne portant plus la moindre baie et les cratères refroidis des feux de camp. Un souvenir lui était alors revenu en mémoire : quand elle était enfant, elle avait un jour assisté à une invasion de sauterelles. Des nuages d'insectes s'étaient abattus sur les fermes des environs de Palenque, anéantissant les récoltes, ne laissant plus que des tiges sèches. Caravane importante ou petite armée, ceux qui avaient campé ici les mois précédents n'avaient respecté ni les dieux ni les esprits du lieu. Ils n'avaient pas non plus honoré la coutume des voyageurs, cette antique tradition tacite : on ne devait jamais épuiser toutes les ressources d'une zone donnée.

Les occupants précédents de ces bois s'étaient montrés scandaleusement égoïstes.

Le problème était de savoir où allaient ces sans-gêne. S'ils se dirigeaient vers la côte ouest, ils ne représentaient pas une menace pour Ixchel et les siens. Mais que faire si ces gloutons étaient en route vers la vallée d'Anahuac et ne les précédaient que de quelques jours ?

Pendant qu'Ixchel cherchait à déterminer avec H'meen et quelques autres quelle direction prendre par la suite, un nouveau problème avait surgi. Les gens s'étaient reposés, certes, mais sans manger à leur faim, et ceux qui avaient perdu toutes leurs forces ne parviendraient pas à reprendre le voyage. Ixchel se retrouvait donc face à un curieux paradoxe : plus ils resteraient ici, plus les pèlerins s'affaibliraient et plus ils s'affaibliraient, moins ils pourraient repartir.

Ixchel était déconcertée. Elle avait prié en vain les dieux et les esprits de cette forêt. Dans d'autres circonstances, elle en aurait conclu que l'endroit était maudit. Mais alors, comment expliquer les papillons ?

Lorsqu'ils avaient posé le pied ici six jours auparavant, quelques petites merveilles noir et or voletaient déjà autour d'eux. Et, tous les matins depuis leur arrivée, leur nombre augmentait. Chacun savait que les papillons étaient les esprits des guerriers morts revenant sur terre dans leurs éclatantes tenues de guerre. Cet endroit ne pouvait être maudit.

En entendant les gémissements des proches de ce pauvre homme mort de faim, la panique la glaça. Comment s'en sortir ? Elle commençait à douter.

Elle avait tenté différentes méthodes de divination, notamment avec la coupe transparente de Tonina, mais les dieux restaient désespérément muets. Partir vers l'ouest était hors de question car Cheveyo et les grottes sacrées se trouvaient à l'est. Mais la horde vorace qui les avait devancés, où était-elle ? Ixchel avait bien pensé à envoyer des éclaireurs pour prendre la mesure du danger, mais les rares guerriers du groupe, contaminés par la paresse et l'indolence, refusaient désormais d'obéir à une femme.

Ils périraient tous si elle ne trouvait pas très vite une solution. Ils en étaient réduits à manger des sauterelles, des chenilles, des larves de scarabées et des termites. On trouvait bien sûr du poisson dans les cours d'eau, mais pas en assez grand nombre pour nourrir tout le monde. Ils se rabattaient donc sur les grenouilles, les escargots et les crabes d'eau douce. Les hommes valides parcouraient le secteur pour déloger le gibier, les femmes récoltaient les nids d'oiseaux et les enfants posaient des collets devant les terriers de lapins et d'écureuils puis passaient leur temps à attendre. En plusieurs jours, les chasseurs ne leur avaient rien rapporté de plus gros qu'un lièvre. Et, malgré leurs arcs et leurs flèches, ils ne pouvaient pas abattre les hiboux, les corbeaux et les faucons, oiseaux sacrés qu'un tabou interdisait de tuer ou de consommer.

D'autres dangers encore les guettaient. Comme ils mouraient de faim, les gens consommaient tout ce qui leur tombait sous la main, avec des conséquences parfois désastreuses. Elle repensa aux membres de ce clan, des hommes, des femmes et des enfants qui s'étaient jetés quelques jours plus tôt sur un plant de laiterons. Ils avaient bu la sève laiteuse et dévoré les cosses pleines de graines de cette plante sauvage, mais à la tombée de la nuit, ils étaient tous morts. H'meen avait examiné les plants négligés : ce n'était pas le laiteron que l'on consommait bouilli, mais une variété vénéneuse surnommée « herbe du papillon » parce que seuls les papillons s'en nourrissaient.

Ixchel institua une nouvelle règle : il fallait rechercher dans les excréments des animaux sauvages les graines ou les baies de toutes les plantes qui ne figuraient pas dans les livres de l'herboriste. Si on trouvait les graines d'une plante inconnue dans une crotte, c'est qu'elle était sans danger pour les bêtes, donc pour les hommes. On pouvait la manger.

Mais la faim l'emporterait bientôt sur la raison, et Ixchel redoutait de nouveaux empoisonnements. D'autant plus que la zone dans laquelle ils se trouvaient était riche en laiteron, mortel certes, mais appétissant.

Au moins, les gens avaient chaud ! Encore un triste paradoxe : avec du bois à volonté, ils arrivaient sans problème à se protéger du froid, mais la fumée éloignait le gros gibier. Ils avaient donc le choix entre mourir de froid ou de faim.

Kaan leur manquait cruellement. Sans leur héros pour les guider et les gouverner, les gens retombaient dans leurs anciens travers : le vol et les bagarres pour la nourriture et les femmes. La famine semblait avoir fait naître une curieuse promiscuité entre les gens, comme s'ils cherchaient dans ces accouplements rapides et désespérés une forme d'assouvissement qu'ils ne trouvaient plus dans une nourriture inexistante.

Ils étaient piégés dans cette forêt inhospitalière, et jour après jour, l'angoisse d'Ixchel augmentait. Et si le Popocatepetl entrait en éruption ? Et s'il détruisait les cavernes et tuait Cheveyo ? Le marchand d'Amecameca lui avait raconté que le ciel était noir de la fumée du volcan, exactement comme dans les visions prophétiques de Tonina. Tenaillée par l'urgence, Ixchel avait songé à partir seule et à rejoindre Amecameca par ses propres moyens, mais Tonina et les autres s'y étaient formellement opposés. Pas question de lui laisser courir de tels risques.

Autour du mort, les lamentations s'apaisèrent, et les gens se mirent à prier en silence. Le défunt était un conteur très apprécié.

— Mère, nous devons faire quelque chose, insista Tonina.

Le regard d'Ixchel croisa celui de sa fille et elle lui donna tacitement son accord. Ce que Tonina avait en tête la terrifiait. Elle était convaincue qu'elle ne reverrait plus jamais sa fille.

Tonina entra dans l'abri d'herbes et de branchages sommaire qu'elle partageait avec Ixchel, et se pencha au-dessus de son bébé. Il dormait paisiblement, bien au chaud sur une couche de fourrure. C'était un joli bébé, ce Tenoch, cinq mois déjà et en pleine santé. Il avait deux dents, arrivait maintenant à soulever sa tête et à rouler sur lui-même, souriait et babillait gaiement à longueur de journée… Un petit être doux et heureux.

Le cœur de Tonina bondit dans sa poitrine. Elle ignorait jusqu'alors qu'un tel amour était possible. Il n'avait rien à voir avec l'amour-dévotion qu'elle ressentait pour Huracan et Guama, ni avec son amour platonique pour Aigle Courageux, ni même avec son amour et son désir de femme pour Kaan. Insondable, immense, l'amour qu'elle éprouvait pour Tenoch la consumait, comme s'il avait fusionné avec sa chair et son sang après avoir hiberné dans ses muscles et ses tendons pour éclore à la naissance de l'enfant.

Elle frémissait d'effroi à l'idée d'être séparée de lui, mais les gens mouraient de faim et il fallait les sortir de ce cauchemar. Tonina partirait seule, sans le bébé, pour ne pas le mettre en danger et parce qu'elle se déplacerait plus vite ainsi. Elle irait dans la vallée d'Anahuac, traverserait la plaine jusqu'à Amecameca et trouverait les grottes dont leur avait parlé le marchand, ces cavernes sacrées creusées au pied de la Femme en Blanc. Les grottes et la fleur rouge magique lui diraient quoi faire ensuite. Peut-être lui donneraient-elles des pouvoirs ou même la mèneraient à son père…

Si je peux ramener Cheveyo…

Et que ferait-elle si elle croisait Kaan ? C'était une perspective qu'elle désirait et redoutait à la fois. Elle devait sauver son peuple avant tout.

Elle décida de partir dès l'aube. Elle quitterait le campement pendant que tout le monde dormirait. Ixchel et H'meen lui avaient promis de prendre soin de son bébé et de le faire allaiter par d'autres jeunes mères.

Soudain, elle entendit une explosion de cris à l'extérieur, et des gens passèrent en courant devant la hutte.

Lorsqu'elle aperçut la cause de ce remue-ménage, elle se figea.

Kaan !

Il émergeait de la forêt en poussant trois hommes devant lui, du bout de sa lance. Un puma ensanglanté ballottait sur ses épaules.

Tous reconnurent les trois compères, des décortiqueurs de maïs professionnels qui voyageaient ensemble, deux frères et leur oncle. Ils s'étaient joints au groupe à Cuauhnahuac. Deux d'entre eux portaient les paquets de Kaan et le troisième, sa cape. Ils avançaient en trébuchant, la bouche étrangement barbouillée de sang.

Kaan franchit le cercle du camp principal, jeta la carcasse par terre aux pieds d'Ixchel et traversa l'assemblée sidérée en se dirigeant droit vers Tonina, qu'il serra contre lui.

— J'ai cru que je ne te retrouverais jamais, murmura-t-il dans ses cheveux.

— Kaan…

Il la lâcha, puis se tourna vers Ixchel.

— Que les dieux vous bénissent, honorable dame.

— C'est bon de te revoir, noble Tenoch, lui dit-elle avec émotion.

— Ces hommes ont tué cet animal et je les ai surpris en train de s'empiffrer.

Les entrailles du félin éventré se répandaient sur le sol. Le Borgne et deux autres hommes se précipitèrent vers la carcasse, la soulevèrent et l'emportèrent pour la cuire.

— Ils le mangeaient cru. Ils avaient peur d'allumer un feu. Vous risquez de détecter la fumée ou l'arôme de la viande en train de rôtir.

Il jeta un regard dégoûté aux trois larrons.

— Ils se seraient cachés le temps de consommer la bête tout entière.

Ixchel posa des yeux horrifiés sur les trois hommes qui s'étaient agenouillés, tête baissée. Les gens s'attroupaient autour d'eux, et l'air vibrait de colère.

— Ils ont pris de la nourriture de la bouche des enfants, chuchota Ixchel.

— Que voulez-vous que je fasse d'eux, honorable dame ?

Elle les dévisagea. Ils étaient émaciés, pâles, le regard hanté.

— Livre-les aux mères. Elles sauront trouver le châtiment qu'ils méritent.

Dès que Kaan eut prononcé les mots « Qu'il en soit ainsi », quelques femmes se frayèrent un passage dans la foule, les mères qui avaient vu leurs enfants s'affaiblir et mourir d'inanition. Insensibles aux supplications des trois hommes, elles se jetèrent sur eux et les entraînèrent à l'écart. Beaucoup les suivirent pour assister à l'exécution, mais la plupart restèrent sur place, et ceux-là regardaient Kaan avec un respect mêlé de crainte.

Ses larges épaules nues étaient tachées du sang du félin. Image même de la santé et de la force, il leur fit penser à un dieu. Quand il parla, ce fut d'une voix puissante, autoritaire. Il montra la direction d'où il venait.

— Il y a des cerfs dans ces bois, noble Ixchel. Je vais organiser des parties de chasse. Votre peuple pourra bientôt faire bombance.

Les gens se mirent à l'acclamer et quelques femmes fondirent en larmes de soulagement et de gratitude.

Kaan retourna à grands pas auprès de Tonina et la regarda dans les yeux.

— Tu ne peux pas savoir à quel point j'étais inquiet, dit-il en la prenant par les épaules comme s'ils étaient seuls tous les deux. Quand on m'a dit qu'une énorme foule de pèlerins affamés parcourait ces montagnes... Tu vas bien ?

Elle le rassura, noyée dans son regard, hypnotisée par sa proximité. Était-ce bien Kaan ? Elle avait l'impression de rêver.

— Et ton bébé ?

Elle le prit par la main, l'entraîna jusqu'à la hutte et souleva un pan de cuir pour le laisser glisser un regard à l'intérieur.

— C'est un garçon, lui précisa-t-elle, la poitrine oppressée.

Des hurlements s'élevèrent derrière un rideau d'arbres, mais Kaan et Tonina les entendirent à peine ; ceux qui les poussaient auraient aussi bien pu se trouver sur la lune.

— Il est beau. Comme sa mère, dit-il avec un sourire qui s'évanouit aussitôt. Mais ce n'est pas le fils de Fumée Turquoise.

Les hurlements montèrent jusqu'au ciel, dérivèrent par-dessus les cimes des sapins et se perdirent dans la montagne. Les trois hommes qui ne voulaient pas partager la nourriture étaient écorchés vifs par les mères des enfants affamés.

Tonina releva le menton.

— Tu as raison. Fumée Turquoise n'est pas son père. Hélas, les bâtards sont méprisés et rejetés partout, que ce soit dans les îles, à Mayapan ou dans la vallée d'Anahuac. Je ne voulais pas que mon enfant grandisse dans la honte.

— Et c'est pour cela que tu as épousé l'odieux Fumée Turquoise.

— Il ne m'a pas touchée, Kaan. Ce n'était qu'un mariage blanc. Quand Tenoch est né, quand Ixchel a coupé son cordon, j'ai prononcé son nom à haute voix, puis j'ai divorcé de Fumée Turquoise en le répudiant publiquement, selon les coutumes mayas et nahuas. Je suis libre, Kaan.

— Tu lui as donné le nom de Tenoch ?

— Comme le grand héros mexica, répliqua-t-elle en souriant.

— Tu aurais pu me dire la vérité, tu sais. Si j'avais su, je t'aurais épousée.

— Comment ça, la vérité ?

— Je sais que c'est le fils de Balám.

— Comment l'as-tu découvert ? demanda-t-elle d'une voix étranglée.

Il lui raconta alors l'histoire de la ceinture de cauris, et elle ferma les yeux pour repousser cet horrible souvenir.

— Je suis désolée, Kaan.

— Tu n'as aucune raison de l'être.

— Balám nous a volé tant de choses.

— Il ne nous a rien volé du tout. Regarde, nous sommes ensemble !

Les cris retombèrent progressivement, et Kaan se tourna vers le rideau d'arbres. Il allait faire pendre les cadavres à des branches basses pour rappeler à tous que voler et dissimuler la nourriture ne serait plus toléré.

— Tu aurais dû me dire la vérité, vraiment. L'idée que tu te sois infligé cette épreuve m'est insupportable. Et la séparation nous a fait perdre un temps précieux.

— Si je t'en avais parlé, aurais-tu laissé Balám agir à sa guise ? En ce moment même, tu ne penses qu'à te venger, je le sens.

— Je vais le tuer et, s'il le faut, je passerai le reste de ma vie à le pourchasser.

— Voilà pourquoi je ne t'ai rien dit ! Je savais que cette révélation te rongerait. Tu ne penses plus qu'à la vengeance. Oublie Balám, Kaan ! Aide-moi à trouver les cavernes d'Aztlan…

— Je t'aiderai. Pour un adulte en bonne santé, le lac Texcoco n'est qu'à trois jours de marche. Ton peuple affaibli mettra deux fois plus de temps pour atteindre la vallée, et il lui faut absolument une protection. La plaine n'est pas sûre. Les clans s'opposent entre eux, et les tribus aussi. Ils n'ont pas de lois communes.

Il embrassa du regard le camp enfumé, tous ces gens qui restaient poliment à distance et le fixaient, leurs visages amaigris éclairés par l'espoir.

— Mais nous pouvons y arriver. Je choisirai quelques hommes et j'en ferai des gardes. Je les entraînerai, puis je conduirai ton peuple à Aztlan, conclut-il en souriant, les yeux baissés vers elle.

— Kaan, as-tu trouvé ta tribu ?

— Je l'ai suivie à la trace pendant un bon moment. Je suis mexica, comme toi, dit-il fièrement, mais ces gens sans terre sont méprisés par tous car ils sont orgueilleux et arrogants : ils se disent élus des dieux ! Comme personne ne veut les voir s'installer à proximité, ils sont obligés de se déplacer sans cesse. Il n'y a plus de terres disponibles dans la vallée. Elles ont toutes été accaparées, à l'exception d'un rocher stérile au milieu du marécage. Celui-là, personne n'en veut. Bref, j'allais enfin rencontrer le chef des Mexicas quand j'ai compris ce que Balám t'avait fait. Je suis alors parti à ta recherche, et il s'est produit quelque chose de merveilleux, ma douce Tonina !

Il s'interrompit, soudain submergé par la présence de la jeune femme, par sa proximité, la lumière dans ses yeux, ses lèvres humides légèrement entrouvertes. Dans la clairière enfumée, malgré les curieux qui le contemplaient comme s'ils assistaient à un miracle, il embrassa fougueusement Tonina. Accrochée à son cou, elle s'appuya contre lui, et de ses yeux fermés jaillirent les larmes qu'elle ne pouvait contenir plus longtemps.

Desserrant son étreinte, il reprit son récit :

— J'avais décidé de commencer mes recherches par la côte est et j'étais dans un col de montagne quand tout à coup, j'ai entendu un grand craquement. Une avalanche venait de se déclencher. Mes compagnons de voyage et moi ne risquions rien, mais je me suis arrêté et j'ai tendu l'oreille, car il me semblait entendre un murmure de femme dans le vent. Je ne comprenais pas ce qu'elle disait, mais j'ai senti qu'elle s'adressait à moi. Je me suis tourné vers les pics de l'Iztaccihuatl, la Femme en Blanc, et je me suis souvenu que j'avais vu un glyphe signifiant « femme en blanc » dans le Livre des Mille Secrets. J'ai aussitôt rebroussé chemin, Tonina, car j'ai su alors sans l'ombre d'un doute que tes pas te porteraient dans la vallée d'Anahuac. Je crois que c'est ce que la Femme en Blanc voulait me dire avec la voix du vent. Elle voulait m'empêcher de continuer vers l'est, elle voulait que je reparte en sens inverse... vers toi, Tonina.

Il la prit par les épaules et lui déclara avec flamme :
— Par deux fois, j'ai essayé de retrouver ma tribu, et par deux fois j'ai été renvoyé vers toi. J'ai enfin compris pourquoi. Ma destinée, c'est ici avec toi que je dois l'accomplir, Tonina, pas sur une colline éloignée qui ne représente rien à mes yeux. Tu es mon univers. Tu es le souffle dans mes poumons. Ma maison est partout où tu te trouves. Je me moque de notre degré de parenté, Tonina. Ce qui était défendu il y a des générations n'a plus aucune importance pour nous aujourd'hui. Dis-moi que tu vas m'épouser.

Ils ne laissèrent rien du puma, allant jusqu'à dévorer sa cervelle, sa langue et ses globes oculaires. Kaan veilla à ce que la viande soit équitablement distribuée entre tous et rappela à cette occasion sa règle de partage. Dès le lendemain, il comptait leur rafraîchir la mémoire ; il exigerait l'adhésion de tous à ses lois, puis rassemblerait les hommes valides pour en faire à nouveau un corps de combattants efficace.

Il avait lavé le sang sur ses épaules et portait des vêtements propres. Autour du feu de camp, il discutait chaleureusement avec ses amis, comme le voulait l'usage, mais ne pensait qu'à Tonina. N'ayant d'appétit que l'un pour l'autre, ni Tonina ni Kaan ne purent avaler une bouchée.

— Balám négocie secrètement avec certaines tribus, expliqua le jeune homme à ses amis. Il exploite les rivalités profondément ancrées des habitants de la vallée. Chaque tribu veut dominer toutes les autres. Depuis des générations, il règne là-bas une paix précaire, exactement comme en pays maya. Balám intrigue pour dresser les alliés les uns contre les autres, et en réaction, les chefs se rencontrent en secret pour sceller des pactes contre lui. Mais les mauvaises habitudes ont la peau dure. Ils en profitent pour ressortir les vieilles querelles, les rancunes tenaces. Les Tepanèques se retournent contre les Mexicas et les Culhuas contre les Mixtèques.

Il voulait leur faire comprendre que la route jusqu'à Amecameca ne serait pas une partie de plaisir.

Le festin se termina enfin et le moment arriva pour Kaan et Tonina de prononcer leurs vœux devant leurs amis. Comme tous les deux se remariaient, il n'y eut pas de cérémonie formelle. Selon les traditions maya et nahua, chacun déclara simplement être marié à l'autre et ce fut tout. H'meen enregistra l'union dans la chronique qu'elle tenait depuis le départ de Mayapan, maintenant riche de nombreuses pages.

Le moment était venu de se retirer. Pleine de tact, H'meen invita Ixchel à partager son humble hutte pour la nuit, et Ixchel la rejoignit avec le bébé. Les jeunes mariés se retrouvaient enfin seuls.

Pour la première fois depuis bien longtemps, les pèlerins d'Ixchel s'endormirent rassurés et en paix : leur chef était revenu ! Désormais, tout allait bien se passer.

Pendant que Kaan retirait lentement les rubans qui retenaient les cheveux de Tonina en deux rouleaux symétriques, elle dénoua la cape de son amant et regarda le coton blanc glisser de ses épaules avec l'impression de voir pour la première fois cette poitrine musclée qu'elle connaissait pourtant bien. Elle se pencha pour embrasser son tatouage chapultépèque, et le laissa déposer des baisers aux endroits où, autrefois, elle peignait ses symboles blancs.

Leurs bouches affamées se rencontrèrent dans un baiser passionné. Pour Tonina, la suite fut une révélation. Balám s'était comporté en bête avec elle, et ce qu'elle vivait à présent n'avait rien à voir. C'était l'amour, au sens propre. Les caresses, le désir, délicieux, érotiques. Lorsqu'il entra en elle, elle ferma les yeux et s'abandonna complètement à lui, comme soulevée par les vagues tièdes d'un océan, extasiée. Kaan la couvrait de baisers, lui caressait les seins, taquinait un téton, le prenait entre ses lèvres... En sentant poindre l'orgasme, une sensation stupéfiante, elle rouvrit les yeux. Kaan la regardait. Il se délectait de l'éclat du visage de son amante, qui frissonnait et tremblait, portée par une vague de plaisir après l'autre. Puis il se laissa aller à sa propre jouissance, sa bouche plaquée sur la sienne.

Ils respiraient l'odeur des sapins, ils entendaient l'appel des chouettes, mais plus rien n'avait de réalité pour eux. Ils étaient revenus sur le marché de Mayapan, leurs regards se croisaient pour la première fois par-dessus la foule, dans le halo des feux de camp, et ils étaient sûrs, absolument sûrs, de s'appartenir un jour.

Il faisait encore nuit quand Tonina se réveilla. Penché au-dessus d'elle, Kaan la regardait en souriant.

Elle l'attira à elle pour un voluptueux baiser, puis se redressa, laissant ses longs cheveux cascader sur sa poitrine. Ses seins lui faisaient mal. Elle devait nourrir Tenoch. Elle se souvint alors qu'à la demande d'Ixchel, l'une des autres mères avait accepté d'allaiter son bébé cette nuit-là.

Une lune pleine voguait dans le ciel, déversant ses rayons sur leur abri rudimentaire, quelques branches appuyées contre un gros tronc. Dans la lumière argentée, Tonina buvait des yeux le corps superbe de Kaan. Elle aperçut la cicatrice sur sa cuisse et se remémora les circonstances de cette blessure, quand il lui avait sauvé la vie à Copan. Tout cela lui semblait si loin…

Soudain, elle eut follement envie qu'il lui refasse l'amour. Mais seulement quand elle lui aurait tout dit.

— Kaan, c'est à moi qu'il incombe de trouver les cavernes d'Aztlan.

Il chassa de sa joue une mèche de cheveux.

— Je sais.

— Dans le Livre des Mille Secrets, ma mère a également consigné l'histoire de mon père. Elle a noté tout ce qu'il lui a raconté sur son peuple, jadis réduit en esclavage dans un royaume appelé « lieu central », une région de canyons et de mesas, très loin au nord. Un jour, les Hopis ont brisé leurs chaînes, conduits vers la liberté par la légendaire mère de la tribu, Hoshi'tiwa, la femme choisie par les dieux pour trouver une terre à son peuple. Car eux aussi devaient se préparer au retour de Pahana, leur frère blanc barbu qu'ils disaient « perdu ». C'est désormais au tour de ma mère et au mien d'accomplir cette tâche. C'est notre destin. Nous devons trouver Aztlan, notre terre, pour nous préparer au retour de Pahana-Quetzalcóatl.

— Je le sais aussi. Et je tiendrai ma parole. Je vous conduirai à Amecameca, toi et ton peuple. Je connais bien la vallée. Cela fait plusieurs mois que je l'arpente, et je me suis fait beaucoup d'amis. Je veillerai à ce que ton peuple accomplisse son voyage jusqu'aux cavernes en toute sécurité.

— Et ensuite ? lui demanda-t-elle, terrifiée par la réponse qu'elle pressentait.

— Et ensuite, il faudra que je parte à la recherche de Balám.

— Je t'en supplie, ne fais pas ça, chuchota-t-elle, la gorge serrée.

Comme elle le craignait, la vengeance allait lui voler son époux.

— Je dois retrouver Balám. Et quand je le tuerai, je le ferai lentement. Il aura si mal qu'il suppliera qu'on l'achève.

— Kaan, tout cela n'a plus d'importance ! Je ne pense même plus à Balám ! Si moi, j'ai oublié ce qu'il m'a fait, pourquoi ne ferais-tu pas de même ?

— Mon amour, tu dois trouver les cavernes d'Aztlan parce que tel est ton *tonali*. Et je dois retrouver Balám parce que tel est le mien. On ne s'oppose pas à la volonté des dieux.

— Mais je ne veux pas que tu me venges, je ne veux pas que tu te lances dans cette folie…

Il l'embrassa et lui caressa les cheveux.

— Les choses ne sont pas si simples, mon amour. Tout est écrit depuis longtemps, depuis ce jour où une bande de gamins m'a harcelé dans une ruelle de Mayapan.

— Tu m'as dit que Balám était venu à ton secours…

— Ils m'avaient acculé derrière le temple de Kukulcan et me jetaient des pierres. Balám a pris ma défense, les a chassés, s'est lié d'amitié avec moi, et plus tard, m'a présenté au maître de l'académie du jeu de balle. Ce que je ne t'ai pas dit, Tonina, ce que je n'ai dit à personne, pas même à Ciel de Jade, c'est que

Balám était le chef de la bande. En fait, c'est lui qui menait l'agression ce jour-là.

Il fit une pause. Le petit Chichimèque effrayé et meurtri qui tentait de se protéger des pierres coupantes, blotti contre le mur, lui revint en mémoire.

— Et puis, soudain, Balám leur a dit d'arrêter. Il a renvoyé les autres garçons et m'a tendu sa cape pour que je puisse sécher mes larmes. Et ensuite, nous sommes devenus amis.

— Pourquoi a-t-il agi ainsi ?

— Il avait fait un pari. Déjà tout petit, il avait le jeu dans le sang. Il avait parié que je ne m'enfuirais pas, que je me laisserais cribler de pierres plutôt que de prendre la fuite. Ses amis croyaient parvenir à me faire courir, mais ils ont échoué. Grâce à moi, Balám a remporté son pari, et je me suis dit à l'époque que c'est pour cela qu'il était devenu gentil. Mais, avec du recul, je vois les choses d'une façon bien différente. En quittant l'isthme de Tehuantepec, en m'éloignant de Balám, j'ai commencé à y voir plus clair. Dans mon envie désespérée d'être un Maya, je n'ai jamais pensé que du bien de Balám. Je n'avais qu'un souhait, lui ressembler. Quand je le regardais, je ne voyais que ce que je voulais voir, pas ce que mes yeux voyaient vraiment. Mais pendant tous ces mois où j'ai voyagé seul, j'ai eu le temps de me pencher sur la relation qui nous unissait à l'époque.

Il s'interrompit un instant. Sur une branche haute, une chouette lança son doux appel, bientôt imitée par une congénère.

— Quelque chose en Balám avait besoin de moi. Il avait besoin de mon infériorité, telle que les autres la percevaient. Pour se sentir valable, meilleur qu'il n'était, il lui fallait avoir auprès de lui quelqu'un qu'il considérait comme un inférieur, et que ses amis jugeaient de la même façon. Je n'étais pas maya, j'étais fils de barbares. Il se sentait plus important en ma compagnie. En fait, il m'a toujours haï, même quand il m'appelait « mon frère ».

Tonina lui caressa la joue et y déposa un baiser.

— Je suis désolée.

Les yeux de Kaan reflétaient sa souffrance.

— Les chefs de cuisine intelligents masquent le goût d'une viande avariée en l'enduisant d'une substance sucrée, reprit-il. J'étais cette substance pour Balám : le regard que je portais sur lui l'auréolait d'une bonté qui me masquait sa pourriture intérieure.

— Je comprends. Mais es-tu sûr que c'est vraiment ton *tonali* ? J'ai toujours pensé que les dieux avaient prévu de grandes choses pour toi !

Il lui sourit tristement.

— Non, Tonina. C'est à toi qu'ils les réservent. Si vraiment ce sont eux qui me guident, ils ont prévu pour moi un chemin plus terre à terre, plus prosaïque.

— Et quand tu auras retrouvé Balám ? Quand tu l'auras tué ?

La jeune femme sentit une grande tristesse l'envahir en constatant que Kaan n'arrivait pas à se projeter plus loin. L'homme qu'elle aimait menait une existence sans but, sans aucun *tonali*. Et pourtant, elle restait persuadée qu'il était né pour accomplir de grandes choses sans savoir lesquelles exactement. Si elle ne parvenait pas à lui révéler son vrai *tonali*, il ne fallait pas espérer le faire changer d'avis.

— Combien de temps te faudra-t-il ?

— Cela aussi, c'est entre les mains des dieux.

Elle l'attira dans ses bras et ferma les yeux une fois encore, contre le monde à l'extérieur, pour vivre pleinement le moment présent, et pour l'amour de Kaan.

## 69

Tonina se réveilla minée par l'inquiétude.

Elle avait mal dormi. Des rêves étranges, des images obsédantes l'avaient visitée toute la nuit. La vision prophétique était revenue – la plaine jonchée de morts, la fumée noire dans le ciel, son père appelant au secours – mais, cette fois-ci, avec davantage de détails. Perdus dans le chaos et la folie, des gens couraient en tous sens, aveuglés, terrifiés. La fin du monde.

Ce n'était pas encore l'aube mais le ciel pâlissait. Tonina regarda Kaan qui dormait paisiblement à son côté.

Encore une autre sorte d'amour, ici et maintenant... Un amour qu'elle n'aurait jamais pu soupçonner. Elle aimait Kaan depuis longtemps, certes, mais leur entente physique lui avait apporté un tel sentiment de plénitude qu'elle se demandait comment le cœur humain pouvait contenir un amour aussi grand.

Elle ne voulait plus jamais le quitter.

Et pourtant, une fois encore, les dieux semblaient vouloir les séparer. Tonina était à bout d'arguments. Elle n'avait aucun moyen de dissuader Kaan de retrouver Balám, obsédé qu'il était par cette idée, elle n'avait aucun mot pour le convaincre qu'il était destiné à de grandes choses.

Elle ferma les yeux et pria, frissonnante : Je t'en prie, grand Quetzalcóatl, envoie-moi un signe...

Dans le silence du jour naissant, Tonina vit un mince rai de lumière à travers les branchages de l'abri sommaire et...

Un son étrange.

Elle s'emmitoufla dans la cape de Kaan et passa la tête dehors. La forêt était plongée dans la pénombre, mais l'aube affleurait au-dessus de la cime des arbres. L'odeur des feux éteints et des cendres chaudes flotta jusqu'à elle. Elle entendit les bruits familiers du matin, quelqu'un qui urinait dans un buisson proche, le jappement de Poki sans doute parti à la chasse aux lézards qui avaient échappé à la marmite, des gens en train de faire l'amour, les pleurs d'un nouveau-né...   .

Mais, au milieu de ces impressions sylvestres, Tonina détecta quelque chose qui n'était pas là la nuit précédente.

Elle sortit de la hutte, se redressa, balaya les alentours du regard et attendit la percée du soleil. Ce son déroutant ressemblait à un bourdonnement, à la vibration d'une corde pincée, à une vague plainte. Il lui parvenait de près et de loin en même temps, c'était comme s'il l'enveloppait. Une pâle lumière s'insinua dans la forêt, et les sombres silhouettes reprirent leurs formes familières. Tonina écarquilla les yeux. Elle commençait à comprendre ce qu'elle voyait... La surprise laissa place à un sentiment d'étonnement ravi, puis à la joie.

Le monde était recouvert de papillons, des millions d'entre eux, noir et orange, qui voletaient, battaient des ailes et bourdonnaient. Ils se posaient sur chaque branche, chaque aiguille de pin, les rameaux courbant sous leur poids tant ils étaient nombreux.

Elle entendit un craquement et une branche tomba au sol, couverte de papillons.

Un nouveau jour baigna le morne campement de sa lumière nacrée et l'or des papillons satura la vision de Tonina. Il y en avait sur chaque arbre et buisson, chaque brin d'herbe, chaque hutte, tente ou abri. On aurait dit une chute de neige aux flocons dorés. Tonina tremblait malgré la cape de Kaan, le souffle coupé, quand soudain, en un instant, son esprit accéda à un nouveau savoir, comme si les dieux lui avaient ouvert le crâne pour y déverser leur antique sagesse.

Elle s'affala contre l'arbre qui soutenait l'abri, provoquant l'envol des papillons. Incapable de respirer, elle s'abandonna à la sagesse divine qui se répandait comme une lumière liquide dans son cerveau. C'était une cascade lumineuse, aveuglante, extatique. Elle vit les papillons paisiblement regroupés sur les lourdes branches se métamorphoser sous ses yeux. Ils grandirent, changèrent, enflèrent... Tonina suffoqua et sentit son corps se couvrir de sueur.

Les papillons étaient devenus les gens de la vallée d'Anahuac.

Elle les voyait aussi clairement que du haut du Popocatepetl. Elle contemplait les villages et les villes, les fermes et les hameaux peuplant les rives du lac Texcoco.

Les papillons étaient devenus les tribus et les clans dispersés d'Aztlan... *et ils vivaient ensemble sous une seule autorité.*

La vision était si grandiose, si exaltante que Tonina se mit à pleurer. Mais c'étaient des larmes de joie, car elle voyait les gens labourer, échanger des biens, rendre visite à leurs voisins, honorer les dieux et louer leur chef, Kaan. Le crime, les raids et la guerre avaient disparu. Les gens vivaient ensemble comme les papillons, dans la glorieuse Unité promise bien longtemps auparavant par Quetzalcóatl-Pahana, accomplissant la prophétie du Livre des Mille Secrets et la prédiction d'une ancêtre mythique nommée Hoshi'tiwa, la femme qui avait vécu dans un pays de mesas et de canyons.

La vision se dissipa, et le camp réapparut, avec les papillons frissonnant sur les branches. Tonina était de nouveau adossée à l'arbre, sa cape de coton recouverte de frémissantes petites créatures dorées.

— Kaan, chuchota-t-elle, une fois qu'elle eut recouvré ses esprits et fut rentrée dans l'abri. Viens voir !

Il s'assit, se frotta les yeux et sourit en l'apercevant.

— Viens ici, ma jolie, lui dit-il gaiement.

— Non, toi, viens ! Il faut absolument que tu voies ça. Cette nuit, il y a eu un miracle !

Il enroula une peau de bête autour de sa taille, fit un pas hors de la hutte, bâilla, cligna des yeux. Lorsque sa vue se fut habituée à la lumière, il fronça les sourcils.

— Mère Lune ! D'où sortent-ils ?

— C'est Quetzalcóatl qui les a envoyés ! s'exclama Tonina d'un ton enthousiaste.

Elle ignorait qu'elle était le témoin de la migration annuelle du papillon que l'on baptiserait un jour le « monarque ». Et que ces millions de papillons venaient de terminer un vol de plus de cinq mille kilomètres, commencé loin au nord, dans la future « région des Grands Lacs ».

— J'ai prié Quetzalcóatl, je lui ai demandé de m'adresser un signe et le voilà !

— Un signe de quoi ?

— Je voulais qu'il me révèle ton *tonali*. Et ce que tu as sous les yeux, c'est sa réponse !

Kaan fit la moue, amusé.

— Tu veux dire que mon destin, c'est la chasse aux papillons ?

Elle le prit par le bras et leva les yeux vers lui. Elle voulait qu'il comprenne qu'elle était sérieuse, qu'il lise dans ses yeux qu'elle venait de vivre une expérience unique.

— Tu as été choisi pour rassembler sous une seule loi les tribus et les clans désunis de la vallée d'Anahuac.

Son expression amusée flotta encore un instant sur ses traits puis s'évanouit.

— Pour des raisons qui m'échappent, tu vois un chef en moi, Tonina, lui dit-il avec un soupir. Et cela depuis notre départ de Mayapan. Mais je t'assure que ce chef n'existe pas ! Unir toutes ces tribus belliqueuses ? Même pour le plus déterminé des hommes, c'est une tâche impossible !

Mais elle ne se laisserait pas dissuader si facilement. Quetzalcóatl lui avait montré la route.

— Et pourtant, c'est cela, ton *tonali*, insista-t-elle. Toute la région du plateau est constamment en guerre, et cela ne cessera que lorsque les différentes factions auront accepté de s'unir. Pense à Mayapan ! Voilà ce qu'il faut à notre peuple : un pouvoir central solide, avec des règles et des lois. Tu es le chef qu'ils attendent !

— Même un chef puissant n'y parviendrait pas.

— Alors comment un papillon, la créature la plus légère au monde, peut-il casser une branche de sapin ? Regarde là-bas ! Cette branche s'est rompue sous mes yeux ! Oui, même un papillon peut le faire, mais pas seul. Les papillons peuvent déplacer une montagne s'ils sont suffisamment nombreux, Kaan. C'est l'Unité en laquelle le peuple de mon père avait foi. Regarde-les. Comment sont-ils arrivés jusqu'ici ? Au même endroit, au même moment ? Ils ne parlent pas, ils n'ont pas de livres, ils ne communiquent pas entre eux et pourtant, ils savent d'où ils viennent et où ils doivent tous aller. Parce qu'ils sont reliés par les fils invisibles de l'Unité Cosmique, ces papillons.

Elle contempla les splendides petites créatures orange et noir qui frémissaient et bourdonnaient toujours. Les branches d'arbre ployaient tant sous leur poids qu'on les entendait craquer.

— Kaan, je sais à présent que les dieux t'ont guidé jusqu'ici pour unir les sept tribus d'Aztlan. Le fait que ma mère et moi soyons poussées vers les cavernes sacrées et la fleur rouge n'est pas une coïncidence. Tu fais partie de ce plan divin, admets-le. Tu dois instaurer l'ordre et l'autorité autour du lac Texcoco, car telle est la volonté des dieux ! Quand tu m'as parlé de Balám, tu ne pensais pas seulement à votre ancienne amitié, n'est-ce pas ? Ni à ce qu'il m'a fait, d'ailleurs. Tu veux retrouver Balám parce que tu le soupçonnes de vouloir soumettre toutes les tribus de la vallée, leur imposer la loi maya et les réduire en esclavage. Mais tu es un fier Mexica désormais, et tu ne supportes pas cette idée.

Kaan était stupéfié par la finesse et la sagesse de sa compagne, qui avait deviné juste.

— Je l'en empêcherai.
— Pour quoi faire, si rien de bon n'en résulte ? Si rien ne change pour notre peuple ? Ils continueront à errer, chassés par les autres tribus. Ou alors, un autre Balám surgira. Tu dois assumer tes choix, Kaan.
— Et je le ferai, tu peux en être sûre. Mais j'insiste, Tonina. Je ne suis pas un chef.
— Tu l'es depuis que tu as quitté Mayapan. Tu es le chef de tous ces gens.
— Ils ont choisi de me suivre, je ne les ai pas forcés.
— Et c'est à cela que l'on reconnaît un bon chef ! Un bon chef n'oblige jamais les gens à le suivre, ce sont les gens qui décident de le suivre. Kaan, poursuivit-elle d'une voix vibrante de passion, si notre destin est de vivre dans la vallée d'Anahuac, si nous y trouvons la fleur rouge et les cavernes sacrées prophétisées par Huitzilopochtli, je veux que ce soit un endroit où mon fils puisse grandir en toute sérénité, un endroit où l'on respecte la loi et la tradition.

Kaan garda le silence. Dans la clairière inondée de soleil, les gens poussaient des exclamations émerveillées devant les miraculeux papillons. Le jeune homme embrassa Tonina, puis s'éloigna à grands pas pour organiser les équipes de chasse. Il fallait trouver de la nourriture et préparer les gens à la marche vers la vallée d'Anahuac.

La température grimpa. Attirés par l'humidité, les papillons orange et noir se posèrent au sol, et au milieu de l'après-midi, ils recouvraient d'un tapis scintillant la moindre parcelle de terre. Chacun vaquait à ses occupations en s'efforçant de ne pas les piétiner. Kaan et Tonina n'avaient qu'une envie, se débarrasser du fardeau de leurs obligations pour s'enfuir tous les deux et se trouver un coin tranquille où mener une vie paisible. Mais ils assumaient leurs responsabilités : Tonina devait trouver la fleur et les cavernes, et Kaan empêcher Balám de massacrer leur peuple.

Notre peuple, se dit la jeune femme en observant son mari qui entraînait ses guerriers pour les préparer à la bataille. L'ancienne fille des îles, la pêcheuse de perles, s'était transformée en Mexica gardienne du Livre des Mille Secrets, et lui, le champion du jeu de balle, l'idole des Mayas, qui portait maintenant le nom de Tenoch de Chapultepec, semblait promis à un destin héroïque au sein du peuple mexica. Ils n'avaient jamais été aussi proches et aussi éloignés à la fois.

Ragaillardis et rassasiés, à nouveau remplis d'espoir et désormais protégés par de jeunes hommes forts et désireux de plaire à leur chef, les pèlerins levèrent le camp trois jours plus tard, pressés de découvrir le paradis qui les attendait en ce lieu nommé Amecameca.

Alors qu'ils s'engageaient sur la piste qui partait vers l'ouest, un éclaireur revint en courant informer Kaan que l'armée de Balám – huit mille hommes environ – s'était mise en mouvement.

— Vers où se dirige-t-il ?
— Droit sur Amecameca.

## 70

En pénétrant par l'ouest dans la vallée d'Anahuac, la procession de plus de mille pèlerins étrangement calmes et sombres marqua un arrêt pour contempler au loin les montagnes enneigées.

L'espoir les habitait tous, les malades et les estropiés, les vieux, les femmes stériles et les hommes sans femme, H'meen sur le dos de son serviteur avec Poki dans son giron, le Borgne qui marchait à son côté... Était-ce vraiment là-bas qu'ils trouveraient Aztlan, avec ses miracles et ses remèdes incroyables ? Les dieux avaient-ils pu garder le secret assez longtemps pour qu'ils le redécouvrent enfin ? Je vais rajeunir et le Borgne m'aimera comme on doit aimer une femme, se disait H'meen. Je vais grandir et H'meen m'aimera comme on doit aimer un homme, pensait le Borgne.

Une fois au pied de la colline ils s'engagèrent dans la vallée, au milieu des champs de maïs et de coton. Des éclaireurs vinrent leur rapporter que l'armée de Balám progressait toujours vers Amecameca.

Devant les fermiers étonnés qui interrompaient leurs travaux pour regarder passer cette énorme foule, les pèlerins contournèrent le lac peu profond. Les marchands sortirent de leurs échoppes pour les voir, les pêcheurs délaissèrent leurs filets, les commentaires allèrent bon train. Les femmes des fermiers leur apportèrent des calebasses et des outres d'eau douce, car la charité envers de saints pèlerins attirait la chance dans une maison. Un petit séisme gronda soudain sous les pieds. Les huttes, les maisons et les arbres oscillèrent, et les femmes apprirent aux voyageurs que le sol tremblait depuis des jours. Le Popo – ainsi qu'ils surnommaient familièrement leur volcan – les avertissait : une éruption était imminente. Un énorme nuage couronnait déjà son cratère, entraîné par les vents dominants qui le transformaient en gigantesque champignon.

Ixchel sentait la peur et l'anxiété l'envahir. La vision prophétique de Tonina allait-elle se concrétiser ? Les cadavres jonchant le sol lui revinrent en mémoire. Conduisait-elle tous ces gens innocents vers la mort ? Et où était Cheveyo ?

La nuit venue, ils campèrent à Xochimilco, un hameau situé à la pointe sud du lac. Les îles flottantes artificielles entretenues par les habitants les émerveillèrent. C'était une façon intelligente d'exploiter au mieux la boue et l'eau pour cultiver des fleurs et autres produits agricoles dans une région où les terres étaient rares. Ils achetèrent des vivres et du matériel dans les fermes et les villages voisins et lorsque le sol trembla à nouveau, Kaan enjoignit aux gens de prier.

Ils se remirent en route le lendemain matin, après quelques prières et un sacrifice d'encens et de nourriture aux dieux. Ils tournèrent le dos au lac pour se diriger vers les montagnes. En se rapprochant d'elles, ils aperçurent tout à coup, plantés dans le sol, des poteaux de bois gravés de glyphes les avertissant d'un danger. Sur certains, un homme était représenté près d'une montagne conique. La montagne crachait des rochers que l'homme recevait sur la tête. Tout le monde comprit, même ceux qui ne savaient pas lire : ils entraient dans le périmètre où retombaient les débris solides que crachait Popo quand il était furieux.

C'était bien la plaine que sa fille avait vue en état de transe, comprit Ixchel, impression confirmée par la fumée noire que le Popo toussait dans le ciel bleu. Elle contempla autour d'elle le paysage vallonné parsemé d'arbres rabougris. Des coulées de lave noire solidifiée s'étiraient non loin, preuve des éruptions antérieures. Son bien-aimé n'était sûrement plus très loin ! Mais où était la fleur rouge promise par le marchand de tatous ?

Amecameca se trouvait encore à une demi-journée de marche, mais le soleil se couchait. Kaan décida de faire une halte à Tlalmanalco. Les pèlerins étaient fatigués, effrayés et anxieux. Le village se réduisait à quelques huttes regroupées au bord d'un ruisseau, près d'une petite forêt de chênes et de lauriers qui leur offrait un couvert.

Selon les éclaireurs, l'armée de Balám bivouaquait au bord d'une coulée de lave stérile, leur bloquant l'accès à Amecameca.

La « ville nomade » de Kaan était bien rodée dès qu'il s'agissait de monter le camp. Des appentis firent très vite leur apparition au milieu des lauriers et des chênes, ainsi que des abris de branches, des hamacs accrochés aux arbres, des capes tendues d'une branche à l'autre, tout ce qui pouvait procurer un peu d'intimité et délimiter un territoire. Bientôt, des feux crépitèrent et les arômes de la nourriture mise à cuire imprégnèrent l'air. Les enfants se lancèrent dans l'exploration du secteur et autres jeux, et on lâcha les dindes et les chiens. La musique, les rires et les disputes éclatèrent presque simultanément.

Pour Kaan et sa poignée de soldats, c'était une autre affaire. Cette nuit ne serait pas comme les autres, parce que la journée du lendemain ne le serait pas non plus.

Sous la tente de fortune bricolée avec des nattes et des capes, Kaan implora silencieusement Mère Lune de le soulager de son fardeau. Accorde-moi encore un jour avec la femme que j'aime, pensa-t-il en berçant Tonina dans ses bras. Accorde-moi encore un lever de soleil, un crépuscule avec elle. Repousse Balám et son armée. Assure-nous la paix et un accès sans mauvaise surprise aux cavernes sacrées d'Aztlan.

Il resserra son étreinte. La jeune femme dormait paisiblement contre lui. Ils avaient fait l'amour avec une urgence si désespérée qu'elle s'était ensuite endormie comme une masse. Si seulement ils pouvaient quitter cette vallée tous les deux, s'envoler vers les étoiles, retrouver l'innocence de leurs premières nuits après leur départ de Mayapan...

À l'époque, il ne savait pas allumer un feu. Il rit doucement à ce souvenir, puis se rembrunit.

Il embrassa Tonina sur le front et quitta leur abri. Il devait s'occuper de ses soldats, mais il passa d'abord voir Ixchel, comme toujours penchée sur le Livre des Mille Secrets. Elle pouvait ramener le bébé à sa fille, lui dit-il. Tonina devrait bientôt lui donner le sein. Ensuite, il partit à la recherche d'un endroit discret dans le bosquet bordé d'un côté par des fermes s'étendant jusqu'au lac Texcoco et de l'autre par la plaine désolée où l'attendait l'armée de Balám.

À l'abri des regards, Kaan s'agenouilla devant un petit bloc de pierre, appuya son front contre la surface dure et froide et implora Mère Lune à nouveau : Lumineuse Dame, écoute ma confession. Je suis coupable des péchés d'orgueil et de colère. Puis j'ai maudit les dieux et commis un sacrilège...

Dans l'abri construit par les serviteurs de l'herboriste – des hommes loyaux, solides et simples qui la vénéraient et l'assistaient depuis Mayapan – le Borgne serrait dans ses bras une H'meen en pleurs.

— Ne t'en va pas... murmurait-elle.

Mais il ne pouvait pas laisser Kaan affronter Balám sans lui. Balám, ce menteur, ce traître, cet homme qui, à Copan, avait menacé de faire du mal à Tonina, qui avait failli le tuer, qui l'avait marqué à vie de ses sanglantes et douloureuses « griffes de jaguar »... Parfois, même le plus malin et le plus cynique des nains devait se dresser contre l'oppression.

En outre, sa petite taille serait sans doute un avantage dans la bataille. Je vais me faufiler trop bas pour que Balám me repère. Je me cacherai derrière son bouclier pour m'approcher de lui et je lui planterai mon couteau dans le ventre, et je tournerai, je fouillerai...


Ixchel leva les yeux vers les étoiles, puis regarda les arbres. Où se trouvait Cheveyo ? Peut-être tout près d'ici. Elle était consumée par l'envie de quitter ce campement et ces gens, de renoncer aux cavernes. Elle voulait partir à la recherche de son mari. Dans la vallée, tout au long du chemin, elle avait demandé aux personnes qu'ils croisaient si elles avaient entendu parler d'un chaman nommé Cheveyo. Savait-on où il était ? De l'autre côté du lac, peut-être ? Ou bien les attendait-il aux cavernes ?

Cheveyo, mon amour. Je suis là. Attends-moi...

Sa confession achevée, Kaan reprit la direction du camp de ses guerriers. Ils ne dormiraient pas, il le savait. Ils devaient attendre des paroles d'encouragement de sa part.

Qu'allait-il leur dire ? Nous sommes quatre cent vingt-six contre huit mille.

Kaan frémissait de fureur et d'angoisse. Tous ces hommes valeureux mourraient sans doute le lendemain, mais il ne pouvait pas reculer. Il devait affronter cette épreuve de force. Qui finirait en boucherie.

Il se reprochait la mort prochaine de tous ces innocents, car, en réalité, ce combat était le sien, pas le leur. Tout cela n'avait rien à voir avec l'honneur tribal ou les revendications territoriales. C'était juste deux hommes avec de vieux comptes à régler.

Il leva son visage vers le ciel.

— Mère Lune, dis-moi ce que je dois faire. Guide-moi, je t'en supplie !

Il se souvint soudain d'un autre dieu, comme si la Lune lui avait soufflé son nom à l'oreille. Il ôta l'un de ses colliers et ouvrit la petite bourse contenant la mèche de Ciel de Jade, la petite plume bleue et la statuette de Kukulcan. Les yeux fermés, la statuette serrée dans son poing, il se mit à prier avec conviction le dieu de sa femme, Celui-qui-Reviendrait. Kukulcan étant le nom maya de Quetzalcóatl, et Kaan se trouvant dans la vallée d'Anahuac où l'on ne parlait que le nahuatl, il estima plus respectueux vis-à-vis du dieu de s'adresser à lui dans sa langue natale. Kaan implora donc Quetzalcóatl.

Il priait un dieu qu'il connaissait à peine. Lui qui ne s'était jamais considéré comme profondément religieux, il lui ouvrit son âme et son cœur pour les purger de toutes ses peurs et de tous ses désirs, qu'il envoya vers les étoiles indifférentes, tout là-haut, dans le ciel où Mère Lune voguait toujours dans sa radieuse luminescence.

Il attendit la réponse.

Et Quetzalcóatl parla.

# 71

L'aube pointait. Une odeur de soufre empuantissait l'air.

Kaan avait peu dormi, mais tous ses sens étaient aiguisés. Certain désormais que sa vie entière l'avait préparé à ce jour entre tous, il se sentait galvanisé. Seuls les dieux connaissaient l'issue de la bataille, mais Kaan était serein. Il allait affronter cette épreuve avec dans le cœur des intentions pures et honorables.

Dans la pâle lumière filtrée par les arbres, Tonina le regarda se préparer au combat. Tout en murmurant une prière, il se peignit un gros trait noir d'une oreille à l'autre sur le nez et les joues, puis attacha son chignon de guerrier en haut de son crâne avec l'un des rubans de Tonina et noua sa cape sur une épaule, sans cesser d'invoquer la protection de Mère Lune et du seigneur Quetzalcóatl.

Une fois prêt, sa lance dans une main et sa massue dans l'autre, il se tourna vers Tonina, muette depuis son réveil.

— As-tu confiance en moi ? lui demanda-t-il calmement.

— Oui.

— Alors, si je te dis que je n'ai pas l'intention de mourir aujourd'hui, tu dois me croire. Je ne mourrai pas, car ce serait un échec et tu sais ce que j'en pense ! lui lança-t-il avec un sourire espiègle, avant d'ajouter, plus sérieux : Sache bien ceci : aujourd'hui, rien de mal ne vous arrivera, ni à toi ni à notre peuple.

— Comment peux-tu l'affirmer ? L'armée de Balám est bien plus nombreuse que la tienne ! Et elle ne comprend que des combattants aguerris et armés jusqu'aux dents !

— Mais Balám a un point faible et ce sera mon arme. Ne t'inquiète pas, nous remporterons la victoire.

— Comment le sais-tu ?

— Tonina chérie, je le sais parce que la nuit dernière, j'ai demandé au seigneur Quetzalcóatl de m'éclairer. Et il m'a parlé ! Comme il t'a parlé l'autre fois ! Il m'a rappelé quelque chose que je savais déjà mais que j'avais complètement oublié. Grâce à Quetzalcóatl, je vais pouvoir m'en servir contre Balám.

Kaan embrassa sa femme une dernière fois et quitta avec ses quatre cent vingt-six hommes la protection des bois pour affronter les huit mille guerriers de Balám.

Tonina le regarda partir le cœur gonflé de fierté et d'amour, puis se tourna vers sa mère.

— Je ne peux pas le laisser y aller seul. Nous affronterons cet ennemi ensemble, Kaan et moi.

Après une nuit passée à étudier le Livre des Mille Secrets, Ixchel se sentait elle aussi étrangement confiante. Elle avait accueilli l'aube avec la certitude que les dieux soutiendraient son peuple. Ils allaient être sauvés par un miracle. Elle tendit les mains à sa fille.

— Je comprends, mais donne-moi le bébé.

Tonina refusa. Elle garderait Tenoch avec elle, sanglé dans son porte-bébé, à la place qui était la sienne, dans son dos.

Avant d'aller rejoindre son époux, Tonina fit le tour du campement en demandant à tous les pèlerins de l'accompagner, pour être aux côtés de Kaan quand la bataille commencerait. Il s'était occupé d'eux, à leur tour maintenant de lui apporter leur aide ! Quand elle s'aperçut de leurs réticences, quand quelques hommes valides secouèrent la tête en regardant ailleurs, elle s'indigna :

— Le noble Kaan a pris toutes les décisions à votre place, il s'est battu pour vous, il a assuré votre sécurité ! Vous avez bénéficié de sa protection et il ne vous a rien demandé en retour. Le moment est venu de lui rendre la pareille !

Mais ils s'éloignèrent en évitant son regard.

Incrédule, Tonina s'adressa à un fermier qui les accompagnait depuis Tikal :

— Tes récoltes sont parties en fumée dans un feu de forêt, les pluies ont ravagé tes champs, tu étais pauvre et tu crevais de faim quand le noble Kaan t'a invité à te joindre à nous. Et depuis, tu profites de notre générosité et de sa protection…

Le fermier baissa la tête mais ne se leva pas.

Elle exhorta ensuite une famille accroupie autour du feu de camp voisin :

— Vous nous suivez depuis Mayapan ! Le noble Kaan a pris soin de vous ! Il vous a nourris !

Ils détournèrent les yeux sans rien dire.

Tenoch dans son dos, elle passa de feu en feu, ravagée par une colère et un désespoir croissants. Elle interpella une femme, un jeune homme, un couple marié, un divorcé et d'autres encore, leur rappelant tout ce que Kaan avait fait pour eux :

— Quand ton enfant est tombé malade, Kaan a décidé que nous ne lèverions pas le camp tant que ton fils ne serait pas rétabli ! Et toi, quand on t'a accusé de vol, n'est-ce pas Kaan qui a prouvé ton innocence et t'a rendu ton honneur ? Comment pouvez-vous l'abandonner aujourd'hui ?

Mais tous se dérobaient en baissant les yeux, effrayés.

Tonina les regarda une dernière fois. Qu'il en soit ainsi. Son bébé sanglé dans le dos, elle empoigna une lance et quitta ces gens qu'elle en était venue à aimer comme sa propre famille. Suivie par Ixchel, le Borgne et H'meen, chacun d'eux adressant au ciel ses prières muettes, elle partit vers le champ de bataille. Tonina appela sur elle la protection de Lokono et de ses esprits dauphins, Ixchel implora Quetzalcóatl et le Pahana de son époux, le Borgne invoqua les puissants os de son arrière-grand-père et H'meen lança des suppliques respectueuses aux dieux locaux de la vallée.

Tonina vint prendre place à côté de Kaan, qui faisait face à la terrible armée de Balám. Le soleil se levait sur cette étendue vallonnée, aride, à la végétation rabougrie traversée de coulées de lave sèche. Elle la reconnut : c'était le paysage désolé de sa vision.

Les guerriers muets de Balám étaient alignés à environ mille pas de là, de l'autre côté de la bande de terrain neutre séparant les deux forces ennemies. Tonina revoyait le prince d'Uxmal pour la première fois depuis le viol. Il était si différent de Kaan ! La place du marché de Mayapan lui revint en mémoire ; ce jour-là, les deux hommes se ressemblaient tant... Ils portaient des vêtements, des coiffures, des peintures corporelles et des tatouages quasiment identiques. Aujourd'hui, seul Balám arborait la fameuse « queue de jaguar » maya sous sa coiffe spectaculaire. En dehors du petit chignon du guerrier, Kaan était tête nue, et ses cheveux lisses coupés au carré lui arrivaient aux épaules. Sa peau cuivrée luisait au soleil. Balám, lui, s'était entièrement peint en rouge, couleur destinée à terroriser ses adversaires.

Lorsque Tonina vint se ranger à son côté, suivie d'Ixchel, de H'meen et du Borgne, Kaan lui lança un grand sourire, le cœur gonflé d'amour et d'admiration.

Malgré la tension ambiante, malgré les milliers d'hommes présents en ce lieu, le silence régnait. On n'entendait que le bruit des étendards et des drapeaux claquant au vent, le cri lointain d'un faucon à queue rouge, le grondement sourd des entrailles de Popo. Les guerriers de Balám portaient des tenues hétéroclites, du simple pagne à la tenue rembourrée. Beaucoup s'étaient peint des stries colorées sur le corps ; il y avait aussi les peaux de bêtes, les plumes bariolées, les boucliers aux teintes hardies…

La tenue de Balám se distinguait par sa magnificence : une robe bleu nuit et magenta, une coiffure de plumes qui le faisait paraître presque deux fois plus grand et, sur la poitrine, de lourds colliers de dents et de griffes. Kaan ne portait qu'une cape et un pagne blancs, bien moins luxueux, certes, mais tout aussi impressionnants dans leur simplicité.

Le soleil inonda la plaine, et Balám cria :

— Écoute-moi bien, Kaan ! C'est moi qui t'ai fait venir ici !

Il ricana, enchanté. Il fallait qu'ils sachent qu'il avait fomenté de bout en bout ce glorieux moment de conquête. C'était lui seul qui avait choisi le champ de bataille, lui seul qui avait décidé qui il allait combattre.

— Le marchand de tatous était un homme à moi ! Je savais que la fille des îles viendrait, et j'étais sûr que tu la suivrais ! Il n'y a aucune caverne sacrée dans les parages ! Je vous tiens ! proclama-t-il avec force, désireux que tous l'entendent.

Excités par les paroles de leur chef, les guerriers des premiers rangs se lancèrent dans toute une série d'attaques feintes, immémoriale tradition guerrière des Mayas et des Nahuas. Ils avançaient, reculaient, martelaient leurs boucliers de leurs lances, poussaient des hurlements sinistres qui résonnaient dans toute la vallée. L'excitation et les cris se propagèrent rang après rang jusqu'au dernier, celui des cousins de Balám chargés de décourager toute désertion, et la clameur de ces combattants enthousiastes finit par étouffer le grondement qui sortait de la gorge enflammée du Popocatepetl.

Derrière Balám, hérauts et porte-étendards attendaient le signal du combat. Dès qu'il le donnerait, les hérauts souffleraient dans leurs conques massives, puis les porteurs d'étendards rompraient les rangs pour se ruer vers l'ennemi en entraînant les troupes dans leur sillage.

Mais, avant le début de toute bataille, la tradition voulait que les deux chefs ennemis se rencontrent en terrain neutre. En attendant la réponse de Kaan, Balám observa Tonina. Il avait prévenu ses hommes : il se chargerait lui-même de la fille.

À la tête de ses quatre cents hommes, Kaan prit mesure de l'énorme armée qu'ils allaient devoir affronter. Il écouta le rugissement collectif gagner la vallée puis décroître et nota la variété des tribus représentées dans les rangs de son ennemi. Leur diversité le surprit : il y avait là des Zapotèques, des Otomis, des Mayas... Beaucoup d'entre eux avaient adopté des postures féroces et fières, mais d'autres semblaient honteux et gardaient la tête basse. Rien d'étonnant à cela : ils se retrouvaient obligés de combattre leurs frères sous les ordres d'un étranger. Car toutes les tribus qui se querellaient sans discontinuer dans la vallée d'Anahuac étaient nahuas, et les origines de nombre d'entre elles remontaient à Aztlan. Elles avaient du mal à admettre la présence d'un Maya à la tête de cette armée, un étranger qui ne parlait pas leur langue et vénérait des dieux inconnus. La plupart de ces guerriers n'avaient pas eu le choix : ils avaient intégré son armée pour éviter l'exécution. Ils se retrouvaient donc soumis, réduits en esclavage, dépouillés de leur honneur, forcés de servir sous les ordres du prince maya.

Kaan désapprouvait ce comportement. Un guerrier devait rester un homme fier qui combattait pour les causes auxquelles il croyait et suivait un chef qu'il respectait et honorait.

Il étudia Balám. C'était la première fois qu'il posait les yeux sur son ex-« frère » depuis qu'il avait quitté l'isthme, quinze mois auparavant. Il tremblait d'une rage telle qu'elle lui laissait une amertume dans la bouche.

C'était l'homme qui avait violé Tonina.

Kaan se remémora le jour où il avait rencontré sa mère sur la place du marché de Mayapan. Elle était ravie de le croiser car à l'époque – il avait douze ans – il avait déjà emménagé dans les baraquements des joueurs. Et lui aussi était enchanté de la voir. Il avait voulu lui répondre quand elle lui avait adressé la parole, mais Balám lui avait lancé un regard désapprobateur, et Kaan avait tourné le dos à sa mère en faisant semblant de ne pas la reconnaître. Ce jour-là, Kaan avait pris l'expression de Balám pour de l'admiration. Il comprenait enfin que c'était un sourire de triomphe. En fait, Kaan avait passé quasiment toute son existence sous la coupe de Balám, à guetter son approbation. Mais aujourd'hui, il était Tenoch des Mexicas et, devant lui, il voyait un homme qui n'avait rien à faire dans la vallée d'Anahuac.

C'est notre pays, se dit-il.

Toutes ces pensées lui traversèrent l'esprit en une fraction de seconde, et il sentit aussitôt une détermination nouvelle se répandre dans ses veines. Comme si son âme, étouffée sa vie durant sous un linceul noir, s'en débarrassait aujourd'hui. Il avait l'impression de voir et de comprendre pour la première fois. Pendant des mois, il avait assumé à contrecœur le rôle de chef parce qu'il le considérait comme une obligation qu'on lui imposait. Les lois à édicter, les jugements à rendre, il s'était acquitté de tout cela contre son gré, parce qu'il n'avait pas le choix…

Mais aujourd'hui, il en avait envie.

Tonina avait raison. Son destin ne se limitait pas simplement à se venger de Balám. Il était né pour diriger. Et unifier les tribus de la vallée.

Balám et Kaan échangèrent un signe et s'avancèrent l'un vers l'autre sur la bande de terrain qui séparait leurs deux armées. C'était là qu'on invoquait les dieux, là que se concluaient les trêves de dernière minute, là que s'échangeaient les ultimes insultes.

Kaan prit la parole le premier :

— Le moment est venu pour toi de payer tes crimes, Balám. Tu vas payer pour ce que tu as fait à Tonina.

— Tu n'as pas perdu de temps pour les récupérer, elle et l'enfant !

— J'ai une proposition à te faire.

— Les propositions, c'est pour les lâches !

— Je te parle d'un pari.

Le ricanement de Balám s'évanouit aussitôt.

Kaan avait eu cette idée en priant Quetzalcóatl. La réponse était tombée des étoiles parce que son cœur était pur et son désir fervent. Le prince Balám a un point faible. Si tu veux lui infliger une défaite, exploite cette faiblesse.

Un vif intérêt s'alluma dans les yeux du Maya.

— Voici ce que je te propose : battons-nous toi et moi en combat singulier. Sans armes. À mains nues. Le gagnant de ce combat sera vainqueur sur le champ de bataille.

Balám renifla, jeta un coup d'œil à droite et à gauche, puis regarda Kaan en plissant les yeux. Une proposition extrêmement tentante. Le jeu suprême, le pari de toute une vie.

— Si je gagne, les tiens se livreront, c'est bien cela ?

— Oui. Et si tu perds, tu dissous ton armée et mon peuple pourra repartir à la recherche des cavernes.

Balám fit la moue, se frotta la cuisse, lança un regard par-dessus son épaule et se mordit la lèvre. La tentation n'avait jamais été aussi grande, ni les enjeux aussi élevés. Il en frissonnait presque d'extase.

Une bataille sans pertes humaines, cela veut dire beaucoup de nouveaux adorateurs pour la déesse Ziyal, pensa-t-il.

— D'accord, dit Balám.

Il fit signe à son lieutenant de les rejoindre, et Kaan appela le Borgne. Selon les traditions maya et nahua, les combattants devaient remettre leurs biens aux deux amis également chargés de veiller à la loyauté du combat et au respect des termes du pari.

Mais, au lieu d'accepter la lourde coiffure emplumée que lui tendait Balám, son lieutenant vêtu de peaux d'ocelot lui hurla :

— Nous sommes venus nous battre, cousin ! Tu ne peux pas nous priver de cette gloire ! Ce pari est un outrage aux dieux !

— Comment oses-tu t'opposer à moi ! Tu dois respecter mes décisions ! s'emporta Balám, indigné.

— Il n'en est pas question ! cracha le cousin.

— Par le sang de Buluc Chabtan, ce que tu viens de dire va te coûter les testicules !

Plus jeune, plus grand et plus fort que Balám, son cousin se redressa de toute sa hauteur.

— Nous t'avons suivi à travers les Neuf Niveaux de l'Enfer pour ce moment de gloire ! Malgré nos lances oisives et nos dagues endormies, nous t'avons suivi sans protester. Mais maintenant, il faut que je te dise ce que j'ai sur le cœur. C'est ton obsession du jeu qui t'a mené ici. Elle a failli causer ta ruine ! Nous ne lui permettrons pas de causer la nôtre !

Le visage de Balám devint plus rouge que la peinture qui le couvrait, son cou enfla, ses veines se gonflèrent, mais le cousin tint bon. Dans la vallée, le silence était retombé. De nouveau, on n'entendait plus que les étendards et les drapeaux. Kaan retenait son souffle en priant de toutes ses forces pour que Balám ne cède pas.

Mais il céda. À la grande surprise de Kaan, il grommela :

— Tu as raison, cousin.

Puis il se tourna vers Kaan et dit :

— Tes guerriers contre les miens. Jusqu'à la mort.

Il reprit sa grande coiffe des mains de son lieutenant et regagna à longues foulées la première ligne de son armée.

Une fois de retour auprès de Tonina, Kaan lui expliqua que son plan avait échoué et lui demanda de se réfugier dans la forêt.

— Emmène Tenoch loin d'ici. Le Borgne, occupe-toi de H'meen et Ixchel.

Mais ils refusèrent tous de partir. S'ils devaient mourir, ils mourraient ensemble.

Kaan s'adressa ensuite à ses hommes :

— Voici venu le temps de la gloire ! Si vous vous battez avec honneur, les dieux vous accueilleront dans leur royaume de lumière !

Il regarda l'un après l'autre les fiers visages de ses guerriers. La veille au soir, alors qu'ils affûtaient leurs lances et récitaient la prière de confession, il s'était promené parmi eux, leur prodiguant des encouragements sans leur montrer ses craintes. Il eut soudain une inspiration :

— Dites-vous que cette bataille est une partie de jeu de balle ! Nous sommes deux équipes qui s'opposent sur un terrain. Moi, je m'occupe de Balám.

Ses hommes comprirent où il voulait en venir. Éliminer le capitaine pour faire perdre sa cohésion à l'équipe adverse était une technique courante.

— Vous, dit Kaan en désignant les quatre Neuf Frères, vous allez m'ouvrir la route et prendre les lieutenants de Balám pour cible. Que chacun de vous choisisse un homme et ne s'occupe que de lui, comme dans une partie. Ne le lâchez pas jusqu'à son élimination et passez alors au suivant. Vous voulez arriver de l'autre côté du champ de bataille. Ne pensez pas au combat mais au but à marquer.

Puis il refit face à l'armée de Balám, guettant le signal des conques.

Soudain, à la grande stupéfaction de Kaan, Ixchel s'avança dans la zone neutre, le Livre des Mille Secrets serré contre elle.

— Noble prince ! cria-t-elle à Balám. Les dieux nous somment de nous rendre au pied de ces collines dont tu nous bloques l'accès ! Notre destin nous commande d'y aller ! Nous laisseras-tu passer ?

Balám répondit par un geste dont la grossièreté ne laissait aucune place au doute et, au même instant, le sol gronda. Les guerriers crurent d'abord que Popo s'énervait à nouveau, mais ce grondement était dû aux milliers de pieds d'une nouvelle armée qui arrivait des contreforts. Elle rejoignit les rangs de Balám, et son chef impressionnant vint se placer à côté de lui.

Kaan se tourna vers Tonina.

— Va-t'en ! Ce n'est pas un endroit pour toi ou notre enfant. Emmène Ixchel, le Borgne et H'meen ! Partez ! Je t'en supplie !

Elle n'eut pas le temps de répondre. Une certaine agitation se fit dans les rangs de Balám, puis des rires éclatèrent. Interloqués, Kaan et Tonina se retournèrent. Bâtons, pierres et couteaux à la main, tous les pèlerins, femmes, enfants et vieillards, tous sortirent des bois pour les rejoindre. Ils n'étaient certes pas de taille à affronter les guerriers mayas et la nouvelle armée qui s'était jointe à eux, mais ils formaient néanmoins une milice convenable, et ils avaient fière allure.

À leur tête, les serviteurs de H'meen s'adressèrent à Kaan :

— Pardonne notre couardise, noble Kaan. Nous étions terrorisés. Mais, quand nous avons vu arriver cette seconde armée, nous nous sommes dit que nous ne pouvions pas assister à votre massacre sans rien faire.

Balám et ses hommes hurlaient de rire devant cette scène ridicule, puis le rire mourut à mesure que la foule grossissait derrière Kaan, impressionnante. La détermination se lisait sur tous les visages, jeunes et vieux, hommes et femmes. Ils ne faisaient pas le poids, Balám le savait, mais il était furieux parce qu'ils venaient de leur plein gré, contrairement à ses propres soldats qu'il avait dû menacer voire même payer pour s'assurer leur fidélité.

Quand Balám leva le bras pour donner le signal de l'attaque, le chef de la seconde armée fronça les sourcils et grommela :

— Qu'est-ce que c'est que ça ? Tu nous as dit que nous allions combattre un ennemi féroce, une tribu d'envahisseurs ! Ce ne sont que des vieilles femmes, Balám !

Sans attendre l'explication de son allié, le chef fit un pas en avant et beugla :

— Qui es-tu ?

— Je suis Chak Kaan de Mayapan ! Mais mon nom de naissance est Tenoch de Chapultepec ! Et toi, qui es-tu ? lui cria Kaan.

— Je m'appelle Martok, et je suis le chef des Mexicas !

Il fit signe à Kaan de le rejoindre dans la zone neutre.

— Prouve-moi que tu es bien celui que tu prétends être, dit Martok.

Il était incroyablement laid, même pour un combattant ayant traversé d'innombrables combats. Son front était balafré jusqu'au sommet du crâne, glabre et brillant ; à cet endroit, aucun cheveu ne poussait plus depuis qu'il avait reçu une torche sur la tête. Entre les sourcils et cette zone dégarnie, sa peau était plissée par les cicatrices. Plus bas, ses longs cheveux hirsutes et rebelles se dressaient dans tous les sens. Kaan n'aurait jamais cru qu'un homme chauve en haut du crâne puisse avoir tant de cheveux un peu plus bas. En outre, contrairement à d'autres soldats, Martok ne tressait pas cette tignasse gris-noir indisciplinée ; il la portait comme un gros nuage sombre au-dessus de ses épaules et de son dos. Il avait également le nez cassé, mais n'était-ce pas le lot de tous les soldats ?

Le chef des Mexicas s'approcha de Kaan, qui écarta un pan de sa cape pour lui montrer le tatouage chapultépèque.

Martok l'étudia soigneusement et l'estima authentique.

— Nous avons adopté ce tatouage comme emblème tribal à l'époque où nous vivions sur la colline des Sauterelles. Nous nous imaginions être enfin arrivés chez nous ! Puis on nous a chassés de la colline et depuis, nous errons de nouveau, à la recherche d'un endroit où nous établir.

Son regard passa de Kaan à Ixchel : que tenait cette femme dans une couverture emplumée ? Ce qu'elle venait de raconter sur les cavernes, les dieux et le destin n'était pas tombé dans l'oreille d'un sourd. Qui donc étaient ces gens ?

La terre trembla et les guerriers se dévisagèrent nerveusement. Lorsque le vent se leva en répandant dans la plaine l'âcre odeur du soufre et des émanations de gaz, leur nervosité s'accrut. Le chef Martok regardait Kaan avec intensité, comme s'il ne s'apercevait pas des renvois du Popo.

— Pourquoi portes-tu un nom maya ? lui demanda-t-il. Et comment se fait-il que tu parles notre langue avec l'accent maya ?

— Je recherche mon peuple depuis que j'ai quitté Mayapan, où mon père et ma mère se sont établis il y a bien des années.

Le visage du chef s'éclaira.

— Les gens qui sont partis ! Oui, je m'en souviens ! Il y avait trop de conflits dans la vallée, trop de famine. À cette époque, nous étions sans arrêt rejetés, sans arrêt sur la route, si bien que certaines personnes ont rassemblé leur famille et leurs biens pour partir en quête d'une vie meilleure. Il paraît que beaucoup ne l'ont jamais trouvée.

— Mes parents et moi, nous l'avons trouvée à Mayapan.

Kaan se rendait compte pour la première fois des souffrances et des sacrifices que ses parents avaient endurés pour assurer une vie meilleure à leur fils.

— Honorable Martok, pourquoi te bats-tu aux côtés de ce Maya ?

— Il nous faut des terres, mon fils, c'est aussi simple que cela. Hélas, partout où nous allons, on nous méprise et on nous chasse.

— Et Aztlan ?

Martok écarquilla les yeux.

— Eh bien quoi, Aztlan ?

— Votre dieu Huitzilopochtli ne vous a-t-il pas dit de rechercher Aztlan ?

— Nous ne croyons pas tous que la terre promise soit Aztlan. Tout dépend de la façon dont on interprète les mythes, les anciennes prophéties. Mon peuple à moi croit que Huitzilopochtli nous a promis une nouvelle terre, comme celles qu'on trouve au bord du lac Texcoco. Et que le dieu nous y conduira en nous envoyant un signe.

— Quel signe ?

— Assez parlé ! s'interposa Balám avec violence.

Martok lui répondit sur le même ton qu'il ne se battrait pas contre un parent.

— Alors je me battrai seul !

Avec un hurlement strident, Balám leva son épée et se précipita vers Kaan, des milliers de soldats se ruant à sa suite. De leurs gorges montèrent des mugissements à glacer le sang.

Les quelques centaines d'hommes de Kaan levèrent leurs armes à leur tour, quand soudain...

Un coup de tonnerre assourdissant s'abattit sur la vallée, le sol trembla et le ciel explosa en un nuage noir si gros qu'il masqua instantanément le soleil. Hors de lui, indigné, le majestueux Popocatepetl entrait en éruption. Guerriers, chefs, lieutenants, femmes, vieillards et enfants, tous se figèrent sur place, comme hypnotisés par le nuage en expansion qui se répandait vers eux en volutes blanches, grises, noires... puis l'instinct de conservation reprit le dessus. Les pieds s'animèrent tous en même temps et les gens prirent leurs jambes à leur cou.

De mémoire d'homme, on n'avait jamais vu le Popocatepetl aussi irrité. L'immense nuage nocif et virulent qui dévalait ses pentes à la vitesse de l'éclair ne tarderait pas à toucher la vallée. Le volcan crachait du gaz et des cendres, et le nuage menaçait de submerger la plaine comme une marée géante, engloutissant tout sur son passage, plongeant toute chose dans une obscurité étouffante.

Des projectiles se mirent à tomber du ciel, des cailloux, des bouts de cristal de roche, de gros morceaux de pierre ponce, des éclats de verre et autres scories...

— Aide-moi à ôter ça !

Au cri de Tonina, Kaan défit hâtivement les sangles du porte-bébé et tendit l'enfant à sa femme, puis tous deux se mirent à courir.

Courir, oui, mais où ? Où trouver un abri contre la pluie de pierres et de rochers ?

Kaan entraîna Tonina et son bébé vers la protection des arbres. Ils ne virent pas Balám arriver sur eux par-derrière. Lance brandie à bout de bras, le prince recula d'un pas, visa sa cible et se pétrifia au moment où il allait propulser son arme, abasourdi.

Le Borgne se tenait devant lui, sa dague plantée jusqu'à la garde dans le ventre de Balám.

Kaan se retourna vivement en entendant le cri étouffé de Balám, juste à temps pour le voir chanceler et tomber. Sa dague ensanglantée au poing, le Borgne se pencha au-dessus de lui, prêt à en faire usage à nouveau.

— Arrête ! lui cria Kaan.

On y voyait de plus en plus mal. Le nuage compact de gaz et de cendres déferlait vers eux. Le volcan avait disparu, tout comme le village d'Amecameca et les anciennes coulées de lave. Le monde venait d'être précipité dans le chaos et des milliers de personnes couraient à l'aveuglette, paniquées. Les gens appelaient leurs proches ou s'effondraient inconscients sous un ciel qui continuait à déverser sa pluie de débris.

Laissant Tonina s'enfoncer plus profondément dans les bois, Kaan retourna à toutes jambes près de Balám à terre. Il arrêta le geste du Borgne en lui saisissant le poignet.

La terre grondait et la cendre volcanique pleuvait sur eux.

— Maître, laisse-moi ! le supplia le nain. C'est lui qui t'a détourné de Teotihuacan ! Le messager mentait quand il a prétendu que la fleur rouge poussait à Copan ! Et ce n'est pas un jaguar qui m'a attaqué, c'est ce chien putride ! Laisse-moi l'achever, ce ne sera que justice !

Le sol trembla encore une fois. Le Borgne perdit l'équilibre, trébucha et tomba.

— Va t'occuper de Tonina ! lui enjoignit le joueur en lui désignant les bois.

Il prit Balám par les bras et le traîna sous un chêne massif où d'autres se blottissaient déjà, terrorisés. Le grondement s'apaisa et le sol redevint étrangement immobile. Kaan s'agenouilla près de Balám.

Le cratère crachait toujours de la fumée, des scories et des gaz qui enténébraient le jour. Le soleil s'était transformé en une inquiétante boule orange. Balám suffoquait, et le sang gargouillait dans sa gorge.

— Nous étions bons ensemble, toi et moi. Nous étions des frères. Des héros, parvint-il à dire d'une voix rauque.

Kaan glissa un bras sous les épaules de Balám, cet ennemi pour lequel il n'éprouvait plus que de la pitié.

— Ton enfant... c'est un garçon ou une fille ?
— J'ai un fils, lui répondit Kaan avec un sourire.
— Mon frère, écoute ma confession !

Les yeux de Balám roulèrent dans leurs orbites, le sang jaillit de sa bouche et la plaie de son ventre vira à l'écarlate.

Il parla en maya, en commençant par l'expression *k'inn kiichpa*, « soleil magnifique », ces mots que Tonina avait confondus avec « agonie ». Mais, cette fois-ci, il s'agissait vraiment d'une agonie : Balám voulait être emporté aux cieux ; il fit donc de son mieux pour réciter la prière jusqu'au bout puis énumérer tous ses péchés. Il avait de plus en plus de mal à respirer.

— Kaan, mon frère, j'ai tué Ciel de Jade...

Avec ce volcan qui grondait et les hurlements qui s'élevaient de toutes parts, Kaan crut qu'il avait mal compris. Il se pencha plus près du mourant.

— Qu'as-tu dit ?
— Je l'ai tuée. Je voulais... la tuer d'un... d'un coup de poignard... mais elle s'est débattue... alors je lui ai donné un coup de poing...

Kaan dévisagea Balám, cet homme qu'il avait un jour espéré égaler et qu'aujourd'hui il méprisait. Alors qu'il regardait ces lèvres ensanglantées énoncer une confession si terrible qu'elle était difficile à croire, l'horrible vérité le terrassa d'un coup.

Laissant échapper un cri angoissé, il se releva d'un bond et foudroya du regard le Maya à terre. La fureur et le feu bouillonnants du Popocatepetl se répandirent en Kaan, et sa rage devint volcanique.

Ciel de Jade... attaquée par un ami...

Il sentit une main gluante l'agripper à la cheville, et Balám hoqueta :

— C'était pour Colombe et Ziyal... Je te suis depuis le marché aux esclaves pour... pour assouvir ma vengeance...

Des larmes de rage roulaient sur les joues de Kaan, qui articula avec peine entre ses dents serrées :

— Si tu me haïssais à ce point, pourquoi ne m'as-tu pas tué tout de suite, à Mayapan ?

Balám crachait du sang.

— J'avais besoin de toi. Quand on m'a pris Colombe et Ziyal, tu es devenu ma seule raison de vivre. Je ne vivais que parce que tu vivais, mon frère. Seul le désir de vengeance m'a maintenu en vie. Mais il y a plus... beaucoup plus...

Debout à côté de lui, Kaan regarda froidement Balám rendre l'âme.

Puis les ténèbres s'abattirent sur le monde.

Des ténèbres totales et absolues, telle une nuit sans lune, sans étoiles. Le grand nuage volcanique toucha le sol et enlaça le monde dans une étreinte de fumée noire et d'émanations âcres. Frappés en plein vol, les oiseaux se mirent à tomber du ciel comme des pierres, heurtant le sol avec un bruit écœurant, bientôt suivis par de dangereux éclats de verre, des pierres ponces et autres scories. On n'y voyait plus rien. Respirer était presque impossible. La cendre recouvrait les têtes et les épaules, et à la grande horreur de Kaan, certains arbres s'embrasèrent.

Les yeux et les poumons brûlants, il hurla :

— Tonina !

Il la retrouva avec d'autres personnes. Elle faisait du bouche-à-bouche à son bébé, comme le jour où elle avait sauvé Kaan de la noyade dans le cenote de Chichén Itzá.

— Nous devons nous sortir de là ! haleta-t-elle.

Kaan tourna lentement sur lui-même. Il ne voyait que cette fumée noire. Quelle direction prendre ?

Le chef Martok émergea tout à coup du nuage, entouré d'un grand nombre de guerriers.

— Suivez-moi ! mugit-il. Je vais vous montrer le chemin !

Le sol trembla encore, les gens hurlèrent et une nouvelle averse de pierres et d'oiseaux morts s'abattit sur eux.

Le petit groupe s'ébranla à la suite de Martok. Kaan s'efforçait toujours de percer du regard la fumée brûlante qui l'enveloppait. Les yeux et la gorge en feu, ils inhalaient des gaz mortels, sans savoir où ils allaient. Le volcan grondait et expulsait toujours sa fumée, ses scories et ses gaz. Y aurait-il cette fois aussi un torrent de lave comme au temps des ancêtres ? Si c'était le cas, ils devaient absolument s'éloigner du Popocatepetl.

Kaan passa un bras autour de Tonina qui serrait le petit Tenoch contre elle en l'abritant sous la cape de son père. Mais, en emboîtant le pas de Martok, le jeune homme eut l'intuition qu'ils se dirigeaient dans la mauvaise direction.

Il s'arrêta pour regarder une nouvelle fois par-dessus son épaule et vit passer un homme au visage dégoulinant de sang, puis un grand oiseau plongea vers eux dans la fumée, évitant de peu Tonina.

Un aigle.

Comment pouvait-il survivre alors que tous les autres tombaient raides morts ? Et soudain, Tonina comprit.

Son rêve, à Mayapan ! Aigle Courageux lui disant : « Le jour où tu auras le plus besoin de moi, je viendrai. »

— Attends ! Pas par là ! cria-t-elle à Martok. Par ici ! Il faut suivre cet aigle !

L'oiseau volait bas et revenait vers eux en dessinant de grands cercles quand les gens traînaient à l'arrière, s'assurant qu'on le suivait dans la direction opposée à celle qu'avait d'abord choisie Martok.

Au bout de quelques mètres, Kaan demanda à Tonina de continuer sans lui. Il voulait retourner sur ses pas pour apporter son aide aux moins valides. Et il disparut dans le nuage volcanique.

## 72

Les survivants et les blessés émergèrent enfin du nuage épais. En se retournant, ils constatèrent que la plaine était jonchée de corps. Quelques cadavres, bien sûr, mais surtout des gens qui s'étaient évanouis à force de respirer de la fumée et des gaz. La vision prophétique de Tonina venait de se réaliser.

Mais où était son père ?

Martok leur fit signe de s'arrêter. Ils avaient besoin de se reposer un peu. Les retardataires les rattrapèrent, secoués de quintes de toux, se soutenant les uns les autres. L'aigle tournait paresseusement en rond dans le ciel.

Ixchel alla d'abord voir Tonina pour s'assurer que le bébé allait bien, puis s'approcha de H'meen, qui avait traversé cet enfer sans trop de mal ; l'herboriste tenait dans ses bras un Poki à la respiration sifflante. Le Borgne avait veillé sur elle.

Les poings sur les hanches, Martok observait ces gens hébétés qui s'asseyaient en s'efforçant de retrouver leur souffle, cette foule intrigante qui avait voulu s'opposer à l'armée de Balám.

D'un pas énergique, il rejoignit Ixchel, qui examinait une bosse sur la tête de l'un des serviteurs de H'meen.

— Mais qui êtes-vous, vous tous ? D'où venez-vous ? lui demanda-t-il.

Tout en s'assurant que l'homme ne saignait pas, elle lui répondit :

— Nous sommes venus dans la vallée d'Anahuac parce que nous cherchons les cavernes d'Aztlan.

— Aztlan ! Mais tout le monde sait qu'Aztlan se trouve loin au nord !

Ixchel hocha la tête, résignée. Elle avait entendu Balám se vanter de les avoir entraînés dans un piège.

— Nous recherchons aussi un certain Cheveyo, un chaman que nous nous attendions à trouver ici. Cela te dit quelque chose ?

Martok frotta les cicatrices plissées de sa calvitie. Ses cheveux et ses épaules étaient couverts de cendre.

— Tout à fait. Cheveyo est un saint homme qui nous a raconté une histoire très intéressante !

Ixchel en resta bouche bée.

— Tu as entendu parler de lui ?

— Je l'ai rencontré en chair et en os ! Nous avons bu du *pulque* ensemble. Sa femme est une Mexica et c'est pour cette raison qu'il a voulu nous rejoindre. Il y a longtemps, il a été enfermé dans une grotte souterraine près de Palenque, mais il a fini par s'échapper. Pas sa femme, hélas. Depuis, il parcourt la région à la recherche d'Aztlan. Il s'est reposé quelque temps parmi nous, puis il est reparti. Tiens, c'est bizarre... Cheveyo avait prévu de rester plus longtemps avec nous, il aurait même dû être là aujourd'hui, mais il a rêvé qu'il devait partir.

Ixchel essuya ses larmes.

— Comment ça, il a rêvé ?

— Un événement des plus étranges ! Il a eu une vision dans laquelle une vieille femme lui disait de quitter cet endroit parce qu'il n'était pas sûr pour lui. Cheveyo m'a expliqué que la femme de son rêve n'était pas vraiment vieille, qu'en réalité, elle n'avait même pas dix-sept ans.

Tonina et H'meen échangèrent un regard : toutes deux pensaient à leur vision après l'ingestion du *peyotl*.

— T'a-t-il dit où il allait ? insista Ixchel, à nouveau pleine d'espoir.

— Il a mentionné un monastère qu'il souhaitait visiter, juste après Tlaxcala. J'imagine qu'il s'y trouve encore.

— À quelle distance est ce monastère ? Est-ce loin ?
Martok secoua la tête.

— À deux jours de marche.

— Merci !

Quand elle aurait retrouvé Cheveyo, ils reprendraient ensemble leurs recherches ; ensuite, que le voyage jusqu'à Aztlan dure des mois ou des années, elle n'en avait cure.

Tout en chantant une berceuse à son fils en pleurs, Tonina observait avec inquiétude le mur de fumée à l'est de la vallée. Il était si haut qu'il cachait les montagnes. Où était Kaan ?

Le soleil grimpa dans le ciel, et d'autres gens encore sortirent en titubant du nuage de fumée, secoués de quintes de toux, appuyés les uns contre les autres, soldats, guerriers, femmes et enfants. La panique gagnait Tonina, quand soudain Kaan apparut à la tête de tout un groupe, un enfant dans les bras.

Elle courut à sa rencontre et ils s'enlacèrent tendrement, puis il balaya du regard la foule immense qui s'était rassemblée dans la plaine, les soldats de Balám, les hommes de Martok et les pèlerins d'Ixchel, tous unis dans l'épreuve. La fumée s'élevait toujours dans le ciel, le sol tremblait à intervalles réguliers, mais ils s'étaient suffisamment éloignés et n'avaient plus rien à craindre des chutes de débris et des gaz empoisonnés.

— Où allons-nous maintenant ? lui demanda Martok.

Kaan leva les yeux vers l'aigle qui décrivait toujours des cercles au-dessus de leurs têtes. Grâce à lui, ils étaient sortis du nuage. Allait-il continuer à les guider ?

Tonina se fit exactement la même réflexion. La prophétie de Huitzilopochtli dans le Livre des Mille Secrets lui revint en mémoire : un aigle devait conduire les Mexicas sur la terre promise. La jeune femme mit ses mains en coupe et cria vers le ciel :

— Honorable Aigle Courageux ! Car c'est bien toi, n'est-ce pas ? C'est moi, Tonina, ton amie ! Merci de nous avoir éloignés du péril ! Nous t'en sommes très reconnaissants ! Mais devons-nous continuer à te suivre ?

L'oiseau géant plongea en piqué, obligeant quelques personnes à baisser la tête, puis reprit de la hauteur et fila tout droit vers le lac Texcoco. Les gens se remirent en marche, Kaan, Tonina, Ixchel et Martok à leur tête.

Ils peinèrent toute la matinée et tout l'après-midi jusqu'à une heure avancée. À cette distance du grand volcan fumant, ils respiraient enfin normalement, et pouvaient regarder alentour avec des yeux qui ne brûlaient plus. Le soleil finit par descendre à l'ouest.

L'oiseau se laissa planer au-dessus du lac Texcoco et alla se poser sur un rocher stérile au beau milieu du vaste marécage.

Les voyageurs se rassemblèrent par milliers sur la rive – les guerriers et les pèlerins, les fermiers du coin aux récoltes enfouies sous la cendre, les villageois aux maisons effondrées – et tous remarquèrent soudain deux détails stupéfiants : l'aigle tenait un serpent dans son bec, et il était perché en haut d'un figuier de Barbarie qui poussait sur le rocher.

Et sur ce cactus s'épanouissait une fleur écarlate dans la lumière de cette fin d'après-midi, une fleur rouge vif dont les pétales tendus vers le ciel formaient comme une coupe.

— Le voilà ! Le signe ! s'exclama Martok, stupéfait.

Il se tourna vers Kaan.

— Mon fils, c'est le signe dont je t'ai parlé. Le signe promis par Huitzilopochtli.

— Oui, c'est lui, approuva Ixchel d'un ton respectueux, la voix un peu tremblante. Cela fait dix générations que nous errons dans cette vallée. Nous sommes partout des parias, tout le monde nous rejette, nous n'avons pas de foyer, mais il y a très longtemps, le dieu Huitzilopochtli nous a dit qu'un aigle nous conduirait sur la terre promise et que cet aigle se percherait sur un cactus avec un serpent dans son bec.

— Comment allons-nous l'atteindre ? s'inquiéta le Borgne.

Certes, ce marais de boue, de flaques et de joncs n'était pas assez profond pour s'y noyer, mais suffisamment pour poser des problèmes à un homme de sa taille.

Kaan étudia l'étendue marécageuse infestée de moustiques. Devant ses yeux surgissaient déjà les sentiers au sol stable et sec qu'ils créeraient pour faciliter l'accès à la rive, les crêtes de terre tassée qui s'élèveraient au-dessus de ces eaux. Plus tard, la pierre et le ciment remplaceraient les sentiers de terre, et l'île deviendrait un centre de commerce et de voyage.

— Divisons-nous en plusieurs groupes. Que les hommes et les femmes valides portent les faibles et les vieux. Nous dresserons tout de suite notre campement pour revendiquer ce rocher, et nous y apporterons l'eau potable dans des outres et des calebasses. Tous ceux qui voudront se joindre à nous seront les bienvenus, mais nous ne permettrons à personne de nous déloger.

Il se sentait bien dans son rôle de chef, et il partageait désormais la vision de Tonina : dans la vallée d'Anahuac régnerait bientôt un pouvoir centralisé, avec une unité, des lois, des déplacements et un commerce sûrs dont tout le monde profiterait. Pour consolider ce pouvoir, il se baserait sur le Livre des Lois de H'meen, commencé dans la jungle, non loin de la cité d'Uxmal.

Ils entamèrent la traversée. Les hommes forts portèrent les faibles et les enfants, d'autres préférèrent traverser cette étendue marécageuse par leurs propres moyens. Un millier de personnes ayant déjà vécu un millier de vies différentes, avec un millier de rêves et de croyances, mais unies par un même espoir.

Kaan et Tonina atteignirent les premiers l'énorme rocher, et levèrent les yeux vers l'aigle perché majestueusement sur son cactus. Il ne s'envola pas à l'arrivée de cette marée humaine. Le terrain où reposait le rocher était assez vaste pour accueillir la plupart des arrivants, et quand ce fut le tour d'Ixchel avec le Borgne et H'meen – tous deux portés par des hommes vigoureux – elle découvrit qu'une petite partie du rocher saillait comme une étagère...

Ou un autel.

Ixchel délimita alors un espace pour les premières prières sur leur nouvelle terre. De son côté, H'meen trouva un endroit sec où s'asseoir pour mettre à jour sa chronique. Elle prit ses peintures et ses pinceaux, car elle voulait porter sur le papier le symbole de l'aigle tant que tous les détails étaient frais dans son esprit, et Poki partit gaiement explorer son nouveau chez-lui. Toujours pragmatique, le Borgne s'éloigna à la recherche de broussailles et de bois sec, car le soleil se couchait et, sur leur petite île, le besoin d'un feu se ferait sentir.

Kaan examina le rocher et son périmètre à sec. Au-delà, le marécage les entourait de toutes parts. D'autres gens arrivaient encore de la rive du lac. Au loin, le Popocatepetl s'était calmé, mais sa fumée polluait toujours le ciel et ce serait le cas pendant des mois et des mois. Plus rien désormais ne liait Kaan à Mayapan. Les membres du consortium n'avaient pas tué sa femme. Ciel de Jade et son fils baignaient dans la félicité du Treizième Ciel. La mère de Kaan était probablement morte, mais étant donné la vie exemplaire qu'elle avait menée, elle avait sûrement eu le temps de réciter la prière de confession, si bien qu'elle aussi jouissait sans doute de la félicité du royaume des dieux. Et Kaan savait que, depuis le temps, le roi avait dû faire saisir ses richesses et ses terres.

Il s'en moquait. Les années passées à Mayapan n'avaient été qu'une préparation à ce qu'il vivait à présent. Il ne penserait plus jamais à cette cité, à Balám ou à son ancienne vie. Il réfléchissait déjà aux moyens de transformer ce rocher stérile en une île plus grande, d'étendre cette terre, de créer des jardins flottants comme ceux de Xochimilco, de faire venir ici du bois et des blocs de pierre et d'élever une grande cité, avec une écriture, des arts, des sciences et une religion.

À côté de Kaan, Tonina survola du regard le marais qui les cernait : elle avait retrouvé l'eau. Rien à voir avec l'océan, certes, et elle n'était pas très profonde, mais c'était de l'eau quand même. Peut-être qu'avec le temps, quand ils auraient construit leur terre grâce aux jardins flottants et créé des chaussées jusqu'à la rive, l'eau qui arrivait des montagnes, une fois retenue sur place, se mettrait à monter. Ce jour-là, Tonina pourrait nager à nouveau.

En songeant aux événements qui l'avaient entraînée jusqu'ici, la jeune femme comprit enfin pourquoi Aigle Courageux avait tant insisté, sur la terrasse du jardin royal, pour qu'ils retournent chez Ciel de Jade avant de quitter Mayapan. Tous les actes de son jeune protégé n'avaient eu qu'un seul but : l'empêcher de partir vers le sud, au Quatemalan, et la pousser vers Kaan pour réunir les deux fils de leurs destins.

Elle n'avait pas encore dit à Kaan qu'elle pensait être à nouveau enceinte. Dans les veines de cet enfant coulerait le sang de Cheveyo, celui de ce « peuple du Soleil » qui vivait loin dans le nord, mais aussi le sang des Mexicas, et celui d'une ancêtre qui, trois cents ans plus tôt, avait vécu un court moment parmi les Hommes des Mers du Nord, ces naufragés qui leur avaient promis le retour prochain de Quetzalcóatl.

Les guerriers de Martok furent rejoints par une grande foule de vieillards, d'enfants et de femmes – les mères, les épouses et les sœurs des soldats restées au campement en attendant l'issue de la bataille, mais qui se hâtaient à présent vers la rive pour rejoindre leurs hommes après la traversée jusqu'au rocher du cactus. Ces gens ressemblaient tous à Kaan, tout comme ils lui ressemblaient sans doute à elle aussi puisqu'ils appartenaient à la même tribu, celle des Mexicas. Peut-être y avait-il parmi eux des cousins, des tantes ou des oncles...

À la grande surprise de Tonina, et contrairement à ce qu'elle avait redouté, personne ne se jeta sur la fleur rouge, personne ne se battit pour s'attribuer son pouvoir de guérison. Bien au contraire, plusieurs centaines de pèlerins s'approchèrent de la plante avec un respect mêlé de crainte. Les gens avaient compris qu'ils vivaient une journée unique marquée par le mystère et les miracles. Les dieux étaient descendus parmi eux et leur dispensaient à tous chance et magie. Après tous les sacrifices endurés pour arriver enfin sur cette terre promise, les pèlerins se sentaient spéciaux, aimés des dieux.

Tonina se tourna vers Aigle Courageux. Il déploya ses ailes magnifiques, s'éleva au-dessus du cactus, prit de l'altitude... Il dessina encore des cercles au-dessus d'eux pendant un moment, et Tonina lui envoya une prière muette : Cher Aigle Courageux, accorde-moi une dernière faveur, s'il te plaît. Dis à mes frères dauphins ce qui m'est arrivé. Si l'île aux Perles existe encore, si Guama et Huracan ont survécu à la grande tempête, demande aux dauphins de leur faire savoir que je vais bien et que je suis heureuse !

L'aigle poussa un cri strident et s'éloigna à tire-d'aile.

Tonina retira la petite bourse qu'elle portait au cou depuis l'île aux Perles. Avant d'embarquer dans le canoë qui devait l'emmener sur la Grande Terre, elle avait ramassé un peu de sable de son île et l'avait versé dans cette bourse-amulette qui contenait également un petit bigorneau bleu et une dent de dauphin. Des talismans puissants la reliant aux îles à jamais. Elle ouvrit la bourse et versa dans les eaux du lac Texcoco ces petits fragments de l'île aux Perles et de l'océan qui l'entourait. Désormais, Tonina se sentirait pour toujours dans ses deux foyers à la fois, l'ancien et le nouveau.

Le Borgne attisait les flammes du feu naissant en observant le rituel touchant de Tonina. Ses yeux se posèrent ensuite sur H'meen qui avait l'air robuste et dans une forme remarquable, compte tenu du désastre auquel elle venait de survivre. L'espoir était un élixir de jeunesse, se dit-il.

Il connaissait le grand secret de H'meen. Elle ne l'avait jamais exprimé à voix haute, mais il suffisait de la regarder chaque fois qu'elle berçait le petit Tenoch. Des gens étaient morts ce matin, laissant sûrement beaucoup d'orphelins. Si le Borgne n'en trouvait aucun, il achèterait le cadet d'un fermier ayant trop de bouches à nourrir, appliquant ainsi une antique tradition. Lui, le Borgne, offrirait à H'meen l'enfant qu'elle désirait secrètement. Ils feraient un nœud à une corde pour célébrer leur mariage, et si les dieux le voulaient, si H'meen était d'accord, le Borgne espérait l'aider, avec douceur et tendresse, à vivre le lien physique qui existait entre les hommes et les femmes.

Tout en commençant à dessiner un aigle sur une nouvelle page de sa chronique, H'meen décida de choisir une fillette brillante et vigoureuse parmi les disciples d'Ixchel et de la former pour en faire la prochaine *h'meen* ; elle lui transmettrait les vastes connaissances qu'elle avait accumulées depuis Mayapan, ainsi que la chronique du voyage.

H'meen espérait vivre très longtemps, mais elle savait que ce ne serait pas le cas. Personne parmi nous ne sait combien de temps il lui reste à vivre, n'est-ce pas ? se dit-elle avec philosophie. Et en repensant à ceux qui avaient trouvé la mort pendant l'éruption, elle ajouta dans sa tête : Le secret de l'existence, c'est d'en vivre chaque instant pleinement et avec gratitude.

En arrivant sur l'île avec deux enfants dans les bras, Martok chercha immédiatement à repérer cette belle femme aux somptueux cheveux blancs, Ixchel, celle qui avait traversé la catastrophe un livre serré contre elle. Quelle femme superbe ! Était-elle mariée ? Martok avait perdu son épouse bien des années auparavant, et cela faisait longtemps que ce vétéran de guerre grisonnant n'avait pas regardé une femme autrement qu'avec lubricité. Comme si une sorte de magie était effectivement à l'œuvre dans l'atmosphère étrange de cette fin d'après-midi, lui aussi se disait qu'il serait bien agréable de renouer la corde et de se ranger.

De son côté, Ixchel ne pensait qu'à Cheveyo. Elle comptait repartir dès que possible à sa recherche, mais se fit soudain la réflexion, en ôtant les cendres et les brindilles qui recouvraient la petite corniche, que les habitants du monastère de Tlaxcala allaient sûrement entendre parler de l'éruption, de l'aigle qui avait sauvé tant de vies et du miracle du cactus, du serpent et du rocher. Cheveyo viendrait immédiatement constater les faits par lui-même.

Sur l'autel, Ixchel posa le Livre des Mille Secrets, et juste à côté l'Arbre de Vie cruciforme en métal gris fabriqué par les Hommes des Mers du Nord. Tonina plaça la coupe de verre à côté de la croix, et Kaan y ajouta la statuette de Kukulcan. Le Borgne apporta également sa contribution à cette cérémonie solennelle : il ôta la petite bourse contenant les os de son arrière-grand-père et la déposa auprès des objets sacrés.

— Comment allons-nous appeler cet endroit ? s'interrogea Martok à voix haute.

Tous avaient en mémoire les stèles de pierre de ces Mayas si désireux qu'on n'oublie pas leurs noms. Mais même les pierres ne durent pas éternellement.

Tonina eut soudain une inspiration :

— Nous donnerons à ce lieu un nom qui traversera les siècles. Et chaque fois que quelqu'un le prononcera, il prononcera le nom de l'homme qui nous a conduits ici.

Elle sourit à Kaan et l'appela de son nom mexica :

— Tenoch… Il suffit d'y ajouter le suffixe nahuatl *titlan*, qui signifie « l'endroit de ». Notre nouvelle terre s'appelle Tenochtitlan.

— Et même si nous sommes toujours les Mexicas, ajouta Ixchel, nous venons d'Aztlan, ne l'oubliez pas. Le dieu Huitzilopochtli nous a interdit de prononcer le vrai nom de notre peuple tant que l'aigle ne nous aurait pas conduits sur notre terre promise. Nous sommes arrivés, et nous pouvons désormais prononcer notre nom à voix haute : nous sommes les *Aztecatls*, les Aztèques.

Après quelques instants de silence, Ixchel ajouta :
— Le Livre des Mille Secrets contient la prophétie suivante : en l'an Un Roseau, le seigneur Quetzalcóatl reviendra parmi nous. Il arrivera de l'est sur son radeau de serpents, et ce jour-là, nous serons prêts.

# Remerciements

Je remercie du fond du cœur trois personnes extraordinaires : mon éditrice, Jennifer Enderlin, qui a un don incroyable pour trouver les mots justes, ma chère amie et assistante, Sharon Stewart, dont l'aide m'est plus précieuse qu'elle ne l'imagine, et Harvey Klinger, le meilleur agent littéraire au monde.

# Quête millénaire

*(Pocket n° 12918)*

Candice Armstrong, jeune archéologue, se voit confier une mission qu'elle ne peut refuser : retrouver l'Étoile de Babylone. Pour résoudre cette énigme dont elle ignore tout, elle part, en compagnie d'un inspecteur à la fois séduisant et inquiétant, au cœur du désert syrien. Mais elle n'est pas la seule à entreprendre cette quête. Et ses concurrents semblent prêts à tout pour la prendre de vitesse...

Il y a toujours un Pocket à découvrir

# Sur la trace des ancêtres

*(Pocket n° 13610)*

**M**organa ne garde que peu de souvenirs de son enfance. Seuls quelques récits et illustrations de son père disparu mystérieusement lui reviennent de temps en temps. Elle décide de partir sur les pas des Indiens du Nouveau-Mexique pour retracer la légende, celle d'une jeune fille enlevée par le seigneur Jakal qui lui avait lancé le défi de convaincre les Dieux de faire revenir la pluie... Ainsi, Morgana va devoir faire face à des découvertes surprenantes : c'est le prix à payer pour comprendre qui elle est réellement...

**Il y a toujours un Pocket à découvrir**

Composé par Nord Compo
à Villeneuve-d'Ascq (Nord)

Imprimé en France par

MAURY-IMPRIMEUR
à Malesherbes (Loiret)
en juin 2011

POCKET – 12, avenue d'Italie - 75627 Paris cedex 13

N° d'impression : 165617
Dépôt légal : juillet 2011
S20280/01